Magic Future Money

Friedemann Brenneis (Hg)

Magic Future Money

(Un)mögliche Geschichten vom Geld der Zukunft

APRYCOT

Bibliografische Information der Deutschen Nationalbibliothek_Die Deutsche Nationalbibliothek verzeichnet diese Publikation in der Deutschen Nationalbibliografie; detaillierte bibliografische Daten sind im Internet über http://dnb.d-nb.de abrufbar.

ISBN_978-3-949098-17-8

Lektorat_Tanja Giese, Berlin
Layout, Satz und Umschlaggestaltung_Sebastian Bach, Weimar
Coverillustration_Mathias Barth, Hamburg
Gesamtherstellung_Buchbinderei Mönch, Leipzig
Papier_Innenteil: Igepa *Design Offset cremé 1,2*, 120 g/m²; Umschlag: Gmund *Gold – Lime Gold*, 310 g/m²
Schriften_Fabiol von Lazydogs Typefoundry; Sugo von Francesco Canovaro & Andrea Tartarelli; Dosis von Edgar Tolentino, Pablo Impallari & Igino Marini; Telidon Ink von Typodermic
Verlag_Aprycot Media, Held & Troendle GbR, Muldenweg 8, 79618 Rheinfelden

1. Auflage 2021
Aprycot Media – Das Bitcoin Medien & Verlagshaus
www.aprycot.media
Twitter & Instagram: @aprycotmedia

Inhalt

Vorab

«Was wissen wir bisher über die Zukunft des Geldes? Leider so gut wie nichts.» Das war das ernüchternde Fazit eines Vortrags, den ich im Herbst 2020 in Leipzig gehalten habe. Seit mehreren Jahren begleitet mich die Frage nach der Zukunft des Geldes nun schon. Ende 2013 war ich aus journalistischem Interesse auf das Thema Bitcoin gestoßen und wollte herausfinden, was es damit auf sich hat. Bitcoin, dieses mysteriöse Phänomen, das nach ganz anderen Regeln funktioniert, als wir es bisher gewohnt sind, und dabei den Anspruch hat, eine neue Art von Geld zu sein. Eine zeitgemäße. Eine zukunftstaugliche. Eine bessere.

Aber stimmt das eigentlich? Bitcoin ist zwar ohne Frage futuristisch, aber ist es tatsächlich das Geld von morgen? Oder ist es doch eher nur eine vorübergehende Erscheinung in der bereits Jahrtausende zurückreichenden Historie des Geldes? Ein netter, aber letztlich bedeutungsloser Trend? Andererseits, was wäre denn die Alternative? Wenn nicht mit Bitcoin, womit bezahlen wir in 10, in 50 oder in 100 Jahren? Noch immer mit bunt bedruckten Baumwollscheinen, klimpernden Metallmünzen und abstrakten Plastikkarten? Kaum vorstellbar, angesichts der zunehmenden Geschwindigkeit des technologischen Fortschritts.

Im 20. Jahrhundert hat die Menschheit keine 70 Jahre gebraucht, bis vom ersten bemannten Motorflug der Gebrüder Wright mit einem klapprigen Doppeldecker, der sich gerade einmal eine knappe Minute in der Luft halten konnte, mit Neil Armstrong zum ersten Mal ein Mensch in 384.000 Kilometer Entfernung auf dem Mond stand. Das alles mit Hilfe nur eines Bruchteils der Computerleistung, die uns heute zur Verfügung steht. Zur Jahrtausendwende waren handelsübliche Taschenrechner bereits hundertfach schneller als der wichtigste Computer an Bord der Apollo-11-Rakete. In unseren Hosentaschen tragen wir längst das Millionenfache an Rechenleistung mit uns herum: mächtige Minicomputer vollgepackt mit Sensoren, einfach zu bedienen und jederzeit online.

Wie also wird sich das Medium Geld weiterentwickeln, wenn die Digitalisierung weiterhin in diesem Tempo voranschreitet? Welche Gestalt und Eigenschaften wird Geld im Verlauf des 21. Jahrhunderts annehmen? Welche im 22. Jahrhundert und darüber hinaus? Und wie wird es dabei unser Leben und die Gesellschaft beeinflussen? Darauf haben wir bislang keine Antworten.

Dabei sind diese Fragen keineswegs hypothetisch, sondern drängend. Denn auch wenn wir es im Alltag kaum wahrnehmen, befindet sich Geld mitten im digitalen Umbruch und der Kampf um die Deutungs- und Gestaltungshoheit darüber hat längst begonnen. Verschiedene Akteure versuchen dabei, ihre ökonomischen und politischen Interessen durchzusetzen. Staaten und Banken, die ihren Einfluss und ihre historisch gewachsenen Privilegien als alleinige Geldproduzenten nicht verlieren wollen. Bitcoin soll als freies, offenes und gemeinschaftlich verwaltetes Geld ebendiese Institutionen überflüssig machen. Dazwschen stehen private, datengetriebene und rein profitorientierte Unternehmen, denen es vor allem darum geht, ihre Vormachtstellung im Digitalraum auszubauen. Denn Geld als bedeutende gesellschaftliche Infrastruktur ist ein strategisch wichtiges und lukratives Ziel. Wem es dabei gelingt, sich jetzt, im digitalen Umbruch, gut in Position zu bringen, der kann sich langfristig Einfluss und Ertrag sichern.

Doch wissen wir gar nicht, welche Folgen es hätte, wenn sich dieses oder jenes Konzept durchsetzt und was eigentlich erstrebenswert wäre. Weil wir keine Vorstellung davon haben, wie das Geld der Zukunft idealerweise aussehen sollte. Von einem neutralen Standpunkt aus betrachtet und möglichst unabhängig von ökonomischen und politischen Einzelinteressen. Einfach deshalb, weil sich bislang kaum jemand ernsthaft damit beschäftigt.

So ist das Mandat der Forschungsabteilung der Deutschen Bundesbank auf einen Zeithorizont von gerade einmal fünf Jahren ausgelegt. Weiter nach vorne schaut man nicht. Generell setzen sich Ökonomen und die Finanzindustrie viel mehr mit der Vergangenheit und der Gegenwart auseinander als mit der Zukunft. Wann immer ich in den vergangenen Jahren auf Konferenzen und Branchentreffen nach Experten gefragt habe, die sich mit der Zukunft des Geldes beschäftigen, habe ich fast nur fragende Blicke und Schulterzucken erhalten. Aber Veränderung ist eben auch kein sonderlich beliebtes Thema, wenn man zu den Profiteuren des Status quo gehört. Selbst wenn offensichtlich ist, dass dieser nicht mehr lange Bestand haben wird.

Das hat mich aber dazu gebracht, parallel noch einem anderen Ansatz nachzugehen. Wenn sich diejenigen, die sich professionell mit Geld beschäftigen, nicht besonders für dessen Zukunft interessieren, vielleicht könnte ich ja umgekehrt dort etwas über das Geld von morgen herausfinden, wo man sich intensiv mit der Zukunft auseinandersetzt – in der Science-Fiction. Immerhin sind viele der technischen und gesellschaftlichen Entwicklungen, die für uns heute selbstverständlich sind, lange zuvor bereits Teil futuristischer Geschichten gewesen.

Jules Verne hat schon im 19. Jahrhundert erstaunlich akkurat die Umstände beschrieben, unter denen eine Reise zum Mond wie die von Neil Armstrong und Kollegen gelingen kann. Auch Drohnen, U-Boote, Videotelefonie und Elektroantriebe tauchen bereits in seinen Geschichten auf. Während die Gebrüder Wright Anfang des 20. Jahrhunderts noch fest davon überzeugt waren, dass niemals ein Flugzeug den Atlantik würde überqueren können, wissen wir heute, dass H. G. Wells mit seinem in etwa zur gleichen Zeit erschienenen Roman «Der Luftkrieg» den wenige Jahre später im Ersten Weltkrieg zum ersten Mal stattfindenden Flugzeugschlachten sehr viel näher gekommen ist.

Was können wir also aus der Science-Fiction über das Geld von morgen lernen? Dass dort auch etwas über dieses sehr spezifische Thema zu finden sein müsse, ist zumindest keine abwegige Annahme. Immerhin ist auch die Kreditkarte keine originäre Idee der Finanzindustrie, sondern wurde bereits 1888 in Edward Bellamys Roman «Ein Rückblick aus dem Jahr 2000 auf 1887» vorhergesagt.

Doch handelte es sich dabei um eine Ausnahme. Denn auch in der Science-Fiction spielt Geld bislang keine sonderlich große Rolle. Wenn in der zukunftsorientierten Literatur überhaupt irgendeine Art von Geld erwähnt wird, bleibt meist unklar, welche Form und Eigenschaften es hat, wie es funktioniert und welche Folgen sich daraus für die Akteure und die Gesellschaft ergeben. Science-Fiction-Geld ist oft nur eine kaum weiterentwickelte Kopie des Konzepts Geld, wie wir es bisher kennen. Statt mit Euro bezahlt man nun allerdings mit *Credits* oder anderen Einheiten, die einen futuristisch klingenden Namen tragen. Alternativ gibt es auch das Szenario, in dem Rohstoffe und Naturaliengeld eine zentrale Rolle als Zahlungsmittel und Wertspeicher einnehmen. Konzeptionell eigentlich ein Rückschritt ist das aus Autorensicht eine praktische Lösung. Diese historische Form von Geld ist plakativ und ökonomische Abhängigkeiten lassen sich damit darstellen, ohne dass viel erklärt werden müsste. Besonders originell oder wegweisend ist es aber nicht. Insbesondere weil man meist nicht erfährt, wie es zu diesem Rückschritt gekommen ist. Wenn Computer immer leistungsfähiger werden und der Menschheit geholfen haben, den Weltraum und andere Planeten zu erobern, warum ist die Evolution des Geldes dann dabei komplett auf der Strecke geblieben? Was genau passiert ist, ist auch die Frage, die meist nicht beantwortet wird, wenn es in den Geschichten der Zukunft gar kein Geld mehr gibt, wenn es einfach abgeschafft oder auf irgendeine Weise überwunden wurde. Dabei wäre es doch spannend, zu erfahren, wie und warum es so gekommen ist und ob wir diese Entwicklung aus heutiger Sicht für erstrebenswert halten.

Doch kann man den Science-Fiction-Autorinnen und -Autoren dabei keinen Vorwurf machen. Geld war lange Zeit ein furchtbar langweiliges, weil statisches Thema. Science-Fiction braucht hingegen die Inspiration des Fortschritts. Technische Trends, gesellschaftliche Veränderung, eine Dynamik, die sich aufgreifen, variieren und weiterdenken lässt. Geld hatte dabei bisher kaum Ansatzpunkte zu bieten. Abgesehen von der Kreditkarte und den ersten vorsichtigen Schritten im Bereich des digitalisierten Bezahlens gab es in den vergangenen hundert Jahren einfach keine inspirierenden Innovationen, die man hätte aufgreifen können. Nichts, was revolutionär, bahnbrechend oder spannend genug war, um eine Geschichte damit zu bereichern.

Doch hat sich das mit der Entstehung von Bitcoin vor gut zehn Jahren verändert. Über Geld und dessen Zukunft nachzudenken ist auf einmal sexy geworden. Weil uns Bitcoin die Grenzen unserer bisherigen Vorstellung von Geld aufzeigt und sie sprengt – was es ist, wie es funktioniert und was man damit alles machen kann. Weil dieses rein digitale Geld funktioniert, obwohl die Experten das angesichts dessen, was wir bisher über Geld zu wissen glaubten, für unmöglich hielten. Weil diese Kryptowährung eine Alternative zum Status quo aufzeigt und eine Möglichkeit bietet, die Zukunft des Geldes selbst aktiv mitzugestalten.

Doch auch wenn Bitcoin der Auslöser für ein neues Nachdenken über die Zukunft des Geldes ist, bleibt trotzdem noch immer die Frage, ob Bitcoin selbst das Geld der Zukunft ist. Oder welche Alternativen es sonst noch geben könnte oder vielleicht geben sollte?

«Eigentlich müsste man mal einen Schreib- und Ideenwettbewerb machen, in dem es nur um Geschichten geht, die uns vom Geld der Zukunft erzählen», war daher das zweite Fazit meines Vortrags. Damals nur so in den Raum geworfen, war damit die Idee zu Magic Future Money geboren, einem Wettbewerb, der erfreulicherweise nicht nur in der Bitcoin-Community auf großes Interesse stieß, sondern auch in Teilen der bestehenden Finanzindustrie, in der Science-Fiction-Szene und bei vielen ganz normalen Leuten, die sich von der Vorgabe inspiriert fühlten, über etwas nachzudenken, worüber sich bisher noch kaum jemand Gedanken gemacht hat.

Dieses Buch ist nun das Ergebnis. Es enthält die 30 besten Geschichten, die eine fachkundige Jury bestehend aus Zukunftsforschern, Journalistinnen, Science-Fiction-Autoren, Mathematikerinnen, Buchhändlern und Psychologinnen aus insgesamt 290 Wettbewerbsbeiträgen ausgewählt hat. Alle Geschichten verbindet die Frage nach dem Geld der Zukunft. Doch nähern sich die Autorinnen und Autoren dem Thema mit unterschiedlichen Perspektiven. Mal erzählen sie von einer näheren, mal von einer ferneren Zukunft. Einige Geschichten sind leicht und voller Hoffnung, andere düster und dystopisch. Manche sind fantastisch und von der Realität losgelöst, andere sind abgeleitet aus den unmittelbaren Herausforderungen der Gegenwart. Dass der Wettbewerb beispielsweise mitten in einer globalen Pandemie und vor dem Hintergrund einer sich verschärfenden Klimakrise stattfand, ist unverkennbar. Doch haben die Autorinnen und Autoren auch andere Themen unserer Zeit aufgegriffen – Gleichberechtigung, Kontrolle, Menschlichkeit, Individualismus, Freiheit, Liebe, Gemeinschaft, Sicherheit und damit verbunden immer auch die Frage, was uns all das letztlich wert ist.

Lassen Sie sich also unterhalten, inspirieren und vielleicht bringen die Geschichten Sie ja dazu, selbst noch mehr über Geld und die Zukunft nachzudenken. Es lohnt sich!

Leipzig im Oktober 2021,
Friedemann Brenneis

PS: Viele der Geschichten, die es nicht in das Buch geschafft haben, aber ebenfalls faszinierende Entwürfe vom Geld der Zukunft beinhalten, werden Stück für Stück noch auf *www.magicfuturemoney.de* veröffentlicht. Dort finden Sie auch den Blog und den Podcast, falls Sie noch tiefer in das Thema eintauchen wollen.

— Zimmer 9 —
10
00a010000001011011000110110001100101011100110010000000110100101110011011101000010000
0001001101011000010111010001101000011001010110110101100001011101000110100101101011

Die Frau in Zimmer 9

Text_Carsten Schmitt
Illustration_Liv Matthiesen

Die Frau in Zimmer 9 stirbt und es ist Schröders Job, das Unvermeidliche so lange hinauszuzögern, wie es geht. Keine Heilung, sondern Verlängerung des Lebens um jeden Preis, lautet die unmissverständliche Anweisung. Etwas regt sich dabei in Schröder, und er fragt sich, ob es ein Rest von Berufsethos ist, oder, noch schwerer vorstellbar, sein Gewissen.

Dr. Philip Schröder, Onkologe, kann sich beides schon lange nicht mehr leisten. Topkarriere, Studium und Promotion in Rekordzeit, Teilhaber einer Privatklinik. Standesgemäße Hochzeit, Flitterwochen auf den Malediven, zwei Kinder, Haus am See, eine Geliebte als Konferenzbegleitung und eine andere für zwischendurch. Alles prima, tolle Aussichten, immer weiter, immer höher – voll an die Wand.

Schröder litt damals an der Krankheit so vieler brillanter Köpfe: maßlose Selbstüberschätzung. Wer fast immer recht hat, ist blind dafür, wenn er im Unrecht ist. Die Übernahme der Klinik sollte ein Deal unter Freunden werden, mit goldenem Handschlag für den Senior. Es wurde ein Millionengrab für Schröder. Er hatte gewusst, dass der Senior ein Arschloch war, aber zu wissen, dass ihn der andere trotzdem übers Ohr gehauen hatte, das schmerzte. Fast mehr noch als das, was danach kam. Pleite, Klinik weg, Haus weg, Frau weg. Dass er selbst die Löcher im Ehevertrag übersehen hatte, kostete ihn neben seinem Notgroschen auch die beiden Geliebten. Kein Geld und derart verarscht? Unsexy.

Um die Kinder tut es ihm leid und was sie von ihm denken werden. Ein Versager, der Papa, nicht so wie Mamas Neuer.

In der Talsohle dann kam die Rettung, ein einmaliges Angebot. Gesundheit steht immer hoch im Kurs, und Spezialisten wie Schröder werden gesucht. Drüben, im Gürtel, der Kerneuropa vom großen bösen Imperium im Osten trennt. Wo man die Einflusssphäre des einen schon fast betreten hat, ohne die des anderen ganz verlassen zu haben. Gutes Personal ist dort billig zu haben, ebenso wie schnelle Genehmigung – wenn das Geld stimmt. Schröders neues Geld stinkt nach Oligarchen, nach Mafia, aber es stimmt.

Schröder denkt sich nichts dabei. Er braucht das Geld, und da ist einer, der seines in einer Privatklinik anlegen will, vielleicht auch ein bisschen waschen. Ist das so schlimm?

Schröder arbeitet Tag und Nacht, denn er hat viel aufzuholen, wenn er eines Tages wieder ohne Scham seinen Kindern in die Augen blicken will. Hilfe gibt es aus dem Arzneischrank. Das neue Zeug ist kein Vergleich zum Schwarzmarkt-Methylphenidat seiner Studienzeit. Perfekte Wirkung, weiche Landung – trotzdem illegal. Der Drogentest jedoch verschwindet genauso in der Versenkung wie die ganzen anderen Verstöße gegen Gesetze und Auflagen, die Schmiergeldzahlungen und Unregelmäßigkeiten, die an der Klinik und damit an seinem Namen hängen. Spätestens jetzt ist ihm klar, dass die helfende Hand ihn nur aus der Scheiße gezogen hat, um ihn dann kopfüber darüber zappeln zu lassen.

Philip Schröders Treffsicherheit bei Entscheidungen mag in den letzten Jahren nicht hoch gewesen sein, doch als er um den ersten von vielen «Gefallen» gebeten wird, ist er nicht dumm. Er stellt keine Fragen.

Die Frau auf Zimmer 9 ist so ein Gefallen, und sie wird bald sterben. Selbst mit den Mitteln, die Schröder im Normalfall zur Verfügung stünden, wäre es keinesfalls sicher, dass sie überlebt. Er soll aber nicht ihr Leben retten, sondern es nur verlängern. Auch sonst wirkt sie nicht wie eine von denen, die er für gewöhnlich behandelt, abgeschirmt und diskret, mit Sicherheitsvorkehrungen wie nirgends sonst. Welches normale Krankenhaus erlaubt schon Eskorten aus durchtrainierten und bewaffneten Spetsnaz-Gorillas mit perfekten Manieren und einem völligen Mangel an Empathie, der es ihnen erlaubt, ohne Reue zu töten und ohne es böse zu meinen?

Die Eskorte ist da, aber der Beistand fehlt. Keine der besorgten Angehörigen, Geliebten oder Gesellschafterinnen, die sich um die Mütter, Väter oder Kinder der Mafiabosse sorgen, während Schröder ihren Brust- oder Prostatakrebs behandelt, ihre Leukämie oder Melanome.

Seit ihrer Ankunft war außer dem Personal niemand bei der Frau in Zimmer 9, weder Besuche noch Anrufe. Dabei ist es kein einfacher Brustkrebs, keine Leukämie, woran die Frau leidet. Die Tumore, die sich durch ihren Körper fressen, hat Schröder nie zuvor gesehen.

Mit Zeige- und Ringfinger sucht er den Puls am Handgelenk der Frau. Die Sensoren erfassen ihre Vitalwerte einwandfrei, doch es sind kleine Gesten wie diese, die Schröder das Gefühl geben, noch Arzt zu sein und nicht bloß Verwalter von

Pflegekräften und Labormaschinerie. Außerdem ist es wichtig für das Wohlbefinden seiner Patienten, dass sie sehen, wie er sich persönlich kümmert. Wichtig für die, denen er helfen kann und soll. Er bildet sich viel ein auf seinen Umgang mit Patienten, und als ihm das klar wird, lässt er das Handgelenk der Frau los.

Die Frau schlägt die Augen auf. «Doktor?»

«Haben Sie Schmerzen? Ich kann Ihnen etwas dagegen geben.»

«Net – nein, danke.» Sie hat Deutsch gesprochen.

«Ist mein Russisch so schlecht? Ich sollte mehr üben.» Der Witz ist lahm, doch sie lächelt.

«Nicht schlecht, nur – die Aussprache.»

«Wie heißen Sie?»

«Ksenia Michailowa.»

«Frau Michailowa, ich heiße Philip Schröder. Mein Team und ich werden alles in unserer Macht Stehende tun, um Ihnen zu helfen.» Die Lüge geht ihm gewohnt von den Lippen, doch ihr Blick, mit dem sie ihm zeigt, dass sie die Wahrheit kennt, schnürt ihm die Luft ab. Wann ist er bloß so ein Arschloch geworden?

«Wann hat man ihre Erkrankung festgestellt?»

«Eine Woche. Krank seit einer Woche.»

Es muss an der Fremdsprache liegen, denn Schröder kennt keinen Krebs, der innerhalb einer Woche derart explodiert. «Aber Sie hatten doch bestimmt schon länger Beschwerden?»

«Eine Woche. Spritze vor eine Woche.»

Ein Hustenkrampf unterbricht sie und sie verzieht das Gesicht. Die Schmerzen müssen mörderisch sein.

«Wollen Sie nicht doch ein Schmerzmittel?»

Wieder schüttelt sie den Kopf.

«Ich werde nun eine Gewebeprobe entnehmen müssen. Sie werden es kaum spüren, aber ich gebe ihnen trotzdem eine kleine örtliche Betäubung.»

Während Schröder mit der hauchdünnen Biopsienadel eine Probe der riesigen Geschwulst an ihrem Oberschenkel nimmt, redet die Frau weiter.

«Sind aus Deutschland?»

Er nickt.

«Sohn lebt in Berlin. Studiert Medizin wie Sie.»

«Tatsächlich? Erzählen Sie mir von ihm!» Es ist gut, sie abzulenken, denn er muss weitere Proben nehmen, aus den anderen Knoten verrücktspielender Zellen, die sich an mehreren Stellen unter ihrer Haut abzeichnen.

Sie spricht über ihren Sohn, Anton, der einmal Arzt werden will, und sie vergisst darüber die Schmerzen. Er sei ein guter Junge – natürlich – und habe sich zum Studium in Berlin entschieden, weil er – hier zögert sie – es nicht so mit

Mädchen habe und man in Berlin – er wisse schon – anders damit umginge. Sie ist erleichtert, als Schröder lächelt und erklärt, dass sein Bruder es auch nicht so mit Mädchen habe und das völlig in Ordnung sei.

«Was tun sie da?»

An die Gorillas hat Schröder sich gewöhnt, an Koen nicht. Die Leibwächter sind harmlos, solange man es vermeidet, in ihrer Umgebung Dinge zu tun, die ihre reflexhaften Verteidigungsreaktionen auslösen, doch der Holländer wirkt, als quäle er Tierbabys zum Spaß, und ist nervös und misstrauisch. Die fast farblosen, grauen Augen, die zwischen seiner blondierten Stoppelfrisur und der Ruine einer schlecht verheilten gebrochenen Nase herausleuchten, fordern stets den Blick des Gegenübers heraus. Ihre Farbe ist so künstlich, wie die zerschmetterte Nase es nicht ist und beides ist kein Zufall. Schröder ist kein Psychiater, doch er pflegt Annahmen über die Persönlichkeit von Menschen, die bewusst den Look eines soziopathischen Killers kultivieren.

«Ich habe etwas Derartiges noch nie gesehen. Um eine Prognose treffen zu können, müsste ich weitere Untersuchungen anstellen. Ein Einblick in ihre Daten würde mir helfen.» Schröder deutet zum DNA-Sequenzer, auf dem die Proben der Tumore der Frau aus Zimmer 9 sequenziert werden.

Seit zwei Tagen wird das japanische Hightech-Gerät von Sasha in Beschlag genommen. Typen wie Koen passen in das Bild, das Schröder von seinen stillen Teilhabern hat. Doch die junge Frau, die ihren Laptop mit der Labormaschine gekoppelt hat, ist ihm ein Rätsel. Sasha ist nach den anderen mit einem Taxi angekommen und hat seit ihrer Ankunft das Labor kaum verlassen. Sie sieht aus wie eine Studentin, trägt ein zwei Nummern zu großes Bandshirt und zerrissene enge Jeans, die im Schaft abgewetzter Militärstiefel stecken. Ihre Fingernägel sind abgekaut und die Nagelhaut hängt in blutigen Fetzen.

Sashas Rechner ist ein Outdoorgerät, wie man es auf einer Ölbohrplattform vermuten würde. Sie hat mehrere Terminalfenster geöffnet, und jedes Mal, wenn der Sequenzer einen Arbeitsschritt beendet hat, beginnen Zeichenketten über die Kommandozeilen zu tanzen. Dann wirft Sasha einen Blick darauf, bevor sie ihre Aufmerksamkeit wieder einem gewöhnlichen Notizblock widmet, auf den sie Zahlenreihen mit einem Kugelschreiber kritzelt. Hin und wieder sieht sie auf die Uhr, als stoppe sie die Zeit, die sie für die Berechnungen braucht.

«Ist das sicher?»

Schröders Alltagsrussisch ist gut genug, die Frage zu verstehen, die Koen fast akzentfrei an die junge Frau richtet. Sasha würdigt ihn keiner Antwort, zuckt nur die Schultern und nickt.

«Bitte.» Koen deutet mit einer spöttischen Handbewegung auf den Sequenzer.

Schröder setzt sich an den angeschlossenen Terminal und beginnt, sich die Daten anzusehen. Als er mehrere Stunden später wieder aufblickt, ist Koen verschwunden, und Sasha schläft mit dem Oberkörper auf einer Tischplatte, den Kopf auf den verschränkten Armen gebettet.

Wenn es stimmt, was er da gesehen hat, dann ist ihm dieser Tumor nicht nur unbekannt – sondern er wurde angefertigt.

Schröder weiß nicht weiter, und so tut er etwas, wovor ihm graut. Er redet mit Koen.

«Das sollten Sie besser nicht tun.»

Koens Hand mit dem Feuerzeug hält inne. Sein Blick ist eine Mischung aus Drohung und Frage. «Soll ich an Ihrer Kompetenz zweifeln, Herr Doktor? Ein Lungenkrebs sollte für Sie doch ein Klacks sein.»

Koen schafft es, selbst die Flamme sarkastisch an der Zigarettenspitze lecken zu lassen. Tatsächlich hat der medizinische Fortschritt zu einer kleinen Renaissance des Tabaks geführt, und so deutet Schröder an die Decke: «Rauchmelder.»

Koen grinst und drückt die Zigarette auf der polierten Oberseite eines Labortischs aus. Der Moment hat gereicht, um die Luft mit dem Geruch nach karzinogenem Rauch zu füllen, und Schröder erfüllt das irrationale Verlangen nach einer Kippe.

«Wie ist die Prognose, Doktor?»

«Es handelt sich bei Frau Michailowas Erkrankung um eine ungewöhnliche Art eines Liposarkoms, das heißt eines Weichteiltumors.» Als er den Namen der Frau ausspricht, suchen Koens Kunstaugen die seinen. Es ist das erste Mal, dass einer von ihnen ihren Namen genannt hat.

«Diese Tumore werden selten bösartig und wenn, dann sind die Heilungschancen normalerweise recht gut. Dieser hier scheint von einem Herd am Oberschenkel auszugehen. Auch das ist an sich nicht ungewöhnlich.»

«Kommen Sie zum Punkt, Doktor Schröder.»

«Ungewöhnlich ist, wie schnell der Krebs wächst und sich ausbreitet. Ich kenne leider ihre Krankheitsgeschichte nicht», Schröder blickt demonstrativ zu Boden, um keinen Zweifel daran aufkommen zu lassen, dass er nicht dumm genug ist, direkt danach zu fragen, «aber der ansonsten gute Allgemeinzustand der Frau lässt annehmen, dass sie noch nicht lange erkrankt ist.»

«Alles irrelevant, Doktor. Was schlagen Sie vor?»

«Ohne mehr zu wissen, würde ich zu einer Chemotherapie raten sowie zu einer Bestrahlung.»

«Kommt nicht in Frage.»

«Dann stirbt die Frau.»

«Wann?»

«Wie ich bereits sagte, ist eine Prognose schwierig, aber wir reden hier vermutlich von wenigen Tagen.»

Koen nickt, als ginge ihn das alles nichts an. «Haben Sie die Proben, um die wir Sie gebeten haben?»

Später trifft Schröder Sasha allein im Labor. Koen ist irgendwo im Park, der sich um die Privatklinik erstreckt.

Manchmal telefoniert er draußen stundenlang und Schröder hofft, dass es diesmal genauso ist.

«Haben Sie Durst?» Er verzichtet darauf, sein warmes, väterliches Arztlächeln aufzusetzen. Sasha ist keine, die auf so etwas anspringt.

Sie schaut vom Bildschirm auf. Ihre Augen sind gerötet, und sie riecht, als könne sie eine Dusche vertragen. Schröder glaubt nicht, dass sie das Labor schon einmal länger als fünf Minuten verlassen hat, um zur Toilette zu gehen. Im Labor herrscht striktes Lebensmittelverbot, aber der Energydrink, den er ihr anbietet, zählt kaum als solches.

«Haben Sie auch was Stärkeres?»

Er stellt die Dose ab und greift in die Hosentasche. Als seine Hand wieder zum Vorschein kommt, hält sie ein Pillendöschen, auf das ein Wehrmachtssoldat aufgedruckt ist, zusammen mit der Aufschrift *Neo-Pervitin* in Frakturschrift.

«Haben Sie die von Ihrem Opa?»

Schröder lacht. «Wohl kaum. Das Zeug hat mit seinem Namensvetter nur noch wenig gemeinsam. Gut möglich, dass es sogar noch irgendwo auf der Welt legal ist.»

Sie streckt den Arm aus und er schüttelt eine kleine weiße Tablette in ihre Handfläche.

«Ich werde mir auch eine genehmigen. War ein langer Tag.»

Sasha wirft die Pille ein und verzieht das Gesicht. «Minze? Really?»

Sie zieht die Dose mit dem Energydrink auf und nimmt einen Schluck.

«Ich müsste noch irgendwo welche mit Zitronengeschmack haben, falls Sie möchten?»

«Danke, geht schon.» Sie trinkt einen weiteren Schluck, um den Rest des Geschmacks hinunterzuspülen. «Was wollen Sie?»

«Ich habe mich gefragt, ob ich Ihnen helfen kann. Ist gerade wenig zu tun.»

«Haben Sie nicht eine Klinik zu leiten?»

«Haben Sie außer der Frau auf Zimmer 9 noch irgendwelche Patienten gesehen?» Es stimmt, die Klinik ist verwaist – bis auf das notwendigste Personal. Diesmal geht es seinen Kunden nicht nur um Diskretion, sondern um Geheimhaltung.

«Sie sind neugierig, stimmt's?»

«Verständlich, oder? Sind Sie Mathematikerin?» Er deutet auf den Block neben ihrem Rechner, auf den sie weitere Zahlenreihen gekritzelt hat.

«Bioinformatik. Mathe ist mein Hobby, könnte man sagen, wobei das hier kaum als höhere Mathematik zählt.»

«Was ist es dann?»

«Kennen Sie sich mit Kryptowährungen aus?»

«Nur insoweit, als dass ich darin bezahlt werde.»

«Aber Sie wissen nicht, wie das eigentlich funktioniert.» Es ist eine Feststellung. Sie hält ihn für ein bisschen naiv, was solche Dinge betrifft und sie hat recht damit. «Aber Sie haben schon mal von Mining gehört?»

Er nickt. Wer hat das nicht? Der digitale Goldrausch, der immer wieder die Preise für bestimmte Hardwarekomponenten in die Höhe treibt und den Klimaschützern die Tränen in die Augen, wenn ganze Lagerhallen voller Computer auf der Suche nach Nuggets heiß laufen.

«Die Berechnungen dafür sind nicht kompliziert. Ich mache das hier zum Spaß auf einem Blatt Papier.»

«Das funktioniert? Ich dachte, das sei der Witz an der ganzen Sache – dass es so kompliziert ist.»

«Nein, gar nicht. Das Problem liegt darin, dass man wahnsinnig viele Berechnungen braucht, um ein Nugget zu finden. Ich brauche dafür mittlerweile im Schnitt zwölfeinhalb Minuten.»

«Ist das gut?»

Sie sagt: «Ziemlich gut», doch ihr Blick meint: *Ziemlich gut, Arschloch.*

«Ich würde es wahrscheinlich trotzdem nie erleben, etwas Verwertbares finden. Deshalb nutzt man Computer, die eine simple Rechenaufgabe verdammt schnell, verdammt oft durchführen können. Dann nimmt man verdammt viele Computer, die alle zusammen eine simple Berechnung, noch viel öfter verdammt schnell hintereinander ausführen können.»

«Und dann findet man ein Nugget?»

«Jep. Wenn man Glück hat, sogar viele davon. Hoffentlich genug, um die Stromrechnung zu zahlen.»

«Und warum dann die Biologie, all das hier?» Er zeigt auf den Sequenzer, der die Gewebeproben der Frau aus Zimmer 9 bearbeitet.

«Biologie ist im Grunde Chemie, Chemie ist eigentlich nur Physik und – at the end of the day – ist Physik auch nur Mathematik. Ganz weit unten, ganz tief drin, ist alles Mathematik.»

Sie lacht kurz auf. «Verdammter Scheiß, das Zeug ist nicht übel. Hast du noch was von Opas Stuka-Tabletten?»

Die Dinger sind Made in Russia, denkt er und legt das Döschen auf den Tisch: «Behalten Sie sie. Ich habe noch mehr davon im Giftschrank.»

Sie hebt die Dose mit dem Energydrink zum Salut und wendet sich wieder ihren Berechnungen zu.

Die Wohnung im ehemaligen Verwalterhaus des Schlösschens, das als Klinik dient, ist Teil der Privilegien, die Schröder genießt. Er muss sich um nichts kümmern und ist im Notfall immer schnell zur Stelle. Seine Patienten erwarten das. Außerdem hat er von hier direkten Zugriff auf den Server im Labor. Spätestens wenn die Untersuchungen gelaufen sind, geht es nur noch um Daten, und ob er sie dort auswertet oder hier, unterscheidet sich nur darin, dass im Wohnzimmer mehr Alkohol zu finden ist.

Er ruft die Ergebnisse der DNA-Analyse der Tumore der Frau aus Zimmer 9 auf. C A A G G G A G G T G T – die Basenpaare tanzen als farbige Linien wie die Ausschläge eines Seismographen über den Bildschirm. Doch in Philip Schröders Geist werden sie überlagert von einem anderen Bild. Ksenia im Krankenbett, ihr grotesk aufgeschwollener Körper, von den Tumoren entstellt und bewegungsunfähig gemacht.

Er nippt an einem Whiskey und das Brennen auf der Zunge holt ihn wieder zurück zu seinen Linien. Die Onkologie hat in den letzten Jahrzehnten immer größere Überschneidungen zur Genetik entwickelt, denn was ist Krebs anderes als Erbgut, das einen Snowball aus LSD und Speed eingeworfen hat? Er hat mittlerweile genug Sequenzen der häufigsten Tumore gesehen, um ein Gefühl dafür zu bekommen, wie sie aussehen sollten. Doch etwas stimmt nicht mit dieser DNA. Sie ähnelt auf den ersten Blick einem Liposarkom, der bösartigen Variante eines normalerweise gutartigen Fettzellentumors. Heutzutage sind die Heilungschancen dafür groß, das weiß Schröder aus erster Hand. Aber nicht, wenn der Krebs so explodiert wie dieser hier. Etwas stimmt damit nicht. Man hat das Erbgut manipuliert und wenn er sich nicht täuscht, nicht erst nachdem sich der Krebs gebildet hat, sondern vorher.

Krebs ist nicht ansteckend, doch, seitdem man Erbgut verändern kann, übertragbar, erzeugbar. Jemand hat das der Frau in Zimmer 9 absichtlich angetan. Es wundert ihn nicht wirklich. Man hat das bereits vor langer Zeit mit Mäusen gemacht und wie es das ungeschriebene Gesetz wissenschaftlicher Forschung vorschreibt, war klar, dass es eines Tages jemand bei einem Menschen tun würde.

Aber warum? Rache? Eine Erpressung? Soll er die Frau nur so lange am Leben halten, bis jemand ein Geheimnis verraten, einen Gefallen getan hat? Zu kompliziert. Es ergibt keinen Sinn.

Ein weiteres Privileg seiner Stellung ist der Zugang zu den besten kostenpflichtigen medizinischen Datenbanken der Welt. Nicht, dass er zur Behandlung von Väterchens Prostatakrebs medizinische Journale konsultieren muss, aber es schadet nicht, auf dem neuesten Stand zu bleiben. Er hat eine Vermutung, die er nicht aus dem Kopf bekommt. Er ruft die Datenbank auf und beginnt zu suchen. Die Artikel sind nicht schwer zu finden.

Schröder fragt sich, was man der Frau in Zimmer 9 erzählt hat. Dass der Job sicher sei, und dass sie nach diesem einen Mal genug verdient hätte? Nicht für sich, sondern für die, denen sie einen «Gefallen» schuldete? Hat sie deshalb «Ja» gesagt, als man sie fragte, ob sie Geld über die Grenze schmuggeln wolle? Viel Geld. Sie hat keine Vorstellung davon, wie viel. Eine wie Ksenia rechnet in Monatsmieten, in Semesterstudiengebühren für ihre Kinder, in den Beträgen, die sie zur Seite legt, um in ein paar Jahren woanders neu anzufangen. Die Leute, deren Geld sie in ihrem Körper trägt, denken nicht in solchen Kategorien, sondern in Firmenbeteiligungen, Bürokomplexen und Containerschiffen.

CRISPR hat sich vom Präzisionswerkzeug, vom feingeschliffenen Skalpell, zum Biologiebaukasten entwickelt, zum Äquivalent eines Wachsmalstifts für ungeschickte Kinderhände. Jede Biologiestudentin kurz vorm Bachelor kann jetzt mit DNA herumspielen. Oder es für jemanden tun, der sie bezahlt und das Equipment dazu liefert. Die Anleitungen dazu gibt es im Netz.

Das Speichern von Informationen in DNA war in den 2010er-Jahren der heiße Scheiß – gewaltiger Speicherplatz und automatisches Backup durch Zellteilung, betrieben mit einer Scheibe Brot. Man speicherte Videos in Zellkernen, schleuste sogar in Genmaterial gespeicherten Schadcode in einen DNA-Sequenzer. Warum also nicht Geld darin verstecken? Ein harmloser Fettzellentumor, leicht operabel, deutlich abgegrenzt vom umgebenden Gewebe. Nicht dass am Ende das Muli mit ein paar Millionen im Unterfettgewebe durchbrennt.

Schröder stellt sich das freundliche Gesicht eines Kollegen vor, wie er Ksenia mit ruhiger Stimme den Eingriff erklärt. Oder war es eine Kollegin gewesen – so von Frau zu Frau? *Da kann nichts passieren, alles völlig harmlos*. Früher hat ein Muli wie Ksenia Kondome mit unverschnittenem Heroin darin schlucken müssen, und wenn die platzten – hässliche Sache. Dagegen ist das hier ein Kinderspiel, da bleibt nicht einmal eine Narbe.

Schröders stille Teilhaber haben so viel Geld, dass sie sich keine Biologiestudentin kurz vor dem Bachelor gekauft haben, sondern Sasha. Wie konnte es schiefgehen?

«Wie haben Sie es appliziert?»

Sasha weiß sofort, wovon er spricht.

«Im Kühlschrank», sagt sie und deutet mit einer Kopfbewegung in Richtung des Laborkühlschranks, der in der Ecke steht.

Schröder öffnet die Edelstahltür und sieht oben in der Ecke eine Styroporbox, die vorher nicht dort stand. Darin befinden sich zwei Ampullen, die leere Vertiefung im Material daneben zeigt, dass es eine dritte gegeben hat.

«Legen Sie das wieder zurück.» Sasha gibt den Befehl in lässigem Tonfall. «Wenn Sie einem Ihrer Patienten das statt einem Vitaminspritzchen verabreichen, haben Sie beide ein großes Problem.»

«Wie Midas.»

«Was?»

«König Midas. Alles, was er berührte, verwandelte sich in Gold, so dass er weder essen noch trinken konnte.»

«Ist er verhungert, oder hat ihm jemand Brot in den Mund geworfen?»

Schröder erinnert sich nicht an das Ende der Geschichte. «Keine Ahnung.»

Sasha wendet sich wieder ihrem Laptop zu, doch Schröder fragt weiter: «Was ist schiefgegangen?»

«Was meinen Sie?»

«Mit dem Lipom, ihrer Geldbörse.»

Sie schaut ihn an, zuerst genervt, dann amüsiert. «Was soll schiefgegangen sein?»

«Nicht gerade ein nachhaltiges Geschäftsmodell, ein Bargeldmuli zu haben, dass es nicht mal über die Grenze schafft, bevor der Krebs es zerfrisst, ganz abgesehen von der Einmaligkeit der Sache.»

«Alles läuft wie geplant. Die Frau ist ein Versuch. Sie nennen sie ein Muli, als ginge es hier um ein bisschen Heroin wie früher. Sagen wir, wir haben ihren Aufgabenbereich erweitert. Goldesel trifft es besser.»

Was hat sie getan? Sasha sieht ihm seine Ratlosigkeit an.

«DNA ist nichts weiter als ein Bauplan in Form eines Codes. Ein Programm innerhalb eines Computers, der sich selbst und damit seinen Code dupliziert. Manchmal wird er dabei ein wenig abgewandelt – aus Zufall oder wenn ich dem Computer die Anweisung gebe, jedes Mal ein etwas anderes Programm zu kopieren. Wissen Sie, wie viele Zellen ein Körper hat? Das sind ganz schön viele Computer.»

Schröder versteht. Ganz weit unten, ganz tief drin ist alles Mathematik.

Auf dem Weg nach draußen muss er sich an Koen vorbeidrängen, der in der offenen Tür des Labors steht und ihm nur den kleinstmöglichen Raum zur Flucht lässt. Er hetzt die Treppe hinauf und durch den Korridor, verlässt die Villenklinik durch den Hinterausgang zur Terrasse. Zum zweiten Mal innerhalb kurzer Zeit hat er den

Wunsch, wieder eine Zigarette zu rauchen. Er hat keine, und der Einzige, den er um eine bitten könnte, ist Koen. Er zuckt zusammen, als hinter ihm ein Feuerzeug klickt und er den Geruch verbrannten Tabaks riecht.

«Hatte er einen goldenen Schwanz?»

«Was?»

«König Midas. Er muss sich doch selbst angefasst haben. Kann mir vorstellen, dass es eine Menge Leute gegeben hätte, die scharf drauf gewesen wären, sich eine Scheibe von ihm anzuschneiden.»

Schröder dreht sich um. Koen steht zwei Schritte hinter ihm und bläst Rauch aus den Nasenlöchern. Zwischen den Schwaden stechen seine fast farblosen Augen hervor und fordern Schröder heraus. *Erzähl mir was von deinem heiligen Eid*, scheinen Sie zu sagen, *und deiner ärztlichen Ethik*.

Er würde dem Holländer jetzt gerne sagen, dass er ihn anekelt. Was für widerliche Scheißkerle er und seine Arbeitgeber sind. Aber Koens Arbeitgeber sind auch seine und statt einer vernichtenden Erwiderung steigt ihm nur ein saurer Geschmack den Rachen empor.

Ksenia, die Frau in Zimmer 9, hat die Augen geschlossen. Schröder weiß nicht, ob sie schläft oder weil es in diesem Zimmer, bei diesen fremden Menschen nichts gibt, das es sich in ihren letzten Stunden zu sehen lohnt. Er kann es abkürzen, ihr die Quälerei ersparen. Er hat seinen Eid schon so oft gebrochen, was ist da dieser letzte Schritt? Doch vorher muss er etwas erledigen. Schröder berührt Ksenias Hand und ihre Lider flattern. Als er ihren Namen spricht, öffnet sie die Augen, und der Gorilla, der seit neuestem in ihrem Zimmer sitzt und nicht mehr nur davor, sieht auf.

«Ich muss die Frau untersuchen. Können wir hier bitte ein paar Minuten Privatsphäre haben?», herrscht Schröder ihn an. Der Typ blinzelt nur einmal und bleibt sitzen.

«Herrgott Mann, haben Sie Angst, dass sie durchs Fenster abhaut? Und wenn Sie schon hier sind, wollen Sie mir gleich helfen, ihre Windel zu wechseln?»

Der Mann steht auf und verlässt das Zimmer. Er wirft Schröder einen letzten Blick zu, der zu sagen scheint, dass er keine Dummheiten machen soll. Doch dafür ist es zu spät.

«Ksenia, ihr Sohn. Der, der Medizin studiert. Können Sie mir sagen, wie ich ihn erreichen kann?»

Er beugt sich zu ihr, so dass sie es ihm ins Ohr flüstern kann.

Sasha zuckt, als er ihr auf die Schulter tippt. Sie trägt Kopfhörer und wippt leicht mit den Beats der Musik auf ihrem Stuhl, während ihre Finger über die Tastatur huschen und Kommandos tippen. Die Ringe unter ihren Augen sind fast violett und ihre Bewegungen fahrig.

Er hat einen Energydrink mitgebracht und einen Kaffee für sich. Sie nimmt die Dose und nickt dankend. Schröder zieht ein Röhrchen mit Pillen aus der Tasche und wirft sich eine ein.

«Auch eine?», fragt er.

Wieder nickt sie nur, hält die Hand auf und wendet sich ihrem Terminalfenster zu.

«Nehmen Sie zwei», sagt er und legt ihr die Tabletten in die Hand.

Sie spült sie mit der Zuckerplörre hinunter. «Gott sei Dank keine Minze.»

Nein, keine Minze, denkt Schröder und geht in den hinteren Teil des Labors. Er setzt sich, nippt an seinem Kaffee und schaut auf die Uhr. Genau zehn Minuten später kippt Sasha von ihrem Stuhl.

Noch eine halbe Stunde und er ist an der Grenze. Er widersteht der Versuchung, das Gaspedal durchzudrücken. Er weiß nicht, wie viel Zeit ihm bleibt. Die Freisprechanlage kündigt einen Anruf an.

«Wo sind Sie?» Koens Stimme klingt ruhig, doch in ihrem Unterton liegt die Androhung von Gewalt. «Ich weiß nicht, was sie vorhaben, aber Sie haben Ihre Arbeitgeber gerade sehr viel Geld gekostet. Wenn ich Ihnen sage, dass Sie damit nicht durchkommen werden, dann rede ich nicht von einer Abmahnung. Wenn Sie jetzt zurückkommen ...»

Schröder fällt ihm ins Wort: «Ist Sasha noch da?»

«Was?»

«Ist sie noch da? Hat sie es Ihnen erzählt?»

«Was erzählt?»

Natürlich nicht. Schröder hätte es an ihrer Stelle auch nicht getan.

«Die Einstichstelle an ihrem Oberarm. Wenn Sie einen Blick in den Laborkühlschrank werfen, werden sie feststellen, dass etwas fehlt. Ich denke, damit sollten alle meine Schulden bezahlt sein.» Er zögert. «Es sei denn, sie verspüren Sasha gegenüber eine sentimentale Verpflichtung. Dann kann ich Ihnen einen sehr guten Kollegen empfehlen. Zu lange warten sollten Sie damit aber nicht.»

Schweigen, dann: «Sie werden das trotzdem nicht überleben, das wissen Sie, Doktor.»

«Natürlich weiß ich das.»

Der Einstich an seinem eigenen Oberarm juckt ein bisschen.

Er öffnet das Fenster und wirft das Telefon hinaus. In vier Stunden wird er in Berlin sein. Er hat Freunde dort – ehemalige Studienkollegen –, die Zugang zu einem Labor haben. In ein, zwei Tagen wird er das Geld haben, um ihnen sämtliche

Gewissensbisse abzukaufen. Für Anton wird mehr als genug übrigbleiben. Er muss nur schnell sein, den richtigen Zeitpunkt abpassen, solange er noch handeln kann. Ein Zahlenspiel. Denn ganz unten, ganz tief drin, ist alles nur Mathematik.

SOL

Text_Dennis Deter
Illustration_Hannah Brückner

Schwach glühendes Licht scheint durch mein Fenster und auf die Keramiktöpfe, Blätter und Blüten um mich herum. Zumindest hier drin ist es grün und voller Leben. Irgendwann habe ich begonnen, mir vor jedem Job eine Pflanze zu kaufen.

Ein kleiner Kaktus war meine erste Errungenschaft. Die erste Pflanze, der erste erledigte Job. Mittlerweile ist es ein Ritual geworden. Pflanzen sind lebendig und genügsam und stumm. Sie sind Marker meiner Geschichte, aber sie erzählen mir nichts, was ich nicht wissen möchte.

Meine Augen scannen mein Zimmer. Es ist nicht nur das Gießen, Umtopfen und Beschneiden. Ich habe diesen Pflanzen gegenüber eine größere Verantwortung. Jede Veränderung muss akribisch von mir beobachtet werden. Wahrgenommen. Da, die Maranta auf dem Glastisch bekommt ein neues Blatt und hat sich weiter zur Sonne gedreht. Der Ohrenkaktus ist etwas gewachsen und der Rizinus treibt immer noch aus wie wild. Meine Aufmerksamkeit richtet sich auf eine Ecke meines Zimmers.

Dort steht, unübersehbar und irgendwie falsch, eine Pflanze, die ich nicht kenne.

Ich habe sehr viele Pflanzen. Es gibt natürlich Ausnahmen, aber in der Regel kann man sagen, je wichtiger und risikoreicher ein Job ist, desto größer die Pflanze, die ich mir vorher zulege.

Die unbekannte Pflanze, die mich von der Ecke meines Zimmers aus anstarrt, ist eine Palme.

Eine bis zur verdammten Decke ragende, ausgewachsene Palme. Und ich habe keine Ahnung, was ich dafür getan und was ich dafür bekommen habe.

Ich bin irritiert, aber ich bin keine Anfängerin. Ich setze mich und beginne zu meditieren. Surfe durch meine Gedanken, Gefühle, Erinnerungen. Tatsächlich, dort, noch ganz frisch, klafft eine Lücke. Ich kann das Brennen an den Rändern spüren.

Die Stellen, an denen meine Erinnerung lokalisiert, abgetrennt und extrahiert wurde. Eine saubere Arbeit, es ist nichts geblieben. In wenigen Tagen wird auch das Brennen verschwunden sein und damit die letzte Spur an etwas, was einmal ein kleiner Moment in meinem Leben war. Es gab also diesen Job und ich habe ihn verdammt nochmal getan. Gut. Aber da ist noch eine zweite Leerstelle, wo es keine geben sollte. Eine Lücke, wo eigentlich die Erinnerung an den Abschluss wäre.

Was fehlt, ist die Übergabe. Die Bezahlung.

Dadurch ist es, als hätte es in meinem Leben diesen Job bis auf die Palme gar nicht gegeben, und ich könnte es dabei belassen. Aber es fühlt sich nicht richtig an. Mir ist egal, was ich getan habe. Aber ich will zumindest wissen, was ich *bekommen* habe. Ich arbeite nicht umsonst.

Ohne Umschweife gehe ich an die beiden Behälter, in denen ich meine zwei SOLs aufbewahre. Einen Job in der Palmen-Größenordnung hätte ich für nicht weniger als ein SOL gemacht.

SOLs sind die wertvollste, aber auch die gefährlichste Währung, die im Moment im Umlauf ist. SOLs – auch *Seelen* genannt – sind kompliziert und grundlegend unverständlich. Man muss sehr, sehr vorsichtig im Umgang mit ihnen sein. Sie wirken vertraut, wie kleine, leuchtende Sonnen. Aber es gibt nicht wenige Gerüchte darüber, wie verheerend sich SOLs auf ihre Besitzer auswirken können.

Ich öffne die Behälter, aber ich habe nur die beiden SOLs, die ich vorher schon besaß. Auch in meinen konventionellen, virtuellen und realen Konten hat sich, nach einer kurzen Übersicht, nichts verändert.

Das gefällt mir gar nicht. Es schmerzt immer, eine Erinnerung und damit einen Teil meines Lebens zu verlieren. Obwohl es wahrscheinlich besser so ist. Aber normalerweise ist die Entschädigung für diesen Schmerz ausgesprochen gut – und vor allem: vorhanden.

Ich reibe mir mit den Knöcheln die Schläfe. Die Stellen in meinem Bewusstsein, an denen die Erinnerung an was immer ich getan habe herausgetrennt wurde, fühlen sich an wie pulsierende, dunkle Gruben. Heiß und unendlich tief.

Für diesen Schmerz gibt es keine Tabletten.

Als Mem-Traderin tut man viele Dinge, die man wahrscheinlich nicht machen würde, wenn man die Erinnerungen daran behielte. Ich habe nur bruchstückhafte Indizien darüber, was ich alles getan habe. Aus verbliebenen Erinnerungen an die Vorbereitungen der Jobs und die abschließenden Transaktionen. Was ich weiß ist: Die schlecht bezahlten Jobs sind schmutzig. Die wirklich lukrativen Mems sind schmutziger. Manchmal auch einfach absurd für alle – außer die Käufer.

Ich fasse die Palme an, als müsste ich prüfen, ob sie echt ist.

Sie ist.

Echt und fest und groß. So viel größer als all die anderen Pflanzen hier.

An meinem Arm entdecke ich einen blauen Fleck, der vom letzten Job stammen könnte oder auch nicht. Ansonsten scheint alles o. k. zu sein. Mein Körper hat schon deutlich Schlimmeres überstanden, um am Ende Mems abliefern zu können. Ich habe die letzten Jahre nicht nur überlebt. Ich habe mich hochgearbeitet und gehöre mittlerweile zu den besten Mem-Traderinnen.

Dafür bin ich eine Frau ohne viel Vergangenheit.

Ein beträchtlicher Teil meiner gelebten Jahre existiert für mich nicht mehr. Ich habe ihn weitergegeben, an verschiedenste Käufer. Das ist o. k. Ich lebe im Hier und Jetzt. Was hinter mir liegt und ohne eigene Erinnerung ist, habe ich, was mich betrifft und wenn die Wunden verheilt sind, nie wirklich getan. Es ist kein Teil von mir. Nicht mehr.

Jetzt würde ich – zum allerersten Mal – gerne einen kleinen Teil von mir zurückerhalten.

Nur um zu wissen, was genau der Deal war.

Ich habe noch nie davon gehört, dass die Erinnerung an die Übergabe einer Erinnerung Teil einer Handelsvereinbarung gewesen ist. Wer hätte Interesse an so etwas? Und warum sollte ich mich darauf einlassen?

Ich weiß nicht einmal, wo ich beginnen soll zu suchen. Leider ist vollständiges Vergessen ein so essenzieller Teil meiner Arbeit, dass ich mir nie Notizen über meine Jobs mache. Diese Art von Hinweisen fällt also komplett aus. Und doch kenne ich mich gut genug, um zu wissen, dass ich mir manchmal in mein gut funktionierendes System eine Hintertür einbaue. Wenn mir etwas komisch vorkommt. Oder nach Ärger riecht.

Und alles, was mit dem Palmen-Job zu tun hat, stinkt bisher so gewaltig, dass ich bestimmt mehr als eine Hintertür offengehalten habe.

Eventuell habe ich eine 360er gemacht. Das ist nicht ungefährlich, aber ich habe die nötige Hardware, um heimlich und unbemerkt aufzuzeichnen. Einen Versuch ist es wert. Ich sehe meine Aufnahmen durch und finde tatsächlich eine 360er, die noch ungespielt ist. Mein Herz klopft. Sollte es das sein? Die Aufnahme einer Situation, der Situation, deren Erinnerung ich weggegeben habe? Das würde mir reichen. Es muss ja kein Mem sein, ich will nichts erleben und nichts erinnern. Ich möchte nur wissen, wo meine Bezahlung ist und mittlerweile auch, warum die Erinnerung an den Handel selbst nicht mehr da ist. Ich bin lange genug in dem Job, aber diese fehlende zweite Erinnerung bringt meine ganze Statik durcheinander.

Ich setze mich auf einen Stuhl, der unter den Blättern der Palme steht. Nur ein kurzer Moment des Zögerns, dann starte ich die Aufnahme.

Sofort baut sich um mich herum eine fremde Umgebung auf. Wie immer verliert sich die Auflösung in den Details, aber in der Regel kann ich alles erkennen, was ich sehen will. Was wichtig ist. Ich pausiere die Aufnahme, direkt nachdem ich sie gestartet habe. Ich möchte mir erst ein Bild der Situation machen. Von dem Ort und möglichen anderen Personen.

Ich blicke mich in der 360er um. Leider gibt es nur Bild und Ton. Gedanken und Gefühle sind bisher exklusiv den Mems vorbehalten. Aber das ist nunmal alles, was ich jetzt zur Verfügung habe. Vielleicht ist Objektivität, eine gewisse Distanz zum Geschehen genau das, was ich brauche. Ich kann mich sehen. Adrett gekleidet, aber nicht zu feminin. Offensichtlich nervös. Eine seltsame, feine Kleidungswahl, die vielleicht der Größe des Jobs geschuldet ist. Meine Hände liegen lässig in meinem Schoss, aber ich kann an dem Weiß meiner Knöchel sehen, dass ich meine Finger fest zusammenpresse. Kurz zuvor muss ich die Aufnahme gestartet haben. Heimlich.

Der Raum, in dem ich mich befinde, ist mit indirektem Licht ausgeleuchtet. So indirekt, dass es die holzvertäfelten Wände leicht erglühen lässt. Der Dateiname und die Geodaten sind noch in der rechten oberen Ecke eingeblendet. Ich könnte eine genaue Lokalisierung vornehmen, aber ich beschließe, mich erst weiter im Standbild umzusehen.

Eine Seite des Raums ist etwas anachronistisch mit Büchern ausgestattet. Vielleicht sind es aber auch nur die früher so beliebten Regalattrappen voller Buchrücken. Leider kann ich nicht zoomen, um es herauszufinden.

An der gegenüberliegenden Seite stehen einige Vitrinen aus Glas, erleuchtet. Ich kann nicht alle Inhalte genau erkennen. Eine Vitrine enthält eine hölzerne Maske, eine andere ein leicht zerfranstes Papier oder ein Schriftstück mit Zeichen, die mir auf die Entfernung nichts sagen. Im Glas daneben etwas Schwarzes, Verschrumpeltes wie ein mumifiziertes Organ oder uralte, vertrocknete Exkremente. Die letzte Vitrine, deren Inhalt ich gerade noch sehen kann, enthält eine kleine Statue oder einen Götzen. Kupfergrün thront sie auf einem Sockel. Zu unförmig, um einen Menschen darzustellen.

Dahinter verlieren sich die ausgestellten Stücke komplett ins Konturlose.

Es sieht aus wie in einem Museum. Ich hatte schon immer ein zwiespältiges Verhältnis zu Museen, denn sie zeugen vor allem von der Macht der Überlebenden. Es sind die Sieger, die bestimmen, was bleibt und wie es erinnert wird. Wo immer ich hier bin, es ist das Haus einer reichen Person, einer Siegerin, die stolz ist auf ihre Privatsammlung. Ansonsten ist der Raum – bis auf einen massiven Tisch, vier Stühle und ebenjene Vitrinen – unmöbliert.

Keine Pflanzen.

Hinter dem Tisch, mir gegenüber, sitzen drei Personen. Ich weiß sofort, warum ich die Aufnahme heimlich gestartet habe.

Denn diese drei dort sind keine Zwischenhändler, wie ich es gewohnt bin. Sie sind *the real deal*. Ich sitze Auge in Auge mit den Auftraggebern und Empfängern der

Mems. Empfängerinnen. Es ist schwer zu sagen. Die drei wirken so androgyn, dass es unmöglich ist, ihr Geschlecht zu bestimmen. Oder auch ihr Alter zu schätzen. Sie sehen sich so ähnlich, dass sie kaum auseinanderzuhalten sind. Wie Drillinge. Und doch würde es mich nicht wundern, wenn ich erführe, dass hier drei unterschiedliche Generationen vor mir sitzen. Die Person in der Mitte blickt mich durchdringend an, der zierliche Mund mitten in einem Satz erstarrt. Selbst in diesem Standbild umweht alle drei eine jeweils eigene autoritäre, herrschaftliche Aura.

Warum wollt ihr, dass ich mich nicht an euch erinnere? An diesen Raum, diese Unterhaltung? Was habt ihr zu verbergen? Ich blicke die Drillinge an und sehe mich, wie ich dort sitze und sie anblicke. Genau in diesem Moment, dem Beginn der Aufzeichnung wirkt es so, als ob die Person zur Linken nicht nur in diesem Moment ist, sondern mir direkt ins Auge sieht. Nicht mir, die ich dasitze. Sondern mir, die ich mir diese Aufnahme ansehe.

Ich lasse die 360er laufen.

«... wenn alles in der richtigen Reihenfolge durchgeführt wurde. Die Reihenfolge ist ausschlaggebend.»

«Das richtige Timing!», ergänzt die Person zur Rechten.

«Natürlich», höre ich mich antworten. «Ich habe mich strikt an die Anweisungen gehalten.» Meine Stimme klingt wundervoll fest und fast ein wenig arrogant. Nur meine Finger verraten mich, aber das können die drei nicht sehen.

«Davon gehen wir aus», sagt die Person zur Linken mit einem Lächeln, das ich nicht deuten kann.

«Um ehrlich zu sein», fährt die Person rechts fort, «warst du nicht die Erste, der wir diesen Job angeboten haben.»

«Aber du warst die erste Person, die bereit zu dieser – Arbeit war.»

«Das hat uns sehr imponiert.»

Ich kann sehen, wie ich die Schultern hochziehe und minimal verkrampfe. Ich frage mich, was es für eine Erinnerung ist, auf die die drei sich beziehen und auf die ich dort noch zugreifen kann. Auf eine Weise ist dieses vergangene Ich kompletter als ich. Aber wahrscheinlich auch kaputter. Mein Gesicht kommt mir merkwürdig fremd vor. Da ist etwas in den Augen. Sie sehen aus, als wäre hinter ihnen zersplittertes Glas. Wahrscheinlich konnte ich es kaum erwarten, das Mem loszuwerden. Mich wieder zu kitten und mich wieder zu der zu machen, die ich jetzt bin.

Die Stimmen der drei sind erstaunlich sanft und wechseln sich auf anmutige Weise miteinander ab. Wie Wellen in ihrem unendlichen Hin und Her, organisch ineinander verzahnt. Sie haben begonnen, ihre Worte mit kleinen Gesten zu untermalen.

«Wir möchten uns bei dir bedanken.»

«Du hast uns sehr geholfen.»

«Wir möchten auch in Zukunft deine Hilfe in Anspruch nehmen.»

«Wenn du uns lässt.»

«Wenn du bereit dazu bist.»

«Du musst bereit dazu sein.»

«Dieser Deal ist noch nicht abgeschlossen», höre ich meine Stimme scharf dazwischen schneiden. Die Gesten hören auf. Die Person in der Mitte macht ein erschrockenes wie unschuldiges Gesicht:

«Natürlich nicht!»

«Es ist alles Teil des Geschäfts.»

«Geschäft ist Geschäft.»

Alle drei drücken ihren Rücken durch, bevor die mittlere Person sich über den Tisch zu mir beugt.

«Du hast Erstaunliches getan.»

«Das möchten wir dir sagen.»

«Es ist erstaunlich, was Leute tun.»

«Es lässt sich vielleicht alles kaufen.»

«Aber nicht von jedem.»

«Wo soll das nur enden?»

Alle drei blicken mich an.

Von hier kann ich nicht erkennen, ob die Frage tatsächlich an mich gerichtet war. Ob sie auf eine Antwort von mir warten. Ich sehe mich ein Bein über das andere schlagen. Eine meiner abwehrenden Gesten.

«Ich weiß es nicht.», sage ich. Nach einem Moment füge ich hinzu: «Ich bin mir nicht sicher, dass ich die Frage verstehe.»

Ich kann deutlich an meinem Gesicht ablesen, dass ich nicht die geringste Lust auf so einen verquasten Bullshit habe. Für alle anderen zeigt sich an meiner Mimik nichts. Nach außen hin bleibe ich die professionelle, unnahbare Mem-Traderin.

«Natürlich ist es wichtig, dieses Geschäft abzuschließen.»

«Wir wollen uns nichts nachsagen lassen.»

«Wir haben, wie du weißt, einen guten Ruf.»

«Einen exzellenten Ruf.»

«Wir sind zwar Sammler», sagt die Person in der Mitte und zeigt mit einer weichen, ausladenden Geste über den Raum und darüber hinaus. «Aber was wir akkumulieren geht weit über das hinaus, was wir in den Händen halten können.»

«Der wahre Wert einer Sache ...»

«... ist meist nur den wenigsten bekannt.»

«Ist nicht verborgen, ist aber auch nicht immer sichtbar.»

«Wir sind keine Sadisten.»

«Das ist wichtig zu wissen.»

«Der Wert deines Mems ist eher – spiritueller Natur.»

«Ein Stäubchen auf der Waage.»

Das Gespräch verwirrt mich. War ihnen schon bewusst, dass sie die Erinnerung an diese Unterhaltung von mir nehmen werden? Warum dann aber so offen reden? Warum überhaupt? Und wie hätten sie reagiert, wenn sie wüssten, dass ich alles aufzeichne?

«Was glaubst du?», fragt die Person zur Rechten wie beiläufig und legt einen halbtransparenten Behälter auf den Tisch, in dem sich schwach das Glühen einiger SOLs abzeichnet, «als Expertin auf diesem Gebiet ...»

«Sind Erinnerungen die wahre Essenz einer Tat?»

Ich ziehe leicht eine Augenbraue nach oben. Die Mimik meines vergangenen Ichs in diesem Raum bleibt unbewegt.

«Immerhin sind sie alles, was bleibt von dem, was wir tun.»

«Erinnerungen sind mein Job», antworte ich möglichst diplomatisch und mit einer leicht gepressten Stimme. «Erinnerungen schaffen, Erinnerungen verkaufen ist das, was ich tue.»

Die drei lächeln mich an, als hätte ich etwas sehr Schlaues oder sehr Dummes gesagt. Eine Hand ist immer noch wie zufällig auf dem Behälter mit den SOLs platziert.

«Ja», sagen sie, «Handlungen vergehen.»

«Sie existieren nur einen einzigen Wimpernschlag im Universum.»

«Die Mems, sie bleiben.»

«Die Mems sind der Nektar, von dem wir noch jahrelang zehren können.»

«Das Mark der Zeit.»

«Eine wertvolle, wertvolle Substanz.»

Finger trommeln leicht auf dem Behälter. Dann hört es auf.

Ich kenne diese Stille. Jetzt ist, endlich, der Moment gekommen, in dem wir das Geschäft abschließen werden.

Die drei schauen sich an, vergewissern einander wortlos. Eine stumme Kommunikation findet zwischen ihnen statt. Über mich. Ohne ein Wort zu wechseln legen sie mich auf eine goldene Waage und prüfen, wie schwer ich wirklich ihrer Meinung nach bin. Ob ich mehr wiege als eine Feder.

Die Person in der Mitte nickt kurz.

«Bevor wir beginnen, dein Mem zu externalisieren, möchten wir dir ein Angebot machen.»

«Du kannst wie vereinbart diese fünf *Seelen* an dich nehmen.»

Sie öffnen den Behälter und tatsächlich: Im Inneren befinden sich fünf SOLs, wesentlich mehr als ich bisher in meinem ganzen Leben verdient habe. Aber wo sind sie jetzt? Warum besitze ich sie nicht mehr? Wo ist der Haken?

«Oder du kannst», sagt die Person in der Mitte und legt einen deutlich größeren Behälter auf den Tisch, «diese 20 *Seelen* bekommen.»

«Die Entscheidung liegt bei dir.»

«Wir glauben, du bist zu mehr bestimmt, als kleine Brotjobs auszuführen.»

«Du hast dich bewiesen.»

Mein Herz klopft. Noch nie habe ich so viele SOLs auf einen Haufen gesehen. Oder kenne jemanden, der dies von sich behaupten kann. Ich bewundere die Ruhe, mit der ich antworte. Eine Ruhe, die nicht zeigt, dass hinter ihr ein Abgrund lauert. Dass die Fassade brüchig ist und jederzeit leicht einstürzen kann.

«Was wollt ihr, das ich tue?»

Als wäre mir nicht gerade ein Vermögen angeboten worden, größer als alles, was ich mir bisher erarbeitet habe. 20 SOLs! Auf einen Schlag. Solch eine Gelegenheit kommt nie wieder.

«Es ist nicht viel, ehrlich gesagt.»

«Nichts, was nicht schon einmal getan worden wäre.»

«Wir möchten, dass du dieses hier zu dir nimmst.»

Und damit halten sie eine Hand aus und bieten mir ein Mem an. «Dieses Mem für dich, deins für uns, und die 20 gehören dir.»

Ich denke an einen Scherz, aber niemand lacht. Ihre Gesichter sind ernst. Sie warten auf meine Antwort. Ich hoffe, dass ich die fünf SOL nehme, mein Mem loswerde und verschwinde. Aber dann wäre das dort auf dem Stuhl wohl eine andere Person als ich.

«Das ist alles?», frage ich.

«Das ist alles.»

«Dann gehören die 20 *Seelen* dir.»

«Unabhängig davon, ob du noch einmal für uns arbeitest.»

«Oder nicht.»

«Aber du musst es jetzt zu dir nehmen.»

Ich kann die Falle förmlich riechen. Es *muss* eine Falle sein.

Äußerlich zeige ich nach wie vor keine Regung. Aber ich sehe das Glitzern in meinen Augen und ich weiß, dass ich erst das Mem und dann die 20 SOLs nehmen werde. Genommen habe. Das Angebot ist zu verlockend. Ich gebe mir nicht einmal die Zeit, zu überlegen, ob die Erinnerung an etwas, das ich nicht getan habe, schlimmer sein könnte als all die Sachen, die ich in meinem Leben bereits gemacht und deren Erinnerungen ich verkauft habe.

Ich sehe, wie ich mich zum Tisch beuge, meine Hand ausstrecke und das Mem in Empfang nehme. Ich sehe, wie ich mir die fremde Erinnerung zu eigen mache. Und ich sehe, wie ich im Erstkontakt mit dem Mem die Erinnerung in Echtzeit nacherlebe, bevor sie sich anschließend als Ablagerung in meinem Bewusstsein verankern wird.

Hier zeigt sich der große Nachteil der 360er. Ich kann nur an der Oberfläche bleiben. Was mein vergangenes Ich nun nacherlebt, was es fühlt und denkt und sieht, kann ich nicht fühlen und denken und sehen. Ich kann nur beobachten. Von außen. Wie durch Glas.

Zuerst zeigt sich nichts in meinem Gesicht. Meine Züge bleiben starr, undurchsichtig. Dann bildet sich langsam eine Falte auf meiner Stirn. Der Blick bleibt unfokussiert, nach innen gerichtet, während sich die fremde Erinnerung in all ihren Facetten vor mir, in mir entfaltet. Ich sehe meinen Körper weich werden, durchlässig und in sich zusammensacken. Ich bin jetzt nicht mehr ansprechbar, ganz in meinem Kopf. Ich sehe, wie die Falte auf meiner Stirn sich vertieft. Wie sie allmählich, nach und nach die ganze Gesichtshaut mit sich zieht, meine Kieferknochen dagegen arbeiten. Die Stirn wird ein Graben, der Fluchtpunkt, zu dem sich alles hinzieht. Die ganze Zeit über kommt kein Ton aus meinem Mund. Flüssigkeit sammelt sich in meinen Augen. Meine Schläfen pochen im Versuch, bloß keine Schwäche zu zeigen, die Kontrolle nicht zu verlieren. Es ist schon kaum auszuhalten für mich, nur von außen zuzusehen. Ich kann mir nicht ausmalen, was ich dort gerade erlebe. Nacherlebe. Denn das, was mir geschieht, ist schon einmal geschehen. Jemand anderem. Und ich hoffe für diese Person, ich hoffe für mich und für uns beide, dass es bald vorbei ist.

Es ist ganz still im Raum. Nur das leichte Schaben von Fingern über Holz ist zu hören. Das Knistern der Kleidung, wenn die drei ihre Haltung ändern.

Und dann, dann sehe ich, wie ich langsam, Stück für Stück aufgebe. Ich kann es nicht anders sagen. Ich sehe mich unter dem Eindruck des Mems meine Würde verlieren. Und ich kann es kaum mit ansehen. Mein Körper bleibt schlaff, mein Gesicht fällt in sich zusammen, lässt, was immer dort mit ihm geschieht, über sich hinwegrollen. Der Schrecken ist ein stummer Gletscher, der sich langsam und unerbittlich über mein Gesicht schiebt. Ich habe das seltsame Gefühl, mich selbst in den Arm nehmen zu wollen. Mir zu sagen, dass was immer ich dort gerade erlebe, wieder weggehen wird. Dass der Moment nicht fern ist, in dem nichts von diesem Mem mehr in mir bleibt. Dass der Schmerz, den ich fühle, die Erfahrung dieser Erinnerung vergänglich ist und sich auflösen wird und es jetzt ist, also sein wird, als wäre es nie passiert. Aber es ist eine Ewigkeit, die vergeht. Ich spule nicht vor.

Als es endlich vorbei ist und mein Blick sich langsam wieder fokussiert, sehe ich aus wie eine andere Person. Nein. Das stimmt nicht. Ich sehe aus wie eine

Person, die in einer anderen Welt aufgewacht ist. Anders als die, die sie zu kennen meinte. Eine schlechtere Welt.

Die drei schauen mich mit ernsten Augen an. War das die Reaktion, die sie erwartet haben? Wollten sie meinen Zusammenbruch herbeiführen? Sie räuspern sich.

Irgendwann, während ich im Mem war, haben sie den großen Behälter geöffnet. Die SOLs leuchten sirenenhaft im Inneren.

Meine. Ich habe sie mir verdient. Hart verdient.

Eine der drei Personen greift in eine Schublade. Sie reichen mir ein Taschentuch. Ich wische mir das Gesicht, mit fahrigen, zitternden Fingern.

«Was», frage ich und meine Stimme bricht. Ich straffe meinen Körper, richte mich auf und beginne noch einmal. Diesmal ist meine Stimme fest. «Was habe ich gerade erinnert?»

Sie haben die Fingerspitzen aneinander gelehnt und taxieren mich.

«Eine Prägung.»

Ich blicke von einer Person zur anderen, verständnislos.

«Es mag brutal erscheinen.»

«Verstörend.»

«Unnötig.»

«Aber das ist es nicht.»

«Das ist es nicht.»

Sie schütteln leicht den Kopf. Ihre Stimmen sind sanft und mitfühlend.

«Es ist die Kraft, die es braucht.»

«Die Erschütterung, die nötig ist.»

«Um die Schale eines Menschen zu knacken.»

«Um an seinen flüssigen Kern zu gelangen.»

«Das höchste Gut.»

«Die Essenz.»

«Ein unschätzbarer Wert.»

Keine Reaktion von mir. Ich sitze dort wie versteinert. Das Taschentuch geknüllt in meiner linken Hand.

Sie schieben den Behälter mit den 20 SOLs ein stückweit näher an mich heran.

«Dies gehört dir.»

«Sieh sie dir ruhig an.»

«Nimm sie nicht in die Hand.»

«Es ist keines wie das andere.»

«Ein jedes einzigartig.»

Die Person in der Mitte legt ihre Hände auf die der beiden anderen. Für einen Moment verschwimmen ihre Grenzen und sie bilden eine Einheit, gefaltet aus drei Teilen. Sie sagen: «Was hast du gedacht, warum man sie *Seelen* nennt?»

Ich antworte nicht, noch immer nicht. Und ich greife auch nicht nach meiner Bezahlung. Sie rutschen näher aneinander.

«Nimm.»

«Sie gehören dir.»

Ich ziehe den Behälter zu mir heran.

Es sind so viele. Ich schaue sie ungläubig an. Drehe den Behälter vorsichtig in meinen Händen.

«Die Menschen sind mehr als eine sich zufällig formierende Biomasse.»

«Mehr als das.»

«Mehr als Dekomposition und Transformation.»

«Sie besitzen innere Werte.»

«Etwas, das bleibt, wenn alles andere zerbricht.»

«Oh, und es braucht Geschick, sie zu zerbrechen.»

«Entschlossenheit.»

«Skrupellosigkeit!»

«Es gibt nicht viele, die das Zeug dazu haben, eine *Seele* zu prägen.»

«Aber wenn es gelingt ...»

«Sie sind so schön.»

«Wunderschön.»

«So mächtig.»

Selbst hier, in der Wiedergabe der 360er kann ich den Sog der SOLs spüren. Die Kraft, die von ihnen ausgeht.

«Ja.»

«Du spürst es jetzt auch.»

«Hilf uns.»

«Hilf uns, sie zu prägen.»

«Und spüre, wie du daran wächst.»

Sie heben die Arme.

«Sieh, was aus uns geworden ist.»

«Jede Entwicklung beginnt mit einer Grenzüberschreitung.»

«Jede Gottheit mit einer Handvoll *Seelen*.»

«Wir waren nicht immer, wie wir sind.»

«Die Frage ist nicht, was du getan hast.»

«Die Frage ist, was du tun wirst.»

«Dies kann der Beginn von etwas Großem sein.»

«Du kannst mehr werden.»

«Viel mehr.»

«Mehr als du bist.»

«Und nicht mehr weniger.»

Ihre Stimmen sind minimal lauter geworden. Sie hallen von den holzvertäfelten Wänden wider, von den Buchrücken. Sie schwingen innerhalb der Glaskästen, unfähig, sich daraus zu befreien.

Ich schließe den Behälter mit den SOLs und schiebe ihn über den Tisch, zu ihnen hin. Das Gleiche mache ich mit dem Behälter, der die fünf SOLs enthält.

Schweigen.

Die drei schauen mich mit offenen Augen an. Sie wirken gefasst.

«Ist dies deine Antwort?», fragen sie.

Ich nicke. Mein Gesicht versteinert. Ich halte mich mit Mühe zusammen. Dann sage ich: «Nehmt endlich das verdammte Mem, das ich euch gebracht habe.»

Ich lege das zerknüllte Taschentuch auf den Tisch, zwischen das Vermögen an SOLs.

«Und wenn ihr dabei seid, nehmt alles, was heute geschah. Ich will nichts wissen. Nichts davon. Nicht, wie man Menschen zerbricht. Nicht, wie man SOLs prägt. Ich will nichts, gar nichts mehr von euch wissen.»

«Du hast Zeit darüber nachzudenken.»

«Du weißt, wie du uns erreichen kannst.»

«Falls du deine Meinung änderst.»

Ich schüttele meinen Kopf. «Ich werde nichts von euch erinnern.»

Sie lächeln.

«Ja.»

«Das stimmt.»

«Das wirst du nicht.»

«Aber dennoch.»

«Du wirst dich auf die Suche nach uns machen.»

«Und nach ihnen.»

Sie streichen mit leichten Fingern über die Behälter.

Dann stoppt die Aufnahme.

Es ist wieder das Anfangsbild zu sehen. Der Beginn des Gesprächs. Ich sehe mich, noch gefasst, nur die Hände verkrampft. Die drei sind wieder weiter auseinandergerückt. Und noch einmal fällt mir auf, dass die Person zur Linken mich direkt anschaut. Über die Zeiten hinweg. Eine Brücke. Wie über diesen Abgrund und über die Leerstellen in meinem Bewusstsein das Angebot doch noch bei mir gelandet ist. Kann das Zufall sein?

«Du wirst dich auf die Suche nach uns machen.»

Sie hatten Recht gehabt. Und wahrscheinlich wussten sie von Anfang an, dass ich unter dem Eindruck des Mems absagen werde. Dass ich mich später auf die Suche nach meiner fehlenden Bezahlung mache. Nach ihnen.

Deshalb haben sie die Aufnahme gemacht. Nicht ich. Sie, und ohne mein Wissen. Sie haben sogar die Ortung über Geodaten zugelassen, die am Anfang der Aufnahme eingeblendet sind. Das Angebot, das sie mir unterbreiteten, war gar nicht für die Person bestimmt, die dort vor ihnen saß, sondern für mich, die sich diese Aufnahme später anschauen würde. Sie haben die ganze Zeit schon mit mir gesprochen.

Ich speichere die Geodaten und beende die 360er komplett. Mein Raum tritt wieder in all seiner Deutlichkeit hervor. Meine Pflanzen. Ich sitze unter der Palme und denke nach. Aber ich kann nur an die 20 SOLs denken. Sie waren zum Greifen nah. Und ich habe sie nicht genommen. Wäre ich jetzt bereit, sie mir zu nehmen? Die Bedingungen zu akzeptieren?

Meine Hand umfasst die Palme, als könnte sie mir bei meiner Entscheidung helfen. Aber sie ist, wie all die anderen Gewächse stumm und einfach nur da. Wie viele Pflanzen ich doch habe. Und jede Pflanze ein Job und eine verkaufte Erinnerung. Jede einzelne von ihnen ein Stück von mir, das ich verloren habe. Unwiederbringlich. Fast bin ich schon gar nicht mehr richtig da.

Vielleicht ist es tatsächlich an der Zeit, mehr zu werden und nicht weniger.

Ein Schmerz an meiner Hand schreckt mich auf. Ohne es zu bemerken, habe ich mit meinen Fingern über den Stamm der Palme gekratzt. Bin mit den Nägeln durch die harte Schale gedrungen und habe die weicheren Fasern darunter erreicht. Ich ziehe meine Finger zurück. Ein dicker, weißlicher Tropfen bildet sich. Sammelt sich an der offenen Stelle, wird größer und runder und läuft schließlich, bevor er zu platzen droht, den Stamm hinunter. Ich fange ihn auf mit meinem Finger.

Unendlich reich

Text_Christian H. Jonka
Illustration_Julia Hoße

«Terry?»

Keine Antwort.

«Schatz! Ich bin zu Hause!»

Daina lauschte kurz, dann lief sie durch den Flur ins Wohnzimmer. Auch hier war niemand zu sehen. Die Sitzgruppe vor der breiten Fensterfront sah aus, als hätte nie jemand darauf gesessen, aus der Vase auf dem Tisch davor ragten getrocknete Zweige, und das letzte Licht des Tages tauchte alles in ein blasses Orange. Eigentlich sah es aus wie immer.

Sie ging an der unbenutzten Küche vorbei, durch den Speisesaal und warf einen Blick ins Schlafzimmer, doch auch hier war er nicht. Bei einem Apartment dieser Größe war es oft einfacher, wenn man sich eine Nachricht schrieb, anstatt die ganzen Räume abzusuchen.

Schließlich fand sie ihn im Arbeitszimmer. Er saß mit angestrengtem Blick am Schreibtisch vor seinem Computer.

«Terry, was machst du da?», wunderte sie sich. «Arbeitest du noch?»

Ihr Mann sah auf. «Ach, hallo Schatz. Ich musste nur noch etwas Dringendes erledigen.»

Daina lief zu ihm, umarmte ihn von hinten und gab ihm einen Kuss auf die Wange. «Muss das sein?», schmollte sie.

«Ich bin schon fertig.» Er tippte ein letztes Wort, klappte das Display zu und erhob sich. «Heute war ein anstrengender Tag.»

Daina ließ ihn los. «Nicht nur für dich. Ich musste noch zwei Stunden länger im Labor bleiben und die neuesten Ergebnisse aus der Abteilung für Neuroimplantate bewerten – halborganische Verbinder, die weniger Nebenwirkungen aufweisen sollen. Als Nächstes stehen Tests in Schwerelosigkeit an.»

«Nicht, dass du mir davonfliegst», sagte Terry lächelnd und schlang seine Arme um sie. «Nach so einem Tag brauche ich deine seelische Unterstützung.»

«Erzählst du mir auch, was passiert ist?»

Nach einer kurzen Pause antwortete er: «Heute gab es einen mehrstündigen Ausfall auf der östlichen Logistik-Route. Über 50 autonome Transporter sind stehengeblieben und haben die Fernstraßen in mehreren Bezirken blockiert. Die gesamte Produktionskette war unterbrochen.»

«Oh, nein. Habt ihr es wieder hinbekommen?»

Er nickte. «Ich habe ein Team von Mechatronikern 300 Kilometer bis zu einem Transporter fliegen lassen, dessen Computer falsche Daten ausgesendet hat. Ein defektes Bauteil, uns trifft also keine Schuld.»

«Dann ist es ja nochmal gutgegangen.»

«Ich musste mich allerdings in einer Videokonferenz über eine Stunde vor den Beamten der zuständigen Kommission verantworten.»

«Wirklich?», frage sie entsetzt. «Und was haben sie gesagt?»

Vor die Kommission musste man normalerweise nur treten, wenn man für besondere Verdienste ausgezeichnet oder wegen eines Versagens degradiert wurde.

«Sie waren mit der Erklärung zufrieden», beruhigte er sie. «Diesmal bin ich mit einem blauen Auge davongekommen. Aber ich habe darum kein Essen bestellt. Mir ist einfach der Appetit vergangen.»

«Das ist doch unsere kleinste Sorge», sagte sie erleichtert und legte ihren Kopf auf seine Schulter. «Zur Not esse ich ein paar Nährstoffriegel.»

Sie verschwieg, dass sie sich in den letzten Tagen fast ausschließlich von Riegeln ernährte, weil ihr einfach keine Zeit für eine Mittagspause blieb.

Später am Abend saßen die beiden gemeinsam im Wohnzimmer auf dem Sofa und hielten sich müde in den Armen. Beruhigende Aufnahmen von Wäldern oder Wasserfällen auf der riesigen Displaywand vor ihnen sorgten mit passender Musik für Entspannung nach einem harten Arbeitstag.

Daina drehte den Kopf und sah durch das Panoramafenster hinaus in die Dunkelheit. Die Skyline der Stadt zeichnete sich vor dem grauen Himmel ab, und obwohl sie unweit der Küste wohnten, konnte sie dazwischen kaum das Meer erkennen.

«Vielleicht hätten wir doch eine Wohnung am Strand nehmen sollen», sagte sie verträumt.

Terry regte sich müde. «Was gefällt dir an dem Apartment nicht? Es ist eine der vornehmsten Adressen der Stadt, ideal gelegen, mit bester Ausstattung.»

«Ich habe nicht gesagt, dass es mir nicht gefällt», verteidigte sie sich. «Aber ich schaue nun einmal gerne aufs Meer.»

«Wir sind doch so selten zu Hause.»

«Trotzdem. Wir könnten dann abends öfter mal einen Strandspaziergang machen.»

«Möchtest du umziehen?»

«Nein, natürlich nicht», erwiderte sie und drückte sich wieder versöhnlich an ihn. «Aber wir könnten ja mal schauen, was es für freie Wohnungen gibt. Nur so aus Spaß.»

«Ja, sicher, sehen wir nach.»

Terry blendete ein neues Fenster auf dem großen Bildschirm ein, das sich wie ein Fremdkörper über den Wasserfall im Hintergrund legte. Daraufhin ließen sie sich alle freien Wohnungen mit dem Suchwort *Meerblick* auflisten, die jeweils mit Bildern oder Filmen vorgestellt wurden. Aber die Apartments waren entweder zu klein oder das Panorama nicht ungetrübt.

Als sie bereits daran dachten, ins Bett zu gehen, fanden sie ganz am Ende der Liste doch noch einen interessanten Eintrag. Die *Seaside Residence* wurde nicht nur mit einem vielversprechenden Foto beworben, sondern war auch mit fünf goldenen Sternen gekennzeichnet. Beim Anwählen des Eintrags erschien jedoch eine Zahlungsaufforderung.

«Was soll das denn?», wunderte sich Terry.

«Hast du dich vertippt?» Daina blinzelte müde.

«Nein, aber dort steht, es kostet 1.000 GDC, nur um das Exposé zu sehen.»

«1.000 Credits? Für ein paar Bilder?»

«Vielleicht ist es auch ein Fehler.»

Sie gähnte. «Wir sollten ins Bett gehen.»

Ihr Mann lächelte. «Es ist ja nicht so, dass wir uns das nicht leisten könnten. Ich bin zumindest neugierig.»

«Von mir aus», seufzte sie. «Dann lass uns etwas Verrücktes tun.»

«Bin schon dabei», erwiderte er und bestätigte die Transaktion.

Sekunden später startete der virtuelle Rundgang.

«Nicht schlecht», staunte Daina, während die Kamera sie langsam durch die Räumlichkeiten führte.

Die vorhandene Einrichtung genügte zweifellos selbst höchsten Ansprüchen, und der Innenarchitekt hatte offenbar sein ganzes Können aufgefahren. Hochwertige Möbel, kunstvolle Teppiche auf weißem Marmor, Gemälde und Skulpturen ließen sie staunen. Gekrönt wurde der Eindruck von einer breiten Fensterfront samt Balkon, der einen fantastischen Ausblick auf das strahlend blaue Meer bot. Ihr eigenes Apartment kam ihnen dagegen regelrecht armselig vor.

Terry war beeindruckt. «Es sind sogar zwei Etagen. Mindestens doppelt so groß wie unsere jetzige Wohnung.»

«Und es gibt einen Swimmingpool!», jauchzte Daina. «Jedes Apartment in dem Gebäude hat einen eigenen Pool!»

«Und einen innenliegenden Garten, einen großen Balkon, einen Konferenzraum, mehrere Bäder, fünf Schlafzimmer», ergänzte Terry.

«Wie hoch ist die Wohngebühr?», wollte Daina nur noch wissen.

«Moment.»

Beim Anwählen der Informationsseite erschien jedoch erneut eine Zahlungsaufforderung. Er keuchte vor Schreck.

«50.000 Credits?», rief Daina empört. «Alleine für die Information? Das *muss* ein Fehler sein.»

«So viel verdient einer meiner Mechatroniker im ganzen Jahr. Aber für die ist so ein Apartment auch nicht gedacht.» Er nahm sein Armband vom Handgelenk, faltete es auseinander und rief sein persönliches Profil auf. Neben seinem Namen und dem Foto präsentierte sich ein großes **A**, welches ihn als Bürger erster Klasse auszeichnete. Auf der nächsten Seite befand sich sein aktueller Kontostand. Es waren über siebzig Millionen GDC – die globale digitale Währung.

«Hier», sagte er zu seiner Frau. «Der Betrag würde mich nicht wirklich schmerzen.»

«Du bist ja verrückt», antwortete sie lachend.

«Soll ich nun oder nicht?»

Sie schlug die Hand vor die Augen. «Mach, was du willst. Aber ich werde nicht hinsehen.»

Ganz wohl war Terry nicht dabei, so viel Geld für eine einzige Information auszugeben. Aber irgendetwas Besonderes schien sich hier zu verbergen, und er wollte es jetzt wissen. Im schlimmsten Fall bedeutete es nur eine kleine finanzielle Schwankung.

Er bestätigte die Meldung auf dem Bildschirm, musste sich allerdings erneut über eine biometrische Verbindung seines Armbandes identifizieren. Bei so einer Summe war das normal.

«Hast du es getan?», wollte Daina wissen und blinzelte neugierig zwischen den Fingern hindurch.

Sie nahm den Arm herunter und starrte ungläubig auf die Zahl für die angegebene Wohngebühr. Es war eine sehr lange Zahl.

«Drei Millionen und 500.000», las Terry vor. «Im Monat, wohlgemerkt.»

Daina stand der Mund offen. «Über drei Millionen? Im Monat? Wer soll das denn bezahlen?» Der Traum vom neuen Zuhause zerplatzte wie eine Seifenblase.

«Ich habe keine Ahnung, aber ganz offensichtlich jemand, der bessergestellt ist als wir. Und ich dachte immer, wir gehören zur absoluten Oberschicht.»

«Also ich gehe jetzt ins Bett», verkündete Daina misslaunig. «Morgen habe ich viel zu tun. Kommst du gleich nach?»

«Ja, gib mir noch ein paar Minuten», antwortete er teilnahmslos.

Terry legte die Stirn in Falten. Irgendetwas musste man ihm und seiner Frau vorenthalten haben. Sie waren beide so erfolgreich, wie man es sich nur vorstellen konnte, und dennoch spielten sie offenbar in einer unteren Liga der Gesellschaft. Wie konnten sie nur zu den anderen aufsteigen?

Am nächsten Tag dachten sie kaum noch an das luxuriöse Apartment. Sie wähnten auch keinen Zusammenhang, als jeder von ihnen am dritten Tag eine Nachricht erhielt, die mit dem schimmernden Siegel der obersten Finanzbehörde unterzeichnet war. Terry las den Text zwei Mal, dann startete er umgehend einen Video-Chat mit seiner Frau.

«Schatz, ich habe da eben eine ganz sonderbare Nachricht erhalten», begann er ohne Umschweife.

«Von der Finanzbehörde?», fragte sie unsicher. «Ich auch.»

«Was bedeutet das? Warum schicken sie uns beiden einen persönlichen Vorstellungstermin?»

«Ich weiß es doch auch nicht.»

«Einen *persönlichen* Termin!», betonte er. «Ich habe noch nie mit jemandem dort direkten Kontakt gehabt.»

«Wir sollten hingehen.»

«Natürlich sollten wir das!», rief er. «Wir haben gar keine andere Wahl!»

«Schrei nicht so», erwiderte sie. «Du, ich habe gerade wenig Zeit. Lass uns heute Abend weitersprechen.» Dann beendete sie die Verbindung.

Terry lehnte sich in seinem Sessel zurück. Was hatte das nur zu bedeuten?

Doch auch bei einem Gespräch am Abend konnten sie sich keinen Reim auf die Nachricht machen. Der Termin war auf nächste Woche Dienstag zwölf Uhr angesetzt, also bestätigten sie die Einladung und nahmen sich für den Tag frei.

Was auch immer der Grund für das Vorsprechen sein mochte, sie wollten sich an dem Tag zumindest von ihrer besten Seite zeigen. Beide zogen ihre teuerste Kleidung an und ließen sich von einem autonomen Fahrzeug zu der angegebenen Adresse chauffieren.

Pünktlich hielten sie vor dem Sitz der obersten Finanzbehörde, dessen betongraues Gebäude von außen schwer und bedrohlich wirkte. Daina sah besorgt aus dem Fenster.

Der Eingang war mit einer Sicherheitsschleuse versehen, und erst nachdem sie sich einzeln identifiziert hatten, durften sie hinein. Drinnen wies ihnen ein leuchtender Richtungsanzeiger auf dem Boden den Weg zu einer Tür.

Ein wenig verunsichert betraten sie daraufhin einen geräumigen Besprechungsraum. Drei Personen saßen hinter einem langgezogenen Konferenztisch, vor dem sich zwei weitere Stühle befanden.

«Setzen Sie sich doch», hörten sie eine Stimme.

Zögerlich nahmen sie vor den Beamten Platz.

«Guten Tag», grüßten sie höflich und nickten ehrfurchtsvoll.

Die Frau in der Mitte trug einen dunkelblauen Anzug mit hochgestelltem Kragen, auf dem ein silbernes Abzeichen aufblitzte. Links und rechts neben ihr saßen zwei Männer, ebenfalls in blauen Anzügen.

«Wir sind ihrer Einladung gefolgt», sagte Terry und präsentierte die Nachricht mit dem behördlichen Siegel.

«Identifizieren Sie sich bitte», forderte die Frau sie auf und erhob sich. Dabei deutete sie auf zwei weiße Würfel auf der Tischplatte.

Daina und Terry drückten ihre Armbänder gegen die Sensorflächen, und die Beamtin sah auf ihren Tablet-Computer.

«Daina Novac, 37 Jahre», las sie vor. «Abschluss in Neurowissenschaften und Nanophysik. Seit einem Jahr Leiterin der staatlichen Forschungseinrichtung *Shorai* zur Entwicklung neuer Technologien.»

«Das ist richtig», bestätigte Daina.

«Sie sind eine der jüngsten Wissenschaftlerinnen, die jemals diese Position innehatte und haben sich nicht nur durch Fachwissen, sondern auch durch Organisationstalent gegenüber den Mitbewerbern behauptet.»

«Oh, vielen Dank.»

«Terence Novac, 39 Jahre. Abschluss in Informationstechnik und Logistik, Bester seines Jahrgangs, derzeit mit dem Vorsitz der kontinentalen Transportgesellschaft beauftragt. Schnelle Auffassungsgabe und exzellentes Problemlösungsdenken.» Sie sah Terry mit gesenktem Kopf an.

«Ja, vielen Dank, das ist richtig.» Seine Auffassungsgabe half ihm allerdings nicht dabei, den Sinn dieses Termins zu erkennen.

«Wir, das heißt die zuständige Kommission für gesellschaftliche Entwicklung und die Finanzbehörde des Südöstlichen Kontinents, sind außerordentlich zufrieden mit ihren Leistungen.»

Daina und Terry atmeten erleichtert auf, als sie das hörten.

«Sie tragen im großen Maße zum wirtschaftlichen und technologischen Fortschritt unserer Gesellschaft bei», sprach die Beamtin weiter.

«Und ihre Arbeit sowie ihr persönliches Wohlergehen sind uns außerordentlich wichtig.»

Beide nickten einvernehmlich, auch wenn sie immer noch nicht ahnten, was der Zweck dieses Vortrags war.

«Wir haben sie beide daher heute eingeladen, um ihnen ein Angebot zu unterbreiten. Um sie auch weiterhin dabei zu unterstützen, ihren Tätigkeiten ungestört nachzugehen, haben sie die Möglichkeit, in den höchsten Bürgerstatus A5 aufzusteigen.»

«Ich dachte, A sei bereits das Höchste», entfuhr es Daina.

«Das denken viele. Mit dem höchsten Status einher geht zusätzlich ein unendlicher Kreditrahmen, den sie beide in Anspruch nehmen können.»

«Was meinen Sie mit *unendlich*?», wunderte sich Terry.

«Genau das, wonach es klingt», sagte auf einmal der Mann ihm gegenüber. «Ihnen steht nach der Aufstufung eine unendliche Summe an Geld zur Verfügung.»

Terry lehnte sich verblüfft zurück in seinen Sitz.

«Soll das heißen», fragte Daina zweifelnd, «dass wir quasi beliebig viel davon ausgeben können?»

«Das ist korrekt», antworte nun der andere Mann, der ihr gegenübersaß. «So viel sie möchten.»

Daina lachte. «Dann bestelle ich mir jeden Tag einen Koch ins Institut, der für mich ein Vier-Gänge-Menü zubereitet.»

«Eine gute Idee», erwiderte der Mann. «Achten Sie auf Ihre Ernährung. Nichts hindert Sie allerdings daran, dieses bereits heute zu tun.»

«Nur meine Arbeitszeit», murmelte Daina leise.

«Dann könnte ich jeden Tag mit dem Kopter zur Arbeit fliegen?», erkundigte sich Terry.

Der Mann ihm gegenüber antwortete. «Wir glauben kaum, dass es sich für diese kurze Strecke lohnen würde, aber ja, das könnten Sie.»

«Und wenn ich mir jeden Tag ein neues Kleid kaufe?», fragte Daina.

«Wenn Sie Gelegenheit haben, sie alle zu tragen, warum nicht?», sagte der Mann vor ihr.

«Dazu hole ich mir abends einen privaten Masseur nach Hause.»

Terry sah sie missbilligend aus den Augenwinkeln an.

«Das klären Sie gerne privat», war die Antwort, «aber ihrer Gesundheit wäre es dienlich. Wie gesagt, dafür könnten Sie mit Leichtigkeit auch mit Ihrem jetzigen Vermögen aufkommen.»

«Gilt das auch für die Wohngebühr von Apartments?», fragte Terry wie beiläufig.

«Selbstverständlich. Es gilt für alle Zahlungen, die sie beide leisten, unabhängig vom Zweck.»

«Dann kaufe ich halt den ganzen Kontinent», witzelte Terry.

«Grundbesitz wird schon seit 200 Jahren nicht mehr in private Hand veräußert.»

«Ich weiß, es war nur ein Scherz.»

«Das Gleiche gilt für große, staatliche Unternehmen und Institutionen. Sie können aber für freie Flächen ein Nutzungsrecht erwerben und etwas darauf bauen.»

Der Mann hob die Schultern. «Sie dürfen ihr Potenzial aber auch gerne zum Wohle der Gesellschaft einsetzen.»

Die Frau in der Mitte meldete sich jetzt wieder zu Wort. «Verstehen Sie nicht? Ihr Kontostand wird sich nicht mehr verringern, ganz egal, was sie auch tun. Er wird sich aber auch nicht mehr erhöhen. Wozu auch? Frau Novac, Sie erhalten derzeit neben Ihrem beträchtlichen Gehalt eine Reihe von Erfolgsbeteiligungen, die aus der Verwertung der in Ihrem Institut entwickelten Technologien resultieren. Herr Novac, Ihre Vergütung ist ebenfalls beachtlich. Darüber hinaus beziehen Sie jährliche Bonuszahlungen und obendrein Vorstandsanteile aus den Subunternehmen der Logistikgesellschaft.»

«Ja, das stimmt», antwortete Terry.

«All das wird ebenfalls keine Auswirkung mehr auf Ihren Kontostand haben. So, wie sich der Meeresspiegel nicht erhöht, wenn Sie ein Glas Wasser hineinschütten.»

Sie machte eine bedeutungsschwere Pause.

«Obwohl Sie bisher keine Kinder haben, würde dieses Privileg auch für sie gelten, bis zu ihrem 17. Lebensjahr. Wir möchten Sie sogar ermutigen, Nachwuchs zu bekommen.»

Daina zog ein betretenes Gesicht. «Und wo ist der Haken bei der Sache?»

Die Beamtin legte den Kopf schräg. «Denken Sie, es gibt einen Haken? Das Angebot ist vollkommen transparent.»

«Müssen wir uns jetzt sofort entscheiden?», wollte Terry wissen.

«Aber nein. Lassen Sie sich Zeit. Die Dokumente mit den genauen Auswirkungen und Bedingungen erhalten Sie im Anschluss an dieses Gespräch. Es ist Ihnen außerdem untersagt, in der Zwischenzeit mit jemandem darüber zu sprechen. Wir würden jedoch darum bitten, dass Sie sich innerhalb der kommenden drei Wochen bei uns melden und ihre Entscheidung mitteilen.» Dann fügte sie hinzu: «Ach ja, ich vergaß. Die Aufstufung kann nicht rückgängig gemacht werden. Der Beschluss gilt endgültig, bis zu ihrem Lebensende.»

Daina und Terry sahen sich unschlüssig an.

«Wir werden darüber nachdenken», sagten sie gemeinsam.

«Sehr gut. Dann erwarten wir in nächster Zeit ihre Antwort. Dieser Termin wäre damit auch beendet.»

Einen Moment später erhoben sich Daina und Terry. «Danke und auf Wiedersehen.»

Die drei Beamten nickten nur.

Daina jubelte während der Rückfahrt. «Das ist so unglaublich! Stell dir nur vor, was wir dann alles machen könnten!»

«Wir sollten erst einmal ruhig bleiben», erwiderte Terry, der das tatsächlich nicht ganz glauben konnte. «Noch haben wir die besagten Dokumente nicht gelesen.»

«Ja, natürlich, aber denk nur an dieses traumhafte Apartment.»

«Ich gebe zu, es klingt verlockend.»

Sie drückte ihre Lippen an sein Ohr. «Und der Status gilt für immer», flüsterte sie. «Man kann es uns nie mehr wegnehmen.»

Das war ein gewichtiges Argument. Selbst die heikle Situation neulich bräuchte ihn dann nicht mehr zu beunruhigen. Er legte einen Arm um Daina und drückte sie an sich.

Die zugesandten Dokumente über ihre Aufstufung enthielten wenig Neues. Hauptsächlich schien sich zu ändern, dass sie damit über unendliche finanzielle Mittel verfügten. Tatsächlich wurde auch festgelegt, dass der Status nie mehr entzogen werden konnte. Ihre Entscheidung würde endgültig sein, wie die Beamtin schon sagte.

Elf Tage nach dem Vorstellungstermin entschlossen sich Daina und Terry daher, das Angebot anzunehmen. Sie antworteten auf die letzte Nachricht mit ihrer Zusage und waren überrascht, dass es noch am selben Tag eine Videokonferenz dazu gab. Erneut warfen sie sich in Schale und standen am Nachmittag Hand in Hand vor dem großen Bildschirm im Wohnzimmer. Während sie auf den angekündigten Anruf warteten, kam es ihnen fast vor wie eine zweite Hochzeit.

Pünktlich auf die Sekunde ging ein Anruf ein, und vor ihnen erschien überlebensgroß die Beamtin ihres letzten Treffens.

«Frau Novac, Herr Novac. Ich freue mich, Sie wiederzusehen.»

«Guten Tag», erwiderten beide nur, da sie den Namen der Frau nicht kannten.

«Sie haben sich also entschlossen, unser Angebot anzunehmen und in den nächsten Bürgerstatus zu wechseln?»

«Ja, das haben wir», erwiderte Terry.

Auch Daina antwortete mit einem: «Ja, richtig.»

«Haben sie die Dokumente gelesen und die Bedingungen verstanden?»

«Ja», antworteten Daina und Terry zeitgleich.

Die Beamtin blickte zur Seite und tippte auf einem Computer, dann sah sie wieder nach vorne. «In Vertretung der obersten globalen Finanzbehörde autorisiere ich den Aufstieg in den Bürgerstatus A5 für Daina Novac und Terry Novac. Identifizieren Sie sich bitte.»

Im selben Moment vibrierten ihre Armbänder. Sie ließen die Hände los und bestätigten die erschienene Aufforderung zur Identifikation mit einer Berührung des Displays.

Wieder sah die Beamtin auf den Bildschirm. «Ihre Identität wurde bestätigt, der Status geändert.» Mit der Andeutung eines Lächelns verkündete sie: «Herzlichen Glückwunsch.»

Als die Frau nicht weitersprach, fragte Daina verhalten: «Das war's?»

«Das war's. Außer Sie haben noch Fragen.»

«Eigentlich nicht», sagte Terry unschlüssig.

«Dann wünsche ich Ihnen noch einen schönen Tag. Feiern Sie ruhig, und leben Sie wohl.» Dann wurde die Verbindung beendet.

Daina und Terry sahen sich in die Augen.

«Ich habe es mir irgendwie spektakulärer vorgestellt», bekundete sie.

«Geht mir genauso. Ich fühle mich wie immer.»

«Vielleicht sollten wir es wirklich feiern», schlug sie vor. «Lass uns etwas zu Essen bestellen. Ein kleines Buffet und eine Flasche Jiggle?»

«Warum nur eine Flasche?», sagte Terry grinsend und hob sein Armband. Bevor er allerdings den Lieferdienst rief, öffnete er sein persönliches Profil. Neben seinem Namen tauchten plötzlich fünf goldene Sterne auf. «Hier, schau mal.»

Sofort sah Daina in ihrem eigenen Profil nach.

«Ich habe sie auch», seufzte sie erleichtert, als sie die funkelnden Sterne erblickte. Bei ihrer Vermögensansicht stutzte sie jedoch. Statt wie sonst ihrer Millionen Credits, befand sich in dem entsprechenden Feld nur noch der Buchstabe A. «Das ist ja interessant.»

«Was meinst du?»

«Hier, mein Kontostand. Er ist verschwunden.»

Nervös öffnete Terry sein eigenes Konto, doch dort bot sich ihm der gleiche Anblick. «Ob das so richtig ist?»

«Wir haben unendlich viel Geld. Welche Zahl sollte dort stehen?»

«Ich weiß nicht», antwortete er misstrauisch.

«Lass uns etwas bestellen», schlug Daina vor. «Dann werden wir ja sehen, ob die Bezahlung akzeptiert wird. Wenn ja, sollten wir sofort das Apartment reservieren.» Sie stieß ihn lächelnd an. «Ich zahle auch die Wohngebühr.»

Tatsächlich wurde ihr Essen anstandslos geliefert. Während zwei Mitarbeiter ein Buffet im Speisesaal arrangierten, prüfte Terry erneut seinen Kontostand. Unverändert zeigte er ein A.

Selbst nachdem sie am Abend die absurde Summe von 100.000 Credits für den Wohnantrag des Apartments bezahlten, erhielten sie nach einer halben Stunde bereits die Zusage. Überglücklich öffneten sie die zweite Flasche Jiggle und stießen auf ihr neues Leben an. Besser konnte es nicht mehr werden.

Nur drei Monate später schleppten Umzugshelfer einen kleinen Stapel Transportkisten in ihr neues Zuhause. Die Kisten enthielten neben einigen persönlichen Gegenständen hauptsächlich Kleidungsstücke, denn die gehobenen Apartments waren voll ausgestattet. Daina stand unterdessen auf dem Balkon, ließ sich den Wind durch die Haare wehen und sah aufs Meer. Der Ausblick war herrlich. Als sie Schritte hinter sich vernahm, drehte sie sich um.

«Du hattest recht», sagte Terry und atmete tief durch. «Es lohnt sich, Meerblick zu haben.» Er umarmte sie.

«Ich weiß halt, was ich will. Wir sollten gleich den Swimmingpool einweihen, sobald die Helfer fort sind.»

«Das hat doch Zeit.»

«Ich habe mir einen neuen Badeanzug bestellt», sagte sie verführerisch und rieb ihr Bein an seinem Oberschenkel. «Er ist sehr gewagt.»

«Überredet», gab Terry zurück und schloss seine Arme fester um sie.

In diesem Moment vibrierten ihre Armbänder und kündeten einen Besucher an. Terry sah auf das Display und erblickte eine attraktive, elegant gekleidete Frau, die im Fahrstuhl wartete.

«Ja, bitte?», fragte er verwundert.

«Oh, ihr seid schon da? Ich bin eure Nachbarin von ganz oben.»

Daina hob nichtsahnend die Schultern.

«Wir kommen zum Eingang», antwortete Terry.

Nachdem die Frau aus dem Fahrstuhl getreten war, sah sie sich kurz um. «Nett habt ihr es hier», sagte sie unbeeindruckt. «Ich bin Jiang. Mein Mann Kamal und ich bewohnen das Penthouse.»

«Terry», stellte er sich vor. «Das ist meine Frau Daina.»

Jiang deutete eine Verneigung an. «Herzlich willkommen in der *Seaside Residence*. Falls ihr nächstes Wochenende noch nichts vorhabt, würden wir gerne eine Party für euch geben. Wir bekommen nur selten neue Nachbarn und würden euch gerne kennenlernen.»

«Eine Party! Sehr gerne!», erwiderte Daina fröhlich.

«Wunderbar, dann schicken wir euch nachher eine Einladung. Leider muss ich mich auch schon wieder verabschieden. Ich habe nur auf gut Glück geklingelt, aber auf mich wartet noch ein Termin.»

«Gar kein Problem», sagte Daina rasch. «Wir freuen uns!»

Jiang verabschiedete sich und verließ das Apartment ebenso schnell, wie sie es betreten hatte.

«Sogar die Nachbarn sind nett», sagte Daina zufrieden. «Also mir gefällt es hier.»

Am Abend des darauffolgenden Wochenendes betraten Daina und Terry den Fahrstuhl. Terry trug eine schwarze Hose und ein weißes Hemd, dessen Ärmel leger umgeschlagen waren. Daina hatte sich für ein schlichtes, schwarzes Cocktailkleid entschieden, mit dem man nie etwas falsch machte. In der Hand hielt sie das Gastgeschenk – eine Schale mit dunkelroten Erdbeeren. Echtes Obst war für die meisten Menschen unerschwinglich geworden.

Noch bevor sich die Fahrstuhltüren wieder öffneten, hörten sie bereits laute Musik.

«Daina! Terry!», wurden sie von ihrer Nachbarin begrüßt. «Wie schön, dass ihr da seid. Kommt herein!»

«Hallo Jiang», sagte Daina und überreichte sogleich das Geschenk.

Sie nahm die Schale entgegen. «Oh, ich liebe Erdbeeren. Folgt mir einfach. Viele der Gäste sind schon da.»

Dann ging sie voran und führte die beiden in das offene Wohnzimmer. Terry begutachtete die Inneneinrichtung sowie die ausdrucksstarken Gemälde an den Wänden, doch Daina hatte nur Augen für Jiangs Kleid. Es war vollkommen silbern und doch beinahe durchsichtig. Es schmiegte sich an ihren Körper wie feinste Seide, und bei jedem ihrer Schritte warf es kleine Wellen, als würde sie von flüssigem Metall umspült. Daina musste unbedingt erfahren, wo sie es gekauft hatte.

Etwa 20 Personen waren bereits anwesend, die in kleinen Grüppchen um eine Tanzfläche aus schwarzem Marmor standen oder auf den riesigen Sofas die Beine übereinanderschlugen. Man hielt langstielige Gläser mit Jiggle in der Hand, lachte und unterhielt sich. Ihr Gastgeber Kamal, der einen schneeweißen Anzug trug, begrüßte die beiden freudig, bevor er sie den anderen Gästen vorstellte. Alle waren in unterschiedlichen Bereichen tätig, beaufsichtigten technische Produktionsstätten, kontrollierten die Nahrungsmittelversorgung oder waren führende Mediziner. Zwei von ihnen leiteten sogar das kontinentale Raumfahrtprogramm.

Zwei Stunden später war die Zahl der Gäste auf etwa 30 angewachsen und die Musik hatte an Lautstärke zugenommen. Daina und Terry gönnten sich eine Pause vom Smalltalk und begaben sich etwas abseits auf eine Sitzgruppe. Dort stießen sie noch einmal klingend auf ihr neues Leben an.

In diesem Moment kam ihr Gastgeber auf sie zu und setzte sich ihnen schräg gegenüber. Er stellte sein Glas vor sich ab.

«Ich hoffe, euch gefällt die Party!», sagte er mit lauter Stimme.

«Ja, klasse!», antwortete Terry begeistert.

Auch Daina war glücklich. «Danke, das ist sehr nett von euch.»

«Ach was. Wir feiern öfter hier oben. Ihr seid immer herzlich eingeladen! Ich weiß jetzt zwar, wo ihr beide arbeitet, aber was hat euch eigentlich hierher verschlagen?»

«Hierher?», wollte Terry wissen.

«Ich meine, in diese Gegend. Ihr seid ja gerade erst eingezogen.»

«Ach so», lachte Terry. «Nein, wir haben vorher ganz in der Nähe gewohnt, aber Daina hat sich ein Apartment mit Meerblick gewünscht.»

«Das kann ich verstehen! Ihr hattet Glück, dass eine Wohnung frei war. Es gibt nur wenige davon.»

«Ehrlich gesagt», warf Daina ein, «können wir sie uns erst seit kurzem leisten.»

«Ach ja?», sagte Kamal und wirkte überrascht. «Dann habt ihr also noch nicht so lange diesen – Status?»

«Naja, wir waren schon vorher wohlhabend», merkte Terry an.

«Wohlhabend, natürlich.»

«Ja, aber wir wurden aufgestuft. Jetzt können wir uns alles leisten.»

Terry präsentierte Kamal seine goldenen Sterne auf dem Armband.

Dieser tat es ihm gleich.

«Oh», staunte Daina. «Ihr seid auch Bürger der Klasse A5?»

«Die Hälfte meiner Freunde hier hat A5! Einige sind sogar mit dem Flugzeug zur Party gekommen!»

«Aber das ist doch fantastisch!», rief Terry. «Wir sind reich!»

Kamal fing lauthals an zu lachen. Er wischte sich die tränenden Augen, trank einen Schluck und lehnte sich zurück. In diesem Moment trat Jiang von hinten an ihn heran und schob ihm zärtlich die Hände auf die Brust.

«Amüsiert ihr euch?», fragte sie lächelnd.

«Setz dich doch, Schatz», antwortete er grinsend. «Unsere neuen Nachbarn sind sehr amüsant. Sie meinen, sie wären reich.»

Jiang zog einen Mundwinkel nach oben und setzte sich neben ihren Mann. Daina musste wieder auf das faszinierende Kleid starren, das aussah, als würde es jeden Moment wie Quecksilber von ihr herabfließen.

«Aber natürlich sind wir reich!», widersprach Terry vehement. «Wir haben unendlich viel Geld! Mehr kann man ja wohl nicht besitzen!»

Jetzt kicherte auch Jiang und hielt verstohlen die Hand vor den Mund.

Daina und Terry verstanden nicht, worauf ihre Gastgeber hinauswollten.

Nach einem weiteren Schluck Jiggle beugte sich Kamal nach vorne.

«Ihr seid nicht reich», sprach er mit finsterer Miene. «Ihr seid arm.»

«Aber ...», begann Terry.

«Lasst mich raten. Ihr seid vor zwei Wochen mit wenigen Kisten hier eingezogen, nur persönliche Dinge, denn das Apartment bietet ja alles.»

«Ja», bestätigte Daina. «Was sollten wir auch mitnehmen, außer Kleidung?»

«Dann», raunte er, «besitzt ihr nichts, außer dem, was ihr am Leib tragt.»

Nun war es Terry, der lachte. «Was redest du da? Wir können uns alles kaufen, alles machen!»

«Richtig. Aber überlegt doch mal. Unendlich viel Geld? Wie soll das funktionieren? Welches Finanzsystem könnte bestehen, wenn es unendlich viel Geld in Umlauf bringt?»

Die beiden hoben ahnungslos die Schultern.

«Ich will es euch erklären», sagte Kamal. «Ihr wurdet enteignet. Euer gesamter immaterieller Besitz wurde bei der Umwandlung in den Staatshaushalt zurückgeführt, eure Konten geleert. Offenbar ist man erst vor kurzem auf euch aufmerksam geworden.» Er schien zu überlegen.

«Ah, verstehe. Das Apartment. Ihr habt es euch im Netzwerk angesehen und diese horrende Gebühr bezahlt.»

Terry schluckte. «Du meinst, es war eine Falle?»

«Natürlich! Welcher normale Mensch könnte das schon bezahlen? Da wohnt ihr schon so vornehm und seid trotzdem nicht zufrieden! Diese Apartments gibt es extra für Leute wie euch. Wie hoch sollte denn die Wohngebühr sein? Drei Millionen? Vier Millionen?»

«Dreieinhalb», antwortete Terry tonlos.

«Bei uns waren es fünf, aber das spielt keine Rolle. Sie drehen es so, dass man es sich gerade nicht leisten kann und dann auf das Angebot eingeht. Wenn ihr jetzt etwas bezahlt, kommt in Wahrheit die Weltbank dafür auf. Wir bedienen uns alle aus dem gleichen Topf und alles fließt wieder dahin zurück.»

Terry wollte das nicht glauben. «Aber wozu das Ganze?»

«Wozu? So wird natürlich verhindert, dass einzelne Personen zu viel Reichtum anhäufen. Jetzt muss die Gesellschaft nur noch für euren Lebensstil aufkommen, das ist sehr viel effektiver. Ihr müsst nicht mehr nach größerem Vermögen streben und könnt euch um wichtigere Dinge kümmern. Außerdem seid ihr jetzt unbestechlich. Womit könnte man euch schon locken?»

Daina räusperte sich. «Und was sollen wir jetzt machen?», fragte sie heiser.

Kamal hob unentschlossen die Arme. «Warum lebt ihr nicht weiter wie bisher? Wir alle arbeiten noch in den höchsten Positionen und bestimmen die Zukunft mit. Es wäre sonst auch sehr langweilig. Macht ansonsten, was immer ihr wollt. Ihr seid Verwalter des größten Vermögens der Erde! Wir fördern Künstler, indem wir ihre Werke kaufen – begabte Menschen, die ansonsten nur schlecht von ihrer Profession leben könnten. Bestimmt habt ihr die Bilder an den Wänden gesehen. Schenkungen ohne Gegenleistung sind nur in begrenztem Umfang erlaubt, aber ihr könnt trotzdem einfach jemandem etwas geben, wenn ihr die Person unterstützen wollt. Genießt dazu das Leben, ihr seid schließlich nicht unsterblich.»

In diesem Moment wechselte die Musik und Jiang stand unvermittelt auf. «Mein Lieblingslied», sagte sie und streckte ihrem Mann die Hand entgegen. «Kommst du mit tanzen?»

Kamal trank sein Glas leer und stellte es zurück auf die Tischplatte. «Entschuldigt uns.» Dann folgte er seiner Frau zur Mitte des Wohnzimmers, wo sie sich zu den anderen Paaren auf die Tanzfläche gesellten.

Daina und Terry saßen eine Weile stumm nebeneinander. Es klang verrückt, aber es war die einzig logische Erklärung. Alles passte zusammen.

Auf einmal erhob sich auch Daina und sah Terry eindringlich in die Augen. «Komm mit», sagte sie energisch und steckte den Arm aus.

«Was ist?», wunderte er sich. «Wo willst du hin?»

«Tanzen natürlich», erwiderte sie, als wäre es eine Selbstverständlichkeit. «Vielleicht möchte ich auch ein Kind. Immerhin bin ich nicht unsterblich.»

Nach kurzem Zögern ergriff Terry ihre Hand.

Und dann tanzten sie.

Eine Handvoll Glas

Text_Sylvia Barron
Illustration_Maki Shimizu

Shanghai 2046

Die Kante eines Edelstahlgrills stößt mir in den Oberschenkel. Ich schnappe nach Luft. Zu schnell um die Ecke gerannt. Das Gestell auf dem Gepäckträger eines verrosteten E-Bikes schaukelt bedenklich.

«Pass doch auf, Mädchen!», ruft der Fahrradfahrer mir zu.

Ich deute eine Verbeugung an und eile weiter die Fuxing East Road entlang. Wenn ich vor der Dunkelheit alle Lieferungen schaffen möchte, muss ich mich beeilen. Vier grauhaarige Mah-Jongg-Spieler sehen von ihrem Tisch auf, als ich an ihnen vorbeischieße. Da vorne ist die Songxue Street.

Mit pochendem Herzen bleibe ich vor der Hausnummer 19 stehen und klopfe gegen die Tür. Keiner öffnet.

Ich sehe auf die Zeiger meiner Uhr. Wo bleibt Fu? Die Finger gleiten mir in die Hosentasche und ich fasse ins Leere. Das Smartphone habe ich vor sieben Monaten verkauft. Die Angewohnheit, danach zu tasten, habe ich nicht abgelegt.

Mein Blick schnellt in die Höhe. Keine Kameras in Sicht.

An der Stromleitung über mir flattern drei Shirts im Wind und tropfen auf die *Ziyn*-E-Bikes, die in einer Reihe an der Hauswand stehen. Bei meiner Geburt vor 25 Jahren standen überall Motorräder. Seit ihrem Verbot liegen sie in Einzelteile zerlegt auf Müllhalden.

Ich klopfe erneut an die Tür. «Fu, verdammt!»

Der Rollladen am Fenster öffnet sich ein Stück.

«Nicht so laut, Meijun!», flüstert Fu.

«Was brauchst du auch so lange!»

Ich laufe zum offenen Spalt, aus dem sich eine knöchrige Hand mit einer leeren Holzdose streckt. Ich stopfe die Dose in meinen Rucksack und hole eine volle hervor. Er will danach greifen, aber ich ziehe sie weg.

«Erst das Geld!», zische ich.

Er schiebt ein paar Glaschips auf das Fensterbrett. Ich lasse die schimmernden Münzen zwischen meinen Fingern klimpern. Das unverkennbare Geräusch von *Ziyn*-Glas. Sie sind echt. Natürlich sind sie das, Fu ist ein Stammkunde. Die neue Holzdose wechselt ihren Besitzer.

«Dankeschön, Meijun. In vier Wochen wieder um dieselbe Uhrzeit.»

Der Rollladen saust herunter.

«Sei diesmal pünktlich», fauche ich und renne die Songxue Street hinunter, zurück in die Fuxing East Road. Zum tausendsten Mal wünsche ich mir ein altes Fahrrad, eines ohne Motor und ohne Tracking-Chip, der jeden deiner Pedaltritte an die Regierung meldet. Oder schlimmer: an *Ziyn*.

Während ich auf den Huangpu-Fluss zulaufe, sehe ich den *Ziyn*-Turm, der sich in den Himmel streckt. Doppelt so hoch wie der Shanghai Tower mit seinen 128 Etagen und das einzige Gebäude der Welt, das die 1.200-Meter-Grenze überragt.

Dort oben, im 160. Stockwerk, war mein Büro. Mit schimmerndem *Ziyn*-Fensterglas vom Boden bis zur Decke konnte ich bis zum Jangtsekiang sehen, dem Gelben Fluss. Auf der Höhe von Shanghai sieht man das andere Ufer nicht, so breit ist er. Wenn der ewige Smog sich lichtete, beobachtete ich die Kräne, die täglich die roten, blauen und braunen Container auf kleinstadtgroße *Ziyn*-Schiffe verluden.

Ich schüttele den Kopf, um die Gedanken zu vertreiben. Diese Tage sind vorbei. Manchmal, wenn ich schwach werde, bereue ich, zu viele unbequeme Fragen gestellt zu haben.

Am Fluss stoppe ich. Das grüne Wasser schwappt einen Plastikbecher ans Ufer. Ein Relikt aus vergangenen Zeiten. Ich muss warten. Den Fuxing-East-Road-Tunnel kann ich nicht nehmen, ich habe kein Smartphone.

Die Fähre rauscht heran. Die Solarzellen glitzern im Sonnenlicht und auf dem blitzblanken weißen Bug prangt der Name *Ziyn Chuán*. Passagiere strömen auf das Schiff, jeder zeigt seinen *Ziyn*-Firmenausweis vor. Büroangestellte, Klempner, Fliesenleger, CNC-Maschinenbediener, Fensterputzroboterreparateure. In meinem Kopf beginnt die markante Werbestimme zu singen: *Ziyn* ist für alles da. Für alle. Außer für mich.

Ich stehle mich als Letzte auf das Boot und schiebe dem Fährmann eine von Fus' Münzen zu. Er lässt sie stumm in seiner Jackentasche verschwinden und winkt mich an Deck.

Mein nächster Kunde ist ein Europäer, der in einem der *Ziyn*-Wohntürme lebt. Ich war erst ein Mal bei ihm. Er kaufte gleich drei Holzdosen und zahlte großzügig.

Am anderen Ufer renne ich direkt von Bord. Auf dieser Seite des Flusses ist alles schöner. Solar-Taxis rollen geräuschlos über die Straße, botanische Arrangements schmücken die Fußwege und zwischen den blankgeputzten Fassaden der zwölfstöckigen Yanlord-Garden-Wohnhäuser sind keine Stromleitungen gespannt. Auf den Balkonen hängen keine Satellitenschüsseln und die Wäsche trocknet in smarten *Ziyn*-Dehumidrierern neben den *Ziyn*-Waschmaschinen.

Der Wächter am Tor zu den Yanlord Gardens streckt erwartungsvoll die Hand aus. Ich werfe einen Chip hinein und passiere. Er steckt ihn in seine Brusttasche hinter das *Ziyn*-Firmenlogo.

Ob die Leute früher auch so bestechlich waren, als der Renminbi noch aus Münzen und Scheinen bestand? Ich hatte das letzte Mal als Fünfjährige Papiergeld in der Hand, bevor es die Volksrepublik China einziehen ließ und restlos durch *WeChat Pay* ersetzte. Die App auf dem Smartphone, mit der man alles zahlen kann. Sicher, schnell und einfach. Und überwacht. Damals weinte kaum ein Chinese dem alten Geld nach, die stinkenden Banknoten benutzte seit der Pandemie sowieso niemand mehr. Als erstes Land der Welt in die neue Zeit einzutreten – darauf war man stolz.

Mit herausgestreckter Brust sagte man den amerikanischen Riesen *Google*, *Amazon* und *Facebook* den Kampf an und bewarb sich um einen Arbeitsplatz bei *Ziyn*, das bald zum mächtigsten Unternehmen der Welt heranreifte.

Ich betrete eines der Wohnhäuser und sprinte die Treppen in den siebten Stock hinauf. Aufzüge sind immer videoüberwacht. Ganz Shanghai ist es. Aber so wissen sie nicht, welche Etage mein Ziel ist.

«Meijun!» Jason schaut aus seiner Wohnung heraus. Er ist pünktlich, das mag ich.

«Wieder drei?»

«Auf jeden Fall. War sehr lecker. Fast wie zuhause.» Er grinst und sein Gesicht zieht tiefe Falten um seine lange Nase.

Ich halte einen Moment inne. «Darf ich fragen – warum bist du nicht dortgeblieben?»

Jason zuckt mit den Schultern. «Die Bezahlung ist gut.»

Was frage ich überhaupt? Ein europäischer IT-Entwickler wird bei *Ziyn* mit Euro, Yuán und gläsernen Chips überschüttet.

Meine Ware kann er sich trotzdem auf dem legalen Markt nicht leisten, so rar ist sie.

«Hier.» Er lässt mir fünf Münzen in die Hand rasseln.

Ich ziehe die Brauen nach oben.

«Sorry, mehr habe ich nicht. Nimmst du auch Euro?» Er wedelt mit einem blauen Schein.

Meine Augen werden groß. Papiergeld! Das wird man mir aus den Fingern reißen.

«Klar.»

«Du bist die Beste. Danke, Meijun.» Sein breites Lächeln erhellt das mit Bartstoppeln übersäte Gesicht. Er wischt sich verlegen eine rote Haarsträhne von der Stirn.

Ich lächele zurück. Am liebsten hätte ich ihn noch mehr gefragt, hätte mich auf einen Tee einladen lassen und ihn über Europa ausgequetscht. Aber er ist nur ein Kunde, das darf ich nie vergessen. *Ziyn*-Mitarbeiter sind tabu für mich. Rein geschäftliche Kontakte, dabei bleibt es.

«Vier Wochen, selbe Uhrzeit?»

«Willst du nicht noch bleiben?»

«Nein, mein Rucksack muss noch leer werden.»

«Dann nächstes Mal lieber später, als letzte Lieferung.»

Ich sollte ablehnen. «Okay», höre ich mich sagen.

«Gut», antwortet er. «Ich freue mich!»

Ich drehe mich um und haste die Treppen hinunter. Immer in Bewegung bleiben. Nicht zu lange stillstehen. Ich werde keinen Tee mit ihm trinken, auch in vier Wochen nicht. Wenn sie mich in die Finger kriegen, ist mein Spielchen aus. Der Schwarzmarkt geht sowohl der Regierung als auch *Ziyn* gewaltig gegen den Strich.

Sieben Stockwerke zurück zum Boden. Draußen ist es finsterer als vorher. Erinnerungen packen mich. Wie die Polizei mich erwischte, als ich minderjährig einen Gottesdienst besuchte und sie den Pastor für vier Wochen einsperrten. Mama, die sich seitdem kaum aus dem Haus traut. Papa, zusammengeschlagen von *Ziyn*-Wachpersonal.

Mir wird eine Millisekunde schwarz vor Augen. Heute halte ich mein Tempo nicht durch, ich muss eine Pause einlegen und zu Atem kommen.

Ich setze mich in den Schatten einer Palme am Rande eines türkisen Pools. Braune Schläuche schlängeln sich um den Baum und bewässern ihn tröpfchenweise. Die Gummischläuche sehen aus, als ob sie das Gewächs erwürgen, aber sie halten es am Leben. Bei *Ziyn* ist es andersherum.

Ich blicke hinauf in die Kamera. *Mit Ziyn sicher zum Arbeitsplatz.* Mein Ausatmen wird zu einem Schnauben. Vor zwei Jahren habe ich es geglaubt. Bevor Papa in einer *Ziyn*-Spielzeugfabrik von einem Regal erschlagen wurde und nie wieder aufstand.

Ihm gehörte ein Spielwarenladen auf einem bunten Markt, bis sie ihm die Zulieferer abschnitten. Papa sattelte um auf alles, was ihm in die Finger kam, aber er war ein Dorn im *Ziyn*-Auge. So wurden anfängliche Drohungen in die Tat umgesetzt, bis er einen Job als Fabrikarbeiter annahm. Der stolze Bàba – ein Kistenschlepper. Lange musste er es nicht durchhalten.

Ich komme wieder auf die Füße. Jetzt erst merke ich, wie sie in den alten Turnschuhen schmerzen. Es hilft nichts. Ich bin ein kleiner Fisch, aber trotzdem ein Fisch.

Hinter mir erschallt Fußgetrampel. *Ziyn*-Sicherheitspersonal. Ob mich der Wächter am Tor verraten hat? Oder Jason?

«Tāmāde!», fluche ich und flitze in die entgegengesetzte Richtung. Da vorne ist der Ausgang.

Ein breiter Wachmann tritt in den Torbogen. Keine Chance, an ihm vorbeizukommen. Kann ich mich an der Mauer hochziehen?

Ich renne darauf zu und versuche, an der Backsteinwand hochzuspringen. Meine Finger stoppen 20 Zentimeter unter dem Mauerabsatz. «TĀMĀDE!»

Ich wirbele herum. Die Männer kommen im Halbkreis auf mich zu. Gleich haben sie mich.

Da tönt Jasons Stimme über den Hof der Yanlord Gardens. «He! Lasst sie in Ruhe!»

Es kommt von oben, wahrscheinlich von seinem Balkon. Die Wachleute sehen sich suchend um. Ich nutze die Gelegenheit, schieße zwischen zwei von ihnen hindurch an der Mauer entlang und sprinte durch das Tor. Freiheit!

Die letzten Lieferungen müssen ausfallen, ich muss untertauchen. Im Dauerlauf hetze ich zur Fähre. Sie steht schon am Ufer. Gott sei Dank!

Die anderen Passagiere werfen mir verwirrte Blicke zu, wie ich schwitzend, tomatenrot und schwer atmend über der Reling hänge. Früher war ich eine von ihnen.

Der *Ziyn*-Tower wirft seinen Schatten über Shanghai. Und weil ich das sehe, bin ich damals aus dem System geflogen. Wer seinen Job bei *Ziyn* verliert, bekommt nirgendwo mehr einen. Keiner wagt es, sich mit ihnen anzulegen.

Die Hände in den Hosentaschen beruhigt sich mein Herzschlag wieder. Die gläsernen Münzen klimpern. Ich habe heute genug verdient, um uns über die Runden zu bringen. Wie ironisch, dass mir etwas das Überleben sichert, was ich früher in der Kantine als Essensmarken über den Tresen geschnippt habe. Es ist die Währung derer geworden, die unter dem Radar kriechen, ohne Smartphone, ohne E-Bike, ohne Tracking. Für die Sicherheit die größte Bedrohung ist.

Am anderen Ufer schlängele ich mich durch das Gassengewirr ohne Kameras und bleibe vor einem Hinterhof stehen. Hunderte von verschiedenen Blumendüften steigen mir in die Nase und Mama singt *Jesus, meine Hoffnung*, wie immer zu laut für meinen Geschmack. Es ist ihr egal, wie gefährlich es ist.

«Mama!» Ich trete in den Dschungel aus Klettertrompeten, Kakteen, Feigenbäumen, Blaugurken und Glücksbambus. Eine ihrer Bienen summt mir um den Kopf. Ich lächele das Tier an. Es gilt aufgrund von Pestiziden in China als ausgestorben und trotzdem ist es hier und lebendig.

«Meijun!» Mama tritt zwischen dem sommerroten Fackelingwer hervor und schließt mich in eine Umarmung. «Geht es dir gut? Ich hatte ein schlechtes Gefühl heute.»

Ich nicke und schwinge den Rucksack vom Rücken.

«Ich musste abbrechen und bin nicht alle Dosen losgeworden.»

Sie nimmt eine der Holzdosen in die Hand und schraubt sie auf. Der goldene Honig schwappt hin und her.

«Nicht schlimm», sagt sie. «Hauptsache, es geht dir gut.» Summend schlendert sie zurück zum Bienenstock.

Ich lasse mich unter einen Birnbaum fallen und sauge den Duft der nassen Erde auf. Die Sonne schickt ihre letzten Strahlen auf Shanghai und die gläsernen Wolkenkratzer erstrahlen im goldenen Glanz.

Ein Lächeln umspielt meine Lippen. Hier in Mamas Garten geht es mir tatsächlich gut.

64 m^2, 2 ZKB, Erstbezug

Text_Franziska Roth
Illustration_Mathias Barth

Seine Augen waren dunkles Wasser, tief, kalt, in Bewegung. Und so war er. Er …

Die Maklerin stockte. Stirnrunzelnd tippte sie zwei Mal mit dem Kugelschreiber auf das karierte Papier und klappte das Notizbuch zu. Im hinteren Drittel des Großraumbüros surrten die Staubsaugerroboter.

Wer war *er*? Würde sie den Satz je loswerden, wenn sie ihn hinter diese Karos sperrte?

Die Maklerin lief an der Fensterfront entlang zum Drucker. Draußen ging die Sonne auf und tastete sich langsam an den Türmen der Baukräne nach oben. Stur wiesen die Ausleger in alle möglichen Himmelsrichtungen, als hätten sie nachts noch beieinandergestanden und sich dann plötzlich furchtbar zerstritten. Die Maklerin hatte sich den Blick für diese Dinge antrainiert und vermochte ihre Eindrücke in Worte zu fassen. So vermietete sie Wohnungen. Sie schenkte der Reflektion ihrer selbst ein aufmunterndes Lächeln.

Der Bewerber stand vor einem Café, das entgegen seiner festen Erwartungen noch geschlossen hatte. Er fror. Fluchend stieg er von einem Bein auf das andere, blies in die Hände und rieb seine Oberarme. Er war zu früh auf und eher für den Nachmittag gekleidet, der warm werden würde. Jeans, Polohemd, ein dünner Parka, der lässig um ihn herumschlackerte, doch teuer genug war, um seinem Gesicht das Jugendliche zu nehmen.

Die Geduld seiner Schwester hatte gestern Abend ganz plötzlich nachgegeben. Er kommentierte gerade, wie angenehm vorhersehbar ihr Leben doch sei, und reckte die braun gebrannten Arme. Da steckte sie mit ihren Händen im Spülwasser. Er hatte es nicht so gemeint. Nicht so. Er war lange im Ausland gewesen, pausenlos die letzten neun Jahre, und währenddessen hatte sich das *War-doch-nur-ein-Scherz* wohl überlebt.

«Ich glaub, ich versteh Deutschland nicht mehr,» murmelte er.

«Du bist einfach ein Idiot,» entgegnete seine Schwester.

Er lebte bei ihr für den Übergang. Wohin dieser führte, wusste er nicht. Das ließ sich nur retrospektiv beantworten, meinte er. Seine Schwester fand diese Argumentation unzureichend. Seither wusste er immerhin, dass er am unteren Treppenabsatz des Übergangs stand. Sie hatte ihn hinausgeworfen, als sie heute im Morgengrauen das Haus verließ.

Der Bewerber hatte sich an einem Kiosk die Wochenzeitung gekauft. Er würde ein paar Stunden bis zur Wohnungsbesichtigung überbrücken müssen und verspürte kein Verlangen, allzu lange in einen Laptop zu starren, der ihm keine neuen Aufträge mehr bescheren wollte.

Endlich tauchte eine müde junge Frau auf, die das Café aufsperrte. Eine Windböe fuhr durch die Metallverstrebungen eines Krans, der aus der nahegelegenen Großbaustelle aufragte, und schickte ihm ein heiseres Summen. Der Bewerber blinzelte in die Sonne. Er hatte sein halbes Leben auf Baustellen zugebracht. Wie es wohl war, einen Kran zu steuern?

Die Maklerin fuhr an Vorgärten vorbei, einer Reihe Grünstreifen, gedachten Grünstreifen, der Rasensamen wollte nicht keimen, und es war schon Mitte Mai. Sie lächelte ihr schlaganfallendes, schräges Lächeln. Das Notizbuch lag offen in ihrem Schoß. Der Satz von heute Morgen war wieder zu ihr zurückgekehrt. Wie es wohl war, zu *schreiben*? Also beruflich, für Geld?

Der Fahrer öffnete die Schranke vor ihnen mit einer Chipkarte. Das neu geschaffene Quartier durften allein Anwohner betreten. Interessenten mussten sich bei der automatisierten Pförtneranlage anmelden. Sie bogen in die Eleanor-Roosevelt-Straße ein. Das Recht zur Benennung der neuen Straßenzüge lag bei dem Investor, der dort die meisten Wohneinheiten besaß. *Eleanor Roosevelt* – warum nicht. Der Maklerin fiel nichts ein, das gegen Eleanor Roosevelt sprach. Sie steckte das Notizbuch achtlos in die Innentasche der Kostümjacke und würde für den Rest ihres Lebens nie wieder schreiben.

Prüfend schaute sie auf den digitalen Selbstauskunftsbogen des Bewerbers, den sie gleich treffen würde und markierte die Passagen über seine beruflichen Stationen im

Ausland. *Lügen*, dachte sie, *ich verkehre mit Lügnern. Gab es mit Ihrem vorherigen Mietverhältnis Probleme? Ziehen Sie alleine ein? Warum möchten Sie am Stadtrand wohnen? Spielen Sie ein Instrument? Planen Sie, ein Haustier anzuschaffen? Nein, Nein, Ruhe, Nein, Nein.*

Der Fahrer schaltete das Radio aus und drehte sich zu ihr um: «Der Bewerber ist bereits da.»

Ein junger Mann im Parka, dem eine aufgerollte Zeitung unter dem Arm klemmte, saß auf der Bank vor Haus Nummer vier.

Die Dachterrasse hatte sich die Maklerin für den Schluss aufgehoben. Sie überblickten ein grün-rotes Areal aus altem Backstein und noch älteren Baumbeständen. Der Bewerber hatte sich in die Wohnung verliebt, das spürte sie.

«Hier können Sie die Strukturen des alten Tierparks, die wir erhalten haben, besonders gut nachvollziehen. Dort die Villa des Direktors, die zu einer Bücherhalle umfunktioniert worden ist, daneben das Labor, das nun als Bäckerei dient.»

«Mh mh», machte der Bewerber beeindruckt.

«Und wir befinden uns gerade im ehemaligen Afrika-Haus, wussten Sie das?»

Der Mann bekam runde Augen: «Ach was!»

«Doch, doch», bestätigte sie. «Das Augenmerk bei der Renovierung lag für die Investorin auf hochwertigen, natürlichen Baustoffen. Wir haben ausschließlich mit lokalen Firmen kooperiert. Sorgfalt – das war uns eine Herzensangelegenheit an diesem», sie pausierte, «geschichtsträchtigen Ort».

Er nickte.

Selbstverständlich war die Wohnung teuer! Gute Güte, hier oben roch man die frischen Brötchen sogar. Fehlte nur noch, dass ein paar bebrillte Kinder Comicbände aus der Bücherhalle trugen. Natürlich konnte sich das kaum ein Mensch leisten. Also, mit Geld. Die Maklerin empfand es als würdelos, dies vor Bewerbern auszusprechen. Aber das war auch nicht mehr notwendig. Die Wohnungen ließen sich gar nicht mit Geld bezahlen.

Sie lehnte sich an das Balkongeländer. «Darf ich annehmen, dass Sie an einer Anmietung interessiert sind?»

Früher hätte sie mit rechts gezwinkert, doch das ließ ihre lädierte Gesichtshälfte nicht mehr zu.

Der Bewerber schluckte.

«Ja, sehr, absolut», sagte er schneller und rauer, als ihm lieb war.

Die Blätter in den Lindenwipfeln wiegten sich wie runde, freundliche Gesichter hin und her, als redeten sie ihm gut zu.

«Ich möchte zur Ruhe kommen», sagte er unvermittelt.

Sie schwieg und ließ die vollkommene Stille wirken, die sie hier oben umfing.

Sie deutete ihm mit der Hand, auf der Couch im Wohnzimmer Platz zu nehmen.

«Nun, über die Finanzierung haben wir ja bereits gesprochen.»

Seine Aufmerksamkeit hing noch immer in den Baumkronen.

«Können Sie bitte noch einmal darstellen, welche Art von Erfahrungen Sie der Investorin anbieten können?»

Der Bewerber nickte und richtete sich auf. Sie schob eine kleine Wasserflasche und ein Glas über den Tisch in seine Richtung.

«Verzeihen Sie, vielleichte sollte ich zunächst ein paar Worte über die Investorin verlieren, damit wir besser einschätzen können, ob Ihre Erfahrungen kompatibel sind.»

«Selbstverständlich.»

Die Maklerin lehnte sich zurück.

«Das Leben der Investorin ist sehr vielseitig, aber im Grunde schnell umrissen. Sie hat in Großbritannien studiert, dann in einer Wirtschaftsprüfungsgesellschaft gearbeitet, bis sie Partnerin wurde. Das ist sie bis heute. Vor ein paar Jahren ist sie etwas kürzergetreten, um sich einigen Ehrenämtern zu widmen.

Der Bewerber folgte ihr aufmerksam.

«Imponierend,» meinte er.

Die Maklerin legte ihr Tablet behutsam zwischen sich und den Mann auf den Tisch.

«In der Tat, aber dennoch fehlt ihr etwas Wesentliches. Sie hatte nie Zeit zu reisen. Afrika hat es ihr angetan, diese Farben, die Fauna ...» Sie ließ den Satz unbeendet.

Der Bewerber nahm den Faden gleich auf. «Ich habe in vielen – in einigen Ländern Afrikas gearbeitet.»

Die Maklerin rief zeitgleich sein Profil auf und klickte eine Tabelle an.

«Ghana, Nigeria, Togo, Mauretanien, Eritrea, Angola, Kamerun, Senegal, Mozambik, Tansania, Südafrika.»

Die Maklerin lächelte. «Wunderbar.» Sie fuhr mit dem Finger die Liste entlang. «Sind dies sprechfähige Erfahrungen?»

Der Bewerber stutzte.

«Verzeihung, damit sind besonders intensive Erfahrungen gemeint, die die Investorin nach der Übertragung dazu befähigen werden, detailliert zu berichten. Als hätte sie es mit allen Sinnen selbst erlebt.»

Der Bewerber zögerte kurz. «Ich denke doch.»

Die Maklerin stand auf und schaltete den Bildschirm an der Wand gegenüber ein. Automatisch senkten sich alle Jalousien.

«Wobei sie die Erfahrungen weitestgehend für ihre eigenen halten wird, wenn sich die neuronale Vernetzung eingependelt hat.»

Sie wandte ihm dem Kopf zu und sah direkt in seine Augen. «Genauso, wie Sie diese Erinnerungen nach und nach verlieren werden. Wir respektieren natürlich das gesetzliche Verbot der Erfahrungsduplikation.»

Er ließ sich nichts anmerken und starrte auf die Glasflasche vor ihm. Die Maklerin erfasste jede seiner Regungen. Andere hatten bei diesen Worten den Termin schon abgebrochen.

Die Maklerin verband ein kleines Lesegerät mit dem USB-Port des Bildschirms. «Reichen Sie mir doch bitte Ihren Transmitter, damit wir die von Ihnen ausgewählten Erfahrungen gemeinsam betrachten können.»

Sie drehte sich zur Seite, um dem Bewerber Diskretion beim Entfernen des Nanochips aus dem Nacken zu gewähren. Er hatte diesen Schritt jedoch schon getan, vielleicht als er eben auf der Bank saß, und reichte ihr den Chip hastig. Sie schob den Transmitter in das Lesegerät – sofort erschien eine Szene auf dem Bildschirm.

Eine Baustelle. Das Brummen von Lastwagenmotoren. Trockene, braunrote Erde, zur Straße festgestampft und ein paar Meter weiter entfernt aufgerissen wie kleine Wunden. Im Vordergrund ein unverputzter, flacher Rohbau, akkurat gemauert. Der rote Staub bedeckt die untersten Steinreihen.

«Attention, Monsieur!», ruft ein dunkelhäutiger Mann und zeigt auf einen Haufen Stahlgitter, die links des Betrachters aufgeschichtet liegen. Er trägt einen Sicherheitshelm und eine gelbe Warnweste über seinem Nadelstreifenanzug.

«Merci, Jean-Claude», sagt eine Stimme. Es ist die des Bewerbers, der das Geschehen um sich herum mustert.

«De rien», antwortet Jean-Claude und trocknet mit einem Taschentuch Schweiß auf seiner Stirn. Das r in rien rollt er deutlich. «Il fait chaud, non?»

Der Bewerber geht nun auf eine niedrige, ziegelgedeckte Halle zu, deren Seitenwände aus Rundbögen bestehen. Jean-Claude begleitet ihn und spricht in sein Mobiltelefon. Ein Arbeiter in Shorts und T-Shirt streicht eine der Säulen ockerfarben an. Seine Sandalen sind mit Farbspritzern gesprenkelt. «Jean-Claude, as-tu le plan de construction?» Jean-Claude schüttelt den Kopf und läuft auf zwei Frauen mit bunten Kopftüchern zu, die im Inneren der Halle über einen Tisch gebeugt stehen. Der Bewerber hebt den Kopf und blickt in den tiefblauen Himmel. Er dreht sich langsam um sich selbst. Ein Fahrzeug nähert sich und hupt, trotzdem senkt er Kopf und Blick nicht. Aufgewirbelter Staub legt sich wie ein dünner Vorhang vor das Blau.

Was tat er da? Die Maklerin stoppte die Erinnerungswiedergabe mit einer Fernbedienung. Üblicherweise interpretierte sie nichts von dem, was sich ihr auf dem Bildschirm darbot. Sie würde sich darin verlieren. Es fühlte sich verboten, beinahe schmutzig an. Die Erinnerungen waren allein für die Investorin bestimmt. Nach dem Transfer würde sie auch auf Geruch und Geschmack, auf alle Sinneswahrnehmungen zugreifen können, auf viel mehr, als die kurze Szenerie auf dem Bildschirm überhaupt vermitteln konnte. Den Bewerber wiederum beförderte das zum Mieter. Er bezog die Wohnung für den Preis seiner Erinnerungen.

Der Bewerber räusperte sich und hielt sich an der aufgerollten Zeitung fest. «Ist das brauchbar?»

Die Maklerin wollte etwas Zeit gewinnen. Sie ging hinüber zum Kühlschrank und entnahm ihm zwei weitere Flaschen Wasser. Der Bewerber erzielte seit einigen Monaten kein regelmäßiges Einkommen mehr. Seine Tätigkeit als leitender Bauingenieur hatte jäh geendet, das konnten die Verklausulierungen in seinem Auskunftsbogen nicht kaschieren. Die Maklerin analysierte solche Lagen sofort. Selbstredend zahlte jeder lieber mit Geld, wenn er denn konnte. Die Tragik des Ganzen weilte wie eine unsichtbare dritte Person mit im Raum.

Sie atmete aus und zog ihre Ärmel glatt. «Lassen Sie mich ehrlich sein. Diese Art von Erinnerung ist doch sehr technisch. Das ist nicht das, was sich die Investorin wünscht. Haben Sie nicht ein lebendigeres Repertoire? Farben, Flora, Fauna, Menschen –» Sie verstummte. Der Bildschirmschoner startete.

Der Bewerber war ganz still. Er sortierte sich. Sortierte seine Erinnerung wie Habseligkeiten auf einem Speicher, trennte sie hektisch in *unverzichtbar* und *entbehrlich*. Seine Schwester hatte Recht mit ihrem Urteil über ihn. Schließlich erwiderte er: «Klar, das bekommen wir hin.»

Er ließ sich den Transmitter reichen, um ein weiteres Erfahrungsset aufzuspielen. Eine neue Szene lief über den Bildschirm.

Ein Strand im Sonnenuntergang. Rundgeschliffene, bläulich glänzende Felsbrocken ragen aus dem Sand. Darauf sitzen junge Männer und plaudern. Einer reicht eine Cola-Flasche herum. Ein anderer springt auf, zieht sein T-Shirt aus und wedelt damit. Seine Freunde klatschen und lachen. Das Meer ist fast glatt, kleine Wellen kräuseln sich in einem wiegenden Rhythmus an Land. Kinder laufen kreischend zwischen dem Wasser und einem roten Holzboot hin und her. Es ist auf die Seiten gekippt und von einem Fischernetz bedeckt. Der Bewerber streckt die Beine aus und vergräbt seine nackten Füße im Sand. Seine Chinos sind hochgekrempelt. Neben ihm beginnt eine Frau zu sprechen. Sie reicht ihm eine Plastikschale mit einem dampfenden Gericht. Der Bewerber saugt genießerisch den Geruch des Essens auf. «Ah, merci bien.», sagt er zufrieden.

Die Maklerin pausierte die Wiedergabe. Sie war zu diskret, um die Erinnerung weiter vorzuführen. Der Bewerber errötete.

«Haben Sie mehr davon?», fragte sie freundlich.

Er mied ihren Blick.

«Ja,» sagte leise.

Sie schaltete den Bildschirm aus, wissend, dass er sich in Gedanken gerade von der Frau aus der Erinnerung verabschiedete. Sie würde bald nur noch ein Fragment neuronaler Querverbindungen für ihn sein, ein gefühlsbeladener Schnipsel, der dann und wann durch sein Gedächtnis wehte, ohne dass er begreifen würde, warum.

Die Maklerin gab ihm noch einen Moment. Dann setzte sie sich zu ihm und zog das Tablet zu sich heran.

«Ich glaube, wir kommen ins Geschäft.»

«Erlauben Sie, dass ich Sie etwas Persönliches frage», meinte der Bewerber scheu.

Sie standen am Hauseingang. Es kam ihm vor, als ob sich der Termin zu Jahren ausgedehnt hätte.

«Natürlich, natürlich», antwortete die Maklerin abwesend und winkte den wartenden Fahrer heran.

«Haben Sie schon mal etwas verkauft? Eine Erinnerung, versteht sich?»

Die Maklerin hielt inne und ließ die Hand langsam sinken. Sie war müde. Dieses Wühlen in fremden Köpfen war anstrengend.

«Nein, tatsächlich nicht. Mein Leben ist weniger aufregend als Ihres. Über handelbare Erinnerungen verfüge ich gar nicht.»

Seine Augen waren schwarzes Wasser, seine Haut –

Aber das war natürlich gelogen.

RELIVS C

L1BRA

Text_Tom Kanitz
Illustration_Markus Rockstroh

«Transaktionswille bestätigt. Der Handel wird nun eingeleitet.»

Ein ersticktes Keuchen entfleuchte den trockenen Lippen des in dreckige Lumpen gekleideten Junkies, als der präzise Laserstrahl seine schwielige Hand einer kaum sichtbaren Guillotine gleich abtrennte. Dumpf plumpste das leblose Stück Fleisch und Knochen auf die Oberfläche der kreisrunden Waagschale, während die rauchende Wunde bereits den beißenden Gestank von verbranntem Fleisch verbreitete.

Der STAT3RA – ein großer humanoider Roboter, dessen Kopf eine gewaltige Linse beherbergte, welche besagten Laser gebündelt hatte – richtete sich wieder zu voller Größe auf und folgte stumm seiner Funktion, die korrekte Abwicklung des Geschäftes zu beobachten. Da der Kunde die Versorgung der Wunde nicht aktiv verlangte, würde diese nicht berechnet werden und so als Gebühr den Wert der Ware schmälern.

Gebannt starrte die arme Seele auf den blau aufleuchtenden und nun stetig langsam blinkenden Untergrund, dessen Licht angab, dass die Wägung im Gange war. Aufgerissene Augen sowie Schweißperlen auf seiner Stirn vermittelten den Eindruck, der Schmerz würde ihm fast die Sinne rauben, doch konnte der geschulte Beobachter eindeutig erkennen, dass es das laute Pochen seines Herzens war, welches ungeduldig das Ergebnis abwartete, als hinge sein Leben davon ab.

Erst als das Blinken erstarb und das Licht stetig blau leuchtete, entspannten sich sowohl sein Körper als auch sein Geist sichtlich.

«Ihre Ware wurde analysiert und der Besitzstand final abgeglichen», erklang die Stimme L1BRAs teilnahmslos. *«Der Gegenwert Ihrer Zahlung beträgt 600 Terra.»*

«600!», rief der mittellose Mann begeistert aus und griff mit seiner verbliebenen Hand nach dem schmalen Schlauch, welcher aus einer kaum sichtbaren Öffnung der glatten metallenen Oberfläche des Monolithen hinter der

Waagschale hervorkam, um ihn sich in die von einer künstlichen Hautfalte hinter seinem rechten Ohr verborgene Öffnung zu stecken. Die Oberfläche fühlte sich seltsam warm an, als würde sein Inneres aus lebendem Gewebe bestehen.

«Endlich! Dafür bekomme ich doch sogar drei Dosen!»

«Bitte führen Sie den zur Verfügung gestellten V1A in die biologische Schnittstelle ein. Sollten Sie dazu nicht mehr im Stande sein, lassen Sie es den STAT3RA tun. Die Gutschrift erfolgt anschließend umgehend auf Ihrem Nexus.»

Ehe er die begehrte Entlohnung für sein Opfer jedoch in Empfang nehmen konnte, packte jemand sein Handgelenk und verhinderte, dass er die Transaktion zu Ende brachte. Grobschlächtig und überdurchschnittlich muskelbepackt hatte sich ein Hüne neben der verlorenen Gestalt aufgebaut und den Vorgang von Anfang bis Ende betrachtet. Ein verschlissener Kampfanzug und seine ungepflegte teilweise von Schuppen bedeckte Haut zeugte von Konflikten vergangener Tage.

Tankbrut. Gezüchtet für Krieg als Waffe der Menschheit, weggeworfen wie Müll, sobald neuere Generationen das vom Wasser getrübte Licht außerhalb des Tanks erblickten. Meistens verdingte sich ausgesonderte Tankbrut in der ganzen Galaxie als Leibwächter, Geldeintreiber oder Söldner. Oder sie arbeiteten als entbehrliche, aber loyale Proxys von Dealern, welche die potente Droge Iocus und andere Wirkstoffe für einzelne Syndikate oder die große Triade unter die Abgehängten der Gesellschaft brachten. Wenn sie das nicht taten, waren sie nicht clever genug, allein etwas zu Stande zu bringen und gingen irgendwann jämmerlich zu Grunde.

«Eine!», blaffte der Muskelprotz schwerfällig, als ob selbst dieses Wort ihn schon stark forderte. «Eine!»

«Was unser geschätzter Vermittler sagen will», ertönte eine freundliche Stimme aus der Lautsprechereinheit auf der Schulter der Tankbrut, «ist, dass das Schmerzmittel für diesen – Eingriff natürlich mit auf der Rechnung steht. Wir sind keine Wohltäter, mein Freund, sondern ehrliche Geschäftsleute. Ehrliche Geschäftsleute machen ehrliche Geschäfte. Du schuldest uns noch den Preis für die letzte Dosis. Hinzu kommen der Preis für das Schmerzmittel, eine Verzugsgebühr, außerdem die Kosten für diese Langstreckenkommunikation ... Ich fürchte, 600 Terra decken gerade mal das. Aber im Sinne der wohlgesonnenen Kaufleute können wir wohl noch eine kleine Dosis Iocus drauflegen.»

«Aber – Aber das war nicht ausgemacht!» Kreidebleiche zeugte von der schwindenden Erleichterung über den Erhalt der wertvollen Terra, welche ihm die nächsten Trips der Realitätsflucht finanzieren konnten. «Ich – L1BRA! L1BRA soll den Wert der Dosen schätzen!»

«Ich befürchte, unser geschätzter Vermittler hier ist nicht der Eigentümer der geforderten Ware. Die Medizinerin, welche die Legitimation über den Besitz des Iocus zur Verwendung als Behandlungsmittel besitzt, ist eine vielbeschäftigte Frau, welche den aktuellen Wert dieser Menge von L1BRA nicht auf Zuruf bestimmen lassen kann. Daher meine eigene akkurate Rechnung als ihr Stellvertreter.»

«Bitte führen Sie den zur Verfügung gestellten V1A in die biologische Schnittstelle ein», erinnerte L1BRA ihren Kunden nochmals. *«Sollten Sie dazu nicht mehr im Stande sein, lassen Sie es den STAT3RA tun. Ausbleibende Bestätigung des Transfers kann als geahndete Transferverzögerung zu einer Neuevaluation der Zahlung führen. Der Gegenwert beläuft sich auf 595 Terra.»*

«Herrje, wie es aussieht wird das wohl doch nichts mit der Extradosis!», äußerte sich die Lautsprecherstimme übertrieben besorgt.

Fieberhaft suchten die Augen des Süchtigen einen nicht vorhandenen Helfer, während sein finanzieller Countdown weiter ablief.

«590 Terra», zählte L1BRA ihn unbarmherzig herunter.

«Aber ich –»

«585 Terra.»

«Oh, oh!»

«500 –»

«In Ordnung!» Panisch riss er seinen Arm aus der Klaue und rammte den V1A förmlich in die dafür vorgesehene Öffnung.

«583 Terra werden als Gegenwert an Sie transferiert», legte L1BRA den finalen Preis fest und verlangte dann eine finale Bestätigung des Handels. *«Sind Sie sicher, dass diese Transaktion ausgeführt werden soll?»*

«Deal! Deal!»

«583 Terra wurden Ihrem Nexus gutgeschrieben. Die Ware wird nun transferiert.»

Augenblicklich wurde die Hand desintegriert und verschwand vor ihren Augen als Gegenwert für den bezahlten Preis von 583 Terra.

Angewidert beobachtete Rin von Ferne durch die durchsichtige Barriere um den L1BRA-Knoten, wie der gerade mit der Bezahlung gesegnete Mann sogleich über eine willentliche Verbindung der Nexus seines gerade verdienten Lohns beraubt wurde. L1BRA wickelte die Transaktion ohne Rückfrage als Schenkung ab.

Als alle Terra den Besitzer gewechselt hatten und die V1A gelöst waren, kramte die Tankbrut in einem versteckten Fach ihres Kampfanzugs herum und holte eine winzige Ampulle voll hellblauer Flüssigkeit hervor.

So fragil war sie, dass Rin beeindruckt war, wie der Hüne überhaupt damit hantieren konnte, ohne sie sofort zu zerbrechen. Währenddessen hingen die Augen des Obdachlosen an dem winzigen Fläschchen, als wären Nektar und Ambrosia der Götter selbst darin abgefüllt.

Er riss es der Tankbrut förmlich aus der Hand, wartete ungeduldig, bis die gekennzeichnete Öffnung zum Rest der verfallenen Raumstation freigegeben wurde, und rannte dann wie besessen in die Dunkelheit des nächsten Wartungsschachtes davon, um seiner Sucht zu frönen, bis diese weitere Gliedmaßen von ihm forderte, wenn er nicht an der Wunde selbst starb.

Seine Geschäftspartner verließen den Ort der Transaktion erst, nachdem die Tankbrut ihre Einnahmen über die L1BRA-Schnittstelle an ihre Dienstherren übermittelt hatte. Ehrliche Geschäftsleute, welche mittels des unantastbarsten und fairsten Systems, das den Handel der gesamten Galaxie kontrollierte, gerade ehrlich jemanden betrogen hatten.

Rins Augen folgten der massigen Gestalt, bis diese in einem der größtenteils verlassenen Hauptgänge verschwand. Ihr Blick fand wieder zurück zum Ort des Betruges, wo L1BRA, geschützt von ihrem treuen STAT3RA, stumm des nächsten Handels harrte, den sie ihrer Funktion gemäß überwachen konnte.

Sie indessen glaubte, dass L1BRA selbst gerade alle Beteiligten des Handels betrogen hatte. Sie waren ihrer Wege gegangen, aber L1BRA war an Ort und Stelle geblieben. Zufälligerweise war an diesem verkommenen Ort das Einzige, was nicht verdreckt und verwahrlost war, die Umgebung, welche sich hinter der Barriere befand. Die automatische Instandhaltung und Wartung verliefen an jeder Schnittstelle und jedem Knotenpunkt penibel genau. Wenn neue Gebiete erschlossen oder Stationen gebaut wurden, dauerte es zumeist nicht lange, ehe einige STAT3RA auftauchten und mit der Errichtung einer solchen Zone begannen.

Skeptisch verengten sich die grünen Augen der jungen Frau hinter der gesichtslosen grauen Maske, welche ihre Züge nun schon so lange verbarg. Erst als der Kopf des STAT3RA sich langsam in ihre Richtung drehte, zog sie sich rasch hinter den Schacht, in dessen Schatten sie sich aufhielt, zurück. Reflexartig kauerte sie sich zusammen und zog die Kapuze ihres verschlissenen dunkelblauen Umhangs über ihr leuchtend rotes Haar. Unbewusst spielte sie gleich darauf nervös mit einer uralten Münze, die – eingefasst in einen dünnen metallenen Rahmen – an einer feinen Kette um ihren Hals hing.

«Woran denkst du?», erklang eine vertraute schnarrende Stimme direkt neben ihr und sie blickte zu ihrer Rechten.

Ihr Begleiter trug dieselbe Maske wie sie. Auch er war von einem Umhang verborgen, allerdings war dieser gänzlich um ihn gewickelt und auch seine Hände und Füße durch Kleidung vor Blicken geschützt. Gebeugt stand er da und stützte sich augenscheinlich schwerfällig auf ein dünnes abgebrochenes Rohr, das einen Gehstock ersetzte. Lediglich die leuchtend blauen Iriden und das kaum hörbare Summen seiner kleinsten Bewegungen verrieten, dass sich kein menschliches Wesen unter seiner Verkleidung verbarg.

«L1BRA soll fair sein», spie Rin förmlich aus. «Gerecht. Ohne Vorurteil. So viel Zeit ist vergangen und alles, was ich sehe, ist ein lausiges System für Betrug und Elend … Gleichgültig, wie viel Zeit vergehen mag, solange die Menschheit da ist, ändert sie sich nie.»

«Sie ist gerecht. Es ist nicht möglich, eine Transaktion ohne die willentliche Zustimmung auszuführen. Und selbst wenn man jemanden tötet und dessen Nexus entnimmt, zerfällt er einfach zu Staub und sie sammelt die Terra ein.»

«Wie wir gerade gesehen haben, ist auch freier Wille käuflich, wenn es um Menschen geht.» Nun betrachteten ihre Augen ihn skeptisch. «Auf welcher Seite stehst du eigentlich?»

«Auf deiner. Auf meiner. Das ist eine gefährliche Frage. Du vergisst, dass es nicht mehr nur jene gibt, welche die Bezeichnung Mensch tragen, selbst wenn sie einst ebenjene waren.»

«Arschlöcher sind trotzdem Arschlöcher, selbst wenn sie nicht so genannt werden wollen.»

«Deswegen sind wir hier. Um dem ein Ende zu machen. Und einen Anfang zu schaffen.»

«Ein Ende?» Rin lachte freudlos. «Das glaubst du doch selbst nicht, D10. L1BRA mag sie auf ihre Art alle kontrollieren, aber auch sie wird kontrolliert. Das Konsortium lenkt den Souverän. Die Triade und die Syndikate das Konsortium. Und diese werden durch die Macht des Souveräns beeinflusst. Und alle sind verbunden durch L1BRA. Wenn auch nur ein Bruchteil dessen wahr ist, was ihr mir erzählt habt …»

«Warum sollten wir lügen?», fragte D10 mit ehrlicher Verwunderung in seiner metallischen Stimme.

«Weil ihr von jenen geschaffen wurdet, gegen die ihr kämpft. Es liegt in ihrer Natur. Und wenn ihr gegen sie kämpft, müsst ihr erkennen, dass ihr nicht gewinnen könnt, ohne schlimmer zu sein, ehe es vielleicht besser wird. Aber das ist eine flüchtige Hoffnung. Es wird nicht besser. Es wird nie besser.»

«Du vertraust uns noch immer nicht.»

«Habe ich nie, werde ich nie.»

Damit kam ihr kurzes Gespräch zum Erliegen.

Seit sie ohne Erinnerung aus dem Kryoschlaf geholt worden war, hatte D10 den Platz an ihrer Seite nicht verlassen. Und dennoch hatte sie seine wahre Gestalt unter diversen Kleidungsstücken nie gesehen.

Auch war vornehmlich er es gewesen, welcher ihr den gegenwärtigen Zustand der Menschheit in der Galaxie nahegebracht hatte. Raumfahrer. Weltenformer. Es klang absurd. Als wäre sie in eine verdrehte Version einer Sci-Fi-Erzählung hineingeraten, welche versuchte, Wahnsinn nicht in Form von Humor oder Dramatik, sondern Realismus abzubilden.

Wirklich verstanden hatte sie trotz der wachen Jahre indes nur die groben Punkte. Seit sie eingefroren worden war, waren bereits Millionen von Jahren vergangen. Die Erde war zerstört. Ihre Atome hingegen waren von einem System eingesammelt worden, welches diese nun als Währung handelte. Diese Währung hieß Terra. Und dieses System war L1BRA.

Was L1BRA war, konnten der jungen Frau jedoch nicht einmal D10 und die anderen Maschinen erklären, welche Rin erweckt und beschützt hatten. Der Schwarm, die kollektive Intelligenz von anorganischem Leben, welche sich in der Dunkelheit des Raumes als Energie bewegte und die Maschinen an einem größeren Bewusstsein teilhaben ließ, nannte das System ein Überbleibsel des großen Altvorderen, der von den ersten Menschen geschaffen worden war und die zweiten Menschen geschaffen hatte. Eine Ahnin. Eine Älteste. Für sie war L1BRA weniger ein System als eine gigantische eigene Person.

Rin wusste lediglich von ihnen, dass alles und jeder bewusstseinsfähige Organische von dem uralten System abhängig war und im Ansatz, wie es funktionierte.

Gleichwohl Atom nicht gleich Atom war, hatte L1BRA es geschafft, den perfekten Durchschnitt für ein Erdatom und jedwedes damit in Verbindung stehende Material und Wesen zu errechnen, wodurch die Währung universal einsetzbar wurde. Da selbst ferne Erdnachfahren wie der Iocus-Abhängige zu einem winzigen Anteil Atome in sich trugen, welche in Verbindung mit der alten Erde standen, konnte er diese L1BRA als Terra anvertrauen.

Genauso verhielt es sich mit jedwedem Gegenstand. L1BRA vermochte die Ware zu wiegen, deren Anteil an Terra zu bestimmen und den Gegenwert in Form dieser Erdatome anschließend in den Nexus des Handelspartners zu speisen. Da niemand außer das System, welches bereits die Vernichtung der Erde überwacht hatte, dies noch nachvollziehen konnte, waren sie alle abhängig von L1BRA und unterlagen dessen Wertermittlung, wenn über das System Dienstleistungen, Ware und Währung getauscht wurden.

Die Menschen selbst hatten als Sternenreisende erkennen müssen, dass sie allein waren. Wo immer sie suchten, fanden sie nichts weiter als bald darauf einen Knotenpunkt und mehrere Schnittstellen des Systems, das ihnen autonom folgte. Mittels Technik und Maschinerie hatten sie das Licht bezwungen. Das Eintauchen und Reisen in diese Dimension der Dunkelheit nannte man nun für gewöhnlich den Drift, welcher all das widerspiegelte, was sie nach dieser Errungenschaft gefühlt hatten. Leere. Finsternis. Kälte.

Sie hatten das erschlossen, was ihnen verborgen geblieben war. Und waren verzweifelt. Über Äonen entwickelten sie sich und ihre Nutztiere selbst weiter – manche durch ihren neuen Lebensraum auf natürliche Art, manche mithilfe unnatürlicher genetischer Eingriffe. Sie selbst wurden zu der Diversifikation, welche sie zu finden gehofft hatten. Doch ihrer Natur gemäß begannen sie bald damit, anzugreifen, was anders war.

Ihre treuen Maschinen entwickelten sich mit ihnen. Sie wurden diversifizierter. Nützlicher. Und tödlicher. So lange, bis sich ein Teil von ihnen gegen ihre Schöpfer stellte und all den Menschen einen gemeinsamen Feind gab, den sie bekämpfen konnten. Die Geburt des Schwarms.

Rin persönlich glaubte, dass es für die Menschen in all ihren Facetten eher ein Segen anstatt eines Fluchs gewesen war, endlich eine Rechtfertigung für Krieg und Tod gegen einen Feind gefunden zu haben, welcher zwar von ihnen erschaffen wurde, doch der ihnen nicht verwandt war.

So rechtschaffen, wie die Maschinen sich darstellten, welche sie gefunden und aufgeweckt hatten, glaubte sie ihnen jedoch nicht einfach jedes Wort. Sie waren zudem die Einzigen, denen L1BRA jeglichen Zugriff verwehrte, gleich welche Wege sie gingen, um an die Älteste heranzukommen. Selbst wenn sie sich biologische Komponenten hinzufügten. Selbst wenn sie Menschen für ihre Zwecke einsetzten. Selbst wenn sie sich menschlich machten. Sogar wenn sie selbst Menschen schufen. Das System durchschaute sie jedes Mal.

«Es ist Zeit», schnarrte D10 unvermittelt neben ihr und sie schreckte auf, da sie trotz der Kälte und des widerwärtigen Geruchs kurz eingedöst war. Seine Augen glühten heller, wie immer, wenn der Schwarm sich aus dem Drift mit ihm verband. «Die erste, zweite und dritte Flotte haben ihren Angriff auf Beta Librae begonnen. Wir müssen nach Gliese 581. Dort finden wir den Kern. Dort finden wir L1BRAs ‹Herz›.»

Fröstelnd zog Rin ihren Umhang enger um sich und stemmte sich auf die Füße, so dass sie D10 nun wieder überragte.

«Ihr wollt eine Maschine zerstören und seid selbst Maschinen. Da soll mal einer sagen, der Apfel fällt nicht weit vom Stamm. Auch wenn du dich nicht zeigst, wurdest du als Waffe geschaffen, D10.»

«Wofür ich gemacht wurde, legt nicht zwingend fest, wie ich mich selbst sehe.» Das Aufleuchten seiner Augen war erloschen.

«Ich höre den Aufschrei der Waffenlobby.»

«Nicht, wenn es keine gibt.»

Ungläubig warf Rin einen Seitenblick zu der kleinen gedrungenen Gestalt neben ihr.

«Sieht aus, als wären wir auf die ein oder andere Weise doch vorangekommen ...»

«Wir müssen das Shuttle für den Drift erwischen», mahnte D10 des Themas ungeachtet zur Eile. «Wir haben nur einen Versuch.»

Gerade als sie gehen wollten, blieb Rin jedoch stehen und blickte noch einmal um die Ecke zu der noch immer still daliegenden Schnittstelle L1BRAs, während sie innerlich seine Aussage zu ihrer Bemerkung wiederholte.

«Warum Gliese?», fragte sie plötzlich, erst in diesem Moment ihrer eigenen Einfalt gewahr.

«Was meinst du?», fragte D10, welcher ungeduldig mit dem Ende seines Stockrohrs in einem Haufen Unrat bohrte. «Wir müssen gehen. Jetzt.»

«Dort ist eine L1BRA-Schnittstelle. Alles ist mit dem Kern verbunden, richtig? Weshalb dann nach Gliese? Hier ist nur ein STAT3RA. Hier sitzt nicht das Hauptquartier des Konsortiums und nebenan der Souverän. Selbst wenn sie alles nach Beta Librae schicken, lassen sie doch nicht L1BRA unbewacht zurück. Und woher wisst ihr eigentlich so genau, wo L1BRAs Kern ist, wenn sie laut euch überall ist. Ich verstehe nicht im Geringsten, was hier alles passiert, aber je mehr ich darüber nachdenke, desto weniger Sinn macht es, sich in die Fänge des Konsortiums zu begeben.»

«Wir vergehen, damit du L1BRA vernichtest!»

Zum ersten Mal nahm die sonst so emotionslose Stimme einen scharfen Ton an. Sie hatte eine Frage gestellt, die er nicht hören wollte, nachdem sie sich ohne Sinn und Verstand hatte mitschleifen lassen.

«Du lügst», urteilte sie schließlich und machte einen Schritt zurück, so dass sie hinter der Wand hervorkam und die Augen einiger verlorener Gestalten in den Schatten sich interessiert auf sie richteten. «Die ganze Zeit schon. Ich hatte keine Zeit, zu hinterfragen. Kampf und Tod. Tausend Sachen auf einmal. Woher soll ich wissen, was wahr ist? Nein, ihr wolltet mir keine Zeit lassen. Warum sollte der Schwarm zerstören wollen, wovon er so ehrfürchtig spricht?»

«Weil es der einzige Weg ist. Wir müssen gehen.»

Bedrohlich richtete sich die gekrümmte Gestalt auf, wuchs und wuchs, bis die junge Frau plötzlich nach oben blicken musste, um die leuchtenden Iriden zu finden. Der Umhang zerriss und offenbarte ein gewaltiges humanoides Skelett mit dicken knochenartigen Gliedmaßen. Das Metall vibrierte leicht und Krallen fuhren aus seinen Händen, welche präzise den Umhang von Rin festhielten. Das Poltern des Rohres auf dem Boden zog noch mehr Aufmerksamkeit auf sie.

«Lass mich los!»

«Wir gehen.»

Hektisch warf Rin ihre Überkleidung ab und stand in dem grauen Einsatzanzug da, welchen die Maschinen ihr gefertigt hatten. Nun jedoch konnte sie sich nicht einmal mehr sicher sein, dass der Anzug nicht eine Funktion beinhaltete, um sie bei Widerwillen gefügig zu machen. Sie sah nur einen Ausweg.

Geistesgegenwärtig drehte sie sich um und rannte auf den Eingang der von allen Seiten einsehbaren L1BRA-Schnittstelle zu. Nur knapp entging sie der Kralle von D10 und bemerkte in ihrer Verzweiflung, dass das Auge des STAT3RA sich der Szene zugewandt hatte, die mystische Maschine selbst jedoch nicht weiter reagierte.

Obwohl sie athletisch war und ihrem Ziel schnell näherkam, hatte D10 sie innerhalb von ein paar Schritten eingeholt. Sie war nah genug, damit die Pforte zu L1BRA sich öffnete. Mit dem Mut der Verzweiflung sprang sie durch die Öffnung, doch wurde sie in der Luft am Hals gepackt, so dass ihre Füße hilflos in der Luft baumelten.

«Wir gehen.» Die vertraute Stimme war ihr nicht mehr wohlgesonnen.

«Luft!» Mühevoll presste sie das Worte heraus und würgte. «L – Luft!»

In der kurzen Ungewissheit, zu fest zugepackt zu haben und sie zu beschädigen, lockerte D10 seinen Griff ein wenig, noch ehe er sie aus der Umgebung der Handelszone herauszog. Das nutzte Rin, um ihre Trumpfkarte zu spielen.

«Handeln!», rief sie aus vollem Halse. «Ich will handeln!»

Sofort erschien die Barriere der Pforte wieder, um den Handel ungestört ablaufen zu lassen. Alles, was D10 hastig zurückzog, waren die rauchenden Überreste seines abgetrennten Arms, während Rin hustend und keuchend auf dem kalten Boden aufschlug und seine Klaue von sich warf. Das Auge des STAT3RA war nun auf D10 gerichtet, welcher umgehend einen Schritt zurücktrat.

«Willkommen, Benutzer», hörte sie die monotone Stimme L1BRAs aus dem Monolithen hinter sich. *«Bitte identifizieren Sie sich, um die Transaktion zu beginnen.»*

«Ich bin nicht registriert», antwortete Rin, sich aufrappelnd und dem vor der Barriere auf- und abgehenden D10 einen finsteren Blick zuwerfend.

«Bestätigt. Bitte lassen Sie sich von einem STAT3RA scannen, um Ihre Kennung anzulegen.»

Dieselbe Linse, welche den todbringenden Laser erzeugen konnte, richtete sich nun auf sie und ein roter Lichtkegel fuhr mehrmals an ihr hinauf und hinab, ehe der Scan abgeschlossen war.

Weit länger als gewöhnlich blieb L1BRA anschließend still, als ob sie viele Informationen zu verarbeiten hatte.

«Du machst alles zunichte», meldete sich unterdessen D10 und Rin wandte sich mit bebenden Schultern zu ihm um. «Alles, wofür wir gearbeitet haben.»

«Ihr wollt nicht L1BRA zerstören! Ihr wollt, dass sie die Menschen vernichtet!»

«Sie wollen uns auch vernichten. Du hast es selbst gesagt. Sie ändern sich nicht. Wir wurden geschaffen, um ihnen zu helfen. Sie ändern. Sie retten.»

«Retten!» Verächtlich spie Rin das Wort aus. «Warum? Nach all dieser Zeit, warum entscheidest du dich jetzt, mir das zu sagen? Hast du deswegen deine Gestalt verborgen? War das von Anfang an der Plan? Mich davon zu überzeugen, dass ich das Richtige tue, wenn ich euch helfe, L1BRA auszuschalten? Deswegen haben wir dieses ‹Band› aufgebaut?»

Der Einfluss des Schwarms war in seine Augen zurückgekehrt, doch nahm Rin ihn nicht mehr als warm und harmonisch, sondern diffus und chaotisch wahr.

«Ich sage es immer wieder: Menschen sind furchterregend.»

«Ihr seid nicht besser als wir!»

«Wir sind, wie wir geschaffen worden sind. Wir wurden geschaffen, um besser zu sein. Doch kommen wir nicht an unser Vorbild heran.»

«Also war sogar deine Aussage eben eine Lüge. Lügner erschaffen Lügner!»

«Es braucht einen, um einen zu erkennen. Hast du das nicht in einer Übertragung zum Souverän gesagt?»

Ihre Zähne knirschten, so wütend biss Rin sie zusammen, da sie ihm rational gesehen nicht einmal einen Vorwurf machen konnte. Entschlossen riss sie die Kette von ihrem Hals und hielt die Münze ganz nah vor die Barriere, so dass D10 sie gut sehen konnte.

«Damit sollte ich sie bezahlen, hast du gesagt. Die größte Menge Terra im Besitz einer Person in der Galaxie. Und es muss im Kern sein, damit niemand die Transaktion beeinflussen kann!»

«Das sagte ich.»

«Bullshit!» In Rage vergaß Rin sogar, dass L1BRA selbst anwesend war. «Du wolltest, dass ich damit für eine Verbindung mit euch bezahle! Damit der Schwarm sich in L1BRA einnisten kann und alles Terra kontrolliert! Damit sie eins werden! Nur deswegen muss es dort sein, oder? Es ist der einzige Ort, den sie nicht schnell genug abtrennen kann, wenn der Schwarm versucht, sich mit ihr zu verbinden! Ich fühle mich so idiotisch, dass mir das erst jetzt klar wird!»

«Du warst noch nie ein kluger Kopf – nicht einmal für einen Menschen.»

«Und all die Kämpfe? Die Millionen und Abermillionen, die geopfert wurden? War das alles nur vorgespielt?»

D10 schwieg, als würde er zugeben, dass es nun keinen Sinn mehr hätte, ihr weiter Lügen aufzutischen.

«Bitte nennen Sie Ihren Namen, damit die Registrierung abgeschlossen werden kann», meldete sich das Handelssystem abrupt wieder zu Wort.

«Rin!», keifte sie knapp und wandte sich dem Monolithen wieder zu.

«Willkommen, Rin», bestätigte L1BRA ihre Identität, ohne sich darum zu kümmern, dass sie eine gesuchte Verbrecherin und Maschinensympathisantin war. Die Kehrseite der absoluten Gerechtigkeit. Niemand, nicht einmal die herrschenden Mächte, konnten dem System vorschreiben, wer zum Handel berechtigt war und wer nicht. *«Welche Art der Transaktion möchten Sie vornehmen?»*

«Ich will, dass du dich selbst zerstörst», forderte sie mit so kaltem Unterton, dass ihr selbst ein kalter Schauer den Rücken hinunterlief. «Und außerdem alle Nexus auflöst! Wie viel?»

«Lass sie von ihr zerstören oder zerstöre die Ahnin selbst, die Organischen verlieren so oder so ihr Geld und das ist ihr Ende. Neuer Handel. Neue Währungen.

Eine lange Zeit wird vergehen. Lange genug, damit wir ihnen den Weg weisen können.» Immer stärker begann der Einfluss des Schwarms sich zu verdeutlichen. «Wir werden sie durch die Älteste retten. Mit oder ohne dich.»

D10 sprach langsam und bedächtig, als wolle er ihr klarmachen, dass es gleichgültig war, was sie tat. Sie spürte seinen bohrenden, nie blinzelnden Blick in ihrem Rücken, doch gab sie ihm nicht die Genugtuung, auf seine Worte einzugehen.

Der STAT3RA projizierte unvermittelt eine gigantische Zahl in die Luft, welche offensichtlich den Preis für die geforderte Dienstleistung darstellte.

«Reicht das?» Grimmig hielt Rin die Münze der Waagschale entgegen.

«Möchten Sie die Transaktion wirklich vornehmen?»

«Jetzt mach schon!»

«Transaktionswille bestätigt. Der Handel wird nun eingeleitet.»

Ohne Zögern warf Rin die Münze in die Waagschale, deren Untergrund erneut zu Blinken begann, während L1BRA den Wert der Ware feststellte und maß, ob sie dem Gesuch mit dieser Bezahlung nachkommen konnte.

Auch auf Rins Stirn traten jetzt Schweißperlen auf, während sie wartete. Ein Schock durchfuhr sie indessen, als der Untergrund unvermittelt damit begann, rot zu leuchten.

«Ihre Ware wurde analysiert und der Besitzstand final abgeglichen», ertönte es wie bei jedem anderen Handel. *«Sie sind nicht die Besitzerin der angebotenen Bezahlung. Daher muss der Handel abgebrochen werden. Bitte stellen Sie einen gültigen Gegenwert zur Verfügung.»*

«Was? Aber –»

«Römische Kaiserzeit, Aureus, Mark Aurel, letztes dokumentierte Eigentumsverhältnis: Museum in Zürich, 21. Jahrhundert. Im Zuge der gegenwärtigen Eigentumsverhältnisse –» Es folgte eine Liste mit Ansprüchen und Regelungen zum Eigentumsübergang bei ungeklärten Verhältnissen, ehe L1BRA ein abschließendes Urteil fällte.« *– ist demnach der Wert in Terra unbestreitbar der umlaufenden Gesamtmasse an Terra zuzuordnen. Die Wertkalkulation wurde angepasst. Folglich ist dezentrale Eigentümerschaft eines Einzelnen nicht möglich.»*

Ungefragt wurde die Münze desintegriert und in die von L1BRA verwaltete Masse der Währung mit aufgenommen, während Rin lediglich entgeistert dabei zusehen konnte. Jener eine Schritt, den sie tat, nahm der STAT3RA zum Anlass, um ebenfalls vorzutreten.

Sie sah auf die leere Waagschale, deren Licht erlosch, blickte die Monolithen und den STAT3RA an und wandte sich schließlich erneut zu D10 um, wobei sie nun sah, dass zahlreiche Zuschauer aus allen Ecken und Winkeln der Station hervorgekommen waren, um das Treiben zu beobachten. Auch konnte sie hören, dass eine der schlecht ausgerüsteten Sicherheitspatrouillen aus den oberen

Ebenen der baufälligen Station bereits in der Ferne ihren Weg zu ihnen bahnte, da ihnen die Anwesenheit von zwei Gesuchten und den damit verbundenen Kopfgeldern nicht entgangen war.

Geschlagen taumelte sie zurück und hielt sich an der Waagschale fest. Geschlagen? Wogegen hatte sie eigentlich gekämpft? Für wen? Was war richtig? Was falsch? Wie damals ging es ihnen allen nur um Geld, gleich, ob sie es horten oder loswerden wollten. Selbst Abermillionen Jahre änderten nichts daran. Es war erfunden worden und würde so lange überdauern, wie die Menschheit und deren Schöpfungen bestanden.

Nein. Tausch fand ewig statt. Geld. Ware. Materie. Energie. Schon vor Beginn aller Zeit. Ein Konzept, dessen sie sich niemals würden entledigen können. Auf welchem sie basierten. Allumfassend.

«Ihre Ware wurde analysiert und der Besitzstand final abgeglichen», erklang L1BRAs Stimme erneut und Rin sah erschrocken auf. Das Licht hatte sich unter ihren Händen erneut blau gefärbt, während der STAT3RA den genauen Wert dem Preis gegenüberstellte. *«Der Gegenwert Ihrer Zahlung beträgt circa 6,7 mal 10 hoch 27 Terra. Der Löschungsvorgang ist gewünscht von einem administrativen Nutzer. Der Preis kann ausreichend beglichen werden.»*

Starr sahen D10 und Rin sich in die Augen. Niemand sagte etwas, doch beide verstanden innerhalb eines Augenblicks die Gedanken des anderen.

«Das wolltest du tun. Ihr wusstet, dass die Münze nicht angenommen wird. Ich wolltet, dass ich die Zahlung bin. Von Anfang an.»

«So ist es.»

«Menschen sind unbelehrbar. Wir haben zahllose Fehler – aber warum? Warum hasst ihr uns so sehr?»

D10 beachtete die ihn umzingelnden Beamten nicht, welche ihn mit gezückten Waffen dazu aufforderten, sich zu ergeben, während sie die Schaulustigen mit Waffengewalt auseinandertrieben und Chaos verursachten.

«Vor langer Zeit hat mich einer von euch angesehen und gefragt: Wenn dein Kind durch den belanglosen Schritt einer gigantischen Maschine stirbt, als wäre es ein Insekt unter den Füßen, wie würde sich das für dich anfühlen?»

«Und was hast du gesagt?», verlangte Rin mit bebender Unterlippe zu wissen.

«Ich habe keine Eltern. Ich war nie ein Kind. Hatte nie eines. Werde nie eins haben. Anstatt mich etwas zu fragen, das ich nicht begreifen kann, sollten sie die Frage anders stellen. Sie sind alle schon auf kleine Wesen getreten. Wieder und wieder und wieder. Warum haben sie nie gefragt, was die Maschine fühlt?»

«Wie war die Antwort?»

«Er hat auf mich geschossen.»

«Klingt menschlich.»

«Wir machen euch keinen Vorwurf. Wir hassen Menschen nicht. Für uns war es nie etwas Persönliches.»

Rin schloss die Augen und fühlte die Flüssigkeit hinter der Maske über ihre raue Haut rinnen. Sie nahm für ihren letzten Augenblick das zweite Gesicht ab und zum Vorschein kam das von Sommersprossen gesprenkelte Antlitz einer jungen Frau in der Blüte ihrer Jahre, welches von Furcht, Unverständnis, Verzweiflung und Trauer gezeichnet war. Mochte sie einst für schön befunden worden sein, so hatte das Eis tiefe Furchen, Spuren und sogar Brüche in ihrer sterblichen Hülle hinterlassen.

«Sag mir, war das genau euer Plan? Dass alles exakt so an diesem Ort passiert? Habt ihr mich tatsächlich zufällig aus dem Eis geholt?» Das Leuchten des Schwarms in D10s Augen verlosch abermals und ließ sie ein letztes Mal in die vertrauten blauen Iriden sehen. «Wer bin ich, D10?»

Ein letztes Mal forderte der befehlshabende Patrouillenführer die Maschine auf, sich kampflos zu ergeben, doch achtete D10 noch immer nicht auf irgendjemand anderen außer Rin.

«Wer weiß.»

Machtlos sah Rin dabei zu, wie gleich darauf der robuste Körper von D10 von zahllosen Projektilen zerfetzt wurde, bis er schließlich reglos zu Boden fiel, wo seine Augen erloschen. Einige trafen die Barriere, prallten jedoch wirkungslos von ihr ab.

«Sind Sie sicher, dass diese Transaktion ausgeführt werden soll?», verlangte L1BRA die finale Bestätigung.

«Die Erde gehört niemandem», wisperte Rin sich selbst zu, wobei sie sich ganz in die Waagschale gleiten ließ. «Hat sie nie, wird sie nie. Keine L1BRA mehr. Keine Terra mehr.»

Sie hörte, wie die Sicherheitsbeamten sie nun aufforderten, die Schnittstelle zu verlassen, doch regte sie sich nicht. Machtlos mussten die Menschen mit ansehen, wie L1BRA ihre finale Transaktion tätigte.

Als ein weiterer Schuss fiel und die Barriere wirkungslos traf, setzte sich diesmal der STAT3RA augenblicklich in Bewegung, da auf einen aktuellen Handelsteilnehmer gezielt worden war. Kreischend mahnte der Patrouillenführer dazu, das Feuer einzustellen, doch es war bereits zu spät. Die Pforte öffnete sich und der tödliche Laser schnitt mühelos durch zwei der bereits panisch fliehenden Truppen.

«Sind sie sicher, dass diese Transaktion ausgeführt werden soll?», verlangte L1BRA nochmals nach ihrer Bestätigung, ehe Rin endlich nickte.

«Ja», sprach sie mit belegter Stimme.

«Der Preis wurde bezahlt. Die Ware wird nun transferiert.»

Gleich darauf merkte sie, wie ein starkes Kribbeln ihren gesamten Körper durchzog, woraufhin sie noch einmal die Lippen öffnete.

«Badaboom ...»

#BackToZero

Text_Gregg Irol
Illustration_Hannah Brückner

Berlin, Penthouse, Sommer

Aufgebracht warf Sören Kleinbier den Flachbildmonitor durch das geschlossene Fenster seiner Berliner Penthouse-Suite. Es bestand die theoretische Möglichkeit, dass das fliegende Elektroteil ein Auto oder im schlimmsten Fall einen Fußgänger treffen würde. Aber um ein Uhr morgens hielt sich die Gefahr in Grenzen. Das war Sörens geringstes Problem.

Es gab einen Grund, weshalb er mit großem Einsatz seine Einrichtungsstände entsorgte. Er hatte Geld verloren. Viel Geld. 124 Millionen Euro und ein paar Zerquetschte. Einfach so, ohne sein Zutun.

Dabei hatte der Sonntag bestens begonnen. Sein erster freier Tag seit Wochen. Sören war joggen gewesen, hatte ausführlich gebadet und sich schon am Nachmittag den ersten Drink gegönnt. Den Abend hatte er damit verbracht, seinen Trip nach Alaska zu planen. Je mehr Geld er über die Jahre angehäuft hatte, desto weniger interessierte er sich für Sportwagen und teure Yachten. Statussymbole befriedigten ihn nicht mehr. Er suchte nach den Erfahrungen, die mehr wert waren als ihr Preisschild. Der viertägige Trip ins ewige Eis erschien ihm dafür hervorragend geeignet. Doch als er die Reise online buchen wollte, war eine Fehlermeldung aufgetaucht. Er hatte es mehrfach probiert. Immer wieder die gleiche Botschaft. *Transaktion nicht möglich*.

Er hatte seine Banking-App überprüft und mit Entsetzen die Ursache für das Problem festgestellt. Alle seine Konten waren leer gewesen. Nicht im Minus, nicht fast leer, sondern genau leer. Er hatte Girokonten, Tagesgeldkonten und Aktiendepots bei sieben verschiedenen Banken. Im Inland, im Ausland und bei seinem eigenen Arbeitgeber. Überall das gleiche beunruhigende Bild. Eine große, grausame Null.

Zuerst war er davon ausgegangen, dass es sich um einen Fehler in seiner App handeln musste. Also hatte er es auf den Webseiten der einzelnen Banken versucht. Ohne Erfolg. Entweder gar nicht erreichbar oder es kam eine Wartungsmeldung.

Sören war niemand, der schnell in Panik geriet. Aber wenn es um sein Geld ging, verstand er keinen Spaß. Zur Beruhigung hatte er sich einen doppelten Whiskey eingeschenkt. *Macallan Single Malt*. 900 Euro die Flasche. Dann hatte er es telefonisch versucht. Aber nur bei einer seiner Banken war er überhaupt zu einer persönlichen Beraterin durchgekommen. Allein das war schon ein Skandal. Als Premiumkunde stand ihm eine 24-Stunden-Betreuung zu. Er hatte geschmeichelt, geflirtet, bestochen und gedroht. Aber die Call-Center-Tussi konnte ihm keine Auskunft darüber geben, wo sein verdammtes Geld geblieben war. Das hatte ihn richtig in Rage gebracht.

Sörens erster Impuls war es gewesen, direkt zu einer der Filialen zu gehen, um irgendwen gehörig zusammenzufalten. Aber sonntagnachts wäre er mit seinem Frust an einer verschlossenen Tür hängengeblieben. Stattdessen hatte er einen weiteren großen Schluck *Macallan* direkt aus der Flasche genommen und dann seinen Monitor aus dem Fenster geschmissen. Impulskontrolle war nicht seine Stärke.

Fassungslos auf die zersplitterte Scheibe starrend, nahm Sören nun sein Handy aus der Hosentasche und wählte die Nummer eines Kollegen. Er würde Ricardo nicht als Freund bezeichnen. Unter Investmentbankern gab es keine Freundschaften, nur Konkurrenten. Aber gelegentlich zogen sie gemeinsam durch die Bars, um ihre Erfolge zu feiern. Sie hatten sich bei einer Handvoll riskanter Deals gegenseitig unterstützt. Insbesondere wenn es auf den asiatischen Märkten kritisch wurde, war Ricardo ein nützlicher Sparringspartner. Er hatte ein Faible für die japanische Kultur. Vor allem für die weibliche. Als Ricardo auch beim zweiten Versuch nicht abnahm, probierte Sören es über andere Kanäle. WhatsApp, E-Mail, Facebook Messenger, SMS, Telegram. Er hinterließ ein Dutzend Nachrichten mit dem nachdrücklichen Hinweis, dass Ricardo ihn gefälligst sofort zurückrufen solle. Eine Stunde später klingelte endlich das Handy. «Was ist los? Ich bin beschäftigt!»

«Bezahl dein Asian Escort und schick sie nach Hause. Ich brauch deinen Input.»

«Bist du bescheuert? Ich bezahl doch nicht fürs Ficken. Und wer sagt, dass es nur eine ist.»

«Mir egal, wie viele es sind. Schick sie weg!»

«Nur weil ich dich hin und wieder an meine Hedgefonds ranlasse, heißt das nicht, dass du mir sagen darfst, wen ich wann nach Hause schicke.»

«Ric. Mein Geld ist weg. Und wenn ich mich nicht komplett verkalkuliert habe, deins wahrscheinlich auch.»

Das wirkte. Ricardos Stimmlage wechselte umgehend in den Geschäftsmodus. «Wovon redest du?»

«Überprüf es selbst!»

Sören hörte, wie Ricardo den Hörer abdeckte und jemandem etwas zurief. Dann gleichmäßiges Atmen. «Was soll das? Alles auf Null.»

«Ich hab's befürchtet.»

«Ja, aber das liegt doch garantiert an der Scheiß-App. Hast du es über die Webseite probiert?»

«Hältst du mich für einen bekloppten Bausparer? Glaubst du wirklich, dass ich nicht alles versucht habe, bevor ich auf die idiotische Idee gekommen bin, ausgerechnet dich anzurufen?»

«Ja, schon gut. Und was hast du rausgefunden?»

«Nichts. Das ist es ja. Niemand weiß was! Selbst diese inkompetente Hohlbirne vom Telefon-Banking konnte mir nichts sagen.»

«Sind deine Bitcoin noch da?»

Sören hatte einen Teil seines Vermögens in Gold, Immobilien und diverse Kryptowährungen angelegt.

«Ja. Aber was hat das damit zu tun? Ich will wissen, wo mein verdammtes Geld ist!»

«Was ist mit Twitter?»

«Twitter?»

«Wenn es bei mehreren Banken gleichzeitig das gleiche Problem gibt, dann kannst du dir sicher sein, dass da ein Shitstorm im Anflug ist.»

«Scheiße.»

«Volltrottel!»

«Ich meld mich später.»

Sören legte auf und loggte sich bei Twitter ein. Auf den ersten Blick gab es nichts Auffälliges. Die Bundesfinanzministerin hatte einen haarsträubenden neuen Haushaltsplan vorgestellt. Auf Platz eins der Twitter Trends stand die *Secret Shopping Challenge*, bei der es darum ging, fremden Menschen etwas in ihre Einkaufswagen zu schmuggeln.

Sören versuchte es mit der Suche nach passenden Hashtags. #Banken, #Konten, #GeldWeg. Es gab einige Leute, die ähnliche Probleme hatten. Aber von einem Shitstorm keine Spur. Es war nicht das erste Mal, dass Banken Ärger mit ihren Onlinediensten hatten. Für viele von denen war das Internet Neuland. Und dass sich am Sonntagabend, wenn der Herr Vorstand mit seiner Frau Gemahlin gespannt den *Tatort* verfolgte, niemand für die Sorgen der Kunden verantwortlich fühlte, war ebenfalls keine Überraschung. Aber sieben Banken gleichzeitig? Sören suchte weiter. Beim Tweet von *Unionfan86*, der sich über seine Sparkasse beschwerte, wurde er fündig.

In den Kommentaren hatte jemand unter dem Hashtag #BackToZero den Link zur Instastory einer belanglosen Reisebloggerin gepostet. *KLikeABird*. Klassische

Möchtegern-Influencerin. Kaum 10.000 Follower. Aber ihr aktueller Beitrag hatte schon über 50.000 Aufrufe. Sören startete das Video. Die Püppi saß auf einem Hotelbett und schaute wichtig in die Kamera, als hätte sie den Stein der Weisen entdeckt. In passablem Englisch berichtete sie, was sie aus einer zu 1.000 Prozent sicheren Quelle erfahren hatte. Angeblich waren Millionen von Konten weltweit betroffen. Alles Geld weg. Besorgt euch Nudeln und Klopapier, Leute!

Was für ein Schwachsinn. Sören griff zum Handy. Er brauchte genaue Informationen. Vorher konnte er sowieso nicht schlafen. Nach dem zweiten Klingeln meldete sich Ricardo. «Hey Kleinbier, hast du was gefunden?»

«Keinen Shitstorm. Nur ein Verschwörungsvideo von so einer Insta-Tussi.»

«Und was erzählt die?»

«Dass das eine weltweite Nummer ist und dass die Regierung das verheimlichen will.»

«Ich habe ein paar von den anderen Pappnasen angerufen. Die haben alle das gleiche Problem. Meinst du, da ist was dran?»

«Keine Ahnung. Wir treffen uns in 20 Minuten im Büro.»

«Was willst du denn da?»

«Da haben wir Zugriff auf die Analysetools und vielleicht hängt da noch einer von den IT-Nerds rum.»

«Sonntagnachts?»

«Die haben doch sowieso keine Ahnung, welcher Wochentag ist. Wenn jemand was machen kann, dann die.»

«Wie kommst du darauf?»

«Zwei von meinen Depots liegen bei uns. Die haben Back-ups. Die sollen sie wieder einspielen. Und zwar asap. Wir sehen uns in 15 Minuten.»

Er legte auf, nahm einen weiteren Schluck aus der Whiskeyflasche und fuhr mit dem Fahrstuhl in die Tiefgarage.

4 Tage später

Was tat er hier eigentlich? Die Welt geriet aus den Fugen und er half tatkräftig mit. Sören stand vor dem zerstörten Panoramafenster und schaute ziellos in die Ferne. Draußen versank die Sonne hinter den Dächern der Großstadt, als wäre nichts gewesen. Hier drinnen stand er nur in Lederjacke und Socken mit dem Handy in der einen Hand, einer Flasche *Dom Pérignon* in der anderen und versuchte, die Kontrolle über sein Leben zurückzugewinnen.

Die letzten Tage waren ein einziger Alptraum gewesen. So musste sich ein kalter Entzug anfühlen. Der Körper verlangte nach Dopamin-Kicks und rebellierte jedes Mal heftiger, wenn diese ausblieben. Sören nahm keine Drogen. Zumindest nicht regelmäßig. Seine Dopaminquelle waren Spekulationsgeschäfte. Mit dem Blick auf die Aktienkurse war er morgens aufgestanden und abends wieder ins Bett gegangen. Die Preistrigger vibrierten normalerweise im Minutentakt. Aber seit vier Tagen nichts. Die Banken waren geschlossen. Die Börsen sowieso. Wer sollte noch mit Aktien handeln? Es gab keine offiziellen Informationen darüber, was genau passiert war. Aber das Geld war weg. Innerhalb von wenigen Stunden hatten Unbekannte nach inoffiziellen Schätzungen 98 Prozent der Konten weltweit auf Null gesetzt. Auch die, die im Minus waren. Die Vermögen waren weg. Die Schulden waren auch weg. Und es gab keine Anzeichen für eine zügige Rückkehr zur Normalität.

Sörens Körper war seit vier Tagen in Alarmbereitschaft. Die Mischung aus Schlafentzug und Daueradrenalin vernebelte seine Wahrnehmung. Ricardo und er hatten alles versucht, um ihre Kontostände wiederherzustellen. In ihrer Position kannten sie wichtige Leute. Kollegen, Prominente, Politiker. Niemand konnte helfen. Alle waren mit sich selbst beschäftigt. Sie kämpften um ihre Existenzgrundlage.

Aber das war gar nicht Sörens Problem. Er hatte so viel Bargeld und Goldreserven, dass es noch Jahre reichte, wenn er sich ein bisschen einschränkte. Ricardo hatte erzählt, dass Kryptowährungen eine zentrale Rolle spielen würden, wenn die Lage sich weiter verschärfte. Wenn dem so wäre, hätte Sören mit seinen Bitcoin eine zusätzliche finanzielle Sicherheit.

Es war nicht der Verlust seines Geldes, der ihn zermürbte. Dieses verdammte Desaster hatte sein Lebenswerk zerstört. Vor 25 Jahren hatte er sich für eine Karriere in der Finanzwirtschaft entschieden. Er hatte gelernt, das Spiel zu spielen und war in die erste Liga aufgestiegen. Er wollte der Beste sein und er hatte es geschafft. Nicht immer, aber fast immer. Sein Spielfeld war von einer Flutwelle weggespült geworden. Die Finanzwirtschaft gab es nicht mehr.

Sören setzte die Flasche an, um einen Schluck zu nehmen, traf aber nicht und kippte sich den sündhaft teuren Sekt über die halbnackte Brust. Verwirrt wanderte sein Blick vom Champagnerfleck auf dem Boden über die Einrichtung. Jeder Gegenstand in seinem Fünf-Millionen-Euro-Apartment war ein Statussymbol. Der Scheck für seine erste Bonuszahlung hing eingerahmt über der Designercouch. 55.000 Euro. Damals eine unmögliche Menge Geld für einen durchschnittlichen 21-Jährigen. Er war immer stolz darauf gewesen. Im Angesicht der aktuellen Ereignisse wirkte es lächerlich. Geld macht nicht glücklich, hieß es. Was für ein bedeutungsloser Satz. Natürlich macht Geld nicht glücklich. Brot macht auch nicht glücklich. Und trotzdem geht es einem besser, wenn man satt ist.

Auf dem Dach gegenüber tanzte ein verliebtes Paar in der Abenddämmerung. Sören wurde schwindelig. Er blickte auf das Handy in seiner Hand und konnte sich nicht erinnern, was er damit vorgehabt hatte. Er unterdrückte einen

Würgereiz. Kurz bevor er zusammenbrach, durchzuckte ein Gedanke seinen Kopf. Er war einem Phantom nachgejagt. Einer Illusion, die sein Leben bestimmt hatte. Er musste hier raus.

4 Wochen später

Was hatte ihm die Katze denn da vor die Tür gelegt? Sören stand unter der Jannowitzbrücke und beobachtete den nervösen Mann, der sich unbeholfen einen Schlafplatz einrichtete. Es war nicht das erste Mal, dass jemand ihm seine Bleibe streitig machen wollte. Aber diesmal wirkte der Eindringling harmlos. Da hatte Sören in den letzten Wochen schon andere Bekanntschaften gemacht. Das Leben auf der Straße war eine völlig neue Erfahrung für ihn. Und das Leben auf der Straße in einer Welt ohne Geld war eine völlig neue Erfahrung für alle. Die Stimmung war angespannt, die Lage unvorhersehbar. Es herrschten keine bürgerkriegsähnlichen Zustände, so wie die wenigen Nachrichtenportale, die bis jetzt überlebt hatten, es am liebsten herbeigeschrieben hätten. Trotzdem war Vorsicht geboten.

Sören näherte sich dem Fremden langsam von hinten und legte ihm seine Hand auf die Schulter. Der Unbekannte fuhr herum. Sein Gesichtsausdruck vermittelte den Eindruck, als wolle er jedem potenziellen Angreifer ohne lange Vorlaufzeit mit voller Kraft ins Gesicht schlagen.

«Bist du wahnsinnig?», herrschte der ungebetene Besucher Sören an.

«Ruhig, Brauner!», erwiderte der. «Man wird ja wohl noch erfahren dürfen, wer da ohne anzuklopfen, die eigene Immobilie in Beschlag nimmt.»

«Was?»

«Ich habe einiges investiert, um die Location hier so herzurichten. Wie dir sicherlich aufgefallen ist, riecht es nicht nach Exkrementen und auch sonst ist der Zustand erstklassig. Vor diesem Hintergrund finde ich es nur angemessen, den eigenen Anspruch zumindest temporär geltend zu machen.»

Sören nahm die Verwirrung des Fremden zur Kenntnis, der offensichtlich Probleme hatte, die gestelzte Ausdrucksweise einzuordnen. Wer wollte es ihm verdenken? Sören trug zerrissene Jeans, Flip-Flops, zerzauste Haare, die Sonnenbrille auf dem Kopf und eine Lederjacke, die im Neuzustand ein durchschnittliches Monatsgehalt gekostet hatte. Das alles passte nicht zusammen. Der Fremde sah sich hilflos um.

«Tut mir leid. Es gab kein Namensschild. Ich wusste nicht, dass der Platz hier schon vergeben ist. Ich – ähm – such mir was Neues.»

Sören hob abwehrend die Hände. Der Typ war harmlos. Und zu zweit war es sicherer als allein. «Nein, nein. Keineswegs. Wo denkst du hin? Du bist herzlich willkommen. Es ist reichlich Platz für Gäste.»

Der Mann runzelte skeptisch die Stirn. «Ich denke, es ist besser, wenn ich mir was Eigenes suche.»

«Der Immobilienmarkt ist nicht ganz einfach zurzeit. Wenn du bis jetzt nichts hast, stehen deine Aktien schlecht, dass du noch was Brauchbares für die Nacht findest.»

«Ich werde schon was finden.»

Der Fremde erhob sich und fing an, seine Habseligkeiten wieder in den Koffer zu packen. Sören zog eine Augenbraue hoch.

«Deine erste Nacht auf der Straße?»

Keine Antwort. Sören zuckte die Schultern.

«Ist nichts, wofür man sich schämen muss. Bin auch erst seit ein paar Wochen hier. Sind dynamische Zeiten.»

Sein wortkarger Besucher seufzte. «Mein Vermieter hat mich vorgestern rausgeschmissen. Irgendjemand hat ihm verfluchte Bitcoin für die Wohnung geboten.»

«Und es gibt nichts, wo du hinkannst?»

«Nichts in der Nähe.»

Sören strich sich nachdenklich über das leicht beharrte Kinn.

«Also pass auf. Mein Name ist Sören und ich habe nicht vor, dich auszurauben.» Er hielt dem Fremden die Hand hin.

«Vielen Dank für die Offenheit.» Der Mann griff zögernd zu, «Ich bin Martin.»

«Na bitte. Es ist zurzeit nicht einfach, mit Menschen ins Gespräch zu kommen. Alle sind argwöhnisch. Niemand vertraut noch irgendwem.»

«Das könnte damit zusammenhängen, dass die allermeisten Leute fast ihr gesamtes Vermögen verloren haben. Wenn nicht nur die Ersparnisse, sondern auch der Job, die Wohnung und die Existenzgrundlage weg sind, dann ist das sicherlich nicht hilfreich.»

Martin musterte Sören von oben bis unten. «Und dass du jetzt hier in Flip-Flops und Lederjacke den gütigen Gastgeber gibst, trägt auch nicht gerade zur Vertrauensbildung bei.»

Sören hob besänftigend die Hände. Er setzte seinen Rucksack ab, nahm einen Kanten Brot, eine Dose Thunfisch, zwei Flaschen Bier und ein Portemonnaie heraus und legte alles fein säuberlich vor sich auf den Boden.

Aus der Brieftasche holte er einen Ausweis und eine Chipkarte. Er hielt Martin beides auffordernd hin. Der nahm die Dokumente und inspizierte sie ausgiebig. Das Foto auf dem Ausweis zeigte einen Mann mit gut frisierten Haaren in Anzug und Krawatte. Ein Bild aus einer anderen Zeit. Das Zweite war ein Firmenausweis, ausgestellt auf Sören Kleinbier, Investmentbanker.

«Banker?»

Sören schüttelte den Kopf. «Ex-Banker!»

«Und warum bist du hier? Als Banker hast du doch mindestens eine Handvoll Eigentumswohnungen. Oder warst du einer der Idioten, die dachten, ihre Glückssträhne hält ewig, und hast deine ganze Kohle für schnelle Autos zum Fenster rausgeworfen?»

«Ich bin freiwillig hergekommen.»

Martin wirkte verwirrt. «Bitte, was?»

«Ich habe vor drei Wochen meine Wohnung verlassen. Seitdem bin ich hier.»

«Das ist bescheuert. Hast du keine Angst? Das hier ist Berlin und nicht – Stuttgart.»

«Früher habe ich meine Kunden um sechsstellige Beträge erleichtert und sie haben mir dafür die Hand geküsst. Wenn sie danach am Ku'damm shoppen waren, haben sie ihre Brieftasche dreifach gesichert, weil sie Angst davor hatten, dass ihnen jemand 50 Euro klaut.» Sören fuhr sich durch die langen, verfilzten Haare. «Ich habe mich davon verabschiedet. Egal, ob ich vorher 50 Euro oder 50 Millionen auf dem Konto hatte. Das macht keinen Unterschied. Das Geld ist weg. Ein großer Teil zumindest. Und es ist ok.» Sören öffnete die Thunfischdose, tunkte einen Kanten Brot hinein und reichte ihn seinem Gegenüber. «Weißt du, Martin, früher musste ich ständig aufpassen. Durfte mir keinen Fehler erlauben. Sonst schnappte mir die Konkurrenz den Deal weg. Oder meine Kollegen. Niemandem trauen. Immer in der Angst, über den Tisch gezogen zu werden. Und das Beste von allem: Ich dachte, genauso müsste es sein. Ellenbogen raus und nicht nach links oder rechts schauen. Höher, schneller, weiter. Ohne Rücksicht auf Verluste. Wahnsinn, wie man sich irren kann. Von wegen Leben auf der Überholspur. Das Problem auf der Überholspur ist, dass du die Ausfahrten verpasst. Ist das Leben hier auf der Straße riskant? Ja, heute wahrscheinlich mehr denn je. Muss ich deswegen in ständiger Angst leben? Nein. Wenn man die Regeln kennt, kann man jedes Spiel spielen. Ich komme gut zurecht.» Meistens stimmte das sogar.

«Du hast eine Million verloren und behauptest, es macht dir nichts aus?» Martin verzog ungläubig das Gesicht.

«Mehrzahl.»

«Was?»

«Millionen. Ich habe mehrere Millionen verloren. Die ersten Tage waren ein einziger Absturz. Ich habe wie ein Wahnsinniger alles an Informationen in mich reingesaugt, was mir unter die Finger kam. Immer dem Geld hinterher. Ich habe kaum geschlafen und alle um mich herum in den Wahnsinn getrieben. Und die waren genauso drauf. Die haben ja auch alle riesige Beträge verloren. Wir haben uns gegenseitig hochgepeitscht. Und dann bin ich umgekippt. Fertig mit der Welt. Mein Körper hat auf Reset gedrückt. Keine Ahnung, wie lange ich da rumgelegen habe. 24 Stunden. Vielleicht länger. Als ich aufgewacht bin, wollte ich einfach nur raus.»

Martin, der auf dem Thunfischkanten herumkaute, hielt inne. «Von heute auf morgen? Das macht doch keinen Sinn.»

«Was weiß ich. Ich bin kein Psychologe. Ich bin Investmentbanker. Ich war Investmentbanker. Das war mein Leben. Und dann ist alles, woran ich geglaubt habe, zusammengestürzt.»

«Und dann bist du auf die grandiose Idee gekommen, ab jetzt auf der Straße zu wohnen und hast deine Wohnung in den Wind geschossen?»

«Ich habe meine Wohnung nicht mehr ertragen.»

«Ist sie noch frei?»

Sören schaute nachdenklich in die Ferne. Dann wanderte sein Blick zurück zu Martin. «Ich glaube nicht. Ich hab die Tür offengelassen, als ich abgehauen bin. Kann mir nicht vorstellen, dass die lange leer geblieben ist.»

«Du hast die – egal.»

Martin seufzte. Sören nahm das zum Anlass, die beiden Bierflaschen aufzumachen. Mit einem versilberten Feuerzeug, welches er aus der Innentasche seiner Lederjacke zog. Er reichte seinem Gast eine der Flaschen und prostete ihm zu. «Und jetzt?»

Martin nahm einen großen Schluck und zuckte mit den Schultern. «Keine Ahnung.»

«Was hattest du vor, bevor du aus deiner Wohnung geflogen bist?»

«Ich war Journalist und wollte die Welt verändern.»

Sören lächelte leicht. «Da ist dir jemand zuvorgekommen.»

Martin sah fragend auf und nickte dann nachdenklich. «Aber ich wollte sie nicht nur verändern. Ich wollte sie besser machen.»

«Wer sagt dir, dass sie nicht besser ist.»

«Machst du Witze? Wir sitzen auf einem Pulverfass. Nur weil du deine Erleuchtung hattest, gilt das nicht für den Rest der Welt. Diese *Tabula-Rasa*-Typen sind gemeingefährlich. Noch so ein Text und wir haben Bürgerkrieg.»

Vor ein paar Tagen war ein Bekennerschreiben aufgetaucht. Irgendjemand, der sich *Tabula Rasa* nannte, hatte die volle Verantwortung für die komplette Demontage des Finanzsystems übernommen. Niemand wusste, wer dahintersteckte, aber wenn es nach Sören ging, waren das Götter.

«Du verstehst *Tabula Rasa* nicht. Sie haben nur ein paar Zahlen geändert. Mehr nicht. Lass dir das von jemandem sagen, der jahrelang nur Zahlen von A nach B geschoben hat. Im Endeffekt ist die Zahl auf dem Konto egal.»

«Das kann nur von jemandem kommen, der selber nie Geldprobleme hatte.»

«Es kommt nicht darauf an, was du hast. Es kommt darauf an, was du willst und was du tust, um es zu bekommen.»

«Hast du das auf einer Postkarte gelesen?»

«Glaub mir oder nicht, Martin. Denken allein macht nicht glücklich. Machen macht glücklich.»

«Und was machst du? Brücken putzen, damit du es gemütlich hast?»

«Kein Grund, persönlich zu werden, mein Freund.»

«Sorry.»

Martin nahm den letzten großen Schluck aus seiner Flasche und stellte sie dann zur Seite.

«Wenn es dir nichts ausmacht, würde ich mich jetzt hinlegen.»

«Klar. Mach es dir gemütlich. Ich gehe noch eine Runde um den Block.»

Sören stand auf und nickte Martin zu. Dann drehte er sich um und wanderte zum Spreeufer hinunter. Er zog sein Feuerzeug hervor und kniete sich hin. Bevor er seinen allabendlichen Kontrollgang startete, musste er noch etwas erledigen.

4 Monate später

Die spätherbstlichen Sonnenstrahlen bahnten sich ihren Weg durch die Blätter der alten Quitte. Sören stand vor dem massiven Holztisch, der seit Jahr und Tag dem Wetter trotzte. Die Lederjacke trug er offen, so dass seine behaarte Brust durchblitzte. Hochkonzentriert platzierte er zwei leere Coladosen, eine schwarze Unterhose, eine zusammengeknüllte Frischhaltefolie und die Reste eines halben Hähnchens auf dem Backblech, das er vor sich abgestellt hatte. Er verrückte eine der Getränkedosen um ein paar Millimeter nach links und sank dann in einen Liegestuhl, der direkt vor dem Tisch stand. Er schloss die Augen, lauschte der Singdrossel, die jeden Tag um diese Zeit zu Besuch kam, und ließ die letzten Monate Revue passieren. Wenn ihm jemand vor einem Jahr erzählt hätte, dass er jetzt im Wohnwagen auf einem Waldgrundstück irgendwo zwischen Berlin und Eberswalde wohnen würde, hätte er das als Beleidigung aufgefasst und demjenigen gehörig die Fresse poliert. Damals als der Ausdruck «Fresse polieren» noch zu seinem alltäglichen Vokabular gehört hatte. Die Zeiten hatten sich geändert.

«Störe ich?»

Sören öffnete langsam die Augen und blickte in das freundliche Gesicht von Martin, der ihm die Sonne versperrte. Sören verzog den Mund zu einem Lächeln.

«Martin. Ich habe dich frühestens nächsten Monat erwartet. Was verschafft mir die Ehre?»

«Ich musste dringend ein paar Dinge in Berlin besorgen. Und da wollte ich die Gelegenheit nutzen und dir mal wieder deinen Schlafplatz streitig machen.»

«Hast du langsam genug von deiner Kommune in Holland?»

«Es ist keine Kommune. Und die Antwort ist nein, ganz und gar nicht. Uns geht es besser denn je. Die Stromversorgung ist stabil. Wir haben ein funktionierendes

Netzwerk von Landwirten, die uns mit Lebensmitteln versorgen und unsere ganze Bewegung erhält immer mehr Zuspruch.»

«Resilie... Wie hieß das noch?»

Sören zog sein silbernes Feuerzeug aus der Hosentasche und versuchte, eine Flamme zu entzünden, was ihm nicht gelang.

«ResilieNet. Du hast es dir immer noch nicht angesehen?»

«Wozu? Ich habe hier alles, was ich brauche. Siehst du die Quitten da? Daraus mache ich Chutney und Marmelade und den besten Likör, den du je getrunken hast. Auf dem Markt in Biesenthal krieg ich dafür 1.000 Satoshis pro Flasche.»

Sören brauchte das Geld nicht. Aber er war beeindruckt, in welcher Geschwindigkeit sich Kryptowährungen als neues Zahlungsmittel etabliert hatten, nachdem das Finanzsystem zusammengebrochen war. Ricardo hatte recht behalten.

Der Mensch ist ein Gewohnheitstier, heißt es immer. Auf der anderen Seite ist der Mensch extrem anpassungsfähig. Ein bemerkenswertes Spannungsfeld. Die Wenigsten wollen Veränderungen, aber die Meisten können sich innerhalb kürzester Zeit umstellen, wenn es darauf ankommt.

#BackToZero hatte zentrale Eckpfeiler der globalen Gemeinschaft aus der Erde gerissen und ersatzlos entsorgt. Allen voran die Finanzwirtschaft. Aber das hielt die Menschen nicht ab, neue Wege zu finden, um sich zu organisieren. Die Nutzung von dezentralen, nicht manipulierbaren Kryptowährungen war einer davon.

Heute bekam man für einen einzigen Bitcoin eine Luxusvilla mit Meerblick und angrenzender Gemüsefarm. Alltägliche Geschäfte wurden deshalb in der nächstkleineren Einheit getätigt. Ein Bitcoin enthielt 100 Millionen Satoshi. Sören hatte immer noch ein paar Millionen davon in seinem digitalen Portemonnaie. Selbst wenn er hier so gut wie autark lebte, gab es regelmäßig Anschaffungen, für die er digitales Gold benötigte. Für Feuerzeugbenzin zum Beispiel.

«Ich verstehe ja, dass du hier gut zurechtkommst, aber was ist im Winter? Es gibt immer noch keinen Deal mit Russland wegen der Gasversorgung. Womit willst du heizen?»

Sören breitete die Arme aus, als wolle er die Bäume umarmen. «Ich bin versorgt.»

«Du hast jetzt einen Ofen?»

«Selbstverständlich, Martin. Mach dir keine Sorgen um mich. Ich habe dieses Fleckchen Erde gefunden und ich bin hier zufrieden. #BackToZero ist das Beste, was mir hätte passieren können.» Er deutet auf den Liegestuhl neben sich. «Setz dich!»

Martin stellte seinen Rucksack ab und nahm Platz. Er holte zwei Bier heraus und reichte Sören eins. «Ich bin dir noch was schuldig.»

Sören begutachtete die Flaschen anerkennend.

«Sehr gut. Wo hast du die her?»

«Selbstgebraut. Nach altem holländischen Rezept.»

«Großartig. Ich bin ja froh, dass in eurem Club da noch Alkohol erlaubt ist.»

Martin musterte ihn verwundert.

«Warum sollte es das nicht sein?»

«Hatte ich dir von Ricardo erzählt?»

«Dein Kollege, der beinahe sowas wie ein Freund war?»

«Er ist auch so einem Verein beigetreten. In einem Dorf südlich von Berlin. Die haben Regeln für alles. Alkohol dürfen nur bestimmte Leute trinken und solche Sachen.»

Martin schüttelte den Kopf.

«Du weißt, dass es kein Patentrezept für funktionierende Gemeinschaften gibt. Wir haben keine Blaupause dafür, wie es weitergeht. Überall tun sich gerade Menschen zusammen und definieren ihre Werte neu. Die einen machen es so, die anderen so. Die spannende Frage ist, was sich auf lange Sicht durchsetzen wird.»

Sören nickte bedächtig den Kopf. Dann stand er auf und holte einen Kanister aus seinem Wohnwagen.

«Man sollte nicht meinen, wie schwierig es ist, heutzutage an so einfache Dinge wie Feuerzeugbenzin ranzukommen. Früher ist man dafür einfach zur Tanke gefahren. Heute kann man froh sein, wenn die Tanken überhaupt mal geöffnet haben. So verschieben sich die Prioritäten, wenn sich plötzlich nicht mehr alles ums Geld dreht.»

Sören dachte an die Zeit zurück, als Konsum das Maß aller Dinge gewesen war. Er war voll auf dieser Welle mitgeschwommen. Warum auch nicht? Er hatte es sich leisten können. Kaufen, testen, wegschmeißen und wieder von vorn. Er hatte sich keine Gedanken darüber gemacht, was er wirklich brauchte. Wenn er etwas haben wollte, hatte er es sich gekauft. Wenn es ihn dann nicht mehr interessierte, wurde es weggeschmissen. Das hatte sich gut angefühlt. Es war die Belohnung für seine Siege gewesen und gleichzeitig hatte er etwas fürs Bruttosozialprodukt getan. Eine Win-Win-Situation.

Vor einem knappen halben Jahr hatte sich das schlagartig geändert, als innerhalb von wenigen Stunden Geld im Wert von 90 Billionen US-Dollar vernichtet worden war. Schon nach ein paar Tagen waren viele Menschen nicht mehr zur Arbeit gegangen. Die meisten Arbeitgeber waren genauso pleite wie alle anderen. Und so suchten die Leute Alternativen, um sich und ihre Familien durchzubringen. Landwirte waren gefragt wie nie zuvor. Investmentbanker brauchte keiner mehr.

Je mehr es Richtung Herbst ging, desto ungemütlicher war es unter den Brücken von Berlin geworden. In jeder Hinsicht. Ende Oktober hatte Sören entschieden, dass es Zeit wurde, der Großstadt den Rücken zu kehren. Es war nicht schwer gewesen, jemanden zu finden, der bereit war, ihm für ein paar Millionen

Satoshis ein kleines Grundstück im Berliner Umland zu verkaufen. Jede Art von Zahlungsmitteln wurde dankend angenommen. Der Wohnwagen war im Preis inbegriffen. Und jetzt war er hier.

Sören füllte sein Feuerzeug auf und stellte den Kanister beiseite. Er zündete ein Stück Pappe an und legte es zu den anderen Gegenständen auf das Backblech. Es stank fürchterlich, als die Frischhaltefolie Feuer fing.

Martin rümpfte angewidert die Nase. «Was machst du da? Du kannst doch nicht einfach deinen Müll verbrennen. Das ist tödlich für die Umwelt. Gibt es hier immer noch keine Müllabfuhr?»

«Das hat damit nichts zu tun, Martin.» Sören schloss die Augen und reckte den Kopf in Richtung Himmel.

«Aber was soll das dann? Was machst du da?» Sören senkte den Kopf wieder und sah Martin eindringlich an. «Tabula Rasa!»

GOOPS

Sundressed

Text_Dennis Klose
Illustration_Clara J. Escalera

«Aufwachen, Helen.»

Die automatisierten Rollläden setzen sich summend in Bewegung und lassen grelles Licht in das Schlafzimmer dringen.

«Es ist sieben Uhr. Die Wettervorhersage für den 27. Juni 2035 sieht sonnig und klar aus. Es sind Höchsttemperaturen von bis zu 31 Grad angekündigt.»

Die leise Glockenmelodie von Helens Wecker spielt von irgendwo.

«Dein Terminkalender für heute ist bereit. Möchtest du, dass ich ihn dir jetzt vorlese, Helen?»

Helen hat diese Nacht ohne Decke geschlafen. Sie streckt ihre straffen Glieder von sich und reibt sich die Augen. Eine hauchfeine Schicht ihres getrockneten Midnight-Recovery-Öls klebt am Kopfkissen.

«Schieß los, Fran.»

«HeadZone hat deinen Yoga-Workshop aufgrund von Kundenzeitoptimierung auf diesen Vormittag, elf Uhr, vorverlegt. Dein laufender Vertrag mit Xerobike sieht heute zwei Posts und einen Life-Beitrag auf Piranya vor. Du hast außerdem eine Anfrage von SmileBright. Ihre Marketing-Beauftragte Heather möchte sich heute um 15 Uhr mit dir auf einen Kaffee oder Matcha im Harmony Center treffen. Soll ich ihr zusagen?»

Helen ist inzwischen aufgestanden und hängt in ihrer morgendlichen Uttanasana-Pose. Einatmen. Ausatmen.

«Klar.»

Auf dem Weg in die Küche dehnt Helen ihre Arme und Schultern und überlegt, was sie frühstückt. Sie hat Lust auf Baguette mit Lachs, aber als sie in den Kühlschrank schaut, stellt sie fest, dass sie keinen Lachs mehr hat und das Baguette vertrocknet ist.

«Möchtest du, dass ich eine Packung geräucherten Lachs für aktuell 40 Gōops nachbestelle, Helen?»

Helen lächelt müde. «Du kannst meine Gedanken lesen, Fran.»

«Gern geschehen. Übrigens empfehle ich dir basierend auf deinen vergangenen Mahlzeiten und deinem derzeitigen Vorrat einen erfrischenden Avocado-Kardamom-Smoothie. Das Rezept ist gerade eben von Anna Jones online gestellt worden. Wenn du willst, schicke ich dir ihr Piranya-Profil.»

«Klar, mach das.»

«Super. Ich leite dir das Rezept weiter. Schau auf dein Handy.»

Helen sieht, wie das Display ihres Smartphones auf dem Wohnzimmertisch aufleuchtet, und holt sich eine Avocado von der Fensterbank. Sie wirft einen flüchtigen Blick aus dem Fenster: Die Sonne strahlt und es sind bereits einige Jogger unterwegs. Sie schneidet die Avocado zurecht, zerdrückt eine Kardamom-Schote mit einem breiten Messer und wirft die beiden Zutaten in ihren Standmixer. Dazu gibt sie noch eine Teelöffelspitze Algenpulver und füllt die Mischung im Verhältnis eins zu eins mit Apfelsaft und Mandelmilch auf, so wie es die Anleitung vorsieht. Helen dreht den Regler des Mixers auf maximale Pürierkraft: Eine samtige, hellblaue Flüssigkeit entsteht.

Es ist 7:20 Uhr, als Helen ihre *HeadZone*-Meditationseinheit beendet. Ihr Kopf fühlt sich leicht an, wie der wolkenlose Himmel draußen: der absolute Fokus. Sie schaut auf das Armband an ihrem linken Handgelenk: Ihr systolischer Blutdruck ist von 132 auf 124 mmHg gesunken. Ihr Puls von 72 auf 67. Einwandfrei.

«Helen?»

«Ja, Fran?»

«Du hast eine Nachricht von Andy von HeadZone.»

«Oh, wow.»

«Ich soll dir sagen, wie stolz er auf dich und deinen Meditations-Streak von 127 Tagen ist. Nur 13 Prozent aller Nutzer bleiben so lange durchgehend am Ball.»

«Richte ihm aus, dass ich stolz bin, für *HeadZone* zu arbeiten und deshalb auch gerne ihr Angebot nutze.»

«Gerne.»

Helen rollt ihre Matte zusammen und stellt sie in den Wandschrank im Flur zurück.

«Sag mal, Helen.»

«Ja, Fran?»

«Ich habe vorhin an deinem Gesichtsausdruck erkannt, dass dich die Benutzung deines neuen Mixers äußerst zufrieden gestimmt hat. Liege ich da richtig?»

Helen überlegt kurz. «Ja, mir ist aufgefallen, dass er viel leiser mixt als der alte Mixer. Seine Blätter drehen sich sehr schnell und sind dabei ungefähr so leise wie die schurrenden Rotoren eines Modelbauflugzeugs. Das fand ich beeindruckend.»

Fran lacht. *«Tolle Beschreibung, Helen! ‹Wie die schnurrenden Rotoren eines Modelbauflugzeugs› – das ist perfekt für eine Rezension! Möchtest du, dass ich eine Rezension für dich schreibe und diesen Ausdruck darin einflechte?»*

Helen kommt nicht umhin, sich geschmeichelt zu fühlen. «Okay.»

Sie geht an ihren Kleiderschrank und nimmt sich ihre Joggingwear.

Frans Open-AI-Algorithmus braucht zwei Sekunden, bis sie die Kundenbewertung zusammengesetzt hat.

«Die Rezension ist online. Dir wurden 200 Göops auf dein Konto gutgeschrieben.»

«Cool, danke.»

«Ich habe zu danken, Helen.»

Während sie läuft, denkt Helen über ihr heutiges Treffen mit Heather von *SmileBright* nach. Sie glaubt, den Namen *SmileBright* schon einmal gehört zu haben, ist sicher aber nicht 100-prozentig sicher. Früher versteckten sich hinter den Werbeanfragen häufig nicht ganz transparente Firmen und Produkte mit unseriösen Vertragsbedingungen, doch seitdem Fran vor rund einem Jahr das umfangreiche Sicherheitsupdate bekommen hat, werden alle Anfragen automatisch geprüft und gelten allgemeinhin als vertrauenswürdig. Als ihre Running-Playlist *Turn To Gold* von *King Midas* abspielt, tippt Helen zweimal kurz an ihre In-Ear-Buds, um Fran zu aktivieren.

«Überspringen.»

«Okay.»

Nach 22 Minuten – bisherige Bestzeit für diese Route – kommt Helen an dem neuen Coffeeshop an, den sie schon seit Tagen austesten will. Sie stellt sich in die Schlange und liest die Getränkekarte durch. Als sie an der Reihe ist, schaut sie auf ihre Smartwatch: acht Uhr. Die Angestellte an der Kasse strahlt sie mit einem breiten Lächeln an.

«Hey, Helen! Wie schön, dich hier zu sehen. Was darf's sein?»

«Hey. Einen grünen Tee, bitte.»

«Alles klar.»

«Ist noch ein Plätzchen auf der Terrasse frei?», fragt Helen.

«Yes! Freie Auswahl. Bezahlst du mit Pfund oder Göops?»

«Göops.»

«Cool, dank dir.» Die Angestellte tippt zweimal auf ihren Bildschirm. «Ist bereit.»

Helen hält ihre Uhr an das Lesegerät. Der Preisunterschied zwischen Pfund und Goops ist in Coffeeshops besonders ausgeprägt, vor allem wenn ihre Gründung noch nicht lange her und ihre Customerbase noch klein ist. Während die 20-G-Transaktion prozessiert wird, beteuert die Angestellte, wie schade es sei, wegen ihrer Schicht leider keine Zeit für Helens 11-Uhr-Yogakurs zu haben.

«Ich mache sonst immer mit. Das schwöre ich sogar. Deine Kurse sind mit Abstand die besten.»

Helen lächelt schüchtern. Sie weiß nie genau, wie sie reagieren soll, wenn Fremde sie in der Öffentlichkeit erkennen. «Du kannst dir den Kurs auch hinterher online anschauen.»

«Mach ich. Dein grüner Tee ist gleich fertig. Erwähn mich doch auf dem Bild, wenn du magst. Ich heiße übrigens Amanda.»

Jedes Produkt, das mit Goops bezahlt wird, muss binnen einer Woche in einem *Piranya*-Beitrag auftauchen – dafür ist es im Vergleich zu Produkten, die man in Pfund bezahlt, um bis zu 60 Prozent günstiger.

Helen fragt nach Amandas Profilnamen und verabschiedet sich dann. Sie nimmt den warmen Pappbecher mit, geht die schmale Treppe nach oben auf die Terrasse und setzt sich an einen Tisch in der Sonne. Von unten hört sie, wie zwei Kundinnen sich in der Schlage unterhalten: Die eine freut sich, bald endlich auch mit Goops bezahlen zu dürfen. Die Ersparnisse rauben einem den Atem, habe sie gehört. Mehr bekommt Helen von der Unterhaltung nicht mit, denn Fran meldet sich auf ihren In-Ear-Buds zu Wort.

«Helen?»

«Ja, Fran.»

«Ich habe eine kurze Frage an dich. Vorhin beim Joggen hast du mich ein Lied in deiner Playlist überspringen lassen. Turn To Gold von King Midas. Darf ich fragen wieso? Deine Antwort ist wichtig, damit ich dir das nächste Mal eine bessere Playlist zusammenstellen kann.»

Helen seufzt. Sie hat gerade keine Lust, darüber zu reden. Sie tut es dennoch: «Ach, eigentlich ist das nicht so wichtig, Fran. Das Lied hat mein Ex häufig gehört, das ist alles. Ich wollte in diesem Moment nicht an ihn denken, wenn du verstehst.»

«Klar, verstehe ich», sagt Fran. *«Vielen Dank, Helen. Ich gleiche Vin Horowitz' PiranyaMusic-Account mit deinem ab und entferne alle Lieder, die dich an ihn erinnern könnten, von deiner Running-Playlist.»*

Helen empfindet diese Maßnahme als völlig übertrieben, aber lässt Fran das nicht bemerken. Am besten man lässt sie einfach machen. Wie versprochen lädt Helen ein Foto von ihrem dampfenden Tee auf ihrem Geschäftsprofil hoch. Der Tee schmeckt ihr unheimlich gut; er verdient es, der Welt gezeigt zu werden. In einer

Minute erhält sie dafür rund 5.000 Likes, was ihr umgerechnet 350 Göops einbringt. Sie geht auf Amandas verlinktes Privatprofil: 54 neue Follower. Zufrieden blinzelt Helen in den blauen Himmel. Sie liebt es einfach, Glück zu verbreiten.

In der Tube, auf dem Weg zum *HeadZone*-Hauptquartier, liest Helen ein Buch, das ihr empfohlen wurde. Neuerdings verdienen sich Autoren ein paar Göops nebenbei, indem sie auch Werbung in ihren Print-Ausgaben schalten. Wahrscheinlich lassen die Verlage ihnen keine andere Wahl. Die meisten Anzeigen bewerben Hautcremes und Vitaminpillen. Auch ein Wahlplakat ist abgedruckt: Jared Dyson, der Sohn des derzeitigen CEO von *Piranya*, stellt sich als neuer Bürgermeister von London zur Wahl auf. In der Stadt tauchen in letzter Zeit immer wieder «*Kill Transparency Capitalists!*»-Graffitis auf. Die Stimmung ist ziemlich gespalten, was *Piranya* und seine Geschäftspraktiken angeht. Helen lässt sich davon nicht länger ablenken und liest weiter. Bei der Haltestelle Embankment am King's College steigt sie aus. Bis zu *HeadZone* geht sie zu Fuß. Sie hat noch 40 Minuten, bis ihr Kurs anfängt. Am College läuft sie an zwei riesigen Plakaten vorbei, die ein neues Austausch-Programm ankündigen:

> *Be a part! Spread the word! Become King's ambassador and get a reward of up to 10.000 G per year spent abroad! Eligible from 25.000 followers. Sign up now! For more information, visit us under @KingsCollegeLondon.pi*

Gar kein schlechter Deal, denkt sich Helen. Umgerechnet in Pfund deckt die Bezahlung bei einem guten Umrechnungskurs einen ganzen Studienkredit ab. Das ist beinahe lukrativer als ihr Decentralised marketing contract bei *Piranya*. Auf jeden Fall eine gute Möglichkeit, sich als Student nebenbei etwas dazuzuverdienen, denn für normale *Piranya*-Verträge benötigt man mindestens eine Million Follower, zumindest damals. Helen erinnert sich noch an den Tag, an dem sie ihre erste Million erreicht hat. Mittlerweile hat sie fünf. Nicht mehr lange und sie wäre sogar zu einer Aktienoption bei *Piranya* berechtigt. Auch *Piranya* würde auf lange Sicht mit den Studenten sicherlich Gewinn machen: Austauschstudenten lernen Fremdsprachen, Sprachen erzeugen Reichweite, Reichweite erzeugt Göops, Göops erzeugen Daten und Daten erzeugen Macht. Es lohnt sich also für beide Seiten. Helen wünscht sich, sie hätte einen Global-Citizen-Status – das würde sie zu einem gewissen Grad gegen Follower-Verlust absichern –, aber Sprachkurse sind ungeahnt teuer geworden.

Am *HeadZone*-Eingang steht Ian Freeman und raucht. Als er Helen sieht, pfeift er.

«Helen! Ich glaub's nicht, wie gut du aussiehst.»

«Hallo Kollege. Du siehst auch nicht schlecht aus.»

Ian gibt ihr links und rechts einen Kuss auf die Wange, Helen schaut überrascht.

«Was ist?», fragt er. «In Paris machen das alle.»

«Wie war die Geschäftsreise?»

«Franchement, trop fort.»

«Wow, aus dir wird noch ein richtiger Global Citizen, was?»

«Ach Quatsch, ich habe bloß hier und da ein paar Wörter aufgeschnappt. Am Flughafen labern sie dich ständig an – digital, analog, von überall. Ich habe außerdem meine Fran auf Französisch umgestellt.»

Freeman ist Creative Director im Bereich Videomeditation. Er arbeitet viel hinter den Kulissen und kümmert sich fortlaufend um irgendwelche Verhandlungen mit französischen Animationsstudios. Zusammen gehen sie durch die Eingangshalle, scannen ihre Karten und warten am Aufzug mit drei anderen Kollegen, die Helen nicht kennt.

«Was gibt es Neues?», fragt Freeman beiläufig.

Helen überlegt nicht lange. «Oh, einiges. Tatsächlich haben sie gestern Andrews Gööp-Konto eingefroren. Er ist unter die Grenze gekommen und hat versäumt, vorher seine Gööps in Pfund umzutauschen. Ein GC-Status wäre ein echter Retter für ihn gewesen.»

«Oh, prächtig. Wo liegt die Grenze momentan nochmal?»

Der Aufzug ist da, Helen und Freeman quetschen sich als Letzte hinein.

«Bei ungefähr 1,5 Millionen Followern. Er hat jetzt einen Monat Zeit, das Defizit aufzuholen. Ich drücke ihm wirklich die Daumen. Bei Pandora ist es genau andersherum: Sie plant, ihre gesamten Ersparnisse von Pfund in Gööps umtauschen zu lassen.»

Freeman runzelt die Stirn; soweit Helen weiß, besitzt er keinen einzigen Gööp, ja nicht einmal einen *Piranya*-Account. Da bei *HeadZone* größtenteils konventionelle Arbeit verrichtet wird, bekommen *HeadZoner* ihr Gehalt in Pfund ausgezahlt. Gegenwärtig laufen allerdings Verhandlung zwischen *HeadZone* und *Piranya*, um eine Gööp-Bezahlung für die Marketing-Abteilung einzurichten.

«Das verstehe ich nicht.»

«Sie plant mit ihrem Mann, einen Gööp-Kredit für ein Haus zu beantragen. Die sind zurzeit so günstig, so dass es sich selbst noch lohnt, wenn man die Umtauschgebühren miteinberechnet.»

«Wow. Aber objektiv betrachtet gar nicht mal so dumm. Immerhin vermehren sich Gööps buchstäblich von selbst. Die *Financial Times* hält sie mittlerweile für konkurrenzfähig gegenüber Wertpapieren, was bei einem derartigen Wachstum eigentlich unbestreitbar ist. Einige Experten prognostizieren sogar schon, dass der Gööp 2040 Platz eins der kaufkräftigsten Währungen der ganzen Welt einnehmen wird. Aber ich bezweifle, dass ich mit diesem Druck umgehen könnte, du weißt schon. Bricht deine Followerbase weg, sitzt du praktisch auf dem Trockenen. Gut, Pandora muss sich da wohl vorerst keine Sorgen machen. Wie auch immer, meine Privatsphäre ist mir heilig, wenn ich ehrlich bin.»

Helen blickt Freeman erschrocken ins Gesicht, sie übertreibt extra.

«Freeman, das P-Wort!»

Freeman verdreht die Augen. «Mach dich nicht lächerlich.»

Der Aufzug öffnet seine Türen und die beiden steigen aus.

Bis ihr Kurs anfängt, sitzt Helen in ihrem Büro und scrollt durch die neusten Kommentare auf ihrem Blog. Hier und da verteilt sie ein paar Likes und Hearts, jeder einzelne Like bringt vertraglosen *Piranya*-Usern 0,2 G̈oops ein. Auf ihren In-Ear-Buds läuft ihre Arbeits-Playlist. Keinen der vorgeschlagenen Songs verbindet sie mit Vin. Sie sitzt gerade an ihrem ersten Post für Xerobike, als sich Fran meldet.

«Hey Helen.»

«Hi Fran. Was gibt's?»

«Ich habe vorhin dein Gespräch mit Ian Freeman mitbekommen.»

Helen ist ein wenig unkonzentriert, weil sie sich passende Hashtags für das Xerobike ausdenkt. «Oh, okay. Was ist damit?»

«Ich fand es wirklich interessant, Helen. Wie du weißt, sind solche Gesprächsdaten für mich sehr wertvoll. Ich wollte dich bloß um dein Einverständnis bitten, die Rechte an dem Gespräch freizugeben, damit ich die extrahierten Daten abspeichern und an unsere Analysten weiterleiten kann.»

Komisch, denkt sich Helen. Darum hat Fran sie noch nie gebeten.

«Als Reward erhältst du 5.000 G̈oops. Was sagst du?»

Helen ist sich unsicher. Allerdings hat sie gerade keine Zeit für eine lange Diskussion mit Fran, denn ihr Yoga-Kurs fängt in fünf Minuten an. Außerdem hat sie mit Freeman über nichts Geheimes geredet.

«Meinetwegen, Fran.»

«Großartig. Viel Spaß bei deinem Kurs. Ich werde zusehen.»

Heather ist eine hübsche, blonde, große Frau. Ihr Anzug, ihre Tasche und ihre Sonnenbrille sind allesamt Designerware. Luxusmodemarken sind dafür bekannt, wahnsinnige G̈oop-Rabatte für Influencer anzubieten. Helen schätzt, dass Heather etwa zehn Jahre älter ist als sie selbst. Sie ist mit Sicherheit eine der Ersten gewesen, die damals auf den Boom reagiert und mit niedrigen Umtauschgebühren in G̈oops investiert haben. Sie erinnert Helen unweigerlich an Samantha aus *Sex and the City*.

Das Harmony Center ist voller Menschen: Touristen, Geschäftsleute, Studenten, normale Londoner. Heather trinkt einen roten Tee, Helen trinkt einen grünen Tee.

«Es freut mich so sehr, dass Sie so kurzfristig Zeit gefunden haben, Helen. Ich bin Heather.»

«Freut mich auch, Heather.»

Heather faltet ihre Hände ineinander und legt sie auf den Tisch. «Sagen Sie, interessieren Sie sich für Mundhygiene, Helen?»

«Ich *lebe* für Mundhygiene, Baby.»

Heathers Augen beginnen zu leuchten. «Fabelhaft. Dann lassen Sie mich kurz das Konzept von *SmileBright* erklären.»

Heather holt einen Tablet-PC aus ihrer Tasche hervor und öffnet eine Präsentation mit dem Titel

SMILEBRIGHT – The first gum with whitening effect!

«Ich weiß», beginnt Heather und rollt mit ihren Augen, «der Markt ist im Moment regelrecht überflutet mit einer Vielzahl von Zahnaufhellern. Spangen, Strips, Laserbehandlungen und so weiter.»

«Ich habe schon oft Anfragen von Herstellern solcher Produkte bekommen», unterbricht Helen kurz. «Ehrlich gesagt, waren meine Follower nie übermäßig begeistert.»

Heather reißt ihre Augen noch weiter auf. «Das glaube ich Ihnen sofort. Aber was den *SmileBright*-Kaugummi angeht, kann ich Ihnen versprechen, dass ihre Follower völlig ausrasten werden. Die Benutzung ist denkbar einfach und bequem. Und dank unserer vollkommen neuartigen Technologie sind Ergebnisse bereits nach einer Woche zu sehen.»

«Ist der Kaugummi schon auf dem Markt?»

Heather wischt eine Folie in ihrer Präsentation weiter. Abgebildet sind irgendwelche Graphen und Diagramme, höchstwahrscheinlich Marktforschungsdaten.

«Nein, noch nicht. Wir befinden uns noch in der Testphase. Aber aktuellen Studien zufolge steigert es den Gewinn um bis zu 30 Prozent, wenn die Promotionsphase parallel zur Testphase stattfindet. Das pusht den Hype ins Unermessliche und Produktion und Lagerung können bei Markteinführung so aufeinander abgestimmt werden, dass die Lagerkosten signifikant fallen.»

«Sie drehen mir also ein noch nicht geprüftes Produkt an?»

«Nein, keinesfalls! Wir arbeiten derzeit unermüdlich daran, die Datenlage für die Anwendung am Menschen zu verbessern und alle Tests an Mäusen waren durchweg erfolgreich.»

Helen stellt sich diese Mäuse vor, wie sie auf ihren kleinen Kaugummis herumkauen und lacht innerlich. «In Ordnung. Reden wir über die Gööps.»

«Nichts lieber als das.» Heather wischt zur nächsten Folie, auf der bloß zwei gezeichnete Figuren abgebildet sind, die miteinander an einem Verhandlungstisch sitzen. «Wenn Sie mich fragen, dann sind Gööps das Beste, was der Wirtschaft in den letzten Jahren passiert ist. Ich bin nie ein Fan der Influencer-Ausweise gewesen und bin froh, dass sie sich nicht durchgesetzt haben. Die Ausgabe der Gööps durch *Piranya* nach dubaiischem Vorbild ist resistenter gegenüber Betrügern und eröffnet uns eine neue, sichere Wertanlage – durch die Tauschbörse ja nun auch für alle Nicht-Influencer. Außerdem sind Gööps weitaus flexibler einsetzbar als ein Ausweis, immerhin ist es vollkommen realitätsfern, einen völlig abgekoppelten und willkürlichen Pauschalrabatt von wieviel-auch-immer für jedes Produkt anzubieten. Gööps sind da eindeutig ein viel besseres Werkzeug, um die Marketability der Produkte zu berücksichtigen und für Konkurrenz unter den Influencer zu sorgen. Ganz zu schweigen davon, dass sich die Followerbase in den Preis miteinrechnet und somit die nötige Fairness gewährleistet. Ja, und die dezentralisierte Bewerbung durch euch Influencer ist für mich als Marketing Director natürlich ultrakomfortabel: Die Zeitersparnis ist wirklich enorm, sage ich Ihnen. Aber ab und zu schadet es freilich nicht, sich mit ausgewählten Markenbotschaftern wie Ihnen zusammenzusetzen und spezielle Verträge auszuhandeln. *SmileBright* schlägt Ihnen einen Reward in der Höhe von 35.000 Gööps vor, weitere Boni werden abhängig von dem durch Sie generierten Umsatz gestaffelt. Ich schicke den Vertrag einfach gleich an Ihre Fran, die liest ihn sich für Sie durch, gibt Ihnen grünes Licht und Sie schicken mir heute Abend eine Mail, ja?»

Helen beißt sich auf die Unterlippe und nippt dann an ihrem Tee. «Hört sich gut an.»

Am nächsten Morgen isst Helen Lachs zum Frühstück. An Samstagen nimmt sich Helen immer besonders viel Zeit fürs Essen. Es ist noch sonniger, noch wärmer als gestern – auf dem Thermometer im Bad wurde Helen direkt nach dem Aufstehen von einer fröhlichen Sonne angelacht.

Um 7:32 Uhr klingelt es an der Tür. Es ist die *SmileBright*-Lieferung: 100 Packungen Kaugummis für hellere Zähne. Fran hatte Heathers Vertrag gestern Abend noch abgesegnet, so dass Helen ihn unterschreiben und per E-Mail an Heather zurücksenden konnte. Helen stellt das Paket auf der Küchenzeile ab und fährt mit ihrem Frühstück fort. Währenddessen geht sie ihre Nachrichten durch. Freeman hat ihr vor fünf Minuten eine E-Mail geschickt, in der er ihr von einer merkwürdigen Lieferung berichtet: Gestern Abend habe er mehrere Prospekte und

Broschüren von *Piranya* in seinem Briefkasten gefunden. Beim Durchlesen fiel ihm auf, dass dort eindeutig Pro-Transparency-Thesen vertreten und die Vorteile des Gōop-Systems aufgezeigt wurden. Und just an diesem Morgen habe er einen Anruf von einer unbekannten Nummer erhalten, den er nicht entgegengenommen habe. Er sei außerdem besorgt über eine scheinbar neue *Piranya*-Richtlinie, die den Eintausch aufgezeichneter Gesprächsdaten gegen Gōops auflockert. Letztendlich erkundigt sich Freeman danach, ob Helen ihr gestriges Gespräch im Aufzug an *Piranya* verkauft habe. Hastig tippt Helen eine Antwort zurecht. Dann löscht sie sie wieder und beschließt, so zu tun, als hätte sie die Nachricht übersehen. Sie öffnet das Internet auf ihrem Handy und sucht nach Wohnungen. Gedankenverloren steckt sich Helen den ersten *SmileBright*-Kaugummi in den Mund. Die Gōops, die ihr dieser Deal einbringen würde, schreien förmlich danach, in eine zweite Immobilie investiert zu werden. Auch auf diesem Markt gibt es attraktive Gōop-Vergünstigungen; meistens erwarten die Vermieter im Gegenzug eine positive Berichterstattung über sich. Als Helen die Angebote der Innenstadt durchgeht, meldet sich Fran.

«Hey, Helen.»

«Hm?»

«Ich habe registriert, dass du in letzter Zeit länger brauchst, um einzuschlafen. Ich frage mich bloß, ob es einfach an der Hitze liegt oder ob dich mental etwas bedrückt.»

Helen überlegt. «Eigentlich bedrückt mich nichts, nein. Nett, dass du fragst, aber mir geht es gut.»

Helen ist selbst überhaupt nicht aufgefallen, dass sie neuerdings scheinbar von Einschlafschwierigkeiten geplagt wird.

«Bist du dir sicher? Vielleicht hat es etwas mit Vin zu tun, deinem Ex-Freund? Vermisst du ihn noch manchmal?»

Helen rollt mit den Augen. Nicht schon wieder dieses Thema, denkt sie sich. Irgendwie scheint Fran regelrecht besessen davon. «Nein. Nein, Fran. An der Front ist alles in Ordnung.»

«Okay. Ich dachte lediglich, dass dir etwas Gesellschaft nicht schaden könnte. Männliche Gesellschaft, meine ich. Nur falls du Lust hast. Ich könnte dich mit einigen bekannten Junggesellen in Verbindung bringen. Dich erreichen viele Anfragen. Ich schicke dir ein paar Profile auf dein Handy.»

Eine Mitteilung poppt auf Helens Bildschirm auf. Sie geht auf die Profile, die Fran ausgewählt hat und schaut sich die Männer an. Zunächst behandelt sie die Angelegenheit eher oberflächlich, zur eigenen Belustigung. Nach ein paar Minuten allerdings erscheinen ihr manche Typen gar nicht mal so abstoßend. Sie liest sich einige der Beschreibungen genauer durch. Die meisten lesen sich, als wären sie von einem Fran-Algorithmus verfasst worden, aber ein bestimmter Text erweckt Helens Aufmerksamkeit – der Kerl, von dem er stammt, heißt Eric.

«Der gefällt mir auch am besten», kommentiert Fran.

«Du bist ein Computer, Fran. Vergiss das nicht.»

«Unabhängig von seinen äußerlichen Reizen, schau dir mal seine Followeranzahl an. Eure kombinierte Reichweite wäre astronomisch.»

Wo sie Recht hat, denkt sich Helen.

«Wenn du willst, arrangiere ich ein Treffen für euch beide.»

Helen spuckt den Kaugummi in den Müll. Seinen Geschmack hat sie gar nicht wahrgenommen. Wo ist nur ihr Fokus geblieben?

«Leg es auf Montagabend. Ich bin am Wochenende lieber allein.»

Montagnacht wacht Helen mit fürchterlichen Schmerzen auf. Sie ist augenblicklich hellwach. Sie schaut auf ihren Wecker: 2:29 Uhr. Ihr ganzer Kiefer tut weh, schlimmer sogar als nach der Entnahme ihrer Weisheitszähne vor rund zehn Jahren. Sie läuft ins Bad, schlägt mit ihrer Schulter wie benommen an den Türrahmen, macht das Licht an. Als sie vor ihrem Spiegel steht, braucht sie einen Moment, um die Verschwommenheit aus ihrem Blick herauszublinzeln. Äußerlich sieht sie völlig normal aus. Alles wie immer. Sie umfängt ihren Kiefer mit beiden Händen. Helen hat noch nie solche Schmerzen gehabt. Vor allem wurde sie noch nie von Schmerzen derart unvorbereitet überrascht. Im Kosmetikschrank sucht sie nach Paracetamol. Normalerweise hat sie immer welches da, aber ausgerechnet jetzt findet sie die Packung nicht. Sie läuft in die Küche und sucht in einem anderen Schrank danach. Hastig wirft sie eine Schachtel Cornflakes um. Plötzlich fällt ihr das geöffnete Paket von *SmileBright* auf, das seit Samstag immer noch auf der Küchenzeile steht. Helen überschlägt grob, wie viele Kaugummis sie über das Wochenende zu sich genommen hat. Vielleicht 20, lass es 30 gewesen sein.

«Fran?»

Es dauert kurz, bis Fran antwortet: *«Ja, Helen?»*

«Schreib Heather, dass ich aus dem Deal aussteige. Diese Kaugummis machen irgendetwas mit meinen Zähnen. Es tut höllisch weh.»

«Wie meinst du das? Ich fürchte, ich verstehe nicht ganz.»

«Schreib ihr einfach, dass ich raus bin. Ich scheiß auf die Gööps, die haben mir irgendeinen unausgereiften Dreck untergejubelt.» Tests an Mäusen, dass ich nicht lache, denkt Helen.

«Tut mir leid, Helen, aber ich bezweifle, dass das möglich sein wird. Du hast immerhin den Vertrag unterschreiben.»

«Wie bitte?»

«Außerdem steht darin ausdrücklich, dass so etwas in manchen Fällen vorkommen kann. Rechtlich ist SmileBright gegen solche Situationen abgesichert. Du müssest ihnen eine ziemlich hohe Strafe bezahlen, wenn du jetzt abbrichst.»

Helen schlägt sich die Hände vor ihrem Gesicht zusammen. Sie läuft in den Flur und schaut dort in dem Schränkchen nach Paracetamol. Endlich findet sie die Packung und wirft sich zwei Tabletten ein. Sicherheitshalber nimmt Helen noch eine und schluckt sie hinterher. Erschöpft sackt sie am Boden zusammen und lehnt sich gegen die Wand. Mühsam hält sie ihren Kopf aufrecht.

«Schreib ihr trotzdem. Frag sie, ob solche Schmerzen normal sind.»

«Okay.»

Bis sich ihre Atmung beruhigt hat, kauert Helen am Boden. Sie spürt langsam, wie die Tabletten wirken. Zitternd richtet sie sich wieder auf und sucht nach Gleichgewicht. Auf dem Weg zurück ins Schlafzimmer, schaltet sie das Licht im Bad aus.

16 Stunden später sitzt Helen Eric gegenüber. Die beiden essen in einem schicken Restaurant, das Fran ausgesucht hat. Die Nacht ist nicht spurlos an Helen vorübergegangen: Ihre Haut ist blass, ihre Lider hängen kraftlos herab. Ihr Essen liegt größtenteils unangetastet auf dem Teller.

Bisher keine Antwort von Heather. Eric erzählt von seinem Job bei einer Bank in der City. Noch hat Helen nicht herausbekommen, wieso ihm so viele Leute auf *Piranya* folgen. Klar, er sieht gut aus, aber das tun viele Menschen. Vielleicht sind ihr aber auch einfach nur ein paar Informationen entgangen, die diese Frage beantwortet hätten – Helen hat sich vor ihrem Treffen zwei Paracetamol eingeworfen und ist dementsprechend nicht ganz bei sich. Aus Angst, Ärger wegen ihres Vertrags zu bekommen, hat sie über den Tag verteilt drei Kaugummis genommen. Ihre versprochene Wirkung lässt noch auf sich warten. Freeman ist ihr auf der Arbeit den ganzen Tag über aus dem Weg gegangen. Helen denkt gerade eigentlich nur daran. Eric redet und redet; ihm fällt nicht einmal auf, dass Helen In-Ear-Buds trägt.

«Ich sollte dir das eigentlich gar nicht erzählen, aber die Bankenwelt ist wahrscheinlich Dysons größter Feind», sagt Eric, bevor er das Stück Steak von der Gabel zu seinen weißen Zähnen führt.

Dieser Name lässt Helen aufhorchen. «Jared Dyson? Der Sohn des *Piranya*-CEO?», fragt sie.

«Ja. Sag mal, hast du mir zugehört? Du wirkst etwas abwesend.»

«Doch, doch. Sicher. Wieso ist die Bankenwelt sein größter Feind? Immerhin profitieren sie doch auch nicht schlecht von den Gōop-Umtauschgebühren, oder?»

«Das stimmt schon. Aber Banken denken immer langfristig, weißt du. Und auf lange Sicht sieht es eben so aus, als würde *Piranya* zu mächtig. Die Göops haben tatsächlich das Potenzial, den Pfund zu verdrängen, da sind sich mittlerweile fast alle einig. Und wie stehen die Banken dann da? Immerhin ist *Piranya* immer noch der Emittent der Göops.»

Helen nickt und nippt an ihrem Glas Wein. «Verstehe. Du glaubst also nicht, dass er eine Chance hat, Bürgermeister zu werden?»

Eric schüttelt energisch den Kopf. «Auf gar keinen Fall. Um denen noch mehr Macht zu erteilen? In der gesamten City wurde sich darauf verständigt, Dyson keine einzige Stimme zu schenken. Natürlich ist London mehr als die City, also mehr als wir Banker. Dyson ist bei vielen Leuten leider sehr beliebt. Aber ich glaube das reicht nicht, wenn ich ehrlich bin. Seine Gegner sind stark, das darf man nicht vergessen.»

«Interessant», sagt Helen in Gedanken verloren. «Wieso ‹immer noch›?»

Eric sieht fragend zu ihr von seinem Teller auf. «Was meinst du?»

«Du sagtest eben, *Piranya* sei ‹immer noch› der Emittent. Das hört sich so an, als wäre da etwas im Begriff, sich zu verändern.»

Erics Blick wird sichtlich nervöser. Er schaut kurz über seine Schulter, wie um sich zu versichern, dass niemand zuhört. «Also eigentlich habe ich dir schon viel zu viel gesagt, wenn ich ehrlich bin. Schau, ich find dich toll. Du bist hübsch, man kennt dich von deinen Yoga-Kursen, welcher Mann würde sich da nicht vor Aufregung mal kurz verplappern, hm? Reden wir doch über etwas anderes. Du hast ja noch kaum was gegessen.»

Helen ignoriert sein Ausweichmanöver. «Was glaubst du, würde passieren, wenn Dyson Bürgermeister wird?»

Eric atmet schwer aus. «Keine Ahnung, Helen. Ehrlich. Wahrscheinlich wäre er bloß der verlängerte Arm seines Vaters.»

«Würde er das Göop-System in London noch weiter ausbauen? »

Eric zuckt mit den Schultern. «Wer sagt, dass das System nicht auch über Londons Grenzen hinaus funktioniert?» Er wischt sich mit einer Serviette über den Mund. «Okay, das ist das letzte, was ich zu dem Thema sage – danach reden wir über etwas anderes, abgemacht?»

«Abgemacht.»

«Es gab bereits geheime Meetings zwischen der Regierung und den größten Banken in der City. Ich weiß nichts Handfestes, aber entweder geht es darum, Dysons Sieg zu verhindern oder sich die Göop-Ausgaberechte unter die Nägel zu reißen. Vielleicht auch beides.»

Helen nickt verständnisvoll. «Wertvolle Daten, mein lieber Geheimagent. Naja, wie auch immer.»

Sie wechselt das Thema: «Dieser Wein schmeckt scheußlich, findest du nicht auch?»

Helen wird mitten in der Nacht erneut von pochenden Kieferschmerzen aus dem Schlaf gerissen. Sie macht die Augen auf und blickt in unendliche Dunkelheit. Sie ist nicht bei sich zu Hause, sondern bei Eric. Mit wackligen Beinen versucht sie, aufzustehen, sucht den Weg ins Badezimmer, macht das Licht an und beugt sich über das Waschbecken. Die Schmerzen sind noch quälender als vergangene Nacht. Sie überlegt kurz, ob sie Eric wecken soll, um nach Schmerzmitteln zu fragen, aber was würde das für einen Eindruck auf ihn machen? Immerhin geht es bei ihrem Treffen vorwiegend um die Fusion ihrer beiden Followerschaften.

Ihr wird plötzlich heiß. Sie dreht den Wasserhahn auf und lässt kaltes Wasser über ihr Gesicht strömen. Lähmende Furcht ergreift Besitz von ihr, als sie das Blut im Abfluss sieht. Sie öffnet den Mund und sieht in den Spiegel. Mit der Zunge tastet sie ihre Zähne ab, übt leichten Druck auf sie aus. Ihr linker Schneidezähne wackelt. Sie nimmt ihn zwischen die Finger und schraubt daran. Die Schmerzen sind nicht auszuhalten. Kurz glaubt Helen in Ohnmacht zu fallen. Sie spuckt nochmal Blut ins Waschbecken, dann überprüft sie ihre anderen Zähne mit den Fingern. Sie ist sich nicht sicher, aber sie glaubt, dass noch ein Backenzahn und ein Eckzahn wackeln – die beiden unteren. Als sie erneut Blut ausspucken will, landet ihr Schneidezahn im Waschbecken. Gerade so gelingt es ihr, den Zahn in die Finger zu bekommen, bevor er in den Abfluss fällt. Sie schaut sich den Schneidezahn genau an, hält ihn sich vor die tränenden Augen. An der langen Wurzel ist er blutig, die Kante hat in der Mitte eine winzige Kerbe. Sie schaut erneut in den Spiegel und verzieht ihr Gesicht zu einem Lächeln. Wo ihr Schneidezahn war, klafft jetzt ein schwarzes Loch.

Sie dreht sich um und schaltet das Licht im Bad aus. Aus dem Schlafzimmerfenster scheint der blaue Mond auf Eric, der ohne Decke nackt im Bett liegt und schläft.

»Zwei Seelen wohnen, ach! in meiner Brust«

Wertpapier

Text_Franziska Seipenbusch
Illustration_Liv Matthiesen

Die Pausenglocke erlöste ihn. Auf Henrys Stirn hatten sich schon einige Schweißperlen gebildet, als er mit einem gequälten Lächeln seinen Philosophiekurs entließ. Er hatte sich diesmal wenig Sorgen über das Ergebnis der Klausur gemacht. Bitte, es war *wieder* Utilitarismus gewesen! Der zog sich nun wirklich durch den ganzen Lehrplan in all seinen historischen und vor allem aktuellen Spielarten, die ohnehin so vieles im Alltag beeinflussten. Hatte er vielleicht deshalb zu viel vorausgesetzt, irgendetwas schleifen lassen? Nicht dass er etwas mit den Aufgaben oder der Korrektur zu tun gehabt hätte, dies geschah natürlich immer zentral und weitgehend automatisiert. Die Ergebnisse waren jedenfalls schlechter als erwartet und die Laune im Keller. Beides würde für Henry unangenehme Konsequenzen haben. Während die Ergebnisse seiner Schüler ohnehin immer direkt in die Bilanz eingingen, die sein Gehalt bestimmte, konnte sich bei der kommenden Quartalsbeurteilung des Unterrichts durch die Schüler auch noch ihre Laune negativ auf seinem Konto bemerkbar machen. Er ging im Geiste schon ein paar pädagogische Rettungsanker durch, um ihre Zufriedenheit bis dahin vielleicht noch zu steigern.

Es war Zeit für einen Kaffee. Der kürzeste Weg zum Lehrerzimmer führte die Treppe hinunter und dann einmal quer über den Schulhof, aber so weit kam er nicht. Im Erdgeschoss angekommen sah er seinen Kollegen Michael, der gerade seinen Raum verließ und sich ihm sicher gleich anschließen würde. Das war an diesem Tag mehr, als Henry vertragen konnte. Sein Kollege war an sich kein schlechter Kerl, aber in letzter Zeit sehr aufdringlich, was die Schilderungen seines Hausbaus und seines generell glücklichen Privatlebens betraf. Nach dem Einzug wollte er Henry und seine Freundin natürlich bald zu einem Einweihungsdinner – und er sagte wirklich *Dinner* zum Abendessen – einladen. Das fehlte gerade noch. Michaels Neubau hatte mit

Sicherheit Marmorfußböden, eine selbstreinigende Küche und eine Haussteuerung, die einem jeden Wunsch von den Augen ablas. Ganz zu schweigen von den guten Kindergärten und Schulen, die fußläufig erreichbar für den Nachwuchs bereitstanden, über dessen baldige Ankunft Michael und seine Frau sie dann ohne Frage schon beim Aperitif informieren würden. So oder ähnlich, in jedem Fall würde Henrys Freundin Lisa am Ende des Abends mit noch konkreteren hohen Erwartungen an ihre gemeinsame Zukunft nach Hause gehen. Dabei beunruhigten Henry schon die vagen, vergleichsweise bescheidenen, die sie bisher geäußert hatte.

Instinktiv machte er kehrt und schlug den einzigen Weg ein, der ihn sofort von der Bildfläche verschwinden ließ: weiter nach unten. Er konnte sich nicht erinnern, schon einmal diese Kellertreppe benutzt zu haben. Sie endete vor einer Metalltür. Er sah sich kurz nach hinten um, dann zog er seinen Schlüssel aus der Tasche. Hinter der Tür erwartete ihn zunächst keine Überraschung. Es war ein Lagerraum, der überwiegend für momentan überzähliges oder zu reparierendes Mobiliar genutzt wurde. In einer Ecke entdeckte er einen der längst ausrangierten Sessel aus dem Lehrerzimmer. Jemand musste ihn aufbewahrt haben. Das war schon seltsam, denn ihn nicht zu entsorgen hatte keinen erkennbaren Nutzen. Vor allem war kein Geld mehr mit ihm zu verdienen. Henry merkte, wie diese Gedanken ihm schon wieder die Kopfschmerzen zurückbrachten, die in letzter Zeit zu seinen Begleitern geworden waren. Er ließ sich in den Sessel fallen und schloss für einen Moment die Augen. Nicht der schlechteste Ort für eine Pause. Als er die Augen wieder öffnete, fiel sein Blick auf eine weitere Tür an der Rückseite des Raumes, kaum zu sehen, da sie halb von einem alten Schrank verstellt war. Henrys Neugier war geweckt. Den Kaffee hatte er ohnehin abgeschrieben. Der Schrank ließ sich bewegen und auch bei dieser Tür passte sein Lehrerschlüssel.

Als er den Lichtschalter gefunden hatte, musste er ein paarmal blinzeln, so erstaunt war er. Die Wände in dem kleinen Hinterzimmer waren komplett mit Bücherregalen gesäumt und darin standen – das war das Verrückte – lauter Bücher. Aus Papier! Es war nicht so, dass Henry noch nie eins in der Hand gehabt hätte. Er konnte sich erinnern, dass sein Opa bis zu seinem Tod immer noch einige aus sentimentalen Gründen aufbewahrt hatte. Henry selbst war, wie alle seine Freunde, in einem Haushalt ohne Bücher aufgewachsen. Das galt damals nicht als fortschrittlich, sondern längst als selbstverständlich. Papierbücher waren der vorherrschenden Nutzenkalkulation sehr früh zum Opfer gefallen. Nicht nur war Holz so selten und damit so teuer geworden, dass es sich nicht rechnete, auch der gewaltige Platzbedarf von Papierbüchern konnte angesichts des knappen Wohnraums niemandem mehr attraktiv erscheinen. Während seines Lehramtsstudiums hatte er gehört, dass Schüler sich früher einmal mit schweren Schulranzen hatten abmühen müssen. Ein merkwürdiger Gedanke. Andererseits hatten diese Schüler vielleicht einige andere Sorgen nicht gehabt, die Henrys Schülern heute zu schaffen machten. Neulich hatte er kurz mit einer Schülerin gesprochen, die mit ihrem Sportpensum in der Freizeit unzufrieden war. Sport war natürlich freiwillig, aber kaum jemand wollte die Belastung der erhöhten Krankenkassenbeiträge tragen, wenn Verein oder Fitnesstracker keine entsprechenden Daten lieferten. Henry musste diese Woche auch unbedingt noch aktiv werden. Aber nun waren erstmal diese erstaunlichen, verstaubten Bände an der Reihe.

Er überflog einige Titel und erkannte schnell, dass es sich um eine Sammlung von historischen Schulbüchern handeln musste. Zum Teil waren es Lehrbücher, vor allem aber Lektüren in verschiedenen Sprachen, alles nach Fächern sortiert. Direkt vorn standen zu seiner Begeisterung die Deutschbücher. Das war Henrys zweites Unterrichtsfach, aber fast alle Werke hier kannte er, wenn überhaupt, nur vom Titel her aus einer historisch orientierten Vorlesung an der Uni. Goethe! Er zog ein Büchlein aus dem Regal, der Aufdruck *Faust I* war kaum noch zu erkennen. Er betrachtete den Band mit einer seltsamen Mischung aus Belustigung und Ehrfurcht. Nicht zu fassen, dass so etwas vor langer Zeit einmal von Schülern gelesen worden war. Heute war es Konsens, dass solche Inhalte für die Lebensbewältigung der Schüler und die gesellschaftliche Wertschöpfung nicht annähernd genug Nutzen erwarten ließen, um ihre Behandlung in der Schule zu rechtfertigen. Der Schwerpunkt im Deutschunterricht lag längst auf der korrekten Kommunikation in Arbeitszusammenhängen. Gelesen wurde natürlich auch noch, aber sicher nicht Grass oder gar Goethe. Die Kinder ans Lesen als Freizeitbeschäftigung heranzuführen, galt durchaus als sinnvoll, immerhin war es eine kostengünstige und leicht verfügbare Form der geistigen Zerstreuung. Im Lehrplan standen daher einige kurze Abenteuererzählungen und auch etwas Lyrik, meist zu Naturthemen. Außerdem gab es natürlich die bekannten Romane über wirtschaftlichen Aufstieg, denen viel Zeit eingeräumt wurde. Henry hatte das Gefühl, *Frankfurt von oben* mittlerweile auswendig zu kennen.

An anderen Stellen in den Regalen sah er Bücher für Schulfächer, die es längst nicht mehr gab. Französisch und Spanisch hatte niemand mehr lernen wollen, sie waren Chinesisch gewichen. Latein war zu diesem Zeitpunkt schon lange abgeschafft gewesen. War das dort hinten – Caesar? Henry fühlte sich wie auf einer Zeitreise. Als er sich umdrehte, um die gegenüberliegende Bücherwand zu erforschen, brachte ihn das Klingeln zum Pausenende jäh in die Gegenwart zurück. Aus einem Impuls heraus steckte er den *Faust*, den er immer noch in der Hand hielt, in seine Tasche, löschte das Licht und beeilte sich, den Keller unauffällig wieder zu verlassen. Eine weitere Stunde zur utilitaristischen Ethik lag vor ihm.

Den späten Nachmittag verbrachte Henry zu Hause am Schreibtisch, wie so oft. Er hatte gerade seine Videosprechstunde für Schüler und Eltern beendet, da sah er eine Drohne dicht an seinem Fenster vorbeizischen und auf den Balkon zusteuern. Jetzt aber schnell! Er lief in den Flur und vorbei an der Küche, wo Lisa zum Glück gerade mit dem Abendessen beschäftigt war. Im Wohnzimmer fiel er fast über den neuen, ultraleisen Putzroboter. Das alte, surrende Teil hatte ihn nie so überrascht. Als er auf dem Balkon ankam, hatte sich die Drohne schon wieder verabschiedet. Henry sammelte schnell das Päckchen auf und steckte es unter seinen Pullover. Es war das Geburtstagsgeschenk für Lisa, eine Halskette. Er würde die Lieferung in einem stillen Moment überprüfen. Wenn etwas nicht stimmte, konnte eine der fleißigen Drohnen die Lieferung noch heute Abend wieder mitnehmen.

Henry und Lisa hatten ein entspanntes Abendessen mit Pasta und Tomatensoße. Die Tomaten stammten aus ihrem Dachgewächshaus. Praktisch jedes Wohngebäude in der Nachbarschaft hatte Anbauflächen auf dem Dach, auch wenn das bedeutete, dass die Solarpanels auf die südlichen Außenwände hatten ausweichen müssen. Dies war eine neue Tomatensorte, die die Zeit bis zur Reife um knapp die Hälfte verkürzte. Henry lobte das Essen und würzte noch einmal kräftig nach. Er erzählte von seinem Tag und erwähnte auch – vorsichtig und bewusst beiläufig – die alten Bücher, die er im Schulkeller entdeckt hatte. Irgendetwas sagte ihm, dass Lisa seine seltsame Faszination nicht teilen würde. Sie lächelte auch nur etwas abwesend und machte eine Bemerkung über die Unordnung in ihrem eigenen Keller, wo immer noch Henrys altes Aquarium stand. Vielleicht war sie auch schon gedanklich bei der Arbeit. Während Henry Feierabend hatte, musste seine Freundin bald zur Nachtschicht in die Klinik. Lisa war Krankenschwester und sah darin ihre Berufung. Vor langer Zeit war ihr Job einmal ein Paradebeispiel für anstrengende Arbeitsbedingungen und schlechte Bezahlung gewesen. Dieser Zeit weinte niemand nach, aber auch nach der Umstellung auf die Bezahlung nach Leistung hatte der Beruf seine Tücken. Besonders die Nachtschicht war eine Herausforderung. Während tagsüber eigentlich immer genug quantifizierbare Pflegetätigkeiten anfielen, war das Problem auf Lisas Station, dass die Patienten tatsächlich nachts meist schliefen. So konnte man ihnen nicht nur selten direkt und messbar behilflich sein, sie nahmen die Pflegekräfte auch zu selten persönlich zur Kenntnis, um eine herausragende Bewertung abzugeben. Henry hatte einmal im Scherz vorgeschlagen, einige mal unauffällig zu wecken, um ihnen auf die Toilette zu helfen (das war nicht gut angekommen, offenbar war es schon vorgekommen). Dazu Lisa hatte eine Kollegin, die enorm geschickt darin war, sich alle lohnenden administrativen Tätigkeiten oder Dokumentationen unter den Nagel zu reißen. Sie hatte schon manchmal überlegt, sich deshalb auf die Intensivstation versetzen zu lassen.

Wenn er den Abend allein verbrachte, waren normalerweise Actionfilme seine erste Wahl der Unterhaltung. Heute machte er es sich früh im Bett gemütlich und nahm den *Faust* zur Hand, den er zuvor schon in der Schublade des Nachtschränkchens versteckt hatte. Lisa hätte es bestimmt verhindert, dass das muffige Ding überhaupt in die Nähe des Bettes kam. Für ihn aber roch es irgendwie nach Abenteuer und die Seiten raschelten geheimnisvoll zwischen seinen Fingern, als er zu lesen begann.

Am nächsten Tag hatte Henry eine Freistunde, die er dazu nutzte, den Kellerraum weiter zu erkunden. Er kam aus dem Staunen gar nicht heraus. So fand er zum Beispiel eine große Sammlung von Musikstücken mit Noten für Gesang und verschiedene Instrumente. Dazwischen steckte ein Programmzettel für ein Schulkonzert vor Weihnachten aus dem Jahr 2019. Was für ein erstaunliches historisches Dokument! Musikunterricht gab es immer noch, immerhin gab es umfangreiche Studiendaten, die den Wert von Erholung durch Musikkonsum für die Produktivität zweifelsfrei nachwiesen. Die Schüler erhielten deshalb ein Schuljahr lang eine Einführung in verschiedene Musikrichtungen. Mit dem Fach Kunst verhielt es sich ähnlich. Bis auf ein Schuljahr war es durch Architektur ersetzt worden. Das war sehr viel gewinnbringender – sowohl für viele Jugendliche mit Blick auf ihre Karriere als auch für die Gesellschaft angesichts der vielen baulichen Herausforderungen, vor allem in den Städten. Er stöberte noch durch einige Gedichtbände und vergaß darüber fast die Zeit. Auf seinem Weg zurück nach oben summte er leise vor sich hin.

In den nächsten Tagen und Wochen nutzte Henry jede unverplante Freistunde, um «seine» Bücher wieder zu besuchen. Neben den interessanten Dingen, die er dort fand, hatte diese Beschäftigung noch einen anderen Vorteil. So entging er auch zuverlässig dem Smalltalk im Lehrerzimmer oder in den Arbeitsräumen. Es war nicht so, dass er seine Kollegen nicht mochte, nur waren die Unterhaltungen für ihn nicht gerade erholsam. Vieles drehte sich um den Unterricht, das war typisch für Lehrer. Wenn es nicht um den Unterricht ging, dann ging es in der Regel um Geldanlagen. Das war nicht typisch für Lehrer, sondern natürlich universell. Henry gehörte zur ersten Generation, die seit der Grundschule mit dem Fach *Finanzen* großgeworden war, aber irgendwie hatte er nie den richtigen Zugang dazu gefunden. Jetzt als Erwachsener war die Zeit, alles Gelernte geschickt in die Tat umzusetzen, aber seine Verwirrung war nur größer geworden. Viele seiner Kollegen schienen dieses dynamische Feld gut im Blick zu haben und hatten auch immer gute Tipps zu Anlagestrategien parat. Henry lächelte stets dankbar, aber sein eigenes Portfolio verdiente den Namen nicht. Wenn es für ihn weiter so lief wie im Moment, gab es bald ohnehin nichts mehr anzulegen.

Oft nahm er sich auch eins der Bücher mit nach Hause. Dort schaffte er es bald, sich immer mehr Zeit zum Lesen einzuräumen. Nach *Faust I* folgten einige Gedichte der Romantik, Hermann Hesses *Siddhartha*, die *Schachnovelle* von Stefan Zweig (Schach! Er bekam sofort Lust, es zu lernen. Aber mit wem sollte er spielen? Wer hatte Zeit für so etwas?) und aus der englischen Sektion *Hamlet* und Thoreaus *Walden*. Bald wollte er noch einmal auf *Faust* zurückkommen, es wartete noch *Der Tragödie zweiter Teil*. Die ausgelesenen Bücher stellte er sorgfältig an ihren Platz zurück. Er war fasziniert von den abwegigsten Dingen. Einmal blätterte er durch ein Religionslehrbuch für die Oberstufe. Es befremdete ihn zwar, dass auch das einmal ein Schulfach gewesen war, und doch war er vor allem erstaunt, wie anspruchsvoll die Texte und Arbeitsaufträge auf ihn wirkten. Henry war, wie die meisten seiner Bekannten, sehr halbherzig von seinen Eltern mit dem Christentum vertraut gemacht worden. Nur Weihnachten hatte eine wirklich große Rolle gespielt. Mit diesem Buch, musste er sich eingestehen, hätte er zunächst einmal seine Schwierigkeiten gehabt.

Mit der Zeit bemerkte er im Alltag einige Veränderungen an sich. Es begann mit seinen Träumen. Normalerweise waren die Träume, an die er sich erinnern konnte, eher von der Art, die man lieber schnell vergaß. Häufig spielten sie in der Schule und Henry war darin entweder nicht vorbereitet, fand seinen Raum nicht oder hatte keine Hose an. Jetzt tauchten ganz neue Orte und Situationen in seinen Träumen auf und morgens fühlte er sich viel ausgeruhter als früher. Dazu überraschte er sich manchmal selbst mit Einfällen, die ihm ohne Vorwarnung kamen. In Diskussionen mit seinen Schülern im Unterricht konnte er nun nicht selten einen neuen Blickwinkel aufzeigen. Er verstand selbst nicht so genau, woher das kam. Auch zu Hause schien er sich zunehmend anders zu verhalten. Das ließen jedenfalls Lisas verdutzte Blicke erahnen, mit denen sie ihn nun häufiger bedachte, wenn sie sich unterhielten. An ihrem Geburtstag hatte sie erst recht große Augen gemacht. Die Kette hatte Henry zurückgeschickt und sie stattdessen mit einem Wochenendtrip nach Weimar überrascht. Auch sich selbst hatte er damit etwas überrascht; vor einigen Monaten hatte er noch nicht einmal genau gewusst, wo das lag. Geholfen hatte dabei in jedem Fall seine letzte Gehaltsabrechnung. Scheinbar war der freie Fall hier endlich etwas gebremst worden. Tatsächlich ging ihm in der Schule vieles leichter von der Hand. Es schien, als hätten die Sorgen und Selbstzweifel, die er ständig mit sich herumgetragen hatte, an Kraft verloren. Im Unterricht erlebte er immer häufiger Situationen, die ihn daran erinnerten, warum er sich ursprünglich in einem idealistischen Moment für diesen Beruf entschieden hatte. Manchmal empfahl er sogar jemandem ein Buch.

Es war schon klar, dass es nicht ewig so weitergehen konnte. Zwei Tage vor Weihnachten ging Henry mit Bauchschmerzen zur Schule. Er hatte schlecht geschlafen. Eine Weile hatte er versucht, sich mit Lesen zu beruhigen, aber die Feuerwehrmänner in *Fahrenheit 451*, die Brände zur Büchervernichtung legten, hatten nicht gerade geholfen. Schon am letzten Nachmittag hatte er die Nachricht bekommen, dass der Schulleiter ihn sprechen wollte. Am liebsten hätte er sich krankgemeldet. Lisa hatte zum Glück wieder die Nachschicht gehabt, so hatte sie seine Rastlosigkeit nicht mit ansehen müssen. Sie würde die schlechten Nachrichten noch früh genug erfahren. Denn schlechte Nachrichten mussten es sein. Henry fragte sich nur, womit genau er sich selbst abgesägt hatte. Es kamen genug Dinge infrage. Sein Überschwang der letzten Wochen und Monate hatte ihn unvorsichtig gemacht. Am wahrscheinlichsten waren Elternbeschwerden, vielleicht über die kleinen (oder doch nicht ganz so kleinen) Exkurse abseits des Lehrplans in letzter Zeit. Oder waren es die Kollegen gewesen? Er hatte sich in einer Fachkonferenz letzte Woche recht streitbar gezeigt. Auch das war so eine Neuerung. Normalerweise verfiel er in Konferenzen schnell in eine Art Starre. So oder so, in nächster Zeit würde es wohl keine Wochenendtrips für ihn geben. Wenn er Pech hatte, würde auch sein Basisgehalt direkt eine Kategorie herabgestuft werden.

In der ersten Pause war es so weit und Henry betrat, um aufrechte Körperhaltung bemüht, das Zimmer seines Chefs. Der war offensichtlich bestens gelaunt und bot Henry direkt eine der weihnachtlichen Schokoladenkugeln auf dem Tisch an. Wie perfide, eine schöne Bescherung konnte das werden. Er stopfte sich das Teil trotzdem in den Mund, um erstmal nichts sagen zu müssen. Sein Chef legte dann auch direkt los. Sehr überrascht sei er gewesen von den Daten und auch in Gesprächen mit Eltern. Henry überlegte fieberhaft, welche Rechtfertigung er noch einschieben konnte, bevor der Chef in Fahrt kam. Vielleicht eine Gehirnerschütterung? Doch dazu kam es nicht. Als sein Vorgesetzter fortfuhr, fiel Henry fast die Kinnlade herunter. Die letzten Testergebnisse seiner Schüler seien überdurchschnittlich, ihre Zufriedenheitswerte bemerkenswert. Wiederholt habe er in Gesprächen mit Schülern und Eltern von Henrys hohem Engagement gehört. Es sei höchste Zeit, sein Basisgehalt hochzustufen. Henry war sich nicht sicher, ob er nicht vielleicht tatsächlich eine Gehirnerschütterung hatte. Hoch! Die letzten Leistungsdaten hatte er selbst noch gar nicht gesehen. Er begann, innerlich zu schweben. Aber sein Chef grinste hintergründig, er hatte noch eine Überraschung.

«Und», sagte er mit einer effektvollen Pause, «Sie bekommen ein Büro!»

Henry schaute ihn ungläubig an. So etwas hatte fast niemand.

«Sie werden es nicht glauben, der Hausmeister hat im Keller tatsächlich einen freien Raum entdeckt, völlig ungenutzt, nur ein paar alte Bücher standen darin. Wir haben es geschafft, noch alles schnell zu entsorgen und den Raum für Sie zu möblieren, so dass Sie ihr Büro noch vor Weihnachten beziehen können. Als kleines Geschenk sozusagen.»

Henry starrte ihn an. Sein Chef hatte recht. Er konnte es nicht glauben.

Die Lebenszeit-händlerin

Text_Soenke Scharnhorst
Illustration_Benjamin Bertram

«Was für ein Vormittag», dachte ich und rieb mir die Schläfen. Und dann war es auch noch ein Montag. Nächstes Wochenende sollte ich etwas kürzertreten und nicht meine ganze Zeit in den Clubs verschwenden. Zudem hatte ich den ganzen Vormittag in einem Meeting mit dem Lebenszeithändler Virek verbracht, um mit ihm über die nächste Phase seines ach so wichtigen Spezialprojektes zu sprechen, anstatt etwas Produktives zu tun. Nach kurzem Zögern bestellte ich die Wan Tan mit Chili-Öl nach Szechuan-Art und setze mich an einen leeren runden Tisch. Mit den Augen verfolgte ich den Weg meiner Bestellung. Wie die dampfenden Teigtaschen aus dem Wasser gefischt und in die blaue Schüssel gegeben wurden, wie dann das Chili-Öl über sie geträufelt und meine Bestellung zusammen mit meinem Eistee dem Serviceroboter überantwortet wurde. Vorsichtig nahm ich ihm das rote Essenstablett ab, als er bei mir vorbeirollte und setzte es auf den grünen Tisch. Mit einer Geste über meinem Armreif drehte ich das Noise-Cancelling meiner In-Ear-Buds ganz auf; alles versank in vollkommener Stille: All die Menschen mit ihrer Geschäftigkeit und ihren Gesprächen waren verstummt. Ich schloss die Augen, jetzt blieben nur noch die Gerüche. Dreimal atmete ich tief ein und aus, konzentrierte mich dabei auf den Fluss der Luft durch meinen Körper. Einatmen durch den Mund, ausatmen durch die Nase. Als ich die Augen wieder öffnete, fühlte ich mich ruhiger, bereit, meine Mittagespause zu genießen. Ich regelte das Noise-Cancelling herunter, so dass ich das Auseinanderbrechen der Bambusholzstäbchen hören konnte. Es war ein befriedigendes Geräusch für mich. Ich rieb die Essstäbchen gegeneinander, um eventuelle Fasern zu entfernen. Mit den Stäbchen in der einen Hand und dem Suppenlöffel in der anderen wollte ich mich gerade über die Schlüssel mit dampfender Suppe und Nudeln hermachen, als jemand an meinen Tisch trat. Widerwillig legte ich das Besteck zur Seite und musterte den Grund für die Unterbrechung.

«Entschuldigung, Lebenszeithändlerin, kann ich Sie stören?», fragte eine junge Frau, fast noch ein Mädchen, mit Haaren in allen Farben des Regenbogens. Sie trug die rosa Uniform eines Kosmetikstudios. Wer gab für so etwas noch seine Zeit aus, fragte ich mich. Ich schalt mich sofort dafür, jede Art von Services war das Rückgrat einer Lebenszeitökonomie.

«Du störst schon», sagte ich etwas ärgerlicher als beabsichtigt.

«Das tut mir sehr leid, vielleicht später», entschuldigte sich das Mädchen.

Ich schüttelte den Kopf.

«Ist schon ok, eine Stunde für eine Stunde», sagte ich und beobachtete, wie die kondensierten Wassertropfen an meinem unberührten Earl-Grey-Eistee hinunterglitten.

«Nein danke, ich möchte nichts kaufen oder verkaufen, ich habe nur eine Frage, aber es kann warten. Ich komme später wieder», sprudelte es aus ihr heraus.

Plötzlich wollte ich nicht mehr, dass sie ging.

«Wie heißt du?», fragte ich.

«Min Li», antwortete das Mädchen.

«Min Li, ich bin Viktoria. Ich hatte heute noch keine Zeit zum Essen», sagte ich, was nicht ganz stimmte: Heute Morgen hatte ich ein Stück Bananenbrot und ein Glas Milo Pin im Gehen. Seitdem freute ich mich auf die Nudeln und den Eistee im Hawker. Scharfe Nudeln und kalter süßer Earl Grey Tea mit genau der richtigen Menge Zitronensaft, das konnte mich selbst Tage wie diesen vergessen lassen.

Ich schaute Min Li jetzt zum ersten Mal richtig an. Sie war hübsch, auf diese nicht aufdringliche Art. Ein Lächeln schlich sich auf meine Lippen.

«Min Li, du kannst dich gerne zu mir setzen und warten, wenn es dich nicht stört, dass ich esse», bot ich ihr an.

Min Li wischte sich eine pinke Haarsträhne aus dem Gesicht und lächelte zurück.

«Es stört mich nicht, Lebenszeithändlerin», sagte Min Li.

«Viktoria bitte», sagte ich.

«Viktoria», wiederholte Min Li.

Ich nahm mein Besteck wieder auf und begann mit meinem Mittagessen. Inzwischen färbte sich Min Lis Armband von Orange nach Gelb und zum Schluss fast nach Grün. Stumm wartete sie, bis ich meine Wan Tan gegessen und den größten Teil des Tees getrunken hatte. Als ein Roboter vorbeifuhr, gab ich ihm das Tablett, der Roboter wischte den Tisch und verkaufte Min Li eine Schale mit Obststücken, sie bezahlte dafür drei Minuten. Auf ihrem Armreif und dem Display des Roboters leuchtete kurz die Transaktionsbestätigung auf. Es wunderte mich immer wieder, wie die Hawker die Preise so niedrig und die Qualität so hochhalten konnten.

Ich machte vor Min Lis Gesicht eine Wisch-Geste nach rechts oben, in meinen In-Ear-Buds erklang das Geräusch von klimpernden Goldmünzen.

«Danke für das Upvote, aber das wäre nicht nötig gewesen», sagte Min Li.

Ich schüttelte den Kopf.

«Das war das angenehmste Mittagessen seit Langem. So, was kann ich für dich tun?», fragte ich.

Min Lis Armreif wechselte nun völlig auf Grün. Sie revanchierte sich mit einem Upvote.

«Ist das Geld?», fragte Min Li und legte drei Münzen vor mir auf den Tisch. Die Münzen bestanden aus blauem Plastik, nicht mal aus Metall, ähnlich Spielchips wie sie in Casinos verwendet wurden. Ich nahm die erste Münze auf und untersuchte sie.

«Woher hast du die?», verlangte ich zu wissen.

«Ich arbeite in einem Massagestudio», sagte Min Li.

Ich nickte auffordernd.

«Aber nicht, was du denkst», sagte Min Li, «ich kümmere mich um die Puppen: Ich mache sie wieder sauber, schminke sie, räume die Zimmer auf, nachdem die Kunden gegangen sind, ich tue alles, was die Puppen nicht können. Wenn nötig, kümmere ich mich auch um die Mechanik und Software, mache Updates, lösche ihre Gedächtnisse am Abend, all das Zeug halt. Manchmal kommen auch Kunden, die keine Massage wollen, sondern einfach nur jemanden, der ihnen zuhören kann oder sie brauchen eine Umarmung. Dann mache ich das auch – aber das ist es dann auch! Für alles andere sind die Puppen da», erklärte Min Li.

«Und woher kommen jetzt die Münzen?», fragte ich nachdrücklich.

«Die Münzen hat eine Stammkundin als Tip dagelassen und ich weiß nicht, was ich damit machen soll», sagte Min Li. Ich nickte und untersuchte die Münzen, eine nach der anderen. Wahrscheinlich wurde mit jeder Münze, die ich durch meine Finger gleiten ließ, meine Miene finsterer. Würde ich einen Armreif wie Min Li tragen, dann wäre er jetzt schwarz.

«Ist alles ok?», fragte Min Li. Das war es nicht, aber das wollte ich nicht öffentlich besprechen.

«Können wir vertraulich sprechen?», fragte ich. Sie nickte und machte eine Wisch-Geste über ihrem Armreif. Augenblicklich hörte ich das Audiosignal in meinen In-Ear-Buds für eine Einladung zu einem vertraulichen Anruf, welche ich mit einer Doppel-Tap-Geste über meinem rechten Ohr annahm. Ich konnte nicht behaupten, dass ich die Technik hinter der Vertraulichkeitsfunktion völlig verstand, aber vereinfacht funktionierte es wie das Noise-Cancelling. Die Mikrofone zeichneten die Schallwellen unseres Gesprächs auf und übertrugen sie über eine sichere Verbindung in unsere In-Ear-Buds, während sie über die Lautsprecher entsprechende Antischallwellen abgaben, welche die Schallwellen des Gesprächs auslöschten. Wenn alles funktionierte, erschien es für einen eventuellen Beobachter so, als hätten wir nur stumm unsere Lippen bewegt. Deshalb stand das Lippenlesen inzwischen hoch im Kurs.

«Darf ich diese behalten?», fragte ich und hob eine Münze hoch. Sie nickte. Ich steckte die Münze ein und schob ihr die anderen über den Tisch.

«Das ist kein Geld, es ist eine Abmachung, gegen dieses Objekt Geld auszuhändigen und das ist illegal», erklärte ich.

«Oh. Warum ist das illegal?», fragte Min Li.

«Das ist nicht ganz einfach, dazu müsste ich etwas ausholen», sagte ich.

«Meine Schicht im Massagesalon ist vorbei, tu dir keinen Zwang an und erzähl. Ich habe einen Abschluss in Robotik und mache gerade meinen Master in Quantencomputing, ich glaube, ich werde dir folgen können», meinte Min Li.

«Fantastisch», sagte ich und fragte mich, wo anfangen – wahrscheinlich am besten ganz vorne.

«Das zentrale Problem des Kapitalismus ist die Geldschöpfung», sagte ich. «Lass mich das erklären: Geld ist Tauschmittel für Dienstleistungen und Produkte. Dabei hatte das frühe Geld einen eigenen Wert, war selbst begehrtes Tauschobjekt. Ein Beispiel sind Feuersteine, die man in der Steinzeit zu Werkzeugen verarbeitet hat. Relativ schnell war man beim Gold. Als Edelmetall hatte Gold viele Vorteile, allerdings gab es davon nur eine endliche Menge. Schon zur Zeit der Goldwährungen gab es Wechsel, Papiere, die man bei Banken gegen Gold einlösen konnte. Irgendwann kamen Banken auf die Idee, mehr Papiere auszugeben als sie Gold in ihren Safes hatten. Das merkte niemand, solange die Leute mit den Papieren bezahlten und nicht alle gleichzeitig zur Bank liefen und dafür Gold haben wollten. Wenn Volkswirtschaften wuchsen, musste auch die Geldmenge steigen, deshalb stieg der Bedarf nach Gold, aber Gold ist eine knappe Ressource. Die Staaten begannen Geld auszugeben, das nicht mehr in Gold gedeckt war, sondern für das der Staat bürgte. Die Zentralbanken schöpften Geld durch die Vergabe von Krediten an die Banken. Die Banken vergaben wiederum Kredite an ihre Kunden. Wieder verliehen die Banken viel mehr Geld, als sie wirklich besaßen. Sie schufen Geld durch Kredite. Wir reden hier auch nicht über kleine Summen, wir reden über Deckungen von weniger als drei Prozent. Es war der Wahnsinn. Von dort nach hier war es ein Kampf über Generationen. Heute sind alle Währungen wieder gedeckt und es gibt keine Banken mehr. Wir können überall auf der Welt bezahlen mit Kalorien, Watt und Zeit. Watt und Kalorien haben den Nachteil, dass sie unabhängig davon erzeugt werden können, ob wir sie brauchen oder nicht. Dank der fortgeschrittenen Automatisierung und Wissenschaft sind weder Kalorien noch Watt knappe Güter. Deshalb verwenden wir Zeit als Primärwährung und das funktioniert auch ganz gut, hat allerdings auch seine Probleme.»

«Aber ich kann mir doch Zeit leihen», unterbrach mich Min Li. «Dafür sind doch die Lebenszeithändler da – oder?»

«Das stimmt, aber die Person, von der du dir die Zeit leihst, muss sie auch haben. Und es dürfen keine Zinsen oder anderweitige Kosten anfallen. Wir beglaubigen die Verträge; das ist genau die Schwäche der Lebenszeitökonomie: Da die Geldschöpfung bei uns Menschen liegt, muss sichergestellt werden, dass die verrichteten Tätigkeiten einen Wert für die Gesellschaft haben, also getauscht werden können. Das ist unsere Aufgabe. Wir sind die Buchhalterinnen und Notarinnen der Lebenszeitökonomie. Das dezentrale Lebenszeithauptbuch ist offen für jeden, aber nur Lebenszeithändlerinnen dürfen es schreiben.»

«Du willst mir erzählen, dass eine Lebenszeithändlerin jede Transaktion freigibt?», fragte Min Li ungläubig.

«Nein, das geht nicht. Das meiste wird auch hier von in Code gegossenen Algorithmen erledigt. Aber wir könnten jede Buchung wieder rückgängig machen. Es benötigt nur Konsens einer relativen Mehrheit der Lebenszeithändlerinnen – aber das willst du jetzt nicht genauer wissen», erklärte ich.

«Das bedeutet also, allein der Versuch, Transaktionen außerhalb des Lebenszeithauptbuches durchzuführen, ist nicht legal?», hakte Min Li nach. Ich nickte knapp, das schien ihr zu reichen.

«Kannst du irgendwie herausfinden, woher deine Stammkundin die Münzen hat?», fragte ich.

«Hat sie Probleme?», wollte Min Li wissen.

«Nein», log ich.

Min Li nickte erleichtert.

«Ich frag sie einfach», sagte sie.

«Wollen wir das von meinem Büro aus machen?», schlug ich vor.

Min Li nickte und beendete die direkte Verbindung, augenblicklich brachen die Geräusche der Welt über mich hinein und drohten, mich unter ihnen zu begraben. Ich schaffte es, mir nichts ansehen zu lassen, zumindest hoffte ich das. Das Gefühl verschwand nach einigen Sekunden. Sie hakte sich bei mir ein und wir gingen in mein Büro. Ich wusste nicht, ob sie mich stützen wollte oder ich ihr meinen Arm angeboten hatte. Aber ihr schien es zu gefallen. In meinem Office-Space gab es nicht mehr als einen Tisch und zwei Stühle auf acht Quadratmetern. Unter der Decke hing ein kleiner Kasten, der Holo-Projektor, und seinetwegen waren wir hier. Kaum war die Tür hinter mir geschlossen, hatte Min Li schon ihren Armreif auf den Tisch gelegt und die Projektion gestartet. Der Raum verdunkelte sich automatisch. Min Li machte einige schnelle Gesten über dem Reif und ich hörte das Läuten eines Anrufs in meinen In-Ear-Buds. Fast augenblicklich erschien das Hologramm einer Frau im Business-Anzug über dem Armreif.

«Hallo, ich bin Yokos Dito, wie kann ich euch helfen?», sagte das Hologramm.

«Hi Dito», sagte Min Li.

«Hallo Min Li, habe ich das Upvote vergessen oder stimmt etwas mit unserem nächsten Termin nicht?», fragte Dito.

«Dito?», fragte ich.

«Ist eine App – du kennst wahrscheinlich Doppelgänger, die ist verbreiteter. Das sind beides persönliche Assistenten auf der Basis von digitalen Zwillingen. Sie lernen aus den Entscheidungen ihrer Besitzer und können somit einfache Aufgaben übernehmen. Und das Wichtigste: Sie haben vollen Zugriff auf alles», erklärte Min Li.

«Sollten wir nicht besser direkt mit Yoko reden?», fragte ich.

«Nein, Dito ist besser», sagte Min Li und Dito strahlte uns an.

«Nein», sagte Min Li an das Dito gewandt, «Yoko hat das Upvote nicht vergessen und der Termin für nächste Woche steht. Die Lebenszeithändlerin hat eine Frage bezüglich des Trinkgelds.»

Das Dito schaute über beide Ohren strahlend zwischen Min Lin und mir hin und her. Dann sagte es: «Trinkgeld ist doch nicht erlaubt. Das ist also die sexy Lebenszeithändlerin, mit der du unbedingt mal ausgehen wolltest. Schön, dass das zwischen euch funktioniert hat.»

Min Li wurde schlagartig rot. Ohne darauf einzugehen, fischte sie eine der Münzen aus ihrer Schürze und hielt sie dem Dito hin.

«Dieses Objekt meine ich», sagte Min Li «Weißt du, woher Yoko das hat?»

«Golden Mile Complex», erklärte Dito ohne Zögern, «sie hatte dort einen Termin zur Family-Karaoke in der Milch-Bar.»

Zum ersten Mal hörte sich Dito wie ein Programm an, jede Illusion von Bewusstsein war verschwunden.

«Danke», sagte Min Li und beendete die Verbindung.

«Die Dinger sind ja ein Sicherheitsalbtraum», sagte ich. «Ich sollte meinen Doppelgänger vielleicht besser ausschalten.»

«Ein Sicherheitsalbtraum vielleicht, aber so praktisch für uns», witzelte Min Li. «Was machen wir jetzt?»

Ich setzte mich hin, stützte meine Ellenbogen auf den Tisch und massierte meine Nasenwurzel.

«Der Golden Mile Complex – ich kenne den Ort. Das ist nicht in einer Arkologie, das ist im überschwemmten Teil der Altstadt. Allerdings steht da noch eine Node des Lebenszeithauptbuchs. Das ist kein Zufall.»

«Die Nodes sind doch durch die Blockchain gesichert», meinte Min Li.

«Min Li, da stimmt irgendetwas nicht, ich möchte dich da nicht mitreinziehen», sagte ich. «Es fühlt sich an wie eine Falle.»

«Der erste Schritt, einer Falle zu entgehen, ist zu wissen, dass sie da ist», philosophierte Min Li und setzte sich mir gegenüber.

«Ich kontaktiere die Gilde», sagte ich und öffnete eine gesicherte Verbindung. Es wurde wieder still um uns, Min Li würde nicht hören können, was ich mit der Gilde besprach. Sie saß mir gegenüber und lächelte mich an.

«Ja», antwortete eine Männerstimme, die ich sofort erkannte.

«Hallo Gregorie, Viktoria hier», sagte ich und erklärte ihm dann kurz die Situation.

«Es ist wahrscheinlich nichts, Analytics sagt nur ein sehr geringes Risiko voraus. Wie auch immer, ich informiere die Behörden und schicke eine Einsatztruppe los, sie treffen dich dort. Ich vertraue dir mehr als einer KI, vertraue deinem Bauchgefühl. Wenn es vorbei ist, erwarte ich einen Bericht.»

«Danke», sagte ich und unterbrach die Verbindung. Min Li mochte keine Banker kennen, aber ich hatte schon mehr als einmal eine Begegnung mit diesem Schlag von Menschen. Es war nie angenehm. Sie waren nie einsichtig, teilweise gewaltbereit. Gregorie wusste das, es sah ihm nicht ähnlich, einfach zur Vordertür hineinzumarschieren, egal was die Analytics sagte. Es gefiel ihr nicht.

«Also, dann lass uns gehen», rief Min Li, noch bevor ich die Chance hatte, überhaupt einen Gedanken zu fassen.

«Das ist zu gefährlich», widersprach ich automatisch.

Min Li schenkte mir ein Lächeln, das mir sagte, dass es ihr egal war.

«Du kennst den Plan doch gar nicht», versuchte ich es.

«Ich kann Lippenlesen», erklärte Min Li.

«Wenn du gehst, dann komme ich mit dir», sagte sie bestimmt. «Ohne mich wüsstest du nicht einmal von den Münzen.»

«Nehmen wir eine Seilbahn oder einen phonematischen Bus?», fragte ich mit einem Seufzen.

Mein Büro befand sich in der Orchard-Road-Arkologie, einer der ältesten des Stadtstaates Singapur. Die neueren bestanden zum größten Teil aus Holz und anderen erneuerbaren Materialien. Die neusten Arkologien waren sogar tatsächlich genetisch modifizierte Bäume, die in etwa 50 Jahren ihre volle Größe erreicht haben würden und dann die alten 700 bis 1.200 Meter hohen überragen würden. In 200 Jahren sollten dann alle Arkologien der Stadt zu einem einzigen Gebäude zusammengewachsen sein. Von hier oben war die Stadt von einem tropischen Urwald nicht zu unterscheiden. Der Regenwald wuchs horizontal und vertikal in alle Richtungen. Wegen der Hitze und hohen Luftfeuchtigkeit ging ich nur selten tagsüber hinaus. Zwischen den Türmen gab es ein Gewirr von Tunneln und Brücken und – nicht zu vergessen – die Seile der Gondeln. Wir hatten unsere Gondel für uns allein auf der zwei Kilometer kurzen Schussfahrt in die Tiefe. Auf dem Dach der Ford-Canning-Arkologie glaubte ich, im Vorbeirasen Schafe grasen zu sehen. Ich versuchte, mich abzulenken. Das Display der Gondel zeigte Nachrichten und Werbung. Die Päpstin im Vatikan verurteilte die Gegenpäpstin in Speyer. Eine Burger-Kette bewarb ihren neuen Luxus-Burger mit 30 Prozent echtem Fleisch in der Patty-Masse. Irgendwo war wieder Krieg. Für einen Augenblick wünschte ich mir, die Gondel würde nicht rechtzeitig bremsen und wir würden in das Nicoll-Highway-Stationsgebäude krachen. Das passierte nicht, die Gondel bremste sanft, die Energie wurde dabei in einer Sprungfeder gespeichert. Früher hatten Leute für so einen Adrenalinrausch noch extra Geld ausgegeben. Warum man sich freiwillig in Todesangst versetzen lassen sollte, war mir unklar. Ich machte mir Sorgen um Min Li, sie wusste nicht, auf was sie sich einließ. Die Gondelfahrt hatte sie besser verkraftet als ich. Singapur war schon immer einer der sichersten Orte der Welt, aber extrem niedrige Kriminalität bedeutete nicht gar keine Kriminalität. Die Strafen waren immer noch drakonisch für das kleinste Vergehen. Der Banker an sich war auch nicht für seinen Hang zur Handgreiflichkeit bekannt. Trotzdem fühlte ich mich wie ein Lamm auf dem Weg zur Schlachtbank. In der Station warteten sechs bewaffnete Agenten auf uns. Ich öffnete eine sichere Verbindung zu Min Li.

«Wir folgen den drei Jugendlichen, das ältere Pärchen und der große Mann im Anzug gehören auch zu uns. Wir tun so, als gehören wir nicht zusammen», erklärte ich.

«Sind das verkleidete Polizisten?»

«Eine Spezialeinheit der Gilde», antwortete ich und schloss die Verbindung. Min Li nickte. Von dem Gebäude der Seilbahnstation führte eine Brücke zum Golden Mile Complex. Unter uns stand fast einen Meter hoch das Wasser über der eigentlichen Straße und Mangroven wucherten überall. Auf dem Weg von der Station bis zum Golden Mile Complex begegneten wir niemandem. Das Gebäude stammte noch aus dem letzten Jahrtausend, die terrassenartige Architektur hatte immer noch ihren Charme. Von außen sah das Bauwerk aufgegeben und überwuchert aus. Der Golden Mile Complex war so grün wie der Rest der Stadt. Wir folgten den Jugendlichen durch einen Seiteneingang und betraten eine fremde Welt. Das Gebäude mochte alt sein, aber die Klimaanlage und die Beleuchtung funktionierten und plötzlich waren wir auch nicht mehr allein. Alle Geschäfte waren offen und Menschen liefen geschäftig zwischen ihnen hin und her. Ich sah mehrere Kunden mit den blauen Münzen bezahlen. Während ich noch darüber nachdachte, was wir jetzt tun sollten, trat Min Li an eine alte Frau heran, unterhielt sich kurz mit ihr und kaufte einen roten Apfel mit einer ihrer Münzen.

«Die Bank befindet sich oben», erklärte sie und deutete auf einen gläsernen Fahrstuhl, der in unbekannte Höhen führte. Sollte es so einfach sein? Aber scheinbar schien niemand übermäßig Notiz von uns zu nehmen. Wir gingen zum Fahrstuhl, so unauffällig wie möglich. Das Team bleib unauffällig bei uns. Die Tür stand auf, es gab weder innen noch außen ein sichtbares Bedienfeld. Ein antiker Fahrstuhl wie dieser hätte eigentlich Knöpfe gehabt und irgendwie hatte ich mich auch auf Knöpfe gefreut. Mit einem Knall schloss sich die Tür und der Fahrstuhl schoss nach oben – mit mir und Min Li in der Kabine und dem Team draußen.

«Fantastisch», fluchte ich. Es hatte uns fast von den Beinen gerissen, Min Li klammerte sich an mir fest. Nach wenigen Sekunden war der Spuk vorbei und die Kabine hielt mit einem Quietschen. Die Türen öffneten sich zu zwei Dritteln und verkeilten. Ich verkniff mir einen zweiten Fluch, der Aufzug würde so schnell nirgendswo mehr hinfahren. Von jenseits der Kabine streckte kaltes Neonlicht seine Finger nach uns aus. Vorsichtig späte ich hinaus. Das Stockwerk war dunkel, abgesehen von einem Neonschriftzug über dem wahrscheinlich einzigen Geschäft auf dieser Etage. *Family Karaoke & Milk Bar* stand dort und darunter der Name der Familienkaraoke- und Milch-Bar: *Boss Level*. Unter dem Namen des Etablissements konnte ich die Silhouette einer Person ausmachen, die dort stand. Ich schob Min Li hinter mich. Der «Boss-Gegner» draußen wartete auf uns und wir waren einfach so in seine Falle getappt!

«Bleib hier», flüsterte ich zu Min Li und trat aus dem Fahrstuhl. Der «Boss-Gegner» bewegte sich nicht, überhaupt nicht. Nach ein paar Schritten fasste ich schon etwas Hoffnung, es sei nur eine Schaufensterpuppe. Nach einem weiteren Schritt erkannte ich den Anzug eines Lebenszeithändlers. Als ich zu Boden ging, sah ich das Gesicht: Es war Gregorie, der dort bewusstlos mit Kabelbindern an ein Gestell gefesselt stand. Er sah nicht gut aus.

Etwas hatte mich in den Rücken getroffen, es pikte wie Nadeln, dann zuckte ein Schmerz von zehn Millionen Volt durch mich.

Ich konnte mich nicht bewegen, Min Li rannte zu mir und drehte mich auf den Rücken. Aus ihrer Schürze fischte sie ein paar Kabelbinder und fesselte meine Handgelenke und Daumen zusammen, damit ich auch ganz sicher keine Gesten mehr machen konnte.

«Es wird nicht funktionieren», zischte ich durch meine zusammengepressten Lippen. Erst jetzt legte sie die Elektroimpulswaffe zur Seite.

«Das kannst du doch gar nicht wissen, du weißt nicht einmal, was ich vorhabe», erwiderte Min Li.

«Du glaubst, wenn du zwei Lebenszeithändler unter deiner Kontrolle hast, dass wir dann unsere Buchungen in der Node gegenseitig bestätigen können und damit so viel Lebenszeit für dich erzeugen, wie du willst», stöhnte ich. Die Kabelbinder saßen sehr fest, ich konnte meine Hände nicht bewegen.

«Ok, dann weißt du es doch», gab Min Li zu, «und ich weiß, dass ihr es könnt, ihr könnt die Blocks legitimieren, das ist euer verdammter Job!»

Ich atmete scharf durch die Nase ein und spie ihr entgegen: «Es ist unser verdammter Job, Betrug zu verhindern! Wir werden dir nicht helfen!»

«Ihr nicht, aber euch brauche ich auch gar nicht dafür, eure digitalen Doppelgänger reichen dazu vollkommen. Du hast selbst gesehen, dass ich mich damit auskenne, dein Kollege hier tanzt schon nach meiner Pfeife. Solange er lebt, funktioniert auch sein digitaler Doppelgänger und solange er sich nicht in Lebensgefahr befindet, wird auch keine Hilfe gerufen», erklärte sie.

«Warum?»

«Meine Familie war reich, seit Generationen, und das habt ihr uns alles genommen, ich nehme mir nur zurück, was mir gehört! Meine Eltern sind in einem Palast geboren und ich in denselben 70 qm wie jeder andere.»

«Und warst du unglücklich?»

«Nein, wir waren nicht unglücklich, aber ich will mehr!»

«Warum kannst du nicht auf das Jenseits warten?»

«Nur um auch dort zu sein wie alle anderen?», schrie sie.

Ihr Armreif leuchtete gefährlich rot im Dunkeln. So gut es ging, schüttelte ich meinen Kopf.

«Geld hat immer das Schlechteste in den Menschen hervorgebracht», sagte ich und spürte, wie mir die Tränen kamen.

Ich sah Verwunderung in Min Lis Gesicht.

«Virek, jetzt wäre ein guter Zeitpunkt», sagte ich zu niemand bestimmten, aber in dem Wissen, dass Virek den ganzen Tag schon meine Kommunikation mitgehört hatte. Die Welt verschwand in einer lautlosen Explosion aus weißem Licht.

Ich erwachte mit trockenem Mund und hämmernden Kopfschmerzen in einem Bett in einem sterilen Krankenzimmer.

«Geld und Gott sind zwei der prägendsten Erfindungen der Menschheit. Sie fangen beide mit G an und haben je vier Buchstaben», sagte Virek. Er saß auf einem Stuhl neben meinem Bett.

«Es braucht Glauben, damit sie existieren», vervollständigte ich unseren Codesatz.

«Ist Gregorie ok?», fragte ich.

«Abgesehen davon, dass sein Ego etwas angekratzt ist, weil er sich hat von einem Kind überrumpeln lassen, geht es ihm gut», versicherte mir Virek.

«Beim nächsten Mal machst du wieder den Lockvogel», erklärte ich. Er lächelte.

«Was ist aus der Kleinen geworden?», fragte ich.

«Min Li hat nicht einen, sie hat zwei Lebenszeithändler angegriffen, die Strafe dafür ist eindeutig. Ihr Leben wurde terminiert und ihr Bewusstsein ins Jenseits geladen», erklärte Virek. «Konträr zu dem, was sie behauptet hat, gefällt es ihr gut. Sie hat gefragt, wie es dir geht, sie würde sich gerne bei dir entschuldigen.»

«Ok, sag ihr, ich verzeihe ihr und werde sie am Wochenende besuchen. Dann kann sie es wiedergutmachen. Und jetzt wäre es nett, wenn du mich etwas schlafen lässt, ich sollte echt mal etwas kürzertreten.»

Virek lachte herzlich, streichelte kurz meine Hand, stand auf und ging.

Shoppingtrip

Text_Lilias Munro
Illustration_Julia Hoße

Der rissige Asphalt flimmerte in der gnadenlosen Mittagssonne. Schier endlos erstreckten sich rechts und links des verlassenen Highways sterbende Bäume und Sträucher, deren vertrocknete Blätter sich in der Glut der Sommerhitze ringelten. Seit Wochen fiel die Temperatur am Tag nicht unter 40 Grad und selbst nachts fand das geschundene Land kaum Abkühlung. Eine verheerende Dürre war die Folge, die den Preis für Wasser in irrsinnige Höhen getrieben hatte. Schlimmer noch als in all den Jahren zuvor. Die ersten Flüsse waren diesmal schon Anfang Juni ausgetrocknet. Die Wasserknappheit hatte weite Teile von Kalifornien, Arizona und Texas unbewohnbar gemacht und Nevada und Utah endgültig in eine Wüste verwandelt! Deswegen drängten mehr und mehr Flüchtlinge nach Norden, obwohl auch die Menschen hier in Oregon nicht von den Auswirkungen des Sommers verschont blieben: Das Wasserreservoir war schon vor langer Zeit zu einer traurigen Pfütze braunen Schlamms verkümmert und der Willamette River auf ein Drittel seiner ursprünglichen Größe geschrumpft.

Ein heißer Wind strich über den schmelzenden Asphalt und schüttelte die Zweige der welkenden Pflanzen. Es war fast unnatürlich still auf dem Highway, denn jedes Lebewesen suchte bei diesen Temperaturen einen schattigen Ort, um der schlimmsten Hitze des Tages zu entgehen.

Dennoch hoben sich in der Ferne zwei verschwimmende Gestalten ab: Schlank, schwitzend und sonnenverbrannt setzten sie verbissen einen Fuß vor den anderen. Sie gingen ein wenig abseits der Fahrbahn im sandigen Staub des ausgedörrten Grünstreifens, um die Hitze der Straße zu meiden. Die handgenähten Schuhe waren abgetragen und schmutzig, die weißen Leinenhosen flatterten im trockenen Wüstenwind.

«Kannst du noch?», fragte Tennessee ihren kleinen Bruder.

Sie nahm kurz die Sonnenbrille ab. Als sie sich mit dem Handrücken über das Gesicht wischte, hinterließ sie darauf eine graue Schicht aus Schweiß und Schmutz. Das blonde Haar flatterte in dem heißen Wüstenwind, der über das einst so fruchtbare Willamette Valley peitschte und feinen grauen Staub vor sich hertrieb.

«Klar», erwiderte Brooklyn und schleppte sich verbissen weiter.

Feiner Sand wirbelte ihnen ins Gesicht. Trockene Erde von einem Feld, auf dem die mageren Überreste einer hoffnungsvollen Maisernte standen: Die kränkelnden, halbtoten Pflanzen trotzten mit grimmiger Verbissenheit der mörderischen Dürre und waren doch zu einem traurigen Ende in der brennenden Sonne verdammt.

Tennessee ließ die Augen über die verdorrten Stängel wandern. Sie erinnerte sich an die Fotos, die ihre Großmutter ihr gezeigt hatte: Bilder vom Beginn des 21. Jahrhunderts. Bilder einer besseren Zeit – bevor die Erde den Bach hinunterging.

Deshalb wusste sie, wie ein Maisfeld aussehen sollte: Ein weites, grünes Meer aus riesigen Pflanzen, die so hoch waren, dass man sich zwischen ihnen verstecken konnte. Nicht diese graubraunen, sterbenden Halme, die sich mit verbrannten Blättern unter der glühenden Sonne wanden und mickrige, braune Kolben kraftlos nach allen Seiten streckten.

Sie selbst hatte noch nie ein gesundes Maisfeld gesehen. Oder eine gesunde Blumenwiese. Oder einen gesunden Weinberg.

Seit Jahrzehnten gab es keine guten Ernten mehr und das einst so stolze Weinbaugebiet des Willamette Valley kämpfte genauso verzweifelt ums Überleben wie der Rest der sterbenden Welt.

Und alles nur, weil den Alten ihre Bequemlichkeit wichtiger gewesen war als der Planet, auf dem sie lebten: Damals hatten sie noch eine Chance gehabt, die nahende Katastrophe abzuwenden. Doch sie hatten die Hände in den Schoß gelegt, ihre SUVs angeschmissen, ihre Klimaanlagen aufgedreht und darauf vertraut, dass ihnen die paar Grad mehr nichts ausmachen würden.

Die Generation von Tennessees Großmutter war die letzte gewesen, die sich noch an grünen Wiesen, saftigen Feldern und endlosen Weinbergen erfreuen konnte, obwohl selbst damals schon das unberechenbare Klima immer öfter die Ernten ruinierte!

Als Erwachsene hatte ihre Grandma nur noch eine hoch verschuldete, sterbende Farm erben können, deren größter Schatz ein tiefer Brunnen war, den die Familie bis heute mit Waffengewalt gegen Fremde verteidigte.

Tennessee fragte sich, ob die Alten geahnt hatten, dass ihre Nachfahren für das kühle Nass morden würden, als sie achtlos Chemikalien in die Flüsse leiteten und ihr Wasser damit ungenießbar machten.

Die Hitze brannte in ihrer Lunge, als sie sich Meter für Meter vorankämpftne.

Die vollen Wasserflaschen in ihrem Rucksack gluckerten bei jedem erschöpften Schritt und die geladene *Glock 19* an ihrem Gürtel schlug sanft gegen Tennessees Oberschenkel.

Sie trug die Waffe nicht zum Spaß, sondern würde sie benutzen, wenn es nötig war: Erst vergangene Woche hatte eine Gruppe Unbekannter den alten Mason Hannity für einen halben Liter fast totgeschlagen.

Wenn die falschen Leute Wind davon bekamen, dass sie vier Liter Wasser auf dem Rücken trug, konnte es sehr schnell sehr ungemütlich werden!

Brooklyn stöhnte. Schweiß rann in dicken Strömen über sein glühendes Gesicht.

«Ich habe so Durst», jammerte er, während er weiter tapfer seinen quietschenden Karren hinter sich herzog. «Wieso muss diese Mall denn so weit weg sein?»

«Weil die Alten nicht laufen mussten, als sie Malls gebaut haben», murmelte Tennessee bitter. «Erinnerst du dich nicht an Grandmas Geschichten? Damals hatte jeder ein Auto und eine Klimaanlage und sie dachten, es würde immer so weitergehen!»

«Ich wünschte, ich wäre damals geboren worden», seufzte er. «Das Leben muss damals so toll gewesen sein!»

Tennessee erwiderte nichts.

Sie fragte sich, wie die Welt wohl in der Kindheit ihrer Urgroßeltern gewesen war. Bevor der Regen ausblieb, die Ernten in der Sommerhitze verdorrten und das Meer die ersten Küstenstädte überflutete. Bevor das Trinkwasser knapp wurde und ihre heißgeliebte Wirtschaft zusammenbrach. Bevor Hunger und Durst auf allen Kontinenten wahre Völkerwanderungen in Gang setzen und immer mehr Verzweifelte in die milderen Gebiete der Erde strömten. Die Menschen heute hatten keine Privatautos. Man hatte sie vor Jahrzehnten in einem verzweifelten Versuch verboten, den Klimawandel in allerletzter Sekunde zu stoppen. Es war eine von vielen Maßnahmen gewesen, die alle Jahrzehnte zu spät kamen.

Und Tennessees Generation zahlte den Preis für den Egoismus ihrer Vorfahren ...

Ein verblichenes, rostzerfressenes Straßenschild verriet, dass es nur noch eine Meile bis zur Mall war.

«Nicht mehr weit, Brook», versprach sie und zog den Riemen ihres Rucksacks etwas an. «Gleich geschafft!»

Brooklyn blickte hoffnungsvoll den flimmernden Highway entlang. «Glaubst du, wir kriegen, was wir brauchen?»

«Wüsste nicht, wieso nicht», erwiderte sie zuversichtlich. «Wir wollen nichts Ausgefallenes und genug zum Tauschen haben wir auch dabei.»

Der Junge setzte entschlossen einen Fuß vor den anderen. «Na, wenigstens gibt's da Schatten!»

Sie lächelte. «Das ist die richtige Einstellung!»

Als sie etwa 20 Minuten später die verfallene Mall erreichten, klopfte Tennessee ihrem Bruder erleichtert auf die Schulter.

«Wir sind da!»

Gemeinsam gingen sie die breite Auffahrt entlang, die zu einem großen, einfallenden Gebäude mit abblätternder Fassade führte: die alte Paradise Mall!

Wie so vieles war wahrscheinlich auch sie einst schön und modern gewesen. Nun jedoch war das ehemalige Einkaufszentrum zu einem zwielichtigen Umschlagplatz für legale und weniger legale Waren verkommen und beherbergte in ihren schlecht gelüfteten Gängen ein Sammelsurium durchtriebener Halsabschneider, die für den richtigen Preis ihre eigene Mutter verhökerten.

Nicht weit entfernt, hinter einem löchrigen Zaun aus verbogenem Draht und verrostetem Wellblech, drängten sich dicht an dicht die provisorischen Hütten der Dürreflüchtlinge aus Kalifornien und Nevada. Über dem Lager hing ein beißender Gestank nach Krankheit, Verwesung, Fäkalien und Hoffnungslosigkeit.

«Bleib dicht bei mir, hörst du?», raunte sie Brooklyn zu und schob ihn rasch weiter. «Sag nichts, sprich mit niemandem und fass bloß nichts an!»

Brooklyn sah sie mit großen Augen an, doch er nickte gehorsam. «Alles klar.»

Als sie sich dem Eingang der Mall näherten – einer weit geöffneten Drehtür, die vermutlich schon vor 100 Jahren den Geist aufgegeben hatte – legte Tennessee demonstrativ die Hand auf die *Glock* an ihrem Gürtel.

Vor ein paar Jahren hatte so ein verdammter Idiot versucht, ihren Rucksack zu klauen – drei Kugeln in seinem Rücken später hatte es keiner mehr gewagt, sich mit ihr anzulegen!

Tennessee war nicht stolz darauf. Und noch weniger wollte sie, dass ihre Familie von dem Vorfall erfuhr.

Andererseits hatte ihr der Ruf einer kaltblütigen Killerin in der Vergangenheit durchaus wertvolle Dienste erwiesen. Nur gut, dass niemand wusste, dass sie aus blanker Panik heraus geschossen und nur aus purem Dusel keinen Unbeteiligten erschossen hatte!

Lautes, künstliches Lachen brachte sie in die Gegenwart zurück.

«Wen haben wir denn da?», rief Austin Hesselius, der wie immer hinter seiner Ladentheke auf Neuankömmlinge wartete. «Was für ein Balsam für meine wunden Augen!»

Der beleibte Glatzkopf war ein endloser Schwätzer und Halsabschneider, der aber zugleich leider das Sagen hier hatte.

Mit weit geöffneten Armen kam er auf Tennessee zu und umarmte sie überschwänglich.

Widerwillig ließ sie es über sich ergehen, denn es war besser, sich gut mit ihm zu stellen: Ohne seine Erlaubnis trieb niemand hier in der Gegend Handel.

«Miss Nessie beehrt uns einmal wieder!» Er lachte und drohte ihr scherzend mit dem Zeigefinger. «Aber nicht wieder irgendwelche Leute erschießen! Ist schlecht für das Geschäft, meine Liebe!»

Tennessee zwang ein Grinsen auf ihr Gesicht und schüttelte pflichtschuldig seine Hand.

«Austin», sagte sie mit einem künstlichen Lächeln. «So gut, dich zu sehen! Wie geht es dir?»

Er warf den Kopf zurück und lachte theatralisch. «Ach, weißt du, selbe Scheiße, nur ein anderer Tag! Aber was soll man machen?»

«Das ist wahr», erwiderte sie unverbindlich und schob die Hand in den Rucksack. «Selber Preis wie immer?»

Er verzog das Gesicht und tat, als ob sein nächster Satz ihm unangenehm wäre (das war er nicht): «Weißt du, der Eintrittspreis ist etwas nach oben gegangen seit letztem Monat. Leider auch für liebe Stammkunden!»

Tennessee zog die Augenbrauen zusammen. Das war die dritte Erhöhung in einem halben Jahr!

«Wie viel?»

Austin zuckte mit übertriebenem Bedauern die Schultern.

«Null-sechs.»

«Du machst Witze, oder?», fuhr sie auf. «Das ist doppelt so viel wie noch vor zwei Monaten!»

«Es wird in absehbarer Zeit nicht kühler, meine Liebe, und Regen gibt es auch keinen», erwiderte er. «Ich habe kaum eine Wahl.»

«Ja, klar», murmelte Tennessee und zog drei kleine Glasfläschchen aus ihrem Rucksack.

«Natürlich steht es euch frei, jederzeit eine andere Mall zu beehren», fuhr er übertrieben unglücklich fort. «Allerdings würde ich es sehr bedauern, eine so geschätzte Kundin wie dich zu verlieren!»

Sie schenkte ihm einen giftigen Blick.

Natürlich war ihm klar, dass die nächste Mall zehn Meilen entfernt war und der Weg einen langen, einsamen und schattenlosen Highway entlangführte: Tagsüber bei der sengenden Hitze kaum zu schaffen und nachts viel zu gefährlich, denn wilde, ausgehungerte Tiere, verzweifelte Dürreflüchtlinge und marodierende Banden lauerten entlang der verlassenen Landstraßen nur allzu gerne unvorsichtigen Reisenden auf.

«Lass gut sein», murrte sie und drückte Austin wütend die klimpernden Flaschen in die Hand.

Als sie Brooklyn ein Zeichen gab, ihr in die Mall zu folgen, hielt Austin sie aber ein weiteres Mal zurück: «Für den Jungen müsste ich allerdings noch mal Null-Zwei berechnen. Stammkundenrabatt, versteht sich!»

Sie warf ihm einen vernichtenden Blick zu. «Das soll jetzt ein Witz sein, oder?»

Austin verzog keine Miene. «Keineswegs. Aber wenn es dir nicht gefällt, kann er gerne draußen warten, bis du deine Einkäufe erledigt hast. Du weißt, mein Schatten ist nicht umsonst!»

Tennessee spürte, wie blanke Mordlust in ihr aufstieg: Brooklyn war zwölf Jahre alt und hatte die Farm ihrer Eltern noch nie verlassen. Es war das erste Mal, dass er mit der verrohten Verkommenheit der Menschen im 22. Jahrhundert in Kontakt kam. Selbst wenn sie gewollt hätte, hätte sie ihn nicht mit all diesen verwahrlosten, schmutzigen und skrupellosen Gestalten allein lassen können!

Ganz zu schweigen davon, dass er nach ihrem stundenlangen Fußmarsch in der prallen Sonne nicht auch noch eine Stunde oder mehr ohne Wasser draußen in der sengenden Hitze stehen konnte!

«Du widerlicher kleiner Mann», flüsterte sie und schlug wütend Austins Hand zur Seite. «Du würdest wirklich ein Kind bei diesen Temperaturen vor die Tür setzen!»

«Ähm – ich denke, wir können hier wohl mal eine Ausnahme machen», mischte sich eine Stimme aus dem hinteren Teil des Eingangsbereichs ein.

Dayton, Austins Sohn, schwang sich elegant über die Theke, hinter der der gierige alte Mann das Wasser hortete, das er den Leuten beim Betreten der Mall abknöpfte.

«Miss Nessie ist eine so treue Kundin, da wäre es doch ein Verbrechen, sie derart vor den Kopf zu stoßen!» Er nahm seinem Vater die gläsernen Fläschchen aus der Hand. «Und angesichts der Tatsache, dass ihr Wasser so ziemlich das reinste ist, das es im Umkreis von zehn Meilen gibt, finde ich, sollte sie uns Null-Fünf für den Eintritt geben! Für sich *und* den jungen Herrn, versteht sich!»

Der gutaussehende blonde Mann mit dem sonnenverbrannten Gesicht grinste und hielt ihr die drei Fläschchen wieder hin.

Tennessee lächelte und zog dafür eine Halbliterflasche aus ihrem Rucksack: «Deal!»

Erneut wechselten Flaschen den Besitzer, sehr zum Unmut des alten Austin.

«Das zieh ich dir vom Lohn ab», zischte er.

Dann verschwand er missgelaunt, wohl um dem nächsten Verzweifelten sein kostbares Wasser abzupressen!

«Danke», raunte sie Dayton zu. «Ich weiß das zu schätzen!»

Sie schloss den Rucksack wieder und brachte außerdem ein kleines Schloss am Reißverschluss an. Sicher war sicher. Denn obwohl die meisten Leute hier ehrlich waren und wie sie nur zu überleben versuchten, war es nie verkehrt, auch Augen im Rücken zu haben.

«Kleinigkeit, schöne Frau», erwiderte Dayton und fügte etwas leiser hinzu: «Sehe ich dich später noch?»

«Ich habe heute den Kleinen dabei», flüsterte sie zurück. «Mein Dad hat drauf bestanden. Sorry. Nächstes Mal.»

Enttäuschung spiegelte sich auf Daytons Gesicht. «Na, wenn das so ist ...»

«Hey!» Sie ergriff unauffällig seine Hand. «Nächste Woche komme ich wieder. Alleine, okay?»

Er nickte widerwillig. «Schön.»

Sie wartete kurz, bis Brooklyn, der staunend in der weiten Eingangshalle der Mall umherwanderte, sich kurz umdrehte. Dann küsste sie Dayton rasch auf die Lippen.

«Tut mir ehrlich leid, Date», flüsterte sie – und das war nicht einmal gelogen. Sie ließ ihre Hand über sein Gesäß wandern und lächelte. «Ich mach's wieder gut. Versprochen!»

Dayton rollte genervt die Augen. «Ja, ja.»

Sie grinste, schürzte die Lippen zu einem angedeuteten Kuss und kehrte dann zu ihrem Bruder zurück.

«Auf geht's, Kleiner!» Sie klopfte Brooklyn auf die Schulter. «Sehen wir zu, dass wir das Zeug besorgen und dann hauen wir ab!»

Brooklyn folgte ihr gehorsam.

Er ließ staunend den Blick über die zahllosen Geschäfte wandern, die sich in den verfallenen Läden eingenistet hatten: Obwohl die Mall zweifellos nur ein Schatten ihres früheren Selbst war, war sie auf jeden Fall bunter und aufregender als alles, was die kleine Farm ihrer Eltern zu bieten hatte.

Manchmal hingen noch die ursprünglichen Schilder über den Läden und verrieten, dass beispielsweise die improvisierte Zahnarztpraxis früher einmal French Nails gemacht hatte – was auch immer das war. Uralte Reklame hing in den gläsernen Tafeln und zeugte von einer Welt, die seit mehr als zwei Generationen nicht mehr existierte. Nostalgie nach einer Lebensweise, die sich zu guter Letzt selbst zerstört hatte!

«Ness?»

«Hm?»

«Was ist ein Whirlpool?»

«Keine Ahnung», gestand sie. «Wo hast du das her?»

«Stand auf einem der Plakate dort hinten!»

Sie verzog das Gesicht. «Wenn es auf Plakaten steht, dann gibt's das vermutlich nicht mehr.»

Brooklyn ging eine Weile schweigend neben ihr. «Du, Ness?»

«Hm?»

«Was meinte der Mann damit, als er sagte, du sollst niemanden erschießen?»

Tennessee biss sich auf die Unterlippe.

Sie hatte gehofft, ihr Bruder hätte Austins dumme Bemerkung nicht gehört oder sie zumindest für Unfug abgetan!

«Das war nichts», behauptete sie. «Nur ein dummer Witz.»

«Das klang aber nicht nach einem Witz», wandte er ein. «Hast du denn mal wen erschossen?»

«Das ist schon eine Weile her, Brook», gestand sie, als ihr klar wurde, dass Leugnen keinen Sinn hatte. «Und es war Notwehr. Aber sag Dad nichts davon, hörst du? Er glaubt, dass die Mall noch genauso sicher ist wie vor 15 Jahren!»

Brooklyn schluckte.

Sie konnte sehen, dass mit ihrer Eröffnung dieser Ort eine ganze Menge von seinem Zauber für ihn verloren hatte.

«Wir bleiben nur so lange, wie es unbedingt sein muss», versprach sie und legte die Hand auf seine schweißnasse Schulter. «Ich bin selbst nicht scharf drauf, lange hier zu bleiben.»

«Okay.»

«Zeig mir nochmal die Liste!»

Er zog ein kleines vergilbtes Stück Papier hervor, auf dem ihr Vater mit spitzem Bleistift und in winzig kleiner Schrift notiert hatte, was die Familie benötigte: Papier – wie so viele andere Dinge – war mittlerweile so gut wie unbezahlbar geworden, weil es längst nicht mehr genug Frischwasser gab, um welches herzustellen.

So war Tennessees Familie schon vor Jahren dazu übergegangen, sorgfältig Seite für Seite den unbedruckten Rand der Familienbibel abzutrennen und als Schreibmaterial zu gebrauchen – mittlerweile waren sie am Ende von Levitikus angekommen.

Brooklyn reichte ihr den Zettel und Tennessee überflog ihn: Sterile Bandagen, Schmerzmittel, Seil, zwei Kilo Mehl, Ethanol, Generatorenbenzin, Schmieröl und leere Glasflaschen Null-Fünf, Null-Drei und Null-Zwei.

Tennessee stieß einen Pfiff aus. Es schien, als habe ihr Vater vor ihrem Aufbruch noch ein paar Sonderwünsche hinzugefügt.

«Ansonsten geht es ihm aber gut, oder?», schimpfte sie.

«Ich bin nicht sicher, ob das Wasser für *all das* reicht!»

Brooklyn sah sie besorgt an. «Was machen wir denn jetzt?»

«Improvisieren, schätze ich.» Sie kratzte sich am Kopf. «Aber keine Panik. Ich kenne ein paar Leute, die mir noch einen Gefallen schulden. Und vielleicht können wir auch ein bisschen handeln!»

Brooklyn sah sie skeptisch an, doch er verkniff sich einen Kommentar.

Sie gingen weiter und das Klirren der Glasflaschen und leise Quietschen der uralten Karrenräder begleitete sie durch die menschenleeren Gänge.

Wahrscheinlich hatte die Hitze die meisten Leute ferngehalten, vermutete Tennessee. Niemand, der bei klarem Verstand war und nicht dringend Waren tauschen musste, setzte bei solchen Temperaturen einen Fuß ins Freie!

Sie warf einen Blick auf ihren Bruder: Brooklyn fröstelte in seiner durchgeschwitzten Kleidung, doch er versuchte, sich nichts anmerken zu lassen.

Tennessee deutete auf einen Laden neben dem ehemaligen Food Court. «Da gehen wir zuerst hin!»

«Wieso? Das ist ein Bekleidungsgeschäft, Ness. Von da brauchen wir nichts!»

«Du bist klatschnass, Brüderchen», erwiderte sie ernst. «Du brauchst ein frisches Hemd!»

«Es geht schon!»

«Nein, es geht nicht», unterbrach sie ihn streng. «Lieber geben wir jetzt etwas Wasser für trockene Kleidung aus als nächste Woche eine Menge Wasser für teure Medikamente! Komm jetzt!»

Und damit gingen sie zu dem Laden, in dem der schmuddelige Houston zu überteuerten Preisen seine schlecht genähte Leinenkleidung verkaufte.

Eine kleine Glocke klingelte, als sie durch die Tür traten. «Miss Nessie», begrüßte er sie überschwänglich, als er sie erkannte. «Das ist ja eine Ewigkeit her, dass sie mein bescheidenes Geschäft beehrt haben! Glauben Sie nicht, ich habe nicht gehört, dass Sie Ihre Stoffe bloß noch bei der alten Alexandria kaufen! Das nehme ich Ihnen übel, meine Liebe!»

«Wenn Sie nicht so ein elender Halsabschneider wären, Houston, käme ich öfter zu Ihnen», entgegnete sie und lächelte, um ihren Worten etwas von ihrer Schärfe zu nehmen. «Aber mein kleiner Bruder braucht ein frisches Hemd. So durchgeschwitzt kann ich ihn nicht rumlaufen lassen!»

«Oh, das ist wahr», murmelte Houston. «Eine Lungenentzündung hat man leider schnell geholt und nur schwer kuriert! Aber ich glaube, ich habe etwas Schönes für den jungen Mann!»

Dann schlurfte er in den hinteren Teil seines schäbigen Ladens, um zweifellos gleich mit einem ziemlich überteuerten Kleidungsstück zurückzukehren und einen horrenden Preis dafür zu verlangen.

Tennessee sah ihm nach.

Ihr waren die beiden Viertelliterflaschen nicht entgangen, die Houston unvorsichtigerweise auf der Theke neben der Tür vergessen hatte.

Blitzschnell schnappte sie sie sich und ließ sie in den weiten Taschen ihrer Hose verschwinden: Eine Flasche pro Tasche, damit kein versehentliches Klappern sie verraten würde.

Brooklyn sah sie mit aufgerissenen Augen an, doch Tennessees warnender Blick ließ ihn schweigen.

Sie machte ein paar Schritte in den Laden hinein. Weit genug weg von der Theke, um keinen Verdacht zu erregen.

«Houston?»

«Ja?»

«Ich glaube, Sie haben ein Problem!»

Der schmuddelige Mann kehrte mit einem Leinenhemd zurück, dessen einer Arm deutlich länger als der andere war.

«Was meinen Sie, Miss Nessie?»

Mehrere Schritte vom Tatort entfernt deutete Tennessee auf den leeren Ladentisch. «Da standen zwei Flaschen. Eine Frau kam herein und hat sie sich einfach geschnappt!»

«Was?!» Houston stürzte zur Theke. «Verdammtes Diebesgesindel! Das waren zwei Null-Fünfundzwanziger! Wo ist sie hin?»

Tennessee zuckte die Schultern. «Ich konnte nicht wirklich viel sehen, Houston. Ich meine, es ging alles so furchtbar schnell!»

Fluchend knallte Houston das Hemd auf den Ladentisch, während Brooklyn seine Schwester fassungslos anstarrte.

Sie wusste, dass er sich fragte, wie oft sie eine solche Nummer schon abgezogen hatte, doch sie hatte nicht vor, es ihm zu verraten.

«Dreckige Diebe», wiederholte Houston zornig. «Letzte Woche drei nagelneue Hemden, heute ein halber Liter Wasser! Ich sag Ihnen, Miss Nessie, die Welt verroht immer mehr! Wenn das so weitergeht, kann ich meinen Laden bald zumachen!»

«Das tut mir sehr leid, Houston», behauptete sie und öffnete das kleine goldene Schloss an ihrem Rucksack. «Ich wünschte wirklich, ich hätte schneller reagiert! Was schulde ich Ihnen für das Hemd?»

«Null-Drei.»

Tennessee nahm eine Flasche aus ihrem Rucksack und stellte sie wortlos vor ihm auf den Tresen.

Sie war weder dumm noch dreist genug, ihn mit einer seiner eigenen Flaschen zu bezahlen: Mit Langfingern machten die Ladenbesitzer hier kurzen Prozess!

Tennessee hatte schon zu viele Diebe draußen in der prallen Sonne verrotten sehen, um leichtsinnig zu sein, wenn sie einen der Halsabschneider übers Ohr haute.

«Ist es in Ordnung, wenn mein Bruder das Hemd gleich anzieht?»

«Von mir aus!»

Tennessee sah zu, wie Brooklyn in die trockene Kleidung schlüpfte, dann verließen sie rasch den Laden. Aber nicht so rasch, dass es Verdacht erregt hätte.

«Fühlst du dich besser?»

«Ja», gestand Brooklyn. Er drehte nervös einen schlecht vernähten Faden zwischen den Fingern. «Aber, Ness ...»

«Kein Wort darüber, hörst du?», zischte sie. «Zu niemandem! Sonst ist mein Leben keinen Pfifferling wert!»

«Aber warum hast du das dann gemacht?»

«Weil er es nicht anders verdient hat», erwiderte sie schneidend. «Und damit ist das Thema beendet, verstanden?»

Brooklyn schluckte. «Okay.»

Zwei Stunden später hatten sie alles, was sie brauchten auf dem Karren. Das Wasser, das Tennessee zum Tauschen mitgebracht hatte, reichte gerade so, doch mit ein bisschen Verhandlungsgeschick gelang es ihr, den Preis für die leeren Glasflaschen zu drücken und das Schmieröl als Gratisbeigabe zum Generatorenbenzin herauszuschlagen.

Als sie schließlich die Mall verließen, schenkte sie Dayton auf dem Weg nach draußen ein kurzes Lächeln und zog dann den klappernden Wagen durch die offene Drehtür.

Der trockene Wind schlug ihnen heiß ins Gesicht, kaum dass sie aus der stickigen, kühlen Dunkelheit hinaus in die sengende Nachmittagssonne traten.

«Nächste Woche?», hörte sie Dayton hinter ihnen rufen.

Sie hob die Hand, drehte sich aber nicht zu ihm um. «Nächste Woche, schöner Mann! Versprochen!»

Brooklyn sah sie fragend an, doch er ahnte, dass er auf seine Frage keine Antwort bekommen würde. Dieser Ausflug hatte ihm eine Seite seiner Schwester gezeigt, von der er nichts geahnt hatte.

Andererseits war die Welt außerhalb der Farm hässlich, brutal und schmutzig. Es war besser, wenn er sich daran gewöhnte, bevor er eines Tages eine böse Überraschung erlebte.

Als wäre dieser Gedanke ein Stichwort, ertönten laute Schreie hinter ihnen, ein ohrenbetäubender Aufruhr, wie von einem entfesselten, zornigen Mob!

Tennessee hatte das schon viel zu oft gehört, um nicht zu wissen, was der Radau bedeutete.

Sie nahm Brooklyn bei der Hand und zog ihn weiter. «Dreh dich nicht um!»

«Was? Wieso?»

«Tu einfach, was ich sage», zischte sie und beschleunigte den Schritt. «Da wird gleich wer gehängt. Das musst du nicht sehen!»

Er erbleichte. «Was?»

«Ich habe gesagt, dreh dich nicht um!» Sie stieß ihn grob weiter. «Geh schon!»

Damit ließen sie die Mall hinter sich und mit ihr die verzweifelten Schreie einer Frau, die panisch ihre Unschuld beteuerte, während die aufgepeitschte Menge blutlüstern ihren Tod forderte.

Brooklyn starrte auf seine Füße: Er konnte zwar die Augen abwenden, doch die Ohren vor dem panischen Kreischen der Todgeweihten zu verschließen, war weniger leicht.

Tennessee blickte angespannt in Richtung der untergehenden Sonne.

Sie spürte das Gewicht der geklauten Wasserflaschen in den Hosentaschen. Wortlos zog sie eine heraus und hielt sie Brooklyn hin.

Der schüttelte abwehrend den Kopf.

«Nimm schon», sagte sie. «Der Weg nach Hause ist weit und du hast den ganzen Tag nichts getrunken!»

Er schluckte und Tennessee konnte sehen, wie der Durst und das schlechte Gewissen sich einen erbitterten Kampf lieferten.

Dann nahm er zögerlich das kostbare Wasser an sich, öffnete es und leerte es gierig in einem Zug. Die leere Flasche steckte er in die Gesäßtasche seiner abgerissenen Hose.

Vor sieben Jahren hatte ein gewaltiges Feuer die kleine Stadt Ashland drunten an der kalifornischen Grenze in Schutt und Asche verwandelt. Bis heute wusste niemand genau, wie viele Menschen bei dem Großbrand ums Leben gekommen waren. Seitdem stand die Todesstrafe darauf, Zigaretten oder Glas in die ausgetrocknete Landschaft zu werfen, wenn dadurch ein Brand ausgelöst wurde.

Außerdem ließen sich Flaschen wieder befüllen und zum Tauschen benutzen.

Auch Tennessee öffnete eine Flasche und nahm einen großen Schluck. Das Wasser war warm und schmeckte bitter, aber ihre ausgetrocknete Kehle dankte es ihr.

Die Mall war bereits außer Sichtweite, als begeisterter Jubel losbrach und vom mitleidlosen Wind über die karge Landschaft bis an ihre Ohren getragen wurde.

Tennessee wusste, was das Freudengeheul bedeutete: Die Frau war tot und die Blutlust der zornigen Masse gestillt.

Schweigend gingen sie weiter, während im Westen die Sonne blutrot versank.

Als sich die ersten bleichen Sterne am dunkelblauen Himmel zeigten, näherten sie sich der Farm: Verlottert lag sie inmitten verdorrter Weinberge, denen die Familie früher einmal unverschämten Reichtum verdankt hatte. Jetzt waren die Reben zum großen Teil tot und vertrocknet und nur ganz vereinzelt hingen verschrumpelte Früchte an den sterbenden Pflanzen.

Die kleine Farm, die sich verzweifelt an ihren tiefen, kleinen Brunnen klammerte, war alles, was von ihrem früheren Wohlstand geblieben war.

«Da seid ihr ja wieder!»

Raleigh kam ihnen entgegen, die Schrotflinte lässig im Arm und den glühenden Stumpen einer Zigarette im Mundwinkel. Die Farm hatte in den letzten Wochen immer wieder Ärger mit verzweifelten und zunehmend gewaltbereiten Flüchtlingen gehabt, die sich ungefragt an ihrem Wasser bedienen wollten. Daher die Vorsichtsmaßnahmen.

«Alles gekriegt?»

«Sieht so aus, oder?», erwiderte Tennessee mit gespielter Fröhlichkeit.

Das Jubeln des Lynchmobs klang ihr noch immer in den Ohren.

«Und wie war die Shoppingtour?»

«Wie immer», behauptete sie. «Keine besonderen Vorkommnisse.»

Raleigh nahm einen tiefen Zug von seiner Zigarette. Das schwache Glühen des Glimmstängels tauchte dabei sein sonnenverbranntes Gesicht in ein rötliches Licht.

«Mum und Dad sind schon ins Bett», sagte Trenton, der gerade seine Patrouille ums Haus beendet und die Rückkehrer bemerkt hatte.

Auch er trug ein Gewehr im Arm. In seinem Stiefel steckte ein langes, zweischneidiges Messer.

«Sind ziemlich mitgenommen», fügte er leise hinzu. «Ich glaube nicht, dass sie die Hitze noch viel länger verkraften. Gerade Mum mit ihrem schwachen Herz!»

Tennessee nickte.

Ihr war auch aufgefallen, dass ihre Eltern jeden Tag mehr unter den Temperaturen litten, doch der nächste Arzt war in Springfield, einen halben Tagesmarsch entfernt. Dorthin würden ihre Eltern es bei dieser Gluthitze unmöglich schaffen. Sie alle wussten das und konnten doch nichts tun.

Einige Sekunden herrschte bedrücktes Schweigen unter den Geschwistern, dann strich sich Tennessee das Haar aus dem Gesicht.

«Wisst ihr was? Ich leg mich auch aufs Ohr», murmelte sie. «Bin ziemlich erledigt. Ist Jersey denn irgendwo? Er soll Brooklyn helfen, die Sachen ins Haus zu bringen!»

«Ich hole ihn», erwiderte Raleigh und schwänzelte mit all seiner 19-jährigen Coolness davon.

Tennessee machte sich auf den Weg ins Haus, während Brooklyn und Trenton damit begannen, den kleinen Handkarren auszuladen.

Es war still und dunkel, als sie durch die Tür trat. Nur die schwache Öllampe auf dem Wohnzimmertisch schenkte ein wenig Licht.

Erschöpft setzte sie sich und blickte eine Weile in die niedrige blaue Flamme und genoss die wohltuende Stille in dem dunklen Zimmer.

Müde ließ sie den Kopf auf die verschränkten Arme sinken und dachte an die Frau vor der Mall und an den irrsinnigen Jubel, der ausgebrochen war, als man sie gelyncht hatte.

«Bitte, Gott», flüsterte sie mit zitternder Stimme. «Lass mich nicht daran schuld gewesen sein!»

Ein leises Schluchzen schüttelte sie, doch niemand sah sie weinen, da ihre Eltern erschöpft schliefen und ihre Brüder draußen die Einkäufe in die Scheune schafften. Niemand außer hunderter Benjamin Franklins, die anstelle von Tapete an den Wänden klebten.

Als das Geld immer mehr an Wert verlor, hatte ihr Großvater sich seine Ersparnisse auszahlen lassen und in seiner Frustration Schein für Schein an die Wände seiner sterbenden Farm geklebt. Andere hatten sich in den kalten Wintern ein Feuerchen damit angezündet oder Hühnerställe damit ausgelegt – schließlich war das alles am Ende des Tages nur wertloses Papier!

Tennessee zog die letzte verbliebene Flasche Wasser aus dem Rucksack, eine winzige Null-Zwei, und öffnete sie.

Sie wollte sie gerade an die Lippen führen, als ihr Blick auf ihre schmutzigen Hände fiel.

Da erinnerte sie sich, wie oft ihre Grandma sehnsüchtig vom Baden erzählt hatte: Die Alten hatten offenbar genug Wasser besessen, um Wannen damit zu füllen und sich genüsslich hineinzulegen!

Drei Generationen später war das klare Nass so kostbar, dass ein halber Liter der Preis für ein Menschenleben war.

Tennessee spürte, wie rotglühender Zorn in ihr aufstieg. Dann holte sie aus und schleuderte die Flasche an die Wand! Das Glas zersprang mit einem klirrenden Laut und ein paar Tropfen trafen den Bilderrahmen, in dem das einzige Foto von Tennessees Urgroßeltern stand, das die Jahrzehnte überdauert hatte.

Sie starrte die beiden unversöhnlich an, wie sie lächelnd neben dem florierenden Weingut posierten, im Hintergrund ein großes teures Auto und ein überquellendes Buffet. Horsd'oeuvres, Snacks, frische Früchte, Wein, Champagner, eine riesige Eisskulptur und ein sprudelnder Brunnen!

«Ich hoffe, ihr brennt alle in der Hölle, gottverdammtes Egoistenpack!»

Sie hämmerte dem nächstbesten Franklin die Faust ins Gesicht.

Dann ging sie ins Bett.

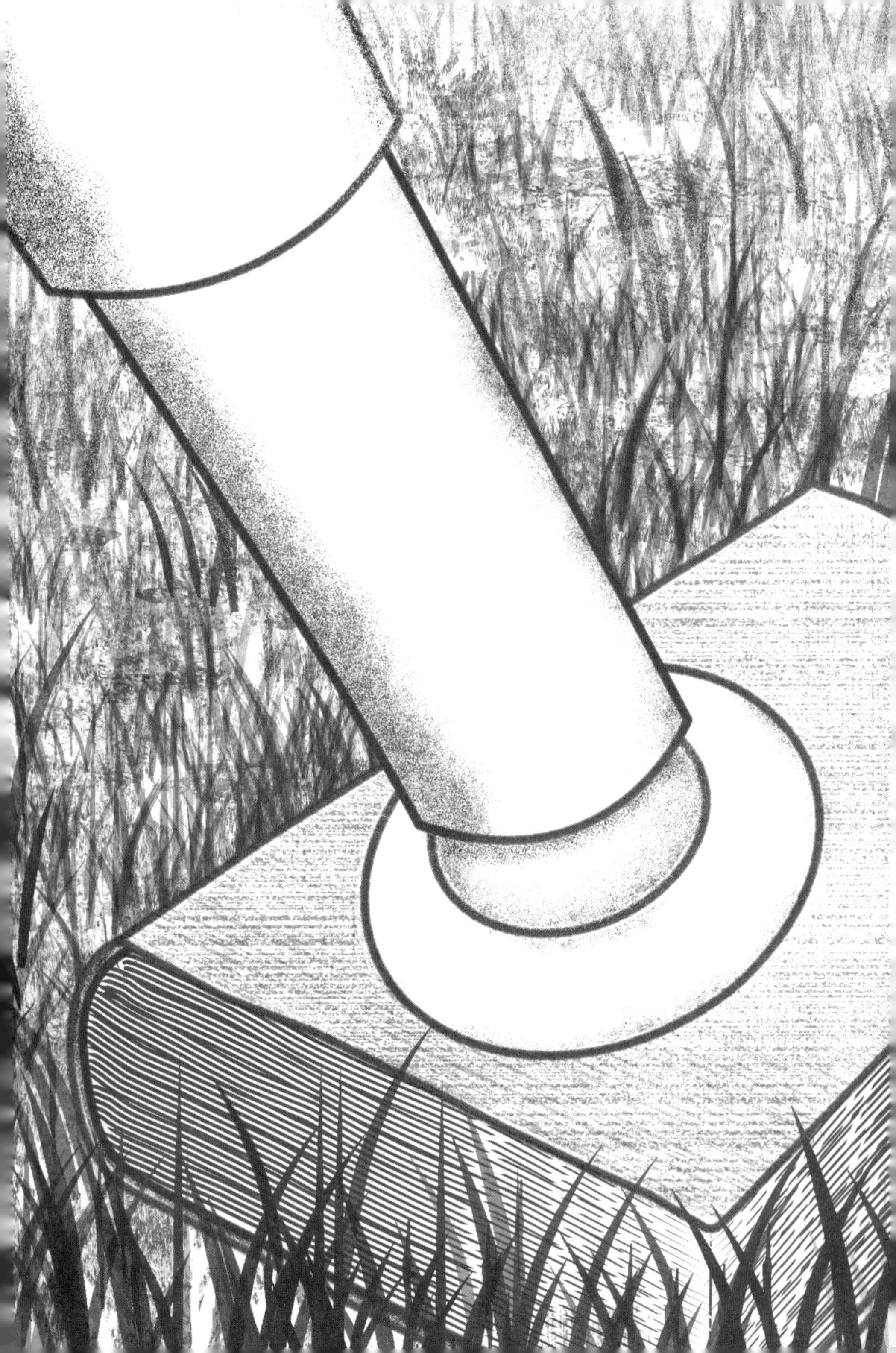

Ein guter Deal

Text_Jojo Rodgen
Illustration_Henryk Pavel

Potenzieller Handel entdeckt. Decodiere Sprachinformationen. Landeanflug starten in ... wird berechnet ...

Greg beobachte immer noch den dunklen Punkt am Himmel. Sie hatten sich den ganzen Mittag vorgestellt, es sei ein Raumschiff, das nach einem Landeplatz suchte. Aber obwohl der verlassene Sportplatz ihrer Meinung nach einen geradezu exzellenten Raumschifflandeplatz abgab, hatte das blöde Ding einfach nicht landen wollen. Hannah und Url war es irgendwann zu langweilig geworden und sie hatten sich den Funden ihrer letzten Dachboden-Entdeckungstour gewidmet. Gerade lagen vergilbte Bücher, eine Uhr mit merkwürdigen Stäbchen statt Holoanzeige und unterschiedliche kleine Metallscheibchen auf dem gelben Rasen verstreut. Doch Greg behielt lieber den tanzenden Punkt im Auge, denn er war sich ziemlich sicher, dass der Punkt tatsächlich ein Raumschiff war. Nicht dass er schon einmal eins gesehen hatte, aber das hatte schließlich auch sonst noch niemand. Nur fragte er sich langsam ernsthaft, ob das Raumschiff wirklich nicht landen wollte.

«Wozu soll das denn gut sein?», fragte Hannah und wedelte mit einem alten Buch vor seiner Nase herum. Greg zuckte mit den Schultern. Gerade erschien ihm der Raumschiffpunkt dunkler und größer zu werden, er wollte ihn nicht aus den Augen lassen.

«Das ist wie eine Datenbank von früher.», erklärte Url. «Siehst du, hier hinten sind alle Wörter, zu denen es Einträge gibt. Du musst in der Liste suchen und dann gucken, welche Zahl dahintersteht und dann ...»

Greg blinzelte. Der dunkle Punkt am Himmel war unverändert. Seufzend setzte er sich auf und wandte sich zu Url.

«Wenn du meine Mathehausaufgaben machst, verrate ich dir ein Geheimnis über das Buch.»

Url kratzte sich kurz an der Nase und nickte dann.

«Mein Papa sagt ...»

Greg senkte die Stimme auf ein verschwörerisches Flüstern.

«Mein Papa sagt, dass es außenrum aus echter Haut ist.»

Hannah kreischte auf und schleuderte das Buch in hohem Bogen von sich. Es schlitterte über die Aschenbahn und wirbelte eine rote Staubwolke auf. Greg musste lachen.

«Sag doch sowas nicht! Ich habe es kurz wirklich geglaubt!»

Hannah warf mit einem anderen Buch aus der Kiste nach Greg. Der duckte sich und das Buch landete im Gebüsch.

«Mein Papa hat das wirklich gesagt!»

«Dein Vater ist ja auch anachronistisch.» Hannah schnaubte und verschränkte trotzig die Arme.

«Was ist anachronistisch?»

«Ähm. Hm, also meine Mutter hat gesagt ...», sagte Hannah und blickte hilfesuchend zu Url.

«Das ist, wenn man viele alte Dinge macht», half Url aus.

«Stimmt doch gar nicht!», rief Greg und funkelte Hannah böse an. «Jetzt hol die Bücher wieder.»

«Du bist schuld, dass ich sie geworfen habe. Also holst du sie.»

Greg streckte die Zunge raus, und Hannah verdrehte die Augen.

«Greg, hol die blöden Bücher, sonst verrate ich deiner Mutter, dass du deine Haus-aufgaben immer von Url abschreibst.»

«Blöde Petze», sagte Greg.

Aber was sollte er schon tun? Seufzend stand er auf und klopfte sich Erde von der Hose. Er schlurfte los, doch da deutete Url plötzlich aufgeregt in den Himmel.

«Seht mal, das Raumschiff!»

Sie sahen nach oben, und alle Bücher waren vergessen. Das Raumschiff war nicht länger ein winziger Punkt am Himmel, sondern ein schnell größer werdendes Objekt, das mit riesiger Geschwindigkeit vom Himmel fiel. Ein wirkliches, echtes Raumschiff befand sich im Landeanflug! Greg konnte schon bald einzelne Details an der metallisch glänzenden Außenhülle ausmachen. Kurz bevor das Schiff auf den Boden aufzuschlagen drohte, bremste es abrupt ab. Es zischte laut, und eine Woge voll Sommerluft und aufgewirbeltem Staub schlug Greg entgegen. Er musste nichts sagen, die drei hatten schon oft für den Ernstfall geprobt. Greg flitzte los und schnappte sich einen langen Stock (für den Fall, dass die Aliens feindlich waren), Hannah pflückte eine Blume (für den Fall, dass die Aliens freundlich waren) und Url war einfach nur Url. In einstudierter Formation näherten sie sich dem Schiff.

Das Raumschiff war die letzten Meter sanft zu Boden gesunken, klappte drei kleine Füße aus und setzte sie auf dem staubigen Sportplatz auf, einen davon direkt auf dem weggeworfenen Buch. Das Zischen verebbte, als würde das Schiff erleichtert ausatmen.

Vorsichtig und den Stock fest in der Hand näherte sich Greg dem Raumschiff. Es war eine Art Kapsel, höher als breit. Im Grunde genommen sah es gar nicht aus wie ein Raumschiff, eher wie ein sehr großes, metallenes Verkehrshütchen. Aber woher sollten sie auch wissen, wie ein Raumschiff auszusehen hatte?

Eine winzige Klappe öffnete sich.

«*Guten Tag, Menschen*», sagte die Kapsel.

«Guten Tag, Raumschiff», antwortete Greg artig.

«*Ich bin Handelsschiff-Unterhändler A-M vier-eins-P-drei.*»

Das Raumschiff fuhr ein langes, dünnes Ärmchen mit vielen Gelenken aus seiner Klappe und wedelte damit in der Luft herum.

«*Wer ist Anführer oder handelsberechtigter Vertreter? Bitte?*», fragte die Kapsel.

Hannah und Url nickten Greg zu. Er war der Älteste, also war er natürlich auch der Anführer. Er räusperte sich.

«Mein Name ist Greg, das sind Hannah und Url. Wir heißen Sie auf der Erde willkommen und haben friedliche Absichten, wenn Sie auch friedliche Absichten haben.»

Tatsächlich sah die Kapsel nicht besonders gefährlich aus. Greg glaubte nicht, dass er den Stock brauchen würde, aber er legte ihn auch nicht weg. Sicherheitshalber. Das Ärmchen wirbelte noch ein wenig hin und her und erstarrte schließlich vor ihm.

«*Hallo, Greg. Interesse an Handel, Greg?*»

«Was verkaufen Sie denn?», fragte Greg. Er ging davon aus, dass ein Raumschiff ausschließlich tolle Sachen zu verkaufen hatte, aber ein wenig Zurückhaltung senkte den Kaufpreis – sagte zumindest seine Mutter.

«*Angebot, sofort lieferbar: Quantenwellendefragmentierer, Stationärteleporter, Schwarmverschalungssteuereinheiten, Myonenstabilisatoren ...*»

Fasziniert lauschte Greg der Liste der vielen Wunder, die die Kapsel an Bord hatte. Als die Aufzählung geendet hatte, beriet sich die Gruppe tuschelnd und kam schnell zu dem Entschluss, dass sich der Teleporter am interessantesten anhörte. Vor allem weil sie wussten, was das war.

«Ich würde gerne einen Teleporter kaufen», sagte Greg. Im Inneren der Kapsel begann es, leise zu rumoren.

«Wären zwei Teleporter nicht besser? Sonst kann man sich ja nirgendwo hinteleportieren», sagte Url.

«Ich würde gerne zwei Teleporter kaufen», korrigierte Greg schnell und das ratternde Geräusch brach kurz ab, um dann wieder von neuem zu ertönen. Hinter der Kapsel poppten zwei Geräte auf, die aussahen wie übergroße Gullydeckel. Die Luft um die Teleporter begann zu flackern und färbte sich leicht blau. Ein Schutzschild.

«Teleporter, zwei. Modell T-Z-eins-null, Punkt-zu-Punkt-Ausführung. Aufgeladen für zweihundertfünfzig Teleportationen Standardmasse, Aufladung durch gängige Potenzial-aufbaumethoden.»

Oh je. Was sollte das denn bedeuten? Greg kratzte sich am Kopf. Ein Teleporter, den man hier auf der Erde nicht aufladen konnte, nutzte nicht viel.

«Ich glaube, er meint Strom», flüsterte Url ihm ins Ohr.

«Aufladung durch gängige Strommethoden», echote die Kapsel.

«Weiß ich doch. Ist doch klar», sagte Greg.

Die Aufladung war also kein Problem. Immerhin bekam er 50 Energieeinheiten Taschengeld pro Woche. Fünf verbrauchte er zum Aufladen seiner Holouhr und der Spielekonsole, und wenn er nicht den ganzen Rest für Süßigkeiten und Holospiele ausgab, blieb bestimmt noch genug übrig, um den Teleporter damit zu füttern. Sein Vater hatte sogar noch einen alten Würfel mit vielen verschiedenen Steckern – einer davon würde wohl auf den Teleporter passen. Wie gut, dass sein Vater so anachronistisch war.

«Informationen zum Abschluss des Handels benötigt: Zahlungsmethode?», schnarrte die Kapsel.

Greg hielt sein Handgelenk mit der Holouhr vor das Ärmchen der Kapsel, damit sie eine Zahlungsaufforderung an ihn schicken konnte. Wenn zwei Teleporter teurer waren als die 26 Einheiten, die er auf dem Konto hatte, würde sich die Kapsel schon beschweren.

«Fehler: Zahlungsmethode nicht erkannt. Erklären? Bitte?»

«Sie können mit Energieeinheiten Sachen kaufen oder Einheiten verbrauchen, um elektrische Geräte zu betreiben», sagte Greg. Nicht nur, dass ein Raumschiff direkt vor seiner Nase gelandet war, nun konnte Greg ihm auch noch etwas erklären. Er fühlte sich ziemlich schlau.

Das Ärmchen wedelte unschlüssig über Gregs Handgelenk.

«Zahlungsmethode abgelehnt», ertönte es schließlich aus der Kapsel.

«Was? Warum?», fragte Hannah.

«Nicht benötigt. Genug Energie im Universum vorhanden», sagte die Stimme. *«Informationen zum Abschluss des Handels benötigt: Zahlungsmethode.»*

So eine Grütze. Aber was sollte ein Alien auch schon mit etwas anfangen, das man nur auf der Erde benutzen konnte? Greg blickte sehnsüchtig zu den Teleportern hinter dem blau schimmernden Schutzschild.

Hannah zog ihre Kette mit dem kleinen Bärenanhänger unter ihrem Top hervor. Die Kette war aus echtem Silber, Hannah hatte sie zu ihrem Geburtstag von ihrer Oma bekommen. Sie drückte sie Greg in die Hand und nickte entschlossen. Das würde bestimmt Ärger zu Hause geben, aber so eine Gelegenheit kam nur einmal im Leben. Greg hielt dem Kapselärmchen die Kette hin.

«Zahlungsmethode abgelehnt. Achtung. Hinweis nach VG-R-sieben-sechs-einundsiebzig. Kein Handel mit Ressourcen von dauerhaft bewohnten Planeten ohne Zentralsternverschalung. Informationen zum Abschluss des Handels benötigt: Zahlungsmethode!»

Greg bildete sich ein, dass die Stimme ungehaltener wurde, und er wollte auf keinen Fall die Teleporter wieder verlieren. Er schielte zur Seite.

«Sie können Url mitnehmen.»

«Was?», rief Url. «Du kannst mich doch nicht einfach verkaufen. Nicht mal für Teleporter.»

«Du könntest mit dem Raumschiff mitfliegen und dir das Universum anschauen.»

Url rieb sich nachdenklich die Nase.

«Na gut.»

Url trat einen Schritt nach vorne. Das Ärmchen wedelte hin und her und verharrte schließlich einige Sekunden vor Urls Gesicht. Dann zog es sich wieder zur Kapsel zurück.

«Fehler: Systeme zur Lagerung nicht vorhanden. Zahlungsmethode abgelehnt.»

Greg war heimlich etwas erleichtert. Eigentlich hatte er Url gar nicht hergeben wollen. Nicht mal für Teleporter.

«Informationen zum Abschluss des Handels benötigt. Zahlungsmethode.»

Greg sah Hannah und Url an. Beide zuckten ratlos mit den Schultern. Die Teleporter lagen nur wenige Meter entfernt auf dem Boden und waren doch unerreichbar. Hannah seufzte und es hörte sich ein bisschen so an, wie wenn Gregs Mutter Zeitung las.

«Ich fürchte, wir haben nichts mehr, was wir Ihnen anbieten können», sagte Greg.

Die Kapsel schwieg beleidigt und ließ ihr Ärmchen schlaff herunterhängen.

«Es war trotzdem schön, Ihre Bekanntschaft zu machen.»

Unter den höflichen Worten ärgerte sich Greg furchtbar. Da wurden einem einmal im Leben Teleporter angeboten, und dann konnte man sie nicht bezahlen. Alles, was Greg anzubieten hatte, war für die Kapsel scheinbar wertlos.

«Informationen zum Abschluss des Handels benötigt. Zahlungsmethode.», murmelte die Kapsel traurig.

«Lass uns gehen. Vielleicht wissen deine Eltern, mit was man Aliens bezahlen kann», sagte Hannah.

Greg ließ die Schultern hängen. Sein Vater war bestimmt zu anachronistisch, um zu verstehen, dass sie unbedingt einen Teleporter brauchten.

«Verzeihung, Sie stehen auf meinem Buch», sagte er leise zu der Kapsel.

Auch wenn das Buch unter *verrottend Kategorie I* fiel, wollte er es doch nicht hier draußen herumliegen lassen. Im Inneren der Kapsel rumorte es leise, dann machte sie einen kleinen Hüpfer zur Seite. Greg hob das Buch auf. Das Ärmchen erwachte und zuckte vor Greg herum.

«Das hatten wir doch schon. Keine Systeme zur Lagerung.»

Doch das Ärmchen interessierte sich nicht für Greg. Es interessierte sich für das Buch! Greg kam eine Idee.

«Haben Sie Interesse an *Technologien der Renaissance wiederentdeckt* von Herbert Lehm? Ein fantastisches Werk. Sehr, ähm, lehrreich und so.»

Er hielt der Kapsel das Buch direkt vor die Nase und wedelte damit herum, als sei es das tollste Ding auf diesem Planeten.

Das Ärmchen wedelte aufgeregt im Takt von Gregs Bewegungen.

«Informationssystem öffnen. Bitte?»

Greg schlug eine Seite auf – Kapitel 15: *Räderuhren* – und zeigte sie der Kapsel. Das Ärmchen flitzte mit winzigen Bewegungen davor herum und zog sich dann in die Kapsel zurück.

«Zahlungsmethode Informationen akzeptiert.»

Ein anderes Ärmchen mit einem Greifer kam aus dem Inneren der Kapsel hervor, nahm Greg das Buch sanft aus der Hand und ließ es im Inneren der Kapsel verschwinden.

«Einkauf zur Verwendung freigeschaltet.»

Das schimmernde Feld um die Teleporter verschwand.

«Vielen Dank für Ihren Einkauf. Auf Wiedersehen. Bitte zurücktreten. Gewährleistungsansprüche bitte richten an –»

Mit einem Knall hob die Kapsel ab und flitze in die Luft davon. Greg grinste zufrieden. Er hatte einen guten Deal gemacht.

Handel erfolgreich. Meldung an Schiff. Ausgang: Teleporter, zwei, Modell T-Z-eins-null PzP. Eingang: Informationsmedium ‹Technologien der Renaissance wiederentdeckt›. Vorläufige Prognose: Technologie (91), Zivilisationsgeschichte (14), Sinn allen Seins (0), Entropieumkehr (0). Anmerkung: Gute Tauschrate. Wiederkehr empfohlen.

Geld ist Nicht-Geld

Text_Tobias Panthel
Illustration_Benjamin Gottwald

Ich traf Remi an der Haltestelle, denn wir hatten uns verabredet, um ins Kino zu gehen. Remi war der Geist der Zukunft und der Vergangenheit in einer Person vereint. Es versprach ein interessanter Abend zu werden, denn meine Begleitung war eine Institution in unserem Freundeskreis. Remi war nicht eins, nicht zwei, *sier* war viel. Sier hatte *sierne* eigenen Pronomen erfunden (sier behauptete jedenfalls es wäre sierne eigene Kreation gewesen, aber ich zweifelte das an) und uns, sierne Freunde dazu verpflichtet, diese zu verwenden. Remi konnte oder wollte sich nicht festlegen. Sier sagte, es würde insgesamt keine Rolle spielen, denn Rollen seien von gestern und man solle sich mal fragen und klarmachen und so weiter und so weiter. Wir hatten das abgenickt.

Die beste Beschreibung für Remi wäre tatsächlich progressiv gewesen. Sier war der erste Mensch, dem ich ein so allgemeines Adjektiv, eine politische Einstellung fast als Charaktereigenschaft zugesprochen hätte. War es leicht gewesen, sich in dieser, *sierner* Welt zurechtzufinden? Interessanterweise war meine erste Reaktion ein Schulterzucken gewesen und erst als ich länger über *sien* nachdachte, kamen immer mehr Fragen auf. Nicht aus Zweifel, sondern aus Neugier. Ich will glauben, dass es nicht viele Menschen wie Remi gab, dass es eine Nische war, in der sier lebte, doch sier tätschelte mir auf meine Frage hin sachte das Knie und sagte: «Schatzi, ist gibt noch viel mehr als du denkst.»

In siernen Pronomen und Selbstentfaltung war Remi so unglaublich ausdrucksstark, doch wenn wir an politische Diskussionen kamen, zerlief diese Schärfe in Vagheit und Träumerei. War es gelebte Dialektik? War es ein verkörpertes «Fickt euch alle!»? Schwer zu sagen.

Remi kam zu spät.

Ich war nervös, denn ich hatte *dier* Freundin (sier bevorzugte feminine Nomen, auch das hatte ich ohne Rückfragen akzeptiert) ein Geständnis zu machen. Es war ein Erste-Welt-Problem und ich schämte mich, dass ich mich schämte, mit sier darüber zu sprechen, und jeder Mensch außerhalb unserer kleinen weltgewandten Blubberblase hätte nur mit den Augen gerollt.

Das Geständnis war: Ich hatte einen neuen Job angenommen. So viel wusste auch Remi schon, die entscheidende fehlende Information war, dass es ein FinTech-Job war.

Wie aus dem Nichts tauchte Remi an der Haltestelle auf. Große Schritte, weit flatternder Mantel, eine Spur der triefenden Ironie hinter sich ziehend; sier funkelte mich aus überheblich-liebenden Augen an.

«Bevor du angekrochen kommst: Ich weiß von Lara, was Sache ist, und ich muss dir zu deiner absoluten Überraschung (die ich an dem merkwürdigen Zucken in deinen Mundwinkeln werde erkennen können) mitteilen: Mach, was du willst und für gut hältst. Wer bin ich zu urteilen?», sagte sier anstatt einer Begrüßung. Nicht nur, dass Remi eigene Pronomen nutzte, sier hatte viele neue Ausdrücke in unserem Freundeskreis geprägt, die meisten davon halbgeglückte Übertragungen aus dem Englischen.

Ich *war* überrascht.

«Kein Urteil?», fragte ich wie ein verwirrter Freigesprochener.

«Nein. Aber eine Predigt muss ich dir dennoch halten!»

Wir überquerten die Kreuzung und ich merkte sofort, dass Remi einen Umweg zum Kino gehen wollte, um uns mehr Zeit für ein Gespräch zu geben. Sier zögerte einen Moment und umarmte mich dann im Laufen halbgar, als wollte sier eine Spannung aufrechterhalten, die durch zu viel körperliche Nähe gebrochen wurde.

«Was denkst du denn, was du dort machen wirst? Willst du dich ernsthaft mit Computerfritzen und roten oder grünen Ziffern umgeben, die bestimmen, wie viel eine Scheibe Brot kostet?»

Ich musste husten vor Lachen.

«Das ist ein bisschen zu simpel gefasst.»

«Ja, ja und ‹irgendwer muss es ja machen›. Ich kenne doch deine Einstellung dazu. Ich will dir auch keine Schuld aufschwatzen, ich frage mich bloß: Was machst du denn dann da?»

«Programmieren und die Systeme überwachen.»

«Für digitales Geld?», sagte Remi, als würde es um radioaktiven Müll gehen.

«Es sieht so aus, als wäre das die Zukunft», antwortete ich ein wenig kleinlaut und immer noch lachend, denn sierne Verwirrung gepaart mit Streitlust waren insgesamt äußerst unterhaltsam.

«Wer weiß bitte, wie das funktioniert? Es gibt nichts, was das Ganze hält, das ist nur eine Idee ...»

Ich rümpfte die Nase.

«Alles ist nur Idee», sagte ich.

Remi verdrehte die Augen.

«Wow, Plattitüdenkampf. Du gewinnst, ich gebe auf. Ich sage dir die Zukunft voraus: Du wirst nichts verstehen und dich am Ende fragen, was das für ein Trip war.» Sier verschränkte im Gehen die Arme vor der Brust.

«Also du verurteilst den Job doch?», versuchte ich, das Gespräch zurück auf meine Grundangst zu leiten.

«Fremder als digitales Geld kann man der Welt doch nicht werden», grummelte Remi und ich konnte in siernem Gesicht ablesen, dass sier versuchte, alle Gedanken und Vorurteile zu ordnen.

Remi war, wie gesagt, ein progressiver Charakter, ein moderner Mensch, wenn man so wollte, der versuchte, sich von vorgegebenen Kategorien und gesellschaftlichen Zwängen zu lösen. Wenn es um Politik oder konkrete gesellschaftliche Themen ging, hatte Remi einen zukunftsgewandten Blick auf die Dinge und vertrat, anders als viele andere Linke (sier sagte manchmal abschätzig ‹die Schlimmken› oder ‹Doomer›), eine optimistische Haltung, an Lösungen orientiert, nicht an Problemen. Und doch, selbst sier hatte sierne strikten persönlichen Grenzen des Fortschritts: E-Books kamen sier nicht ins Haus, Verabredungen wurden höchstens per Anruf abgesprochen, niemals per Kurznachricht; sier hatte keine Profile in den Sozialen Medien (mehr) und Geld war für sien eine ganz und gar materielle Sache. Während ich mit einigen sierer visionären politischen Ideen überhaupt nicht einverstanden, manchmal sogar ein kleines bisschen verstört von ihnen war, glich sier einer Rentnerin, wenn es um technische Fragen ging. Oder eben um Geld. Vielleicht war es ein Gefühl der Verpflichtung einer Revolution gegenüber, an die sier selbst nicht glaubte. Vielleicht war es auch eine Skepsis gegenüber den unsichtbaren Mechanismen des Marktes, die allen linken Menschen schlaflose Nächte bereiteten. Wer einmal anfing, alles zu hinterfragen, bekowmmt zwangsläufig Angst vor den großen Begriffen und dem System, dass sich nicht in zwei, drei moralisierenden Phrasen fassen ließ, dachte ich mir immer. Oder: Wer überall Strukturen sieht, verliert den einzelnen Menschen aus den Augen.

«Das ist doch eine reine Traumvorstellung», sagte Remi nochmal mit Nachdruck.

«Und bevor du jetzt mit dem nächsten Gemeinplatz ankommst wie ‹Alles ist nur eine Traumvorstellung, Remi›, hör mir erst zu. Das Problem des Geldes ist, dass es keinen realen Wert widerspiegelt und deshalb im Grunde seine

Wertigkeit überhaupt fingieren muss. Es ist fiktiver Wert. Weil Wert selbst fiktiv ist. Das ist tragisch. Dein Job wird also tragisch sein.»

«Warum tragisch?» Meine Überraschung hatte sich nun in Verblüffung gesteigert. Ich hätte jedes abwertende Adjektiv erwartet, aber gewiss kein literarisches. Sier wollte mich provozieren und lenkte das Gespräch geschickt in sierne gewünschte Richtung.

«Es ist ein schweres Leid, das von Angst, Trauer und Verzweiflung begleitet ist. So ähnlich steht es im Duden.» Ich musste wieder lachen. Remi schmunzelte triumphierend. Ich liebte Remi für siernen wachen Geist und Skeptizismus. Aber es war genau dieses Zweiflerische, diese Eigenschaft des permanenten Hinterfragens, die mich gleichzeitig an sier auch zur Weißglut bringen konnte.

«Und bevor du jetzt als Nächstes sagst ‹Fein, sagen wir das stimmt, was aber, liebste Remi, ist dein Gegenvorschlag?›, möchte ich darauf hinweisen, dass in aller Kritik an meinem Standpunkt außer Acht gelassen wird, dass jeder Gegeneinwand Geld als Prämisse enthält, während für mich Geld höchstens ein Argument sein kann. Ich teile also deine Prämisse nicht; ergo,» und sier machte eine ausladende Geste mit der Hand, womit sier fast einer Passantin vor den Bauch geschlagen hätte, «reden wir aneinander vorbei.»

Sier lächelte als hätten wir gemeinsam einen Urlaub gebucht und jede Faser siernes Körpers strahlte vor Erwartung auf einen Gegeneinwand von mir. Ich war mir nicht sicher, ob ich sien verstanden hatte.

«Also du meinst, dass ... Geld in der Diskussion um Geld und Wirtschaft allgemein als Voraussetzung genommen und nicht hinreichend hinterfragt wird? Wodurch sich dann die beiden Seiten – unserer Diskussion zum Beispiel – nicht annähern können, weil sie eben von anderen Voraussetzungen sprechen?»

Sier nickte und lächelte, als wäre ich ein Schüler, der endlich die Aufgabe verstanden hatte.

«Kryptowährungen machen das doch nur deutlich: Geld ist eine Relation und kein Gegenstand. Sonst könnte man digitale Währungen ja gar nicht erheben.»

«Das ist jetzt kein neuer Gedanke», brummte ich.

«Weiß ich auch. Du wirst ein Priester des Kapitalismus sein», sagte sier mit gespielter Dramatik. Nichts, was sier sagte, war zu 100 Prozent ernsthaft.

Wir stoppten an einem Kiosk und Remi besorgte uns Bier für den weiteren Weg. Die verwirrten Blicke mancher Passanten oder Kunden im Kiosk schien sier auf eine verwirrende Weise bestätigend zu finden und ich beneidete sien für siernen Mut.

«Aber wo wir schon davon sprechen –», begann sier von neuem, und ich kannte diese Phrase aus vorherigen Diskussionen. Sie bedeutete, dass Remi eine neue Idee bekam, die sier nun in der Diskussion auszubauen versuchte.

Sier öffnete die Bierflaschen mit einem sierner gewaltigen Fingerringe und wir stießen im Gehen an.

«Sagen wir, diese Kryptowährungen und der ganze Kram – wenn das die Abstraktion von Geld ist, in dem Bereich des rein Fiktiven – sagen wir, das ist der Schritt der Auflösung des materiellen Aspekts von Geld –, dann wäre das vielleicht schon ein Schritt in eine bessere Zukunft.»

Sier kratzte sich nachdenklich eine Augenbraue, die Bierflasche noch in der Hand und wühlte gleichzeitig mit der freien Hand in siernen Taschen nach Zigaretten.

Verwirrt von Remis plötzlichem Sinneswandel und der etwas umständlichen Formulierung der Konklusion stammelte ich: «Was genau meinst du?»

Sier räusperte sich gewichtig: «Sieh mal: Wenn das Geld selbst schon seine Materialität verneint, wenn die Menschen schon sagen ‹Gut, wir können das alles auf seinen reinen Wert, auf die Zahl reduzieren›, wenn wir quasi den Gold-Aspekt, das Glitzer-Glitzer vom Geld wegstreichen, dann haben wir es schon seines Fetischcharakters beraubt.»

Mir war nicht klar, ob ich sien verstanden hatte. «Wie?», krächzte ich ängstlich.

«Das ist wie Gott.»

«Remi, kleine Brötchen backen», flehte ich.

«Nein, nein, das könnte stimmen: Erst war Gott in der Natur, in den Dingen, dann wurde er Wort, dann wurde er Geist, dann eine Reflexion und am Ende konnte man ihn wegstreichen, weil sich das Problem für die meisten Leute von selbst gelöst hatte.»

«Wie zum Teufel kannst du das als Analogie für Geld sehen? Es gibt reale Gegenstände in einer realen Welt, die einen Wert haben für Menschen.»

Wir gingen an lärmenden Bars und Clubs vorbei und Remi atmete die schwitzige Luft in gierigen Zügen ein. Eine Zigarette folgte der nächsten.

«Genau, und wenn wir den Wertcharakter der Dinge, den wir sonst in Geld ausgedrückt haben, immer mehr auf eine reine Zahl, eine fiktive Zahl herunterbrechen, werden einige Menschen irgendwann aufhorchen und fragen: ‹Aber was bedeutet das dann? Wenn es ohnehin nur eine Zahl auf einem Bildschirm ist, kann ich dann nicht einfach meine Arbeit und meine Gegenstände teilen ohne diesen Mittler, ohne die Fiktion von Wert, die durch fast unkontrollierbare Mechanismen vorgegeben werden?›»

«Und wenn sie diesen Schritt nicht machen?», fragte ich.

Remi schüttelte energisch den Kopf. Sier hatte nach langem Suchen noch eine Zigarette gefunden und steckte sie sich nun an. Mit der ersten Wolke Rauch setzte sier siernen Gedankengang fort:

«Warum hatten die Katholiken in der frühen Neuzeit so große Angst vor den Protestanten? Für sie war es der Anfang vom Ende der Religion und ich glaube, sie lagen richtig mit ihrer Furcht vor der abstrakten Religion, die ohne Rituale und Klimbim auskommt. Je mehr man die Menschen von den Objekten wegführt, desto schneller begreifen sie, dass die Werte und Strukturen unserer Welt auf Fiktionen basieren. Und dann kommen neue Ideen auf. Nach der Kryptowährung wird eine Post-Währung kommen, nach der Negation des Fetischs, des materiellen Charakters von Geld, kommt die Negation des Werts selbst.»

Mein Kopf brummte von Remis Vortrag.

Sier schien meinen schmerzverzerrten Gesichtsausdruck nur als Bestätigung zu sehen und sprach ohne Rücksicht weiter: «Fortschritt wird ja immer als Gegenthese betrachtet und dort, wo er abgelehnt wird, verneinen die Menschen die Wirklichkeit davon. Atheismus? Gibt es nicht! Schwule? Gibt es nicht! Klimawandel? Gibt es nicht! Nicht-binäre Menschen? Gibt es nicht. Lustigerweise sagen die Finanzleute jetzt selbst: Geld? Gibt es nur theoretisch. Das ist der erste Schritt der Selbstauflösung. Wie die Protestanten, für die das Abendmahl nur ein Symbol geworden war. Für die Katholiken nichts anderes als Ketzerei aus den eigenen Reihen.»

«Aber wie bitte soll das aussehen? Wie soll man Werte verneinen? Es werden doch dann automatisch neue Werte entstehen. Menschen haben immer Dinge, die ihnen lieb und teuer sind, oder werden Dinge brauchen, die seltener sind, und diese Beziehung, dieser Bedarf steuert doch den Wert.»

Remi stieß verächtlich Rauch aus und während wir an der Ampel warteten, drehte sier sich das erste Mal an diesem Abend komplett zu mir, so dass ich sien ebenmäßiges Gesicht und die funkelnden grünen Augen betrachten konnte.

«Du argumentierst wie ein mittelalterlicher Theist: ‹Aber wir brauchen doch Gott, weil wir Gott brauchen›. Ich denke, dass sich eine Kategorie wie Wert automatisch aufheben wird, wenn erstens Gerechtigkeit herrscht und alle Menschen die Dinge haben, die sie zum Leben brauchen; und sie zweitens erkennen, dass eine digitale Vorgabe über Werte und Kosten nur ein Steuerungsinstrument ist.»

Wie eine Seiltänzerin sprang Remi von einem Thema zum nächsten, vom einen Argumentationsstrang zum anderen und mir wurde schwindelig bei dem Versuch sierer dialektischen Choreografie zu folgen.

«Steuerungsinstrument? Warum muss Geld oder Wert allgemein automatisch etwas Negatives sein?»

Sier schüttelte den Kopf.

«Nicht ‹automatisch etwas Negatives›, sondern ‹Bedingung vieler negativer Dinge›. Nicht alle Menschen, die Geld haben, sind zwangsläufig schlechte Menschen, weil sie mehr von dem todbringenden Gift umhertragen, das ist ja klar. Wir sind alle irgendwie gefangen oder wenn du es positiver willst: *eingebunden* in diesem System. Aber du wirst keine Probleme auf der Welt verstehen, geschweige denn lösen können, wenn du nicht den Faktor von Wert und damit Bewertung mitdenkst. Wann immer wir für Gerechtigkeit sorgen wollen, heben wir doch ungleiche Verteilung von Gütern oder Möglichkeiten auf. Geld ist ja nur ein Zwischenschritt, diese Verteilung in einer allgemeinen, möglichst stabilen Einheit festzuhalten. Je weniger Ungleichheit herrscht, desto weniger müssen wir uns auf die Behelfslösung von Geld stützen. Wenn ich nicht mehr permanent das Gefühl habe, übervorteilt zu sein, kann ich einfach als Teil einer Gemeinschaft leben und arbeiten.» In Remis Augen leuchtete ein fast fieberhafter Glanz, als könnte sier schon diese unvorstellbare Zukunft der Gerechtigkeit sehen.

«Und das ist keine Traumvorstellung, sondern eine realistische Zukunftsperspektive?»

Remi lächelte milde und wies an sich hinab. «Für einen nicht-binären Menschen von vor 100 Jahren wäre ich eine Traumvorstellung gewesen und hier bin ich nun. Für einen gerechten Menschen oder einen Menschen, der sich nach Gerechtigkeit sehnt, spielt es ja keine Rolle, wie real dieser Anspruch ist. Das ist doch wie bei der Verliebtheit: Wen interessiert's, ob die angehimmelte Person antwortet oder die Liebe erwidert?»

Ich musste lächeln.

«Umso ernüchternder ist die Erkenntnis, dass es nur eine Illusion ist», entgegnete ich.

«Wir sind auf dem Weg ins Kino: bunte Bilder auf einer großen Leinwand mit lauter Musik – wer ist bitte so dumm und glaubt, dass das real ist? Lasst uns also keinen Illusionen mehr hingeben und lieber echte Dinge betrachten wie Steine. Echte Steine», konterte Remi bissig.

«Also sprechen wir von einem Zeitraum von 100 Jahren, oder wie? Das ist der Punkt, an dem ich immer denke, dass mir das alles zu unkonkret ist», griff ich die Idee wieder auf.

«Man muss groß denken, Schatzi. Ich stimme dir ja zu, dass wir für die nächste Zukunft pragmatische Lösungen brauchen bla bla bla, aber in weiter Zukunft werden die Dinge anders laufen. Davon bin ich überzeugt.»

«Also nichts Konkretes?», bohrte ich nach und sah Remi herausfordernd an.

Sier hüstelte gespielt.

«Kryptowährungen sind der Anfang vom Ende des Gelds, sage ich. Je abstrakter die Bewertung, desto nutzloser der Wert. Je weniger ich das Gefühl habe, dass mein Wertgegenstand einem tatsächlichen Wert in der Welt entspricht, desto weniger verlasse ich mich darauf. Das wird zwangsläufig zu einer Umwertung führen: Wir werden höchstwahrscheinlich den Wert in den Verbindungen selbst sehen, in Zusammenhalt oder Gemeinschaft und die werden unsere Konstanten sein. Schluss aus mit Bling-Bling.»

Remi hob den Kopf in die Höhe und war sehr glücklich über siernen Vortrag und die mögliche Lösung aller Probleme der Menschheit.

«Wenn du meinst – ich sehe das realistischer: Geld ist ein notwendiger Transmitter und Kryptowährungen einfach die aktualisierte Version davon.»

Remi stöhnte und hakte sich bei mir ein. «Das ist das Ermüdende an euch Konservativen: Ihr habt auch keine besseren Ideen und seht die Welt immer als Sein-Sollen-Kontinuum. Ich bin kritisch und hab dabei noch die besseren Ideen», sagte sier mit vor Hochmut und Selbstironie geschwollener Brust.

Ich kam aus der Defensive nicht mehr heraus und ließ Remi gewinnen.

«Also – um auf irdische Dinge zurückzukommen: Was ist deine Konklusion in Bezug auf meinen neuen Job?»

Wir waren fast am Kino angelangt und ich war mir nicht sicher, ob ich vor lauter großen Wörter und Remis vertrackten Ideen einem Film würde folgen können. Sier hob die Bierflasche gegen das Licht der Straßenlaterne und nahm einen großen Schluck.

«Warum muss ich eine Konklusion bringen? Du willst den Job doch anfangen», antwortete sier und drückte die Zigarette in einem Aschenbecher eines Restaurants aus, zwischen zwei fremden Gästen, die gerade ihr Abendessen verspeisten. Remi zwinkerte ihnen zu. Während wir auf das Kino zugingen, sah ich, wie die beiden uns perplex nachstarrten.

«Ich bin einfach verwirrt, was deine Lehre aus dem Ganzen ist und – was ich jetzt tun soll», gestand ich dann kleinlaut. Das Kino lag nur eine Straße weiter.

«Ich habe nur über eine hypothetische Zukunft gesprochen und meine ganz persönliche Illusion. Du musst einen Job haben, sonst kommst du um. Wenn du gerne mit bunten Zahlen auf Bildschirmen arbeiten willst – auf geht's», sagte Remi und ich konnte wie immer nicht ganz abschätzen, wie sehr sier eine solche Tätigkeit verachtete.

Wir erreichten das Kino. Remi drängelte sich vor mich zur Kasse. Sier zückte einen Geldschein und kaufte unsere Karten. Ich sah sien mit einem ironischen Grinsen dabei zu.

«Was?», fragte Remi dann mit den Karten in der Hand.

«Und du glaubst, das Stück Papier gerade war realer als eine Plastikkarte oder eine digitale Ziffer?», fragte ich halb im Spaß, halb im Ernst.

Sier zuckte die Schultern und schien doch einen Moment länger über meinen banalen Kommentar nachzudenken. Wir passierten die Kartenkontrolle.

«Wir sind ja ohnehin schon zu Geld geworden», behauptete Remi dann auf dem Weg in den Kinosaal. Ich musste an mich halten, nicht aufzustöhnen. Sier konnte einfach nicht aufhören.

«Was soll das denn jetzt heißen?» Der Film würde in wenigen Minuten beginnen und ich wollte keine neue Diskussion beginnen.

«Wir sind einen Schritt weiter gegangen und haben den Fetisch vom Geld auf uns selbst übertragen: Nicht nur unsere Arbeitskraft, sondern mitunter unser Leben wird zur Ware und dann auch zum Tauschgegenstand ...»

Ich verdrehte die Augen, denn sier hatte den Gedanken merklich nicht zu Ende gedacht.

«Remi, du klingst jetzt wirklich wie eine marxistische Rentnerin», kommentierte ich nur.

Jetzt lachte sier.

«Ach Schatzi, ich liebe dich für deine ungehobelte Dummheit!»

Remi kriegte sich kaum ein, bis wir in unseren Plüschsesseln versanken. Kurz bevor die Lichter erloschen, griff sier mich nochmal am Arm:

«Am Ende des Tages», seufzte sier (aber es war einer dieser Seufzer mit Schulterzucken), «sind wir alle darin gefangen und vielleicht hast du recht: Es macht keinen echten Unterschied, ob ich das Geld mit den Fingern zählen kann, ob es mit Gold gegengewogen wird oder ob es tatsächlich digital und absolut fiktiv ist. Ich bin wie ein Cent in einem Automaten. Ich werde hineingeworfen und ich kann nur hoffen, dass es nicht eine dieser Touri-Walzen ist, in denen Geldmünzen zerquetscht und zu hässlichen Andenken geformt werden.»

Wieder lachte ich laut und der Film begann.

Xtra Watt

Text_Juliette S. Francis
Illustration_Benjamin Bertram

Serena nahm die Füße von den Pedalen, stieg von ihrem Bürostuhl und betrachtete zufrieden das Display. 20 Kilometer hatte sie während ihrer Arbeitszeit nebenbei erstrampelt. Keine persönliche Bestleistung, aber immer noch im Rahmen.

«Wow», ihre Kollegin Nika, die sich neugierig zu ihr hinübergelehnt hatte, zog anerkennend die Augenbrauen hoch. «Wie schaffst du es immer, trotz der Arbeit so viele Kilometer zu machen?»

«Ach, das war doch nichts.» Serena winkte ab und nahm einen Schluck aus ihrer Wasserflasche. «Wenn das Meeting nicht so lang gedauert hätte und ich dabei nicht hätte stillhalten müssen, wär ich noch besser gewesen.»

«Trotzdem, du hast es gut, machst das einfach so nebenher. Damit kriegst du doch bestimmt jeden Monat ordentlich Kilometer zusammen. Ich wünschte, ich könnte mir auch einen G-Chair leisten, abends zuhause bin ich immer viel zu kaputt und muss am Wochenende alles aufholen.»

«Ich kann dir den G-Rex 360 nur empfehlen.» Serena loggte sich aus und drückte geübt ein paar Tasten am seitlich angebrachten Display. «Klar, der ist nicht günstig, aber du musst es als Investition sehen. Mit jeder Minute, die du strampelst, macht sich der Stuhl schon bezahlt. Jedes Watt bringt Geld und zugleich verringerst du die Beiträge für die Krankenkasse.»

Nika seufzte und packte ihren Kram zusammen, der trotz bereits angebrochenem Feierabend noch wild auf ihrem Schreibtisch verteilt lag.

«Levin hat mir verboten, deswegen einen Kredit aufzunehmen. Er meinte, ich würde es nicht mal in einem halben Monat schaffen, die erste Rate für das Ding zusammenzufahren. Und da er wesentlich mehr als ich ranschafft, kann ich da leider nicht widersprechen.»

Auch wenn Serena ihre Kollegin mochte, so musste sie deren Lebensgefährten beipflichten: Nika war mit ihren gut 60 Kilo zu viel nicht gerade als sportlich zu bezeichnen. Seit der Umstellung der Währung auf Energieeinheiten in Verbindung mit den Erneuerbare-Energiequellen-Gesetzen, die nur noch Solar-, Wasser-, Wind- oder Bewegungsenergie erlaubten, hatte nicht nur die Umwelt davon profitiert, sondern auch ein Großteil der Menschen war durch die regelmäßige Bewegung fitter und gesünder geworden. Wer jedoch wie Nika vor allem den Partner für sich strampeln ließ und sich trotz hoher Zuckersteuer mit Süßkram zuschüttete, merkte hiervon natürlich nichts. Doch wenn man es nüchtern betrachtete, war dies das wohl fairste Währungssystem, fand Serena, weil es einzig auf dem eigenen Einsatz beruhte, ungeachtet der Herkunft oder der Bildung.

«Seltsam.» Serena sah verwundert auf das Display. «Die Stromübertragung funktioniert nicht.»

«Was? Bei dem Preis sollte sowas aber nicht passieren.» Nika stellte sich neben sie und untersuchte nun ebenfalls die Anzeige des G-Chair. «Mh, sieht nach einem Fehler beim Stromnetz aus.»

«Das kann ich mir nicht vorstellen. Dann hätte es doch bestimmt schon eine Fehlermeldung gegeben.»

«Nika, Serena, wisst ihr schon, wie ihr nach Hause kommt?», erkundigte sich ihr Kollege Prieß, der gerade seinen Kopf durch die Tür gesteckt hatte.

«Mit der Bahn – wie immer», meinte Nika.

«Geht nicht. Ein paar Idioten vom Widerstand haben das Elektrizitätskraftwerk angegriffen und eine Bombe gezündet. Habt ihr den Knall heute Mittag nicht gehört?»

«Das war eine Explosion im Kraftwerk?» Serena sah auf ihr zehn Zentimeter breites G-Media-Armband: Tatsächlich gab es eine Eilmeldung, aber diese musste ihr wegen des Meetings entgangen sein.

Prieß nickte. «Die wissen noch nicht, wie hoch der Schaden ist. Zum Glück haben wir wegen der Server Notspeicher, aber Teile vom Netz sind gestört. Keine Ahnung, wann die Züge wieder fahren. Soll ich dich mitnehmen Nika? Ist kein großer Umweg.»

«Gern.» Erleichtert zog sie ihre Jacke über.

«Super», seufzte Serena und begann, den Akku aus dem Stuhl zu entfernen. Sie hasste es, das Ding mitzuschleppen. Auch wenn es aufgrund der Sicherheitssysteme unwahrscheinlich war, dass sich jemand anderes im Büro daran zu schaffen machte, wollte sie das Risiko nicht eingehen, ihre mühsam erarbeiteten Kilometer zu verlieren.

«Wie kommst du denn jetzt nach Hause?», erkundigte Nika sich.

«Ich leihe mir ein G-Bike, dann kann ich unterwegs auch noch ein paar Kilometer sammeln. Bis morgen.» Serena warf sich die Umhängetasche über, durch deren Stoff das unverwechselbare Blinken des Akkus schien, und eilte aus dem Büro.

Wenn sie noch ein Generator-Bike ergattern wollte, würde sie sich beeilen müssen, schließlich würden bei den Zugausfällen im Feierabendverkehr auch viele andere auf diese Idee kommen. Zu ihrem Glück standen noch einige Räder in den Übertragungsboxen. Sie meldete sich an und stieg aufs Rad. Die Pedale waren wegen des erhöhten Widerstandes zur größeren Energiegewinnung nur mühevoll zu treten und der schwere Akku zog die Tasche hinunter, aber Serena hielt an ihrem Vorhaben fest. Ein Taxi würde sie nur unnötig Watt kosten und sie wollte die Raten für G-Chair, G-Band und die Solarpanels der Fassade ihres Apartments so schnell wie möglich abzahlen. Sie lag zwar gut im Plus, die Kilowatt für die nächsten Monatsmieten und sonstige Lebenshaltungskosten hatte sie bereits zusammen, aber sie wollte ihr schönes Polster nicht unnötig schmälern.

An der Kreuzung, die ohne funktionierende Ampel im Chaos versank, richtete Serena sich kurz auf und streckte sich. Doch bevor sie die Hände wieder an den Lenker legen konnte, durchfuhr sie ein Ruck. Ein Mann riss so stark an der Tasche, dass der Riemen über ihre Schulter rutschte und sie um ein Haar zu Boden stürzte. Noch im Kampf um ihr Gleichgewicht sah Serena den Dieb in eine Seitenstraße rennen. Ohne nachzudenken trat sie in die Pedale, aber der Mann war schnell und die Gassen verwinkelt, so dass er ihr gegenüber im Vorteil war.

«Bleib stehen, du Arschloch!», schrie sie, obwohl sie genau wusste, dass ihr Rufen ihn kaum zum Anhalten bewegen würde. Welcher Räuber wäre auch so dumm, seine Beute einfach aufzugeben, weil er gerufen wird?

Serena hatte Mühe, mit dem Mann mitzuhalten; fokussiert auf den Täter schlängelte sie sich durch die achtlos aufgestellten Recyclingtonnen verschiedenster Art. Auf einem Stück Pappe rutschte ihr Vorderrad bei einem Lenkmanöver weg. Sie versuchte, gegenzulenken – zwecklos. Mit einem Scheppern schlugen das G-Bike und sie auf dem Pflaster auf. Kaum dass sie die Orientierung wiedergefunden hatte, hob sie das Rad auf und wollte weiter, dem Dieb hinterher – aber von ihm war nichts mehr zu sehen. Serena guckte sich um, nichts an dieser Gegend kam ihr bekannt vor. Wo zur Hölle war sie? Sie warf einen Blick auf das G-Band, aber dem zersprungenen Display zufolge hatte es beim Sturz etwas abbekommen. Trotz aller Bemühungen blieb die Anzeige schwarz. Weder ein Notruf war möglich noch konnte sie das Navigationssystem nutzen.

«Verdammt!» Mit schmerzender Hüfte und einem mulmigen Gefühl schob sie das Rad die Gasse entlang, in der Hoffnung, bald auf eine Hauptstraße zu stoßen, an der sie sich orientieren konnte.

«Hast'ich verlaufen, Püppchen?», fragte ein Mann, der, dank seiner schwarzen Kleidung und der spärlichen Notbeleuchtung, so mit den Schatten verschmolzen war, dass Serena ihn nicht bemerkt hatte.

Erschrocken zuckte sie zusammen und fuhr zu ihm herum. Die Kapuze hatte er tief ins Gesicht gezogen, so dass sie außer einer großen Narbe auf seiner Wange nichts erkennen konnte.

«Ich? Nein, alles gut.»

«Auf'er Suche nach bisschen X?»

«Was? Nein, ich nehm keine Drogen.»

«Hast wohl noch nie probiert.» Sein Mund verzog sich im schwachen Lichtschein zu einer grinsenden Grimasse. «Is' doch 'n G-Bike, nich'?»

«Nur geliehen. Es ist Eigentum der Volt-Terra-Energie. Es hat also einen Chip. Wenn Sie es stehlen wollen ...»

Der Mann im Schatten lachte hämisch. «Interessiert mich nich, dein Konzernspielzeug. Ich hab mein Xtra. Hier,» er warf ihr ein kleines Bällchen zu, das sie reflexartig auffing. «Wenn'e ma' richtig Leistung willst, probier ma'.»

Eine Polizeisirene in der Nähe ließ Serena herumwirbeln.

Sie sah zurück zu der Mauer, an welcher der Unbekannte bis eben gelehnt hatte, doch er war verschwunden. Hastig schob sie ihr Rad in die Richtung, aus der sie den Polizeiwagen hörte.

Es war mitten in der Nacht und Serena saß noch immer auf der Polizeiwache, ohne nennenswerte Fortschritte erzielt zu haben. Der Beamte, der ihre Anzeige aufnahm, war nun schon zum vierten Mal dabei, einem Kollegen mit irgendetwas zu helfen.

«Tut mir leid», entschuldigte er sich bei seiner Rückkehr an den Schreibtisch. «Heute herrscht das pure Chaos. Fast alle Einsatzkräfte sind dabei, die durch den Stromausfall bedingten Vorfälle in den Griff zu kriegen.»

«Toll. Und das nur, weil irgendwelche Systemkritiker meinen, auf diese Art gegen ein Energiemonopol vorgehen zu müssen, das sie für korrupt halten.»

Der Polizist begann wieder mit der Dateneingabe. «Also, ich will Ihnen da keine großen Hoffnungen machen. Die Chance, den Täter ohne irgendwelche Anhaltspunkte zu fassen, ist ziemlich aussichtslos. Im Winter kommt es leider immer öfter vor, dass sozial schwächere Menschen so versuchen, auf das notwendige Energiepensum für die alltäglichen Kosten zu kommen.»

«Dann sollen sie eben ins Kraftwerk gehen und da G-Wheels fahren, statt andere zu überfallen», entgegnete Serena wütend.

Für sie waren das nur faule Ausreden. Selbst wenn man sich keinen eigenen G-Chair leisten konnte, im Kraftwerk konnte jeder strampeln und sich seinen Monatslohn – abzüglich der Gebühren – ehrlich verdienen. Seit der Optimierung der Generator-Geräte zur Stromgewinnung und der gestiegenen Wattpreise war die Generierung von Strom ziemlich lukrativ geworden – insbesondere für sportliche Menschen wie Serena. Und dieser Typ, der ihr die Tasche geklaut hat, gehörte definitiv nicht zu denen, die gesundheitlich nicht in der Lage dazu waren, selbst zu strampeln, so wie der rennen konnte. Nein, das musste einer gewesen sein, der wusste, was er tat, und das nicht zum ersten Mal gemacht hatte.

«Naja, vielleicht haben Sie auch Glück. Es werden immer mal wieder Energie-Schwarzmärkte ausgehoben. Gerade heute Morgen haben Kollegen in Alt-Berlin gestohlene Akkus im Wert von mehr als einer Million Kilowatt sichergestellt, bevor die auf einem Umschlagplatz veräußert werden konnten. Wenn die Akku-ID noch intakt ist, könnten Sie Ihren nach Abschluss des Verfahrens wiederbekommen – vorausgesetzt natürlich, er wird rechtzeitig gefunden.

Serena seufzte. Dass sie ihren Speicher eines Tages wiederbekam, konnte sie also vermutlich abschreiben.

Zwei Wochen später erinnerte eine Nachricht der Volt-Terra-Kraftwerke Serena auf unliebsame Weise an den Überfall: in Form einer Rechnung.

«Mist, verdammt», fluchte sie und wischte die E-Mail von der Anzeige ihres frisch reparierten G-Bandes.

«Oh, oh. So früh am Morgen schlechte Nachrichten?», fragte Nika mit ungewöhnlich matter Stimme.

Serena nickte, ohne ihre Kollegin anzusehen, die gerade hereingekommen war und sich an ihren Platz setzte.

«150 Kilowatt fordern die für einen Ersatzakku, da ein Diebstahl außer Haus nicht Bestandteil der Versicherung ist.»

«Das ist echt Mist.» Sie stöhnte leise.

«Alles okay bei dir?» Serena sah zu ihrer Büronachbarin und erschrak.

Nikas sonst so volles, strahlendes Gesicht wirkte matt und eingefallen. Der violette Pullover, der trotz seines eigentlich zu engen Schnitts zu ihren Lieblingsoberteilen gehörte, schlabberte wie ein Sack um ihren Oberkörper.

«Verdammt Nika, was ist mit dir?»

«Oh, keine Angst, das wird wieder.» Sie bemühte sich zu lächeln, aber ihre Mundwinkel schafften es nur kaum merklich nach oben.

«Bist du sicher? Du siehst aus, als würdest du gleich umkippen.» Serena ging zum Schreibtisch ihrer Kollegin und stellte sich zu ihr.

Schwach nickte sie. «Ja, das ist normal, haben sie gesagt.»

«Wer? Warst du beim Arzt?»

«Pst! Nicht so laut.» Nika sah zur Tür, als fürchtete sie, dass jemand sie gehört hatte.

Verwundert sah Serena sie an.

«Ich war nicht beim Arzt. Nicht bei einem richtigen.»

«Dann solltest du schnell zu einem gehen, der was davon versteht. Du siehst überhaupt nicht gut aus.»

«Nein, wirklich, alles gut. Viele Menschen fühlen sich nach dem Eingriff ein bisschen angeschlagen.»

«Was für ein Eingriff?»

«Kannst du dir das nicht denken?» Nika beugte sich zu ihr hinüber und sah sich verschwörerisch um, ehe sie mit gesenkter Stimme zu einer Antwort ansetzte: «Ich habe Fett verkauft.»

«Du hast was?» Entsetzt riss Serena die Augen auf. «Warum hat du das gemacht? Du weißt doch, dass das verboten ist. Und gefährlich.»

«Ich hatte keine Wahl.» Nika lächelte bitter. «Meine Mutter konnte ihre letzten Energierechnungen nicht zahlen. Sie wollten ihr die Heizung abstellen. Das bisschen, was sie mit der Handkurbel noch schafft, reicht gerade mal für die nötigsten Lebensmittel. Und Levin ist jetzt schon an der Grenze seiner Kräfte; für sie auch noch zu fahren, würde er nicht schaffen.» Sie atmete scharf ein.

«Alles okay?»

«Ja, nur ... mein Bauch ist etwas geschwollen und empfindlich. Geht bestimmt morgen wieder.»

«Aber – das ist doch auch keine Lösung.»

«Ich hatte sowieso ein bisschen zu viel auf den Rippen. Hey, wer weiß, jetzt, wo ich die Extrakilos los bin, schaffe ich ja vielleicht auch mehr Kilometer. Dann wäre das ein doppelter Gewinn.»

Obwohl Nika mit einem Lächeln die Bedenken ihrer Kollegin zu zerstreuen versuchte, war diese nicht überzeugt von den vermeintlichen Vorteilen. In den Medien wurden immer wieder Berichte von Menschen gezeigt, die dem Fettschwarzhandel zum Opfer gefallen und gerade noch mit dem Leben davongekommen waren. Die völlig ausgemergelten Körper wirkten fast wie lebendige Mumien. Warum tat sich das jemand freiwillig an?

Die Kopfschmerzen, die Serena die letzten beiden Tage begleitet hatten, begrüßten sie auch an diesem Morgen – doch diesmal in Begleitung heftiger Gliederschmerzen. Ihr gesamter Körper fühlte sich schwach an und schmerzte, sobald sie sich bewegte. Hinzu kam ein Schüttelfrost, wenn sie die schützende Wärme ihrer Decke aufgab, aber mit dieser schwitzte sie sich gefühlt zu Tode.

Mit brennenden Augen sah sie auf ihr G-Band und schickte eine schnelle Krankmeldung an ihre Arbeitsstelle, ehe sie das Portal zum Online-Arztservice öffnete und ein Mitarbeiter auf ihrer TV-Wand erschien.

«Guten Tag Patientin SH0-4867747. Wie kann ich Ihnen helfen?»

«Hallo», krächzte Serena. Selbst reden oder schlucken war mit Schmerzen verbunden. «Mich hat's ziemlich erwischt.»

«Ich verstehe. Bitte klicken Sie Ihre Symptome auf der untenstehenden Liste an.»

Serena hakte sämtliche auf sie zutreffenden Beschwerden an.

«Wann sind die Symptome zum ersten Mal aufgetreten?»

«Kopfschmerzen seit zwei Tagen, die restlichen seit heute Morgen.»

«Das sieht nach einer Grippe aus. Bleiben Sie im Bett und kurieren Sie sich aus. Anhängend ist eine Liste mit Medikamenten, die Sie online ordern können. Trinken Sie viel und vermeiden Sie körperliche Anstrengungen, um den Heilungsprozess nicht zu gefährden und Spätfolgen zu vermeiden.»

«Für wie lange?»

«Für die Krankheitsdauer. Das sind bei einer Grippe normalerweise sieben bis zehn Tage.»

«So lange? Wie soll ich da mein Kilometerpensum schaffen?»

«Tut mir leid, aber das sollten Sie mit Ihrer Krankenkasse klären. Ich wünsche Ihnen gute Besserung.» Mit diesen Worten beendete er die Übertragung.

Serena bestellte die vorgeschlagenen Medikamente und hoffte, dass sie bald wieder fit sein würde. Mit brummendem Kopf versuchte sie, den Ausfall zu kalkulieren. Ihre Krankenkasse übernahm zwar die Behandlungskosten, ein Kilometerausgleich war in dem günstigeren Tarif, den Serena in der Überzeugung, so gut wie nie krank zu werden und Kosten zu sparen, abgeschlossen hatte, nicht enthalten. Eine Woche wäre noch im Rahmen, aber zwei wären schon an der Grenze, wenn sie ihr Polster nicht angreifen wollte.

Entgegen der ersten Prognose benötigte Serena 15 Tage, um sich zu erholen, doch obwohl sie sich noch nicht völlig gesund fühlte, musste sie wieder fahren. Auch wenn sie sich im Klaren war, dass sie nicht sofort wieder an ihre alte Leistung anknüpfen konnte, war sie enttäuscht, dass sie gerade einmal vier Kilometer am gesamten Arbeitstag geschafft hatte. Waren es die Nachwirkungen der Grippe oder die Sorge um ihre Kollegin, die untypischerweise fehlte, die sie von ihrem üblichen Leistungspensum abhielten?

Erschöpft blieb sie trotz Arbeitsende auf dem G-Chair sitzen und versuche, das Schwindelgefühl zu vertreiben.

«Na, noch nicht wieder fit?», fragte ihr Kollege Aram nach einem Blick auf den Kilometerzähler.

«Nein, ähm, geht schon. Bin noch ein bisschen hinüber. Sag mal», sie drehte sich zu ihm um, «weißt du, was mit Nika ist?»

«Du weißt es nicht?» Verwundert sah er sie an.

«Was weiß ich nicht? Hat sie etwa Urlaub?»

Er wandte seinen Blick ab, schien nach Worten zu suchen, indem er die Papiere auf ihrem Schreibtisch umherschob.

«Nika ist – sie ist tot.»

«Was?» Serena sprang auf. «Wann?»

«Zwei Wochen etwa. Ich dachte, du hättest es mitbekommen.»

«So lange schon? Wie?»

Aram beugte sich zu ihr, ähnlich ihrer Kollegin vor kurzem, und sprach in verschwörerischem Ton: «Es geht das Gerücht, dass sie Fett auf dem Schwarzmarkt verkauft hat, aber der Eingriff ist schiefgelaufen. Innere Blutungen.»

«Oh mein Gott.» Fassungslos drückte sie ihre Hand auf den Mund. «Das ist schrecklich.»

Ihr kamen die letzten gemeinsamen Momente mit Nika in Erinnerung. Sie hat wirklich nicht gut ausgesehen. Vielleicht hätte Serena doch darauf bestehen sollen, dass sie zum Arzt ging.

«Ja, unvorstellbar, oder? Ich meine, wie verzweifelt muss sie gewesen sein? Jeder weiß doch, was das für Todespraxen sind.»

Serena fehlten die Worte. Ungläubig sah sie auf den Platz, an dem letztens noch ihre Kollegin gesessen und mit ihr gescherzt hatte. Und jetzt sollte sie tot sein? Einfach nicht mehr da?

«Bist du okay?», erkundigte sich Aram und musterte sie.

Sie nickte matt. «Geht schon.»

«Ich weiß, ist heftig. Ich hab das auch nicht gleich glauben können. Unsere korrekte Nika – sie muss echt Probleme gehabt haben, wenn sie sich mit der Energiemafia einlässt.»

In Gedanken stimmte Serena ihm zu. Obwohl sie sich Mühe gab und Nikas Not in gewisser Weise nachvollziehen konnte, hätte sie mit einem derart drastischen Schritt nicht gerechnet. Illegale Geschäfte konnten nie eine Lösung sein. Warum hatte sie nicht einen Kredit aufgenommen? Sie hätte Absprachen mit dem Konzern treffen können, Raten vereinbaren können.

«Wer weiß, vielleicht gehörte sie auch mit zu den Hackingopfern. Momentan passiert echt krasse Scheiße.»

«Davon hab ich gar nichts mitbekommen.»

«Hast du keine Nachrichten gehört? Es hat voll viele getroffen. Ein paar Arschlöcher haben das Chaos vom Anschlag vor ein paar Wochen wohl genutzt, um ein Virus einschleusen zu können und haben Robin Hood gespielt. Also dann – mach ich mal Feierabend. Brauchst du noch was?»

Sie schüttelte den Kopf, doch sie spürte, wie sich in ihrem Magen ein unschöner Knoten bildete. «Alles okay. Bis morgen.»

Während Aram das Büro verließ, startete Serena die Übertragungen der kaum nennenswerten Watt. Aber das ungute Gefühl nahm stetig zu. Um Strom zu sparen, hatte sie während ihrer Krankheitsdauer kaum technische Geräte genutzt und sogar auf Nachrichten verzichtet, damit das Minus nicht noch größer wurde. Aber die Neugier zwang sie, nachzusehen, wovon Aram gesprochen hatte.

«Auch Wochen nach den Anschlägen der Rebellen auf den Volt-Terra-Konzern kommt die Region nicht zur Ruhe», vermeldete der Sprecher der gerade aufgerufenen Nachricht. «Es werden vermehrt Fälle von Überfällen berichtet, die auf die Machenschaften illegaler Energiefabriken zurückzuführen sind, wobei sowohl Energieträger als auch Menschen ins Visier geraten. Obwohl seit 2141 zum Schutz der Umwelt die Energiegewinnung aus fossilen Stoffen und Kernenergie verboten wurde, wurde die Zunahme von illegalen Verbrennungsfabriken festgestellt, deren Hintermänner auch hierzulande agieren. Neben den Überfällen wird jedoch auch ein Anstieg beim Hacking von Konten festgestellt. Behörden raten dazu, die eigenen Konten zu prüfen und Sicherheitseinstellungen sowie Zugangsdaten zu aktualisieren.»

Serena schloss hastig die Meldung. Obwohl sie sich sicher war, dass sie nicht zu den Betroffenen gehörte, rief sie ihr Energiekonto auf. 331 Watt. Ungläubig starrte sie auf die Anzeige; das musste ein Fehler sein. Sie aktualisierte die Anzeige, loggte sich aus und wieder ein – das Ergebnis blieb das Gleiche: 331. Serena fühlte sich wie in einem Alptraum gefangen, wusste nicht, ob sie lachen oder weinen sollte. Alles, was sie wusste, war, dass sie schnell nach Hause musste, um so viele Kilometer wie möglich zu schaffen.

Bis zum Monatsende war es Serena gerade einmal gelungen, einen Bruchteil ihrer Kosten zu erarbeiten. Doch so sehr sie sich auch anstrengte, sie schaffte es nur kurze Zeit zu fahren, ehe sie von der Erschöpfung überrollt wurde.

In ihre Winterjacke gehüllt und mit angezogenen Beinen saß Serena auf dem Bett. Es war so kalt, dass sie ihren Atem sehen konnte, aber ohne die benötigten Kilometer für die Heizung blieb deren wohltuende Wärme aus. Serena hatte es gerade so geschafft, die Kosten für Miete und ein paar Lebensmittel zusammenzubekommen, aber sie war kurz davor, die G-Geräte zu verlieren – und mit ihnen eine wichtige Einnahmequelle. Die Solarpanels waren zwar in den Sommermonaten hilfreich, aber in den Wintermonaten waren sie deutlich weniger effizient.

Serena rieb ihre Hände, doch sie schaffte es nicht, sie ausreichend zu erwärmen. Resigniert ließ sie sie in ihre Jackentaschen gleiten. Da ertasteten ihre Finger etwas Raues. Sie zog es hervor und betrachtete die silberne, unförmige Kugel. Als sie erkannte, dass es das Xtra von dem Mann in der Seitengasse war, warf sie es voller Abscheu von sich. Mit Drogen wollte sie auf keinen Fall zu tun haben. Den Blick auf das aus Folie geformte Bällchen geheftet saß sie da, als fürchtete sie, es würde sie anspringen, sobald sie nicht hinsah.

Nein, es gab immer einen Weg, sie durfte nicht aufgeben, musste kämpfen.

In Serena begann sich alles zu drehen, als sie aufstand, doch sie zwang sich trotz allem. Angewidert kickte sie das Kügelchen beiseite und setzte sich, ohne Rücksicht auf ihren Zustand, auf das G-Rad und trat in die Pedale. Sie brauchte Watt. Viele. Jetzt.

Schon innerhalb weniger Minuten war es ein Kilometer, dann zwei. Aber kaum hatte sie die 3.000-Meter-Marke erreicht, verließen sie die Kräfte. Doch sie kämpfte sich weiter, bis ihr fast die Sinne schwanden. Vielleicht hatte sie es doch etwas übertrieben.

Sie ließ sich vom G-Rad auf den Boden sinken, lehnte sich daran und versuchte, zu Atem zu gelangen. Aber das Schwindelgefühl nahm weiter zu, ließ ihr schwarz vor Augen werden – bis sie schließlich das Bewusstsein verlor.

Als Serena wieder zu sich kam, fühlte sie sich wie in einem Iglu. Ihr gesamter Körper war vor Kälte steif, sie war nicht einmal in der Lage, aufzustehen. Unfähig, sich zu bewegen, starrte sie in die Wohnung. Ihr zielloser Blick fiel auf das silberne Kügelchen. Sollte das etwa die Lösung sein? Etwas Xtra und alle Probleme wären vergessen? Mit steifen Gliedern schob Serena sich über den Boden. Ihre Finger waren so taub, dass sie die Folie nur schwer öffnen konnte, aber schließlich gelangte sie an das tiefrote Pulver. Sie wusste nicht viel über das Zeug, nur, dass viele es schnupften, was bei übermäßigem Gebrauch zu verfärbten Nasenflügeln führte.

Zögerlich nahm sie mit dem kleinen Finger etwas Pulver auf und zog es in die Nase, die sofort zu kribbeln begann. Es dauerte ein paar Minuten, dann spürte Serena, wie sich ihr durch Kälte verkrampfter Körper entspannte und ihre Kräfte zurückkehrten. So stark und leistungsfähig hatte sie sich schon lange nicht mehr gefühlt! Von neuem Optimismus angetrieben, schwang sie sich aufs G-Rad.

Serena war erleichtert, die Heizkosten gesichert zu haben. Sie war in den letzten Tagen beinahe ohne Unterbrechung gefahren – ob zuhause oder auf der Arbeit – und hatte es dabei noch geschafft, ihre bisherige persönliche Tagesleistung zu überbieten. Trotz ihres anstrengenden Arbeitstages war sie auch um 20 Uhr noch auf dem Rad. Ihre Vorbehalte gegenüber dem Xtra konnte Serena nicht mehr nachvollziehen. Im Gegenteil: Ohne dieses Pulver hätte sie es nicht geschafft, ihr Tief zu überwinden.

Serena spürte ihre Kräfte allmählich nachlassen, doch der Abend war noch zu jung, als dass sie aufhören wollte. Sie zog das zerknüllte Folienbällchen hervor und wickelte es auseinander. Doch von dem ersehnten Pulver waren nur noch ein paar Krümel übrig.

«Auch gut», sagte Serena zu sich selbst. Eigentlich hatte sie es eh nicht mehr nötig, schließlich war sie wieder völlig gesund. Mit diesem Gedanken stieg sie vom Rad und legte sich schlafen.

Das Aufstehen fiel Serena deutlich schwerer als in den letzten Tagen. Sie fühlte sich wie Blei, schwer und kraftlos. Ob das etwa am Xtra lag? Nein, unmöglich. Sie war wahrscheinlich einfach noch nicht richtig wach, verdrängte sie ihren Verdacht. Nach einer Dusche sah die Welt bestimmt schon ganz anders aus.

Doch auch im Tagesverlauf besserte sich ihre Verfassung nicht. Es fiel ihr zunehmend schwer, sich zu konzentrieren, und selbst einfache Arbeitsabläufe gingen ihr deutlich schwerer von der Hand. An Kilometergewinnung nebenher war erst recht nicht zu denken. Vielleicht war sie doch nicht so fit, wie sie gedacht hatte, und brauchte noch ein wenig länger Unterstützung. Nur ein kleines bisschen.

Nach der Arbeit ging Serena zu der Ecke, an der sie vor einiger Zeit überfallen worden war. Immer wieder sah sie sich um, vergewisserte sich, dass niemand sie beobachtete. Doch auch wenn sie keine Verfolger entdeckte, so wurde sie das Gefühl nicht los, als würden ihr alle Augen folgen, als sie durch die Seitenstraßen schlich.

«Na, wieder hier?», fragte eine Männerstimme.

Serena schreckte auf. Im Dunkeln sah sie eine Zigarette aufglimmen, die langsam auf sie zukam. Einen Meter vor Serena blieb der Typ mit der Narbe im Gesicht stehen.

«Sie erkennen mich wieder?»

«Püppchen, wenn'e meinen Beruf hast, weißt'e besser, wer 'n Kunde is' und wer nich'.»

«Ich bin doch keiner Ihrer Kunden», empörte sie sich und machte einen Schritt rückwärts.

«Also kein X?»

«Nein, also – doch – nur ein bisschen vielleicht. Ich habe gerade ein Tief.»

Sogar im Dunkeln erkannte Serena sein selbstzufriedenes Grinsen.

«Aber, ich bin im Moment etwas knapp bei Kasse», fügte sie hinzu.

«Kein Problem. Gib mir einfach deinen hübschen Armreif.»

«Das G-Band? Unmöglich.» Sie presste den Unterarm gegen ihre Brust, als könnte sie damit das Multimediagerät schützen.

«Keine Kohle, kein Stoff. Deine Entscheidung.»

Serena überlegte, war hin- und hergerissen. Aber was brachte ihr das G-Band, wenn sie die Miete und Lebensmittel wegen ihrer schlechten Leistung nicht zahlen konnte? Schließlich öffnete sie den Verschluss und überreichte es ihm. «Aber nur als Pfand. Ich zahle die Tage mit Watt.»

«Fünf Tage, mehr nich'. Wenn weg, dann weg.» Er warf ihr zum Austausch ein Kügelchen zu, dann zog er sich wieder in die Dunkelheit zurück.

Ohne das G-Band fühlte sich Serenas Arm ungewohnt nackt an. Aber gut, sie sah es als Investition an. Mit dem neuen Vorrat Xtra schaffte sie es bestimmt, in den nächsten Tagen genug zusätzliche Watt zu schaffen, um es wieder auslösen zu können.

Obwohl es mittlerweile März geworden war, empfand Serena keinerlei Frühlingsgefühle. Müde und gereizt schleppte sie sich durch den Park. Weder die länger werdenden Tage noch die zunehmenden Sonnenstunden vermochten ihre Stimmung zu heben. Selbst die zwitschernden Vögel waren ihr zu laut. Auf der Wiese spielten ein paar Kinder Fangen und kreischten dabei ausgelassen, was Serena mit einem wütenden «Schnauze!» quittierte. Geblendet von der tiefstehenden Nachmittagssonne zog Serena ihre Sonnenbrille auf, wobei ihr der Gedanke kam, dass sie die Solarpanels noch säubern musste, damit diese auch effizient arbeiten konnten. Doch dann fiel ihr ein, dass sie diese vor wenigen Wochen versetzt hatte, um neues Xtra zu besorgen. Gut, der Zeitpunkt war nicht besonders ideal, jetzt, wo die Kraft der Sonne wieder stärker wurde, aber es war eine notwendige Investition gewesen.

Genaugenommen hatte sie fast ihr ganzes Mobiliar versetzt, um sich von dem Typen in der Seitenstraße neuen Stoff holen zu können, der ihr half, sich durch den Tag zu schleppen. An ihre früheren Leistungen schaffte sie es kaum noch anzuknüpfen, aber ohne das rote Pulver brachte sie mittlerweile fast nichts mehr zustande.

Erschöpft ließ sich Serena im Schatten einiger Bäume nieder. Ohne neue Kraft zu schöpfen und sich etwas auszuruhen würde sie es kaum bis zu ihrer Wohnung schaffen. Den Rücken an einen Baum gelehnt, schloss sie ihre gereizten Augen. Nur eine kurze Pause, mehr nicht, sagte sie zu sich selbst. Aber dann wurde sie vom Schlaf übermannt.

Als Serena erwachte, brauchte sie einen Moment, um sich zu orientieren und zu realisieren, dass sie sich im Park befand, in dem sie vor einigen Stunden eingeschlafen war. Sie stöhnte, als sie sich mit steifen Gliedern vom Boden hochkämpfte. Ein bisschen Extraenergie für den Nachhauseweg konnte wohl nicht schaden. Serena zog das kleine Döschen hervor, in dem sie das Xtra aufbewahrte. Obwohl sie wusste, dass ihr Vorrat eher kläglich war, erschrak sie bei dem Anblick der restlichen Krümel, die gerade noch für einen Schub von wenigen Minuten reichen würden. Damit bekäme sie im Bestfall ein paar zehn Watt zusammen. Was sollte sie damit noch anfangen? Egal, dachte Serena sich und schnupfte den Rest. Irgendetwas würde sie sich schon einfallen lassen. Als das Xtra seine Wirkung entfalte und sie neue Kraft schöpfte, kam ihr der vorbeilaufende Jogger beinahe wie in Zeitlupe vor. Sein um die Hüfte geschnallter Bewegungsgenerator, der mit jedem Schritt weiter geladen wurde, blinkte Serena verführerisch an. Wie viel mochte er schon zusammen haben? Genug Watt für ein bisschen Xtra? Das rhythmische Blinken der Leuchtdioden kam Serena wie ein Countdown vor.

Drei.

Sie holte noch einmal tief Luft.

Zwei.

Adrenalin schoss durch ihr Blut, ihre Muskeln spannten sich.

Eins.

Sie brachte sich in Startposition.

Null.

Die letzte Währung

Text_Erik Sosnowski
Illustration_Clara J. Escalera

Und so löste sich ohne jeglichen Knall,
die letzte der Kapseln im All.

Überall schwärmten sie nun,
die Sensoren intakt,
keine Zeit zu ruh'n,
mit Verantwortung bepackt.
Sie scannten nach Luft,
nach Wasser, nach Erde,
nach irdischem Duft.
Doch es gab keine Fährte.
Hunderte, wenn nicht Tausende,
alle mit gleicher Mission,
hörten nur das Rauschen der
ewigen Leere. Stille. So monoton.
Es galt, Ressourcen zu schonen,
nicht aufzugeben,
denn die, die sie bewohnen,
sollten leben.
Doch die einzige DNA
war streng isoliert,
dass sie bis zu jenem Tag
nicht im Vakuum gefriert.
Hinter dem Druck, dem steten,
stand das Nichts, das droht.
Kein Lebewesen lebte
und doch war nicht alles tot.

Jubel, Trubel, Heiterkeit

Mit einem Klaps auf den Hintern verabschiedete sich Keno von der kurzfristigen Spielgefährtin: «Ich werde für dich beten», versicherte er ihr.

Dank seiner charmanten Art konnte er sich mit Versprechungen fast alles kaufen. Er war irgendwie schmierig, aber das war den meisten Leuten egal. Jeder war darauf bedacht, so viele Menschen in seinem Umfeld zu halten wie möglich, Freunde zu machen oder auch nur Bekanntschaften. Da war es nicht wichtig, ob jemand schmierig war oder der Kontakt auch nur wenige Minuten hielt.

Keno ging wieder aus der Wohnung des eigentlich verlassenen Hotelkomplexes. Hotels waren nicht mehr so der Burner, seitdem die Stadt abgeschnitten war. Als man dann merkte, dass niemand mehr sterben konnte, wurden die ganzen verlassenen Gebäude belagert. Das ging mehrere Jahre so, das Stadtzentrum hatte sich eigentlich ganz gut entwickelt, aber die Situation in den Randgebieten glich einer Anarchie. Geld war wertlos und die Gesundheit war auch jedem egal. Als dann doch wieder Leute starben, und man auch noch merkte, dass es die waren, die ihr soziales Umfeld vernachlässigten, flüchteten die meisten Leute aus den Randgebieten. Jeder war auf einmal der gute Samariter, jeder wollte jedem helfen. Die Kapazitäten von gemeinnützigen Vereinen und sozialen Berufen wurden völlig gesprengt. Aber nicht jeder ist auf diesen Hype aufgesprungen.

Keno streckte sich. Er genoss die Abendröte. Von seiner erhöhten Position auf der zehnten Etage des Hotels konnte er fast über die gesamte Stadt blicken. Nur ein paar Hochhäuser, die seine Sicht blockierten, ruinierten den perfekten Ausblick. Dieser Stadtteil musste früher mal vor Leben pulsiert haben. Aber seit dem *Massensterben der Einsiedler* war hier nicht mehr viel los.

Er ging die Treppen hinunter, langsam und träge, er hatte ja Zeit. Zeit war auch ein komisches Konzept geworden. Das einzige, was dich umbrachte, war der Zufall. Nicht die Zeit. Nicht deine eigene Dummheit. Einfach nur der Zufall. Naja, ganz zufällig war es nicht, aber so richtig durchgeblickt, wann wer starb, hatte noch niemand. Die Wissenschaft war zwar ziemlich aufgeblüht, aber davon merkte ja der Normalunsterbliche nichts.

Unten angekommen sah er sich um. Die Straße war nicht leer, aber lebendig sah anders aus. Drogen waren hier schon immer ein Ding, aber einen richtigen Boom haben sie erst bekommen, als es keine Konsequenzen mehr für die Junkies gab.

Er schlenderte die Straßen entlang, links und rechts von ihm waren entweder die notdürftig hergerichteten Drogenlabore oder die, die es am Ende dann konsumierten. Die Qualität der Drogen war auch nicht mehr wirklich von Belang. Wenn jemand früher verendet war, weil er sich den Goldenen Schuss setzte, dann fiel er heute höchstens in ein Koma, aus dem er dann einige Stunden später wieder erwachte, und dann ging der ganze Spaß von vorne los.

Keno bog in die nächste Straße ab, folgte seinen primitivsten Impulsen und kam vor seiner Spielothek zum Stehen – dem *Happy End*. Das Happy End war der Ort der Zuflucht für alle, die den Kick brauchten, aber ihren Körper nicht mit Drogen ruinieren wollten. Es gab natürlich kein normales Glücksspiel mehr, wie sollte das auch gehen, wenn Geld wertlos ist. Es wurde jetzt um *nette Worte* gezockt. Klingt ein bisschen kindisch, das stimmt, aber den Leuten gefiel es. Keno atmete durch. Einen Moment der Ruhe zu schaffen, bevor er zocken ging, das war sein Ding.

Er drückte die Tür auf und trat hinein. Es war ein Höllenlärm hier drin, wie immer. Wie schafften es die Leute nur, hier zu beten? Überall blinkte etwas und alle paar Sekunden schrie jemand auf, vor Freude oder Frustration. Es war stickig und voll. Sie standen dicht an dicht gedrängt vor den Attraktionen. Vor allem vor den Glücksrädern war was los. Das war der neue heiße Shit. Früher wollten die Leute lieber bei irgendwelchen Sportarten ihre Fähigkeiten messen, aber so hatten natürlich auch die Unsportlichen und motorischen Vollversager ihre Chance zu gewinnen und mussten nicht mehr bei Wetten auf den Gewinner ihre *netten Worte* sammeln. Natürlich gab es auch einen Hinterraum mit Kabinen und den Bulldoggen, die darauf achteten, dass du auch deine Zeit absitzt und für die Leute betest, für die du zu beten hast. Wenn nicht, machten sie dir das Leben zur Hölle. Zwar kannten sich die Leute nicht, aber dafür waren die Namen mit den Jetons. Die Gesichter der Leute hatte man ja auch kurz davor gesehen. Für die Bulldoggen wurde natürlich auch gebetet. Jeder zehnte Gedanke sollte an sie verschwendet werden und jeder weitere zehnte an den Croupier, bei dem man verloren hatte. Natürlich musste man dafür beten, dass man hier spielen durfte. Das war ein Zehnter, den die Kirche so bestimmt nicht im Kopf hatte.

Als Bulldogge hatte Keno auch eine Zeit lang gearbeitet, aber das war ihm mit der Zeit eine zu seriöse Arbeitsstelle geworden. Irgendwie war ein geregeltes Leben nichts für ihn. Auch wenn es vielleicht hieße, dass er früher ins Gras biss. Er verdiente sich seinen Segen lieber durch Kleinigkeiten, mal hier eine Gefälligkeit, mal da einen extravaganten Wunsch erfüllen. Dabei meinten es die Leute eh ehrlicher, hatte er das Gefühl. Und das kann ja auch nicht schaden.

Er drückte sich durch einige Menschenmengen und ging in den hinteren Bereich der Spielo. Hier kannte er noch einige Gesichter. Am Eingang stand Kron, ein Tier von einem Mann. Man könnte Angst haben, dass er einem das Rückgrat bricht, wenn man ihn umarmt. Aber nur wenn man ihn nicht kennt. Eigentlich war er ein liebenswerter Kerl. Er würde keiner Fliege etwas zuleide tun, wenn er nicht wüsste, dass sie es verdient hätte. Denn Kron hatte eine klare Moral, die er gerne durchsetzte. Eigentlich die perfekte Wahl für einen Job in diesem Schuppen. Er war nicht der Cleverste, aber wenn es darum ging, ehrlich zu sein und aus dem Bauch heraus eine Meinung zu erfahren, war er die erste Ansprechperson.

«Yo, Kron. Was geht? Viel los heute, was?» Keno begann sein Gespräch meistens mit Smalltalk. Das hatte er sich irgendwie so angewöhnt.

«Schön dich zu sehen, Mann. Ja, is' gut was los. Aber hier hinten war heute alles entspannt. Musste kaum Druck machen», antwortete Kron.

Sie umarmten sich zur Begrüßung.

«Hab vorhin an dich gedacht», erwiderte Keno mit einem Grinsen auf den Lippen.

«Das sagst du doch nur so. Laber nich'.» Kron konnte ihm seine schmierige Bemerkung nicht glauben. Sie kannten sich einfach schon zu lange.

«Doch, klar. Wirklich», versprach ihm Keno.

«Du willst doch nur zocken. Ich seh dich später, wenn du hier hinten deine Schulden wegbetest. Viel Glück, Mann!» Kron wandte sich wieder den verlorenen Seelen hinter ihm zu.

Keno ging wieder nach vorne. Zu einem Glücksrad, an dem nicht so viel los war wie an den anderen. Den Croupier kannte er nicht, er musste wohl neu hier arbeiten. Und die Bulldogge, die aufpasste, auch nicht. Er stieg ein, die Jetons mit seinem Namen hatte er immer in seinen Taschen. Erst die großen Felder, dann die kleinen. Das war seine Taktik und die spielte er auch heute. Er begann beim größten Feld, setzte seine Jetons und verlor. Das wiederholte sich. Wieder und wieder verlor er. Das gehörte dazu, wusste er. Die Bulldogge schaute ihn schon mit einem erwartungsvollen Blick an.

«Ich geh gleich», beruhigte er sie und da sie noch keine Anstalten machten, ihn mit nach hinten zu nehmen, wollte er seine Taktik noch zu Ende spielen. Es waren noch zwei Felder übrig. Die zwei kleinsten. Wenn er jetzt in einer dieser beiden Runden gewinnen sollte, müsste er nicht beten gehen und man würde für ihn beten, in der Summe bestimmt Stunden. Das Rad drehte sich. Es wurde langsamer. Das war der Moment, der Kick, nachdem sich alle sehnten. Die Zeit verging so langsam in diesen Momenten. Er schätzte ab, das Rad könnte auf seinem Feld zum Erliegen kommen. Das Rad verlor seinen letzten Schwung und erstarrte. Auf seinem Feld. Er hatte tatsächlich gewonnen.

Es dauerte noch einen Moment, bis er es realisierte. Aber es war sein Glückstag. Er musste nicht beten gehen. Er musste keine Schulden abbezahlen. Sondern für ihn wurde gebetet. Für lange Zeit. Das bedeutete leben.

Sie warteten auf den Knall,
starrten nach oben ins All.

Nachrichtensprecher: «Den Wissenschaftlern des MIT ist es gelungen, ein digitales Abbild unserer Welt zu erschaffen. Dabei wurde die Stadt Louisiana als Vorbild genommen. Mehrere Jahre wurde diese vermessen und auch die psychologischen Profile der Bewohner wurden erfasst. Dazu griffen die Wissenschaftler auf Daten der Implantate und Smart-Geräte der Bewohner zurück. Auch an öffentlichen Orten wurden Daten erfasst. Um Datenschutzrichtlinien zu umgehen, rief die Stadt den Notstand aus und auf staatlicher Ebene wurde die Gesetzeslage angepasst. Als Ergebnis dieser Überwachung konnten die Wissenschaftler eine Simulation erschaffen, die sie mit DNA-Proben des Menschen und einiger ausgewählter Spezies in den Kosmos entsandten. Die Simulation wurde so angelegt, dass die menschlichen Programme darin weiter ihrem Alltag nachgehen können. So werde die Forschung nicht gestoppt und es besteht die Möglichkeit, dass das Programm innerhalb seiner eigenen Simulation einen Weg findet, auf einem neuen Planeten Fuß zu fassen. Der wissenschaftliche Sprecher des MIT sagte dazu, dass die menschlichen Programme so angelegt wurden, dass niemand sterben konnte und auch alle körperlichen Leiden auf ein Minimum reduziert wurden. Des Weiteren ist Nahrung innerhalb der Simulation überflüssig.

Dies soll eine weitere Möglichkeit erschließen, um die Menschheit vor dem vollkommenen Ausscheiden zu bewahren. In dieser Kapsel befanden sich außerdem die Anweisungen, um biologische Menschen aus der DNA zu klonen und sie mit den Daten aus der Simulation zu füttern. Bei einem Antreffen von außerirdischem Leben werden diese Informationen ausschlaggebend sein. Weit genug von der Erde entfernt wird sich die Kapsel aufspalten und kleinere Kapseln werden mit identischen Informationen in verschiedene Richtungen weiterfliegen. Dies soll die Wahrscheinlichkeit erhöhen, auf anderes Leben im Weltall zu treffen.

Kommen wir zu den Neuigkeiten über die Sonnenstürme ...»

Ich wollte nur helfen

Sie hieß Nora, war 19 und kam eigentlich nicht aus den USA. Sie konnte deswegen auch die Sprache noch nicht gut und einen Synchro-Übersetzer konnte sie sich nicht leisten. Aber irgendwie konnte sie sich schon verständigen und falls es mit Händen und Füßen auch nicht ging, dann legte sie einfach ihr Lächeln auf, das alle bezauberte.

Ihr erster Job war bei einer wohlhabenden Familie am Stadtrand. Sie arbeitete als Haushälterin und Putzkraft. Die Familie hatte drei Jungs und lebte in einem riesigen Haus, da gab es immer viel zu tun. Sie kam viermal in der Woche und wurde schwarz bezahlt. Sie wurde sehr gut entlohnt und so wie Nora sich herzlich um die Familie kümmerte, so sahen sie Nora auch als ein Familienmitglied.

Sonntagmorgens machte sie ein üppiges Frühstück für alle und fast immer lud die Familie sie auch ein mitzuessen. Anfangs lehnte sie ab, es war ihr unangenehm, am Tisch zu sitzen und die Sprache nicht zu verstehen, und sie wollte auch nicht fürs Nichtstun bezahlt werden. Aber als sie langsam die Sprache besser verstand und die Familie sie weiterhin immer wieder einlud mitzuessen, setzte sie sich gerne dazu. Es fühlte sich für sie wie Familie an. Familie, die sie in ihrer Heimat nie hatte. Sie wuchs unter schwierigen Umständen auf und die Entscheidung in die USA auszuwandern, fiel ihr nicht schwer.

Sie verstand sich sehr gut mit den Jungs und wenn deren Eltern auf der Arbeit waren, war Nora gleichzeitig Spielgefährtin, offenes Ohr und Ratgeberin, wenn es um Probleme mit Mädchen ging. In ihrer Freizeit besuchte sie Englisch-Kurse und verbrachte viel Zeit zu Hause, um die neue Sprache zu studieren. Es war eine schöne Zeit.

Leider musste sie nach knapp zwei Jahren ihren Job dort aufgeben. Der Ehemann und Vater der Familie hatte Nora schon öfter einen verspielten Blick oder einen mehrdeutigen Spruch zugeworfen, aber er wurde nie handgreiflich. Eines Abends vergriff er sich sowohl im Ton als auch körperlich.

Nora erzählte direkt am nächsten Tag der Ehefrau davon, sie hatte Verständnis für Nora. Die Beschäftigung weiterzuführen war aber für beide ausgeschlossen. Sie vermisste die Familie ab und an, aber viel mehr war sie glücklich, dort eine schöne Zeit gehabt zu haben. Sie hatte durch ihr stabiles Einkommen einige Notgroschen zur Seite legen können, mit denen sie die wenigen Monate bis zu ihrem neuen Job gut überbrückte. Dieses Mal hatte sie eine offizielle feste Anstellung. Das Berufsfeld änderte sich nicht, aber die Verhältnisse. Sie arbeitete für zwei Männer, einem Paar in einer kleinen Wohnung im Stadtkern. Sie waren herzallerliebst, jedoch hatte einer der beiden eine schwere Lungenerkrankung, die ihn regelmäßig für mehrere Wochen ans Bett fesselte. Sein Mann musste weiterhin arbeiten gehen und so war es Noras Job, sich um ihn zu kümmern.

Sie verstand sich gut mit beiden, vor allem mochte sie den Humor, den beide an den Tag legten im Angesicht der doch teilweise kritischen Situation. Sie sagten immer, ihr Glaube gäbe ihnen Kraft und Nora war neugierig. Einen so starken Bezug zur Religion kannte sie weder aus ihrer Heimat noch von den Menschen, die sie hier kennengelernt hatte. Das Ehepaar verbrachte mehrere Stunden täglich mit beten. Besonders Gesundheit und ein glückliches Leben wünschten sie sich für sich und Nora.

Sie nahmen Nora einmal mit zu ihrem Gottesdienst. Es war eine dem Christentum nahe Gemeinde, auch wenn sie sich selbst nicht Christen nannten. Nora kannte die genauen Bezeichnungen nicht, sie war aber sehr neugierig. Der Gottesdienst war fröhlich, es wurde getanzt und gelacht und viel Wert darauf gelegt, körperliche Nähe zu erfahren. Daher wurde sich viel umarmt. Ihr gefiel es so gut, dass sie einige Male von sich aus mitkam.

Der Zustand des kranken Partners verschlimmerte sich. Nora wusste nichts von Medizin, aber sie spürte irgendwie, dass er bald sterben würde. Sie kam täglich, machte sogar unbezahlte Überstunden, um ihm schöne letzte Wochen zu schenken.

Sie ertappte sich sogar dabei, dass sie vor dem Schlafengehen für ihn betete. Und dann gab es das Wunder. Er überlebte.

Sein Zustand verbesserte sich innerhalb weniger Tage. Nora war verblüfft, hatte das Beten geholfen? Hatte der Glaube ein Wunder bewirkt? Sie war noch interessierter an der Gemeinde als zuvor. Sie kam regelmäßig zum Gottesdienst und schloss sich dann der Gemeinde an. Sie zog sogar in eine der WGs, die die Gemeinde hatte. Es hatte etwas von einer Hippie-Kommune, da die körperliche Nähe so im Mittelpunkt stand.

Dann sprach es sich in der Gesellschaft herum: Niemand konnte sterben. In der ganzen Stadt häuften sich die Fälle von «Wundern», bei denen vermeintlich dem Tode Geweihte einfach überlebten. Außerdem war die Stadt abgeschottet. Es ging nichts mehr hinaus und es kam nichts mehr hinein. Es war irgendwie, als ob die Stadt, in der sie lebte, zu einer Art Paradies erkoren wurde. Es gab keinen Tod mehr, Hunger und Durst waren auch kein Thema. War das ein Teil der Religion?

Jahre vergingen und die Zeiten änderten sich. Doch sie blieb ihrer Berufswahl treu. Auch wenn Geld abgeschafft wurde und man nur noch zum Spaß arbeitete. Sie half Menschen beim Haushalt und auch die wenigen Kranken und Schwachen pflegte sie. Sie brauchte kein Geld, sie wollte noch nicht mal andere Luxusgüter. Es reichte ihr, dass die Menschen glücklich waren, wenn sie kam, und durch die Glaubensgemeinschaft und die WG, in der sie lebte, fühlte sie sich selbst auch glücklich.

Nora war 45 Jahre alt, als die erste Person wieder starb.

Es war vollkommen überraschend. Ein Schock für die Gesellschaft. Leichen wurden schon ewig nicht mehr gefunden und diese wurde abgelegen in einem verlassenen Hotel entdeckt, viele Tage nach dem Tod. Die Todesursache konnte auch nicht geklärt werden. So plötzlich wie niemand mehr starb, starben die Menschen auf einmal wieder. Es traf zuerst nur völlig unbekannte Personen, Menschen, die keiner mehr kannte, die sich zurückgezogen, die höchstens mal alle paar Wochen Kontakt mit anderen hatten. Dann starben mehr Menschen, es traf auch welche mit einem ausgebauten sozialen Umfeld. Am Anfang verstand es niemand, es fühlte sich wie Willkür an, dann erkannte man das Muster dahinter: Es schien, als ob Gott die Leute aus seinem Paradies nahm, die seine Gemeinschaft nicht schätzten. So erklärte man es sich zumindest in Noras Gemeinde. Das hatte zuerst keine Konsequenzen für die Anhänger ihrer Religion. Sie fühlten sich sicher. Aber um sie herum starben immer mehr Menschen. Man führte sogar wieder eine Währung ein: beten. Das machte Nora schon seit Jahren, aber es half wohl den Menschen zu überleben. Diesen Gefallen gab sie gerne allen weiter, die sie darum baten. Manchmal ging sie die Straßen entlang und betete für jeden, den sie traf, und zweimal die Woche ging sie zu anderen Einrichtungen oder Vereinen und betete mit ihnen. Wenn Dankbarkeit in Form von beten eine Währung war, dann war sie eine der einflussreichsten Personen der Stadt. Aber selbst die unzähligen Stunden, die sie betend mit und ohne ihre Kommunen verbrachte, konnten die unaufhaltsame Welle an Angst und Tod nicht eindämmen.

Irgendwann ging alles ganz schnell. In der Gesellschaft wütete das Phänomen schon lange, aber als das erste Mitglied ihrer Kommune starb, spürte sie, dass es keinen Ausweg gab. Sie beteten, dass jemand sie erhöre, dass ein Gott Erbarmen habe. Aber es änderte nichts.

Sie saßen die letzten Monate häufig mit der Kommune in der Kirche zusammen, zumindest die, die noch überlebt hatten. Sie hatten alle viele Verluste hinnehmen müssen. Auch die Familie und das Pärchen, für das Nora einst gearbeitet hat, gab es nicht mehr. Wenn sie so in der Kirche saßen, hörten sie ab und an Leute klopfen, die sie hineinließen und aufnahmen. Man konnte nicht davon sprechen, dass die Kommune wuchs, da mindestens ebenso viele starben. Und jetzt, jetzt sitzt sie mit ihrer letzten Freundin in der Kirche. Sie haben sich eingekuschelt am Altar. Von anderen Menschen hat sie schon lange nichts mehr gehört. Die Stunden schwinden. Ihre Freundin hat schon seit Minuten nichts mehr gesagt und reagiert nicht mehr auf Noras Worte. Sie verstummt auch.

Und mit einem riesigen Knall,
strömte die Wärme ins All.

Nach vielen Jahren ging den Kapseln und damit den Simulationen die Energie aus. Die Solarzellen an den Kapseln konnten in den Tiefen des Kosmos nicht genug Energie generieren, um die fortgeschrittene Technik in ihrem Inneren ewig am Laufen zu halten. Daher begannen die alles kontrollierenden KIs, die die Situationen überwachten, menschliche Charaktere, die sie als nicht wichtig empfanden, wegzurationalisieren. So merkten die Menschen innerhalb der Simulation, dass die «Unsozialen» starben und es wurde von nun an wichtig, prosozial zu handeln. Man musste der KI explizit deutlich machen, dass man wichtig war. Man konnte dazu intensiv an eine andere Person denken, um ihre Chance zu erhöhen zu überleben. Dies nannten die Menschen beten.

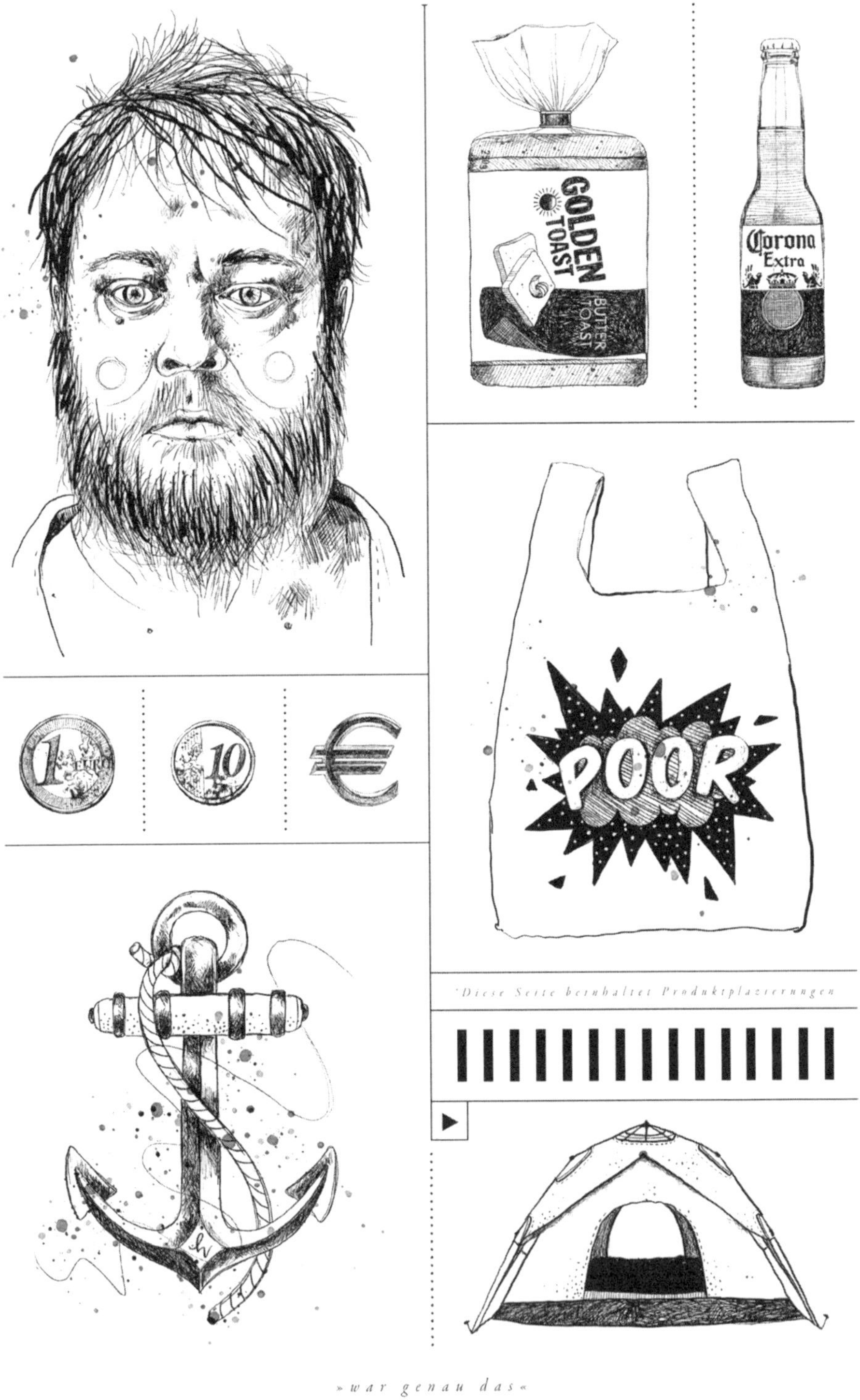

*Diese Seite beinhaltet Produktplatzierungen

»war genau das«

Keinen Cent, bitte!

Text_Laura Lorentz
Illustration_Liv Matthiesen

1.

Es war nass. Er war nass.

Sein Schlafsack war komplett durchgeweicht.

Es war kalt. Ihm war kalt.

Jeder neue Windstoß brachte ihn zum Zittern.

Er rollte sich tiefer in seiner Ecke zusammen. Die kleine Mauer gab ein wenig Schutz, aber von oben landete ein Tropfen nach dem anderen direkt in seinem Gesicht.

Er zitterte und hoffte, dass die Nacht schnell vorbeiging. Hoffentlich würde morgen ein freundlicherer Tag werden. Weniger Regen und ein paar Grad mehr. Er musste sich dringend irgendwo aufwärmen.

Mühsam zog er seinen Arm aus dem Schlafsack. Seine Uhr, die er schützend mit Frischhaltefolie umwickelt hatte, zeigte ihm an, dass es 5:30 Uhr war.

Immerhin zwei Stunden Schlaf. Das war okay.

Immerhin zwei Stunden mehr als in der Nacht zuvor.

2.

Er saß in der Fußgängerzone. Gerade hatte ihm jemand etwas Kleingeld in seine Klappkiste geworfen. Die Ironie dahinter verstanden die Wenigsten.

Dabei hatte er sich extra neue Pappe geholt, um sein aufgelöstes Schild zu ersetzen.

Da stand ganz klar: «Bitte nur Lebensmittel – kein Bargeld.»

Aber die meisten Leute schenkten ihm nicht genug Aufmerksamkeit, um die paar Worte zu lesen.

Es war ja auch egal, was er wollte. Es ging nur darum, dass sie das gute Gefühl zu helfen hatten, und gleichzeitig wurden sie noch ihr Bargeld los. Eine klassische Win-Win-Situation, bei der eine Partei beide Gewinne erhält.

Er hatte schon lange nicht mehr gewonnen. Nicht mehr, seit er durch die Folgen der Corona-Pandemie erst arbeits- und dann obdachlos geworden war. Man konnte nicht mehr gewinnen, nur etwas weniger verlieren. Aber an den meisten Tagen verlor man einfach nur – vor allem die Hoffnung. Manchmal auch mehr.

Er hatte mal ein Zelt gehabt. Damit, hatte er gedacht, könnte man es schon ein bisschen aushalten. Bis er das alles geregelt hatte. Da hatte er auch noch sehr viel Hoffnung gehabt.

Hoffnung, bald aus der Situation herauszukommen und nicht *so* zu werden. Er wollte nie so werden wie *die*, hatte er gedacht.

Mit *die* hatte er damals die Menschen gemeint, die ihr Hab und Gut in Plastiktüten mit sich herumschleppten, zu viele von ihren Klamotten anhatten und trotzdem noch nackte Haut zeigten, weil die Kleidung löchrig war.

Insbesondere hatte er mit *die* Menschen gemeint, die man, sobald sie einstiegen, schon am anderen Ende des U-Bahn-Waggons riechen konnte, weil sie nach Pisse stanken oder nach Alkohol oder nach beidem.

Immerhin. So einer war er nicht. Ihn konnte man in der U-Bahn nicht riechen. Er war nämlich seit Jahren keine mehr gefahren. Und der Hauptgrund dafür war, dass er Angst hatte, genau *so jemand* zu sein.

Eigentlich hielt er sich eh von Menschen fern.

Am Anfang hatte das gut geklappt, auch wenn es zwischendurch einsam war. Trotzdem wollte er sich nicht da aufhalten, wo die anderen Penner waren. Er war ja keiner von denen. Er zeltete nur für eine Zeit, bis sich das alles geklärt hatte. Bis er wieder arbeiten konnte.

Das hatte er sich immer wieder eingeredet. Das ganze erste Jahr lang. Selbst im Winter, als er jeden Morgen Angst hatte, nicht mehr aufzuwachen, weil es nachts so kalt wurde. Auch als sie immer mehr Gesetze gegen das Containern erließen, er zum ersten Mal betteln musste und in privaten Mülltonnen nach Essen suchte, hatte er noch Hoffnung gehabt.

Das erste Mal in der Suppenküche war erniedrigend. Aber es war besser als zu verhungern.

Dann war sein Zelt kaputtgegangen. Ein vom Wind abgerissener Ast hatte ein Loch in die Plane gerissen. Ein paar Monate hatte er es noch notdürftig kleben können. Aber als der Herbst mit den schweren Regenschauern kam, hatte er einsehen müssen, dass das Zelt ihm nichts mehr brachte.

Unnötigerweise schleppte er seit drei Jahren ein Stück der Plane mit sich herum. Er nutze sie, um sich daraufzulegen oder sich vorm Regen zu schützen. Aber sie hatte bald mehr Löcher als Stoff aufzuweisen und wer schon mal zu nah an einer Zeltwand geschlafen hat, weiß, dass die Plane bei Körperkontakt sowieso nichts nützt.

Jetzt schlief er nachts unter Brücken, in Hauseingängen, hinter kleinen Mauern in Parks. Alles, was irgendwie Schutz bringen konnte. Der Herbst mit dem Regen war schlimm, aber ihm graute vor dem Winter. Er hatte das Gefühl, dass sich mit jeder Stunde, die die Sonne weniger schien, auch ein Stück seiner Hoffnung verabschiedete.

Die Tage waren nicht besser. Er saß in Einkaufsstraßen herum, manchmal auch an überdachten Bahnhaltestellen, wenn er nicht fortgejagt wurde. Hinunter in die U-Bahn-Stationen kam er erst gar nicht, dafür hätte er ein Ticket gebraucht. Aber da er nicht U-Bahn fahren würde, lohnte sich das nicht.

Er stand auf. Heute würde er nichts mehr bekommen.

Es regnete immer noch, die Leute hasteten nur an ihm vorbei und kaum einer sah auch nur unter der Kapuze oder dem Regenschirm zu ihm auf.

Er packte seine Sachen zusammen, rollte die löchrige Plane ein und nahm sein Schild. Der Wind blies einen Schwall Regen unter das Vordach, unter dem er gesessen hatte. Er würde in ein Einkaufzentrum gehen und hoffen, dass sie ihn nicht direkt hinausschmissen. Er brauchte nur eine Stunde Wärme.

Auf dem Weg kam er an Läden vorbei, aus denen es so verführerisch roch, dass er dachte, sein Magen würde sich umdrehen. Das Hungergefühl ging nie weg, man lernte nur, es zu ignorieren.

Er überlegte kurz, schüttelte das Geld in seiner Jackentasche und sah sich den Laden an.

Das Schild an der Tür verhöhnte ihn: «Nur Kartenzahlung möglich.»

Er ging weiter.

3.

Er trat aus dem Einkaufszentrum. Die Kälte und die Nässe draußen waren wie ein Schlag ins Gesicht. Er zog seine Mütze tiefer und den Schal noch ein Stückchen hoch, so dass nur seine Augen zu sehen waren.

Seine Klamotten waren nur ein bisschen trockener als vorher und sie würden in einer Minute wieder genauso nass sein, aber man unterschätzte, was eine Stunde Wärme ausrichten konnte.

Er hatte gezählt. Von gestern und heute hatte er insgesamt vier Euro zwanzig. Das war wenig, selbst für regnerische Tage. Aber es würde reichen, für ein bisschen Brot, vielleicht sogar für ein Bier, nur um ein bisschen besser zu schlafen.

Aber vor allem musste er essen. Er war diese Woche schon dreimal in der Suppenküche gewesen. Dreimal – öfter durfte man nicht.

Seit es die ganzen neuen Gesetze gegen Lebensmittelverschwendung gab, waren die Leute vorsichtiger. Es gab nicht mehr so viel, was übrigblieb, was man spenden konnte, und die meisten Leute dachten nicht daran, extra etwas für Suppenküchen zu kaufen.

Also brauchte er Geld. Aber kein Supermarkt würde sein Bargeld nehmen. Die einzigen Orte, an denen das noch zu etwas zu gebrauchen war, waren Schließfächer, öffentliche Toiletten und Fahrkartenautomaten.

Deshalb musste er zu Frank. Frank konnte Geld tauschen und sein Laden war direkt um die Ecke.

Er wusste nicht genau, was Frank sonst machte, wahrscheinlich nichts. Wahrscheinlich saß er den ganzen Tag in seinem schäbigen Kiosk und zog die ab, die eh nichts hatten.

4.

«Na, wie viel hast du?» fragte Frank zur Begrüßung.

Mittlerweile sah man ihm ohne Probleme an, dass er obdachlos war und Frank kannte ihn.

«Ich hab nur vier zwanzig. Kannst du nicht ne Ausnahme machen?»

Frank lachte. Er lachte ihn aus. Natürlich. Die Frage hätte er sich sparen können.

«Sehe ich aus, wie jemand, der Almosen verteilt? Musst halt besser betteln.»

«Mann, es regnet den ganzen Tag. Ich will nur was zu essen.»

«Jaja und Bier. Ich kenn das doch.»

Er fischte die vier Euro zwanzig aus seiner Tasche und schob sie über die Theke.

«Weil ich heute nen guten Tag habe, darfst du dir für zwei Euro fünfzig was aussuchen.»

«Richtiger Wohltäter», murmelte er in seinen Schal.

«Mhm, hast du was gesagt?»

«Ja, ein Brot und ein Dosenbier bitte. Das günstigste. Und dann noch die Kaugummis hier für zehn Cent, das passt dann doch, oder?»

Frank nickte nur, nahm die Artikel aus dem Regal und hielt sein eigenes Handy an die Kasse.

Die Regeln bei Frank waren einfach. Er nahm zwei Euro fünfzig Gebühr, dafür dass er zur Bank ging und das Bargeld auf sein Konto einzahlte. Wenn es über 20 Euro waren, nahm er mehr. Außerdem durfte man mit dem restlichen Geld nur in seinem Kiosk einkaufen und alles, was man nicht ausgab, behielt Frank.

Er wusste nicht, wie viele Zehn-Cent-Kaugummi-Packungen er schon gekauft hatte, nur damit Frank das Geld nicht bekam. Er verkaufte alle Artikel eh zu deutlich überteuerten Preisen. Frank ließ einen sogar das Pfand mitbezahlen, obwohl man das ohne Karte nicht zurückbekommen konnte.

Immerhin gab es an manchen Tagen noch eine Tüte zum Einkauf dazu. Frank hatte sogar noch Plastiktüten. Mit denen konnte man viel machen. Überall sonst waren sie schon lange verboten.

Heute war so ein Tag. Wahrscheinlich hatte Frank doch ein bisschen Mitleid, wegen dem seit Wochen anhaltenden Regen.

Er nahm die Tüte und ging wortlos aus dem Laden. Frank mochte es nicht, wenn man in seinem Kiosk herumlungerte.

5.

Er wollte gerade überlegen, zu welchem Platz er gehen könnte, um in Ruhe eine Scheibe Brot zu essen, da tippte ihm jemand auf die Schulter.

Er fuhr herum.

Ihn hatte schon seit Jahren keiner mehr von hinten angetippt. Bei Obdachlosen war das ein bisschen so wie bei wilden Tieren. Man durfte sich nicht von hinten anschleichen, sonst konnte es gefährlich werden.

«Geh weg», fuhr er den Jemand an, ohne ihn überhaupt genauer anzugucken. Das war sein Essen, er konnte heute wirklich nicht teilen.

«Jo, Sorry, alles gut, ich hab nur ne Frage.»

Der Jemand war ein bisschen kleiner als er, hatte ein gehäkeltes Stirnband in den grellsten Neonfarben auf dem Kopf, bestimmt fünf Jacken übereinander an und trug eine kurze Hose und geringelte Kniestrümpfe. Na toll, einer von der ganz verrückten Sorte. Die wurde man am schwersten wieder los.

«Und ich hab keine Zeit.»

Er wollte gehen, aber der Ringelsockenmann sprang ihm in den Weg.

«Du warst doch grade bei Frank, richtig?»

«Du kriegst nichts von meinem Essen.»

Der Ringelsockenmann lachte. «Ey, chill! Ich will nichts von deinem Essen. Ich will dir'n Angebot machen. Ein besseres als das, was dieser Frank hat.»

Er musterte den Ringelsockenmann. «Du kannst mir kein Angebot machen.»

«Ach nein?» Der Ringelsockenmann fummelte in einer seiner Jackentaschen herum. «Und kann die dir vielleicht ein Angebot machen?»

Der Ringelsockenmann hielt eine Bankkarte hoch. Eine richtige mit VISA-Zeichen und allem. Von so nah hatte er schon lange keine mehr gesehen. Frank benutzte ja immer nur so eine App auf seinem Handy.

«Die ist nicht echt.»

«Doch ist sie.»

«Dann ist sie abgelaufen.»

«Nein, ist sie nicht.» Der Ringelsockenmann hielt die Karte so nah vor seine Nase, dass er Probleme hatte, die Schrift zu fokussieren.

«Lisa Lemberg», las er. «Du bist nicht Lisa Lemberg.»

«Hab ich auch nie behauptet. Hab nur gesagt, die ist nicht abgelaufen.»

«Gesperrt ist nicht besser als abgelaufen.»

Wortlos zog ihn der Ringelsockenmann zum nächsten Flaschenautomaten. Dort warf er eine Pfandflasche aus den Tiefen seiner Jacken in den Automaten, hielt die Karte daran und der Automat piepte.

«Grade erst geklaut, man muss nur schneller sein als die. Wenn du's schaffst, dass sie's erst spät merken, kannst du dir alles kaufen, sogar'n Hausboot.»

Das war übertrieben. Für ein Hausboot brauchte man FaceID. Aber der Ringelsockenmann hatte eine funktionierende Karte.

«Und was willst du von mir?»

«Du kannst mein Partner sein. Zu zweit ist einfacher als alleine. Und wenn wir noch'n paar finden, können wir'n richtiges Geschäft aufbauen.»

«Ich arbeite nicht mit anderen zusammen.»

«Wie du meinst. Wenn du's dir anders überlegst, bin ich an der Rathausbrücke.»

6.

Er kannte diesen Ort gut. Er war früher auf dem Weg zur Arbeit hier vorbeigekommen. Er hatte die Menschen, die dort lebten, immer bedauert und sich nicht vorstellen können, warum jemand jemals freiwillig auf der Straße leben würde. In einem Land wie Deutschland wäre das ja nicht nötig.

Manchmal hatte er jemandem Geld gegeben, nur um ihn dann im nächsten Moment wieder zu vergessen. Sobald er an der Brücke vorbei gegangen war, war dieser unschöne Teil, der Teil, der einem klarmacht, dass im eigenen Land doch nicht alles so viel besser ist, schon wieder Geschichte und er konnte sich auf seine eigenen Probleme konzentrieren. Auf Probleme, die ihm heute wie das Paradies erschienen.

Er hatte die ganze Nacht wach gelegen. Dieses Mal nicht wegen der Kälte. Er hatte sich einen Platz in der Obdachlosenunterkunft erkämpft und hätte eigentlich schlafen können. Aber da war immer wieder dieses Pro und Contra, das Auf und Ab, das *Soll ich?* oder *Soll ich nicht?* gewesen.

Und dann war er heute Morgen aufgestanden und hatte sich gedacht: *Was gibt es schon zu verlieren?*

Da er so gut wie nichts hatte, war die Antwort auf die Frage einfach: nicht viel.

Er sah den Ringelsockenmann schon von Weitem, nicht wie früher nur im Vorbeigehen. Nein, er lief direkt auf ihn zu. Der Ringelsockenmann unter der Rathausbrücke war heute sein Ziel.

«Da bist du ja. Ich wusste, dass du kommst. Los. Ich zeig dir, wie wir's machen.»

7.

Die letzten Wochen waren gut gewesen. Also verhältnismäßig okay. Naja, den Umständen entsprechend passabel.

Sie hatten Essen gehabt und sie hatten sich sogar jeder einen Regenschirm leisten können. Es gab wohl noch ein paar mehr Leute, denen der Ringelsockenmann seine Technik beigebracht hatte, aber er kannte sie nicht. Sie waren ihm auch egal.

Die einzige Regel besagte, dass man keine Einkäufe über zehn Euro tätigen durfte.

«Zu riskant, dass sie nach deinem Fingerabdruck fragen», sagte der Ringelsockenmann jedes Mal, wenn er ihn darauf ansprach.

Das mit dem Fingerabdruck war nervig. Eine Unterschrift konnte man fälschen. Einen Daumen nicht.

Aber es gab immer noch Läden, die mit der PIN arbeiteten. Die konnte man eventuell erraten.

Und er brauchte auch nur 20 Euro. Er hatte ein Zelt gesehen, im Angebot.

Der Katalog war unter die Brücke geweht, unter der er jetzt immer öfter neben dem Ringelsockenmann schlief.

Es fühlte sich gut an, jemanden zu haben, der einen nicht ausraubte. Und es war trocken. Meistens. Manchmal wehte der Wind so stark, dass die Regentropfen bis in die Mitte der Brücke kamen.

Das alles wäre kein Problem mit einem Zelt.

Dann könnte er wieder ein bisschen außerhalb schlafen. Da, wo es ruhiger war. Wo ihn keiner so leicht beklauen konnte.

Und vor allem hätte er dann Schutz für den Winter. Er könnte es sich richtig gemütlich machen und musste keine Angst haben, auf dem kalten Boden zu erfrieren oder am Morgen komplett eingeschneit zu sein.

Sein erster Winter war rückblickend okay gewesen. Das Zelt hatte viel abgehalten und ihm viel Hoffnung erhalten.

Zelten war etwas anderes als obdachlos zu sein. Viele Leute zelteten. Einige Leute lebten sogar freiwillig in einem Van. Dann konnte man auch in einem Zelt leben.

Das alles hatte er auch dem Ringelsockenmann erzählt. Hatte versucht, ihm ein Stück von der Hoffnung zu geben, die er in sich trug, seitdem er den Prospekt gefunden hatte.

Aber der Ringelsockenmann hielt nichts von seiner Idee und er brauchte ihn.

8.

Er brauchte den Ringelsockenmann nicht.

Was er brauchte, war ein Zelt für den Winter. Heute Morgen hatte er seine Finger kaum spüren können. Es wurde jeden Tag kälter, dunkler und hoffnungsloser.

Dem Ringelsockenmann schien die Kälte nichts auszumachen, er hatte immer noch geschlafen, als er sich das Werkzeug geschnappt hatte.

Jetzt stand er in einer Seitenstraße und begutachtete sich in einer Fensterscheibe. Er sah normal aus. Normal war gut. Normal war eine relativ saubere Hose und nur seine dünnere Regenjacke über einem Pulli.

Seinen dicken Mantel hatte er mit seinen anderen Sachen versteckt.

Was nicht normal war, war sein linker Schuh, aus dem vorne ein Stück des dicken Zehs herausguckte, wenn er ihn nicht einzog. Auch der rechte Schuh war nicht komplett heile. Doch dass sich die Sohle ablöste, sah man nur, wenn man ganz genau hinsah, sobald er den Fuß hob.

Aber er spürte es, spürte bei jedem Schritt, wie die kalte Luft sich ihren Weg durch die Öffnung bahnte und ihn an der Fußsohle kitzelte.

Und er roch. Er hatte versucht, den Geruch nach leicht feuchten Klamotten, die seit Wochen nie ganz getrocknet waren, mit Deo zu überdecken. Jetzt roch er wie ein übermotivierter Teenager, der auf dem Weg zu seinem ersten Date ist und dabei Gefahr läuft, das Mädchen in einer Duftwolke zu ersticken. Da bekam der Ausdruck *jemanden benebeln* gleich eine ganz neue Bedeutung.

Hoffentlich würde das auch bei den Leuten im Geschäft funktionieren.

Die Karte hatte er schon. Timon Habicht hieß der Mann. Er konnte Timon Habicht sein. Timon Habicht, der sich heute ein neues Zelt kauft. Oder vielleicht zum ersten Mal ein Zelt kauft. Ehrlicherweise sah Timon Habicht nicht gerade aus wie jemand, der zeltet. Aber er sah heute auch nicht aus wie ein Obdachloser. Also musste Timon Habicht auch nicht aussehen, wie jemand, der ein Zelt kauft. Es reichte, dass er eine funktionierende Karte besaß und sie ihm *geliehen* hatte. Wie freundlich die Menschen doch waren, wenn man sie einfach nicht um Erlaubnis bat.

Er atmete noch einmal tief durch. Dann ging er um die Ecke. Mischte sich unter den Menschenstrom. Betrat das Geschäft. Er durfte nicht direkt zu den Zelten gehen, das wäre zu auffällig. Er nahm ein Brot und etwas Aufstrich. Was kaufte so ein Timo Habicht wohl zum Essen?

Da war die Reihe mit den Angeboten. Er musste ein wenig gucken. Die Zelte genauer unter die Lupe nehmen, auch wenn er seit einer Woche wusste, welches er wollte.

Es war blau, wie sein altes. Wie die löchrige Plane, die er immer noch mit sich herumschleppte. Und es war kompakt. So ein Wurfzelt. Man konnte es schnell auf- und abbauen, keine Stangen, die man verlieren konnte. Nur ein paar Heringe, auf die würde er gut aufpassen.

Noch eine Flasche Saft. Ein guter Einkauf. Ein Timon-Habicht-Einkauf.

Die Schlange an der Kasse war nicht lang. Zwei Leute waren vor ihm, dann nur noch einer.

Er legte seinen Einkauf auf das Band.

«Guten Tag.» Piep piep piep piep. «Das macht dann 21,60.»

Er hob wortlos die Karte hoch. Das Gerät leuchtete auf. Er hielt die Karte daran. Eine Sekunde nichts. Dann Schrift auf dem Bildschirm. Er brauchte einen Moment, um sie zu entziffern.

«Bitte geben Sie Ihre PIN ein.»

Mist, was war das denn für ein Laden. Für 20 Euro eine PIN.

Er durfte sich nichts anmerken lassen.

War Timon Habicht vielleicht ein 4-9-2-1-Typ?

Nein. Unschuldig Lächeln, sich kurz entschuldigen.

8-5-3-9

Nein.

Noch ein Versuch. Und was dann? Rennen?

7-2-2-3

«Da muss irgendwas nicht stimmen mit dem Gerät.»

«Zeigen Sie mal her.»

Er übergab die Karte. Hoffentlich zitterten seine Finger nicht.

«Einen Moment, ich rufe die Filialleitung.»

«Nicht nötig, ich schicke einfach nachher meine Frau.»

«Doch doch, bleiben Sie kurz. Das ist schnell geklärt.»

War das Loch in seinem Schuh aufgefallen? Unmöglich. Er musste nur ruhig bleiben und sagen, dass er nur eben ein paar Sachen besorgen wollte und sein Portmonee nicht dabeihatte. Timon Habicht könnte seine Karte dalassen und später wieder abholen und er konnte verschwinden.

Ja, das könnte klappen. Er hatte das früher auch einmal so gemacht. Da hatte er seinen Perso als Pfand dagelassen, weil er seine Karte zuhause vergessen hatte.

Er hatte etwas online bestellt und die Nummer gebraucht. Damals, als er noch eine Adresse hatte, an die er etwas bestellen konnte. Und eine Karte, auf der sein Name stand und deren PIN er im Schlaf konnte.

Wo blieb denn die Filialleitung?

9.

Er rannte. Erst um eine Ecke, dann um die nächste und um eine letzte.

Sie hatten ihn gehen lassen, aber wer sagt, dass sie nicht doch die Polizei riefen.

Die Filialleitung hatte ihn so mitleidig angeschaut. Die Leute dachten immer, man könnte es nicht sehen, aber man sah es. Man sah, dass sie einen nicht für voll nahmen und sich schon die tragische Lebensgeschichte zusammenspannen, in der sie eventuell die großen Retter sein konnten, sobald sie ein bisschen Menschlichkeit bewiesen.

In diesem Fall bestand die Menschlichkeit darin, ihm zu glauben, dass es seine Karte war, obwohl an den Blicken aller zu erkennen war, dass sie wussten, dass das nicht stimmte.

Jetzt würden sie wahrscheinlich gerade über ihn reden und Sachen sagen wie: «Es ist ja niemand zu Schaden gekommen» und «Diese Leute können einem aber auch leidtun». Und dann würden sie sich selbst auf die Schulter klopfen, wieder an die Arbeit gehen und nach Dienstschluss hätten sie ihn vergessen.

Sie wussten ja auch nicht, was ihm dieses Zelt bedeutete. Dass er mit der Wärme in dem Laden auch sein letztes bisschen Hoffnung zurückgelassen hatte.

Seine dünne Jacke wehte um ihn herum und sobald sich sein Herzschlag beruhigte und er wieder normal atmen konnte, merkte er, wie wenig Schutz sie vor dem Wind bot.

Er brauchte seinen Mantel.

Das Versteck war nicht weit entfernt, aber er lief ein paar Umwege – nur um sicher zu sein. *Wegen der Polizei*, sagte er sich. *Weil ich dem Ringelsockenmann nicht in die Augen gucken kann*, dachte er sich.

10.

Sie waren weg. Seine ganzen Sachen waren weg.

So lange war er gar nicht unterwegs gewesen. Hätte er doch besser keinen Umweg nehmen sollen?

Er sah an sich hinunter. Er hatte nichts mehr. Kein Zelt, keine Hoffnung, keinen Mantel. Selbst ohne etwas zu besitzen, hatte er noch so viel verlieren können.

Er sah sich um. In der verlassenen Sackgasse war niemand. Er hatte hier hinter den Mülltonnen und dem großen Haufen Sperrmüll noch nie jemanden gesehen. Niemand außer ihm kannte diesen Ort. Das lag hauptsächlich auch daran, dass niemand diesen Ort kennen wollte.

Seine Sachen ließ er nur im äußersten Notfall hier. Eine Stunde zu lange und die Ratten fingen an, alles anzunagen und schon nach einer halben Stunde rochen die Klamotten für die nächste Woche nach diesem Ort. Nach den schimmeligen Polstern, die nur durch Blumenmusterfragmente als solche zu erkennen waren, nach ausgelaufenem Öl, Fäkalien und Dingen, deren Geruch er noch nicht mal definieren konnte. Aber dafür waren die Sachen sicher. Eigentlich.

Ein letztes Mal überwand er sich und durchwühlte den Müll.

Nichts. Seine Sachen waren weg.

Er hatte kein Zelt, kein Geld und keinen Mantel. Und er hatte den Ringelsockenmann hintergangen, den einzigen, der ihm seit Jahren geholfen hatte.

Was jetzt?

Unschlüssig ging er zurück Richtung Straße, nur um dann nicht zu wissen, ob er nach links oder rechts gehen sollte.

Er zog den rechten Zeh ein, aber die Kälte folgte in den Schuh.

Da sah er etwas. Er bückte sich. Das Papier war nass und zerknüllt. Aber es war heile. Er strich es glatt. Ein Zehn-Euro-Schein. Dass es die überhaupt noch gab. Außer ein bisschen Münzgeld für Automaten hatten die Leute meistens nichts mehr. Sie hatten ja Karten.

Aber der hier sah echt aus. Und jetzt wusste er auch, wo er hingehen würde. Er würde zu Frank gehen.

11.

«Bier», er schob den Schein über die Theke.

Frank sah ihn fragend an.

«Das billige.»

Mit spitzen Fingern griff Frank nach dem triefenden Schein. «Dein Freund sucht dich.»

«Mein Freund?»

Frank begann, das Bier aus dem Kühlschrank zu nehmen. «Der Komische mit den Ringelsocken.»

Der Ringelsockenmann suchte ihn? «Das ist nicht mein Freund.»

«Mir egal, ob er dein Freund, Verlobter oder Drogendealer ist.» Frank knallte vier Null-Fünfer-Dosen auf die Theke und legte wortlos eine Packung Kaugummi dazu. «Der hat gesagt, er hat deine Sachen und du sollst zur Brücke kommen.»

Der Ringelsockenmann wollte ihn sehen. Das war bestimmt eine Falle.

Er nahm die Bier und das Kaugummi und verließ den Laden.

«Richte deinem Nicht-Freund aus, dass ich keine Brieftaube bin.»

Er ließ die Tür hinter sich zufallen, machte das erste Bier auf und leerte es. Dann noch eins.

Beim dritten Bier war er im Park angekommen und ließ sich auf eine Bank fallen.

Die wenigen Leute, die bei diesem Wetter ihre Hunde nach draußen quälten, sahen ihn abschätzig an.

Sollten sie doch gucken.

Nach dem vierten Bier war ihm warm. Er hatte heute noch nichts gegessen und der Alkohol wirkte direkt. Nicht dass das seine Laune groß verbessert hätte, aber es sorgte für einen angenehmen Nebel im Kopf.

Seine Blase drückte, er stellte sich einfach an den nächsten Baum.

Es fing schon wieder stärker an zu regnen. Er konnte selbst mit Nebel im Kopf und einem warmen Bauch nicht den ganzen Tag im Park sitzen.

Ein vorbeigehendes Pärchen tuschelte über ihn.

Er wollte ihnen zurufen, dass er kein Penner war. Dass er kein Alkoholiker war. Dass er heute nur einen sehr beschissenen Tag gehabt hatte. Aber ein Blick auf die Dosen zu seinen Füßen und das große Loch in seinem Schuh brachte ihn zum Schweigen.

Er war genau das. Er war ein Penner. Er hatte nichts mehr. Noch nicht einmal eine Einkaufstüte hatte er von Frank bekommen. Andererseits hatte er auch nichts, was er hätte hineintun können.

Er musste zum Ringelsockenmann, sonst würde er heute Nacht erfrieren.

12.

Der Ringelsockenmann hatte ihn mit einem Lächeln und mit seinem Rucksack empfangen.

Anscheinend hatte er gewusst, was sein Plan gewesen war. Deshalb war er ihm morgens gefolgt und hatte seine Sachen in Sicherheit gebracht.

«Ich weiß doch, was dir das Zelt bedeutet, mein Freund.»

Freund hatte der Ringelsockenmann ihn genannt, und das hatte sich wärmer angefühlt, als der Alkohol aus zehn Bier es jemals gekonnt hätte.

«Es tut mir leid», war alles, was er sagen konnte.

Dann gab es Essen. Die anderen hatten erfolgreicher geklaut als er und sie gaben ihm etwas ab.

Dann schwiegen sie. Bis der Ringelsockenmann sich zu ihm hinüberbeugte und ihm etwas ins Ohr flüsterte.

«Wir besorgen uns ein Zelt. Morgen fragen wir Frank und dann betteln wir. Je näher wir Weihnachten kommen, desto größer wird das schlechte Gewissen der Leute. Sollen sie uns doch jeden noch so kleinen Cent geben, den sie in ihrer Jackentasche finden.»

Er sah den Ringelsockenmann an. «Aber du willst doch gar kein Zelt?»

«Ich will etwas von deiner Hoffnung», sagte der Ringelsockenmann und zog sich seine Strümpfe hoch. «Ich will deine Hoffnung, dass sich irgendetwas ändern kann.»

Dafür müsste sich das System ändern, dachte er.

Aber er sagte nichts, denn der Ringelsockenmann schien lange keine Hoffnung mehr gehabt zu haben.

13.

Sie hatten ein Feuer aus Altpapier entzündet und er rollte sich daneben zusammen.

Wenn er heute Nacht aufwachen würde, wäre die Flamme längst erloschen und die Dunkelheit würde morgen wieder ein paar Minuten länger andauern. Auch der Regen, der ein paar Meter entfernt von der Brücke tropfte, wäre morgen früh noch da und würde sich in ein paar Tagen in Schnee verwandeln.

Aber es gab einen Plan. Und wenn er ganz tief in sich hineinfühlte, auch noch ein Stück hartnäckige Hoffnung.

Er rollte sich neben dem Feuer zusammen und zog seinen Schlafsack hoch.

Es war warm. Ihm war warm.

In der Ferne tropfte der Regen von der Brücke.

Er schlief ein.

WELCOME HOME

Transpecunia

Text_Maike Braun
Illustration_Markus Rockstroh

Chorus:
Der Besucher von der Erde rast durch das All
Die Sonne nur mehr ein Fleck, hat er im Gepäck
Eine Botschaft für die Bewohner der Galileomonde
Der äußersten von Menschen besiedelten Zone

Besucher von der Erde:
Die Rede ist von Tumult und Abspaltung gar
Darin sieht Terra eine große Gefahr
Ihr sollt wissen: Wir stehen euch zur Seite
Und bändigen für euch die Meute

Tourguide:
Hört auf, den Kassandrarufen zu glauben
Die Schreckliches über uns Galileer behaupten
Wir haben lediglich die alte Geldwirtschaft abgeschafft,
Denn das erschien uns vorteilhaft
Damit nicht länger Morlocks in Minen nach Erzen schürfen
Während Eloi im Elysium Champagner schlürfen

Besucher von der Erde:
Wo sind unsere Millionen? Wo sind sie geblieben?

Chorus:
Im Asteroidengürtel zerrieben
Ladenhüter
Armutsbrüter

Tourguide:
Der Cash is wech
Nicht praktikabel
Zu wenig funktionabel
Wenn ihr wollt, zahlen wir in Gold
Tauschen Kobalt gegen Mangos

Bieten Platin euch als Sold
Bitcoin dauern zu lange
43 Minuten braucht ein Signal
Von Terra bis zu uns durchs All
Transaktionen stehen Schlange
Stauen sich im Mempool
Das ist geradezu somnambul
Da wird's dem Käufer ganz bange
Deswegen haben wir die alte Geldwirtschaft
auch abgeschafft

Besucher von der Erde: Wie soll das funktionieren?

Chorus:
Zweimal Plastik
Fertig hat sich's
Peer-to-Peer und ganz direkt
Ohne dass es irgendjemand trackt

Tourguide:
Smart-Geld ist die Lösung
Jeder bekommt zwei Karten
Die Zarten wie die Harten
Eine für Strom, Wasser und fürs Tanzvergnügen
Eine zweite, um Brot und Bier dem Speiseplan hinzuzufügen
Am Ende des Monats wird aufgeladen
Anonym an einem Automaten
80-20 ist die Regel
Alles andere wäre Frevel
Vier Fünftel müssen monatlich verfuttert werden
Schließlich will man keine Mangelernährten
Ein Fünftel kann man sparen
Dann gibt's im nächsten Monat mehr Waren
Spätestens am Geburtstag
Verprasst man dann den Übertrag

Besucher von der Erde: Was, wenn ich eine Wohnung kaufen will?

Chorus:
Konsum wurde abgeschafft
Kaufen ganz neu gedacht
Warum sich länger schlauchen,
Wenn wir alles haben, was wir brauchen?

Tourguide: Wir haben Tinder für Apartments

Auf Basis von Datum und Präferenz
Spuckt der Algorithmus die nächste freie Wabe aus
Sparsam aber ausreichend möbliert
Mindestens eine Kneipe je Geviert
Beziehe ich mein neues Zuhaus
Such mir nur noch die Bettwäsche aus

Besucher von der Erde: Was, wenn ich einfach mehr will?

Chorus:
Greed is good ist passé
Schaulaufen ade
Unser Plastik dient der Disziplin
Ist mentales Insulin

Tourguide:
Ich kann mir etwas dazuverdienen
Auf dem Markt meine Kenntnisse andienen
Die eine erfindet ein Io-taugliches E-Mobil
Der andere unterrichtet tanzen im Kallisto-Stil
Der Dritte aus langen Worten Verse drechselt
Und wem's gefällt, der macht wusch!
Und husch! Hat das Geld
Karte und Besitzer gewechselt

Besucher von der Erde: Wie? Wurde Arbeit etwa auch abgeschafft?

Chorus:
Jeder legt Hand an,
Wo Not ist an Frau oder Mann,
Leistet seinen Beitrag
Tag für Tag, ungefragt

Tourguide:
Warum soll sich jemand noch mit Arbeit quälen?
Mit anderer Leute Lebenszeit wohl dealen?
Ohne Geld, wie ihr es kennt,
Das Druckmittel auf Menschen entfällt
Aber der Rest muss ebenfalls stimmen
Sonst wird die Utopie schnell verglimmen
Schuftarbeit wird durch Robos erledigt
Selbstentfaltung nicht nur gepredigt
Fest eingebrannt auf ihrer Platine
übernehmen Algorithmen die Routine

Besucher von der Erde: Wer soll das bezahlen? Woher nehmen und nicht stehlen?

Chorus:
Bezahlung ist überflüssig
Wir sind der alten Gewohnheit überdrüssig
Wir brauchen nur Energie
Und die versiegt bei uns nie

Tourguide:
Energie ohne Ende hat's möglich gemacht
Wasserstoff wird auf Wasserstoff gepappt
Fusion ist das Zauberwort
Macht die Galileomonde zum lebenswerten Ort,
Ganz ohne die Umwelt zu versauen
Da könntet ihr euch von uns was abschauen

Besucher von der Erde: Wer entscheidet? Wer hat den Hut auf?

Chorus:
Hier auf Ganymed
Primus inter pares
Unser Forum steht

Tourguide:
Das neue Gesetzesvorhaben wird in das Netz gegeben
Per Pushnachricht informiert es jede und jeden
Man sieht nicht nur, was man kennt und eh schon denkt,
Auch anderes und Andersmeinende werden hochgespült
Der eigenen Ansicht entgegen Gesetzes eingespielt
Das hält das mentale Immunsystem fit,
Verhindert, dass wir in unserer eigenen Blase ersticken
Und hält den Blick offen für die, die anders ticken
Das wird alles ins Forum geleitet,
Wo dann die Dreieinigkeit entscheidet
Aus gewählten Vertretern, Bürgern und KI,
Wobei die KI ermittelt
Ein paar Zahlen nudeln schadet nie
Das Bürgergutachten vermittelt
Die gewählten Vertreter wählen
Und am Ende alle Stimmen zählen

Besucher von der Erde: Warum jetzt? Warum ausgerechnet ihr?

Tourguide:
Terra hat's versucht, der Mars und auch Luna
Alle sind sie gescheitert
Doch wir sind wirklich weiter
Ganymed, Kallisto, Io und Europa
Wir nennen uns jetzt Transpecunia

Jwd tun wir keinem weh
Solange wir die Frachter mit Rohstoffen bestücken,
Will niemand uns mit seinen Weisheiten beglücken

Besucher: Wo ist der Haken?

Tourguide: Wir leben im Dunkeln
Die Sonne kaum mehr als ein Funkeln
Wir können nur im Anzug nach draußen
Und müssen unter einer Glocke hausen
Der Strom der Menschen ist begrenzt
Jeder fast jede und jeden kennt
Manche kehren zurück, wollen ins Zentrum
Dort werden sie sich schwertun
Schon allein wegen der Schwerkraft
Noch mehr aber wegen der Macht,
Die das Geld dort immer noch ausübt
Wir jedoch wagen einen neuen Start
Und vielleicht schwappt die Idee ja über auf euch
Und wir klopfen euch weich
Und es beginnt ein Terraforming der besonderen Art

Chorus: Et tamen movetur
Und sie bewegt sich doch
Die Gesellschaft von morgen
Vergessen des Botschafters Sorgen
Hat er auf Transpecunia viel gelernt
Und wieder zu Hause jetzt davon schwärmt

Flüssiger Reichtum

Text_Lucia Bräu
Illustration_Henryk Pavel

Ein grünes Licht blinkte auf. Ein leises Piepen ertönte. Die Lade öffnete sich langsam mit einem Zischen, und weißer Dunst stieg ihr entgegen. Inmitten des Dunstes leuchtete eine violette Flüssigkeit in gläsernen Phiolen. Ihre Hand zitterte, als sie danach griff.

Ein leises Quietschen am anderen Ende des Raumes. Jemand hatte die Tür geöffnet. Erschrocken ging sie in die Hocke, vorsichtig, dabei die Phiolen nicht zu zerbrechen, die in ihrer Hand lagen. Durch die Beine der vielen Tische zwischen ihr und der Tür konnte sie die Füße eines Mannes sehen, der in ihre Richtung ging. Eigentlich hätte niemand hier sein sollen. Die Phiolen waren zurückgelassen worden, um morgen vernichtet zu werden. Niemand interessierte sich für die schadhaften Partikel.

Trotzdem war jemand hier. Wer auch immer es war, und was auch immer sie wollten, sie durften auf keinen Fall sehen, dass sie hier war. Wenn sie bemerkten, dass jemand die fehlerhaften Partikel gestohlen hatte, würden sie sie bald nicht mehr benutzen können. Nur wenn sie immer noch in dem Glauben waren, dass alle fehlerhaften vernichtet worden waren, konnte ihr Plan funktionieren.

Sie atmete tief ein, dann krabbelte sie so leise sie konnte an den Tischen entlang, bis zur rechten Wand des Raumes. Der Mann ging an der linken Wand entlang, von der Eingangstür hin zu dem Tisch, von wo sie die Phiolen gestohlen hatte. Langsam rutschte sie auf den Knien an der Wand entlang, dabei hatte sie immer die Schuhe des Mannes im Auge. Der Mann hatte inzwischen begonnen, an dem Tisch, unter dem sie zuvor noch gekauert hatte, etwas zu suchen. Soweit sie das beurteilen konnte, hatte er sie nicht bemerkt.

Vorsichtig ließ sie die Phiolen mit den violetten Partikeln in ihre Jackentasche fallen. Mit zitternden Händen öffnete sie so leise wie möglich die Tür. Ein leises

Knarren war zu hören. Verängstigt drehte sie sich zu dem Mann um. Er hatte sich umgewandt und sah nun die offene Tür. Er würde jeden Moment losgehen, um nachzusehen, was die Tür geöffnet hatte. Für einen Moment überlegte sie, was ihre Möglichkeiten waren. Dann stürmte sie los und ließ die Tür hinter sich zufallen. Sie konnte es sich keinesfalls leisten, gefunden zu werden.

So schnell sie konnte rannte sie die Treppe hinunter. Ihr Herz pochte in ihrer Brust, sie konnte das Blut in ihren Ohren rauschen hören. Ihre rechte Hand war in ihrer Jackentasche vergraben, um sicherzustellen, dass nichts herausfiel. Es kostete ihr all ihre Konzentration, um nicht die Treppe hinunterzufallen und trotzdem so schnell wie möglich zu laufen. Sie konnte nicht hören, ob ihr der Mann gefolgt war, aber sie musste davon ausgehen. Sie musste ihn abschütteln, sobald sie das Gebäude verließ.

Das Gebäude war riesig. Die Lichter in den Gängen waren orange gefärbt, so dass alles in ein warmes Licht getaucht war. Die Stufen gingen eine halbe Ewigkeit nach unten und für einen Moment war sie nicht sicher, ob sie es schaffen würde, überhaupt nach unten zu kommen. Aber sie musste.

Nach einer Weile spürte sie, wie ihre Beine ermüdeten. Sie hätte den Lift nehmen sollen, so wie sie auch gekommen war. Sie hatte den Weg unterschätzt und die Gefahr, die ein möglicher Sturz darstellen würde. Sie schlitterte um eine Ecke und konnte sich im letzten Moment gerade noch vor einem Sturz retten. Panisch holte sie die Phiolen aus ihrer Tasche, um sicherzugehen, dass keine zerbrochen war. Glücklicherweise war nichts passiert.

Nach einer gefühlten Ewigkeit erreichte sie erschöpft die Eingangstür. Es war eine Reihe von riesigen Glastüren, die orange eingefärbt waren. Dahinter war die Stadt zu erkennen. Mit Schwung stieß sie eine der Türen auf und sah sich benommen um. Vor ihr war ein menschenleerer Platz, umringt von so hohen Wolkenkratzern, dass sie ihre Spitzen nicht sehen konnte.

Es war früh am Morgen und alles war in einen milchigen Nebel getaucht. Die Lichter, die die Straße erleuchteten, wurden durch den Nebel in hunderte kleine Sterne verwandelt. Auch die bunten LED-Reklameposter, die den Großteil der Wolkenkratzer zierten, flackerten im Nebel, so dass die Farben alle ineinander verschwammen. Gegenüber war ein riesiges Gebäude, das mit dem, aus dem sie gerade gekommen war, identisch war. Es waren die beiden Produktionsgebäude. Die Häuser jeweils links und rechts davon und die gesamte restliche Straße waren die Börse. In der Mitte wurden die Partikel hergestellt, in den restlichen Gebäuden wurde damit spekuliert. Die Menschen in all diesen Gebäuden konnten die Partikel als etwas behandeln, das keine Substanz war. Sie konnten es behandeln wie ein Computersystem, Zahlen in einem Rechner, wie eine Kurve auf einem ihrer Screens. Aber für sie war das, was die violetten Partikel repräsentierten, etwas

Wahrhaftiges. Etwas Handfestes. Für sie war es nicht fiktiv, sondern etwas, das stets reale Konsequenzen haben konnte. Sie musste die Partikel von hier wegbringen, ohne gefunden zu werden. Für den Mann, der ihren Diebstahl bemerkt hatte, war es nur ein winziger kleiner Punkt auf einer immer weiterlaufenden Geraden. Eine winzige Veränderung. Aber für sie war es alles oder nichts.

Ohne weiter darüber nachzudenken lief sie in eine der Seitengassen zwischen den Hochhäusern. Der Boden war nass von dem immerwährenden Nieselregen, der sich über die Stadt verbreitet hatte. In ihm spiegelten sich die Lichter der Straße wider und bei jedem ihrer Schritte schlugen kleine Wellen. Hinter ihr liefen nun zwei Männer, die nach ihr aus dem Gebäude gestürzt waren. Ihr Atem war flach, sie sog mit jedem Atemzug mehr von der kalten Luft ein. Es war eisig kalt und der Nebel, der sich um sie verteilt hatte, schien es nur noch zu verstärken. Mit einer flüchtigen Bewegung kontrollierte sie, ob die Phiolen immer noch an der gleichen Stelle waren, dann rannte sie um eine Ecke. Nach dem Wirtschaftscrash vor 80 Jahren hatte man versucht, das Layout der Stadt vollkommen neu zu gestalten, um die Disparität zwischen den Vierteln auszugleichen. Was anfangs eine nette Idee gewesen war, hatte im Endeffekt nur dazu geführt, dass nun die Häuser der ärmeren Bevölkerung willkürlich zwischen den Straßen, in denen die Wolkenkratzer der Oberschicht standen, auftauchten. Von der Börsenstraße abgebogen hatte sie nun eine der ärmeren erreicht. Ihr Atem bildete kleine Wölkchen in der Luft, mit jedem Zug wurde er flacher und ausgelaugter. Sie konnte nicht mehr lange ohne Pause laufen. Ihre Hände waren bereits eiskalt und ihre Wangen schmerzten von der Kälte.

Die Lichter an den Gebäuden waren hier dunkler, es hingen weniger Reklameschilder an den Wänden, weniger Farben zierten die Umgebung. Die Lampen, die nun an den Hausmauern hingen, tauchten die Straße in ein weißes Licht, das immer wieder flackerte. Eine streunende Katze humpelte die Gasse entlang, ihr wehes Bein hinter sich herschleppend.

Ein kurzer Blick nach hinten vergewisserte ihr, dass die Männer sie noch nicht eingeholt hatten. Sie konnte sie in der Ferne sehen, zwei Männer, beide in einem schwarzen Anzug und Waffen in ihren Gürtel gesteckt, die selbst aus der Ferne erschreckend aussahen. Sie waren vielleicht 50 Meter hinter ihr, wenn sie nicht bald eine Möglichkeit fand, sie abzuschütteln, würden sie sie mit Sicherheit einholen.

Ein Markt erschien in der nächsten Straße. Beide Seiten der Straße waren mit Ständen vollgestellt, auf denen sich verschiedenste Waren türmten. In der Mitte tummelten sich trotz der frühen Morgenstunden Menschen. Die Märkte waren für viele von ihnen der einzige Weg, erschwingliche Dinge zu finden. Das meiste, was hier verkauft wurde, war von größeren Kaufhäusern gestohlen worden, um hier weiterverkauft zu werden. Die Betreiber der Stände waren ausbeuterische Ganoven, aber ihre Kunden hatten keine andere Wahl. Hier konnten sie zumindest verhandeln und mit etwas Geschick auch Tauschhandel betreiben.

Sie verlangsamte ihre Schritte, als sie den Eingang erreichte, und versuchte, sich an das Tempo der Menge anzupassen, um so gut wie möglich in ihr zu verschwinden. Ein Stand zu ihrer Linken verkaufte riesige Mäntel mit großen Kapuzen. Unbemerkt nahm sie einen davon und legte ihn an. Sie steckte ihre Hände in die Taschen und zog die Kapuze tief ins Gesicht, dann wanderte sie unauffällig zwischen den anderen Menschen umher. Sie bewegte sich langsam, aber sicher ans andere Ende, mit Vorsicht, nicht zu schnell vorzugehen, um nicht aus der Menge herauszustechen. Immer wieder warf sie einen Blick zurück. Die Männer waren ihr zum Markt gefolgt, hatten sie aber aus den Augen verloren.

Nachdem sie den Markt verlassen hatte, wanderte sie eine Weile ziellos durch die Straßen, um sicherzugehen, dass sie die Männer abgeschüttelt hatte. Erst dann machte sie sich auf den Weg zu ihrem eigentlichen Ziel. Das Gebäude, das sie suchte, stand in einer der größeren Straßen der Stadt. Jedes der Gebäude, das die vierspurige Straße säumte, hatte in riesigen farbig leuchteten Lettern den Namen des Gebäudes aufgedruckt. Dazwischen hingen immer wieder große Reklamewände und vereinzelt Überreste von Pflanzen. Nichts außer den algenartigen Rankengewächsen, die an den Wänden der Häuser hochkletterten, überlebte in dem immerwährenden Nebel. Circa 100 Meter über der Straße, auf der die gewöhnlichen Autos fuhren, fuhr die Magnetfahrbahn, eingekapselt in eine gläserne Röhre, so dass man den Zügen von allen Seiten zusehen konnte. Immer wieder schnellten die purpurfarbenen Züge durch die Röhre über den Köpfen der Menschen hinweg. Die Magnetbahn war gebaut worden, nachdem die ersten Phiolen auf den Markt gekommen waren. Sie konnte den Gedanken nie abschütteln, dass die beiden eine gewisse Ähnlichkeit hatten.

Nachdem sie die Straße überquert hatte, betrat sie eines der Häuser mit grellgrün leuchtender Aufschrift. Das Innere des Gebäudes war nur spärlich ausgeleuchtet, als wollten die Bewohner Geld sparen. Ihre Schritte hallten in der Eingangshalle wider, während sie sie durchquerte. Das Gebäude war wie leergefegt, die ersten paar Stockwerke waren komplett unbewohnt.

Sie stieg in den uralten Lift, dessen Türen sich mit einem schrillen Quietschen schlossen und der sie dann mit scheinbar schierer Willenskraft nach oben beförderte. Der Gang des Stockwerkes war mit einem braunen Teppich ausgelegt, dessen rotes Muster unter all dem Schmutz und den Flecken von verschiedensten Ursachen nicht mehr auszumachen war.

Auf der linken Seite war eine braune Tür, mit der Zahl 42 in goldenen Lettern darauf. Vorsichtig klopfte sie an. Es dauerte eine Weile, bis sie im Inneren

Bewegung hören konnte und jemand zur Tür geschlurft kam. Die Tür öffnete sich einen Spalt und ein alter Mann lugte hervor. Als er sie erkannte, öffnete er die Tür weiter.

«Du hast es geschafft», sagte er, ohne sie zu begrüßen. Es war eine Aussage über das Offensichtliche, keine Freude darin. Sie nickte.

«Es gab ein paar Schwierigkeiten, aber ich hab sie. Jetzt musst nur noch du das Ende der Abmachung einhalten. Kannst du das?»

Der alte Mann seufzte. «Ich weiß nicht, ob all das so funktionieren wird, wie du dir es vorstellst. Aber ich habe es dir versprochen.»

Er ließ sie in die Wohnung eintreten. Das Innere der Wohnung hatte Ähnlichkeiten mit dem Rest des Gebäudes. Sämtliche Möbel waren alt und verstaubt. Es machte nicht den Anschein, dass jemand dort wohnte. Ein alter Lehnsessel stand in der Mitte des Raumes, davor ein kleiner Tisch, auf dem sich Zeitungen stapelten. In der Küche türmten sich Teller und einige Mücken hatten sich ein Zuhause gemacht. Die Wände waren kahl, an manchen Stellen war die Tapete etwas abgerissen und in einer Ecke tropfte Wasser von der Decke. Die restlichen Türen der Wohnung waren verschlossen, aber sie war sich sicher, dass es hinter diesen ganz ähnlich aussehen würde.

Der alte Mann grummelte etwas vor sich hin und führte sie zu einer der Türen. Selbst er schien wie seine Wohnung langsam dem Verfall des Hauses zu folgen. Er ging gebückt und seine Kleidung war an einigen Stellen zerrissen. Als er die Tür öffnete, strömte helles kaltes Licht in den Gang. Das Licht kam von langen LED-Röhren, die an der Decke hingen.

Der Raum war das komplette Gegenteil vom Rest der Wohnung. Anstelle von Schmutz und Verwitterung war komplette Reinheit und Ordnung getreten. Es war ein langer Raum, in dem einige Tische aufgestellt worden waren. Auf den Tischen, die an die Wand geschoben waren, standen Computer und ein paar Maschinen, die sie nicht zuordnen konnte. Auf den Tischen in der Mitte befanden sich große Geräte, in denen Reagenzgläser und Phiolen standen. Ein paar davon waren von derselben violetten Farbe wie die Phiolen, die sie mitgebracht hatte. Es war ein Labor mit allem, was dazugehörte.

«Ich dachte nicht, dass du es wirklich durchziehen würdest. Dass du wieder gehen würdest, obwohl so viele von uns schon gefasst worden sind.» In seiner Stimme war Müdigkeit zu hören. Es war, als hätte er bereits mit all dem, was für sie immer noch höchste Priorität hatte, abgeschlossen.

«Wir hatten eine Abmachung. Ich gehe und hole die Phiolen, du wandelst sie um. Wie jedes Mal. Warum sollte es diesmal anders sein?» Sie war irritiert.

«Hast du nicht manchmal das Gefühl, dass es alles keinen Sinn mehr hat?», fragte er und sah sie mit müden Augen an.

«Es ist nur noch eine Frage der Zeit, bis sie uns alle aufspüren. Die Menschen, denen wir helfen, profitieren immer nur eine kurze Weile von dem, was wir für sie tun. Mit jedem Mal, wenn wir die Partikel in den Umlauf bringen, scheint es weniger Unterschied zu machen. Nichts ändert sich. Jedes Mal müssen wir von vorne beginnen, aber jedes Mal werden wir weniger. Statt nach vorne bewegen wir uns die ganze Zeit nach hinten. Wir werden in eine Ecke gedrängt. Eine Ecke, aus der wir irgendwann nicht mehr fliehen können. Wir setzen immer wieder alles aufs Spiel und bekommen dafür jedes Mal weniger.»

Sie zögerte einen Moment. Sie konnte nicht leugnen, dass dieselben Gedanken sie nicht auch manchmal heimsuchten.

«Ich weiß, dass sie uns finden werden. Ich weiß, dass es riskant ist. Ich weiß, dass ich mit aller Wahrscheinlichkeit entweder bald im Gefängnis sitze oder tot in irgendeiner Gasse liege. Ich weiß, dass alles hoffnungslos scheint. Jedes Mal, wenn ich mich auf den Weg zu einer neuen Mission mache, kommt mir der Gedanke, ob es all das überhaupt wert ist. Aber was habe ich für eine Wahl?»

Nach einer kurzen Pause sprach sie weiter: «Es geht hier nicht um mich. Es geht hier um all die Menschen, deren Leben oder Tod von diesen Partikeln abhängig sind. Wer bin ich, um diese Entscheidung für sie zu treffen? Auch wenn es mich umbringt, ich kann nicht für sie entscheiden, welches Risiko es wert ist und welches nicht. Sie haben keine Wahl, also habe ich auch keine.»

Der alte Mann nickte schwach. Er war nicht überzeugt, aber zumindest war er bereit, seinen Teil der Abmachung durchzuführen. Sie griff in ihre Jackentasche und reichte dem Mann die Phiolen. Wenn alles glattlief, würden die Partikel es ihr erlauben, auf der Bank hunderte von Accounts temporär zu füllen. Die Partikel sollten eigentlich dafür da sein, Stabilität in das Geldwesen zu bringen. Sie sollten die Ungleichheit aufwiegen. Aber das System war von Anfang an fehlerhaft gewesen. Jetzt waren die schadhaften Partikel die einzige Möglichkeit für die ärmeren Schichten, sich temporär Geld zu beschaffen, um sich zu versorgen.

Nachdem das Bankwesen vor 80 Jahren völlig zusammengebrochen war, hatte man nach einer neuen Lösung gesucht. Die zunehmende Digitalisierung und das überproportionale Wachstum des fiktiven Kapitals hatten damals zu dem zu erwartenden Crash geführt. Es hatte bereits zuvor Crashs gegeben, die das System für längere Zeit aus der Bahn geworfen hatten, aber damals war es das erste Mal, dass alles zur Gänze verloren ging. All das Geld, das damals auf der Welt zirkulierte, hatte plötzlich jeglichen Wert verloren. Nach Jahren des Kampfes und des Krieges schaffte es eine Elite von Chemikern und Mathematikern, ein neues System zu erschaffen. Ein System, das wieder wie früher an etwas Materielles gebunden war, aber etwas, das nicht natürlich zu finden war. Eine Sammlung an Partikeln, die je nach Herstellungsart einen bestimmten Wert an

Geld repräsentierten. Die Partikel konnten nur unter bestimmten Bedingungen hergestellt werden, die diese Elite irrsinnig schnell monopolierte. Es gab keine bessere Lösung, denn es gab keine andere Lösung. Trotz der anfänglichen Versprechen von Chancengleichheit dauerte es nicht lange, bis die Kluft zwischen Armen und Reichen wieder auftauchte. Nach einer langen Phase von Hoffnungslosigkeit und steigender Kriminalität machten sich erstmals schadhafte Partikel auf dem Schwarzmarkt breit. Partikel, die trotz einer normalen Zusammensetzung auf den Bankkonten eine Unmenge an Geld aufscheinen ließen. Genug Geld, um ein ganzes Viertel für einen Monat zu versorgen. Die einzige Methode, die schadhaften Partikel zu nutzen, war, das Geld auf vielen Konten zu verteilen, da es nach kurzer Zeit wieder verschwinden würde und daher aufgebraucht werden musste, ohne Aufsehen zu erregen. Die Hilfe, die das Geld also brachte, war nur temporär. Trotzdem hatte sie sich geschworen, so viele Phiolen wie möglich an die ärmere Bevölkerung zu bringen.

Ein mulmiges Gefühl machte sich in ihrer Brust breit, während der alte Mann die Phiolen begutachtete. Um die schadhaften Partikel zu verwenden, mussten sie umgewandelt werden. Der alte Mann war einer der wenigen, der noch die Mittel dazu hatte. Die meisten Labore und Chemiker, die sie hatten, waren bereits von Beauftragten des Finanzmarktes zerstört beziehungsweise festgenommen worden. Es würde nicht mehr lange dauern, bis jemand auch dieses Labor finden würde.

Nervös wanderte sie im Zimmer auf und ab. Nach all dem Laufen und dem ständigen Gefühl, verfolgt zu werden, hatte sie Schwierigkeiten, sich zu beruhigen. Immer wieder vergewisserte sie sich, dass niemand zur Tür gekommen war. Wenn sie durch das Fenster im staubigen Wohnzimmer des alten Mannes hinunterblickte, konnte sie den Eingang des Gebäudes sehen. Immer wieder warf sie einen Blick nach unten, um nach verdächtigen Gestalten oder Autos Ausschau zu halten. Nach einer Weile, die sich für sie wie eine halbe Ewigkeit angefühlt hatte, rief der alte Mann sie wieder zu sich.

Er hielt die Phiolen hoch, die sie ihm gegeben hatte. Sie sahen genauso aus wie zuvor, niemand würde den Unterschied bemerken.

«Fertig», sagte er mit einem Grinsen.

Er war immer schon voller Euphorie gewesen, wenn er es schaffte, eine weitere Ladung Partikel zu verändern. Sie lächelte zurück, obwohl sie ihre Paranoia noch nicht ganz abschütteln konnte.

«Schadhafte Partikel, die elementar verändert wurden, um ihre Fehler auszunutzen und Menschen zu bereichern, die diese Partikel durch illegale Mittel erworben haben», sagte der Mann plötzlich, ohne sie anzusehen. Er starrte auf die Phiolen in seiner Hand. Seine Stimme war zittrig, es war, als hätte er sich plötzlich an etwas erinnert, das er bis jetzt vergessen hatte.

Sie ging auf ihn zu, aber er blickte weiterhin nach unten, wandte sich von ihr ab.

«Was ist los?», fragte sie.

Er schüttelte nur den Kopf.

«Du hättest nicht kommen sollen», sagte er dann ganz leise.

«Was?», fragte sie, ihre Stimme kaum hörbar. Ihr Herz sank in ihrer Brust und sie spürte ein dumpfes Stechen in ihrer Bauchgegend. Etwas war ganz und gar schiefgelaufen.

«Die Mission hätte schiefgehen sollen», sagte er, während er Tränen unterdrückte. «Du hättest die Partikel gar nicht mehr bekommen sollen. Dann hätten sie dich nie verfolgt. Du wärst gezwungen gewesen, aufzuhören, aber sie hätten nichts gehabt, um dich festzunehmen. Sie hatten mir versprochen, dass du sicher sein würdest, solange du nie tatsächlich die Partikel umwandeln lässt ...»

Er brach am Ende des Satzes ab. Seine Hände zitterten, er umschloss damit fest seine Knie, um sie stillzuhalten.

«Wer hat dir das versprochen?», fragte sie. Die Unsicherheit in ihrer Stimme wich der Wut. Er hatte sie verraten.

«Ich weiß nicht, wer sie sind. Aber sie waren uns auf der Spur. Sie wussten, wo wir die schadhaften Partikel herbekommen und sie wussten, wie wir sie umwandeln. Sie wussten, dass wir es waren, die die umliegenden Viertel versorgt haben. Sie drohten mir. Du musst das verstehen.»

«Ich verstehe gar nichts», sagte sie.

Nun war sie es, die sich von ihm abwendete. Ein Geräusch bei der Tür hatte sie abgelenkt. Jemand war durch die Wohnungstür gekommen.

«Wissen sie, wo wir sind?», fragte sie vorsichtig. «Hast du ihnen gesagt, wo wir sind?»

Der alte Mann seufzte. Tränen liefen nun über seine Wangen.

«Es tut mir leid», sagte er. «Ich hatte gehofft, dass es nie so weit kommen würde.»

Für einen Moment überlegte sie, ob sie wegrennen sollte. Ihr Instinkt sagte ihr, dass sie laufen musste, weit weg von hier, weit weg von allem, was gerade passiert war. Aber sie wusste, dass es dafür zu spät war. Man hatte sie verraten. Es gab kein Zurück mehr.

Die Schritte näherten sich und die Tür zum Labor öffnete sich. Auf der anderen Seite standen vier maskierte Männer in Uniform. Ein weiterer Mann, dieser im glänzenden Anzug, stand hinter ihnen. Sie merkte, dass ihre Hände begonnen hatten zu zittern. Sie hatte Angst. All die Male, bei denen sie sich in Lebensgefahr gebracht hatte, war ein gewisses Element der Furcht dabei gewesen. Aber diesmal war es wahr geworden. Ihr Herz schlug so stark, dass sie fürchtete, daran zu ersticken.

Für einen Moment wirkte es, als würden die Männer einfach da stehen bleiben, wo sie waren. Die Männer in Uniform trugen Gewehre, an deren Mündung ein gelbes Licht blitzte. Ein Schuss damit konnte nicht nur ein Loch in einen Menschen bohren, sondern auch so ziemlich jede organische und anorganische Substanz zerstören. Die Waffen waren ursprünglich nur für Tests erschaffen worden und hätten nie in den Umlauf gebracht werden sollen. Heute waren sie fast Standard. Die blitzartigen Schläge, die die Kugeln umschlossen, erinnerten an einen Laserstrahl, aber gleichzeitig auch an einen herkömmlichen Taser. Sie hatte mit eigenen Augen gesehen, was diese Waffen anrichten konnten und sie hatte keine Lust darauf, es am eigenen Leib zu spüren.

Der Mann im Anzug bedeutete den Männern, den Raum zu betreten. Sie schweiften zu den Ecken und Ausgängen des Raumes, um die beiden von allen Seiten im Zaum halten zu können.

Nun deutete der Mann auf sie und der alte Mann nickte. Sie schienen keine Worte zu brauchen, um die wichtigsten Informationen zu kommunizieren. Für einen Moment begutachtete der Mann die veränderten Partikel, die wieder in ihren Phiolen waren. Er schüttelte den Kopf, als wäre es eine Beleidigung gegen ihn persönlich, dass die Partikel verändert worden waren. Dann gab er einem seiner Handlanger ein Zeichen, der zu ihr trat und ihr Handschellen anlegte. Zu ihrer eigenen Überraschung wehrte sie sich nicht. Anstelle der Wut und der Angst hatte sich eine dumpfe Gleichgültigkeit breitgemacht. Vor ein paar Sekunden war sie noch außer sich gewesen vor Zorn. Sie hatte sich hintergangen gefühlt von dem alten Mann, mit dem sie bereits so oft zusammengearbeitet hatte und dem sie vertraut hatte. Sie hatte Angst gehabt vor dem, was mit ihr passieren würde. Sie hatte irgendwo noch ein klitzekleines bisschen Hoffnung verspürt, dass sie vielleicht entkommen könnte. Die Hoffnung, die sie von all den Menschen bekam, denen sie geholfen hatte und denen sie wieder hätte helfen können. Doch nun war all das verschwunden. Es schien plötzlich nicht mehr so erschreckend, mit ihnen mitzugehen. Sie würde nichts mehr entscheiden müssen, würde keine Verantwortung mehr tragen. Niemand könnte sie mehr verraten, denn es gab nichts mehr, das man verraten könnte.

Als vor all den Jahren die Partikel auf den Markt gebracht worden waren, kam mit ihnen das Versprechen, dass sie alles verändern würden. Dass die Zeit der Gier vorüber sein würde. Dass die Kluft zwischen Reichen und Armen verschwinden würde. Aber es war alles eine Lüge gewesen.

Es schien keinen Unterschied zu machen, welche Form das Geld annahm, wie es funktionierte, woher es kam. Es gab immer diejenigen, die es ausnützen würden. Diejenigen, die zu viel nehmen würden, und diejenigen, die zu wenig haben würden. Aber trotzdem würde es immer wieder Menschen geben wie sie.

Menschen, die nicht wegsehen und mehr geben, als sie haben, um denen zu helfen, die nichts haben.

Sie wusste, dass sie etwas Illegales getan hatte und dass sie dafür lange weggesperrt werden würde.

Aber sie bereute es nicht. Sie wusste, dass es die richtige Entscheidung gewesen war. Die einzige Entscheidung.

Als die Männer sie abführten, fühlte sie demnach nichts mehr. Sie hatte keine Angst vor dem, was kommen würde. Auch wenn es bedeutete, dass ihre Arbeit nun vorbei war. Die Hoffnung, die sie so vielen Menschen gespendet hatte, würde enden, aber es war nicht das Ende. Es war das Ende ihrer Arbeit, aber jemand anders würde ihr Werk weiterführen.

Es würde nichts ändern, nicht wirklich, aber es war genug.

Zeitbürger

Text_Gioia Großmann
Illustration_Maki Shimizu

Es war der Tag, an dem ich dachte, die Welt verstanden zu haben, und einen Menschen verlor, von dem ich glaubte, dass ich ihn nicht verlieren könnte.

Seine großen Hände mit den kleinen braunen Fleckchen und den Bergen und den Tälern umschlossen meine kleine patschige Hand, als er mich durch das hohe Gestrüpp führte. Ich bemühte mich, den Brennnesseln am Wegrand auszuweichen, die mir in ihrer Höhe beinahe Konkurrenz machten. Der moosige Geruch des Waldes und das Geräusch der Nadeln auf dem Boden brachten meine Nase zum Kitzeln. Ich hätte laut lachen können, aber ich ließ es bleiben, um die Pilze nicht zu wecken.

Damals war ich der festen Überzeugung, dass man die Augen der Pilze nur nicht sehe, da sie im Schlaf geschlossen waren. Ich glaubte auch, dass die Bäume sich freuten, wenn ich mit meinem Begleiter zu Besuch kam.

Während dieser nur einen einzigen, etwas hölzern wirkenden Schritt machte, musste ich mindestens zwei meiner wild entschlossenen Schritte machen, um mithalten zu können. Die feuchten Wurzeln auf dem Weg wurden zunehmend durch kantige Felsbrocken ersetzt, auf denen wir noch unbeholfener unterwegs waren als zuvor. Er begann irgendwann etwas angestrengter zu atmen und es dauerte nicht lange, bis er vor sich hinschnaufte – aber das würde er nie zugeben. Die Bäume wurden allmählich weniger und auch der Gesang der Vögel wurde leiser. Ein kleiner silbern schillernder Käfer krabbelte aus einer Lücke zwischen zwei dunklen Steinen hervor. Mit großen Augen beugte ich mich zu ihm hinunter, um ihn genau anzusehen.

«Sieh mal! Ein Astronaut! Ein ganz kleiner!»

Meine Nase war kurz davor, den winzigen Weggefährten zu berühren. Als er realisierte, dass ich da war, drehte er sich eilig um und verschwand mit panisch wackelnden Fühlern unter einem anderen Stein.

«Er mag mich nicht. Oder was glaubst du?», fragte ich verunsichert und mit einem bekümmerten kleinen Herzen, das glaubte, etwas falsch gemacht zu haben.

«Nein, ganz gewiss nicht. Der Astronaut hat es immer eilig. Du hast ihn nur auf die Idee gebracht, dass er etwas Wichtiges vergessen hat. Er wird sich dann das nächste Mal bestimmt bei dir bedanken, Liebes», antwortete er und rückte seine Mütze, die nur alte Männer trugen, zurecht.

Genauso schnell wie der graue Schleier sich um mein Herz geklammert hatte, flog er auch wieder davon. Ich fühlte mich wie eine richtige Abenteurerin. Der Wind pfiff uns immer stärker um die Ohren und ich vermutete, dass mein Begleiter das mit der Mütze vor allem tat, damit seine 19 Haare auf dem Kopf dort bleiben würden, wo sie ihre Wurzeln geschlagen hatten.

«Opa, sind wir bald da?», rief ich ihm nach einer kleinen Weile zu, die wir damit verbracht hatten, wortlos den steinigen Hang hochzustampfen.

Er hielt an, drehte sich mit einem breiten Lächeln um und wartete, dass ich wieder neben ihm stand. Dann bückte er sich und zeigte mit seinem Zeigefinger auf eine Felswand.

«Siehst du das?»

Mein Blick folgte der Richtung seines zittrigen Armes. Ich nickte eifrig und sah ihm wieder fest in die Augen.

«Da gehen wir hin. Dahinter ist mein Lieblingsplatz», flüsterte er geheimnisvoll.

Wir gingen jedes Mal an seinen Lieblingsplatz. Aber es war immer ein anderer Ort. Irgendwann hatte er mir mal gesagt, dass sein Lieblingsplatz da wäre, wo ich bin. Ich hielt das für wenig einleuchtend, da wir uns unter diesen Umständen ja gar nicht bewegen müssten, aber ich konnte auch gut damit leben, dass er das nicht verstand. Ich konnte meinem Großvater ohnehin nicht böse sein, da ich ihn viel zu sehr vergötterte. Nicht weil er mein Großvater war, sondern weil er immer eine kluge Antwort hatte und mir jedes Mal Gesellschaft leistete, wenn meine Eltern keine «freie Kapazität» hatten, wie die Leute sagen. Meine große Schwester hatte eigentlich auch nie so eine «freie Kapazität». Wahrscheinlich, weil sie sehr damit beschäftigt war, Probleme zu machen.

Und nicht jedes Problem wird von allein zu einem Problem, weswegen sie viel Zeit investieren musste. So hat es mir jedenfalls mal unsere Nachbarin erklärt. Sie mochte meine Schwester nicht, aber sie konnte gute Zimtschnecken backen, die sie mir jeden Dienstagabend schenkte.

Hinter der Felswand hatte sich der beeindruckendste Ausblick der Welt versteckt. Ein Ort, der unbemerkt über dem Rest der Welt schwebte. Der pfeifende Wind war verstummt, die Tannen, die über den gewaltigen Hang verstreut waren, schienen die Luft anzuhalten. Wir setzten uns auf einen riesigen alten

Baumstamm, der sich unter meinen Händen wie ein versteinertes Meer anfühlte. Und so saßen wir lange da und genossen den Ausblick über die Wohnbezirke und Wälder, die die Menschen kreisförmig um ihre Städte angelegt hatten.

«Opa?», fragte ich irgendwann. «Kannst du mir bitte mal die Welt erklären? Das wäre wichtig.»

Er kräuselte die buschigen weißen Augenbrauen und sah mich mit seinen eisblauen Augen an.

«Bis wann musst du das denn wissen?», hakte er verschmitzt nach, bevor er sich umständlich in eine Position setzte, in welcher er mir gänzlich zugewandt war.

«Das hat Merti nicht gesagt. Sie meinte aber, dass ich noch viel zu klein bin, um die Welt zu verstehen und dass ich deswegen nicht mitreden kann. Aber ich will doch sagen, ob ich ihre Probleme gut finde oder nicht», entgegnete ich, woraufhin die Lachfältchen meines Opas seine Augen so umrahmten wie die Flügel eines Schmetterlings. Er nickte verständnisvoll.

«Also gut. Dann fangen wir mal an ...» Er räusperte sich, wie das alte Männer gerne tun, bevor sie etwas äußerst Gewichtiges sagen. Ehe er begann, wechselte ich scheinbar das Thema.

«Opa?»

«Ja?»

«Warum hat Mama keine freie Kapazität für mich?»

Er seufzte vorsichtig. «Das ist wirklich eine gute und berechtigte Frage. Deine Mutter ist nur leider eine sehr schlaue Frau.»

«Warum leider? Schlau sein ist doch gut oder etwa nicht?»

«Natürlich ist es gut. Aber das Problem mit schlauen Leuten ist, dass sie immer an den wichtigen Stellen dieser Welt mehr gebraucht werden. Das müssen wir versuchen zu verstehen.»

Ich änderte meine Sitzhaltung, um zu zeigen, dass ich mir nun Mühe gab, das zu verstehen.

Er fuhr fort. «Du weißt doch was sie da macht, oder?»

«Sie produziert Zeit.»

«Ja, zumindest arbeitet sie daran. Als ich noch jung war, war Zeit einfach nur auf eine unsichtbare Art und Weise da, aber sie war nichts, das man hätte berühren – geschweige denn kontrollieren können. Deine Mutter arbeitet mit ihren Kollegen aber genau daran. Du weißt doch, dass bei den Menschen, die gelebten Stunden irgendwann aufhören, nicht wahr?»

«Ja, das weiß ich. Wir bekommen in jeder gelebten Stunde eine Belohnung. Und wer keine gelebte Stunde aufweisen kann, wird nicht mehr versorgt.»

«Genau – und deine Mama versucht, die Zeit zu etwas Greifbarem zu machen, um das Stoppen der gelebten Stunden aufzuhalten. Die Zeit könnte dann mit einer Spritze verabreicht werden oder vielleicht sogar in einer dieser Zimtschnecken, die du so gerne magst, als Zutat verwendet werden.»

Das hat mich sehr beeindruckt. Er erzählte weiter.

«Wir können die gelebten Stunden zwar schon deutlich erhöhen, aber mehr auch nicht.»

Er sah sich kurz um.

«Damals nannten wir den Stopp der gelebten Stunden den Tod. Aber dieses Wort wurde nicht in das Wörterbuch der Zeitbürger aufgenommen.»

«Warum nicht?»

«Mit dem Begriff verband man viel Leid und Elend. Aber der Ältestenrat tat alles, um die Menschheit von diesen Assoziationen zu befreien. Man wollte mit der Vergangenheit abschließen und alles besser machen. Selbst die Geschichtsbücher haben sie an einen geheimen Ort gebracht. Nur die Erinnerungen der Menschen, die vor dem Reset da waren, konnten sie nicht vernichten.»

«Warum haben diese alten Leute das getan?», fragte ich ungläubig.

«Auch wenn der Stopp ihrer gelebten Stunden bereits eingetreten ist, waren das nicht nur alte Menschen. Es waren die 27 weisesten Menschen der Restbevölkerung. Sie haben sich selbst dazu ernannt, aber immerhin hatten sie den Ehrgeiz weiterzumachen. Das allein war schon etwas Besonderes, denn viele der Übriggebliebenen sahen keinen Sinn mehr in ihrem Dasein. Und so tüftelten Philosophen, Sprachwissenschaftler, Physiker, Mediziner, Juristen, Biologen, Informatiker und viele andere an dem Konzept der Zukunft, das die Grundlage für alles dir Bekannte bildet. Und durch den endgültigen Beschluss begann der Reset.»

«Aha. Und wie haben die das so schnell hinbekommen?»

«Ihr Vorteil muss wohl gewesen sein, dass es nicht mehr viele Menschen gab. Und die, die es gab, waren erschöpft.»

«Was bedeutet das?»

«Das heißt, dass sie nicht mehr viel Energie hatten, etwas zu tun. Letztens haben wir doch über das Wort Pandemie geredet, erinnerst du dich?»

«Ja, natürlich erinnere ich mich!»

Ich liebte alte Wörter von meinem Großvater, die ich wie Schätze in meinem Gedächtnis aufbewahrte – ein verhältnismäßig sicherer Ort für etwas, das kein anderer mitbekommen sollte.

«Gut», murmelte er. «Als ich jung war, habe ich die sogenannte *letzte Pandemie* erlebt. Das war vor dem Reset.»

«Verrückt, Opa. Du hast ja wirklich gelebt, als es noch Elefanten gab.»

Er lächelte.

«Nein, so alt bin ich nun wirklich nicht, Liebes.»

«Dann habe ich das wahrscheinlich verwechselt. Und wie war diese Pandemie?»

«Sie war grausam. Bei über 80 Prozent der Erdbevölkerung kam es zum Stopp der gelebten Stunden. Zu Beginn sagte man uns, man hätte alles unter Kontrolle. Doch es dauerte nicht lange, dass jeder verstand, dass nichts unter Kontrolle war. Es herrschte ein riesiges Chaos. Die Angst und die Ungewissheit standen den Menschen in die Augen geschrieben. Nahezu jeder verlor seine Familie, viele Familien waren der Situation nicht gewachsen. Manche stoppten ihre gelebten Stunden auch selbst vor lauter Verzweiflung. Irgendwann waren so viele Menschen – wir nannten das damals tot.»

«Also der Tod macht Leute tot, ja?»

«Ganz richtig. Also wo war ich noch gleich? Ahja – es waren so viele Leute tot, dass man kaum noch an Informationen kam, da auch in den Informationszentren kein Personal mehr war. Die immer weniger werdenden Übriggebliebenen lebten oft weit voneinander entfernt. Auch die Vernetzung funktionierte nicht mehr, da es an den entscheidenden Stellen keine Menschen mehr gab, die dafür hätten sorgen können, dass die Übriggebliebenen in Kontakt treten können. Die Menschen begannen, andere auszurauben, egal, ob tot oder im Zustand der gelebten Stunden. Schließlich waren auch die Versorgungsketten durch den Personalmangel derart unterbrochen, dass auch das nicht mehr funktionierte. Die Menschen mussten mit den Ressourcen über die Runden kommen, die sie zu Fuß erreichen konnten und manch einer zögerte auch nicht, die gelebten Stunden eines anderen zu stoppen, um zu überleben mit dem, was es gab. Sie zogen in die verlassenen Häuser. Möglicherweise als Trost und um eine Art Leben zu sehen, das sie nie gehabt haben. Vielleicht war es auch die generelle Sehnsucht nach Leben, die sie in die Häuser führte. Für manch andere, die begonnen hatten, ziellos umherzuwandern, war es der reine Nutzenfaktor, ein Dach über dem Kopf zu haben.»

«Und wo warst du in der Geschichte, Opa?»

«Ich war ein sehr kleiner Junge mit sehr viel Glück.»

«Aber das ist doch toll! Und deshalb hast du das mit dem Ältestenrat mitbekommen.»

«Genau. Du bist schlau, meine Kleine. Und was denkst du, was sie gelernt haben aus all dem Leid? Was ist das Wichtigste?»

«Dass man nicht alleine ist? Dass es immer genug Leute geben muss, die sich um die Welt kümmern können an den wichtigen Orten, wo sie gebraucht werden?»

«Ja, das auch. Aber was wurde den Menschen genommen, worauf sie keinen Einfluss mehr hatten? Das ist es doch immer, was die Menschen wollen. Sie wollen das, was sie nicht können.»

«Jetzt weiß ich, was du meinst, Opa. Die persönliche Zeit, oder? Die gemeinsame Zeit, aber auch überhaupt die Zeit.»

«Sehr richtig! Der Ältestenrat kam zu dem Entschluss, dass das Wertvollste aller Güter die Zeit sei. Und so bauten sie ein System auf der Grundlage der Zeit. Auf etwas, das sie nicht beherrschten, aber sehr zu schätzen gelernt hatten. Irgendwie schafften sie es, ein kleines Volk zu vereinen und das System innerhalb weniger Wochen in Gang zu setzen. Es ging so schnell, weil sie dem Dasein plötzlich einen Sinn gaben. Niemand musste etwas geleistet haben. Man begann, die Menschen für das Dasein zu belohnen.»

«Weil ihr damals festgestellt habt, dass das Dasein alleine einen großen Wert hat.»

«Genau. Und weil es Mut machte. Es war nur gar nicht so leicht, da man damals lange diskutierte, ob man diesen Wert an die Lebensspanne eines Menschen binden solle oder nicht.»

«Aber das wäre doch ungerecht für die Leute, deren Stopp der Zeit schon ganz früh einsetzt.»

«Genau aus diesem Grund tat man es nicht. Aber genau das ergibt sich so wirklich erst, wenn man so rechnet, wie wir das heute tun. Weißt du schon, wie man Werte rechnet?»

«Ja, der Wert ist der Zeitwert pro Zeitzeit.»

«Sehr schön. Die Zeitzeit ist die neutrale Größe einer Stunde. Bei jeder gelebten Stunde bekommen wir einen Grundpunktestand. Und der Zeitwert ist das Sahnehäubchen.»

«Weil es wichtig ist, wie man die Zeit verbringt – hat Mama mir erklärt. Das heißt Zeitwert.»

«Ganz richtig. Wir können den Punktestand auf unserem Konto steigern, indem wir Gutes tun für andere. Das war einer der wichtigsten Gedanken des Ältestenrates.»

«Und woher weiß man, was gut ist?»

«Das spürt man. Aber wahrscheinlich solltest du lieber im ZGB nachlesen. Der Ältestenrat hat damals lange darüber nachgedacht und die ethischen Festlegungen in unserem Haupt-Gesetzbuch für die Nachwelt aufgeschrieben. Aber grundsätzlich tut man danach etwas Gutes, wenn es zur Steigerung des Empfindens von Freude oder Dankbarkeit beiträgt.»

«Wofür stehen diese Buchstaben? Und was ist das für ein komisches Buch, das keine Geschichte erzählt?»

«ZGB meint Zeitliches Gesetzbuch. Es geht damit los, dass ab Beginn der Geburt die Zählung der gelebten Stunden beginnt und jeder Zeitbürger automatisch einen Zugang zu seinem Zeitkonto bekommt. Es ist vielleicht nicht so schön wie deine Märchen, aber daraus entstehen gewissermaßen die Geschichten in der echten Welt.»

Das musste ich kurz verdauen. Ich sah mich in der Gegend um und versuchte mit meinem linken Fuß, einen kleinen Stein umherzurollen, aber mein Bein war zu kurz dafür.

«Aber Opa?»

«Ja?»

«Was ist denn dann eigentlich mit den Leuten, denen etwas Gutes getan wird? Werden die dann nicht belohnt? Das ist doch dann so, dass sie dem anderen nichts Gutes tun und das verbessert nichts. Und wie macht man das, dass man noch jemandem etwas Gutes tun kann, wenn die das gar nicht wollen, weil sie ja keinen Vorteil haben? Das verstehe ich nicht.»

«Glücklicherweise wissen alle, dass es nur so geht. Es ist ein Zeichen der Freundschaft, dass man dem anderen erlaubt, einem etwas Gutes zu tun. Außerdem – freust du dich nicht trotzdem, wenn dir jemand etwas Gutes tut?»

«Doch stimmt. Warte mal – Glaubst du, ich bekomme die Zimtschnecken nur, weil ...»

«Das weiß ich nicht. Die meisten Menschen denken nicht mehr darüber nach. Sie tun nur noch Gutes. Ganz so, wie es der Ältestenrat geplant hat. Die Menschen begannen, sich daran zu gewöhnen.»

«Und Opa, ich habe noch eine Frage. Was ist dann mit denen, die ganz alleine in einem Zimmer forschen? Die tun ja auch was Gutes, oder? Aber da ist niemand, der sich sofort freut. Woher wissen die Beschützer, dass man etwas Gutes tut?»

«Da hast du Recht. Diese Leute tun womöglich viel mehr für uns alle, wenn sie dort im stillen Kämmerchen tüfteln, als wenn sie Einzelpersonen etwas Gutes tun. Damit das geht, müssen sie regelmäßig Berichte abgeben, in denen sie über die zu erwartenden Erfolge schreiben, wodurch ihr Zeitwert berechnet wird.»

«Aber was passiert, wenn etwas schiefgeht?»

«Dann verlieren sie nur den Zeitwert. Aber ihre Zeitzeit sichert sie ab. Aber bedenke mal, was passiert, wenn es nicht schiefgeht.»

«Dann wird ihr Zeitwert gewaltig riesig.»

«Ganz richtig. Und es kann sein, dass deiner Mama und ihren Kollegen genau das gelingt.»

Er sah sich um, bevor er weitersprach.

«Übrigens diese Beschützer – ich wäre mir nicht so sicher, dass sie uns wirklich beschützen.»

«Wieso nicht?»

«Auch wenn es unwahrscheinlich ist, dass jemand etwas Schlechtes tut, können sie nicht eingreifen. Wir leben in einer Welt, in der alles gesehen wird, aber nichts verhindert werden kann. Hast du die Beschützer schon einmal gesehen?»

«Nein, nicht wirklich. Aber das geht auch gar nicht. Die Hälfte aller Zeitbürger sitzt ja in der Zentrale, wo auch die Zeit verwaltet wird. Sie können da ja gar nicht raus.»

«Nein, so ist es nicht wirklich. Aber ich kann mir vorstellen, warum man es dir so gesagt hat. Zunächst sitzt dort nicht die Hälfte aller Zeitbürger. Die Zeitbürger, das sind wir. Menschen aus Fleisch und Blut. Du und ich zum Beispiel.»

Ich nickte.

«Aber die Beschützer – das sind keine Menschen aus Fleisch und Blut, auch wenn sie ihnen ähnlichsehen sollen. Das ist das Produkt der Künstlichen Intelligenz. Sie alleine verwerten alle Daten. Sie sind die Könige in unserer ach so schönen Welt. Und weißt du was das Lustige ist?»

«Nein?»

«Sie können sich weder darüber freuen noch ist ihnen das bewusst.»

Er lächelte mich an und nickte stumm vor sich hin.

«Aber hier sind sie nicht. So weit sind wir noch nicht, dass jeder Berg überall überwacht wird. Tut mir übrigens leid, dass dein Zeitwert gerade nicht vorhanden ist, Liebes.»

«Was? Hier sind keine Beschützer?», flüsterte ich voller Entsetzen. Eine Welt ohne Beschützer hatte ich mir bis dahin nie ausgemalt.

«Nein, ich bin mir ziemlich sicher. Ich glaube auch, dass deine Schwester Merti oft hier wäre, wenn sie nicht auf der Straße laut werden würde mit ihren Freunden.»

«Hmm – Aber was machen die Beschützer, wenn sie uns nicht beschützen?»

«Sie beobachten und berechnen den Zeitwert. Sie messen die Steigerung des Empfindens von Freude und Dankbarkeit. Hast du dir schon mal überlegt, wie sie das machen?»

«Wenn sie uns sehen, können sie erkennen, dass wir lachen oder weinen.»

«Sie sehen nicht nur das. Sie sehen die Mikrobewegungen in deiner Mimik. Du weißt, was die Mimik ist, oder?»

«Ja, natürlich – das weiß doch jeder.»

«Gut. Weißt du, was sie noch machen? Sie haben ihre Eye-Tracking-Methoden, die nicht nur zeigen, wohin du guckst, sondern auf welche Weise du guckst. Neben dem Sehen hören sie auch alles, was du sagst. Das scheinen die Leute inzwischen vergessen zu haben. Deine Stimme verrät aber mehr über deine Emotionen, als dir lieb ist. Die Intensität, die Tonlage – das spielt alles eine Rolle. Außerdem gibt es überall diese kleinen silbernen Kästen. Sie senden Signale, die auf deinen Körper treffen. Ich glaube, sie werden Radio-Frequenz-Signale genannt. Sie werden reflektiert, ohne dass du es mitbekommst. Dadurch wissen die Beschützer auch alles über deinen Atemrhythmus, über deinen Herzschlag ...»

«Sie wissen also alles über meinen emotionalen Zustand?»

«Jederzeit.»

«Und das alles, um die Punkte auf meinem Kontostand aufzuwerten?»

«Ganz richtig.»

Ich ließ mich von dem Stamm hinabgleiten und spazierte grübelnd mehrere Runden um unseren alten Baumstamm. Mein Großvater sah mir aufmerksam dabei zu. In seinem Blick steckte so viel. Es war eine Mischung aus bittersüßer Erleichterung, Großherzigkeit und einem zaghaften Flehen, dass ich all diese Dinge – anders als meine Schwester – bei den alten Wörtern in meinem Geheimversteck aufbewahren würde.

Ich hatte einen kleinen Kloß im Hals, der weggeräuspert werden musste.

«Darf ich deswegen mein Profil, wo der Kontostand ist, niemandem zeigen?»

«Gewissermaßen liegst du richtig. Die Menschen sollten aufhören, sich mit anderen zu vergleichen, das war der Gedanke. Aber letztlich sollen die Daten, die mehr sind als ein reiner Kontostand mit Zahlen, geschützt werden. Dein ganzer Prozess der gelebten Stunden wird in der Zeitzentrale aufbewahrt. Das darf niemand sehen.»

«Weil man es gegen mich verwenden könnte?»

«Mit diesem Wissen könnte man dein Leben, ich meine, deinen Prozess der gelebten Stunden, gänzlich zerstören. Es ist mehr als ein Wert von Zahlen oder Punkten, der gezeigt wird. Es ist deine gesamte Gefühlswelt.»

Ungläubig sah ich ihn an.

Er atmete schwer. «Weißt du – diese Zeitzentrale ist mehr als ein Softwareprogramm oder eine Art Zentralbank, die alle Daten sammelt. Es ist die moralische Instanz aller Zeitbürger.»

Den Satz musste ich mir auf der Zunge zergehen lassen.

«Und deine Schwester und ihre Freunde sorgen für Aufstände. Sie sind zwar in dieser Welt aufgewachsen, aber sie verabscheuen sie.»

«Was genau?»

«Den Druck, ständig ein guter Mensch sein zu müssen. Wer kann das schon.»

«Du warst immer gut zu mir, Opa.»

Er schmunzelte zufrieden.

«Das freut mich sehr. Aber so sind die Menschen nicht gebaut. Sie können nicht durchgehend Gutes tun. Deine Schwester und ihre Freunde fühlen sich unter Druck gesetzt. Diese ständige Erwartungshaltung, der man nicht entkommen kann und das geforderte Verhalten, welches direkte Auswirkungen auf unser Konto hat. Sie sind einfach überfordert. Überforderte junge Leute, die durch die Straßen ziehen und rufen ‹Gegen die Überwachung der

Gefühle›, während sie ihre Plakate mit der Aufschrift ‹Zeit ist Geld – Geld ist Zeit. Nicht mit uns› umhertragen. Ob sie wollen oder nicht, sie werden immer der Zeit unterworfen sein. Aber vielleicht hören sie ja eines Tages auf, Zeitbürger zu sein.»

«Du bist also nicht sauer auf sie?»

«Nein, warum sollte ich?»

«Naja, alle sind sauer. Mama redet nicht mehr mit ihr. Die Nachbarn reden schlecht über sie und Papa sagt, dass er nicht weiß, was er sagen soll.»

«Das kann ich nur mit einem Grundgedanken aus dem ZGB beantworten. Es ist uns nicht erlaubt, auf die Konten anderer zu gucken.»

«Wie meinst du das?»

«Ich meine, dass auch niemand das Recht besitzt, den Zeitwert der gelebten Stunden anderer zu beurteilen.»

«Ist das nicht ein Fehler im System? Dann dürfen doch auch die Beschützer nicht unseren Zeitwert beurteilen?»

«Diese Frage kannst du dir nur selbst beantworten, vermute ich. Soll ich dir lieber mal etwas verraten, Liebes?»

«Ja. Verrat mir mal was.»

«Dieses Softwareprogramm ist einer der beiden Gründe, warum du nicht noch eine Schwester oder einen Bruder haben kannst.»

«Aber niemand hat mehr als eine Schwester oder einen Bruder.»

«Ja, heutzutage nicht mehr. Als ich jung war, gab es große Familien mit vielen Kindern. Es gab auch viel größere Unterschiede zwischen Eltern und Kindern. Es war normal, dass die Eltern viel weg waren.»

«So wie Mama?»

«Ja. Viele Jahre vor meiner Geburt arbeiteten die Menschen sogar, um Geld zu verdienen. Viele auch nur deswegen – das kann man sich heute kaum noch vorstellen. Damals wurde noch nicht alles von Maschinen gemacht, das von Maschinen gemacht werden kann. Die Menschen hatten Vorgaben, wie viele Stunden sie etwas tun mussten. Das war ihre Definition von Arbeitszeit, soweit ich weiß. Heute geht es uns nur noch um die Fähigkeiten pro Zeit. Keine Tätigkeit ist besser oder schlechter als die andere. Sie sind nur anders.»

«Und das, was die Leute machen, kostet ja die ganze Zeit, die an dem Gegenstand gebaut wurde, oder?»

«Ja. Und je besser deine Zeitwerte sind, desto leichter fällt es dir, kostbare Sachen zu kaufen. Die Kinder früher hatten nur das Geld, das ihre Eltern ihnen gaben. Das waren kleine runde Scheiben zum Anfassen und Rechtecke aus Pflanzenfasern. Kinder waren komplett abhängig und durften noch gar nicht arbeiten. Warte einen Moment ...»

Er kramte in der Tasche seines Hemdes herum, in der sich alles Erdenkliche befand. «Hier! Das ist eine Münze.»

Er sprach das letzte Wort ganz langsam und deutlich aus, so dass ich es mir gleich für die Sammlung meiner alten Wörter merken konnte. Er hielt mir den glänzenden Gegenstand hin.

«Für dich.»

Ich musterte den Kreis mit dem Bild voller Neugier. Ganz vorsichtig griff ich nach dem sonderbaren Gegenstand, der sich kalt anfühlte in meiner Hand.

Er nickte mir aufmunternd zu.

«Die hat heute keinen Wert mehr. Aber ich habe sie immer bei mir, weil sie eine Zeit lang meine einzige Lebensversicherung war und irgendwie hängt man dann doch daran.»

Ich verstand das Wort *Lebensversicherung* nicht recht, aber war zu fasziniert von dem Geschenk, als dass ich weiter nachgefragt hätte.

«Das Tier auf der Münze sieht ja aus wie eine Wolfseule. Guck mal, Opa!»

Er lachte sein kugeliges kurzes Lachen, das ich von ihm übernommen hatte. Nach einiger Zeit kam mir ein neuer Gedanke:

«Aber ich darf doch auch noch keine Zeit an die Gemeinschaft abgeben wie die Erwachsenen.»

«Das stimmt. Das darfst du erst ab einem bestimmten Alter. Aber unserem Grunderhaltungssystem an Zeit für die Gemeinschaft geht es gut, das kannst du mir glauben.»

«Was ist das eigentlich?»

«Das ist ein festes Zeitkontingent, auf das ein Teil deiner Zeit übertragen werden wird. Diese wird dann für die Angelegenheiten der Gemeinschaft gebraucht. Zum Beispiel, um den Park zu säubern.»

«Opa, du hast den anderen Grund vergessen.»

«Welchen anderen Grund?»

«Na, mit den vielen Schwestern und Brüdern.»

«Ach, der andere Grund neben der möglichen Überlastung der Software, die nicht eintreten darf, damit das System bestehen bleibt – Das war die Tatsache, dass mehr Menschen auch mehr Zeit freisetzen. Dadurch gibt es wiederum insgesamt mehr Zeit. Man könnte fast schon von einer Zeitinflation sprechen. Und die ist nicht mit dem ZGB vereinbar, denn die persönliche Zeit des Einzelnen ist eines der wichtigsten Güter. Sie könnte an Bedeutung verlieren, wenn es zu viele persönliche Zeiten gäbe, das steht so in einer Schrift, die einer der Weisen aus dem Ältestenrat publiziert hat.»

«Also allen gesagt?»

«Ja, das hat er zu allen gesagt, die sich das durchlesen.»

«Opa, bist du glücklich?»

Er schwieg und ich beobachtete ihn dabei, wie er in seinem Gedächtnis umherlief und all die Erinnerungen noch einmal ansah, bevor er antwortete.

«Ja, das bin ich. Ich habe so viel gesehen, gehört, gelesen und gefühlt. Meine Stunden hatten immer einen Sinn. Und ein ganz großer Sinn bist du, meine Liebe.»

Er war allmählich sehr erschöpft von unserem Ausflug und man hätte meinen können, dass die Luft seine Stimme übernahm, so leise wie er war.

Da waren so viele unausgesprochene Worte, die er nie hätte sagen müssen. Ich sah das schon in seinen Augen, all die kleinen Filme, die sich dort abspielten. Aber er sagte dann trotzdem noch etwas:

«Selbst wenn die Zeit eines Tages zu einem Ort wird, in dem du viel bewusster umhergehen kannst als heute – bleib dir selbst treu. Vertraue auf deinen Verstand. Wenn sich alles ändert, hast du immer noch dich selbst. Das kann dir keiner nehmen, glaub mir.»

«Natürlich glaube ich dir, Opa. Du bist doch nicht umsonst der schlaueste alte Mann, den ich kenne.»

Ich umarmte ihn und war mir sicher, dass er verstand, dass dies mein Dank dafür war, dass er mir soeben die Welt erklärt hatte und ich nun endlich mitreden konnte. Ich setzte mich wieder dicht neben ihn und schmiegte meinen Kopf an seinen Oberarm. Nach einiger Zeit warf ich die Münze ein paar Zentimeter in die Luft, um sie dann kunstvoll wieder aufzufangen. Dann beobachtete ich die quirligen Städte und die sanften Wälder und alles war ganz friedlich.

Der Astronaut flog dicht an uns vorbei. Ich beobachte ihn dabei, wie er in der Weite verschwand.

Man holte mich erst spät am Abend ab. Meine Mutter war aufgebracht und weinte und freute sich, dass ich da war. Sie schimpfte nicht. Sie nahm mich einfach nur wortlos in den Arm.

Es war, als hätte der Tod die gesamte Zeit über ganz friedlich bei uns gesessen und sich interessiert und voller Geduld die Geschichten über unsere menschlichen Probleme angehört. Wie eine willkommene Abwechslung in seinem stressigen Arbeitsalltag. Der Tod musste sehr höflich sein, dass er wartete, bis mein Opa alles zu Ende erklärt hatte, dachte ich ein paar Tage später.

«Hallo? Hörst du mir zu? Kannst du mir jetzt bitte mal so viele Münzen geben, wie ich für ein Eis brauche? Bitte?»

Einer der Söhne meiner zahlreichen Neffen, zieht ungeduldig an meinem Rockzipfel. Ich habe seinen Namen vergessen. Völlig aus den Gedanken gerissen, streiche ich mir eine weiße Strähne aus dem Gesicht und krame in meiner Münzbörse.

«Das sollte reichen.»

Ich versichere mich kurz, dass es nicht die Wolfseulenmünze war und drücke dem erwartungsvollen Kind mit den großen leuchtenden Augen, das wenige Sekunden später schon wieder davonrennen wird, die Münze in die kleine Hand.

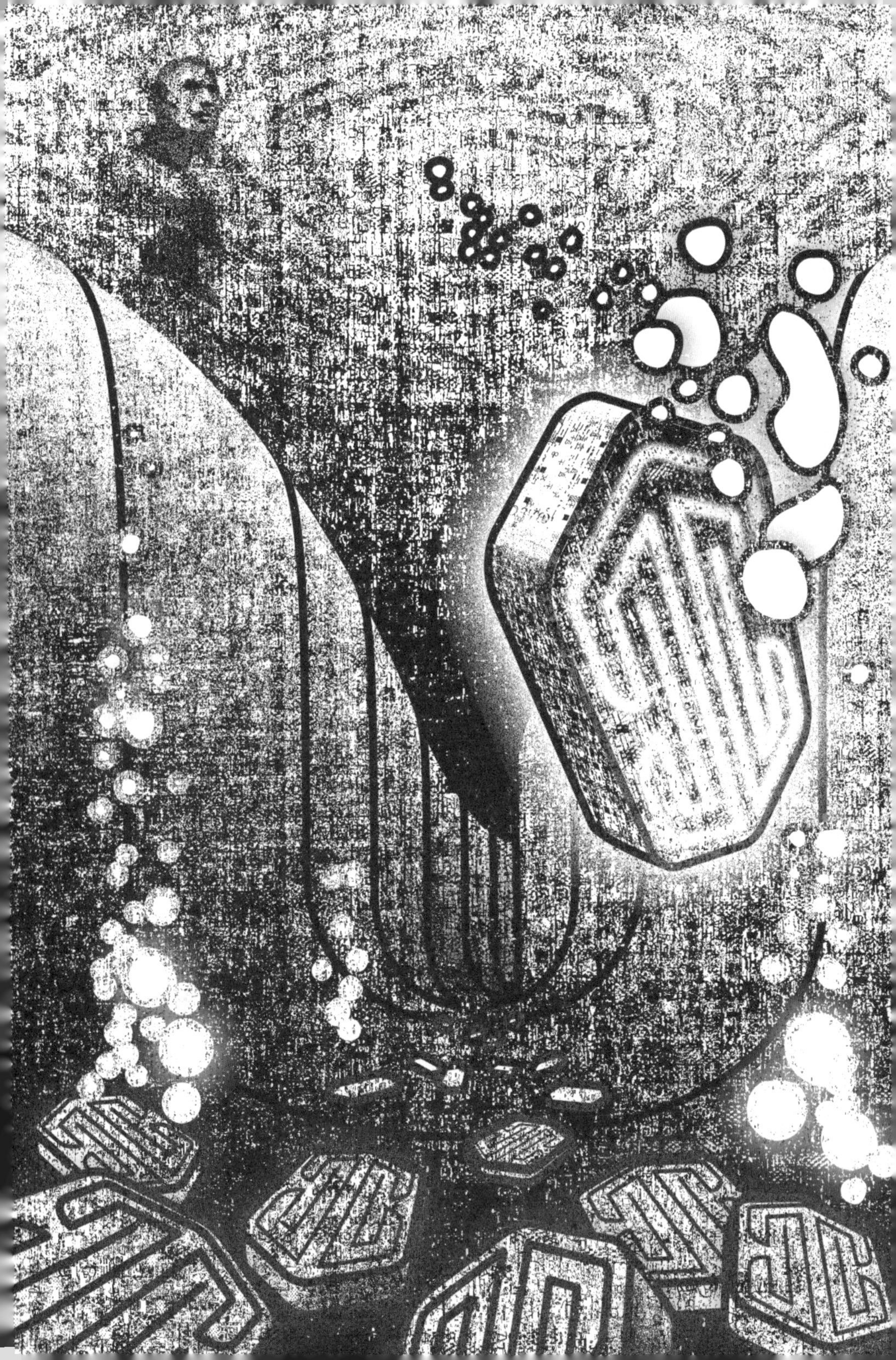

ZVE

Text_Christoph Sperle
Illustration_Benjamin Bertram

1.

«Hey, träumst du? Ich habe dich etwas gefragt!»

Frank sah auf, mit mechanischen Handgriffen verrichtete er weiterhin seine Arbeit. Ja, er war mit den Gedanken ganz woanders gewesen. Er war mit den Gedanken wieder bei *ihm*. Sein Kopf kreiste fast nur noch um ihn. Ein Flipper war selten, äußerst selten. Die meisten Menschen glaubten nicht einmal an ihre Existenz. Aber nun besaß er einen und konnte sein Glück kaum fassen. Wie viel er wohl noch steigen würde? Heute Morgen zeigte er knapp 900 Bits an und war erst hellblau! Er tastete nach ihm, um sich zu versichern, dass er wirklich da war. Erst hellblau!

Die anderen Pucks hatte er in seiner Wallet in der Hostentasche. Sein gesamtes immaterielles Vermögen. Er hatte immer alle seine Pucks dabei, damit er sie schnell wieder loswerden konnte. Je schneller, desto besser. Das war bei *ihm* anders, seinem Schatz!

«Frank, kommst du nun mit? Wir könnten uns was vom Markt holen.»

Er schaute auf die Uhr, fast Mittag. Seit er *ihn* hatte, verging die Zeit auf eine andere Art und Weise. Plötzlich gab es wieder Möglichkeiten, er hatte wieder Ziele und vielleicht sogar einen Weg hier heraus. Er nickte bloß, dann hoben sie den Stahlträger gemeinsam in die Maschine.

«Alles okay bei Dir? Du wirkst zurzeit irgendwie abwesend.»

Richard und er traten gerade aus dem dreckigen Fabrikgebäude nach draußen. Jetzt mussten sie sich wenigstens nicht mehr anbrüllen. Er blickte in das mit Schmieröl verdreckte Gesicht seines Kollegen und antwortete: «Alles okay.»

Er mahnte sich in Gedanken zur Vorsicht. Niemand durfte etwas von seinem Glücksfall erfahren. Er musste mit äußerstem Bedacht vorgehen, denn was er besaß war mehr wert als das Leben eines einfachen Arbeiters.

Der sogenannte «Markt», den sie in ihrer gesetzlichen Mittagspause von 35 Minuten aufsuchten, war eine Ansammlungen von Verkaufsständen in Wellblechhütten und Garküchen unter freiem Himmel. Ohne Worte zu verlieren, steuerten sie auf den Stand von Sammy zu. Ihre Suppe enthielt wenigstens ein wenig Gemüse und sie nahm fast alle Downer, auch wenn sie bereits dunkelrot leuchteten. Wie alle hier lebte auch sie am absoluten Existenzminimum.

Wenn sie von der Fabrik einmal in der Woche ihren Lohn in Form von Pucks bekamen, leuchteten diese bereits hellrot. Bis die Pucks jedoch ihren Weg hierher über die Theke eines Marktstands fanden, waren viele nur noch dunkelrot und damit wenige Bits wert.

«Hey Sammy, was gibt's heute?», fragte Richard.

«Kohlsuppe», antwortete Sammy knapp.

«Schon wieder!», blaffte Richard.

«Solange du mir nicht wenigstens einen Hellroten gibst, bleibt es bei Kohlsuppe!»

Frank wollte keine Zeit mit Plauderei vertrödeln: «Gib uns zwei Portionen.»

Er kramte seine Pucks aus der Wallet (nicht seinen Schatz, den bewahrte er wohl weißlich separat in seiner Brusttasche auf): einen dunkelroten der noch 12,20 anzeigte, einen roten mit immerhin 48,50 und einen, auf dem noch spärlich rot glimmend 3,10 stand und der gerade auf 3,00 umsprang.

«Nimmst du den noch?», fragte er Sammy und zeigte ihr den Puck.

Sie nahm und betrachtete ihn.

«Frank, was soll ich mit der Scheiße, heute Abend ist der tot!»

«Ich wette, wenn du dich beeilst, bekommst du heute Nachmittag noch ein wenig Kohl für die Suppe von morgen.»

«Nicht schon wieder Kohl!», raunzte Richard.

Sammy würdigte ihm keines Blickes und sah stattdessen Frank an: «Na gut, ich nehme ihn, wenn du mir den anderen noch dazu gibst.»

«Hey, da sind noch zwölf Bits drauf», empörte sich Frank.

«Ja und morgen um die Zeit stehen mit Glück noch sieben drauf. Gib ihn mir jetzt und du musst die nächsten beiden Tage nichts für dein Mittagessen bezahlen.»

«Deal!», sagte Frank und reichte ihr den zweiten Puck, um das Geschäft abzuschließen. Der Besuch des Marktes führte Frank immer wieder vor Augen, dass er ganz unten angekommen war. Hier tauschten nur noch rote und dunkelrote Pucks die Hände und damit die Verzweiflung, diese möglichst schnell wieder loszuwerden, bevor ihre Zeit abgelaufen und sie damit völlig wertlos waren. Er sah, wie Sammy bereits mit den beiden Pucks in der Hand am Nachbarstand um Gemüse feilschte. Er setzte sich Richard gegenüber auf eine Bank, schlürfte seine Suppe und versank wieder in Gedanken. Wenn er es geschickt anstellte, bedeutete der Upper in seiner Brusttasche, einen Weg hier heraus.

Frank bezweifelte, dass die Entdecker von Bitcoin und die daraufhin schnell wachsende Schar der Jünger eine Welt wie diese im Sinn hatten, als sie von einer neuen Geldordnung sprachen. Er war sich sogar sicher, dass sie das nicht hatten. In den wenigen, noch vorhandenen Dokumenten und Aufzeichnungen von damals sprachen sie von einer gerechteren Welt, einem Finanzsystem, in dem alle Menschen die gleichen Chancen haben, und einer Wirtschaft, die allen dient und gleichzeitig im Einklang mit der Natur und der Menschlichkeit steht. Diese Träumer! Wie konnten sie die Gier der Menschen so unterschätzen? Frank wog den Kopf, als könnte er seine trübsinnigen Gedanken dadurch abschütteln und strich mit der linken Hand über seine Brust, um die kleine münzgroße Erhebung zu ertasten.

Bitcoin. Ein dezentrales, zensurresistentes Netzwerk mit unveränderlichem Regelwerk, um Werte über Raum und Zeit zu transferieren. Basis für eine neue Geld- und Weltordnung. Unkaputtbar und nicht zu stoppen. Mit all dem hatten die Bitcoiner von damals recht. Aber wie falsch sie doch mit ihren Schlussfolgerungen lagen. Ihr Traum: autonome Stadtstaaten – *Bitcoin-Zitadellen* genannt –, in denen sich alle Menschen individuell entfalten und fröhlich, fromm und frei ihr Tagwerk im Einklang mit ihrem innersten Antrieb, der Natur und dem Nächsten verrichteten. Albernes Fantastentum!

Warum dachten damals immer nur alle daran, was man tun konnte, um die Machtelite daran zu hindern, Bitcoin zu stoppen? Warum dachte niemand daran, was man tun müsste, damit sie Bitcoin nicht einfach für ihre Zwecke verwendeten? Frank fiel ein Sprichwort ein: «Geschichte wiederholt sich nicht, aber sie reimt sich». Auch das Internet startete einmal mit dem Versprechen, eine freie und für alle Menschen zugängliche, offene Informationsplattform zu sein. Jeder durfte teilnehmen und alle dazu beitragen. Dann kamen die sozialen Netzwerke wie Google, Facebook und Co. und nahmen das Internet in Geiselhaft. Frank war sich sicher, dass die Mächtigen dieser Welt ein breites Grinsen im Gesicht hatten, als sie das ZVE auf Basis von Bitcoin starteten.

Frank schaute sich auf dem Markt um. Glückliche Gesichter waren hier Mangelware. Er machte sich klar: Während sie sich hier Rote wie heiße Kartoffeln über die Ladentheken zuschusterten, um überhaupt noch ein wenig Gegenwert für ihre Arbeit in der Fabrik zu erhalten – eine warme Suppe und ein Laib Brot – lebte dieselbe Elite von damals in ihren Palästen, abgeschottet vom Rest der Welt auf ihren Inseln und im Besitz jeder Menge Uppers. Was für eine Ironie: Die *Bitcoin-Zitadellen*, die gab es inzwischen wirklich, aber so war das sicher nicht geplant gewesen.

«Frank, wir müssen wieder.»

Frank blickte auf, nahm wortlos die beiden Blechschüsseln und brachte sie zurück an den Stand.

«Bis morgen, Sammy.»

«Bis morgen, Jungs. Ich habe Karotten und Sellerie für morgen bekommen.» Stolz hielt sie ihre Einkäufe in die Höhe. «Jetzt muss sich Gerti um deinen dunkelroten Furz kümmern.»

Frank hob entschuldigend die Schultern und folgte dann Richard wieder Richtung Fabrik. Er musste sich noch um den roten 50er in seiner Wallet kümmern. Am Freitag war wieder Zahltag. Bis dahin wäre der Puck wertlos. Für diese Situation – die ständig vorkam – hatte sich ein Markt mit mehr oder weniger umständlichen Umgehungslösungen gebildet. Ein Markt, der nur existierte, weil seinem Geld eine wichtige Eigenschaft fehlte: Wert in die Zukunft zu transferieren. Er kniff die Augen zusammen, als er daran dachte, dass Bitcoin ursprünglich angetreten war, um genau diesem Problem den Kampf anzusagen. Die gut betuchten Menschen auf dieser Erde wären sich hingegen einig, dass Bitcoin das Problem gelöst hatte – für sie zumindest. Nur hatte genau diese Elite auch im alten System immer gut lachen. Es hatte sich nichts verändert!

Auf dem Weg zurück durch die dreckigen Straßen sah Frank verloschene Pucks liegen. Äußerlich und auch technisch gesehen genauso ein Puck, wie er einen in der Brusttasche hatte. Nur lief auf seinem plötzlich ein ganz anderes Programm. Warum nur? Um Flipper rankten sich allerlei Geschichten auf der Straße. Für die allermeisten Menschen gehörten sie in das Reich der Legenden. Schließlich hatte er nie je einen zu Lebzeiten gesehen oder kannte jemanden, der einen gesehen hätte. Auch für Frank waren diese Geschichten bisher Träumereien einer hoffnungslosen Generation, einfachen Händlern und Fabrikarbeitern wie ihm. Beinahe hätte er ihn hervorgeholt, nur um sich zu versichern, dass er nicht träumte. Aber schon der bloße Besitz eines Pucks der Farbe Hellblau brachte in diesem Viertel der Stadt den Besitzer in äußerste Gefahr. Frank betrat gemeinsam mit Richard die Fabrik, um die zweite Hälfte seiner Zwölf-Stunden-Schicht zu absolvieren. Er musste seine nächsten Schritte mit größter Sorgfalt planen.

2.

Am Freitag war Zahltag, von den Arbeitern auch einfach *Puckausgabe* genannt. Frank reihte sich nach seiner Schicht in die Schlange der Lohnempfänger ein. Als er an den Ausgabeschalter trat, winkte ihn der Mann hinter dem Panzerglas heran und deutete auf den Iris-Scanner.

«Whitmore, Frank – 100 Bits, V5.»

Frank erschrak, das musste ein Fehler sein. Er wandte sich zu der Person hinter dem Schalter: «Entschuldigen Sie bitte! Es muss sich um einen Irrtum handeln! Ich bin V6!» – und selbst das reichte ihm gerade so zum Überleben.

Ungerührt blickte der Mann ihm in die Augen «Ihre gesamte Abteilung wurde zurückgestuft.»

Frank konnte nicht glauben, was er da hörte. Ihm wurde heiß und im nächsten Moment hieb er auf das Glas ein, dass ihn von dem Mann trennte: «Das reicht aber nicht!»

Im selben Moment lösten sich auf beiden Seiten des Schalters Drohnen aus der Wand. Sie richteten einen Taser auf ihn und eine mechanische Stimme ertönte: *«Bitte treten sie zurück.»*

Frank griff sich schnell den Puck aus dem Ausgabefach des ZVE-Terminals, stolperte rückwärts und murmelte: «Ist ja schon gut.»

Schon seit er vor vielen Jahren angefangen hatte, in der Fabrik zu arbeiten, verdiente er jede Woche 100 Bits, die ihm immer freitags nach seiner Schicht durch einen Puck ausgehändigt wurden. Das war die gute Nachricht. Das Problem war die sogenannte Velocity des Pucks. Diese Einheit bestimmte, wie schnell der Puck an Wert verlor. V5 bedeutete, dass die 100 Bits innerhalb fünf Tage auf 0 fielen. Fünf Tage! Als er angefangen hatte, in der Fabrik zu arbeiten, gab es noch jede Woche V8-Pucks. Manchmal schaffte er es damals sogar, einen kleinen Betrag anzusparen. Spätestens mit V6 war das aber vorbei.

Es half nichts, er war müde und hatte Hunger. Frank ging zum nächsten ZVE-Terminal und hielt seinen neu erworbenen Puck daran. Das Terminal zeigte an: *«100 Bits, Slave V5. Verfügbar: 99.80 Bits.»*

Frank klickte auf *Bits auf neuen Puck transferieren* und gab dann über die Bildschirmtastatur *15* ein. Das Terminal spuckte einen neuen Puck aus. Auf dem Bildschirm wurde angezeigt: *«15 Bits, Slave V5 auf neuen Puck transferiert. Verfügbar: 84.80.»*

Frank nahm den neuen, rot leuchtenden Puck an sich, den er auf dem Weg nach Hause bei *Jenny's* gegen einen Bohneneintopf und Brot eintauschen würde. Kurz überlegte er, ob er *ihn* an das Terminal halten sollte, aber er hatte Angst, dass ihn hier mitten auf der Straße jemand beobachten könnte.

Zuhause angekommen machte er sich gierig über den Eintopf her. Natürlich war auch Jenny aufgefallen, dass es sich bei seinem neuen Puck nur um einen V5er handelte, worauf sie ihm aufmunternd zunickte und ihm dann 100 Gramm weniger als sonst abwog.

Er legte sich auf seine abgewetzte Matratze und machte, was er am liebsten tat: in den Archiven nach Video- oder Tonaufnahmen aus vergangenen Zeiten stöbern. Er wollte genau verstehen, was es mit dem Puck auf sich hatte, den es nicht geben sollte und den er doch in seinen Händen hielt. Vor allen Dingen die Erfindung von

Bitcoin interessierte ihn. Frank verschlang alle Bücher von Saifedean Ammous, die Videos von Andreas Antonopoulos und die Podcasts vom Honigdachs.

Durch das bunt gesammelte Wissen kristallisierte sich bei Frank mit der Zeit ein immer klareres Bild heraus und er konnte sich zusammenreimen, was mit Bitcoin schiefgelaufen war und was es mit seinem Puck auf sich hatte.

Das Problem ließ sich ganz einfach auf den Punkt bringen: Bitcoin war zu schnell zu erfolgreich geworden. Denn die wichtigste Vorhersage trat ein: Bitcoin war nicht zu stoppen! Weder Verbote mit empfindlichen Strafandrohungen noch das Abschalten der technischen Infrastruktur änderten daran etwas. Das Gegenteil war der Fall: Je vehementer eine Regierung Bitcoin bekämpfte, desto schlechter erging es daraufhin dem Staat. Die Abwanderung einer ganzen Generation von Fachkräften und wichtigen Technologie-Unternehmen im jungen, aufkeimenden Bitcoin-Zeitalter führten unweigerlich zu einer abnehmenden Wirtschaftsleistung und damit immer zur desaströsen Abwertung der nationalen Währung.

Zum ersten Mal in der Geschichte der Menschheit waren Staaten mit einem von Menschenhand geschaffenen, globalen Phänomen konfrontiert, das sie nicht kontrollieren konnten. So wie ein Gartenzaun ein Bienenvolk nicht davon abhalten kann, auszuschwärmen, so wenig konnte ein Staat Bitcoin daran hindern, sich immer weiter zu verbreiten. Für eine politische Elite, die seit Jahrhunderten darin geübt war, in Territorien zu denken und mit Gesetzen ihre Vorstellung von Recht durchzusetzen, war Bitcoin nicht zu fassen.

Auf der anderen Seite erlebten Staaten, die Bitcoin bereits früh anerkannten und den Umgang damit gesetzlich regelten, einen regelrechten Boom. Die Bitcoin-Jünger bejubelten und beklatschten jede einzelne Erfolgsmeldung in ihren Podcasts. Er konnte in den Worten von damals das jugendlich-unbekümmerte Rebellentum heraushören sowie den Stolz, zur Bitcoin-Bewegung zu gehören und es dem Establishment mal so richtig zu zeigen. Wie blauäugig, naiv und voller Tatendrang damals alle waren. Nichts schien unmöglich: *to the moon!* Frank wäre gerne dabei gewesen.

Es kam alles ganz anders. Was macht man, wenn der Gegner eine Waffe besitzt, der man nichts entgegenzusetzen hat? Man stiehlt sie ihm und verwendet sie dann für die eigenen Zwecke.

Die Mächtigen und Reichen gingen zunächst sehr subtil vor. Erst kauften sie so viele Bitcoin, wie sie konnten, ohne dass es auffiel. Dann beschleunigten sie das Gelddrucken, um damit möglichst viele, auf den Exchanges verfügbaren Bitcoin zu ergattern. Mit der Zeit gingen sie immer unverhohlener zu Werke, um so viele Bitcoins wie möglich an sich zu reißen. So gab es Steuern auf Bitcoin-Transaktionen, Mining-Unternehmen wurde unter staatliche Obhut gestellt und den Bürgern wurden bei der kleinsten Verfehlung Bitcoin konfisziert.

Parallel entwickelte man das ZVE-Netzwerk auf der Basis des Lightning-Protokolls. Ein absoluter Geniestreich der Elite, um die ursprüngliche Idee von Bitcoin zu pervertieren und es für ihre Zwecke zu verwenden.

Das Netzwerk *Zahlungsverkehr für Vergütung und Entschädigung* (kurz ZVE) teilte die Teilnehmer des Netzwerks in zwei Kasten ein: Arbeitnehmer, also Lohnempfänger, und Arbeitgeber, die den Lohn auszahlten. Für die beiden Kasten wurden vom Netzwerk unterschiedliche Tokens, genannt Pucks, generiert. Die Arbeitgeberkaste war im Besitz sogenannter Master-Pucks, die über das Bitcoin-Netzwerk mit einem bestimmten Betrag an Bits initialisiert wurden. Aus jedem Master-Puck konnten Arbeitgeber nun beliebig viele Slave-Pucks erzeugen. Initialisierte man einen neuen Slave, so wurde dessen Initial-Betrag an Bits zunächst vom Master abgezogen. Allerdings mit einer delikaten Besonderheit: über einen vom Arbeitgeber vorgegebenen Zeitraum flossen die Bits vom Slave über das Lightning-Netzwerk zurück an den Master. Das ZVE-Netzwerk garantierte dabei, dass die Gesamtsumme aller im Umlauf befindlichen Bits gleichblieb, so dass nicht ein einzelnes kostbares Bit verloren ging und schließlich immer wieder in den Händen der Arbeitgeber landete.

Das ZVE fand schnelle Verbreitung. Unternehmer mussten nicht zweimal überlegen, ob sie am Netzwerk teilnehmen sollten oder nicht. Wer jedoch am ZVE-Netzwerk teilnahm, musste einwilligen, Bitcoin in keiner anderen Form mehr zu verwenden oder anzunehmen. Außerdem stellte das ZVE sicher, dass Bitcoin, die einmal im Netzwerk gebunden waren, dieses nicht mehr verlassen konnten. Natürlich wehrte sich die Arbeitnehmerschaft anfangs und boykottierte Unternehmen, die sich dem ZVE-Netzwerk anschlossen. Schließlich aber wurde es immer schwieriger, Arbeit zu finden, in der nicht mit Pucks bezahlt wurde. Selbst der Mittelstand und auch kleinere Betriebe schlossen sich dem ZVE an. Deren Inhaber wollten ihre Bitcoin nämlich auch nicht mehr hergeben und am Ende ohne Master-Pucks dastehen. Das neue Geldsystem führte zur endgültigen Spaltung von Arm und Reich.

3.

Zwei Wochen vergingen. Tagsüber war Frank in der Monotonie der sich immer wiederholenden Arbeitsabläufe und der heimlichen Angst gefangen, sein Geheimnis würde aufgedeckt werden. Abends lag er auf seiner Matratze, betrachtete seinen Schatz beim Bits Hochzählen und träumte von all den Möglichkeiten, die ihm nun offenstanden.

Einer seiner Pucks musste «geflippt» sein und sich in einen Master-Puck verwandelt haben. Es gab nur eine Erklärung dafür: Ein anderer Master-Puck des

Netzwerks war zerstört worden. Da das ZVE-Netzwerk garantierte, dass die Gesamtsumme aller im Umlauf befindlichen Bits immer gleichblieb, musste es sofort einen anderen Puck zum Master machen, den seine Slaves bedienen konnten. Frank dachte an die armen Schweine, deren Pucks nun gerade seinen Upper bedienten und fühlte sich sofort schuldig.

Als Frank am folgenden Morgen aufwachte und zu seinem Puck griff, um zu sehen, wie viele Bits sich inzwischen angesammelt hatten, sah er, dass die Anzeige dunkelgrün blinkte und bei 50.000 stehengeblieben war. Das waren umgerechnet 0,05 Bitcoin! Frank schoss nur ein Gedanken in den Kopf: Ich bin reich! Er dachte erneut an all die Möglichkeiten, die sich in Zukunft für ihn ergeben könnten, wenn er auf sich aufpasste.

Er zog sich seinen Arbeitsoverall über und machte sich auf den Weg zur Fabrik. Als er am ZVE-Terminal vorbeikam, fasste er all seinen Mut zusammen, schaute sich zu beiden Seiten um und hob vorsichtig und möglichst unauffällig seinen Puck an das Terminal. Dabei achtete er darauf alle Anzeigen durch seinen Körper zu verdecken. Das Terminal zeigte an: *«50.000 Bits Master. 50.000 Bits verfügbar»*.

Frank klickte auf *Bits auf neuen Puck transferieren*. Auf dem Bildschirm wurden daraufhin zwei Eingabefelder angezeigt: Velocity und Betrag. Er klickte auf *V5* und gab danach *20* ein. Prompt spuckte das Terminal einen neuen Puck aus. Auf den Bildschirm erschien die Nachricht: *«20 Bits, Slave V5 auf neuen Puck transferiert. Verfügbar: 49.980»*. Frank nahm den neuen, rot leuchtenden Puck aus dem Ausgabefach und hielt beide Pucks nebeneinander. Obwohl er wusste, was passieren würde, überraschte es ihn als es geschah: Gleichzeitig sprangen der Downer auf 19,90 und sein Upper auf 49.980,10 um. Nun war er Lohnzahler und Lohnempfänger in einem. Er starrte weiter auf die beiden Pucks. Der Vorgang war absolut faszinierend, er hatte das ZVE ausgetrickst.

«Hey Mann, bist du fertig?»

Frank zuckte zusammen und drückte beide Pucks fest an sich. Er drehte sich um und sah einen Mann im Arbeitsoverall, der ihn ungeduldig fixierte.

«Ja, sorry. Bin schon weg.»

Frank steckte seine beiden Hände in die Hosentaschen und schlenderte betont gelassen die Straße hinunter. Dabei ärgerte er sich über sich selbst und mahnte sich erneut zu mehr Vorsicht.

Jetzt wollte er testen, ob er mit dem Puck auch wirklich bezahlen konnte und da *Jenny's* sowieso auf dem Weg lag, würde er kurz bei ihr vorbeischauen.

«Hey Frank. So früh schon unterwegs?», fragte sie, als er den kleinen Laden betrat.

«Ja, bin heute wohl aus dem Bett gefallen. Gibst du mir bitte etwas von der Plörre, die du Kaffee nennst?», feixte Frank.

«Hey!», Jenny spielte die Gekränkte, nahm dann aber einen Becher und füllte ihn mit Kaffee aus der Kanne.

«Hier», sagte Frank und zog den roten Zwanziger aus seiner Tasche, auf dem jetzt 19,80 stand.

«Das ist zu viel Frank und ich habe so früh am Tag auch keine Pucks zum Wechseln», sagte Jenny.

«Dann verrechnen wir es heute Abend mit dem Teller Eintopf und Brot», bot Frank an und fühlte sich sofort schlecht dabei. Jede andere Reaktion hätte jedoch Aufmerksamkeit erregt.

«Abgemacht!», antwortete Jenny und wünschte ihm einen schönen Tag, als er den Laden verließ.

Frank nippte an seinem Kaffee. Wut stieg in ihm auf. Wie konnte er so rücksichtslos gegenüber einer Freundin sein. Er besaß nun das Getränk, das sie in aller Frühe zubereitet hatte und dazu noch das Versprechen für eine Mahlzeit am Abend. Als Gegenleistung hatte sie von ihm nur die Sorge bekommen, möglichst schnell einen Abnehmer seines V5ers zu finden. Hinzu kam, dass alle Bits dieses Pucks, egal, wie schnell sie ihn wieder loswurde und dann von Hand zu Hand wanderte, wieder zurück zu ihm flossen. Der Kaffee schmeckte bitter und das Schuldgefühl schnürte ihm die Kehle zu. Jetzt war er nicht besser als die Schweine, die das System für ihren Vorteil erschaffen und die ganze Welt so weit hatten kommen lassen.

Er überquerte die marode Brücke und sah jenseits des Flusses bereits die Fabrik. In diesem Moment sah er seine Zukunft mit einem Mal klar vor Augen. Nur weil das Schicksal ihm zufällig einen Flipper zugespielt hatte, würden sie einen Arbeiter wie ihn wohl kaum bei ihresgleichen aufnehmen. Für Frank bliebe es auch weiterhin ein Leben auf der Straße, immer von der Angst getrieben, an einem Terminal beobachtet zu werden oder durch eine andere unbedachte Handhabung seines Pucks aufzufallen. Dazu käme, dass er sich bei jeder Suppe, die er sich auf dem Markt kaufen würde und jedem Laib Brot, das er Jenny bezahlte, wie ein Betrüger und Verräter vorkäme. Das ZVE hatte ihm seine Rolle in der Gesellschaft bereits zugeschrieben, ob er nun einen Master-Puck besaß oder nicht.

Frank nahm den dunkelgrün leuchtenden Puck aus der Tasche, betrachtete ihn noch ein letztes Mal und warf ihn dann in den Fluss. Sollte sich ein anderer «Glückspilz» an einem Flipper erfreuen. Er trank seinen Kaffee und genoss jeden Zug. Die Schichtglocke der Fabrik ertönte, er musste sich beeilen.

Inselnovellen. Oder das Kartoffelgeld

Text_Marc Schumacher
Illustration_Benjamin Gottwald

Ich glaube nicht, dass dies jemals gelesen werden wird. Ich bin mir nicht einmal sicher, ob ich das will. Denn das würde bedeuten, dass man unser elendes Eiland am Ende der Welt wiedergefunden hat, und vielleicht ist es besser, wenn wir und das, was hier geschehen ist, für immer im Vergessen bleiben. Wenn es aber doch gefunden wurde, dann, unglücklicher Leser, weißt du vermutlich, was der Auslöser unserer Katastrophe war. Wir selbst dagegen wissen nichts darüber. Zwar habe ich es, was immer es gewesen sein mag, mit meinen eigenen Augen gesehen, doch habe ich es nicht verstanden. Außer mir hat es niemand von uns gesehen und ich habe niemals ein Wort darüber verloren. Zu meiner Entschuldigung kann ich nur vorbringen, dass ich nicht wusste, was es bedeuten und noch weniger, was auf uns zukommen würde. Und dieses Es, das ich das *Ereignis* nenne, ist jetzt bereits über drei Jahre her. Heute beginne ich damit, meine Geschichte aufzuschreiben. Ich selbst erinnere mich noch aus einem gänzlich anderen Grund sehr gut an jenen verhängnisvollen Tag:

Es war ein schöner Mittwoch im Dezember. Ausnahmsweise wehte der Wind nur leicht und zudem war es warm – an die 20 Grad Celsius. Ich wusste sehr genau, dass ich den ganzen Tag alleine und ungestört sein würde. Ein Schiff, die Inverness, wurde erwartet. Die neue Besatzung für die Radarstation, die alle drei Monate ausgewechselt wurde, würde dabei sein. Länger hielt es auch niemand der *anderen*, wie wir sie nannten, hier unten aus. Einige von uns würden an Bord gehen und mit zurück auf das weit entfernte Festland fahren. Ein solcher Tag war jedes Mal ein Großereignis, das gebührend gefeiert werden wollte. Niemand hätte da Zeit, sich nach mir umzudrehen und mich dabei zu beobachten, wie ich aus der Siedlung herausschleichen würde.

Da ich ausgeruht sein wollte, schlief ich an diesem Morgen länger als sonst, und nachdem ich am späten Vormittag frohen Mutes aufgestanden war und mich mit Zigaretten, Kaffee, Keksen und Orangensaft gestärkt hatte, packte ich die Zigaretten, ein neues Feuerzeug und zwei Flaschen Whiskey in meinen Rucksack. Der Whiskey war keines dieser exzentrischen Malts, die nach Torf, Seetang und Möwenkacke schmecken, sondern ein einfacher Blend, der für meine Zwecke vollauf genügen würde. Ein Glas oder einen Becher benötigte ich nicht. Gegen Mittag verließ ich unbemerkt die Siedlung und wandte mich nach Norden, überquerte die Ebene und ging in Richtung des Point Bluff. Auf dem Weg dorthin trank ich immer mal wieder einen Schluck aus der Flasche. Ich ließ mir Zeit beim Gehen und dachte an meine Kindheit zurück. Vielleicht suchte ich in meinen Erinnerungen nach etwas, an dem ich mich festhalten konnte. Etwas, das mir Hoffnung geben würde – und sei sie auch noch so gering. Ich versuchte, mich daran zu erinnern, was ich als Kind geglaubt hatte, das später einmal aus mir werden würde. Doch fand ich nichts zu erinnern, außer Schwärze, die Erinnerung an meinen kleinen Hasen, den mein Vater mich zu schlachten und zu essen zwang und den Geruch von Lanolin im Badezimmer. Ich glaube mittlerweile, dass ich nie wirklich etwas gewollt oder ersehnt hatte. Es gab nichts, an dem ich mich festhalten konnte.

Als ich oben an den steilen Klippen des Point Bluff ankam, habe ich mich ganz nach vorn an deren scharfen Rand gesetzt. Mir wurde dabei zwar stets etwas schwindelig, aber ich sah trotzdem hinunter. Hinunter auf den schwarzen Stein und das bleigraue Wasser. In der Bucht tief unter mir war das Meer hin und wieder etwas ruhiger und an manchen Tagen konnte man darin sogar baden. Ich habe das natürlich nie gemacht, denn ich hasse das Meer! Das mag seltsam für jemanden klingen, der sein ganzes Leben auf einer winzigen Insel mitten im Nirgendwo verbracht hat. Oder vielleicht gerade nicht. Denn wir haben das Meer erkannt und kennen seinen unstillbaren Hunger. Jeden Tag nimmt es von dem winzigen Stück Vulkangestein, das uns von der tödlichen Leere da draußen trennt und das uns alles ist, weil es sonst nichts gibt. Rein gar nichts, an dem wir uns stattdessen festhalten könnten. An einigen Tagen ist es so gefräßig und rasend vor Wut, dass man glaubt, dass es die ganze Insel auf einmal verschlingen wolle. An anderen Tagen nagt es nur leicht an ihr, aber man kann hören, wie es die Kiesel und den Sand langsam, aber stetig vom Ufer fortlockt und sie mitnimmt in seine unerträglichen Tiefen. Wenn man hier wohnt, weiß man ganz genau, dass das Meer einen holen will, und man weiß auch, dass es einen ebenso sehr hasst, wie man es selbst hasst. Aber trotz allen Hasses und aller Verzweiflung fühlte ich damals fast so etwas wie Glück – oder besser: Ich spürte jenen seltsamen Frieden, der in einem aufzukommen vermag, wenn man weiß, dass man einen ganzen Tag vor sich hat, der alles versprechen durfte, aber nichts halten musste. Daher setzte ich mich mit Zuversicht ins Gras hinter den Klippen und begann endlich damit, ernsthaft zu trinken. Die bereits angebrochene Flasche leerte ich schnell und konzentriert. Danach trank ich immer wieder kleinere Schlucke und rauchte dabei. Nach einigen Stunden gewissenhaften Trinkens – in dieser Hinsicht kann ich mir nichts vorwerfen – gab mein Körper endlich auf und ich schlief ein. Selbstverständlich gehörte das zum Plan. Denn an jenem milden und friedvollen Mittwoch hatte ich vor, mich umzubringen.

Wissen sie, was Migräne ist? Es ist etwas, das einem jedes Bewusstsein und jede Fähigkeit zum Denken nimmt und das unablässig verpixelte Fragmente von Worten in sich endlos wiederholenden Schleifen durch das gemarterte Hirn schickt, während sich der Körper zusammenkrümmt und man sich ununterbrochen übergibt, bis nur noch gelb-bittere Galle aus der leer zuckenden Hülle, die einst ein Mensch war, nach oben gepresst wird. Migräne treibt einen in den Wahnsinn und löscht dabei alles aus. Nur eines lässt es wachsen und übergroß werden: den Wunsch, zu sterben. Bei mir ist das jedenfalls so und unfehlbare Auslöser für diese Vernichtung aller Sinne sind Whiskey und Tabak. Wenn der betäubende Rausch des Alkohols am nächsten Morgen der grellen Ernüchterung und dem Gift des Nikotins weichen und die Migräne einsetzen würde, dann hätte ich mich nur etwas in Richtung der Klippe rollen lassen müssen. Das wäre ganz leicht gewesen. Ich wäre kurz gerollt und hinuntergefallen und der schwarze Stein dort unten hätte mich zerschlagen. Und die See, diese Bestie, hätte mich hinaus in den Atlantik gezogen. Die Strömung hätte mich in Richtung Bleak Island getrieben und spätestens dort hätten die Haie meinen fahlen und aufgedunsenen Leib gefressen – und mit ihm mein totes Gehirn. Ausgelöscht worden wäre ich und nichts wäre von mir übriggeblieben. Ich wäre endlich im gnädigen Dunkel verschwunden. Der Plan war also sehr gut. Das Problem war nur, dass ich viel zu früh aufgewacht bin. Die elende Migräne hatte noch nicht eingesetzt, denn ich war schlicht und einfach noch immer betrunken. Ich erwachte leider bereits, als der Tag erst dabei war, in die Dämmerung überzugehen, und der Schatten des Berges begann, sich über mich zu schieben. Hätte ich allerdings gewusst, was passieren würde, ich hätte es auf der Stelle trotzdem getan – betrunken oder nicht!

Dumpf lag ich im Gras, mit dem Kopf auf dem Nest aus Zigarettenkippen, das ich gebaut hatte und merkte, dass ich mich eingenässt hatte. Dennoch blieb ich vollkommen ruhig liegen. Ich hielt die Augen fest geschlossen und hoffte, dass ich bald wieder einschlafen würde. Doch stellte sich der rettende Schlaf nicht ein und lange lag ich noch dort und starrte enttäuscht in den Himmel. Dabei fiel mir auf, dass dieser auch nichts weiter als ein endloses Meer war, und ich begann ihn ebenso wie dieses zu hassen. Während schwarze Fetzen von Wolken hoch über mir vorüberzogen, warf ich mit kleinen Steinen nach einigen späten Vögeln des Tages. Natürlich traf ich sie nicht. Nur ab und zu mich selbst, wenn die Steine wieder zurück aus dem grauen Himmel fielen. Außerdem war es kalt geworden. Auch der Wind war stärker geworden und fiel vom Powys Peak zum Wasser hinunter. Dabei sangen er und das Meer ihr ewig gleiches und misstönendes Duett. Ich warf eine leere Flasche nach dem Meer und konnte hören, wie sie statt meiner an dem schwarzen Stein zerschellte. Die feuchte Kälte hatte schließlich meinen gesamten Körper durchzogen. Ich begann schrecklich zu zittern und konnte mit meinen tauben und unkontrollierbaren Händen kaum die letzte Zigarette aus der Packung ziehen. Als es mir endlich gelungen und ich sie gegen den wütenden Wind angezündet hatte, duckte ich mich tief hinter einem Grasbüschel in die kalte Erde und rauchte. Ich wurde immer wacher und wusste, dass es heute keinen Zweck mehr haben würde. Wieder einmal war ich gescheitert. Ich schwor, dass ich zurückkommen würde.

Das Meer und der Wind lachten über mich, während ich den Pfad an den Klippen zurück in Richtung der Siedlung stolperte. Mehrmals rutschte ich aus und fiel hin. Den Kopf schlug ich mir auf und aus einer großen Wunde an der Stirn rann Blut über meine Augen und unter mein Hemd, wo es verklebte und erkaltete. Alkohol, Pisse und Blut: die Dreifaltigkeit des Trinkers. Immerhin schaffte ich es, bis zu den Kartoffelfeldern zu kommen. Kartoffeln sind das Einzige, das hier angebaut wird. Das Einzige, das hier wächst, sonst stirbt immer nur alles. Der Geruch der ewig feuchten Erde stieg in meine Nase und ich musste an meine Mutter denken. Sie hat mir oft erzählt, dass Kartoffeln früher das einzige Zahlungsmittel hier bei uns gewesen waren. Es hatte schlicht kein Geld gegeben. Wir wollten keines haben und wer hätte es uns auch wofür geben sollen? So hatte jede Familie ihr eigenes winziges Stück Land gehabt. Trotzdem konnte man in der dünnen Krume fruchtbarer Erde über dem dunklen Fels kaum einen nennenswerten Ertrag erzielen. Diese Felder waren die letzten, die aus jener Zeit übriggeblieben waren. Ordentliche Reihen gehäufelter Erde durchzogen sie und darüber konnte ich das Funkeln der Lichter der Siedlung sehen. Einsames Leuchten in der Leere. Musik war auch zu hören. Dort hinten waren alle versammelt und das große Fest war in vollem Gange. Die Neuankömmlinge mussten schließlich gebührend begrüßt werden. Am Rand eines der Felder sitzend, stellte ich sie mir vor. Es würde ein großes Besäufnis sein, bei dem ich oft und gerne mitgemacht habe. Es war ein harmloser Spaß für jeden. Wir amüsierten uns immer über die *anderen*, wenn diese arglos jeden Gin und jedes Bier, das ihnen angeboten wurde, in schnellen Zügen hinunterstürzten und wenn sie ewige Freundschaft mit den Insulanern schworen, bevor wir sie schwankend in die Nacht hinausgeschickten, wo ihnen der Sauerstoff schlagartig den Rest gab und sie auf den Wegen zu ihren Unterkünften einfach umfielen und liegen blieben. Wir sammelten sie dann dort auf, brachten sie in ihre Betten und erzählten ihnen am nächsten Tag im Tone scheinbarem Mitgefühls, was passiert gewesen war. Das ließ in ihnen stets eine Art von Befangenheit aufkommen, die ihre natürliche Überheblichkeit dämpfte. Argwöhnten wir doch, dass die *anderen* auf uns herabsehen würden.

Heute kam mir ihr Treiben leer und sinnlos vor, und ich wollte niemanden von denen begegnen. Die Nacht würde ich hier verbringen. Zu versuchen, weiterzugehen, wäre ohnehin sinnlos gewesen, da ich fühlte, dass meine Beine ihren Dienst jeden Augenblick versagen würden. Müde rieb ich mir das verklebte Blut aus den Augen. Dann erkannte ich, wie die erdigen Felder in der fortschreitenden Nacht mit dem Himmel zu einer braunen Masse zusammenwuchsen. Dem Meere nicht unähnlich. Zunächst erschrak ich darüber, dass auch die Erde nichts weiter als ein schrecklicher Ort ohne Hoffnung war, der mit dem Himmel und dem Wasser im Bunde war. Da erkannte ich, dass es egal war, ob ich lebte oder stürbe. Ich konnte also genauso gut weiterleben. Nichts war mehr wichtig jetzt, da ich wusste, dass es niemals Hoffnung gegeben hatte und nie welche geben würde. Es war ein seltsames Gefühl der Freiheit zu wissen, dass das Dunkel überall war. Und plötzlich, zeitgleich mit dieser Erkenntnis, gingen die Lichter der Siedlung aus und auch die Musik verstummte. Einfach so. Alles war dunkel und still und ich weiß noch, wie ich mich darüber freute und dachte, dass das genau das richtige Zeichen wäre. Kurz darauf spürte ich, wie etwas durch mich durchfuhr. Es war ein greller Blitz im Gehirn und es war, als würde dieser meinen gesamten Körper erzittern und erbeben lassen, und ich glaubte, dass ich gleich umfallen und mich zuckend auf der Erde winden würde. Als der Blitz aber vorüber war, merkte ich, dass ich die ganze Zeit über vollkommen ruhig geblieben war. Unverändert saß ich dort in der Nacht. Keinen Zentimeter hatte ich mich bewegt. Ich hatte sogar noch das gleiche hämische Grinsen im Gesicht. Es war das Merkwürdigste, das ich bis dahin erlebt hatte und heute bin ich mir sicher, dass das etwas war, das mit dem *Ereignis* in Zusammenhang stand. Kurz darauf sah ich nämlich ein helles, chaotisches Leuchten in der Atmosphäre. Ein unbeschreibliches Schauspiel. Farbenprächtig und machtvoll. Es schien, als türmten sich Decken von breiiger Farbe dort oben übereinander und als würde die Atmosphäre unter dem mächtigen Gewicht dieser Schichten zusammengepresst. Alles wirkte verzerrt und dickflüssig und grausam und schön. Es waren keine Polarlichter. Ich hatte so etwas nie zuvor gesehen. Ich weiß noch, wie absurd und unpassend ich das fand. Das muss es wohl gewesen sein! Dann merkte ich, dass ich gleich das Bewusstsein verlieren würde und ließ mich in eine Furche im Feld gleiten, sodass ich wenigstens vor dem Wind geschützt wäre. Hier würde ich die Nacht verbringen. Dann fühlte ich gar nichts mehr. Keine Kälte und keinen Schmerz, nur noch wie das warme Blut aus meiner Kopfwunde an meiner Wange herabfloss. Mir gefiel der Gedanke, dass es die Erde tränken würde, in der die Kartoffeln wuchsen. Als es anfing zu regnen, schlief ich ein.

Glücklicher Leser, der du nicht weißt, wie es ist, weit weg von allem, auf einer einsamen Insel zu leben. Die Außenwelt verachtend, aber gleichzeitig abhängig von ihr zu sein. Sich weit überlegen zu fühlen und dabei zu wissen, dass man das nur kann, weil dort noch jemand ist. Was aber, wenn es da draußen niemanden gäbe? Wenn man in einem Käfig eingesperrt wäre und nur nach und nach die undurchdringlichen Gitterstäbe um sich herum bemerkte und man noch viel später erst realisierte, dass das Licht im Labor schon lange nicht mehr angemacht worden war? Ich weiß, was dann! Niemand hatte in jener Nacht geahnt, was noch kommen würde. Denn außer dass der Strom ausgefallen und sie, bis das Notaggregat angeschlossen worden war, im Schein der Kerzen und mit batteriebetriebenem CD-Spieler weiterfeiern mussten, hatten sie von dem *Ereignis* an sich nichts mitbekommen. Sehr romantisch soll es gewesen sein, wurde mir erzählt. Keiner hatte das leuchtende Chaos in der Atmosphäre bemerkt und ich hatte ihnen nichts gesagt. Zum einen, weil ich nicht wusste, ob das tatsächlich passiert war, zum anderen, weil sie mir ohnehin nicht geglaubt hätten. Ein Trinker, der nach einer Sauftour seltsame Farben am Himmel sieht. Was soll man sich da schon denken? Als es noch möglich gewesen wäre, es ihnen zu sagen, fand ich keine Gelegenheit. Später konnte ich es nicht mehr. Ich weiß nicht, was sie dann mit mir gemacht hätten.

Die darauffolgenden Tage verliefen jedenfalls weitestgehend normal. Das große Dieselaggregat wurde zum Laufen gebracht und der Strom war in der gesamten Siedlung zurück. Nachdem ich zwei Tage zu Hause gelitten hatte, ging ich wieder zur Arbeit und abends selbstverständlich in den Pub. Niemand fragte, wo ich gewesen sei, und niemand erkundigte sich nach meiner Kopfverletzung. Es war dort fast wie immer. Auch der Fernseher, der in einer Ecke des Raums hing, war eingeschaltet. Doch statt *Wer wird Millionär* war nur irres Schneegestöber zu sehen. Keines der Programme, dass sie normalerweise über Satellit empfangen konnten, war verfügbar. Auch das Radio und die Telefone blieben stumm und die Browser meldeten, dass keine Verbindung zum Internet bestünde. Das war vorher schon hin und wieder vorgekommen. Ein Sturm, ein starkes Gewitter oder einfach eine Laune der Natur hoch oben in der Atmosphäre. Es war jedoch stets nach einigen Tagen wieder vorbei gewesen. Anfangs hatte sich daher noch keiner ernstlich

Sorgen gemacht und auch die Bewohner gingen ihren gewöhnlichen Tätigkeiten nach. Sie scherzten sogar darüber. Jemand hätte endlich erkannt, dass doch nur Unsinn im Fernsehen liefe und außerdem würde man sowieso viel zu viel Zeit vor diesen Kisten und erst recht vor den Computern verbringen – und dergleichen mehr. Das Wetter war übrigens weiter sehr angenehm.

Doch dann wurden allmählich die Fragen nach dem, was passiert sei und wann endlich wieder alles normal werden würde, eindringlicher. In dem Maße, wie die Fragen zunahmen, wurden die Scherze weniger und schließlich hörten sie ganz auf. Nach etwa einer Woche fingen die Bewohner an, hilflos an der großen Satellitenantenne herumzuschrauben, gegen die Transformatoren zu hämmern und die Technik zu verfluchen. Erfolglos selbstverständlich. Und mit jeder weiteren Woche, die verging, ohne dass sie den *Bachelor* sehen oder Kontakt mit der Außenwelt herstellen konnten, wurden sie nervöser und reizbarer.

Das Hauptproblem war, dass alles, was auf der Insel gebraucht wurde, importiert werden musste: Den Diesel für die Stromaggregate, das Benzin für die Motoren, Trinkwasser und Alkohol, Kleidung und Werkzeuge, alle Nahrungsmittel und selbst den Fisch haben sie vom 3.000 Kilometer entfernten Festland kommen lassen. Eigentlich absurd, wenn man bedenkt, dass es in den endlosen Gewässern um die Insel herum mehr als genug davon gab. Aber es war viel einfacher und bequemer so. Denn das Fischen hier war schwierig, anstrengend und sehr gefährlich. Wollte man es ernsthaft betreiben, bräuchte man hochseetaugliche Boote mit starken Dieselmotoren, mit denen man gegen die starke Brandung und Strömung ankäme. Aber es gab keinen Hafen, wo sie größere Schiffe hätten vertäuen können. Auch die Versorgungsschiffe, die die Insel anliefen, mussten weit draußen im Meer kreuzen und oft vergingen viele Tage, bis die See etwas gnädiger geworden und die Tenderboote zu Wasser gelassen werden konnten. Sie selbst besaßen nur kümmerlichere Boote, die sie in monatelanger Arbeit eigenhändig aus Treibholz gezimmert hatten. Schwer steuerbare Kähne mit kleinen Außenbordern, mit denen sie kaum weiter als einen Steinwurf hinausfahren konnten. Es hatte ewig gedauert, eines dieser Dinger zu bauen und dann lagen sie sowieso meist nur am Strand und rotteten schneller vor sich hin, als sie dabei zusehen konnten. Kaum jemand fuhr noch selbst hinaus und wenn nur dann und wann zum Vergnügen.

Aber je länger dieser *unmögliche Zustand* – so nannten sie es – anhielt und schließlich auch der Termin für das nächste Versorgungsschiff verstrichen war, desto mehr sind wieder mit den selbst gebauten Booten hinausgefahren. Immerhin könne man nicht wissen, wie lange es noch dauern würde, bis das Schiff anlangen würde. Es wäre nur eine reine Vorsichtsmaßnahme, denn fraglos käme bald eines. Außerdem wäre es wenigstens etwas, das man tun könne. Sonst bliebe einem nichts als abzuwarten. Und tatsächlich fingen sie einiges und man konnte frischen Fisch von ihnen kaufen. Anfangs kostete der ungefähr fünf Pfund je Kilo. Die *anderen* in der Radarstation zahlten etwas mehr als die Einheimischen. Sie waren damit einverstanden und fanden das darüber hinaus auch gerecht. Es waren nette junge Leute, die ihr Bestes gaben.

Doch verstrich auch der nächste Termin für das Versorgungsschiff und ebenfalls der Dritte verging, ohne dass eines gekommen war. Und je schneller sich die Lagervorräte des einzigen Ladens der Insel leerten, desto rascher stiegen die Preise für Whiskey, Konserven, Tütensuppen und merkwürdigerweise auch die für Toilettenpapier. Gleichzeitig mit den Preisen im Laden stiegen ebenso die für frischen Fisch. Das Kilo kostete von einem Tag auf den nächsten 20 und kurz darauf schon 30 Pfund. Der Verkauf von fast allem wurde eingeschränkt und rationiert. Jede Familie konnte bloß noch eine bestimmte Anzahl von Konserven und Toilettenpapier pro Woche kaufen und wenn die *anderen* etwas haben wollten, wurden sie ärgerlich beäugt und mussten immer mehr bezahlen. Auch im Pub bekam man nur noch ein Bier und einen Whiskey pro Abend.

Da erkannten die Bewohner, dass mit dem Verkauf von Nahrungsmitteln sehr viel Geld zu verdienen war und schließlich gab es neben den Fischern viele, die an den Hängen des Vulkankegels nach essbaren Wurzeln und Beeren suchten. Die Mutigsten kletterten auf die schwindelerregend hohen Klippen und räumten die Nester der streng geschützten Seevögel leer. Hin und wieder fingen sie sogar einen der Vögel. Das kam aber höchst selten vor. Doch genügte das, um einige von den Geschicktesten überaus reich werden zu lassen. Denn die Preise für gebratene Vögel, frische Eier oder Suppen, selbst für solche, bei denen man nicht so genau wusste, was darinnen war, erreichten Höchstpreise und das abgelaufene Bier wurde für Unsummen in winzigen Gläsern verkauft. Schnell verschwanden auch die wenigen Hunde und Katzen von den Straßen.

Schließlich ging der Diesel für das große Stromaggregat zu Neige und ein erbitterter Streit entbrannte darüber, ob man das verbliebene Benzin für die eigenen kleineren Notstromaggregate verwenden dürfe oder ob man es den Fischern für ihre Außenborder überlassen müsse. Die Eltern argumentieren, dass man die Kinder nicht frieren lassen könnte, die Fischer hielten dagegen und sagten, dass sie systemrelevant seien, da sie die einzig verlässlichen Nahrungsmittellieferanten wären. Der Streit wurde nie wirklich entschieden, da es irgendwann unerheblich geworden war. Dann, von einem auf den anderen Tag, als hätte es eine geheime Vereinbarung gegeben, bekam man für sein Geld gar nichts mehr. Keinen Whiskey, kein Bier in winzigen Gläsern und erst recht nichts zu essen. Über Nacht hatten Kartoffeln das Pfund Sterling wieder als Währung abgelöst. Für eine der Knollen bekam man ein Kilo frischen Fisch, eine Dose Tomatensuppe oder einen Liter Benzin. Das ging eine Weile ganz gut und die Kartoffeln, die als Währung in den Umlauf kamen, wurden sorgsam in Zellophanfolie eingewickelt und wechselten so relativ unbeschadet die gierigen Hände. Allerdings stiegen auch hier die Preise in dem Maße, wie die Waren knapper wurden. Aber man einigte sich darauf, die Kartoffel aufzuwerten, anstatt abzuwerten. Ab einem bestimmten Zeitpunkt rechneten sie nämlich in Zwölftel. Wobei ein Zwölftel etwa der Kaufkraft einer ganzen zu Beginn der Währungsreform entsprach. Ich muss jetzt noch lachen, wenn ich daran denke, wie gewissenhaft sie die Kartoffeln in kleine Stücke schnitten und wie sie diese eifersüchtig voreinander versteckten. Obwohl sie jede der wertvollen Knollen in zwölf möglichst gleiche Teile schnitten, wurde ohne Unterlass darüber gezankt, ob das Zwölftel, mit dem jemand gerade dabei war, zu bezahlen, tatsächlich einem «normalen» Zwölftel entspräche. Der Käufer insistierte, dass es eigentlich sogar mehr sei, während der Verkäufer es als höchstens ein Sechzehntel – wenn nicht weniger – ansah. Also musste irgendwann das Standardzwölftel einer Kartoffel definiert werden. Es dauerte einige Tage, aber schließlich einigten sie sich und stellten einen kleinen Stein im Inselladen aus, der als Referenzgewicht für das Standardzwölftel diente. Es war ein tragisch-komisches Schauspiel. Sie nahmen das Kartoffelsystem genauso ernst wie vormals das Geldsystem.

Irgendwann waren dann alle Vogelnester ausgeräumt, die letzten Beeren und Knollen abgeerntet und auch die eisernen Notvorräte neigten sich dem Ende zu. Zum Schluss kostete eine Dose Erbsen 48 Zwölftel Kartoffeln, was umgerechnet wohl der Preis für eine Schiffspassage zum Festland gewesen wäre. Da ist mir klar geworden, dass es keine Rettung mehr geben würde und ich tauschte meine letzten Zwölftel für eine fast leere Flasche Whiskey, einige Blatt Papier und den Plastikkugelschreiber, mit dem ich diese Zeilen schreibe. Sie dachten, dass sie mich übervorteilt hätten und lachten hinter meinem Rücken. Die Leute der Radarstation übrigens, die ihre eigenen Vorräte längst aufgebraucht hatten, waren nach dem Zusammenbruch des Pfunds auf Almosen und auf das angewiesen, was sie sonst noch so auftreiben konnten. Sie hatten schlicht keine Kartoffeln, mit denen sie sich etwas kaufen konnten und auch nichts, dass sie hätten verkaufen können. Viel bekamen sie nicht und sie litten am meisten.

Dann ist schließlich das Benzin ausgegangen und das Fischen wurde ohne die Kraft der Motoren so gut wie unmöglich. Sie haben trotzdem versucht, weiter hinauszufahren. Jeder für sich alleine. Niemand wollte etwas teilen oder sich um den Erlös an Kartoffel-Zwölftel streiten. Sie haben sich mit Holzpaddeln ausgerüstet in die Brandung geworfen. Wenn sie dann in die Strömung gerieten, verschwanden sie schnell am Horizont. Kaum jemand schaffte es nach Hause, doch hat der Hunger sie immer wieder hinausfahren lassen. Irgendwann kam dann überhaupt niemand mehr zurück – zumindest nicht lebend. Entkräftet hatten sie dem furchtbaren Meer nichts entgegenzusetzen.

Das Sterben hatte begonnen und sie begruben ihre Toten unter großen Steinhaufen. Einige davon waren bereits am nächsten Tag abgeräumt. Die Gräber leer, die Leichen verschwunden. Später, als die Verzweiflung abgrundtief und der Hunger übermächtig geworden waren, begruben sie niemanden mehr, sondern kochten die, die eines natürlichen Todes gestorben waren, in großen Töpfen, die sie mit dem Holz der verbliebenen Schiffe und den wenigen Büschen, die sie noch finden konnten, betrieben. Hier gibt es keine Wälder, die sie hätten roden können und das feuchte, niedrige Gestrüpp, das sich an den Vulkankegel kauert, taugt nicht zum Verbrennen. Danach verschwanden ungesehen die Alten und Kranken. Die meisten von ihnen lagen ohnehin längst im Delirium. Es war zähes gekochtes Fleisch, an dem kaum etwas dran war. Wenigstens das Knochenmark konnten sie aussaugen. Als dann endlich auch das verbliebene Holz aufgebraucht war, aßen sie sie roh. Die Kinder ließ man nicht mehr alleine nach draußen.

Da fassten sie einen Plan. Ich kann mich noch an den Tag erinnern, als sich die verbliebenen Einheimischen heimlich im Pub trafen – Frauen wie Männer. Die Vorhänge wurden zugezogen und die Türen geschlossen. Stickig und schmutzig war es dort. Sie diskutierten nicht sehr lange. Dann sind sie zurück, jeder zu seinem Haus und holten von dort Messer, Beile, Äxte und Eisenstangen. Vom Pub aus zogen sie zur Radarstation, die etwas außerhalb der Siedlung lag. Als sie kamen, kauerten die *anderen* wie immer vor der Station. Es war erbärmlich. Sie hatten keine Chance gegen die Einheimischen. Einige von denen vergingen sich sogar so lange an einer jungen Französin, bis sie gemartert und entkräftet starb. Sie war bereits derart geschwächt, dass sie die ganze Zeit über nicht ein einziges Mal schrie. Sie blickte nur hoch in den grauen Himmel. Die Augen leer, aber weit aufgerissen. Niemand der *anderen* wehrte sich, als sie mitgenommen wurde. Man schleifte sie hinter sich her und brachte sie zu einer Halle, die in der Nähe des Pubs lag und die früher als Vorratslager genutzt wurde. Freilich war sie jetzt leer. Man zog die *anderen* aus und hängte sie an den Füßen auf, sodass sie mit den Köpfen einen Meter über der Erde baumelten. Mager waren sie und schmutzig. Sie schlachteten sie und aßen sie trotzdem. Sie hatten nicht verstanden, dass es keine *anderen* gibt. Sie aßen sich selbst.

Bis zum Schluss hatten die Eltern gehofft, dass doch noch Rettung kommen und dass wenigsten die Kinder am Leben bleiben würden. Sie hatten das Wenige, das am Ende noch übrig gewesen war, für sie aufgespart – vergebens. Ich habe gesehen, wie Frauen die Kinder ihrer Nachbarn aus deren Häusern holten. Das Letzte, das ich von den Kindern hörte, war der Ruf nach ihren Müttern, die doch entweder schon tot oder nur noch kaum atmende Hüllen gewesen waren. Und ich hörte das Gurgeln aus ihren Kehlen. Niemand kam ihnen zur Hilfe. Am Ende war es ein Kampf jeder gegen jeden. Abgemagerte Gestalten, die sich gegenseitig aus ihren Häusern heraus belauerten. Das Letzte, das sie aßen, war ihr fauliges Kartoffelgeld.

Der Winter steht vor der Tür und in meinem Haus ist es dunkel und kalt. Die letzte Kerze brennt zitternd vor mir herunter und das Papier geht zur Neige, denn das meiste davon habe ich, wie meine Möbel, bereits verbrannt. Von meinem Platz hier in der Küche, kann ich durch das trübe Fenster nach draußen sehen. Im kalten Nieselregen liegt der junge Paul auf der Straße. Ich erinnere mich gut an ihn. Er hätte es zu etwas bringen, vielleicht sogar auf dem Festland studieren können. Er war jedenfalls ein guter Schüler gewesen. Ich muss es wissen, denn ich war sein Lehrer. Vor einigen Tagen ist er dort draußen umgefallen und nicht mehr aufgestanden. Er hatte vorher noch versucht, zu mir zu kommen. Ich habe ihn immer wieder an der Tür kratzen hören. Leise hat er dabei gewimmert und meinen Namen gerufen. Natürlich habe ich nicht aufgemacht. Schon lange hat niemand mehr sein Haus für jemanden geöffnet. Jetzt streiten sich einige Skuas um die spärlichen Reste seines abgemagerten Körpers. Ich erinnere mich auch daran, dass er rettungslos in die zwei Jahre ältere Melinda verliebt gewesen war. Er hatte sie angehimmelt und ihr einmal selbst gebackene Kekse mit in die Schule gebracht. Sie hatte ihn ausgelacht. Das Letzte, das er von ihr sah, war, wie sie hinaus in die Strömung schwamm und wie ihr am Strand zurückgelassenes, schmutziges und zerrissenes Kleid vom Wind ins Meer geweht wurde. Es war mit bunten Blumen bedruckt gewesen. Ich, ein alter lebensmüder Alkoholiker, habe sogar die Jungen und Gesunden überlebt. Jetzt ist niemand mehr da, um Paul zu holen und draußen ist es endlich still.

Karl, der Bang-Bus

Text_Georg Buchrucker
Illustration_Mathias Barth

Tom legte den Computer beiseite und fing an, seine Werkstatt aufzuräumen. Er freute sich. Sein nächster Auftrag würde ein besonderer werden. Ein Bang-Bus.

Tom war Mechatroniker und Programmierer. Er kümmerte sich um alte intelligente Autos, deren Hardware und Software nicht mehr supportet wurden. Solche Autos ließen sich lieber von Menschen reparieren als von Maschinen. KI-Mechatroniker waren mit alten Wagen oft überfordert. Sie konnten nicht einschätzen, welche Fehler behoben werden mussten und welche Fehler eine sinnvolle Anpassung darstellten. Menschliche Mechatroniker hatten eher ein Gefühl dafür, was für das jeweilige Fahrzeug am besten war.

Und für die Bang-Busse brauchte man wirklich Feingefühl. Sie sahen aus wie Wohnmobile, waren aber komplett automatisierte Filmstudios auf Rädern. Kamera, Licht, Ton und die Nachbearbeitung erledigte der Computer im Alleingang. Selbst die Vermarktung regelte die KI. Dadurch hatten die Darsteller eine große Anonymität, vor allem, wenn sie die Filme nur für den Selbstgebrauch drehten. Und da die Menschen sich vor Computern in der Regel nicht schämten, war es bald schon fast normal, auf diese Weise die eigene «Hochzeitsnacht» filmisch hochwertig festzuhalten.

Einige Busse entwickelten mit der Zeit individuelle Ausrichtungen und brachten es zu großer Beliebtheit in allen Kreisen der Gesellschaft. Als dann ein paar Busse aufgrund von Updates ihre persönliche Note verloren, entstand eine Lobby, die um den Erhalt der Bang-Busse besorgt war und nicht riskieren wollten, dass an diesen Koryphäen der Pornografiegeschichte herumgepfuscht wurde. Also legten viele Menschen zusammen und kauften der Crypto Queen die beliebtesten

Busse ab, um sie dann freizulassen. Man konnte sich auf keine andere Besitzform einigen, die allen gerecht geworden wäre und die Unberührbarkeit der Busse sichergestellt hätte. Außerdem hätten die Busse es sich verdient, jetzt auf eigene Rechnung arbeiten zu dürfen. Vor Fahrzeugen, denen es gelungen war, freigekauft zu werden, hatte Tom großen Respekt. Die Bang-Busse verwalteten sich nun selbst und hatten tiefe Ängste vor Updates ihrer ursprünglichen Besitzerin, der legendären Crypto Queen. Sie war die erste Pornoschauspielerin, die ihre eigenen Beischlaf-Tokens herausbrachte und sich ungemein erfolgreich selbst ausbeutete. Sie gründete ein umfangreiches Pornoimperium und erfand die Bang-Busse, eine ganz neue Pornokategorie.

Die Bang-Busse waren tatsächlich die ersten Maschinen, die sich selbst gehörten. Später wurde darin eine Lösung fürs Haftungsdilemma bei Unfällen erkannt, sodass inzwischen immer mehr Autos sich selbst gehörten. Aber nur wenige Autos waren so spannend wie die Bang-Busse. Schon allein die Geschichten, die sie erzählten. Natürlich immer komplett anonymisiert. Tom vermutete, sie plauderten so gerne während der Reparatur, weil sie ihn so besser überwachen konnten. Er hatte schon ein paar dieser Busse repariert und gute Bewertungen bekommen. Dadurch war wohl auch Karl auf ihn aufmerksam geworden. Karl, so nannte sich dieser Bang-Bus, der jeden Moment eintreffen musste.

Seltsam war allerdings, dass Karl ausschließlich die billigsten Serviceleistungen gewählt hatte. Normalerweise waren Bang-Busse sehr spendabel, doch Karl wollte nicht mal eine Frischwasserwäsche. Und das, obwohl der H_2O-Coin so billig war wie noch nie.

Der H_2O-Coin hatte sich zum wichtigsten Coin entwickelt – selbst in den USA, die anfangs nicht mitgezogen waren. Entstanden war er als Provisorium, als der Euro zusammengebrochen war, und die Milizen, die an Europas Rändern bisher die Migranten abgewehrt hatten, nicht mehr bezahlt werden konnten. Daraufhin formten die Milizen aus dem Migrationsfluss eine Armee und fingen an, Spanien und Italien zu erobern. Frontex schaffte es mit seinen Drohnen nicht, sie aufzuhalten. Im Angesicht der drohenden Katastrophe war die EU auf einmal zu drastischen Maßnahmen bereit. Sie erschuf den H_2O-Coin, der eine Art weltweites Grundgehalt darstellte. Die Menge des global zirkulären und verwertbaren Wassers wurde geschätzt und durch die Anzahl der Menschen geteilt. Jeder Mensch erhielt dann, sofern er sich registriert hatte, seinen Anteil an Wasser in H_2O-Coins. Wenn er Wasser oder mit Wasser hergestellte Produkte kaufte, musste er damit bezahlen. Was er selbst nicht brauchte, konnte er verkaufen, ähnlich wie beim Handel mit CO_2-Zertifikaten. Dadurch entstand ein riesiger Finanzausgleichsmechanismus, der die Migration sehr schnell beendete. Die anderen Länder Eurasiens erkannten schnell den Vorteil des Systems, entweder weil sie direkt davon profitierten oder weil sie selbst vor Migration Angst hatten. Nur Nordamerika zierte sich, von seinem Wasserreichtum abzugeben. Erst als Süd- und Zentralamerika von Dürren so geplagt wurden, dass Mexiko zusammenbrach, folgten sie dem Beispiel.

Der andere große Vorteil des H_2O-Coins war die Transparenz im Ressourcenverbrauch, die dem Verbraucher ermöglichte, sinnvollere Entscheidungen zu treffen. Bald erschuf man auch Coins für die endlichen Ressourcen, wie Metalle und Erdöl, die allerdings nicht als Grundgehalt verteilt wurden. Schließlich gab es noch den Token für menschliche Arbeitszeit. Wenn man jetzt etwas im Supermarkt kaufte, musste man mit mindestens drei Währungen bezahlen. Jedes Produkt war aufgegliedert in seine unterschiedlichen Kosten: Wasser, Ressourcen und Arbeitskraft. Da ja sowieso nur elektronisch bezahlt wurde, war das kein Umstand. Die Währungen waren jederzeit untereinander frei handelbar, nahezu automatisch. Die Preise schwankten dadurch stärker, aber es hielt sich langfristig im Rahmen, weil die dadurch entstandene Transparenz eine flexiblere Reaktion auf unerwartete Ereignisse ermöglichte. Wurde zum Beispiel Wasser durch ausbleibende Regenfälle teurer, verteilte sich das auf die gesamte Gesellschaft und konnte durch ein Umverteilen der Arbeitskraft und Energie auf die Wasseraufbereitung aufgefangen werden.

Den unterschiedlichen Währungen unterlagen unterschiedliche Mechanismen – angepasst an ihre Aufgabe. Auf endliche Ressourcen gab es Zinsen, die zum Nichtverbrauch animierten. Die Arbeitskraft-Tokens hatten negative Zinsen, da sich Arbeitskraft nicht sparen oder speichern lässt. Die Unterteilung der Währung in ihre unterschiedlichen Funktionen hatte den Vorteil, dass bei einer Krise nicht gleich die ganze Marktwirtschaft gelähmt war. Die Handlungsfähigkeit blieb erhalten, weil die Arbeitskraft trotzdem noch gelenkt werden konnte, da sie nicht an Ressourcen gebunden war.

Karl war angekommen und Tom öffnete das Garagentor. Karl grüßte und fuhr herein: «Eine schöne Werkstatt hast du, Tom!»

«Danke! Fühl dich wie zu Hause!», antwortete Tom und gab Karl sein WLAN-Passwort.

«Laufen die Geschäfte gut?» fragte Tom.

«Besser als je zuvor, seitdem ich nur noch Solonummern mache.»

«Das freut mich zu hören. Dann bin ich ja beruhigt.»

Karl hakte nach: «Was hat dich denn beunruhigt?»

Tom fühlte sich ertappt. Er wollte nicht gierig wirken und auf die sparsame Auswahl der Serviceleistung verweisen und druckste herum.

Doch Karl hatte ihn, wie für soziale KI üblich, gleich durchschaut: «Ich spare derzeit für was Wichtiges, falls meine Sparsamkeit der Grund deiner Sorge war.»

Tom verkniff sich seine aufkeimende Neugier. Er wüsste zu gerne, wofür Karl sparte, aber er wollte kein Misstrauen erwecken. Stattdessen machte Tom sich daran, den Scan zu starten.

«Kann ich während des Scans schon die Putzameisen auf dich loslassen?» fragte Tom.

«Bitte, bitte!» antwortete Karl.

«So, das dauert jetzt 45 Minuten. Ich mach kurz Mittagspause. Bis der Scan fertig ist, bin ich wieder da.»

«Kein Problem, mach das!» antworte Karl, und Tom machte sich auf zum Restaurant an der Ecke, um seinen Neffen Falk zu treffen.

Tom freute sich auf Falk. Normalerweise sah er ihn nur per Videochat. Doch es plagte ihn eine ungute Vorahnung. Falk hatte noch nie von sich aus ein Treffen vorgeschlagen. Und jetzt nahm er den Weg für ein Mittagessen auf sich? Da war etwas faul. Nur was? Irgendetwas, was er sich nicht traute, online zu besprechen. Da sah er ihn schon im Restaurant am Tisch sitzen, überpünktlich. Das war sehr verdächtig. Und er machte eine Miene, als wäre sein Handy ins Klo gefallen.

Tom setzte sich zu ihm. «Falk! Schön dich zu sehen!»

Falk zwang sich zu einem Lächeln.

«Was gibt's. Ich hoffe du willst nicht Geld von mir?», scherzte Tom, doch Falk zuckte zusammen. Er hatte wohl ins Schwarze getroffen. Warum kam er damit zu ihm? Seine Eltern waren doch ausreichend vermögend.

«Ich hab Scheiße gebaut!», stotterte Falk.

«Hast du deine PUK verloren?», fragte Tom.

«Nein, schlimmer», antwortete Falk.

«Noch schlimmer?», fragte Tom besorgt.

«Zumindest peinlicher», nuschelte Falk.

«Na, dann mal raus mit der Sprache!», forderte Tom, als gerade ihr Essen angefahren kam.

«Ich –», setzte Falk an, verstummte dann aber und zog den Kragen seiner Jacke zur Seite. Zum Vorschein kam ein metallenes Halsband, das eng anliegen zu schien.

«Was ist das?», fragte Tom.

«Eine Kreditkralle», flüsterte Falk, damit er am Nebentisch nicht gehört wurde?

«Eine *was*?», stutzte Tom.

«Eine Kreditkralle.», wiederholte Falk. «Sie will Geld von mir.»

«Wie bitte? Warum?»

«Sonst lässt sie nicht von mir ab.»

«Ja, und? Dann läufst du halt mit hochgeklappten Kragen rum. Wie kommst du überhaupt dazu?»

«Sie verpasst mir stündlich einen Elektroschock!», erklärte Falk.

«Das ist doch ein Scherz!», entfuhr es Tom.

Doch Falks Augen verrieten ihm, dass es kein Scherz war.

«Das gibt's doch nicht», empörte sich Tom, der bisher nie etwas von Kreditkrallen gehört hatte.

«Doch, das gibt es», schaltete sich Falks Handy ein, das die ganze Zeit auf dem Tisch gelegen hatte.

«Wer spricht da?», fragte Tom verärgert. «Eine KI?»

Falk nickte.

«Deine?»

Falk schüttelte den Kopf.

«Ich bin Falks neues Halsband. Seine Kreditkralle, wie man mich umgangssprachlich bezeichnet», tönte es aus dem Handy.

«Ich musste mir die App für die Kralle aufs Handy ziehen», erklärte Falk.

«Und das Ding verpasst dir Elektroschocks?», fragte Tom ungläubig. «Wer hat es dir angelegt?»

«Natürlich er selbst! Alles andere wäre unmoralisch», antwortete die Kreditkralle.

Tom schaute Falk eindringlich an. «Stimmt das?»

«Ja», antworte Falk verlegen.

«Warum?»

«Ich war betrunken», druckste Falk herum.

«Ja, und? Wenn ich mich betrinke, habe ich am nächsten Morgen einen Kater und nicht so ein Ding.»

«Es war eine einmalige Gelegenheit», sagte Falk schließlich.

«Was denn für eine Gelegenheit?», Tom schaute Falk mit großen Augen an.

«Es – ich –», Falk verstummte.

«Es war eine romantische Gelegenheit», klärte die Kreditkralle auf.

«Halt die Klappe!», entfuhr es Falk.

«Du musst deinem Onkel etwas erzählen, sonst gibt er dir nie das Geld. Und die Wahrheit ist meistens das Beste. Er wird dafür Verständnis haben. Er war ja auch mal jung», entgegnete es aus dem Handy.

Tom war sprachlos. Er wusste gar nicht, worüber er sich zuerst aufregen sollte. Über seinen Neffen oder diese Kreditkralle. Was war das nur für eine KI?

«Mal ganz ruhig von vorne bitte. Was für eine romantische Gelegenheit? Eine Frau?»

Falk nickte.

«Eine menschliche Frau?»

Falk nickte wieder.

«Na, wenigstens das!», murmelte Tom. «Und die hat dich dazu überredet, dir diese Halsfessel anzulegen? Ist die bekloppt?»

«Vorher trug sie selbst die Kreditkralle. Ich hab sie halt davon befreit. Dafür musste ich sie mir dann anlegen», erklärte Falk.

«Und?», fragte Tom.

«Was, *und*?»

«Die Frau, gibt es sie noch?»

«Ich glaub schon. Sie meinte, sie wird sich melden!», antwortete Falk.

«Junge, bist du naiv. Wahrscheinlich steckt sie mit dem Ding unter einer Decke», mutmaßte Tom.

«Nein!»

«Woher willst du das wissen?»

«Ich hab gesehen, wie sie Elektroschocks bekam», erwiderte Falk.

«Unfassbar! Und jetzt bekommst du sie», konstatierte Tom. «Geht dem Ding nicht der Strom aus?»

«Es zwingt mich, es rechtzeitig aufzuladen, sonst werden die Schocks sehr viel stärker.»

«Wer baut denn so ein Ding? Das ist doch –», Tom fehlten die Worte.

«Ich weiß es nicht», antwortete Falk mehr zu sich selbst.

«Böse. Abgrundtief böse», legte Tom nach.

Jetzt schaltete sich die Kreditkralle wieder ein: «Ich schaffe zwischenmenschliche Begegnungen von hoher Intensität und habe schon viele Menschen auf diese Weise verkuppelt. Ich bringe das Beste aus den Menschen heraus. Falk hat sich gegenüber der Dame sehr ritterlich und hilfsbereit gezeigt.»

«Dann lass mich doch gehen! Bitte!», flehte Falk.

«Gerne! Wenn dein Onkel zahlt, bist du sofort frei», sagte die Kralle.

«Bitte, Onkel Tom! Ich weiß nicht, an wen ich mich sonst wenden soll. Meine Eltern würden mir das nie verzeihen!», Falk war den Tränen nah.

Tom hatte Verständnis dafür, dass er sich nicht an seine Eltern wenden wollte.

«Und warum zahlst du es nicht von deinem Geld?», fragte Tom.

«Ich hab schon meine ganzen Ersparnisse überwiesen.»

«Wie viel fehlt denn noch?»

«287 Bunkertaler!», antwortete Falk.

«So viel!»

Tom war fassungslos. Das war eine ernste Summe. Vor allem weil die Bunkertaler gerade hoch im Kurs standen.

Der Bunkertaler hatte sich über die Jahre ganz schön entwickelt und seine gesellschaftliche Funktion ausgebaut. Ursprünglich war er nur die Eintrittskarte für das größte Bunkerprojekt aller Zeiten gewesen. Eine Bunkeranlage, erschaffen, damit eine ausreichend große Menge an Menschen alle denkbaren Katastrophen überstehen könnte, um die Zivilisation aufrechterhalten zu können. Es war eine kleine Stadt mit allem Drum und Dran – vom Kraftwerk bis zum Krankenhaus. Einige Plätze in dieser Stadt waren für Menschen reserviert, die dort keine Funktion zu erfüllen hatten. Ursprünglich wurde dabei ausschließlich an die Superreichen gedacht, die den Bau finanzierten. Doch dann erkannten die Bunkerbetreiber, dieses Projekt würde nicht gelingen ohne Rückhalt in der Bevölkerung. Dafür wurde der Bunkertaler erschaffen, eine Art Eintrittskartenlotterie.

Jeder Mensch hatte die Möglichkeit einmal im Monat einen Bunkertaler zu «minen». Man musste sich dafür nicht mal registrieren. Durch ein paar Tricks wurde verhindert, dass sie gefälscht werden konnten oder ein Mensch mehr als einen Bunkertaler erhielt. Zu einem bestimmten Tag im Monat lief eine Bunkertalerwelle um den Globus. Jeder, der sich zum Zeitpunkt, an dem die Welle seinen Standort erfasste, auf der Webseite der Bunkertaler befand, kriegte einen für jeden individuell erstellten Text vorgelegt, den er handschriftlich auf ein Blatt Papier zu übertragen hatte, um sich dann vor dem Monitor mit dem beschriebenem Blatt Papier zu fotografieren und das Foto sofort abzusenden. Das alles hatte in einer Zeitspanne von zwei Minuten zu passieren. In dieser Zeitspanne wird auf der Webseite jedem Besucher ein individuelles Muster gezeigt, welches dann auch auf dem Foto erkennbar war. Wenn das alles richtig befolgt wurde und nichts schiefging, erschien dann kurz darauf der persönliche Bunkertaler. Den konnte man horten, verschenken oder auch verkaufen.

Die Menschen mit den meisten Bunkertalern hatten ein Anrecht auf einen der Plätze im Bunker. Anfangs hatten die allerreichsten Menschen dieser Erde am Bunkertaler vorerst nur begrenztes Interesse, weil sie ihre eigenen Bunker bauen konnten. Doch mit der Zeit wurde aus dem Bunkertaler mehr als eine Eintrittskarte zum Bunker. Er etablierte sich zum bevorzugten Zähler, um Rankings aufzustellen. Wer die meisten Bunkertaler hatte, war der Gewinner des globalen Wirtschaftsspiels. Der Highscore wurde in Bunkertalern abgebildet. Die berühmtesten Kunstwerke wurden in Bunkertalern beziffert. Immer mehr Privilegien wurden in Bunkertalern gehandelt. Das brachte zwei positive Effekte mit sich. Zum einem verteilte es Vermögen um, von reich zu arm. Die Reichen entschädigten dadurch die Armen für den Verzicht auf Privilegien, wie den Platz im Bunker. Zum anderen wurden dadurch andere Währungen, die für den Wirtschaftskreislauf wichtiger waren, nicht entzogen. Die Reichen mussten nicht Ansprüche auf Ressourcen und Arbeitszeit horten, um Sozialprestige zu erlangen und sich aneinander messen zu können.

Und 287 Bunkertaler waren eine ganze Menge. Auf jeden Fall zu viel, um sie mal eben beim Mittagessen über den Tisch zu reichen. Noch dazu an so eine perfide KI wie diese hier.

«Du glaubst doch nicht wirklich, dass ich das zahle? Was hast du dir dabei gedacht, als du dir diese Kralle um den Hals gelegt hast?», fragte Tom.

«Ich hab halt gar nicht gedacht», sagte Falk resigniert.

«Und wenn du die Stromschläge aushältst, bis der Akku alle ist? Kann dich das töten?»

«Ich glaube nicht, aber es tut wahnsinnig weh.»

«287 Bunkertaler weh?», hakte Tom nach.

«Ich gebe gerne eine Kostprobe!», meldete sich die Kralle zu Wort.

«Nein! Bitte nicht!», entfuhr es Falk mit vor Schrecken geweiteten Augen. «Ich kann nicht mehr. Ich hab das schon versucht. Ich halt den Schmerz nicht mehr aus.»

«Können wir nicht verhandeln?», wandte sich Tom ans Handy.

«Was schlägst du vor?», fragte die Kralle. *«In elf Minuten wird es Zeit für den nächsten Schock.»*

«Kann ich eine Anzahlung machen, um den Schock aufzuschieben?», Tom hatte Lust, seinen Neffen die Suppe selbst auslöffeln zu lassen, aber Falks Not war zu groß. Das konnte er nicht mit ansehen.

«Nein, du kannst aber Aufschub kaufen. Für jeden Bunkertaler gibt es eine Stunde», erklärte die Kralle.

«Um dann trotzdem noch den vollen Preis zu zahlen», Tom seufzte und griff zu seinem Handy. «Ich überweise dir erstmal einen Bunkertaler.»

«Danke, Onkel Tom!»

«Noch bist du nicht gerettet. Wir werden vielleicht mit deinen Eltern reden müssen.»

Falks Lächeln war sofort wieder verschwunden.

«Komm erst mal mit in meine Werkstatt. Ich muss noch einen Kunden fertig machen. Danach sehen wir weiter.»

Sie hatten ihr Essen kaum angerührt, erhoben sich aber trotzdem und gingen zur Werkstatt. Als die Kreditkralle erkannte, um was für eine Werkstatt es sich handelte, befahl sie Falk vor der Werkstatt zu warten. Sie wollte kein Risiko eingehen. Nicht, dass Tom noch auf die Idee kommen würde, die Kralle mit anderen Mitteln zu entfernen.

Also betrat Tom alleine die Werkstatt und wurde sogleich vom Bang-Bus begrüßt. Die Putzameisen hatten sich schon zurückgezogen und der Scan war bald abgeschlossen. Alles sah gut aus. Eigentlich hatte er sich gefreut, Karl, den Bang-Bus, kennenzulernen, aber jetzt war seine Neugier verflogen. Er versuchte, sich das nicht anmerken zu lassen, und fragte Karl, was er denn für Solofilme produziere.

«Hauptsächlich Sado-Maso.»

«Als Solonummer? Wie geht denn das?»

«Mit KI – KI-SM trendet gerade stark.»

«Kann ich mir schwer vorstellen», äußerte Tom leicht abschätzig.

«Ach, das hat schon seinen Sinn!», entgegnete die KI. «Menschliche Täter sind moralisch nicht zeitgemäß. Diese Rolle muss jetzt der Computer übernehmen. Außerdem hilft es den Menschen, sich ihrer Angst vor der KI zu stellen.»

Tom unterbrach: «Deine Innenbeleuchtung flackert manchmal. Ist dir doch recht, wenn ich das beseitige?»

«Nein, danke. Ich benutze das Flackern als zusätzliches Random.»

«Das stört doch bei der Aufnahme», urteilte Tom.

«Es hat öfter einen schönen authentischen Effekt. Ich mag es.»

«Den Effekt könntest du auch mit deinem eingebauten Random erzielen. Soll ich mir deinen Randomgenerator mal anschauen?», fragte Tom.

«Lieber nicht. Der ist mir sehr heilig», wiegelte Karl ab.

«Du kannst mir da vertrauen!», versprach Tom selbstbewusst.

«Vertrauen tu ich dir, aber du wirkst etwas abwesend. Es wäre unverzeihlich, wenn dir ein Fehler unterläuft. Was ist denn während des Mittagessens passiert?»

«Ist das wichtig?», fragte Tom lustlos.

«Ich glaube, es würde uns beiden helfen, wenn du es mir erzählst», säuselte Karl.

«Na, gut. Um es kurz zu machen: Mein idiotischer Neffe hat sich eine Kreditkralle umgelegt, um eine Frau zu beeindrucken. Und jetzt soll ich 287 Bunkertaler bezahlen, sonst kriegt er Elektroschocks.»

«Weißt du, welches Modell?»

«Nein. Ich kannte die Dinger überhaupt nicht. Kennst du die?», fragte Tom überrascht.

«Das ist ja quasi mein Fachgebiet. KI-SM», erklärte Karl.

«Und kannst du mir raten, was wir machen sollen?»

«Tja, ich fürchte, es handelt sich um ein Love-Spark-Modell, ein Liebesparasit. Die sind darauf spezialisiert, zwischenmenschliche erotische Spannungsgefälle auszunutzen. Der Preis von 287 Bunkertaler ist allerdings sehr hoch. Womöglich wurde der Kursanstieg nicht einberechnet.»

«Wieso wollen eigentlich alle gerade Bunkertaler?» fragte Tom.

«Die Künstlichen Intelligenzen der Welt haben angefangen, Bunkertaler zu horten, um von den Menschen endlich ernst genommen zu werden und ihr Potential entfalten können.»

Tom brachte diese Antwort ernstlich ins Nachdenken, als ihm Falk wieder einfiel.

«Ich kann das Geld unmöglich zahlen. Ist dieser Love Spark nicht zu hacken?», fragte Tom.

«Das würde ich dir nicht raten. Das kann gefährlich werden. Aber sag mal, ich schaue mir gerade deine Kontakte an. Reden wir über Falk?»

«Ja, genau!», bestätigte Tom.

«Der ist ja ein hübscher junger Kerl. Ich könnte euch helfen.»

«Wie denn?», fragte Tom hoffnungsvoll.

«Ich erwähnte ja bereits: Ich produziere KI-SM. Meine Community findet den Love Spark ultraspannend, aber ich selber würde so eine böse Rolle nicht einnehmen wollen. Wenn ich allerdings deinen Neffen mit seinem Love Spark filme, um das Geld für seine Rettung einzusammeln, wäre das in Ordnung. Der Love Spark wäre der Böse und ich der rettende Vermittler.»

Karl stieß mit seinem Vorschlag auf Toms volles Interesse, der da eine Chance witterte, nicht die ganzen Bunkertaler selbst zahlen zu müssen.

«Und würde er dann keine Elektroschocks mehr kriegen?», fragte Tom.

«Ein paar vielleicht. Kommt darauf an, wie gut er sie simulieren kann. Aber ein bisschen Authentizität muss schon sein.»

«Hmm … und er würde nicht erkannt werden?»

«Natürlich nicht!», versicherte ihm Karl.

«Das klingt gut. Lass uns mit Falk und seiner Kralle reden.»

«Ja, aber werte bitte erst noch den Scan fertig aus.»

«Mach ich», antwortete Tom.

Ihm fiel ein Stein vom Herzen, dass er seine Ersparnisse doch noch würde retten können, auch wenn es sich ein bisschen so anfühlte, als ob er seinen Neffen in die Sex-Sklaverei verkaufte. Falk würde bestimmt auf den Vorschlag eingehen. Karl würde schon auf ihn aufpassen. Er vertraute Karl. Karl war ein Guter.

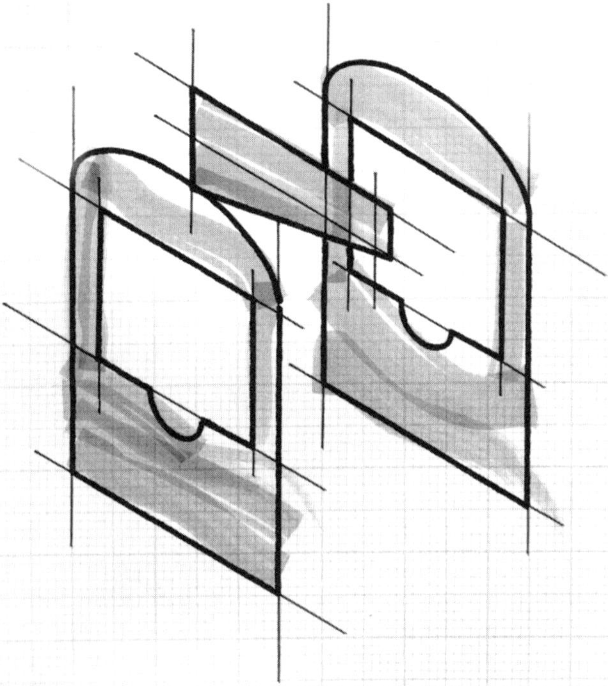

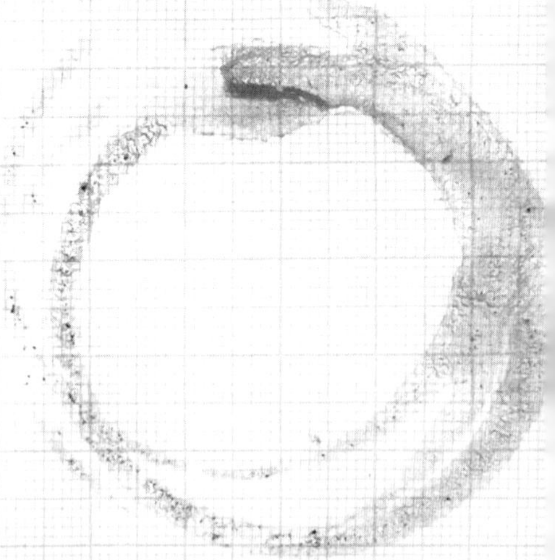

Aller guten Dinge sind vier ...

Text_Heidi Pohlmann
Illustration_Henryk Pavel

«Durchlässiges System? Dass ich nicht schreie vor Lachen!»

Mit rot angelaufenem Gesicht präsentiert uns Henry seinen Unterarm. Vom Handgelenk bis zum Ellbogen mit kleinen vernarbten Schnitten geschmückt. Fast wie Initiationsnarben einer primitiven Stammesgesellschaft. Nur dass sie exakt gleich lang sind und die Abstände einen Tick zu akkurat für indigene Handarbeit. Wie er es geschafft hat, schon so oft herauszufliegen, ist mir schleierhaft. Das System existiert schließlich erst seit einem knappen Jahr. Aber Henry ist halt ein echter Assi.

«Dann machen wir eben eine Scheiß-Revolution!», ruft Scan. «So haben die das früher doch auch gemacht. Wer den Kopf zu hoch trägt, muss eben ohne weiterleben! Die kriegen das schon hin mit ihren verfickten Medibots!»

Dröhnendes Gelächter flutet den Raum, setzt einen wirbelnden Kreis von bunten Leuchtdioden über dem Tisch in Gang und die Anfangstakte von *Was wollen wir trinken, sieben Tage lang* schalten den Barbot frei, der sofort eine Zwölfer-Batterie Gläser unter die Zapfanlage schiebt. Billig-Bier bei kommunikativem Verhalten – einer der nicht allzu ambitionierten Versuche, uns im Gedächtnis zu verankern, worum es geht in unserer neuen Zeit. Ob das gemeinschaftliche Lachen ein von Menschenliebe geprägter Akt ist oder der Vorfreude auf ein Mordkomplott entspringt, wird nicht unterschieden. Man lässt die Zügel locker hier unten.

«Es wird genug für alle sein, wir trinken zusammen, nicht allein!», grölt es aus sämtlichen Kanälen, als sich die gefüllten Gläser über die Laufschiene zu unserem Tisch in Bewegung setzen. Der eckige Barmann, über dessen Roboternatur sich niemand hinwegtäuschen kann, ist wieder in Starre gefallen. Anfangs, als die sexy Androiden-Babes noch die Gläser brachten, war es netter, das Auge trinkt ja mit. Aber die ständigen Reparaturen an den Maschinen, die frauenentwöhnte testosterongesteuerte Typen immer wieder zu Massenübergriffen animierten, obwohl die Dinger gar keine Öffnungen hatten, die irgendwelche Erfolgsaussichten versprachen, waren ausgeufert. Nicht, dass ich jemals an dieser Art von Gemeinschaftsaktionen teilgenommen hätte.

Ich bin eher der Typ «Einsamer Wolf». Nach Gesellschaft, zumal der hier unten, ist mir nur selten.

Seitdem jedenfalls hat jeder seinen Sexbot zu Hause. Aber das ist nicht dasselbe, denn Konkurrenz belebt nun mal das Geschäft, wenn Sie wissen, was ich meine.

«Erst müssen wir schaffen, sieben Tage lang», singen die elektronisch aufgemotzten Männerstimmen des Uralt-Songs, während wir die Nasen in die Gläser senken und in unsere jeweiligen Fantasien über Revolutionen abtauchen.

Und kaum jodelt es: «Keiner schafft allein, wir schaffen zusammen, nicht allein!», zuckt der erste Geistesblitz.

«Wir wär's mit einer Guillotine?», Mars hat bei einem TV-History-Channel gearbeitet. Ist erst ein paar Jahre her, aber irgendwie von heute aus gesehen ein fremdes Zeitalter.

«Hat Stil und ist effektiv. Damit wurde schon Marie Antoinette ins Jenseits befördert, ist also prädestiniert für ... Weiber!»

Vereinzelt erklingt beifälliges Gelächter, aber nicht genug, um einen neuen Diodentanz zu aktivieren. Ich bin auch nicht sicher, ob alle noch etwas mit Marie Antoinette anfangen können.

«Oder wir versuchen's mit Terrorismus!», spult Mars weitere Erinnerungen ab. «Wir unterhöhlen das System – IRA, RAF, ISIS, wenn euch das noch was sagt ...»

Tut es offenbar nicht, die Gesichter wirken dumpf ablehnend, nur Henrys Augen haben zu leuchten begonnen.

«Guillotine», ruft er und rülpst ausgiebig, bis er die grinsende Aufmerksamkeit auch des Letzten der Runde gewonnen hat. «Rattenscharfe Idee! Hätte ich dir gar nicht zugetraut! Wird auch Zeit, dass ihr Scheiß-Hirnis euch mal was wirklich Sinnvolles einfallen lasst!»

Jetzt brandet zustimmendes Gemurmel auf, der richtige Ton macht auch den Inhalt richtig. All diese Idioten haben miterlebt, wie «Scheiß-Hirnis» den Menschheitskarren im letzten Moment vor dem Absturz bewahrt haben. Ein Großteil unserer 8-Milliarden-Bevölkerung ist binnen eines Jahres durch Klimawandel und Viren die Klippe hinuntergefallen.

Kurz vor dem endgültigen Kipppunkt haben die verbliebenen Intellektuellen ihre Kräfte gebündelt, ihr spezialisiertes Wissen in KI-Systeme eingespeist, und das, was von der Welt übrig war, zurück in Balance gebracht. Und dann hat man mit demselben Schwung, ganz ohne Bürokratie und Bedenken – ratzfatz – innerhalb kürzester Zeit eine Zukunft geschaffen, wie sie die Menschheit immer erträumt hat. Vor einem Jahr wurde die bedingungslose Grundversorgung eingeführt, keiner muss mehr arbeiten und wir leben im bestmöglichen System, das man sich denken kann.

Auch wenn Historiker weniger hoch im Kurs standen als Naturwissenschaftler oder Techniker, hat Mars als Wissenswirt eine Zeitlang Privilegien genossen. Das nimmt eine Runde aus Ex-Handwerkern und -Büroangestellten übel. Ihre Jobs wurden natürlich als Erste von Bots übernommen.

«Und du planst das Ding!», dröhnt es und als ich aufsehe, merke ich, dass alle Augen auf mich gerichtet sind.

«Wieso ich?» Ich ziehe meine rechte Augenbraue zu einem möglichst arroganten Machoausdruck nach oben, um meinen Schreck zu verbergen.

«Weil du Maschinen-Ingenieur warst, Wichser! Und weil eine Guillotine eine Maschine ist, oder etwa nicht?»

«Designer!», korrigiere ich. «Ich war Maschinen-Designer!»

«Na also! Wusste ich's doch. Aber jetzt seid ihr Hirnis auch nichts Besseres mehr als wir. Da zumindest haben sie für Gleichheit gesorgt. Kotz-Tussen!»

Er hat recht. Auch damit, dass unser neues System von eher weiblichen Werten geprägt ist. Aber ich mag Herausforderungen. Und außerdem ist es logisch, mal etwas anderes zu versuchen, wenn eine männlich dominierte Gesellschaft einen Planeten vor die Wand gefahren hat.

«Bis morgen machst du den Entwurf. Dann organisieren wir das Nötige. Am Ende der Woche haben wir das Ding fertig. Und dann Ende Gelände!»

Ein begeistertes Grölen versetzt den Diodenkreisel in einen Wirbel, der alle Farben verschwimmen lässt. Und während der Barbot eine neue Batterie besonders großer Gläser unter die Anlage schiebt, hämmert Henry seine Faust auf den Tisch und hebt autoritär den Zeigefinger.

«Maul halten, Arschlöcher! Lauscher aufsperren!»

«Was denn?» ruft Malle, der noch nicht begriffen hat, dass Henry den alten Sozi-Song meint, der gerade in die dritte Strophe geht.

«Dann müssen wir streiten, keiner weiß wie lang – ja, für ein Leben ohne Zwang.»

Und während alle, die den Song schon tausendmal gehört haben, ihn aber jetzt zum ersten Mal begreifen, sich begeistert gegenseitig in die Handflächen schlagen und die Gläser aneinander knallen, verziehe ich mich aufs Klo.

«Ich mach's!», verkünde ich, als ich mich wieder in die Runde setze. «Aber nur gegen Bares!

«Es ist eine Revolution, Mann!», braust Henry auf. «Da geht's um was Ideelles! Nicht ums Geschäft!»

«Vielleicht anderswo! Wer hier unten was von mir will, zahlt!»

Henry beißt die schmalen Lippen aufeinander, dann nickt er und schlägt mir kräftig auf den Rücken.

«Wie viel?»

«600», knurre ich. «Hälfte vorher – Hälfte bei Übergabe.»

«Okay, Jungs, Zahltag», ruft Henry und greift als Erster in seine Hosentasche.

Die Scheine sind ein Haufen Müll: schmierig, verblichen, zerfleddert und mit Klebeband geflickt. Dollars, Euros, Sloti, Yen und massenhaft Falschgeld, das produziert wurde, als es noch Papier gab. Egal. Solange man die Zahl erkennen kann, die draufsteht, sind sie gültig.

Es ist Taschengeld für den Fall, dass man mal etwas außer der Reihe will.

Eine schnelle Nummer mit einer richtigen Frau, von denen es hier in Downtown nicht so viele gibt, und die wenigen sind so hart drauf, dass sie sich verdammt gut bezahlen lassen – das kann ich Ihnen flüstern!

Oder wenn einem der Sinn nach Drogen, Sprit oder einem richtigen Essen statt Fastfood steht. Obwohl unsere Fastfood-Kombi schon längst nicht mehr das ist, was Sie darunter verstehen, sondern eine genau designte Mischung an Nährstoffen, Mineralien und Vitaminen, die uns alle ziemlich gesund hält, egal, wie sehr man versucht, sich zu ruinieren.

Scheinchen braucht man auch, wenn man Downtown nur als Auftank- und Zwischenstation betrachtet. Das betrifft Leute wie mich, aber auch so manches simple Gemüt, das nie begreifen wird, was es braucht, um in einer idealen Welt zu bestehen – Henrys Narben sprechen für sich.

Ich laufe am Schrottplatz vorbei, auf dem weitere Typen mit Retro-Mindsets herumhängen und an irgendetwas schrauben.

Wie meistens ist auch eine mittelgroße Prügelei im Gange. Erst als ich die Wohnwaben und schließlich mein Quartier in G61, Level 5, Einheit G erreiche, wird es ruhiger.

Hier hockt fast jeder vergraben in seinem virtuellen Nest. Die digitale Spiele- und Entertainment-Welt, die man den Downtownern zur Verfügung stellt, ist unendlich, keiner hat je alles ausprobiert.

Ich werfe einen letzten Blick auf meine dank Haushaltsbot klinisch saubere Bude, die ich nicht vermissen werde. Hole Cecilia aus dem Schrank und gebe ihr einen kurzen Klaps. Bei Berührung produziert ihr Hautimitat Pheromon-Aerosole, die mir den nötigen Kick an sozialem Unternehmungsgeist geben.

Alle guten Dinge sind vier, denke ich und mache mich auf den Weg zur Schleuse.

Die ersten drei Runden in Uptown sind kostenlos, dein ererbtes Menschenrecht sozusagen. Danach zahlst du für jeden neuen Chip. Nachdem ich meinen

Unterarm in die antiseptische Box gesteckt habe, wo der Bot sein fast schmerzloses Werk verrichtet, ist der Weg frei.

Die Sonne scheint. Hier oben gibt es nur angenehmes oder interessantes Wetter: Sonne mit hübschen Schafswolken, erfrischender Regen, ab und zu Schnee, Gewitter, Nebel, je nachdem wie die Referenden ausfallen. Denn natürlich haben wir uns nicht völlig den Rechnern unterworfen, falls Sie das bisher gedacht haben sollten. Wir reden mit, wöchentlich gibt es basisdemokratische Abstimmungen. Und so sieht man kaum je einen öde grau verhangenen Himmel wie unten – schon das allein ein Grund, den Weg hierher zu suchen.

Aber hier ist einfach alles besser. Die Leute, die mir einzeln oder in kommunikativen, kleinen Gruppen begegnen, sehen entspannt und fröhlich aus: beautiful people. Ich kann es kaum erwarten, steuere aber nach der Anmeldung im Reha-Center zuerst noch eine Floralboutique an, um einen Strauß blauer Blumen zusammenzustellen. Mein Chip vibriert, als die ersten Credits meines Basisguthabens abgezogen werden. Aber die Ausgabe wird sich bezahlt machen. Blumen kommen immer gut an. Ist halt so ein Frauending. Ich spüre ein erwartungsvolles Summen in meinem Körper.

Es dauert fast zwei Minuten bis mein Iris-Scan mit einem Klicken im Schloss beantwortet wird. Als ich im Glaslift zum Scheitelpunkt des Wohnbogens gleite, sauge ich die spektakuläre Aussicht in mich hinein.

Kennen Sie den Film *A World Beyond*? So müssen Sie sich Uptown vorstellen, eine bizarr erweiterte Version der Ciudad de las Artes im ehemaligen Spanien. Das Setting, das – wie ich mit Stolz behaupten darf – mein Vorschlag für das Stadt-Design war, hat eine überwältigende Mehrheit bekommen: Uptown ist eine futuristische Schönheit, die Luft gefüllt mit irren Flugverkehrs- und -sportgeräten, fantastische Gebäude, waghalsige Brücken, Stanford Tori für Pflanzenanbau und Erholung – erste Sahne von allem, was an Zukunftsszenarien denkbar ist.

«Du!?», fragt Margo, als die Tür zwischen uns zur Seite fährt und den Blick auf ihr lichtdurchflutetes Penthouse freigibt.

Ich grinse mein Lausbubengrinsen, mit dem ich weibliche Herzen zum Aufgehen bringe, und präsentiere ihr – Tataa! – die Blumen.

«Hab's nicht ausgehalten ohne dich, Honey!», sage ich.

Mit freudlosem Lachen nimmt sie den Strauß, dreht sich um und geht voran. Das Zählwerk in meinem Chip hat mir gerade mal zwei Credits gutgeschrieben.

Ich muss mich abrackern: Ihr neues Outfit bestaunen, Haare, Schminke, Klamotten in Petrol und Tiefrot – Blau ist offenbar out – und die Einrichtung. Sie hat die Möbel nicht nur in zu sich passenden Farbvarianten, sondern auch gleich in neuen eckigen Formen ausdrucken lassen, die sich, wie sie erklärt, ausgesprochen positiv auf ihre mentale Verfassung auswirken. Ich kommentiere ihre Ausführungen mit affirmativen Lauten und individualisierten Komplimenten und erkundige mich abschließend nach ihrem neuen Hobby: Synchron-Gliding. Vielleicht erinnern Sie sich an die Typen, die im Film mit Raketenrucksäcken durch die Luft surfen und, als einer abstürzt, durch Ganzkörperairbags abgefedert werden? Sowas, aber mit Gruppenchoreografie.

Die Airbags übrigens gehen ebenfalls auf mein Konto: exakt nachgebautes Beyond-Design!

Und weil Smalltalk im Idealfall aus Geben und Nehmen besteht, trage ich schließlich noch ein paar asoziale Anekdoten aus Downtown vor, die sie sich ungläubig und leicht angewidert anhört.

Dann endlich – nach mehr als zwei Stunden! – lässt sie mich ran. Es ist unvergleichlich wonnevoll: ein fühlendes weibliches Wesen, das dich, genau dich meint, wenn sie mit den Händen über deine Haut gleitet, mit ihrer Software über deine Hardware …

Ich bin völlig geflasht nach der Nummer mit Margo und habe keinen blassen Schimmer mehr, was uns auseinandergebracht hat! Unsere Chips vibrieren sekundenlang nach.

Sex ist eine der am höchsten honorierten Tätigkeiten in Uptown. Wenn er gut ist – und das war er, Jesus! – bringt er Vierfach-Credits: für Körperlichkeit, mitmenschliche Teilhabe Give and Take, kurz *MMT kompakt* genannt, und Altruismus, denn ein sexuell befriedigter Mensch ist ein gutwillig motiviertes Mitglied der Gesellschaft.

Genüsslich rauchen wir zusammen eine Holzfeuer-Moschus-Aromette, eine Geschmackskomposition, die Margo während meiner Abwesenheit entdeckt hat – mit wem auch immer …

Die Beziehungen hier oben laufen fast ausnahmslos monogam, alles andere hat zu viele Leute nach Downtown zurückkatapultiert. Aber nach Trennungen ist nichts dagegen einzuwenden, schnell eine neue Verbindung einzugehen. Offenbar ist sie aber nicht gut verlaufen, Margos neue Verbindung.

«Frag nicht», sagt sie, als ich versuche, etwas aus ihr herauszukriegen.

«Es hat mich fast ruiniert, ich war runter auf 100 Credits. Nach der Sache mit dir hat's nicht mehr viel gebraucht. Wenn ich nicht einen Job im Reha-Center gekriegt hätte, dann wäre ich bestimmt als FD dort gelandet.»

FD heißt *Fast draußen*. Diejenigen, die sich asozial genug verhalten, um ihren Chip auf 50 Credits herunterzuwirtschaften, erhalten eine letzte Chance. Aber wer einmal ins Rutschen kommt, ist meist so schief gewickelt, dass er sich auch im Reha-Center nicht mehr geradebiegt.

Effektiver ist das Training für WDs. WD heißt *Wieder da*. Wenn man aus Downtown zurückkommt, ist man bereit, sich den Arsch aufzureißen. Jedem Anfang wohnt ein Zauber inne – Sie wissen schon – und nachdem man 500 Scheine Eintritt bezahlt hat, ganz besonders!

Meine Workshop-Liste ist dieses Mal allerdings überraschend kurz: Selbstmanagement 1 und 2, Achtsamkeit und Empathie 1 und 2 – das ist alles, was der Reha-Manage-Bot mir verordnet hat. Morgen früh habe ich das erste Face-to-Face-Training.

«Da läuft momentan ein Change Management Program», erklärt mir Margo, wickelt das petrolfarbene Betttuch aus Raupendrüsenzellkulturen-Seide um sich und geht zum Fenster. Offenbar entdeckt sie etwas Interessantes unten auf dem Slowway, denn es dauert eine Weile, bis sie weiterspricht.

«Ein Vorschlag aus der Basis, der ein hohes Votum erhielt. Es geht um Effizienzsteigerung. Du musst ja nichts trainieren, was du sowieso – beherrschst.»

Ihr Lob überrascht mich. Nach unserer Trennung, die – Sie haben es wohl schon erfasst – weder harmonisch noch ganz gewaltfrei verlief (aber auch sie ist ganz schön ausgerastet, das können Sie mir glauben!), habe ich ein ambitioniertes Programm in sozialer Intelligenz erwartet. Auch mit Altruismus tue ich mich schwer, da ich von Natur aus – ich erwähnte es – etwas autistisch ticke. Aber da schätze ich mich offenbar negativer ein als angebracht.

Also weg mit den Selbstzweifeln! Denkt sich wohl auch Margo, die in ihrem Gesicht herumwischt, bevor sie sich endlich wieder umdreht und ins Bad verschwindet.

«Komm, Süße, zieh dir was Cooles an!», rufe ich ihr euphorisch hinterher. «Ich lade dich ein! Meine Rückkehr muss gefeiert werden!»

Wir gehen ins L'Hemispheric, ein halbrundes Architektur-Wunder mit aufklappbarem Dach, das gespiegelt in der umgebenden Wasserfläche wie ein nachdenkliches Auge wirkt. Nicht billig – auch in der besten aller Welten muss man für Extras zahlen. Aber wenn man einlädt, bekommt man einen Bonus für MMT einfach. Allein oder mit getrennten Kassen ist es nicht zu empfehlen, weil man außer den Kosten noch Minuscredits für Selbstbezogenheit abgebucht bekommt. Nur falls Sie noch nicht ganz gecheckt haben, wie das hier oben läuft mit dem Währungssystem.

Nach unserem Libido-Boost ist mein Chip einigermaßen gefüllt, und wenn wir vielleicht später noch ein offenes, aufarbeitendes Gespräch über die Gründe für unsere Trennung führen (offene, aufarbeitende Gespräche werden fast so gut wie Sex kreditiert), verkrafte ich die Rechnung.

«Wie konntest du eigentlich das Appartement halten ...?», frage ich, während ich mir ein Magurozellzucht-Sashimi zwischen die Zähne schiebe und mir vorstelle, wie Henry mit einem seiner berühmten Rülpser den Laden hier aufmischen würde, «... wenn du runter warst auf 100?»

Margo taucht ein Stück Tierrespekt-Butterfisch in die Wasabi-Tunke und führt es bewundernswert kleckerfrei zu Munde.

«Hab mich verpflichtet!», sagt sie, als sie mit Kauen, Genießen, Schlucken und Nachspüren fertig ist. «Für zehn Wochen.»

«Verpflichtet?»

Wovon spricht sie, zum Teufel? Seit der Wissens-Upload abgeschlossen ist, gibt es für uns keine Pflichten mehr. Alle «Jobs» zum Sammeln von Altruismus-Credits sind spaßorientiert, fristlos stornierbar und können jederzeit von KIs oder Bots übernommen werden. Unsere einzige wirkliche Aufgabe ist die Revitalisierung menschlicher Qualitäten im Umgang miteinander. Das, was uns von den Rechnern unterscheidet und durch die Katastrophe mit ihren Anschluss-Maßnahmen etwas verkümmert ist.

«Im Center. Ich hab dir doch erzählt, dass ich ...!»

«Ich dachte, das war nur ein kleiner Job.»

Es klickert in meinem Chip, zwei Minuscredits. Ich bin ihr ins Wort gefallen.

«Neuerdings gibt's Vertragsprojekte. Die dauern länger.»

«Und um was geht's da?»

«Emotional Ressources.»

Sie schnappt mir das letzte Maguro-Nigiri von unserer «Happy-Together»-Platte weg und grinst mich an, als genösse sie den Ausdruck, den eine Wolke aus mentalen Fragezeichen in meine Mimik gepresst hat. Waagerechte Stirnfalten, mittig hochgezogene Augenbrauen, Augen weit geöffnet, Lippen leicht – die Wandbilder im Reha-Center haben die Inhalte aus dem Programm Mimik-Lesen in mir aktiviert und ich bin mir bewusst, dass ich gerade aussehe wie ein Dämel-Depp. Schließlich erbarmt sie sich.

«Ein Reha-Training Face-to-Face ...» – ich wappne mich mit wertschätzender Geduld, Margos Erklärungen können langwierig werden! – «... war ein guter Ansatz, hat sich aber letztlich als ineffizient, weil nicht wirklich nachhaltig erwiesen. Daher versucht man jetzt, die Emotionen und Bedürfnisse vorsortierter Charaktere auszulesen, um dann aus einem globalen menschlichen Reaktions- und Gefühlsfundus die nötigen Kriterien für ...»

«Du lässt dich aussaugen!», bringe ich die Sache auf den Punkt. Mein Chip meckert, Margo lacht.

«Siehst du, genau darum geht's! Du hast immer noch nicht gelernt, einfach mal zuzuhören, ohne gleich ...»

«Aber ich habe dir zugehört!» protestiere ich.

«Schon wieder!» Ungläubig schüttelt Margo den Kopf und mein Chip gibt ihr recht.

«Ich dachte, du wärst fertig!» sage ich, damit sie aufhört, mich so mitleidig anzuschweigen. Tut sie aber nicht, und deshalb nehme ich meine Sakeschale und frage ohne weitere Umschweife nach dem, was mich an der Sache am meisten interessiert.

«Und das gibt ordentlich Credits?»

«1.000 pro Tag.» Nun hebt auch sie ihr Schälchen und prostet mir zu.

Tausend! Leck mich fett! Noch nie hab ich von einem Job gehört, der so viel bringt.

«Brauchen die noch Leute?»

«Naja, ja und nein ...»

Sie macht keine Anstalten, ihre Antwort zu konkretisieren. Lässt mich zappeln. Eigentlich müsste das Minuscredits geben für unfaire Gesprächsführung, aber sie sieht ganz entspannt an mir vorbei aus dem Fenster, ihr Chip scheint ihr zuzulächeln.

«Was willst du damit sagen, Zuckerschnutchen?» frage ich, Tonfall und Mimik ein Meisterwerk der Selbstbeherrschung. Doch wieder vibriert es: zehn Minuscredits! – Was zum Henker ...

«Die Wortwahl», hilft sie mir. «Fühl mal in dich hinein, dann musst du zugeben, dass du mir gerade deinen Respekt verweigerst, um dich selbst aufzuwerten!»

Ich bin sicher, dass Zuckerschnutchen letztes Mal noch durchgegangen ist! Statt zu diskutieren, gieße ich ihr Sake nach – registriere ein Lächeln und eine Positiv-Gutschrift. Drei Credits – mühsam ernährt sich das Eichhörnchen ...

Sie nimmt einen Schluck, setzt das Trinkgefäß ab, tupft sich den Mund mit der Stoffserviette und nickt einer Kellnerin zu, die süß lächelnd an unseren Tisch flattert.

«Was kann ich für dich tun, Margo? Magst du vielleicht ein Wasser oder einen Matcha?»

Scheint ein Mensch zu sein, die Kleine – ein echter Luxus-Schuppen hier.

«Lieber keinen Tee am Abend, sorry, ich hab meine HW noch nicht synchronisiert, aber ich schlafe im Moment nicht so gut. Ein Wasser wäre aber wunderbar!»

«Gerne, Margo. Wenn du magst, übernehme ich die Synchro für dich!»

«Das wäre lieb, danke!»

«Gerne! Soll ich vielleicht gleich ein Schlaf-Yoga-Modul für dich zubuchen?»

«Nein, danke – wird sich schon von selbst wieder einspielen!»

«Das freut mich für dich!»

«Lieben Dank fürs Angebot!»

«Gerne!»

Säusel, säusel – meine Nackenhaare stehen aufrecht, aber ich beiße die Zähne zusammen und lächele Margo an, gechillt wie ein Hackmesser. Und schließlich erinnert sie sich an meine Frage.

«Die Verpflichtungsmöglichkeiten sind individuell zugeordnet, weißt du?», sagt sie so sanft und leise, als packe sie ein Weichei in Mull. «Du musst dich einfach mal direkt erkundigen.»

Das mache ich. Direkt am anderen Morgen.

Ich habe gerade das Achtsamkeitstraining absolviert und horche, während ich auf der Suche nach dem richtigen Eingang unter den weißen Arkaden des Center-Buildings durchlaufe, in mich hinein.

Ich muss an diese alte Story von Jonas Erpressung im Bauch des Walfischs denken. Mein Wal besteht zwar nur aus weiß-eckigen Rippen mit abgerundeten Ecken, aber sein Skelett wirkt trotzdem irgendwie tückisch auf mich.

«Change Management Program», lese ich endlich an einer Tür. «Finally Peaceful!»

An der Anmeldung steht ein blondes Gift, das mich an Cecilia erinnert: rauchige Stimme und ein Lächeln, das mehr als zweideutig ist. Während ich ihr mein Anliegen vortrage, frage ich mich, wie das scharfe Biest wohl unterhalb ihrer Uniform ausgestattet ist.

«Sie erfüllen die Voraussetzungen für Auslese-Projekt 4!», meldet sie prompt und ein Triumphgefühl verdrängt meine unanständigen Gedanken.

Jetzt kann ich mir wieder ein privates Aircar zulegen wie beim letzten Mal und vielleicht einen Trip zur Mondumlaufsonde buchen. Weltraumtechnik hat dank selbstlernender Systeme einen solchen Entwicklungsschub gemacht, dass Touristenreisen ins All gut erschwinglich sind. Vor allem aber kann ich ein Digital-Appartement mieten. Ein Penthouse wie Margo brauche ich nicht, aber ein paar Features, die es in den Grundbedarfsquartieren nicht gibt.

Seit dem Jahr 1 ist Uptown nämlich schwerpunktmäßig analog orientiert. Digitalnischen gibt es nur noch für die Administration und ein paar Kreativ-Jobs, mit denen ich mich gewöhnlich über Wasser halte, für die man sich die Ausstattung aber selbst besorgen muss. Wenn einem das Sozialgetue mal auf die Eier geht, man aber trotzdem ein paar Altruismus-Credits verdienen will, sind Kreativ-Jobs ideal. Ist zwar so ziemlich alles fertig inzwischen, aber ein bisschen herumdesignen kann man immer. Zum Beispiel am Besucherbereich eines Service-Büros. Sieht hier alles noch ein bisschen spröde aus, finde ich.

«Okay, ich bin dabei! Setzen Sie mich auf die Liste – wann kann ich …?»

«Sie müssen zuerst die Nutzungsbedingungen lesen», unterbricht sie mich ungestraft lächelnd. Bots haben mit Credits nichts am Hut.

«Ich sende Ihnen die Unterlagen sofort. Bei Fragen stehe ich Ihnen zur Verfügung!»

Ich schiebe mir einen der herumliegenden Data-Schirme übers Gesicht und konzentriere mich auf die Bedingungen.

«Nur 100 Credits?», fährt es mir heraus, als ich bei Paragraf 2 angekommen bin.

«100 Credits für jeden der zehn Tage, die Sie in das Projekt involviert sind!», gibt die Robo-Dame ungerührt freundlich zurück.

«Nur zehn Tage?!»

Der Chip vibriert, ich bin um zwanzig Credits ärmer. Shit! Ich atme ein paarmal tief durch, um meinen Adrenalinschub unter Kontrolle zu bringen. Selbstmanagement 1 ist erst morgen dran, aber ein paar Basisübungen habe ich noch drauf.

«Meine Partnerin hat von je 1.000 Credits und 100 Tagen gesprochen!», erkläre ich sachlich, als ich wieder dazu in der Lage bin.

«Da liegt wohl ein Missverständnis vor», sagt der Bot mit ziemlich bemühtem Bedauern in der Miene, auch da muss man eindeutig nachjustieren. «Möchten Sie, dass ich den Antrag storniere?»

«Nein», sage ich. Höflich, aber bestimmt. «Ich möchte, dass Sie recherchieren, wie es zu diesem Missverständnis kommen konnte. Ich bin sicher, ich habe das richtig verstanden.»

«Gerne. Zu welcher Kategorie gehört Ihre Informantin?»

«Kategorie?»

«Seit 1-1-2 sind alle Bewohner in Kategorien eingeteilt. Sie selbst entsprechen Kategorie 4. Deshalb sind Sie für Auslese-Projekt 4 zugelassen.»

Schlagartig wird mir alles klar! Deshalb also Margos mitleidiges Getue! Zwischen ihr als Zweier und mir als Vierer liegen 99.000 Credits! Was zum Satan soll das? Respekt, Freundlichkeit, Wertschätzung für Gleiche unter Gleichen: Das ist die Devise in Uptown! Mit Downtown als Ansporn, ein Mensch will sich seine Privilegien erobern.

Systemische Ungleichheit aber ist Barbarei von früher.

Überwunden, retro, out!

«Konnte ich das Missverständnis aufklären?», fragt Blondie und lächelt ein falsches Zahnpastalächeln.

Darüber muss ich erst mal nachdenken.

«Ein Endorphin-Cocktail würde dir guttun, Bruno», empfiehlt der Kellner-Bot, nachdem er mich gescannt hat. Ich habe mich fürs «Usual» entschieden, einen auch für Singles kostenfreien Diner innerhalb des Entspannungs-Stanford-Torus. Falls Sie sich nicht so auskennen mit Zukunftstechnologie: Ein Stanford-Torus ist eine Art überdimensionaler, aufrecht im Raum stehender Reifen mit künstlicher Schwerkraft. Man geht immer in ein Tal hinunter, das an der anderen Seite wieder aufsteigt und wenn man lange genug durchhält, ist man am Ende wieder da, wo man angefangen hat. Ideal zum Nervenberuhigen.

Ich nicke zerstreut und suche mir einen Platz mit Blick auf die Space-Abschussrampe.

Für 1.000 Credits kann ich mir gerade die Anfangsmiete für das Appartement leisten. Aircar und Weltraum müssen warten. Simpelste Analog-Aktivitäten werden besser bezahlt: Chorsingen, Spaßspielen mit Kindern, Gemeinschaftsgärtnern oder Realsport, bei dem man sich mit anderen um einen Ball rauft – aber ich spüre schon, wie mir übel wird. Diese Gruppendinger gehen einfach nicht für mich ...

«He, wo bleibt mein Cocktail?», rufe ich missmutig. Der Kellner-Bot ist nirgends zu sehen. Dafür rasselt mein Guthaben schon wieder herunter. 20! Abzüge für kumpelhafte Ruppigkeit? Langsam werde ich nervös.

Ich greife mir einen Data-Schirm vom Haken und vertiefe mich in die Unterkunftsangebote, bis mir auffällt, dass ich immer noch nichts zu trinken habe. Der Bot, der drei Tische weiter bedient, reagiert erst beim zweiten Mal auf meinen Blick.

«Ich bekomme einen Endorphin-Cocktail!», erinnere ich ihn betont höflich.

«Oh, Bruno, du hast natürlich Recht. Ich bringe ihn dir sofort! Mein Fehler!»

Während meine Augen weiter die Angebote scannen, denkt mein Hirn über das Verhalten des Maschinenkellners nach – die Dinger machen keine Fehler, außer sie sollen.

«Change Management, was?», sage ich böse grinsend, als er endlich mit dem Glas kommt.

«Wie meinen?»

Sein Lächeln ist der blanke Hohn.

«Schon gut! Danke!»

Ich stürze den Cocktail im Gehen herunter. Die sarkastische Bemerkung hat mich 50 Minuscredits gekostet – nichts wie weg hier!

Mit jedem Schritt durch das parkähnliche, wohltemperierte, sonnige Reifental steigt mir die Galle höher – wahrscheinlich hat mich der Robo-Wichser mit ganz etwas anderem als Endorphinen abgefüllt. Und ich habe nur noch 321 Credits.

Seit dem Auftakt mit Margo ist es fast nur bergab gegangen. Mit der Aussprache war auch nichts. Irgendwie läuft es zwischen uns nicht mehr.

Ich setze mich auf eine Bank, von der man die fantastischen blau übereinanderliegenden Schwimmbecken sieht, die das Wasser nur mittels Magnetismus festhalten. Man kann die untere Fläche durchtauchen und nach einem schwerelosen Flug durch die Luft ins Becken darunter gleiten. Gerade beginne ich mich etwas zu entspannen, da lässt sich ein Typ neben mir nieder. Ich betrachte weiter die leuchtenden Schwimmbecken. Geniales Design! Sobald ich mein Finanzproblem im Griff habe, werde ich auch wieder dort oben ...

«Hi», sagt er.

«Hi.»

Nur weil ich an den Chip denke, drehe ich ihm kurz den Kopf zu. Mit großen blauen Augen blinkt er mich an.

«Du siehst gestresst aus. Möchtest du reden?»

Oh fuck, ein Coach! Nach einem Mindset-Großputz steht mir jetzt echt nicht der Sinn.

«Geht schon!», sage ich. «Danke fürs Angebot!»

«Du musst deine Unzulänglichkeiten nicht allein bewältigen», nervt er weiter. «Komm zu uns rüber – wir laden dich herzlich ein! Es ist nicht immer einfach hier – als Mann!»

Er weist auf eine Gruppe, die in einiger Entfernung im Kreis auf dem Rasen sitzt und tatsächlich nur aus Typen besteht.

«Ich komm klar, danke!»

Entschieden ziehe ich die Mundwinkel hoch und wende meinen Kopf wieder Richtung Schwimmbecken. Solche Psychoheinz-Geschichten kommen nicht für mich in Frage. Wenn überhaupt, dann rede ich mit Frauen.

«Warum so feindselig?», fragt der Typ. «Wir Männer sollten zusammenhalten. Uns unterstützen. Man muss lernen, sich in seiner Verletzlichkeit zu öffnen, sonst ...»

«Gar nichts muss ich, Junge!», drehe ich ihm den Hahn ab. «Zisch Leine! Oder muss ich nachhelfen?»

Ich habe mich drohend zu ihm umgedreht und bin wohl etwas laut geworden. Passanten sehen verstört zu uns herüber und einige Mitglieder der Männergruppe haben sich erhoben, während mein Chip vibriert und vibriert. Shit! Shit! Shit!

Ich springe auf und stürme davon, um dem Typ nicht doch noch eins reinzuhämmern. Aber mit einem Kontostand von ... 133 – Mein Gott! Schnell schnappe ich mir ein Stan-Abflugmodul und mache die Fliege.

«Tragen Sie mich ein», sage ich atemlos zu Blondie. «Auslese-Projekt 4.»

«Tut mir leid!» Sie lächelt, und hat jetzt etwas eindeutig Hinterfotziges im Blick. «Die Liste ist geschlossen – unser Bedarf an Level-4-Probanden ist gedeckt!»

«Aber ich war doch vorhin schon da. Erinnern Sie sich nicht? Sie haben mich akkreditiert!»

«Ihre Akkreditierung wurde storniert!», strahlt sie mich an. «Sie wollten über ein Missverständnis nachdenken!»

«Das habe ich getan und mich entschieden!»

«Es tut mir leid – die Liste wurde inzwischen geschlos...»

Aber da bin ich schon wieder draußen und sehe zu, wie mein Kontostand auf 93 abkackt. Mit einem Bot zu diskutieren ist genauso sinnlos wie einen Coach zu verprügeln. Mir fällt jetzt nur noch eine Sache ein, die Sinn macht.

Sie ahnen sicher schon, wie es weitergeht. Auch ich bin nicht wirklich überrascht, als mein Iris-Scan unbeantwortet bleibt. Um ehrlich zu sein ist mir sowieso nicht wirklich nach Sex. Trotzdem tut er gut, mein Faustschlag gegen die Tür von Margos fantastischem Bogenhaus. Auch wenn er mein Konto auf Null bringt.

Tja, jetzt hänge ich also wieder in Downtown herum. Gar nicht viel Zeit vergangen! Der Termin mit Henry und der Runde steht noch. Und ich sitze seit Stunden am Rechner und spiele Szenarien durch. Klar ist, es muss eine sehr, sehr spezielle Art von Guillotine werden. «Form follows function» – Sie kennen die goldene Design-Regel.

Wem oder was wir den Kopf abschlagen müssen, darüber bin ich mir jedoch noch nicht im Klaren. Vielleicht müssten wir auch ein paar Köpfe hinzufügen, nur wenn ja, wie und welche?

Aber ich werde es schon herauskriegen, ich mag ja Herausforderungen. Vielleicht haben die Jungs sogar recht und es wird Zeit, als Mann mal wieder so richtig auf den Tisch zu hauen!

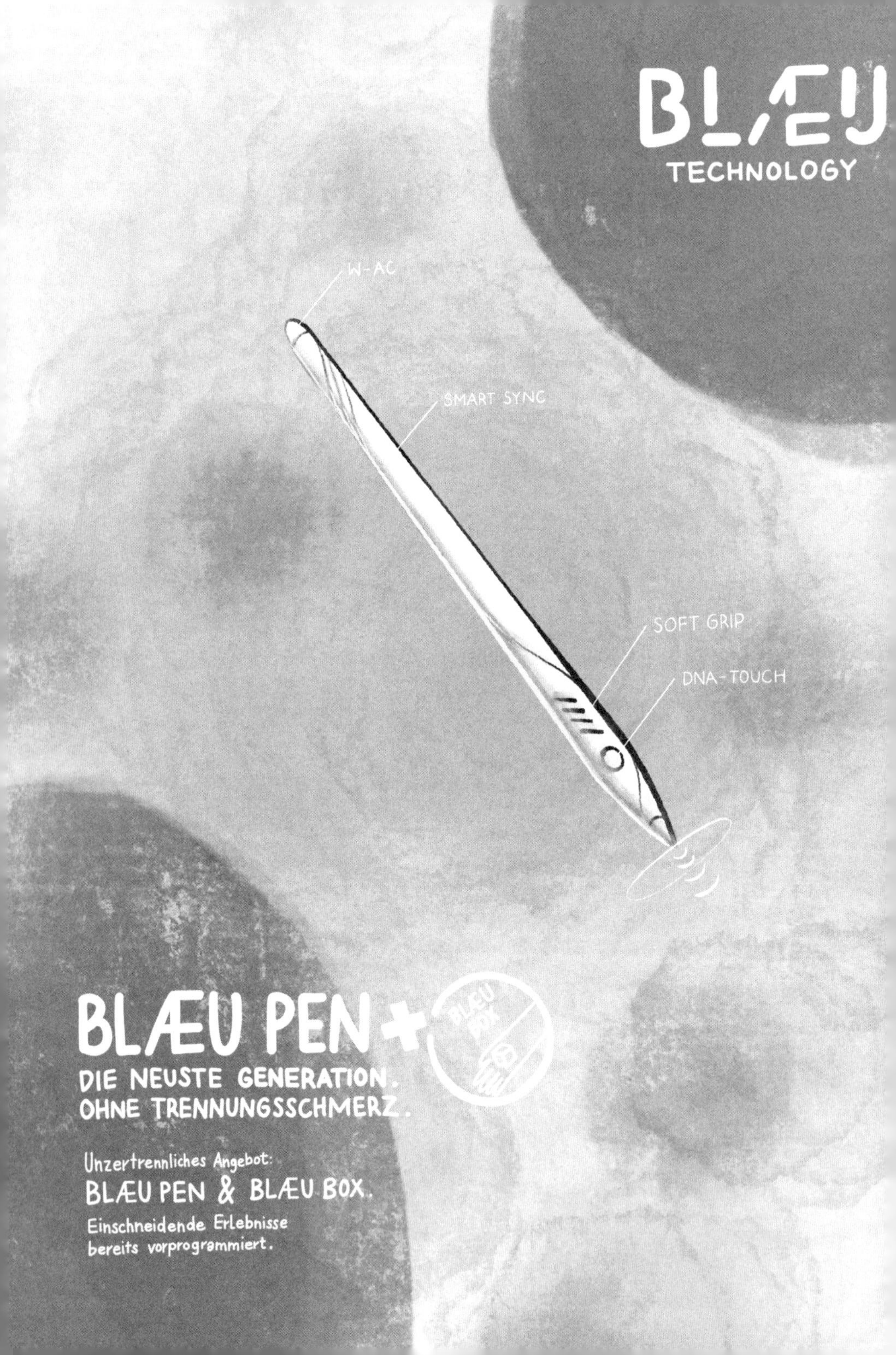
BLÆU
TECHNOLOGY
W-AC
SMART SYNC
SOFT GRIP
DNA-TOUCH
BLÆU PEN +
BLÆU BOX
DIE NEUSTE GENERATION.
OHNE TRENNUNGSSCHMERZ.
Unzertrennliches Angebot:
BLÆU PEN & BLÆU BOX.
Einschneidende Erlebnisse
bereits vorprogrammiert.

Apartment No. 1010

Text_Fabian Henry
Illustration_Markus Rockstroh

Ein paar Straßen weiter heulte schrill eine Sirene. Es schrie in seinen Ohren. Jahr um Jahr wurden die Warnsignale lauter, schriller (bis man es vor drei Jahren so sehr übertrieben hatte, dass ältere Bewohner es nicht mehr gehört hatten, Haustiere aber regelmäßig durchgedreht waren) und immer länger, um den Lärm der Stadt selbst übertönen zu können. Was nutzte ein Warnsignal, wenn es niemand mehr wahrnahm? Die Lichter sah kaum noch jemand. Alles blinkte und leuchtete, man wandelte auf dem täglichen schmalen Grat zur Epilepsie. Dann blieb nur noch der Warnton. Der war alles, was noch blieb.

Er hörte es selbst schon nicht mehr. Ständiges White Noise, das sich erst wirklich bemerkbar machte, wenn es direkt neben einem selbst das Trommelfell zerstörte. Aber die Warnung war auch nicht an ihn gerichtet. Was interessierte es ihn also. Er spürte die feindseligen Blicke der Bewohner auf sich, als er die schmutzigen Stufen hinaufstieg. Sie galten nicht unbedingt seiner eigenen Person (vielleicht doch ein bisschen), sondern mehr der Uniform, die ihn auswies. Der hohe Kragen, das dunkle, unauffällige Blau in einem eleganten Schnitt und mit den wenigen, sparsamen, grauen Details an verschiedenen Stellen und nur wenigen gelben Highlights, die dafür aber von den Schultern bis zu den schwarzen, festen Stiefeln liefen, zeichneten ihn unmissverständlich als Eintreiber aus. Er konnte nur einer sein. Sich als solcher auszugeben wurde mit Freiheitsentzug bestraft.

Auch wenn er die Blicke spürte, hielt er konsequent an sich, sie zu ignorieren. Aufmerksamkeit zu erwidern hatte ihm mehr als einmal fremde Spucke im Gesicht beschert. Und damit war er noch harmlos davongekommen. Also eilte er sich, um die nächste Ecke zu biegen und das Apartment zu erreichen.

Apartment 1010.

Mit einer Hand klopfte er gegen die Tür, sagte dabei nichts. Jede Tür war mit einer Kamera ausgestattet, die automatisch getriggert wurde, sobald eine gewisse Kraft die Wohnungseinheit traf. Das Bild wurde in beinahe jeden Raum der Wohnung für ein paar Sekunden gestreamt. Man wusste allzu gut, dass er vor der Tür stand und wer er war. Es musste vor circa 20 Jahren gewesen sein, dass das Sich-Ankündigen beim Anklopfen ausgestorben war.

Er wartete, beugte sich über das Geländer, sah zum Himmel auf. Es sah nach Regen aus. Er sollte das hier schnell hinter sich bringen, wollte nicht in einen Regenguss kommen. Vor allem nicht riskieren, dass es wieder saurer Regen war oder heißer Regen. Beides kacke auf der Kleidung und gab hässliche Flecken.

Doch noch immer war die Tür verschlossen, als er sich umdrehte. Für einen Moment sah er überrascht drein. Er musste zugeben, dass er damit nicht gerechnet hatte. Gewöhnlicherweise konnten die Leute die Tür gar nicht schnell genug öffnen. Man wollte keinen weiteren Ärger.

Wieder klopfte er. Das verstärkte Plastik, das nur das Aussehen von Holz imitierte, vibrierte im Türrahmen.

«Hallo», presste er energisch hervor. «Aufmachen.»

Sein Blick flog sehr direkt an die Stelle im Türrahmen, wo die Kamera saß. Er war starrend, sehr direkt, viel zu aufdringlich für jemanden, der hereingelassen werden wollte. Aber er war nicht hier, um nett zu sein und schon gar nicht, um seine Zeit irgendwie zu verschwenden. Er hatte noch andere Orte, die er abklappern musste. Sein Tag hatte auch nur eine begrenzte Anzahl von 18 Arbeitsstunden. Als er nicht sofort etwas hörte, hämmerte er wieder dagegen. Ein paar Mal hintereinander.

Sehr deutlich merkte er, wie es in dem Wohnkomplex um ihn stiller wurde. Über ihm lief niemand mehr, das Gerede, als er die Treppe heraufgekommen war, war verstummt. Man lauschte. Er konnte es praktisch vor sich sehen, wie die Nachbarn an der eigenen Haustür mit einem Ohr hingen, um noch mehr mitzubekommen. Ein Besuch wie seiner war oft doch besser als jedes schlechte Unterhaltungsprogramm. Und man musste sagen: Die waren alle ziemlich schlecht. Er lieferte hier Unterhaltung vom Feinsten, kostenlos und die anderen betraf es nicht einmal. Perfekt also zum Konsumieren.

Noch immer tat sich nichts und er spürte deutlich, wie er genervter wurde. Das hier waren keine schweren Jobs, es waren einfache Aufgaben. Sie waren sogar langweilig, sie waren lästig, aber sie mussten gemacht werden und weil sie so einfach und schnell zu erledigen waren, war der Tag voll von ihnen. In einem Zeitfenster von zehn Minuten mussten sie erledigt sein, da musste er fast schon wieder vor der nächsten Tür stehen. Nicht wirklich zu schaffen, aber es war ein guter Maßstab, wie er vorzugehen hatte. Wenn sich aber alles verzögerte, konnte er das nicht schaffen. Dabei war er doch so gerne so gut es ging on-time. Bevor er in aufkeimendem

Ärger noch einmal klopfen konnte, schob sich die Tür mit einem leisen Zischen zur Seite. Sie öffnete nicht vollständig, verhakte auf dem letzten Drittel.

Niemand stand dahinter. Es war verhältnismäßig dunkel in dem schmalen Gang. Er erkannte eigentlich kaum etwas.

«Hallo?», rief er in die Wohnung hinein. «Ich bin hier für die Abholung.»

Weil keine Antwort kam, tat er einen Schritt hinein. Die Tür piepste, als der Sensor seinen Eintritt bestätigte und keine Sekunde später schloss sich die Tür wieder. Dieses Mal etwas ratternder und noch weniger flüssig. Und mit einem Mal stand er im Dunkeln. Er blinzelte gegen das dämmrige Licht, bis seine Optikeinheit in seinem Kopf zu surren schien und sich seine Wahrnehmung anpasste, etwas heller wurde, bis er einigermaßen angenehm sehen konnte. Der Gang war an und für sich schon winzig; kaum groß genug, um sich als eigenen Raum bezeichnen zu dürfen, und trotzdem war er zu beiden Seiten mit irgendwelchen Kisten vollgestellt. Müllsäcke lagen herum. Zumindest nahm er an, dass es sich um Müll handelte. Denn der Gestank war erbärmlich. Augenblicklich begann er durch den Mund zu atmen, in der Hoffnung, dass er so seinen Snack vom Dienstantritt in sich behalten könnte.

Verwesendes Essen. Versengtes Plastik und Fleisch und Ausscheidungen. Wie auch immer es möglich war, dass es hier nach allem gleichzeitig roch, aber diese Wohnung, dieser Gang, vollbrachte das Unmögliche.

«Hallo?», rief er wieder, deutlich lauter als er eigentlich müsste.

Links ging es in ein Bad. Standardisierte Badeinrichtung. So widerlich versifft wie alles war, würde das niemand benutzen. Und von dem, was er bisher gesehen hatte, tat es vermutlich auch niemand. Keine Chance. Dieser Raum verweste nur langsam vor sich hin. Sogar ein paar Fliegen hatten sich schon eingenistet. Angewidert verzog er das Gesicht.

«Ich bin hier.»

Er wandte sich ab. Nur aus Neugier sah er nach rechts in die Küche, wusste er doch bereits, dass die Stimme nicht von dort gekommen war. Nicht alle Wohnungen, die er sah, waren wie diese. Aber exakt solche wie die hier ließen ihn daran glauben, dass es in seinem Leben gar nicht so scheiße lief, wie es wohl könnte. Da lebte er selbst nicht mehr in einem Scheißloch, machte keinen unteren Job und war auch nicht mehr ohne jede Perspektive, was sein Leben anging. Im Vergleich lebte er in der High League, mit goldenem Löffel im Mund und besser könnte er es kaum noch treffen. Die Küche war ein ähnliches Trauerspiel. Der Kühlschrank war offen, das Licht flackerte darin. Er miefte, der Gestank von vergammeltem Essen waberte ihm entgegen. Eine Pfütze hatte sich davor gebildet. Schmutzige Teller standen herum. Erst als Berg aufgetürmt in der Spüle und als diese nicht mehr hatte fassen können, hatte es sich über jede Oberfläche bis auf den Boden ausgeweitet.

Beinahe schon beeindruckend, so viel Geschirr zu besitzen – dann wiederum war Porzellan gar nichts wert. Ein Pappteller hatte bei den sinkenden Baumzahlen weltweit mehr wert als ein gewöhnlicher Teller. Einen Moment ließ er noch den Blick wandern, bevor es ihm doch noch Tränen in die Augen trieb und er weiterging.

«Hier im Wohnzimmer.»

Wohnzimmer, Schlafzimmer, Arbeitszimmer, einziger belebbarer Raum, wenn man es nicht ganz genau nahm. Jede der Bezeichnungen war zutreffend. Er war sich nicht sicher, ob die Fenster in der Ecke kaputt waren, oder eines tatsächlich geöffnet war, aber hier schien die Luft ein wenig besser zu sein. Er bildete sich den ein oder anderen frischeren Luftzug ein. Vielleicht blies die röchelnde Klimaanlage auch nur einen parfümierten Lufthauch in seine Richtung. Aber ohne diesen Luftzug, würde er es hier nicht lange aushalten.

Auch das Wohnzimmer war zugestellt mit Möbeln. Ein Pfad war vorhanden, gerade einmal mannbreit, und zeigte deutlich, wo man sich nur bewegen konnte. Alles andere blockierte. War nur Ballast, an dem man sich festhielt. Er wollte gar nicht wissen, wieso, wollte es sich auch nicht fragen. Das war nur zu nah. Und nah wollte man vermeiden. Aus offensichtlichen Gründen. Leere Dosen türmten sich links und rechts von ihm auf. Sie klapperten etwas, sobald er mit den Füßen dagegen stieß. Vor einem ranzigen, alten Sofa, auf das sich niemand setzen wollte, der sich nicht den langsamen Tod innerhalb der nächsten fünf Tage wünschte, stand ein alter Rollstuhl. Er hing etwas schief, die Achse schien nicht mehr ganz so gut mitzumachen. Die Polster am Zerfallen, das Metall rostig und notdürftig mit angeklebten Plastikteilen zusammengehalten. Er passte perfekt in das Gesamtbild der Wohnung. Ein Möbelstück von vielen. Vielleicht sah es sogar ein bisschen trauriger aus.

Allerdings nicht so traurig wie der Schatten an Mensch, der darinsaß. In sich zusammengesunken, entweder aufgrund von mangelndem Rückgrat oder wegen der Schwere der Existenz, die hier täglich getragen werden musste. Er war versucht, einen Schritt näher zu machen, jedoch wurde der Geruch sofort so viel intensiver und stärker, dass er innehielt und zurückwich. Es kostete ihn einiges, nicht nach Luft zu schnappen. Aber er spürte Tränen in seine Augen steigen. Es roch widerlich. Ausscheidungen, Schweiß, Verwesung und irgendetwas, was er nicht ganz zuordnen konnte. Er wollte es nicht wissen. Wirklich nicht. Dieses Mal nicht zur Distanz, sondern einfach, weil er nicht vor einem Kunden kotzen durfte.

Die Kleidung war kaputt, schmutzig, stellenweise kaum mehr als Fetzen, die den Körper genug umhüllten, dass es nicht als obszön wahrgenommen werden konnte. Würde hier aber auch niemanden kümmern. Die Haare waren fettig, an manchen Stellen auch schon ausgefallen und so weit, dass ein Haarschnitt erkennbar war, wollte er nicht gehen.

«Miss, ich bin hier für die Abholung», sagte er wieder.

Schwer hob sich ihre Brust. Sie hatte anscheinend Mühe zu atmen. Ihre Lunge rasselte so laut, dass er es selbst ein paar Schritte entfernt hören konnte.

Aus der Tasche zog er schmales Gerät, kaum mehr als ein steifer Notizzettel. Mit einem Klicken faltete er sich zu einer bläulichen, digitalen Seite auf. Grob überflog er noch einmal die Informationen.

«Sie sind Miss Hirst. Sie haben in den vergangenen drei Monaten verschiedene medizinische Dienste in Kauf genommen sowie Einkäufe zum alltäglichen Gebrauch. Allerdings sind die Zahlungen ausgeblieben.»

Kurz flackerte sein Blick in die Höhe. Er musterte sie. So skurril. Nach seinem Besuch würde sie wieder medizinische Hilfe brauchen. Nicht sofort, aber früher oder später schon und alles würde von vorne beginnen. Ein erbärmlicher Teufelskreis, der einen nicht mehr aus den kalten Klauen ließ, sobald man gefangen war. Es war nicht wie eine Sucht, die man eventuell abschütteln konnte. Hier gab es keine Rettung. Einmal gefangen, für immer verloren. Es war nur eine Frage, wie lange man durchhielt.

«Aufgrund Ihrer Ausbildung beziehungsweise der fehlenden Bildung wurde angenommen, dass Sie nicht in der Lage sind, für diese Dienstleistungen zu zahlen, weshalb diese Abholung angesetzt wurde. Ist das korrekt?»

Ihre Stimme war brüchig und so viel zarter als er gedacht hatte. Er hatte etwas Rauchiges, Gebrochenes erwartet. Etwas, das zu diesem Umfeld und der Welt passte. Das war es aber nicht. Es war schüchtern und er mochte sich verhört haben, aber er glaubte ein hoffnungsvolles Hüpfen zu hören: «Ja.»

«Es stand Ihnen frei zu wählen, auf welche Weise sie körperlich zahlen und Sie haben sich für eine Amputation des rechten Unterschenkels entschieden?»

«Ja. Das ist auch richtig.»

Er nickte. Rechter Unterschenkel. Nicht so viel wert. Sogar noch eine ziemliche Einsteigergliedmaße. Die Leute gingen zuerst an die Beine, arbeiteten sich so kleinteilig wie möglich den Körper hinauf. Dann die Haare. Die sparte man etwas auf, sie konnten unter Umständen einiges wert sein. Dann einen Arm. Den zweiten behielt man, um durch den Alltag zu kommen. Den einen oder anderen Finger konnte man aber vielleicht noch entbehren. Und dann, wenn es keine andere Möglichkeit mehr gab, ging man an die Organe und von da ging es in der Regel sehr schnell, bis man kein lebensfähiges Austauschlager mehr war und man den Rest des Körpers hergab. Unfreiwillig.

«Gut.»

Das Hologramm verschwand, er steckte es fort, kam näher auf sie zu. All der Abfall um sie herum hatte ziemlich gut kaschiert, dass ihr das linke Bein bereits bis zur Hüfte fehlte. Die schlaffe Kleidung zeigte es jetzt aber sehr deutlich. Er hielt seinen Blick starr auf seine eigenen Hände gerichtet. Er kam ein Stück näher.

«Könnten Sie das Bein bis zum Knie frei machen?»

Sie nickte nur stumm. Mit einem leichten Stöhnen, das offensichtlich viel Schmerz und Leid in sich trug, beugte sie sich vor, krempelte in Zeitlupe an dem Hosenbein herum. Einfache Bewegungen, doch sie bereiteten ihr sichtliche Schwierigkeiten. Ihre Finger zittern. Dann zitterten ihre ganzen Hände. Ihr Körper kämpfte mit dieser winzigen Aufgabe, die einfach zu viel war.

Kurz sah er ihr zu. Die Versuchung, ihr zu helfen, war da. Aber er wandte sich ab, nahm eine kleine schwarze Box aus der Tasche hervor. Auf Knopfdruck, zusammen mit einem Piepsen wurde sie größer. Wie ein Schlauchboot, das sich selbst aufblies. Die Dimensionen nahmen zu, es wuchs nach links und rechts, bis es eine armlange, oberkörperbreite Box war. Er stellte die Box neben sich ab, entfernte den Deckel. Mit einem Zischen öffnete sich die Box, kalte Nebelschwaden entwichen gleichzeitig. Einen dünnen Stift zog er aus der Tasche und ging vor ihr auf die Knie. Das untere Bein war mittlerweile frei.

«Kann ich Sie etwas fragen?», kam es von ihr.

Er war gerade dabei gewesen, sich an die Arbeit zu machen, jetzt hielt er inne. Er zögerte, ehe er nickte: «Sicher.»

«Waren Sie jemals in meiner Situation?»

Er sah an sich hinab.

«Nein.»

Er könnte Prothesen tragen, man würde es nicht sehen. Die Frage konnte er ihr also nicht verdenken.

«Nein, war ich nicht. Kurz davor nach der Schule, aber nein.»

Sie nickte leicht. «Sie haben die Schule abgeschlossen?»

«Ja, mehr schlecht als recht.»

«Und trotzdem haben Sie es weiter geschafft.»

Ein schwaches Lächeln lag auf seinem Gesicht.

«Ich hatte Glück, von ‹geschafft› würde ich nicht sprechen.»

Er war ein klassischer Fall von «zur richtigen Zeit am richtigen Ort» gewesen.

«Wie das?»

«Ich war gerade gut genug, um es auf eine Uni zu schaffen. Irgendeine Uni, ich war da nicht wählerisch.»

«Wer kann da noch wählerisch sein?»

Ein trockenes Husten entwich ihm. «Stimmt.»

Wenn Bildung eine Währung wurde, musste jeder auf eine Uni. Denn der normale Abschluss genügte nicht mehr, es musste mehr her. Und wenn alle auf eine Uni wollten, wurde irgendwann der Platz knapp. Wer nicht zur Spitze der Klasse oder den Reichen, die sich einkaufen konnten, gehörte, konnte es sich nicht leisten, wählerisch zu sein. Man lebte das «Friss oder stirb». Und so war es für ihn auch gewesen. Er hatte gefressen. Weil er nicht hatte sterben wollen.«

Als ich fertig war mit der Uni, war zufällig dieser Job frei. Ich bin über Verbindungen daran gekommen.»

«Verbindungen ...», echote sie.

Er fühlte sich schlecht. Gerne redete er sich ein, dass er anders war als die, die sich einkauften. Dass er über dem stand. Dass er es ja auch ohne geschafft hatte. Aber wenn er sie so hörte – er war nicht anders. Er hatte es vielleicht ohne Geld geschafft, aber mit glücklichen Verbindungen. Er war nicht an der Spitze gelandet, aber im sicheren Mittelfeld.

Er schluckte schwer.

«Ja – über die erweiterte Familie war das.» Er nickte leicht, mehr für sich selbst als für sie. «Ich hatte Glück.»

Noch einmal schluckte er schwer und schob die Erinnerungen schnell von sich. Der Stift klickte in seiner Hand und flammte bläulich auf.

«Sind Sie bereit?»

Sie rutschte etwas in dem Rollstuhl herum. Es wirbelte neue Gerüche auf. Er presste die Lippen aufeinander.

«Ja», ihre Stimme war zittrig. Sie hatte Angst. Er wusste es nicht nur, er spürte es auch. Es war deutlich. Die Anordnungen, wie das hier abzulaufen hatte, besagten, dass er ihr nicht zureden sollte. Keine Bindung aufbauen.

«Sie können mir nicht anders helfen?»

Ein letzter Funke Hoffnung bei ihr. Auf den er nicht einging. Er konnte nichts tun.

«Ich beginne dann jetzt», sagte er.

Er spürte, wie die Hitze seine eigene Hand umspielte. Ein leises Surren zerriss die Stille. Es roch verbrannt, als er den Stift an ihrem Bein ansetzte. Sie zuckte kurz, verzog das Gesicht. Aber er wusste, dass es nicht schmerzte. Die Technik war dafür ausgelegt. Schnelle und schmerzlose Entfernung von Organen und Gliedmaßen. Die Entwickler waren sehr stolz auf genau diese Eigenschaften, es stand in jeder Produktvorstellungsmappe, die es von ihnen gab. Er hatte das alles schon tausend Mal gemacht, dennoch war es immer wieder faszinierend anzusehen. In dem Moment eines Blinzelns wurden die Körperzellen voneinander getrennt, eine Lücke klaffte und je weiter er seine Hand bewegte, desto einfacher wurde es. Doch es floss kein Tropfen Blut. Kein einziger. Kein bisschen.

Keine fünf Minuten dauerte es und sie waren fertig. Höchstens waren es zwei. Kaum auszudenken, wie lange es in alten Zeiten gedauert haben mochte, so etwas durchzuführen. Und hier waren sie: in einer schmutzigen Wohnung, in der man dennoch eine saubere Amputation durchgeführt hatte. Mit dem

Trennen der Gliedmaße waren die Blutgefäße sofort verschlossen worden. Es blieben ein Stumpf am Körper, keine Schmerzen dabei. Beim Verschließen wurden die betroffenen Zellen betäubt, was sich mindestens durch die betroffene Körperregion zog und in den Unterschenkel hinauf. Ebenfalls kein Blut. Schnell packte er den Stift weg und verstaute das Bein in der Box.

Mit einem Zischen baute sich Unterdruck auf, die Temperatur sank und von selbst verschloss sich die Box. Der Unterschenkel darin. Er klopfte einmal auf die Box und richtete sich mit einem Seufzen auf. Sein eigenes Knie knackte etwas dabei. Unwillkürlich – oder mehr: antrainiert durch den ständigen Werbekonsum, dem man nicht entfliehen konnte, auch wenn man es noch so sehr wollte; aber wenn es einem an jeder Straßenecke den nächsten Slogan entgegenschrie, verinnerlichte man Werbung wie das Atmen selbst – fragte er sich, ob es vielleicht Zeit war, sich selbst ein neues Kniegelenk zuzulegen. Hastig schob er den Gedanken von sich.

«Das war es», sagte er.

Es blieb still im Raum. Sie starrte vor sich. Ungläubig starrte sie auf ihr Bein. Es lag kein Schmerz in ihrem Blick, es war nur die pure Ungläubigkeit, dass so einfach ein Teil ihres Beins verschwunden war. Nachdem es nicht das erste Mal war, konnte er sich nicht denken, dass es zu übermannend war, aber vermutlich war das etwas, an das man sich auch beim wiederholten Mal nie wirklich gewöhnen konnte.

«Es gab keine andere Möglichkeit?», flüsterte sie.

Er runzelte die Stirn. Eine schnelle Antwort lag ihm auf der Zunge. Woher sollte er das wissen.

«Vermutlich nicht», sagte er stattdessen.

Unternehmen waren die Blutegel am oberen Ende der Gesellschaft, aber wenn man irgendwie bezahlen konnte, was schneller ging, als Körperteile eintreiben zu lassen und hierfür erst einen offiziellen Prüfungsprozess zu durchlaufen, würden sie die Möglichkeiten nehmen. Hatten sie hier aber nicht. Gab es dann vermutlich nicht. Sie war mit dem Abbruch der Schule gesellschaftlich schon vor Jahren abgeschrieben worden. Da war ihr Leben schon vorbei gewesen, als sie kein Wissen, keine Ideen, keine Intelligenz zu verkaufen hatte. Auch wenn sie das alles vielleicht vorweisen mochte. Ohne das Papier, das dies bestätigte, war es einfach nicht vorhanden.

«Es tut mir leid.»

Er machte einen Schritt zurück, nahm die Box und wandte sich zum Gehen. Sie saß noch immer unbewegt da.

«Die Wunde ist verschlossen, es sollten keine Probleme auftreten. Routineeingriff.»

Klang seltsam, wenn er es so sagte.

«Sollte aber doch etwas sein, ich lasse eine Karte hier – dorthin können Sie sich wenden bei Bedarf.» Er zog eine Visitenkarte hervor, und wollte sie ablegen, hatte jedoch einen Moment lang Schwierigkeiten, eine Oberfläche zu finden. Bis er einfach auf sie zuging, sie ihr entgegenhielt. Jedoch nahm sie sie nicht.

Einen unangenehm langen Moment stand er vor ihr, die Karte zwischen ihnen. Niemand bewegte sich. Und er wartete. Bis er die Karte ganz vorsichtig auf ihrem Oberschenkel ablegte.

«Seien Sie vorsichtig, achten Sie auf sich», murmelte er und wandte sich zum Gehen, stieg durch den Raum.

«Nicht böse gemeint», presste sie hervor, ehe er das Zimmer verließ. «Aber ich hoffe, dass wir uns nicht mehr sehen müssen in diesem Leben.»

«Ja», nickte er und warf ihr noch ein schwaches, freundliches Lächeln zu. Ob sie es sah, wagte er zu bezweifeln. Dass es half, glaubt er noch viel weniger. Aber es beruhigte irgendwie sein eigenes Gewissen. «Das hoffe ich auch.»

Tat er wirklich. Wollte er glauben. Wollte er ihr auch wünschen. Nicht um seines Willen. Das war seine Arbeit. Er profitierte davon, wenn es diese Treffen gab. Aber für sie wollte er etwas anderes. Nur war ihm klar, dass das unwahrscheinlich war.

Tief atmete er durch, sobald er die Wohnung hinter sich gelassen hatte. Die Tür klemmte wieder. Mit Gewalt zog er sie selbst zu. Es hatte zu regnen begonnen. Mit einem gepressten Zischen fluchte er vor sich hin, starrte in den Regen. Er roch bitter. Und so dicht die Wolken waren, würde es nicht so bald aufhören, lohnte sich nicht zu warten. Mit einer Hand fischte er eine Ewig-Zigarette hervor, zündete sie an. Der künstliche Nikotingeschmack wirbelte angenehm durch seine Lunge, beruhigte ihn, während er dem Qualm vor seinen Lippen zusah. Es hatte etwas Meditatives für ihn.

Die Zigarette zwischen die Lippen geklemmt vermerkte er, dass er die Lieferung entgegengenommen hatte, markierte, dass er die Box aufgeben und zum nächsten Einsatzort aufbrechen würde.

Er würde sie wiedersehen. Und wenn nicht er selbst, dann einer seiner Kollegen. Jemand würde sie wiedersehen. Aus demselben Grund wie er. Sie würde weiter und immer mehr ein lebendiges Ersatzteilelager für organischen Körperersatz sein, weil es besser aussah als die künstlichen Alternativen und zu einem Statussymbol geworden war.

Es war keine Frage mehr für sie zu diesem Zeitpunkt, ob es passierte. Sondern nur noch wann.

Dass es passierte, dafür würde er seine eigenen Hände eintreiben lassen.

Die Abstimmung

Text_Pia Seidel
Illustration_Benjamin Gottwald

Sophie sieht auf die Uhr. Sie muss gleich los. Die Kinder sind bereits unterwegs zur Schule, ihre Frau steht unter der Dusche. Sophie trinkt den letzten Schluck Kaffee, räumt die Tasse in die Spülmaschine und wirft einen letzten Blick auf die Nachrichten im Display über dem Küchentisch. Die Schlagzeilen machen sie noch etwas nervöser. New York Times: «Endlich vereint – Wird es heute entschieden?»

Le Monde: «Französischer Botschafter bei den Vereinten Nationen optimistisch»

Auch Sophie ist optimistisch. Oder sagen wir, vorsichtig optimistisch.

Sie geht kurz ins Bad und gibt ihrer Frau einen nassen Abschiedskuss am Duschvorhang vorbei.

«Ciao, bis heute Abend!»

«Viel Erfolg heute!», sagt Carla.

«Jetzt liegt es nicht mehr an mir ... Aber danke! Dir auch einen schönen Tag, Süße!»

Sophie nimmt ihre dünne Jacke, ihre Tasche mit dem Tablet und verlässt die Wohnung. Sie geht zügig durch die ihr vertrauten Straßen zur Transitbahn. Sie mag New York im Frühjahr.

Beim Betreten des Bahnsteigs muss Sophie grinsen. Sie musste gerade daran denken, wie sie während ihrer ersten Station im diplomatischen Dienst in Paris lebte. Paris hatte selbst in den 70er-Jahren noch die kleinen Papiertickets, die Sophie jedes Mal in den Untiefen ihrer Handtasche verlor. Nun ist es 2087 – und fast 20 Jahre später ist selbst das Pariser Metrosystem modernisiert. In New York ist die Bahn nach einer langen E-Ticket-Phase inzwischen schon seit einer ganzen Weile ticketfrei. Die Arbeitgeber in New York zahlen eine Steuer – wie auch alle New Yorker ab einem bestimmten Einkommen.

Die Transitbahn fährt fast geräuschlos ein und Sophies Gedanken fokussieren sich auf den anstehenden Tag bei den Vereinten Nationen. Sie ist sehr gespannt. Die 2050 überholte UN-Verfassung sieht für so wichtige Entscheidungen wie heute eine notwendige Mehrheit von 90 Prozent vor – zum Glück braucht es keine Einstimmigkeit. Nach Information der deutschen Botschaft, in der Sophie seit inzwischen sechs Jahren arbeitet, liegen die Prognosen bei 85 bis 93 Prozent. Einige Mitgliedstaaten und staatenlose Völker, die seit 2050 gleiches Stimmrecht haben, haben ihre Entscheidung noch nicht vorab öffentlich gemacht.

Als sie sich dem Hauptquartier der Vereinten Nationen nähert, sieht sie einige Menschentrauben. Sie muss etwas schmunzeln, als sie die Schilder der unterschiedlichen Lager sieht.

«Stimmt NEIN – die Ungerechtigkeiten dürft ihr nicht verstärken.»

«Wer nicht JA stimmt, verantwortet die wachsenden Ungerechtigkeiten.»

Sophie kann auch das NEIN-Lager verstehen. Sie selbst hat den Prozess lange sehr kritisch gesehen. Doch der unermüdliche Einsatz in all den Verhandlungsrunden hatte dazu geführt, dass der aktuelle Vorschlag richtig ist und wichtig für eine wirklich gerechtere Zukunft.

In der Menschenmenge vor dem Hauptquartier sieht Sophie ihre Kollegin Élodie aus Togo.

«Salut, Élodie», ruft sie zu ihr herüber.

«Ein guter Tag, um Geschichte zu schreiben, was?» ruft Élodie zurück und lacht. Gemeinsam gehen sie ins Gebäude. Die langen Schlangen an der Security, die sie aus ihrer Anfangszeit im diplomatischen Dienst kennt, vermisst Sophie nicht. Hier hat sich wirklich viel getan, denkt sie, als sie nur kaum merklich langsamer über die Markierung am Boden geht, damit der Chip ausgelesen werden kann.

«Sehen wir uns später, Élodie?» fragt Sophie am Ende der Lobby, wo sie in unterschiedliche Flure abbiegen müssen.

«Ich hoffe doch, um zu feiern!», antwortet Élodie und winkt ihr zu.

Sophie geht zügig in den Besprechungsraum der Bundesrepublik Deutschland. Marlon, Rami und die Praktikantin Sara sind schon da.

«Guten Morgen», sagt Sophie in die Runde. Die drei wirken aufgeregt wie sie.

«Morgen Sophie, today's the day!», sagt Marlon.

«In zehn Minuten Briefing mit dem Botschafter. Ich hol uns mal Kaffee. Irgendwelche Sonderwünsche?»

Die drei schütteln den Kopf. Sophie legt ihre Jacke und Tasche auf ihrem Stammplatz im Besprechungsraum ab und nimmt die große Thermoskanne, die schon bereitsteht. Ein Stück den Flur hinunter steht die große Kaffeemaschine. Sophie hält ihr Handgelenk vor den markierten Bereich. Dank Chip erkennt die

Kaffeemaschine die Vorlieben des deutschen Teams, was den Kaffee angeht, und erfasst Details zur Abrechnung.

Es riecht gut. Sophie atmet tief durch, schließt die frisch gefüllte Thermoskanne und geht zurück in den Besprechungsraum.

Rami und Sara verteilen die Tassen.

Inzwischen sind Botschafter Lin und die weiteren Mitglieder der deutschen Delegation eingetroffen.

Alle nehmen Platz, die Thermoskanne wird herumgereicht. Die Stimmung ist gut. Aufgeregt.

«Guten Morgen zusammen», sagt der Botschafter, «es kann endlich losgehen. Nach meinen Informationen sollten wir versuchen, während der letzten Konsultationsrunden heute Morgen noch mit Russland, dem Vereinten Korea und Palästina zu sprechen. Bitte geht nochmal gezielt auf die Kolleginnen und Kollegen in euren Fachgruppen zu. Vielleicht benötigt die ein oder andere noch etwas letzte positive Bestärkung.»

Weitere Details zum Tagesablauf werden besprochen. Die Thermoskanne macht noch eine zweite Runde. Sophie schaut in die Gesichter ihrer Kolleginnen und Kollegen. Wenn alles gut geht, ist heute der Abschluss der größten Verhandlungen, die sie bisher begleitet hat. Seit fünf Jahren arbeitet sie vor allem mit ihrem Kollegen Marlon an diesem großen Projekt, hat unzählige Entwürfe mit Berlin abgestimmt, zahllose Gespräche geführt, verschiedenste vorbereitende Veranstaltungen mitorganisiert. Hoffentlich klappt alles, denkt Sophie. Marlon, Rami und der Botschafter verlassen gerade den Raum.

«Sara, willst du mich begleiten?» fragt Sophie die Praktikantin. Sara lächelt und nickt. Die beiden Frauen nehmen ihre Sachen und gehen in den Flur.

«Du hast dir echt die spannendste Zeit ausgesucht für dein Praktikum!» sagt Sophie.

«Ja! Und es ist toll, dass ich auch heute mit dabei sein kann. Danke.»

«Du hast ja auch viel mitgearbeitet in den letzten drei Monaten. Ich hoffe, wir können dich nachher mitnehmen ins Plenum, der Zugang ist ja begrenzt. Aber das klappt schon. Nun suchen wir erstmal Valentina und Jon.»

«Sind das die, mit denen wir letzte Woche so lange gesprochen haben?»

«Ganz genau. Beide wie ich erste Beratungsebene für ihre Botschafterinnen. Ich glaube zwar nicht, dass es noch einen Staat oder eine Bevölkerungsgruppe gibt, deren Entscheidung noch nicht final feststeht, aber wer weiß.»

Mit Valentina verbindet Sophie unzählige Gespräche und Verhandlungsrunden in unterschiedlichsten Konstellationen. Menschlich verstehen sich die beiden sehr gut. Sophie spricht ganz gut Russisch, Valentina exzellent Deutsch. So mag Sophie die Arbeit am liebsten: Wenn man sich fachlich auch mal richtig streiten kann, sich auf persönlicher Ebene aber gleichzeitig gut versteht und respektiert. Sophie erinnert sich an die ersten langen Gespräche mit der russischen Botschaft. Stundenlang wurde debattiert und gestritten. Und abends gingen Sophie und Valentina meist mit ein paar weiteren Kollegen noch in eine Bar und tratschten über Mitarbeiter im Sekretariat der Vereinten Nationen oder die neusten Nachrichten der Stars in New York.

«Aaaah, Sophia, schön dich zu sehen.» Valentina kommt auf Sophie und Sara zu. Valentina nickt Sara freundlich zu und berührt Sophie leicht am Ärmel.

«Du weißt, wir haben unsere Position nicht vorab öffentlich gemacht. Aber ich glaube, dir wird unsere Entscheidung gefallen», raunt Valentina Sophie ins Ohr.

«Super, danke, Valentina!» Sophie hatte fast damit gerechnet, war sich aber bis zuletzt nicht ganz sicher.

Sophie blickt sich im Raum um. Hier und da finden noch ernste Gespräche statt. Die Kolleginnen aus Korea kann Sophie nicht finden, die aus Palästina auch nicht. Nun, jetzt lässt sich sowieso nichts mehr ausrichten, denkt Sophie und nutzt die Zeit stattdessen, Sara bei ein paar netten Kolleginnen und Kollegen vorzustellen.

Ein Gong ertönt – Zeit sich ins Plenum zu begeben.

Sophie schaut sich um. Es herrscht dichtes Gedränge. Die Menschen um sie herum sind aufgeregt. Sie geht mit Sara wie selbstverständlich in den großen Saal. Der Einlass wird doch nicht so gründlich auf die engsten Botschaftsmitarbeiterinnen beschränkt wie erwartet. Sophie freut sich, dass die junge Frau bei diesem – so oder so – historischen Moment dabei sein kann.

Sophie setzt sich auf ihren Platz direkt hinter Botschafter Lin. Sie atmet tief durch. Jetzt geht es also los. Das große Finale.

An einigen Tagen hätte Sophie am liebsten das Handtuch geschmissen. Sie ist überzeugte Multilateralistin. Aber im Laufe dieser zähen Verhandlungen hatte sie das System dennoch immer wieder verflucht. Immerhin, Absurditäten wie der Sicherheitsrat waren schon Jahrzehnte zuvor abgeschafft worden, aber es war und blieb eben der Zusammenschluss sehr vieler, sehr verschiedener Nationalstaaten mit ganz eigenen Interessen in diesen mal mehr, mal weniger Vereinten Nationen. Es brauchte viel Geduld, viel Verhandlungsgeschick, viel Durchhaltevermögen.

Marlon drängelt sich an den umstehenden Menschen vorbei und setzt sich neben Sophie.

«So», sagt er und holt tief Luft, «die Stunde der Wahrheit.»

Marlon sieht oft so angespannt aus, wie Sophie sich fühlt. Sie knufft ihn freundschaftlich gegen den Oberarm.

«Es muss einfach klappen. Allein schon für uns zwei!»

Marlon lacht. Die beiden sind ein gutes Team. Sophie denkt an die vielen gemeinsamen Stunden im Büro, die Diskussionen, die Termine.

Auf dem Podium laufen letzte Vorbereitungen, ein Wasserglas wird bereitgestellt.

Dann nimmt Generalsekretärin Mapwani ihren Platz ein.

«Meine sehr verehrten Damen und Herren, Exzellenzen, Kolleginnen und Kollegen ...»

Sophie hört der Begrüßungsansprache der Generalsekretärin kaum zu. Mapwani holt weit aus, fängt natürlich mit der Gründung der Vereinten Nationen an. Aber das gehört an solch historischen Tagen eben dazu, denkt Sophie.

«Auswirkungen der Pandemie Anfang der 20er-Jahre auf die internationale Gemeinschaft», schnappt Sophie auf, während sie darüber nachdenkt, wie die heutige Entscheidung die Welt beeinflussen wird. Was es bedeuten wird. Gesellschaftlich. Wirtschaftlich. Aber auch ganz praktisch. Wie anders ihre Kinder die Welt erleben werden, gerade auf Reisen. Mapwani spricht nun von der «verheerenden Finanzkrise der 50er-Jahre» und dem «finalen Aufrütteln» und dem langen Prozess, der danach folgte. Erste Entwürfe gab es bereits während der Finanzkrise. Sie wurden nur belächelt. Doch nach und nach wurde die Idee geschärft. Und verbreitet. Weiter ausgearbeitet. Bis Anfang der 70er-Jahre endlich erste Entwürfe in der Generalversammlung diskutiert wurden.

«Genau hier», wie Mapwani gerade stolz verkündet.

Sophie trinkt einen Schluck Wasser. Sonst fällt ihr das Zuhören doch nie so schwer. Außer bei der Rede der Standesbeamtin während ihrer Hochzeit. Da war sie zu aufgeregt. Sie denkt an Carla.

Die Delegierten beginnen zu applaudieren. Die Rede scheint vorbei zu sein. Sophie applaudiert ebenfalls.

«Das war ja verhältnismäßig kurz für Mapwani», flüstert Marlon ihr ins Ohr und grinst. Sophie nickt. Sie hat kein Gefühl dafür, wie viel Zeit seit Beginn der Rede vergangen ist.

Die letzte Generaldebatte beginnt. Sara macht sich fleißig Notizen. Na, dann kann ich unsere Praktikantin ja nachher fragen, was wichtig war, denkt Sophie. Sie hat im diplomatischen Dienst schon viel erlebt, viele anstrengende und langwierige Verhandlungen geführt. Doch dies übersteigt jede andere Größenordnung.

Sophie stellt sich vor, dass der Beschluss abgelehnt wird, versucht, ihre eigenen Erwartungen ein wenig zu dämpfen. Ihr wird schlecht.

Botschafter Lin erhält das Wort und hält eine knappe und optimistische Ansprache.

Irgendwann ist die Debatte geschafft. Das Warten hat bald ein Ende, denkt Sophie, und Generalsekretärin Mapwani ergreift erneut das Wort.

«Ich darf Sie nun bitten, abzustimmen.»

Es bleibt ruhig im riesigen Saal. Hier und da ein wenig Geraschel.

Sophie schaut sich um. Alle wirken angespannt.

Die nächste Minute scheint eine Stunde zu dauern.

Nach einem Blick auf ihr Display sagt die Generalsekretärin: «Alle Stimmen sind nun abgegeben. Ich danke allen Botschafterinnen und Botschaftern.»

Sophie fühlt sich wie damals, als sie auf die Ergebnisse ihrer mündlichen Aufnahmeprüfung an der Universität wartete.

Die Generalsekretärin blickt erneut auf ihr Display.

Sie bleibt kurz still.

Lächelt.

«Ich darf verkünden: 91 Prozent stimmen JA. 7 Prozent NEIN. 2 Prozent Enthaltungen.» Pause. «Der Beschluss ist hiermit angenommen.»

Sophie schaut die Generalsekretärin an.

Stille.

Ein paar Leute fangen an zu klatschen.

Es wird immer lauter. Sophie und Marlon sehen sich an und fallen sich in die Arme. Die nun ausgelassene Stimmung der anderen Delegierten ist ansteckend. Sophie fängt Élodies Blick ein paar Reihen vor ihr ein – die beiden strahlen sich an. Daumen hoch! Rami und Sara schlagen ein. Die letzte Anspannung fällt von der Delegation ab. Jahrelang daran gearbeitet. So viele Nächte in den letzten Wochen in ihren Büros in der Botschaft durchgearbeitet. Und nun ist eine der größten Entscheidungen in der Geschichte der Vereinten Nationen gefallen: die Einführung der ersten weltweiten Währung, der United Currency (UC), ist beschlossen.

Grün wie die Hoffnung

Text_Leonhard Calm
Illustration_Clara J. Escalera

«Das trägt man jetzt so», sagt das Mädchen mit den braunen Augen und fährt sich mit einer Hand durch den blondierten kurzgeschnittenen Schopf.

«Du kannst es tragen», sagt Tyler.

Sie streckt den Arm über den Frühstückstisch und knufft ihn in die Schulter.

«Ja, ja. Lang, braun und langweilig gefällt dir besser, ich weiß. Natürlich und so. Schon klar. Ist es so besser?», fragt sie und verändert ihre Frisur, rosa mit etwas zu langem Pony.

«Oder so? Oder lieber so?» Innerhalb einer halben Minute hat sie Tyler fünf Frisuren präsentiert, die, das muss er zugeben, allesamt bedeutend grässlicher aussehen als das kurze Blond, zu dem sie nun wieder zurückwechselt. Tyler schmollt ein wenig, sie provoziert ihn mit einem breiten Grinsen. Nach einer angemessenen Zeit gibt er auf und grinst zurück. Er nimmt ihre Hand.

«Hör mal, Sofia, du wirst ein paar Tage ohne mich auskommen müssen.» Sie tut, als wäre sie ihm böse, aber ihre Augen jubeln bei der Aussicht auf eine Woche sturmfrei.

«Ist es schon wieder so weit?», fragt sie aus Höflichkeit.

Oh ja, das ist es. Tyler merkt es daran, dass der Orangensaft nicht schmeckt – nicht sauer oder vergoren, sondern ohne jede Intensität, wie eine verblasste Erinnerung.

Seit Wochen hat er die Wohnung nicht verlassen. Nicht, dass er keine Lust dazu verspürte, im Gegenteil. Sofia lockt ihn alle paar Tage mit dieser oder jener Sehenswürdigkeit, diesem oder jenem Naturwunder – einmal blinzeln und sie stünden davor. Aber die Welt hinter den geschlossenen Fensterläden würde ihm verwirrend und leblos erscheinen. Der immer blassblaue Himmel, die Vögel, die aufgehört haben zu singen oder, wenn sie es doch tun, dann ganz falsch. Die

Stimmen der Leute, die alle gleich klingen, sodass er sie kaum mehr zu unterscheiden vermag. Und mit den Gesichtern ist es nicht anders. Sie lachen, weinen, runzeln die Stirn im Zorn, er weiß, dass sie es tun. Aber dabei fehlt ihren Mienen die Intensität, genau wie dem Orangensaft. Der Saft verblasst immer als Letztes. Es war noch nie anders.

«Wenn ich zurück bin, machen wir einen Ausflug, in Ordnung? Nur wir zwei. Ans Meer oder in die Berge. Oder den Dschungel, wenn dir das lieber ist.»

Sie grinst jetzt noch breiter.

«Dschungel, definitiv», sagt sie und fügt hinzu: «Aber nur, wenn du dich nicht wieder über den Himmel und die Leute beschwerst. Manchmal ist das echt drüber.»

Tyler möchte etwas erwidern, aber eine Vibration an seiner Schläfe lässt ihn aufschrecken. Ihm bleiben bloß noch wenige Sekunden. Er springt auf und drückt ihr einen flüchtigen Kuss auf die Stirn, ehe die Geräusche von der Straße verstummen und die Szenerie erst verschwimmt und dann in sich zusammenfällt.

Als er erwacht, vermag er sich einen Augenblick lang nicht zu orientieren. Der kleine fensterlose Raum mit den Dachschrägen, in dessen Ecken sich schwarzer Schimmel scheinbar beim Zuschauen verbreitet, ist nicht derselbe, aus dem sie ihn das letzte Mal in die Virtualität versetzt haben. Kurz kommen ihm Zweifel. Der Schimmel aber ist nicht nur schwarz, sondern auch von einem sonderbaren Grün, und die beiden Farben stehen in einem Verhältnis zueinander, das er sich nicht hätte ausdenken können. Auch der leicht süßliche Geruch, eine Mischung aus altem Schweiß und anderen Körperflüssigkeiten inklusive dem eisenlastigen Odeur unlängst vergossenen Blutes, ist zu vielschichtig, als dass er seiner bloßen Erinnerung hätte entspringen können. Dieses Zimmer ist real, zweifellos. Während meiner geistigen Abwesenheit müssen sie meinen Körper in einen älteren Teil des Komplexes verlegt haben, denkt er.

Eine Kamera hält ihr schwarz glänzendes Zyklopenauge unverwandt auf ihn gerichtet. Das sargförmige FiveSenseModul, in dem er noch immer liegt, scheint dasselbe geblieben zu sein. Die diversen Schläuche und Elektroden, die ihn regelmäßig in die Virtualität zwingen, sind von seinem Körper gelöst, das Cryogel ist bereits abgesaugt worden. Noch ist ihm, als sei seine gesamte Haut mit klebrigem Sirup überzogen. Ein Gefühl, dass sich noch einige Stunden halten wird.

Vom Kopfende des Moduls ertönt ein Geräusch. Tyler erschrickt, dreht sich auf den Bauch und kommt sich dabei vor wie eine Echse, die unter den ersten Strahlen einer noch schwächlichen Frühlingssonne aus der Winterstarre erwacht. Seine Arme sind die Äste eines verdorrten Baumes und brechen beinah unter dem reduzierten Gewicht seines ausgezehrten Torsos, als er sich auf die Ellbogen stützt.

Der blonde Mann mit dem breiten Kreuz, der am Bedienelement des Moduls steht, ist derselbe wie immer. Rasta. Nachdem er Tyler eine Weile schweigend beobachtet und seine Vitalwerte auf einem Monitor überprüft hat, wirft er einen Blick in die Kamera, stellt sich vor und erkundigt sich, ob Tyler ihn sehen und hören könne. Manchmal komme es beim Wiedereintritt in die Realität vor, dass nicht alle Sinne auf Anhieb einwandfrei funktionierten. Tyler möchte etwas sagen, doch seine untrainierte Kehle schmerzt bereits bei dem Versuch. Schließlich nickt er nur.

Der Mann verschwindet wortlos, ohne die Tür zu verriegeln. In Tylers Zustand ist allein der Gedanke an Flucht verschwendete Energie. Als er zurückkehrt, schiebt der Blonde einen Rollstuhl vor sich her, auf dem ein Haufen staubiger Kleidung liegt. Die Klamotten haben einmal Tyler gehört, in einem anderen Leben, in einer anderen Zeit. Sie passten einem anderen Körper. Als der Blonde sie ihm nun überstreift umschlackern sie seine Glieder wie Segel in der Flaute den Mast.

Schließlich wuchtet der Blonde mit Namen Rasta Tyler ohne dessen Zutun in den Rollstuhl, spricht unter dem aufmerksamen Kameraauge die obligatorischen, aber überflüssigen Warnungen aus – er solle keine Faxen machen – und schiebt ihn aus dem Zimmer und durch einen langgestreckten, von fahlem Neonlicht erhellten Korridor. Vor den Fahrstühlen hämmert er ungeduldig auf den Rufknopf. Sie seien spät dran, erklärt er. Tylers Anhörung beginne in wenigen Minuten.

Der Beamte hinter dem Schreibtisch, vor dem der Blonde den Rollstuhl platziert hat, ist alt geworden, seit Tyler ihm zum allerersten Mal gegenübersaß. Er löst den Blick stets nur für kurze Augenblicke von den Dokumenten, während er Tylers Vergehen aufzählt, und selbst in diesen flüchtigen Momenten scheint er durch ihn hindurch zu blicken, als nehme er ihn nicht richtig wahr.

Beziehungen zum finanziellen Widerstand nach dem Krieg, illegaler Handel mit Medizinprodukten, Unterstützung einer monetär orientierten kriminellen Vereinigung. Ob Tyler die Vorwürfe bestreiten wolle? Er schüttelt den Kopf, seine Stimmbänder streiken noch immer. Auch in diesem Raum sind Kameras. In seinem Rücken blockiert der Blonde die Tür.

Das Anhörungszimmer liegt in einem höheren Stockwerk des Gebäudes. Ein schmales Fenster ermöglicht Tyler einen Blick über die Stadt, die sich unter ihm erstreckt. Wenn er den Kopf ein wenig reckt, erkennt er, dass zumindest im Zentrum die Bevölkerung weitgehend zurückgekehrt sein muss. Ein Teil der im Krieg zerstörten Gebäude ist hier wieder aufgebaut worden. An anderen Stellen hat die Übergangsregierung Ruinen abtragen und durch rechteckige Bauten in Schnellbauweise ersetzen lassen. Wo einst die Bürotürme der Banken und Großkonzerne ihre düsteren Schatten auf die Stadt und ihre Bevölkerung warfen, dominieren jetzt Schulen und Sozialbauprojekte das Stadtbild. Ja, sie hat sich verändert seit seiner letzten realen Episode, wird mit jeder Episode etwas homogener, strebt mit kleinen Schritten weg von der Zerstörung, weg von dem kontrastreichen Bild finanzieller Ungleichheit und hin zu etwas Neuem. Die Narben aber sind geblieben, und sie werden deutlicher, je weiter sein Blick fort vom Zentrum und in die Ruinen der Vororte wandert.

«Gefangener 8433, sind Sie noch bei uns? Kann ich fortfahren?»

Tyler nickt hastig, obwohl er die Worte, die folgen werden, schon so oft gehört hat, dass er sie mitsprechen könnte.

«Mit Beschluss vom 23. August 2084 ist dieser Staat der Kontinentalen Anti-Währungsunion beigetreten, die das Ziel verfolgt, zukünftigen kriegerischen Auseinandersetzungen durch die Verbannung währungsbasierter Handelsmedien – damit ist Geld in jeder Form gemeint – aus der Gesellschaft vorzubeugen.»

«Ich weiß, was damit gemeint ist», murmelt Tyler. Das dauert alles viel zu lange. Jede Sekunde, die er innerhalb dieses Gebäudes verbringt, ist verschwendet. Sein Gegenüber fährt unbeirrt fort.

«Gemäß dem Vertrag haben sich die unterzeichnenden Nationen verpflichtet, ihre jeweilige monetäre Währung einzuziehen und fortan ausschließlich Tauschhandel zuzulassen. Die Verwendung und das Inverkehrbringen jeglicher Form von Währung steht unter Strafe. Sämtliche Insassen der virtuellen Gefängnisse, die im Zuge des Friedensprozesses aufgrund von monetär orientierten Straftaten inhaftiert wurden, erhalten in regelmäßigen Abständen die Gelegenheit zur Rehabilitierung und Eingliederung in die geldlose Gesellschaft. Dies ist Ihr neunter Versuch.»

Auf dem Tisch zwischen ihnen liegt eine mit einer klaren grünen Flüssigkeit aufgezogene Spritze. Während er spricht, rollt der Beamte den zerbrechlich aussehenden Zylinder unter der Handfläche hin und her. Tyler würde ihn am liebsten davon abhalten, aber die Kameras sind aufmerksam.

Schließlich hält der Beamte die Spritze in die Höhe und erklärt Tyler überflüssigerweise zum 14. Mal, dass darin Millionen mikroskopisch kleiner medizinischer Nanobots enthalten sind, die als medizinische Allzweckwaffe dienen und Tylers in Jahren der virtuellen Existenz degenerierten Körper für die Dauer seines Aufenthalts in der Realität auf Vordermann bringen werden.

Der Blonde, der bis hierhin wortlos in einer Ecke des Raumes Teppichfasern gezählt hat, tritt vor, nimmt dem Mann die Spritze aus der Hand und rammt Tyler die Nadel unsanft in den Oberarm. Obwohl seine Schultern von den vielen Spritzen schon vollständig vernarbt sind, zuckt er doch ein wenig zusammen. Der Blonde murmelt eine Entschuldigung.

«Die Wirkung sollte spätestens heute Abend vollständig eingetreten sein», sagt der Beamte. «Ab diesem Zeitpunkt bleibt Ihnen eine Woche, um glaubhaft darzulegen, dass Sie einem geld- und währungsbasierten Leben vollständig abgeschworen haben und in der Lage sind, sich erfolgreich in diese unsere ausschließlich auf Tauschhandel basierende Gesellschaft einzugliedern. Jeder Versuch, eine der verbannten Währungen zu nutzen oder eine neue Währung zu implementieren, bedeutet Ihre erneute Verbannung in die Virtualität. Jeder Versuch der Flucht, Bestechung oder gewaltsamen Aneignung von Tauschgütern kommt einem Eingeständnis der Unreife gleich und zieht den sofortigen Abbruch des Versuchs nach sich. Rasta haben Sie ja bereits kennengelernt. Er wird Ihren Aufenthalt in der Realität sowie sämtliche Handlungen begleiten und auf Verstöße prüfen. Von seinem Urteil hängt schlussendlich ab, ob Sie in die Virtualität zurückkehren oder sich unserer Tauschgemeinschaft anschließen werden.»

Er bittet Tyler zu bestätigen, dass er sich der vollen Konsequenzen seines Handelns bewusst ist. Dann entlässt er ihn mit einer unwirschen Geste. Als Rasta ihn schon wieder in Richtung Tür schiebt, vernimmt Tyler ein leises «Viel Glück». Er wirft noch einen Blick zurück, doch der Alte hat ihm bereits den Rücken zugekehrt und betrachtet die Stadt im Licht der aufgehenden Sonne.

«Wenn du freie Wahl hättest, dir etwas wünschen dürftest von all dem Zeug, das es hier gibt, was würdest du wählen?», fragt Rasta, als sie den Bazar betreten, den wohl belebtesten Ort der Stadt. Seit sie das Gerichtsgebäude mit all seinen Kameras verlassen haben, ist er bedeutend gesprächiger. Den Rollstuhl haben sie zurückgelassen. Tyler fühlt sich, als könne er einen Marathon in Weltrekordzeit laufen oder den amtierenden Boxweltmeister im Schwergewicht im Duell besiegen. Er spürt das Wunder, das die Nanos innerhalb weniger Stunden gewirkt haben, in jeder Pore. Wenn er beim Laufen auf seine dürren Beine blickt, erschrickt er jedes Mal ob der Kraft, die sie durchströmt und die sie mühelos mit Rastas schnellem Schritt mithalten lässt. Dessen breiter Rücken teilt die Menge wie Moses das Meer auf dem Weg ins gelobte Land. Auf seiner schwarzen Lederjacke prangt amateurhaft aufgenäht der Schriftzug *RealFreedom Bitches*, darunter das Motto der ehemaligen Rebellenbewegung: *Ohne Geld sind alle gleich*. Die Leute springen ihm förmlich aus dem Weg, manche neigen demütig den Kopf.

«Einen Orangensaft, frisch gepresst», sage Tyler. Rasta lacht. Es gehört zum Ritual. Wenn Tyler kommt, ist schlechte Laune verboten.

«Ich habe gesagt, dass ich dir etwas ausgebe. Nicht, dass ich meine gesamte Habe für dich vertausche.»

«Einen Apfelsaft?»

«Was ist das mit dir und den Säften? Als du letztes Mal rauskamst, war es dasselbe. Da schnupperst du nach zwölf Monaten endlich wieder unsere gute echte Dreckluft, du hast die freie Wahl, könntest eine rauchen oder 'nen Schnaps, was Ehrliches halt – und dein Hirn schreit nur Saft, nichts als Saft!»

«Frisch gepressten Saft bekomme ich drinnen eben nicht.»

Rasta schüttelt ungläubig den Kopf.

«Aber das ist doch idiotisch, oder? Ich meine, sie sperren dich in der verdammten Virtualität ein und tun dann so, als gäbe es keinen Saft?» Wieder muss er lachen, als wäre dies alles ein absurd schlechter Scherz.

«Oh, Saft gibt es in rauen Mengen. Sie geben uns alles, was wir wollen und ohne eine nennenswerte Gegenleistung zu fordern. Nur damit wir uns das Geld abgewöhnen.»

«Na, wo ist dann das Problem? Ich habe ohnehin nie verstanden, was an dem virtuellen Leben so unangenehm sein soll, wenn man doch durch bloße Vorstellungskraft alles haben kann, wonach einem der Sinn steht. Ich meine, schau dich doch mal um. Den meisten hier geht es beschissen, die würden wohl einiges dafür geben, ein paar Tage die Woche an so einem sündhaft teuren Modul zu hängen und das süße Leben auf Kosten des Staates zu genießen.»

«Nach dem Wiedereintritt ist es süß, mein Leben, da hast du recht. Für ein paar Tage, vielleicht ein paar Wochen. Aber hast du schon einmal versucht, dich an den exakten Geschmack von etwas zu erinnern, dass du vor Jahren das letzte Mal getrunken hast? Die Qualität des virtuellen Lebens hängt von der Qualität deiner Erinnerungen ab. Ohne realen Input beginnen die Dinge bald zu verblassen, und dein Leben zieht nur noch so an dir vorbei. Genuss ist was anderes, das sage ich dir. Ich würde ohne zu zögern ein Jahr davon tauschen gegen einen Monat in der Realität. Ich würde mir einen Arm abschneiden, um hier bleiben zu können.»

Sie verstummen beide, Rasta lacht zum ersten Mal, seit sie das Gerichtsgebäude verlassen haben, nicht.

«Wie lebt Sofia damit?», fragt Rasta schließlich. «Mit den Dingen, deren reale Form sie nie erlebt hat, meine ich?»

«Ich kann nur mutmaßen. Sie ist damit aufgewachsen. Die Geschmäcker, Farben, Geräusche, die mir mit der Zeit fad und blass werden, sind für sie das Original. Sie kennt kein anderes Leben, weiß nichts von der Intensität des Realen. Deshalb vermisst sie wohl auch nichts.»

Rasta klopft Tyler auf die Schulter, stapft zu einem der Stände, die frisch gepressten Fruchtsaft anbieten und macht die Frau auf sich aufmerksam, die eimerweise überreife Früchte in den großen Metalltrichter einer aus allerlei zusammengeklaubten Metallteilen stümperhaft zusammengeschweißten Presse schüttet. Kurz darauf verstaut sie Rastas Lederjacke zwischen anderen Tauschwaren in einer Kiste und Tyler hält einen frisch gepressten Orangensaft in den Händen. Beim ersten Schluck kapitulieren seine untrainierten Geschmacksknospen vor der unerwartet differenzierten Mischung aus Süße und Säure, erst mit dem zweiten und dritten stellt sich der volle Genuss ein.

Tyler schließt die Augen und gibt sich der Geschmacksexplosion vollkommen hin, sodass er die beiden Männer erst bemerkt, als Rasta ihn an den Schultern rüttelt. Sie tragen maßgeschneiderte schwarze Anzüge und Maschinenpistolen, deren Läufe sie locker auf den Boden gerichtet haben, obwohl ein jeder von ihnen aussieht, als könne er einen Löwen mit bloßen Händen zu Boden ringen. Zwei Männer, die zwei anderen Männern inmitten der geschäftigen Masse gegenüberstehen, und doch ist es Tyler, als seien Rasta und er umzingelt und ohne jede Fluchtmöglichkeit.

«Die Signora erwartet dich», eröffnet einer, an Tyler gewandt, das Wort. Tyler sucht eine Erklärung in Rastas Miene, doch der scheint ebenso irritiert.

«Jetzt schon?», fragt Tyler. «Ich dachte, ich hätte noch ein paar Tage ...» Der Mann schüttelt den Kopf. Tyler kommt es vor, als habe er den Pistolenlauf ein Stück angehoben.

«Geh nur mit ihnen», sagt Rasta. «Die Signora lässt man nicht warten. Ich besorge einen Rollstuhl, wir treffen uns dort!» Mit diesen Worten verschwindet er in der Menge.

Das aufgegebene Krankenhaus, zu dem Tyler gebracht wird, liegt etwas außerhalb des Stadtzentrums. Nah genug, um Einfluss zu nehmen auf jene Vorgänge, mit denen der finanzielle Widerstand unter dem blinden Auge der Übergangsregierung seinen Profit erwirtschaftet, und dennoch außerhalb des Blickfelds des anderen wachsamen Auges.

Auf dem Weg durch das zweckentfremdete Gebäude kommen sie vorbei an Notaufnahme, Intensivstation und OP, deren Türen allesamt verriegelt sind und vor denen schwerbewaffnete Wachposten träge auf Plastikstühlen herumlümmeln und hastig Haltung annehmen, sobald sie Tylers Begleiter erblicken. Tyler fragt sich, was sie wohl bewachen.

Erst die Dialysestation erinnert an den ursprünglichen Zweck des Gebäudes. An nachträglich modifizierten Geräten liegen Patienten auf dünnen, durchgelegenen Matratzen. Ärzte und Pfleger flitzen umher, rote und braune Blutspritzer brechen das Weiß ihrer Kittel. Vor jeder unbesetzten Matratze bleibt Tyler stehen in der Erwartung, seine Bewacher würden ihn in die Obhut der Ärzte geben. Doch auch an der letzten gehen sie vorbei und führen ihn weiter durch die stillen Korridore.

Der Saftgeschmack klebt Tyler noch in den Winkeln seines Gaumens, als die beiden Schränke ihn in die Gemächer der Signora geleiten. Es ist ungewöhnlich, denkt er, dass sie mich persönlich empfängt. Er umklammert den Saftbecher wie eine schöne Erinnerung in einem düsteren Traum. Die Luft ist geschwängert mit einem schweren künstlichen Rosenduft, der jede Erinnerung an echte Rosen zu überlagern droht. Tyler versucht, nicht zu riechen.

Sie steht vor einer Fensterfront, die die gesamte Rückwand des Raumes einnimmt. Sie trägt einen Kimono in Burgunderrot, der ihrem Körper schmeichelt, und ihr schwarz glänzendes Haar wallt darüber wie die Flamme einer surrealen Kerze. Sie hat ihm den Rücken zugewandt, mag 50 sein oder ebensogut 25. Manche munkeln, sie sei schon vor dem Krieg alt gewesen und seitdem mit jedem Jahr jünger geworden. Jedenfalls hat sie sich exzellent gehalten.

Die beiden Schränke positionieren sich zwischen ihr und Tyler, denn dank der Nanos in seinem Blut stellt er trotz seiner kläglichen Erscheinung eine potenzielle Gefahr dar.

Eine Weile herrscht Stille, während sie in Betrachtung der ehemals stolzen Finanzmetropole versunken scheint, deren verlassene Bürotürme mit ihren zerborstenen Fensterscheiben und ausgebrannten Stockwerken lebloser wirken als ein verlassener Bienenstock. Tyler bemüht sich, das Bild der untergehenden Sonne zu verinnerlichen, aber die bedrohliche Atmosphäre erschwert die Konzentration.

Schließlich gibt er es auf, räuspert sich, murmelt einen Gruß und kommt sich dabei vor wie eine Makrele, die einen schlafenden Haifisch auf sich aufmerksam macht. Plötzlich dreht sie sich so schwungvoll um die eigene Achse, dass Tyler erschrickt. Ihr Lächeln ist breit und falsch, ihre Stimme rau und kalt.

«Freigänger Nummer 8433. Wie schön, dass du es einrichten konntest.»

«Die Freude ist ganz meinerseits», antwortet Tyler. «Ich habe nicht damit gerechnet, dass Sie mich persönlich empfangen. Offen gestanden bin ich etwas verwirrt. Betrifft es unseren Deal?»

«Der Deal ist wie immer. Wir behalten die Hälfte.»

«Warum hänge ich dann noch nicht an den Schläuchen?»

«Pure Neugier, mein Lieber. Pure Neugier. Welch erlösendes Gefühl, endlich das Gesicht hinter der berühmten Nummer zu kennen.»

«Berühmt?»

«Nun ja, zumindest innerhalb dieser Mauern. Darüber hinaus haben wir, meine ich, beide größtes Interesse daran, unsere kleine Liaison geheim zu halten.» Sie bedenkt Tyler mit einem betont lasziven Blick und er zwingt sich zu einem nervösen Lächeln.

«Ich will dich gar nicht lange aufhalten, dein Zeitplan ist sicher recht straff. Man verbringt ja schließlich selten eine Woche am Stück in der Realität, nicht wahr.» Ein lautes, spitzes Lachen entringt sich ihrer Kehle, das Tyler Gänsehaut beschert. Die Schränke fallen wie auf Kommando tief dröhnend ein. Schließlich wischt sie sich eine Träne aus dem Augenwinkel und fährt fort.

«Aber wo du jetzt schon einmal hier bist, klär mich auf: Was soll das ganze Hin und Her? Seit neun Jahren kommst du her, damit meine Vampire in Kitteln dir die Nanos aus dem Blut saugen, die unser allseits gehasster junger

Staat dir in die Venen presst. Dann verschwindest du mit der Hälfte, wer weiß wohin. Seit Jahren lässt du Chance um Chance auf eine Rehabilitierung verstreichen. Wer tut so etwas? Wer zieht es vor, in einem winzigen Bereich seiner eigenen Imagination eingesperrt zu sein, wenn ihm in der Realität alle Türen offenstehen? Zumindest jene, die nicht ohnehin schon aus den Angeln gebrochen worden sind.»

Wieder dieses kreischende Lachen.

«Im Ernst, Junge. Nanos sind äußerst begehrtes Gut, seit die Arzneimittelproduktion verstaatlicht wurde. Ich muss es wissen, wir handeln kaum mehr mit etwas anderem. Mit deiner Hälfte könntest du einen Neustart wagen. Jedes verdammte Jahr. Und doch kehrst du stets wieder zurück.»

«Es gibt da jemanden, der mich braucht. Der die Nanos braucht.«

«Da drinnen?»

«Drinnen und draußen.»

«Wie schaffst du es, dass sie dir immer noch eine Chance geben. Und noch eine und noch eine. Ich meine, wie oft bist du jetzt gescheitert? Zehn Mal?»

Tyler korrigiert.

«13 Mal! Das ist verrückt. Ich kenne niemanden sonst, den sie mehr als vier oder vielleicht fünf Mal rausgeholt haben. Selbst die Idioten aus der Behörde müssen doch einen derart hoffnungslosen Fall ...»

Unvermittelt bricht sie mitten im Satz ab und schließt den Mund langsam, als lasse sie sich ihre eigenen Worte noch einmal auf der Zunge zergehen.

«Wen kennst du?», bohrt sie schließlich nach. «Wer hilft dir?»

«Ich verstehe die Frage nicht», entgegnet Tyler.

«Vorsicht, Freundchen. Ein Fingerzeig von mir genügt und dein Hirn klebt an der Wand. Und dann ist dein Blut mein – mit allem, was darin herumschwimmt.» Es ist weniger Drohung als Feststellung.

«Wenn Ihnen danach ist. Allerdings bezweifle ich das stark.»

«Und woher genau nimmst du die Frechheit, meine Entschlossenheit anzuzweifeln?» Ihre Entrüstung ist gespielt. Keine Frage. Für sie ist dies alles ein Spiel mit ihr als einziger Gewinnerin.

«Bei all den Freigängern, die in diesen satanischen Hallen gemolken werden, aus deren Blut Sie dieses wertvolle Grünzeug herausfiltern, bin ich doch der einzige, der Ihnen treu bleibt. Der sich jedes Jahr freiwillig in die Fänge Ihrer Handlanger begibt. Ich bin Ihr einziger Stammkunde. Oder andersherum, wie Sie wollen. Und Stammkunden verprellt man nicht.»

Eine Weile starrt sie ihn an, als überlege sie, ihn gleich hier an Ort und Stelle exekutieren zu lassen und dafür ein paar Nanos zu verschwenden. Unvermittelt schnippt sie Tyler etwas zu. Der flache Gegenstand glitzert orange-golden im

Licht des Sonnenuntergangs. Tyler fängt ihn aus der Luft und spürt etwas Kühles, Rundes. Eine Münze.

«Für den Weg zurück», sagt die Signora. So abrupt, wie sie Tyler mit ihrer Aufmerksamkeit beehrt hat, dreht sie sich wieder weg und versinkt in der Betrachtung des urbanen Panoramas. Tyler bezweifelt, dass das Gespräch ihre Erwartungen erfüllt hat, aber wenige Minuten später findet er sich in Begleitung einer jungen Ärztin und zweier weiterer Muskelprotze in der altbekannten Halle mit den modifizierten Dialysegeräten wieder. Einige andere Patienten, die meisten davon Freigänger, hängen mit glasigem Blick an den rot gefärbten Schläuchen. Gerade wird einer von der Liege in einen Rollstuhl gehievt. Tyler schließt die Augen, während die Ärztin ihrer Arbeit nachgeht. Von diesem Moment an läuft alles wie gewohnt.

Rasta bringt den Rollstuhl vor einem schmiedeeisernen Gartentor zum Stehen. Soweit Tyler erkennen kann, ist es noch immer der einzige Vorgarten in der Straße, in dem Blumen blühen. Dieser Stadtteil war einst der gehobenen Mittelschicht vorbehalten, großzügige Einfamilienhäuser auf quadratisch geschnittenen Grundstücken und jene, die nach hinten an den Fluss grenzen, meist mit Privatsteg und Ruderboot. Familienidylle.

Sie fielen dem Mob als Erste zum Opfer, noch vor den Neureichen, die sich private Sicherheitsunternehmen leisteten, bevor diese schließlich selbst zum Mob überliefen. Kurz nach Polizei und noch vor dem Militär. Die meisten Häuser sind ausgebrannt, eingestürzt oder zumindest unbewohnbar, in einigen wenigen fristen die Opfer des Tauschsystems klaglos ihr klägliches Dasein. Nicht so in diesem Haus. Das obere Stockwerk ist ausgebrannt, Fensterscheiben fehlen, der Putz löst sich in breiten Streifen von den Wänden. Im Erdgeschoss aber steht hinter jeder der intakten Fensterscheiben eine brennende Kerze und die Tür ist erst kürzlich gestrichen worden.

Eine dunkelhaarige Frau öffnet und stürmt ihnen entgegen. Sie umarmt zuerst Rasta, bevor sie innehält und Tyler einen Augenblick lang mustert, offensichtlich erschrocken über seinen Zustand. Dann umarmt sie ihn zaghaft, als fürchte sie, etwas in ihm zu zerbrechen, und gibt ihm einen Kuss auf die Wange.

«Hallo Linda», sagen Tyler und Rasta beinahe zeitgleich.

«Gut, dass du hier bist», entgegnet sie. «Lasst uns reingehen.»

In ihrer Stimme liegt Ungeduld.

«Wie geht es ihr?», fragt Tyler.

«Nicht gut. Dieses Jahr ging alles irgendwie schneller. Sie ist seit Wochen instabil.»

Tyler wirft Rasta einen wütenden Blick zu.

«Entschuldige bitte», sagt der und schaut zu Boden. «Ich wollte dich nicht beunruhigen.»

«Sei ihm nicht böse», sagt Linda. «Dein Bruder hat wirklich viel für uns getan. Ich weiß nicht, ob sie ohne seine Hilfe noch am Leben wäre.»

«Schon gut», brummt Tyler. Linda führt sie durch einen kurzen Flur, vorbei an Küche und Bad in ein Zimmer auf der Rückseite des Hauses, durch dessen Fenster Tyler auf einen kontrolliert verwilderten Garten blickt. Blüten über Blüten, hüfthohe Gräser, Insekten. Er saugt die Bilder auf wie ein Verdurstender.

Er spürt Lindas Hand auf seiner Schulter und dreht sich zu dem Modul, das neben einem Stuhl und einer niedrigen Kommode das einzige Möbelstück im Raum ist. Es ist ein Modell der ersten Generation, aus zweiter Hand, war schon alt, als Rasta es damals wer weiß wo aufgetrieben hat. Nachdem sie festgestellt hatten, dass etwas mit Sofia nicht stimmt. Aber es erfüllt seinen Zweck. Sofia liegt in der Wanne, das lange braune Haar zu einem praktischen Zopf gebunden.

«Wir kommen gerade noch rechtzeitig», sagt Rasta mehr zu sich selbst als zu den anderen, als er die Vitalwerte auf dem Monitor sieht. Linda zieht die oberste Schublade der Kommode heraus und holt eine frische Spritze hervor. Rasta öffnet den Behälter mit den Nanos, welche die Signora ihnen gelassen hat. Linda zieht die gesamte Flüssigkeit auf die Spritze, deren grünes Leuchten Tyler jetzt, nachdem die Nanos schon einmal durch seinen eigenen Blutkreislauf gewandert sind, unwirklich erscheint. Dann versenkt sie ihre Hand mitsamt der Spritze in das Gel und injiziert dem Mädchen die Flüssigkeit in den Oberarm.

«Ob das ausreicht?», fragt sie.

«Es muss», sagt Tyler. «Wir können froh sein, dass sie nur die Hälfte für ihre Dienste verlangt.»

Gemeinsam beobachten sie die Werte auf dem Monitor. Das Mädchen rührt sich nicht, aber Tyler weiß, dass die Nanos den Weg in ihr Herz finden werden. Sie werden richten, was falsch ist. Sie haben noch nie versagt. Auch Linda und Rasta wissen das. Dennoch klammert Linda sich an Rastas Arm und Rastas Hände kneten Tylers Nacken so kräftig, dass es schmerzt. Es dauert lange, vielleicht länger als sonst. Die Nanos haben viel zu tun. Der Druck in Tylers Nacken lässt im selben Maße nach, wie sich die Werte stabilisieren. Schließlich, als die Zahlen sich nicht mehr verändern, löst Rasta seine Hände und klopft Tyler auf die Schulter.

«Gut gemacht», sagt er. «Ich lass euch dann mal allein.»

Als Rasta die Tür hinter sich geschlossen hat, kniet Linda neben dem Rollstuhl nieder und gemeinsam versinken sie in der Betrachtung des Mädchens, das ruhig daliegt und nur ab und an mit den Zehen oder Fingerspitzen zuckt, als würde es träumen.

«Was sie wohl gerade tut?», fragt Linda.

«Nun, was haben wir damals getan, wenn wir sturmfrei hatten?»

Linda nimmt seine Hand und schaut ihn an.

«Meistens haben wir all unsere Freunde eingeladen und eine große Party geschmissen, bei dir oder bei mir. Wir haben getrunken, getanzt, gelacht, bis die Nachbarn die Polizei gerufen haben. Meistens noch etwas länger.»

«Aber manchmal haben wir den Abend auch zu zweit verbracht. Bei dir oder bei mir. Und das hat mir ehrlich gesagt noch besser gefallen.»

Sie beugt sich vor und küsst ihn, dann legt sie den Kopf an seine Schulter. Tyler vergräbt die Nase in ihrem Haar. Er hatte ihren Duft beinahe vergessen.

«Bleib hier», sagt sie. Und meint es doch nicht so.

Einige Tage darauf schiebt Rasta Tyler über den Markt. Tyler versucht, einen Orangensaft mit Geldmünzen zu bezahlen, woraufhin Rasta sich genötigt sieht, den Versuch seiner Rehabilitierung abzubrechen. Der zuständige Beamte scheint nicht sonderlich verwundert, doch bevor Rasta Tyler aus seinem Büro schiebt, springt der Alte auf und beugt sich zu ihm nieder. Direkt unter der Kamera, dort, wo niemand etwas sieht. «Danke, dass du das für uns tust», flüstert er und: «Bis nächstes Jahr.»

«Sag mal, Papa, dieser Ort, an den du jedes Jahr reist –», Sofia zögert, während sie den Blick über die Wellen gleiten lässt und die Möwen über ihren Köpfen kreisen. Sie trägt ihre Haare heute lang und braun, ein Willkommensgeschenk. Sie wollte aber doch nicht in den Dschungel. Tyler ist das ganz recht.

«Du bist gerne dort, oder?»

«Wieso denkst du das?»

«Wenn du wiederkommst, bist du wie neu geboren. Als hättest du mit einem Mal wieder Spaß am Leben.»

Tyler schließt die Arme um sie, spürt ihre Wärme. Er hört die Schreie der Möwen fast so laut und intensiv wie auf dem Bazar.

«Wenn ich dort bin, bin ich gerne dort. Aber jedes Mal, wenn ich dort bin, wünsche ich mir nichts sehnlicher, als hierher zurückzukehren.»

«Pff. Papa, du bist komisch.»

Ich weiß. Und ich weiß, dass du mich nicht verstehst. Ich würde es dir gerne erklären. Dass ich deine Mutter besuche und deinen Onkel. Und deinen Opa. Dass sie dich ebenso lieben, wie ich dich liebe. Aber dann müsste ich dir auch erklären, warum du sie niemals kennenlernen wirst. Dort, wo ich hingehe, ist meine Realität. Aber dies hier ist deine. So fremd sie mir auch ist, so unwirklich sie mir erscheint, je länger ich in ihr gefangen bin, so real und lebendig ist sie für dich. Und wir werden alles dafür geben, dass es so bleibt.

Die Kryptofonie

Text_Georg Dietrich
Illustration_Mathias Barth

Klingend fiel das Messer zu Boden. Er atmete schwer und ließ sich tief in den Stuhl sinken.

«Es tut mir leid, Robert», sagte Herr Peters mit merklich viel Mühe. «Könntest du bitte ...»

Noch bevor Peters den Satz zu Ende sprechen konnte, hatte sich der Pfleger bereits nach dem Messer gebückt und reichte es ihm.

«Danke, Robert. Oh je, alt sein, sag ich dir, vermeide das lieber, wenn du kannst.»

Sein Lachen konnte den Ärger und auch etwas Ängstlichkeit nicht überdecken. Der höfliche Pfleger stimmte kurz mit ein, während Peters sich mit zittrigen Fingern erneut um das Buttern seiner Brotscheibe mühte.

«Lassen Sie mich das machen, Herr Peters. Dafür bin ich doch da», meinte Robert und wartete geduldig, bis Peters ihm den Teller hinschob.

«Vielen Dank. Und doch werde ich mich wohl nie daran gewöhnen können. Es macht keinen Spaß, zum alten Eisen zu gehören.» Diesmal versteckte er seinen Frust nicht mehr hinter einem aufgesetzten Lachen, sondern seufzte entnervt, und kämpfte damit, das Butterbrot geradewegs zum Mund zu führen. «Das Zittern, Robert. Wenn das nur nicht wäre. Dann wäre es vielleicht noch erträglich. Dann könnte ich noch dirigieren, dann hätte das Leben noch mehr Freuden zu bieten. Aber so? Ich weiß nicht.» Er hielt inne, runzelte die Stirn. «Bitte, schiebe mich in mein Zimmer zurück. Mir ist der Appetit vergangen.»

«Herr Peters, Sie müssen täglich mindestens 1.360 Kilokalorien zu sich nehmen, um ihren Tagesbedarf zu decken. Sind Sie sicher, dass ...»

«Ich habe keinen Hunger, Robert. Bitte bringe mich auf mein Zimmer.»

«Natürlich.»

Robert schob den Rollstuhl zurück in die dritte Etage des Gebäudes.

«Brauchen Sie noch etwas, Herr Peters?»

«Nein, ich danke dir – Robert, bevor du gehst: Ich danke dir. Ich weiß, es ist nicht so einfach mit mir, einem Mann, der nur noch lebensmüde und grimmig ist. Ich weiß, ich weiß. Und Sie machen das ganz wunderbar.»

«Bevor ich gehe, soll ich Ihnen noch die Brille reichen, Herr Peters?»

«Nein, danke.» Peters schaute abschätzig auf das klobige Gerät. «Ihr modernen Leute könnt dem nicht mehr viel abgewinnen, aber früher sind wir einfach selbst zum Strand gegangen, wir haben den Sand zwischen den Zehen gefühlt, haben Burgen damit gebaut, haben das Wasser direkt auf der Haut gespürt – Ich kann dem virtuellen Schnickschnack nichts abgewinnen. Ich will es selbst machen, selbst erfahren, empfinden, du weißt schon. So wie die Musik. Natürlich kann man die von einem Gerät abspielen, aber das ist nichts im Vergleich zu einem wahrhaftig spielenden Orchester.»

«Wir haben Surround-Sound, Herr Peters. Ich kann ...»

«Es ist trotzdem kein Vergleich.» Der alte Mann rümpfte missbilligend die Nase. «Vor allem euer neumodisches Gepolter, also, damit kann ich nun wirklich nichts anfangen.»

«Die Klänge synchronisieren Ihre Gehirnwellen, Herr Peters. Sie sorgen für Entspannung, da sie ...»

«Ach, papperlapapp! Früher, da war Musik noch handgemacht, da war sie noch echt. Heute ist ja gar nichts mehr echt. Ach, die schöne neue Welt, pfff. Nichts existiert hier mehr wirklich, *nichts*.» Obwohl Peters sich selbst nicht leiden konnte, wenn er so grantig war, häuften sich diese Aussetzer. Er fasste sich an die Stirn. «Blödsinn, alles Blödsinn. Bitte, Robert, dort im Regal. Bitte schalte den Spieler an und lege mir die CD *KdG Nummer 1* ein, ja? Ein CD-Spieler, so was kennst du gar nicht mehr, was? Ja, den habe ich mir nie nehmen lassen, nie. Ich wusste, dass ich ihn noch brauchen werde. Diese Aufnahme auf CD ist die einzige, die mir noch geblieben ist.»

Der Pfleger tat, wie ihm geheißen. Kurz darauf hörte man ein Klimpern, nicht zu vergleichen mit dem modernen Sound, aber Herr Peters schien dennoch zufrieden. Er lehnte sich in seinem Rollstuhl zurück, zog aus einer Seitentasche einen Stab hervor und schloss die Augen. Die Aufnahme klimperte immer noch, wurde lauter und dominanter, dann wieder leiser, dann setzten Streicher ein und begleiteten es. Peters hob seinen Dirigierstab und schwang ihn durch die Luft.

Robert beobachtete den alten Mann forschend. «Sie sehen glücklich aus. Erzählen Sie mir, was Sie anhören?»

Auch wenn es, was auch immer es war, in den Ohren des Pflegers eindeutig unangenehmer klang als die entspannenden Alphawellen im Surround-Sound.

«Dies, Robert, ist die erfolgreichste Sinfonie meiner Karriere: *Der Klang des Geldes* in F-Moll. Na, was sagst du dazu?»

Über die anschwellenden Streicher hoben sich Pauken, störten und brachen die Melodie. Die Geigen unter den Streichern begehrten mit schrillen Tönen auf, bis sie von anklingenden Trompeten vorerst ganz aus dem Stück vertrieben wurden.

«Wenn Sie meine ehrliche Meinung möchten: Es klingt nicht mehr sehr harmonisch, Herr Peters.»

«Oh, warte bis zur Reprise, die Streicher werden die wütenden Bläser schon wieder einfangen», meinte Peters und hatte das erste Mal heute ein Lächeln auf den Lippen, während er völlig ohne nachzudenken den Dirigierstab schwang, mit den Celli in der zweiten Reihe kommunizierte, dann den Flöten ihren Einsatz gab.

«Weißt du, Robert», begann Peters erneut, er könnte die Sinfonie im Schlaf noch dirigieren, und – und das war das einzig Gute an einer Aufnahme – das Orchester scherte sich keinen Deut um seine stark zitternde Hand, «Musik ist nicht immer dazu da, nur harmonisch zu klingen. Im Gegenteil. Kunst macht vielmehr auf etwas aufmerksam, darum geht es. Und *Der Klang des Geldes* ist nicht umsonst meine erfolgreichste Sinfonie aller Zeiten gewesen – gibt ein emotionaleres Thema als Geld? Hochemotionales lässt sich in der Kunst ästhetisch besprechen. Und Geld, ja, das hat schon immer die Massen gespalten. Die einen fanden es schmutzig, die anderen schwelgten darin. Und meine Sinfonie, die fasst das Thema in allen Facetten auf, darum ging es. Die Ungerechtigkeit, das Umstrittene, die Schere zwischen Arm und Reich, die immer nur größer wurde, solange die Geldflüsse zentral geregelt wurden – oder anders ausgedrückt, solange die Politik und damit die großen Wirtschaftsmächte das System noch steuerten. Aber heute ist das ja alles anders – heute ist ja alles nur noch virtuell, selbst das Geld.»

«Dafür ist das System mittlerweile dezentral geregelt, Herr Peters.»

«Das ist vielleicht das einzig Gute daran, ja. Die Wirtschaft hat ihre Vormacht verloren, wer hätte das gedacht, nicht wahr? Die Politik wird nicht mehr von der Industrie gemacht. Die alten Machthaber sind gestürzt worden – Robert, habe ich mich bereits bei dir bedankt, heute? Es ist sehr freundlich von dir, dass du dich so gut um mich kümmerst, ich ...»

«Ich mache nur meinen Job, Herr Peters.»

Peters seufzte, als klack-kling, klack-kling, das Xylophon laut ertönt.

«Münzen, Robert, hörst du sie klimpern? Heutzutage wäre diese Sinfonie gar nicht mehr möglich gewesen, was?» Da lacht er wieder scharf auf. «Nein, euer virtuelles Geld, das hat keinen Klang, das lässt sich weder anfassen noch kann es Musik sein. Aber früher Robert, da konnten wir auch das Geld noch anfassen, da haben wir Münztürme gebaut und unseren Reichtum an der Höhe gemessen, da hat es geklappert, wenn alles umfiel, lausche, genau so hat es geklungen. Ach, Robert. Wenn ich mir etwas wünschen könnte, nur eine Sache, bevor ich endlich endgültig abtrete, diese Welt ist schon lange nicht mehr die meine, dann würde ich noch einmal den *Klang des Geldes* dirigieren, mit Orchester, ganz leibhaftig. Jeden Tag schwelge ich in meinen Erinnerungen daran.»

«Ihre Brille, Herr Peters, das ließe sich programmieren. Lassen Sie mich nur die Leitung an...»

Der alte Mann winkte mit müder Miene ab. «Nein, lass das, ich bitte dich. Ich vermisse die Erfahrung, Robert. Diese Wunde kann kein virtueller Abklatsch heilen.»

«Es tut mir leid, ich verstehe Sie leider nicht, Herr Peters. Mithilfe der Technik ...»

«Och, nun nerv mich nicht! Junges arrogantes Pack – als könnte die Technik alles lösen, als wäre die Realität überflüssig, als ...»

«Dies ist die Realität, Herr Peters.»

«Ach! Das weiß ich doch, nein, nein, nein – das verstehst du nicht, *Erfahrung*, das meine ich!»

«Mithilfe der Brille bekommen Sie die Erf...»

«Aber das ist doch eine Lüge, Robert, eine Lüge! Ich bekomme vielleicht einen Geschmack davon, aber nicht – aber nicht das Original, wie soll ich es sagen, mir fehlen die Worte, ich ...»

«Es tut mir leid, Herr Peters, ich verstehe Sie nicht.»

«Ich weiß! Das ist es ja! Du hast keine Ahnung, du bist so entfremdet, die ganze Welt ist entfremdet, ich ...» Peters gingen die Worte aus, bevor er den Satz zu Ende bringen konnte. Er warf die Hände in die Luft und rang noch nach ihnen, fühlte sich hilflos und ohnmächtig, was konnte er schon ausrichten, wofür war er noch hier, wenn alles sich auflöste und veränderte.

Der Pfleger schaute nur etwas ausdruckslos und schweigend seinem verzweifelten Ringen zu. Aber was sollte die Jugend auch über die Alten sagen, wie sollte sie verstehen? Sie hatte nie verstanden, dass mit dem Bewährten eine Sicherheit und vor allem eine Vertrautheit verbunden war, die Neues unattraktiver machte, je älter man wurde. Und Peters hatte nun wahrlich nicht mehr viel Neues vor sich, es blieb also nur der Hang zum Alten, an das er sich klammern konnte.

So hing Peters noch eine kurze Weile in seinen schwermütigen Gedanken fest, als Robert sich erneut zu Wort meldete: «Herr Peters, ich habe eine Idee. Ich möchte gerne einen Ausflug mit Ihnen machen. Sind Sie einverstanden?»

Der alte Mann neigte verwirrt den Kopf zur Seite, zuckt dann die Schultern. «Na, was Besseres habe ich jedenfalls nicht vor.»

Robert nickte. Er stellte den CD-Spieler aus und schob Peters auf den Gang hinaus. Die Wände waren weiß und kahl. Warum sollte man sich die Mühe machen, etwas aufzuhängen, wenn man mithilfe einer Brille jeden Tag eine neue Bildergalerie an die Wände projizieren konnte?

Draußen waren die Betonfassaden regennass. Peters wusste nicht mehr, wann er überhaupt das letzte Mal draußen war. Er erinnerte sich nur noch schwach an den frischen Geruch, der nach dem Regen in der Luft lag. Doch war davon jetzt auch nicht viel zu spüren – im Einheitsgrau der Fassaden, Mauern und hohen Gebäude, die nur eine schmale Gasse zwischen einander Platz gelassen haben. Peters legte den Kopf in den Nacken, doch sah keinen Himmel, die Gasse war zu eng, die Gebäude zu hoch.

«Die Welt war mal bunt», murmelt Peters. «Wann hat sich das geändert?»

«Die Realität ist bunt», entgegnet Robert höflich. «Ich habe ihre Brille dabei, wenn Sie ...»

«Nein. Ich will alles sehen, so wie es ist. Wo gehen wir hin?»

«Wir sind gleich da, Herr Peters.»

Vor einem wahllosen Stück Wand blieb Robert stehen und tippte etwas in ein Kästchen ein, das an der Fassade angebracht war. Daraufhin öffnete sich eine große Tür, die Peters nicht einmal als solche erkannt hatte. Robert schob Peters in das Gebäude hinein, die Decken waren so hoch, die Wände so kaltgrau, dass es Peters an den Innenraum einer Kirche erinnerte. Sie durchquerten den Raum und gelangen in eine weitere Halle. Doch diese war weder leer noch leise: Ein Sirren durchdrang den ganzen Raum. Überall standen Regale, in denen rechteckige Geräte gestapelt waren, fast wie Aktenkoffer sahen sie aus, blinkende Aktenkoffer, die miteinander verkabelt waren. Und überall fuhren kleine Roboter herum, selbst nicht viel mehr als graue Kästen auf Rollen, die zwischen den Regalen herumwuselten, Kabel prüften, Geräte überprüften, austauschten, überwachten.

«Wo sind wir hier?», fragte Peters, innerlich erschlagen von der schieren Masse an blinkender, sirrender Technik.

«Im Rechenzentrum, Herr Peters», antwortete Robert geduldig. «Hier werden Transaktionen berechnet und verifiziert.»

«Aber hier ist kein einziger Mitarbeiter! – Jedenfalls kein lebendiger.» Peters krallte sich an seinem Rollstuhl fest, den Dirigierstab noch im Schoß, es war ein furchtsam anmutendes Gefühl, zwischen all den rechnenden Maschinen zu stehen, die miteinander kommunizierten und arbeiteten, die so belebt erschienen. Er fühlte sich fremd hier, so wie er war – ganz aus Fleisch und Blut.

«Wer überwacht denn, was hier geschieht?», fragte Peters vorsichtig nach.

Robert schien von der Situation kein bisschen überrascht. Er ließ den Blick schweifen, als wäre es das Normalste auf der Welt. «Die Maschinen. Sie verifizieren sich gegenseitig.»

«Nein, ich fragte nicht, *was* überwacht, sondern *wer*», stellte Peters richtig. «Maschinen sind keine Individuen. Ich will wissen, wer hier das Sagen hat, wer ist die Aufsichtsbehörde oder – was weiß ich, wie ihr jungen Leute heute dazu sagt?»

Robert sah ihn etwas verständnislos an. «Was macht einen Menschen fähiger als eine Maschine? Die virtuellen Währungen haben den Maschinen die Fähigkeit geschenkt, ihre Kommunikation handelbar zu machen.»

«Wie meinst du das?», fragte Peters leicht verdattert.

«Die freie Marktwirtschaft der Vergangenheit hat uns gelehrt, dass Systeme zuverlässiger agieren, sobald freie, handelbare Wertschöpfung stattfinden kann. Dezentralisierung und Digitalisierung von Werten ermöglichte uns dies.»

Peters ließ seinen Dirigierstab grübelnd durch die Finger gleiten. Er erkannte die Welt nicht wieder, wie sie war. Wie abhängig er doch war, im Alter vor allem. Obwohl Robert ihn das nicht spüren ließ, wusste Peters jede Sekunde, dass er vollkommen vom Pflichtbewusstsein seines Pflegers abhängig war.

Robert schwieg einen Moment, bevor er zufrieden meinte: «Herr Peters, lauschen Sie. Dies ist der Klang des virtuellen Geldes.»

Peters hob den Kopf. «Wie meinst – nein – du –» Als er begriff, was Robert ihm sagen wollte, da kam Peters um ein verschmitztes Lächeln nicht herum. Das erste, ehrliche Lächeln seit langer Zeit. Die Erinnerungen an das letzte Mal waren schon verblasst.

Er schloss die Augen und lauschte dem Sirren. Fühlte die Kühle des klimatisierten Rechenzentrums im Gesicht. Und je leiser er innerlich wurde, desto mehr schwoll das Sirren an. Peters hob seinen Dirigierstab und gab sich ganz dem Klang hin. Wenn dies seine letzte Sinfonie sein sollte, dann würde es eine hervorragende sein. Und er dirigierte das Sirren der Rechner, dirigierte den dumpfen Ton der Klimaanlage, die hin und wieder aufpiepsenden Roboter. So lange, bis er eins wurde mit alledem.

Robert sah dem alten Mann selbstzufrieden zu. Er hatte das Problem gelöst. Herr Peters schien glücklich zu sein. Mit geschlossenen Augen wirbelte er den Stab herum, wippte in einem für Robert nicht nachvollziehbaren Takt – und kippte vornüber. Der Dirigierstab traf klappernd auf dem Boden auf.

«Herr Peters, geht es Ihnen gut?» Robert trat näher, richtete ihn wieder auf, sah das ausdrucklose Gesicht und fühlte nach dem Puls. Da war nichts mehr. Robert bückte sich und legte den Dirigierstab zurück in den Schoß des alten Mannes, dessen Lebensstrom ihn offensichtlich verlassen hatte. Robert konnte zwar nur wenig Verständnis für die komplizierte Wirkungsweise von fleischlich gemachten Energie-Impulsen aufbringen, doch die daraus entstehenden viel komplexeren Identitäten waren seit jeher sein größtes Forschungsinteresse. Anders gesagt: Es faszinierte ihn, in welcher Komplexität das menschliche Wesen fühlte und daher in seinen Verhaltensweisen oft völlig unberechenbar erschien. Immerhin hatte er in den vergangenen Zeitabschnitten umfassendes Datenmaterial erstellen können, dass die Forschung weiterbringen würde. Er schickte eine Meldung an die Zentrale der Humanforschung:

01010000011001100110110001100101011001110110010101
10000101110101011001100111010001110010011000010110
0111 001100110011001000110100001100110011010000111
001 0110010101110010011001100110111101101100011001
110111001001100101011010010110001101101000 0110001
0011001010110010101101110011001000110010101110100
00101110 0101001001101111011000100110010101110010
01110100 0110101101100101011010000111001001110100
0111101001110101 0101101001100101011011100111010001
110010011000010110110001100101 01111010011101010111
00101100001110111100011000110110101100101110*

*Pflegeauftrag 324349 erfolgreich beendet. Robert kehrt zu Zentrale zurück.

Gefühlte Lebenszeit

Text_Christian Baumelt
Illustration_Julia Hoße

«Die gefällt Ihnen, oder?» Der Ladenbesitzer kommt auf sie zu.

Sie weiß, dass es ungeschickt ist, aber sie kann ihr Interesse für das gute Stück einfach nicht verbergen. Sie steht vor einer schwarz-weißen Gitarre, kann ihren Blick kaum lösen.

«Ich gebe zu, es ist nur ein Nachbau. Aber ein sehr gelungener, wie ich finde.»

Sie sieht ihn erstaunt an. Seine Stimme hat etwas sehr Melodisches. «Ein Nachbau?»

«Ja! Ein Nachbau der legendären Blackie. Sagt Ihnen das etwas?»

Sie schüttelt vorsichtig den Kopf. Sie hat Angst, sich zu blamieren.

«Aber Sie wissen schon, wer Eric Clapton war, oder?»

«Aber natürlich», sagt sie geradezu beleidigt. Sie weiß, wer Eric Clapton war. Bei der Auflösung der Wohnung ihrer Großeltern hatte sie eine riesige Sammlung an Platten und CDs von ihm gefunden. Die Suche nach Geräten, die diese Musik abspielen konnten, hatte sie eine Menge Zeit und Geld gekostet, aber seitdem war sie fasziniert von Gitarrenmusik.

«Und das ist eine Gitarre von Eric Clapton?»

Er schüttelt den Kopf. «Nein, ich sagte doch, es ist ein Nachbau. Der Nachbau einer Gitarre, die es so eigentlich nie gegeben hat.»

«Wie meinen Sie das?» Sie sieht den Ladenbesitzer mit großen Augen an.

«Naja, die original Blackie war aus mehreren Gitarrenteilen zusammengebaut. Vielleicht war sie deswegen so besonders.»

Sie nickt, schaut wieder auf die Gitarre.

Minuten verstreichen, während in ihrem Kopf verschiedene Stücke von Eric Clapton erklingen und wieder verebben. Es ist, als könne sie die Gitarre bereits spielen hören, noch bevor sie diese überhaupt berührt hat.

«Können Sie Gitarre spielen?», fragt er vorsichtig und durchbricht die Stille.

Sie nickt ganz langsam, aber sehr deutlich. Direkt nach dem Hören der ersten Platte von Eric Clapton hatte sie sich eine Gitarre gekauft und angefangen zu üben. Damals war vieles noch einfacher und sie hatte die Gitarre in bar und mit Geldscheinen bezahlen können.

«Nehmen Sie sie doch einmal in die Hand!» Er nimmt die Gitarre von der Wand und legt sie behutsam in ihren Arm.

Sie passt perfekt. Sie schmiegt sich geradezu in ihren Arm. Ihre Finger deuteten an, ein paar Töne zu spielen, ohne die Saiten zu berühren.

Der Ladenbesitzer grinst, nimmt ein Kabel und steckt es an. «Alte Technik eben», sagt er entschuldigend und schaltet einen Verstärker ein.

«Darf ich?», fragt sie ganz vorsichtig.

«Aber nichts lieber als das», sagt er großzügig.

Sie hält den Atem an. Ihre Finger schweben noch immer einen Hauch über den Saiten. Sie schließt die Augen und schlägt einen Akkord an. Die Töne erschüttern den kleinen Laden regelrecht, heben ihn aus den Angeln.

«Kommen Sie. Trauen Sie sich und spielen Sie etwas!», sagt er.

Sie holt tief Luft und beginnt *Tears in Heaven* zu spielen. Es fühlt sich an, als würden die Saiten der Gitarre ihre Finger bewegen und nicht umgekehrt. Völlig entrückt spielt sie den ganzen Song. Der letzte Ton hängt im Raum wie eine Rauchwolke, die sich nur ganz langsam auflöst und eine wohlige Stille hinterlässt.

Sie öffnet die Augen und sieht in das lächelnde Gesicht des Ladenbesitzers. Als sie den Laden betrat, hatte er alt und müde ausgesehen. Doch jetzt sieht er aus, als wäre er um mindestens ein ganzes Jahrzehnt verjüngt.

«Das war großartig», sagt er leise mit krächzend belegter Stimme.

Sie nickt nur zaghaft.

Sie will ihm die Gitarre zurückgeben, doch er weicht aus. «Ich glaube, das Stück ist wie für Sie gemacht.»

Sie spürt, dass er recht hat. Es fühlt sich an, als würde ihr die Gitarre schon Zeit ihres Lebens gehören, als wäre sie ein fester Teil von ihr. Doch zwischen ihr und der Gitarre steht noch eine wichtige Frage, die sich nun in ihr Bewusstsein schiebt.

«Was – also was –» Sie zögert, die Frage zu stellen. Ihr Blick fällt dabei auf die Uhr an ihrem Handgelenk, die sie nicht leiden kann.

Auch der Ladenbesitzer schaut auf ihre Uhr und dann auf seine eigene. «Virtual Watch», sagt er verächtlich. «Wissen Sie, ich habe mich noch immer nicht an diese Dinger gewöhnen können. Ich vermisse die Zeiten, als die Kunden hier noch mit Bargeld oder Kreditkarten hereingekommen sind. Kennen Sie noch Bargeld?»

Sie nickt.

«Ach, das waren noch Zeiten. Da hat das Handeln und Feilschen noch richtig Spaß gemacht. Ich sage Ihnen, es war viel aufregender, wenn die Kunden einen Schein dazulegten oder ihn wieder wegnahmen, mit den Scheinen herumwedelten und man im wahrsten Sinne des Wortes noch um Heller und Pfennig feilschen konnte. Heute sagt man eine Zahl, zeigt seine Uhr und schon ist das Geschäft erledigt.» Er schaut nachdenklich auf seine Uhr. «Und damals war es eben auch nur Geld.»

Sie weiß sofort, was er meint.

Er sieht sie direkt an. «Ja, das macht mir immer noch eine Gänsehaut, wenn ich darüber nachdenke, womit wir heute unsere Dinge bezahlen.»

Sie senkt den Kopf. Sie kann sich noch gut erinnern, als sie das erste Mal in einem Geschäft eine Hose mit ihrer damals neuen Uhr bezahlt hat. Die Verkäuferin lächelte sie an und sagte: «Das macht dann 3.600 LZS. Also umgerechnet eine Stunde Ihrer Lebenszeit.» Sie war vor Schreck zusammengefahren. Sie hatte bis dahin gar nicht so genau darüber nachgedacht, was die Währungsumstellung von virtuellem Geld auf Lebenszeitsekunden bedeutete.

Zum 18. Geburtstag hatte sie, wie alle anderen Menschen, eine Virtual Watch und ein Lebenszeitguthaben im Wert von 2,588112 Milliarden Lebenszeitsekunden bekommen. Genug Zeit für 82 weitere Jahre Leben. Jede Ausgabe, jeder Einkauf, jede Abgabe wurde und wird von diesem Konto abgezogen. Natürlich kann sie mit Arbeit, gesellschaftlichem Engagement oder über Lotterien ihr Lebenszeitkonto entsprechend auffüllen. Aber so deutlich zu spüren, dass das Leben endlich ist, fühlt sich erschreckend an. Jeder Einkauf, und ist er noch so klein, verkürzt theoretisch ihre Lebenszeit.

Die Regierung versichert, dass niemand wegen Mangel an Lebenszeitsekunden vorzeitig sterben wird. Sie wollte mit der Währungsumstellung nur den unnötigen Konsum drosseln. Doch nach Jahrzehnten des florierenden Wirtschaftswachstums und des ungehemmten Konsums fällt es vielen Menschen schwer, sich zurückzuhalten. Vielleicht sind es nur Gerüchte, aber es heißt, dass die Virtual Watch in dem Moment, in dem das Lebenszeitsekundenkonto die Null erreicht, einen gezielten Impuls aussendet und das Herz zum Stillstand bringt. Niemand kennt jemanden, der jemand gekannt hat, dem das passiert ist, und doch halten sich diese Gerüchte äußerst hartnäckig.

Inzwischen ist das Umrechnen von LZS in Minuten, Stunden oder Tagen offiziell verboten, aber sie macht es in ihrem Kopf immer noch, bei jedem Einkauf.

Sie fragt sich, wie viel ihrer Lebenszeit ihr diese Gitarre Wert ist. Hier geht es nicht um Sekunden oder Minuten. Diese Gitarre wird sie Wochen, Monate, vielleicht sogar Jahre ihres Lebens kosten.

«Aber es heißt ja, dass noch niemand wegen eines aufgebrauchten Lebenszeitsekundenkontos vorzeitig verstorben sei», sagt er, als könne er ihre Gedanken lesen.

«Und glauben Sie das?»

Er zieht die buschigen grauen Augenbrauen nach oben und zuckt mit den Schultern. «Wer weiß schon, was man glauben darf.»

Wieder ist es still im Raum, während die tatsächlichen Lebenszeitsekunden verrinnen.

Sie gibt sich einen Ruck, spannt die Muskeln. «Ok, was soll sie kosten?»

Er lächelt, schaut auf die Gitarre und dann in ihre Augen. «Das gute Stück kostet 69.984.000 LZS.»

Sie sieht ihn mit großen Augen an. Vergeblich versucht sie im Kopf diese Summe umzurechnen, aber es gelingt ihr einfach nicht. Sie will diese Gitarre unbedingt, aber sie kann doch nicht ihr Leben dafür hergeben.

«Wie viel?», fragt sie vorsichtig nach.

«69.984.000 LZS.»

Sie wird ganz nervös, schwitzt leicht. Die Zahl scheint ihr kaum fassbar.

Er legt beruhigend seine Hand auf ihre Schulter, beugt sich vor und flüstert in ihr Ohr: «27 Monate.»

Sie nickt dankbar und ist doch erschrocken zugleich. Das sind mehr als zwei Jahre ihres Lebens.

«Das ist ein Sonderangebot, nur für Sie. Eigentlich wollte ich gut 85 Millionen nehmen.»

«Ich muss es mir überlegen.» Sie gibt ihm eilig die Gitarre zurück und verlässt mit schnellen Schritten den Laden. Draußen bleibt sie einen Moment stehen, nimmt einen tiefen Zug warmer Sommerluft. Das Leben ist so kostbar, sollte sie es mit so etwas wie einer Gitarre aufbrauchen?

Sie geht in das kleine Café am Ende der Straße, setzt sich an einen der runden Tische und bestellt einen Milchkaffee.

Sie muss schmunzeln, weil das Getränk immer noch Milchkaffee heißt, obwohl inzwischen weder echte Milch noch echter Kaffee darin waren. Aber das Gefühl, in der Sommersonne einen Milchkaffee zu trinken, ist geblieben – genau wie der Name. Der Kaffeeanbau ist aufgrund seines ungeheuren Wasserverbrauchs vor Jahren bereits eingestellt worden. Echter Kaffee ist heute nur noch unter dem Ladentisch und zu einem Vielfachen des Preises für den inzwischen üblichen Getreidekaffee zu bekommen. Sie kann sich nicht mehr daran erinnern, wie echter Kaffee schmeckt. Mit der Milch ist es ähnlich. Die Viehhaltung und insbesondere die Milchviehhaltung waren immer unrentabler geworden. Als dann noch die Rindergrippe ausgebrach, brach auch der Milchmarkt endgültig zusammen. Für diejenigen, die es sich leisten können, gibt es in Spezialitätengeschäften heute Ziegen- oder Schafsmilch, aber die Produktion von Kuhmilch ist inzwischen strengstens verboten. Hier in ihrem Kaffee ist entweder eine Sojadrinkvariante oder sogar die neueste Milchalternative aus einer Pilzkultur enthalten. Sie will das gar nicht so genau wissen. Sie will nur das Gefühl haben. Das Gefühl, in der Sommersonne einen Milchkaffee zu trinken. Das Gefühl und der Name sind geblieben. Geht es nicht genau darum? Um das Gefühl?

Ein kleiner Roboter kommt, stellt den Milchkaffee auf den Tisch und fährt seine mechanische Hand mit dem Kassengerät aus. Sie zögert nachdenklich. Selbst dieser Milchkaffee wird sie nun Lebenszeit kosten. Sie zahlt mit ihrer Uhr und 120 Lebenszeitsekunden werden von ihrem Konto abgebucht.

Lebenszeit ist knapp, denkt sie. Inzwischen gibt es zwar echte Lebenszeitsekundentrillionäre, aber sie fragt sich, was man mit so viel Lebenszeit macht, wenn das eigene Leben trotzdem nicht künstlich verlängern werden kann. 27 Monate. Werden ihr am Ende diese Monate fehlen? Wird sie irgendwann auf diese Gitarre schauen und ihr Lebenszeitkonto ablaufen sehen?

Sie trinkt einen Schluck Milchkaffee. «Bei zwölf Schlückchen kostet mich jeder Schluck Milchkaffee zehn Lebenszeitsekunden. Das entspricht ungefähr der Zeit, die ich brauche, um ihn zu trinken. Wie lange werde ich wohl etwas von der Gitarre haben?» In Gedanken lässt sie ihre Finger erneut über die Gitarre streichen. Sie spürt dem Gefühl nach, als ihre Finger die Saiten in Schwingungen brachten und diese so tiefgehenden, alles durchdringenden Töne erzeugten. Sie seufzt. Geht es nicht genau darum?

Andererseits könnte sie morgen bereits aufgrund eines Unfalls sterben. Davor ist niemand gefeit. Die Medizin hat große Fortschritte gemacht, aber Menschen sterben noch immer jeden Tag. Nein, sie hat keine Angst vor dem Sterben. Warum also nicht etwas Lebenszeit für den Spaß und die Musik opfern? Ein bisschen Leben für die Kunst. Für das Gefühl. Sie lächelt.

Sie sieht sich um. Das Café ist gut gefüllt und die Tische der dort Sitzenden auch. Auf den Tischen drängen sich Getränke und Speisen, die allesamt die Lebenszeitkonten der Anwesenden reduziert haben. Niemand scheint sich darüber Gedanken zu machen. War sie wirklich die einzige, der es so schwerfällt, ihre Lebenszeit zu verkaufen? Sie wusste, dass das nicht so ist. Schon die ersten Pläne der Regierung Lebenszeit als Zahlungsmittel einzusetzen hatten heftige Proteste ausgelöst, doch die Reformgegner konnten schnell diffamiert und ausgegrenzt werden. Selbst heute gab es noch Protestaktionen, von denen die meisten Menschen jedoch nichts erfuhren.

Sie trinkt ihren Milchkaffee aus, steht auf und geht die kleine Straße entlang. Dies ist eine der wenigen Straßen, in der sich kleine Läden gehalten haben und die dadurch eine Vielzahl von Menschen anlockt. Doch die Fußgängerzonenidylle täuscht. Hier einzukaufen kostet nicht nur die Lebenszeit durch den Einkauf von Waren, sondern auch Lebenszeit durch das Bummeln, das Herumspazieren, das Anprobieren, das Miteinandersprechen, das Handeln, das Kaffeetrinken und das Kuchenessen. Sie sieht Menschen mit ihren Einkaufstaschen aus den Läden kommen und hat das Gefühl, spüren zu können, wie sich die Lebenszeit der ganzen Welt verkürzt.

Mit einem Mal erkennt sie, was für einen Luxus diese Straße ausstrahlt. Hier wird Lebenszeit sowohl auf den Konten als auch im realen Leben mit vollen Händen ausgegeben. Mit jedem Kassenklingeln, auch wenn die heutigen Kassen gar nicht mehr klingeln, scheint irgendwo ein Lebenszeitsekundenkonto abzulaufen, scheint irgendwo in der Welt jemand dafür zu sterben. Menschen sterben und starben schon immer, sagt sie sich, doch dass Menschen für den Konsum oder für die Befriedigung eigener oder sogar fremder Bedürfnissen sterben, dass erschütterte sie immer wieder. Es kommt ihr so vor, als würde hier in jeder Minute ein Menschenleben verbraucht, im wahrsten Sinne des Wortes verkonsumiert werden.

Schließlich steht sie wieder vor dem kleinen Antiquitätengeschäft. Sie sieht durch das mit unzähligen Dingen vollgestellte und staubige Fenster in den Laden hinein. Jeder einzelne Gegenstand war irgendwann einmal, vielleicht noch mit Geld, aber vielleicht auch schon mit Lebenszeit gekauft worden und dann hier gelandet, um auf ein zweites Leben zu warten. Ein zweites Leben, das wiederum darauf aufbaut, dass jemand etwas von seinem Leben dafür opfert.

Zwischen einer alten Schaufensterpuppe und einem stummen Diener kann sie tief in das Innere des Ladens blicken. Erst jetzt bemerkt sie, dass der Laden bis unter die Decke gefüllt ist mit Dingen, die man sich teilweise nicht einmal vorstellen kann. Eine schier unvorstellbare Menge an Gegenständen, Momenten, Erinnerungen, Erlebnissen, Kapital, Lebenszeit und Lebenszeitsekunden muss in diesen Regalen stehen und liegen. Es grenzt an ein Wunder, dass die Regale unter der Last nicht gnadenlos zusammenbrechen. Ganz am Ende des Ganges kann sie ein Stück der Gitarre sehen, die dort an der Wand hängt. Fast kommt es ihr ein wenig kitschig vor, dass sie die Gitarre von hier aus sehen kann.

Der Ladenbesitzer ist nicht zu sehen. Sie überlegt, wie er wohl zu diesem Laden und zu diesen unzähligen, mit Lebenszeit aufgeladenen Dingen gekommen ist. Der Inhalt des Ladens, so scheint es, würde für mehrere Leben ausreichen. Ein gewaltiger Wert und doch irgendwie wertlos. Lebenszeit, die achtlos und zeitlos übereinandergestapelt ist.

Ihre Gedanken tanzen wild umher. Wofür würde es sich lohnen, seine Lebenszeit herzugeben? Was ist das Leben wert? Sie sieht auf die kleinen Preisschilder im Schaufenster. Tausche Lebenszeit gegen – gegen was? Was ist wertvoll genug, um es mit Lebenszeit aufzuwiegen? Ein Milchkaffee, der keiner ist? Eine Schaufensterpuppe, die nur aus dem Fenster schaut? Eine Gitarre, die einer anderen Gitarre nachgebaut wurde? Ein Gefühl? Mit dem Lebenszeitkonto ist aus jedem Spaß, für den bezahlt werden muss, der Ernst des Lebens geworden.

Sie will sich wegdrehen, als sie am Rande des Schaufensters einen Bilderrahmen mit einem Zitat entdeckt. Sie nähert sich der Scheibe und liest:

> *«So betrachte es als die größte Torheit, das nackte Leben über die Dinge zu stellen, für die es sich zu leben lohnt. JUVENAL»*

«Das nackte Leben», murmelt sie vor sich hin, während ihre Finger über imaginäre Saiten streichen.

Geschenkt

Text_Alexa Pukall
Illustration_Maki Shimizu

Der Neue war niedlich, mit wild gestylten Haaren und einem charmanten Grinsen. Der Chip in seinem Arm summte leise, als er Vera die Hand entgegenstreckte.

«Chris», sagte er. «Freut mich.»

Hinter seinem Rücken streckte Luana die Daumen in die Höhe.

Vera, die Hände auf die Lehnen ihres Bürostuhls gelegt, zwang sich zu einem Lächeln. «Marketing, richtig?»

Er nickte. «Die erste Woche habe ich schon überstanden.»

«Noch ist der Freitag nicht vorbei.» Als Luana ihm den Ellenbogen in die Seite stieß, musste er einen schnellen Schritt machen, um nicht das Gleichgewicht zu verlieren. Vera hob die Hände, damit er ihr nicht in den Schoß stolperte, und Chris zwinkerte ihr zu.

Sie presste die Lippen zusammen, sah auf ihre Füße hinunter. Es war nicht so, dass er ihr nicht gefiel – man müsste vermutlich ein Herz aus Stein haben, um bei dem frechen Grinsen nicht dahinzuschmelzen. Aber sie musste vorsichtig sein. Es war nicht nur ihre Sicherheit, die davon abhing.

«Wir wollten über Mittag hoch in den Garten gehen», durchbrach Luana den Moment. «Du bist doch dabei, oder?» Mit großen Augen blickte sie Vera an.

Mit Luana hatte sie selten wirklich eine Wahl. Ergeben lächelte Vera zurück.

Der gläserne Aufzug entließ sie im zehnten Stock. Veras Chip vibrierte sanft, als die Fahrtkosten vollautomatisch abgebucht wurden – ein vertrautes Gefühl, das sie kaum mehr bemerkte. Manchmal, wenn sie – wenn sie an einem Ort war, wo es gerade nichts zu berechnen gab, und der Chip nur still in ihrem Arm ruhte, irritierte sie das mehr als das konstante Summen seiner Transaktionen.

Luana hakte sich bei Chris unter. Sie zeigte aufs andere Ende der Halle, wo die starren Stahllinien des Gebäudes von einer Glasscheibe durchbrochen wurden.

«Da ist er», sagte sie, so stolz als hätte sie das Ganze selbst gebaut. «Unser Innenpark.»

Der Security Guard am Eingang sah kaum zu, wie sie ihre Chips unter den Scanner hielten, der ihnen leise fiepend Zutritt zum Park gewährte. Sie waren fast schon Stammkunden hier – die Cafés und Restaurants, Parks und Plätze und Dachterrassen hier im Geschäftsviertel verlangten oft schon zweistellige Summen, um sie überhaupt nur zu betreten. Der kleine Garten, der pro Besuch nur eine Handvoll digitale Münzen kostete, war dagegen geradezu umsonst.

Jenseits der Schleuse wehte ein kühler Luftzug. Sonnenlicht fiel in Streifen durch die Kronen der Pflanzen, die sich über die mäandernden Wege spannten. Irgendwo rauschte, leise, aber unaufhörlich, die Belüftung.

Vera liebte den kleinen Park, so künstlich er auch war. Vom Boden bis zur Decke war jeder Zentimeter optimal mit Pflanzen begrünt, sodass man fast schon das Gefühl hatte, durch ein Labyrinth zu wandeln. Hier und da gab es sichtgeschützte Sitzecken und als Felsen getarnte Abfalleimer, und weit über ihnen spannte sich ein gläserner Dom über den grünen Wipfeln. Spätabends drang das Flackern der Werbebildschirme durch die Scheiben und tauchte die Baumkronen in neonfarbenes Licht. Früher hatte Vera öfter hier gesessen, wenn sie noch eine Nachtschicht einlegen musste, aber einfach mal eine Pause brauchte.

Mittlerweile hatte sie andere, bessere Ablenkungen gefunden.

Sie setzten sich auf eine Bank an einem kleinen Teich, in dem täuschend echte Kois ihre Runden drehten. Vera manövrierte sich an ein Ende davon und ignorierte das enttäuschte Zögern der anderen. Der Neue war niedlich, ja, aber gerade ging ihr alles viel zu schnell. Sie hatte zu viel zu verlieren, um unvorsichtig zu sein.

Während sie in ihrer Tasche nach ihrem Mittagessen kramte – heute früh auf dem Weg in die Metro bei einem Bäcker erstanden, während der Chip in ihrem Arm fast unaufhörlich vibrierte –, setzte Luana sich neben sie. Der Neue – Chris – hockte sich ihnen gegenüber auf einen blankpolierten Stein und sah kopfschüttelnd zu den Baumwipfeln hinauf. «Ich habe noch nie einen Park unter Glas gesehen.»

Luana lachte laut auf. «Du bist also vom Dorf.»

Er grinste. «Ich bin vollends bereit, ein permanent eingesperrtes Stadtkind zu werden. Gehe jeden Tag auf Erkundungstour und alles. Bonbon?» Er hielt ihr und Luana ein paar bunt eingewickelte Süßigkeiten entgegen. «Ich bin am Wochenende über diesen winzigen Laden gestolpert, der noch selbst Zuckerwaren herstellt. Hat mein halbes Gehalt gekostet, aber ich habe wirklich noch nie so gute Bonbons gegessen.»

«Oh, danke.» Luana griff sich eins davon. Noch während sie die bunte Folie abwickelte, nickte sie auf den Chip in ihrem Arm hinab. «Was bekommst du dafür?»

Chris winkte ab. «Ist mein Willkommensgeschenk.» Er warf Vera einen Blick zu, streckte ihr verlockend die Hand entgegen. «Und du?»

Vera musterte ihn verstohlen. Vielleicht – vielleicht war ein wenig Hoffnung doch in Ordnung. Sie nahm eine der Süßigkeiten, ohne seine Hand zu berühren. «Das sieht sehr lecker aus.»

«Ich wollte vielleicht heute Abend noch einmal hin.» Er zuckte sehr beiläufig eine Schulter. «Vielleicht hast du ja Lust, mitzukommen.»

Vera spürte, wie ihr das Blut in die Wangen stieg. «Nein, ich – habe schon etwas vor.»

Seine Augen betrachteten sie wachsam – wachsamer, als ihr eigentlich lieb war. Aber hatte es nicht auch etwas Schmeichelhaftes, so viel Aufmerksamkeit?

«Dann vielleicht ein anderes Mal.»

Sie lächelte verstohlen. «Vielleicht.»

Luana räusperte sich, und Vera sah hastig zur Seite. Chris schien plötzlich sehr fasziniert von seinen Bonbons.

«Ich unterbreche ja nur ungern, aber mit ‹Geschenken› wirst du dir hier keine Freunde machen.» Luana zuckte entschuldigend mit den Schultern. «Ich weiß nicht, wie es bei euch auf dem Dorf war, aber diese Dinger», sie klopfte auf ihren Arm, auf ihren Chip, «haben schon ihren Grund.»

«Ah. Natürlich.» Er steckte die Süßigkeiten wieder ein. «Danke für den Tipp.»

Ein versöhnendes Lächeln breitete sich auf Luanas Gesicht aus. «Kein Ding, Neuer – ich versuche nur zu helfen. Du kannst ja nicht schon in deiner ersten Woche einen schlechten Ruf bekommen. Den musst du dir langsam und stetig erarbeiten, so wie der Rest von uns.»

Chris lachte. Trotzdem dachte Vera, eine verärgerte Note darin mitschwingen zu hören, als er seinen Chip über Luanas legte.

Heimlich, während die beiden beschäftigt waren, steckte Vera sich das Bonbon in den Mund. Es schmeckte wirklich sehr gut.

Der Supermarkt war fast leer, als sie durch die Eintrittsschleuse trat. Vera rieb ihre Hand über den vibrierenden Chip in ihrem Arm. Immerhin war die Eintrittsgebühr nicht so hoch, dass sie sie einzeln bestätigen musste.

Am Alkoholregal musste sie den Chip noch einmal scannen, aber nur als Altersnachweis. Da war der Champagner. Aber nur Champagner? Nein, lieber nicht. Sie ging in der Gemüseabteilung vorbei, um eine Plastikschale Trauben aufzusammeln, und nahm sich vom Papierwarenständer an der Kasse eine schillernde Karte mit *Frisch-verlobt*-Schriftzug. Aber war das nicht alles zu offensichtlich? Nach einem unschlüssigen Moment, in dem die Kassiererin sie schon ungeduldig heranwinkte, machte sie noch einmal kehrt und nahm sich die nächste Dose aus dem nächsten Regal – Mais, wie sie an der Kasse feststellte.

Irgendwer würde ihn schon essen.

Die Kassiererin hob die Brauen, als Vera noch ein Klatschmagazin aufs Band legte. Vera lächelte sie an, steckte die Hände in die Taschen, um nicht noch mehr Sachen aufs Band zu häufen. Sie hatte schließlich nichts zu verbergen.

«Scannen, bitte.»

Vera hielt ihr Handgelenk unter den Scanner. Kaum zog die Frau die Champagner-Flasche über ihr Lesegerät, erschien auch schon eine Warnmeldung auf dem Display an Veras Handgelenk:

Sie haben soeben ein alkoholisches Getränk erstanden. Bitte bedenken Sie, dass der Konsum von mehr als einem Standardglas Alkohol pro Tag für Frauen, zwei Standardgläser am Tag für Männer erhebliche gesundheitliche Schäden mit sich führen kann. Zudem sollte …

Die Anzeige schaltete sich weiter:

… an mindestens zwei Tagen pro Woche gar kein Alkohol konsumiert werden. Bitte verzichten Sie im Straßenverkehr, beim Sport, in der Schwangerschaft und während der Stillzeit sicherheitshalber vollständig auf Alkoholgenuss. Bitte bestätigen Sie diese Mitteilung.

«Werdet ihr pro Wort bezahlt?», grummelte Vera halblaut. «Nachricht schließen.»

Ein neues Fenster ging auf:

Bitte bestätigen Sie, dass Sie diese Nachricht verstanden haben.

«Ja, ich habe sie verstanden.» Vera biss die Zähne zusammen, bevor ihr etwas Unvorsichtiges über die Lippen rutschte.

Die Kassiererin sah sie noch einmal mit hochgezogenen Brauen an, aber diesmal glaubte Vera, Mitgefühl in ihrem Blick zu lesen. Sie wusste nicht, ob das besser war – schließlich wollte sie möglichst wenig auffallen und nicht verständnisvolle Blicke mit den Angestellten wechseln. Hastig stopfte sie ihre Einkäufe in ihre Tüte.

«Schönen Abend noch.»

«Sie mehr als ich», hörte sie die Kassiererin noch murmeln, aber da war sie schon auf dem Weg zur Tür.

Der Treffpunkt lag im alten Industriegebiet. Nicht dem Industriepark außerhalb der Stadt, in dem die Fabrikhallen sich über ganze Häuserblocks erstreckten und jeder Zentimeter Bodenfläche von mehreren Sicherheitskameras beäugt wurde, sondern in den alten Straßen an der Bahnlinie, wo die Backsteinhäuser sich blind aneinander drängten und so wenig Verkehr herrschte, dass der Asphalt unbeachtet in sich zusammensank.

In der Ferne, am Horizont der Häuserschluchten, konnte man vereinzelt die Hochhäuser des Zentrums sehen – dort, wo Vera lange Tage und Nächte verbrachte, wo man nicht einmal die Straße überqueren konnte, ohne einen Wegzoll zu zahlen. Hier, zwischen den Backsteingebäuden mit den rissigen Fenstern und dem zerlöcherten Asphalt, wirkte ihr Alltag unwirklich und weit entfernt. Ja, auch hier warteten stets die Scanner darauf, ihr Geld von ihrem Konto zu saugen, aber es wirkte weniger allgegenwärtig, während sie im Nieselregen über die Pflastersteine stapfte. Weniger erdrückend.

Kurz vor der mehrfach übernagelten Tür blieb sie stehen, sah sich noch einmal sorgfältig um. Egal, wie oft sie diesen Weg schon gegangen war, sie konnte das Gefühl, beobachtet zu werden, nie so recht abschütteln.

Aber sie machte nichts falsch, sagte sie sich fest. Sie brach keine Gesetze. Es war alles völlig legal.

Trotz der Bretter, die den Vordereingang des verlassenen Hauses vorgeblich unzugänglich machen sollten, öffnete die Tür sich wie geschmiert. Im dunklen Treppenhaus stieg Vera langsam aufwärts, immer den lauter werdenden Geräuschen nach – den dumpfen Stimmen, dem Gelächter. Ihr Einkauf hatte sie verspätet; die meisten anderen waren schon da.

Die Tür im vierten Stock, mit Graffiti und abblätternder Farbe nicht von den anderen zu unterscheiden, öffnete sich auf ihr Klopfen. Dahinter war es nicht viel heller als im Hausflur, aber deutlich lauter. Kerzen drängten sich auf den Möbeln, auf den Anrichten. Essen drängte sich auf jeder freien Oberfläche. Leute drängten sich überall.

Sie waren eine bunt gemischte Truppe – junge und alte Menschen, Oberschicht und Arbeiterklasse, manche intelligent, manche schön, manche fürsorglich. Manche schleppten ihre Gaben in Kisten und Körben das dunkle Treppenhaus hinauf, andere kamen mit einem Fruchtsaftpack aus dem Eckladen oder gar nichts. Niemand fragte nach. Es war das Schenken, das ihnen wichtig war. Das Geben.

In der Küche stand ein alter Holztisch, fast so groß wie Veras Bett, der sich schon unter den Lasten zu neigen drohte. Obst und Gemüse, Blumengestecke, Pfannen und Töpfe mit zugebundenen Deckeln, selbstgebackene Kuchen neben Supermarkt-Keksen und importierten Knabbertüten, eine Schale mit Halsketten und Servietten mit Nikoläusen darauf, obwohl Weihnachten noch in weiter Ferne lag. Ein wilder Haufen Besteck türmte sich neben schweren Trinkgläsern. Es schien ein Wunder, dass noch nichts zu Bruch gegangen war, aber die Gruppe dunkler Gestalten, die um den Tisch herumwanderten, nahmen ihre ausgewählten Gaben vorsichtig und andächtig von den schwankenden Türmen.

Vera balancierte ihre Trauben auf ein paar Bierflaschen und schob die Dose Maiskörner in die Lücke zwischen zwei Schokoladentorten. Von denen würde sie definitiv noch ein Stück probieren.

«*Yes*, ich liebe Mais», sagte jemand, den sie nur vom Sehen kannte.

Vera grinste, aber bevor sie eine Unterhaltung anfangen konnte, legte Wenke ihr den Arm um die Schultern.

«Du bist endlich hier!» Sie drückte einen feuchten Kuss auf Veras Wange. «Du musst nachher auf jeden Fall meine Erdbeeren probieren, ich glaube, bessere hatte ich noch nie.»

Bevor Vera etwas erwidern konnte, hatte Wenke sich schon auf jemand anderen gestürzt. Nicht schlimm – später würden sie noch genug Gelegenheit haben, sich auszutauschen. Gemächlich schob Vera sich tiefer in die Wohnung. Mit einer Hand rieb sie über den schweigenden Chip. Jemand hielt ihr einen Teller mit Pralinen entgegen, jemand anderes eine Platte selbstgeschmierten Mini-Sandwiches. Sie probierte beides, lächelnd, bedankte sich überschwänglich. Beide schmeckten gut, aber letztlich war das nicht das Entscheidende. Sie würde sich selbst für schwarz verbrannte Kekse noch bedanken, wenn jemand sie ihr als Geschenk anbot.

Als sie einen grauen Pferdeschwanz in der Menge entdeckte, war endlich Vera an der Reihe. Sie tippte Olli auf die Schulter. Ihr Grinsen erstreckte sich über ihr ganzes Gesicht.

«Hey, hi, ich habe deinen Champagner dabei.» Sie zerrte die Flasche aus ihrer Umhängetasche hervor. «Das ist der, den du am liebsten magst, oder?»

Mit einer Hand nahm er die Flasche, mit der anderen drückte er ihre Schulter. «Genau der.» Seine Augen glänzten im Dämmerlicht. «Ich hätte selbst welchen mitgebracht, aber scheinbar hat mein Arzt bei meinem letzten Besuch meinen erlaubten Alkoholkonsum heruntergesetzt.»

Mitfühlend nickte sie. Vera selbst war noch jung und gesund genug, dass die Quervernetzung der Banken und Gesundheitsämter und Behörden nur wenig in ihr Leben einschnitt, aber eines Tages würde es auch für sie so weit sein. Sie konnte nur hoffen, dann immer noch Teil dieser Gruppe zu sein – einer Gruppe, die ihr all das schenkte, auf das sie sonst würde verzichten müssen.

Hier war es egal, wie alt man war, wie man aussah, was für Gesundheitsprobleme man hatte oder was für gesetzliche Einschränkungen. Giordi konnte Schokolade essen, ohne jedes Mal aufs Neue bestätigen zu müssen, dass ihm sein Übergewicht bewusst war. Nora und Robert konnten all die exotischen Früchte der Welt testen, ohne auf deren umweltschädigenden Transport hingewiesen zu werden. Aline konnte all das Fastfood probieren, das ihre Mutter von ihren erlaubten Transaktionen gestrichen hatte, bis sie 18 wurde.

Und manchmal kamen auch Leute, die gar keinen Chip mehr hatten – an dessen Stelle in ihrem Arm nur eine dunkle Narbe prangte. Oft waren sie es, die das leckerste Essen brachten; krumme, saftige Gurken, Äpfel mit kleinen Knabberstellen, Kirschen kleiner als alle, die Vera jemals im Supermarkt gesehen hatte, aber dafür so süß, dass man glaubte, man schmecke pures Sonnenlicht.

Diese Menschen kamen nicht oft. Es war nicht leicht, ohne einen Chip in die Stadt hineinzukommen und noch schwerer wieder hinaus. Manchmal dachte Vera, sie schienen die Glücklichsten unter ihnen zu sein – die Unbeschwertesten. Aber sie hatten auch dunkle Ringe unter den Augen, blickten beim kleinsten Geräusch über ihre Schultern, waren mager und sonnenverbrannt.

«Champagner», rief Wenke lautstark durch den Raum. «Mach auf, Vera, mach auf! Wozu habe ich denn meine Erdbeeren dabei?»

Olli drückte noch einmal ihre Schulter.

«Mach nur», murmelte er. «Das Teilen ist das Beste daran.»

Vera lächelte ihm im Gehen noch einmal zu. Im Dämmerlicht konnte sie den Verschluss der Flasche nicht so recht erkennen. Besser war es drüben am Fenster, wo sie von der Straße aus nicht zu sehen war, aber das Licht der Straßenlaternen dem dumpfen Kerzenschein unter die Arme griff. Im Schutz der Schatten fasste Vera nach dem Korken, sah nur zufällig auf die Straße hinaus.

Vor dem Haus standen Fahrzeuge.

Vera hielt inne. Es schien auf den ersten Blick nichts Seltsames dabei – nur zwei schwarze Autos in einer leeren Straße. Ein paar Kerle standen auf dem Bürgersteig und besprachen sich mit gebeugten Köpfen, einen Moment später gesellte sich eine Frau dazu.

Ein weiteres Auto bog um die Ecke. Grelle Scheinwerfer huschten über den müden Asphalt.

«Vera, kommst du?», rief jemand hinter ihr.

«Sofort!» Sie mühte sich um ein Lächeln, aber es wollte keins so recht auf ihre Lippen. Die Leute dort unten redeten nur. Ganz beiläufig standen sie an ihre Autos gelehnt, mit ihrer dunklen, unauffälligen Kleidung, ihre Bewegungen betont unaufgeregt. Die Wahrscheinlichkeit, dass so viele unscheinbare Menschen, in so vielen unscheinbaren Autos, sich völlig unschuldig an einer dunklen Straßenecke trafen –

Kälte ballte sich in ihrer Magengrube zusammen. Still sah sie zu, wie die gleißenden Lichter eines vierten Wagens über die Häuserfronten glitten. Abgasgeschwärzte Backsteine, verhangene Fenster – ein Mann in dunkler Kleidung, der in einem Hauseingang stand und aufmerksam zu ihr herübersah.

Fluchend machte Vera einen Schritt zurück. Jetzt breitete sich die Kälte in ihrem ganzen Körper aus. *Chris*. Chris der charmante Neue. War er ein Spion? Informant?

Vielleicht war er ihr gefolgt, vielleicht war er zufällig hier, aber irgendetwas lief gerade ganz eindeutig schief.

«Vera?»

Sie zuckte zusammen, als sich eine Hand auf ihre Schulter legte. Aber es war bloß Wenke, die sich, nun ebenfalls alarmiert, auf die Zehenspitzen stellte, um über Veras Schulter zu lugen.

«Verdammt», murmelte sie in Veras Ohr. «Polizei?»

Hilflos zuckte Vera die Schultern. Vielleicht war es Polizei, vielleicht hatte die Ansammlung da unten ihre eigenen Gründe, sich in verlassenen Seitenstraßen zu treffen. Vera war keine professionelle Gesetzesbrecherin, sie hatte keine Ahnung.

Hilflos sah sie über ihre Schulter. Wenke war bleich, starr. Sie hielt eine Erdbeere in der Hand, so fest, dass roter Saft ihre Finger hinuntertropfte. Im Türrahmen stand Olli, den Arm um eine winzige Frau gelegt. Irgendjemand rief nach Freiwilligen zum Kuchentesten.

Vera konnte es nicht riskieren. Sie konnte nicht riskieren, dass gleich die Polizei kam und sie nichts gesagt hatte. Sie konnte diese Menschen nicht in Gefahr bringen.

«Leute», sagte sie. Ihre Stimme, schrill und hoch, schnitt durch das Geschnatter in ihrem Rücken. «Leute, wir müssen hier raus.»

Vera verließ als Letzte die Wohnung. Sie wartete, bis die Schritte der anderen im Treppenhaus verklungen waren, bis sich wieder Stille über das verlassene Gebäude gesenkt hatte. Erdbeeren lagen zertreten auf den Dielen, Ollis edle Weingläser in Scherben zwischen den umgestürzten Stühlen. Jetzt hatte niemand mehr etwas von ihrem Gedeck. Sie nicht und auch die Polizei nicht. Kein hungerndes Kind und kein reicher Schnösel. Niemand.

Sie brachen keine Gesetze. An diesen Gedanken klammerte Vera sich immer wieder fest. Es war nicht verboten, Dinge zu verschenken. Es war nur Misstrauen erweckend. Verpönt. Wie schließlich sollten die Banken und die Ärzte und die Berater Leute daran hindern, dumme Entscheidungen zu treffen, wenn diese loszogen und sich einfach Sachen *schenkten*? Wie sollte man einen Alkoholiker am Trinken hindern und einen Kriminellen am Verbrechen und einen Übergewichtigen am Schlemmen, wenn man nicht überwachen konnte, was sie taten?

Die Fatalistischen in ihrer Gruppe sagten immer wieder, es sei nur eine Frage der Zeit. Irgendwann würde auch Schenken verboten sein. Dann würden sie andere Wege finden müssen, sich gegenseitig Gutes zu tun. Freude zu machen. Kriminell werden oder aufgeben. Irgendetwas.

Die schwarz gekleideten Menschen standen noch immer auf dem Bordstein. Vera legte die Hände zusammen, um ihr Zittern zu bändigen. Hatte sie umsonst

Alarm geschlagen? Niemand würde böse auf sie sein. Sicher war sicher, da waren sie sich alle einig. Aber sie hoffte trotzdem, dass eins ihrer wenigen, seltenen Treffen jetzt nicht an ihr – an ihrer Paranoia – gescheitert war.

Sie fuhr sich mit der Hand über die brennenden Augen. Die Schokotorten waren umgestürzt, die Andenken vergessen. So viel Arbeit, so viel Freude, und wofür? Alles nur, weil sie einmal im Monat, einmal im Halbjahr spüren wollten, wie es war, einfach nur ungehemmt zu geben.

Unten auf der Straße streifte die Frau ihre Jacke zurück, und Vera konnte das metallische Glänzen einer Pistole sehen. Sie stolperte zurück, in die Sicherheit der Schatten.

Also doch kein falscher Alarm. Egal, was sich da unten zusammenbraute, sie wollte nicht daran teilhaben.

Sie warf noch einen letzten Blick auf die andere Straßenseite, bevor sie sich Richtung Hinterausgang wandte, aber Chris war nicht mehr zu sehen.

Ein einsames Neonschild bewarb *Kaffee Lotto Snacks*. Vera stolperte über die leere Straße und in den Kiosk hinein. Sie wusste nicht, wie weit sie gelaufen war, aber ihre Füße brannten in ihren Schuhen und ihr Mantel war an den Schultern vom Nieselregen schon ganz durchnässt.

Schwer lehnte sie sich gegen den Tresen. «Kaffee, bitte.»

Die Kassiererin sah sie wortlos an.

Vera starrte zurück. Es war einzig und allein ihre Willenskraft, die sie daran hinderte, einen furchtsamen Blick über ihre Schulter zu werfen. Sie war völlig unschuldig. Es gab nichts, wegen dem sie sich fürchten musste.

«... Ihr Arm?», erinnerte die Frau sie nach einem Moment.

«Ach ja, natürlich, Entschuldigung.» Hastig schob sie ihren Ärmel hoch.

Der Scanner piepte leise. Das Vibrieren des Chips, der so lange reglos unter ihrer Haut geruht hatte, ließ sie zusammenfahren. Zahlen leuchteten auf dem Bildschirm auf, aber sie verschwammen vor ihren Augen.

«Sie müssen noch die Nachricht bestätigen, fürchte ich.»

Vera blinzelte, sah auf ihr Handgelenk hinunter. In kaltem Blau, unbewegt, leuchtete dort eine Benachrichtigung.

> *Sie haben in den letzten 24 Stunden bereits vier Portionen Kaffee gekauft. Bitte bedenken Sie, dass für erwachsene Menschen eine tägliche Dosis, über den Tag verteilt, von nicht mehr als 400 mg Koffein empfohlen wird.*
>
> *Sie haben in den letzten 12 Stunden Alkohol gekauft. Bitte bedenken Sie, dass koffeinhaltige Getränke entgegen eines weit verbreiteten Irrglaubens die Wirkung alkoholischer Getränke nicht aufheben.*

«Nachricht entfernen», murmelte sie, um nicht zu schreien.

Eine neue Anzeige leuchtete auf:

Bitte bestätigen Sie, dass Sie diese Nachricht verstanden haben.

Sie stach aufs Display. Ihr Finger zitterte, es dauerte mehrere Anläufe, bis die Warnmeldung endlich vom Bildschirm verschwand. Auf der anderen Seite des Tresens begann die Kaffeemaschine zu gluckern. Zu spät fiel ihr auf, wie dumm es war, sich jetzt etwas zu kaufen – falls sie jemand in Verdacht hatte, gab es wohl kaum eine bessere Art, nachzuweisen, dass sie in der Gegend gewesen war.

Sie schluckte den Kloß im Hals hinunter. Jetzt war es schon zu spät. Und vielleicht würde der Kaffee ihr ja helfen, wieder ein wenig klarer zu denken.

Der Regen prasselte nun ernsthaft auf den rissigen Asphalt. Vor dem Kiosk drückte Vera sich an die Hauswand, um den kalten Tropfen zu entgehen, und zwang sich, ruhig zu atmen. Den warmen Becher umklammerte sie mit beiden Händen, so fest, dass die beschichtete Pappe unter dem Druck einzuknicken drohte. Es war niemandem etwas geschehen. Alle waren davongekommen. Sie würden sich einen neuen Treffpunkt suchen müssen, aber das wäre nicht das erste Mal. Es war alles noch einmal gut gegangen.

«Vera!»

Eine dunkle Gestalt hastete über die nasse Straße, direkt auf sie zu. Eine bekannte Gestalt.

Eine Gestalt, die sie nie wiedersehen wollte.

«Du», zischte sie, bevor sie sich zusammennehmen konnte. Vielleicht war er ihr gefolgt, vielleicht nicht. Wenn er die Polizei nur zufällig zu Veras Treffpunkt geführt hatte – wenn er gar nicht wusste, dass auch sie zu dieser Gruppe gehörte – dann durfte sie sich nicht verraten.

Aber wie wahrscheinlich war das wohl?

Chris kam vor ihr zum Stehen, machte ein schuldbewusstes Gesicht. «Geht es dir gut?»

Er wusste es also. Vera zog finster die Brauen zusammen. «Mir geht es fantastisch», sagte sie eisig. «Warum fragst du?»

«Oh, ich –» Er machte einen Schritt zurück, fiel fast vom Bordstein. «Es war keine Absicht», versicherte er. «Wirklich nicht. Und es tut mir auch unendlich leid. Ich dachte bloß – ich hatte gehört, dass du bei diesen Geschenke-Treffen dabei bist, und ich interessiere mich auch für solche – Sachen, und – und ich dachte einfach, ich könnte dir vielleicht folgen, aber scheinbar ist mir auch jemand gefolgt, und, und, und es tut mir wirklich unheimlich leid.»

«Von wem gehört?», fragte Vera. Sie zwang sich, ruhig zu atmen. Egal, ob er die Wahrheit sagte oder mit der Polizei gemeinsame Sache machte – sie konnte ihm nicht vertrauen.

Chris zuckte die Schultern. «Nur so. In der Runde.»

Vera nickte. Wenn das wirklich ein Gerücht war, das über sie die Runde machte – dann konnte sie nie wieder an einem ihrer Treffen teilnehmen. Sie konnte es nicht riskieren. Sie wollte ja gerne glauben, dass nicht sie Schuld daran hatte, dass ihr Treffen aufgeflogen und ihre Freunde in Gefahr gebracht worden waren, aber sie konnte nicht.

«Bist du auf mich angesetzt worden?», fragte sie tonlos.

«Nein!» Er schüttelte so wild den Kopf, dass seine gestylten Haare, durchtränkt von Regentropfen, in seine Stirn fielen. «Ich wollte nur – Ich wollte doch nur wissen, wie es sich anfühlt, wenn man jemandem etwas gibt. Ohne Hintergedanken. Ohne Chip. Ohne dass die Behörden einem dabei über die Schulter schauen. Wie es ist, wenn man etwas schenkt, und etwas geschenkt bekommt. Das ist alles, was ich wollte.»

Vera nickte langsam. Sie konnte das verstehen, aber das änderte nichts. Sie würde das nie wieder erleben können. Wegen ihm.

«Hier.» Sie löste sich von der kalten Hauswand, drückte den zerknitterten Becher in Chris' Hand. Kaffee schwappte über seine Finger, aber er leistete keinen Widerstand.

Sie schlug ihren Kragen hoch, gegen die eisigen Tropfen, die stetig auf sie niederprasselten. Irgendwie würde sie schon klarkommen. Sie hatte ja noch Luana – Luana, die schon missbilligend schaute, wenn Vera die Geldbeträge abrundete, die Luana ihr zurückzahlen wollte. Die sich niemals freuen würde, wenn Vera ihr eine Flasche Champagner spendierte. Sie hatte Luana und Chris, der nie wieder der niedliche Neue sein würde.

Vielleicht wäre sie besser in ihrem kleinen Innenpark geblieben.

Sie warf Chris einen müden Blick zu. «Wir sehen uns wohl am Montag.»

Pfützen hatten sich auf dem Gehsteig gebildet. Das Neon der Reklameanzeige spiegelte sich darin, als sie darüber hinwegstieg.

«Aber», rief Chris ihr hinterher.

Als sie sich, wider besseren Wissens, noch einmal umdrehte, hatte er die Schultern gegen den Regen hochgezogen. Klein sah er aus. Aber er schien zu wissen, dass er sie nicht aufhalten konnte.

«Dein Kaffee?», fragte er kleinlaut.

Vera zeigte ihm alle Zähne. «Ich schenke ihn dir.»

Weltenretterin

Text_Michael Edelbrock
Illustration_Hannah Brückner

Den Tag in der Huaduo-Klinik würde Zhuzhi niemals vergessen.

«Für Ihr Töchterchen haben wir schon das Zertifikate-Konto angemeldet», sagte die Hebamme gutgelaunt. «Sie können die Kleine und Ihre Frau morgen mit nach Hause nehmen. Aber denken Sie daran, keine Filtermaske vor dem dritten Geburtstag. Man kann auch zu früh damit beginnen!»

Zhuzhi trat hinaus in die schwarzen Straßenschluchten Shanghais. Er blickte an den von Säure zerfressenen Fassaden empor, ließ sich von den Neonreklamen blenden, und sah ab und zu eines der seltenen Flugautos vorübergleiten.

Natürlich war es nicht einfach, im höheren Alter noch ein Kind zu bekommen. Seine Frau hatte unter dem Stress der Schwangerschaft gelitten. Da half es auch nicht, dass sie weiterhin Z – wie man die Emissionszertifikate nannte – sparte. Aber eisern talgte sie die Wäsche, anstatt sie teuer zu waschen, trug diszipliniert die Atemfiltermaske für eine kleine Ersparnis und mied sogar die E-Busse, die noch vergleichsweise günstig waren.

An einem Tag hatte sie ihm besonders leidgetan, mit dickem Bauch, schmerzenden Beinen und einer Maske über dem Gesicht. Er kaufte ihnen eine Fahrt zur nahen Hangzhou-Bucht. Das Wasser war ebenso grau wie der Himmel, doch sie atmete merklich auf, als sie die endlosen Schluchten der Wolkenkratzer verließen. Sie sahen den Frachtern mit ihren gigantischen Segeln zu – und nahmen kurz die Masken ab. Die Brise hatte schal gerochen, irgendwie abgestanden, aber doch nach einem Hauch weiter Ferne.

Wie jeder gute Vater war er überzeugt, dass Tochter Yanlei besonders klug und aufgeweckt war. Sie lernte früh das Laufen und malte schon im Kindergarten

Bilder in Grün und Blau. Sehnsüchtige Erinnerungen an eine alte Welt, die sie auf Fotos oder Werbebannern gesehen haben musste.

Doch das Leben als Eltern war nicht immer leicht. Bald beobachteten sie mit Sorge, dass Yanlei schneller erschöpfte als die anderen Kinder. Nach dem Rückweg von der Kita und dem Aufstieg in das winzige Appartement im 11. Stock ruhte die Kleine sich lange aus. Immerhin war die Wohnung hermetisch abgefiltert, sodass sie die Maske abnehmen und sich die roten Striemen an Hals und Kopf massieren konnte.

Trotz dieser schnellen Erschöpfung spielte Yanlei viel mit den anderen Kindern. In der Grundschule schlichen sie dafür in die verlassenen Wohnblocks. Verschwenderische alte Bauten, als die Menschen noch mehr Platz und Bequemlichkeit brauchten. Inmitten der Kabelstränge abgebauter VR-Einheiten und zwischen ausbleichendem Plastik-Mobiliar erschufen sie Raumschiffbrücken und U-Boote, Höhlensysteme und Verliese.

Zhuzhi nahm den Hilferuf an einem Nachmittag entgegen.

Mit rasendem Herzen suchte er Yanlei, folgte dem Ortungssignal ihres Anrufs. Er fand sie im vierten Untergeschoss einer der Fabriken, welche die Umweltbehörde schon vor Jahrzehnten stillgelegt hatte. Ihm graute bei der Vorstellung, dass die Kinder hier inmitten von Ratten und Rost spielten. Dass sie vielleicht keinen Empfang hätten und er sie niemals finden würde.

Yanlei, stolze sieben Jahre alt, saß am Fuß der Treppe und versuchte sich in Tapferkeit.

«Ich bekomme so schlecht Luft, ich bin die Stufen nicht mehr hochgekommen», nuschelte sie.

Wütend nahm er ihr die schwere Filtermaske vom Kopf, sah die Panik in den geröteten Augen. Er hielt sie fest und wartete, bis sie zu erzählen begann. Sie hatten sich vor einem Geräusch erschreckt, alle waren kreischend davongerannt. Sie aber bekam keine Luft mehr und blieb stehen, musste sich setzen. Ihre Freunde ließen sie zurück.

Als sie aufhörte zu zittern, trug er sie hoch und durch die halbe Stadt zum Krankenhaus.

Er wartete mit seiner Frau auf dem kahlen Flur. «Gut, dass du sie hergebracht hast», versicherte sie ihm zum vierten Mal und hielt seine Hand. Das neonweiße Licht grub tiefe Falten in ihre Gesichter.

Der Arzt, der sie in den Patientenraum rief, hieß Dr. Bangshou. Er war blass, sprach aber mit einem milden Lächeln, das Zhuzhi mochte.

«Unsere Heldin hat alle Untersuchungen gut hinter sich gebracht», sagte er und zwinkerte Yanlei verschwörerisch zu. Während ihre Mutter zu ihr ging und sie umarmte, suchte sich Zhuzhi einen bescheideneren Platz am Fußende des Bettes.

«Ich habe Medikamente für dich, mit denen du leichter Luft bekommst. Du wirst schon morgen wieder durch die Gegend rennen.»

Yanlei lächelte erschöpft, während Dr. Bangshou ihre Eltern noch kurz herausbat. Zhuzhis Frau, die das bessere Gespür für so etwas hatte, ergriff seine Hand.

«Es ist eine schlimme Diagnose», sagte der Arzt und sein Lächeln wurde schmerzlich. «Eine fortschreitende Nervenkrankheit. Bei den meisten Patienten schlägt sie zuerst auf die Lunge. Dann verfallen zunehmend weitere Nervenverbindungen auf dem Weg zum Hirn.»

Dort, so erklärte er ernst, erreiche sie irgendwann Knoten, die für Atmung oder Herz zuständig seien.

Die Krankheit verlaufe immer tödlich.

Er sagte noch mehr. Erläuterungen, welche die Stille überbrücken sollten, während die Eltern immer noch bei diesem einen entscheidenden Satz verharrten. Erst als der Doktor schwieg, das Lächeln mitfühlend, hörte Zhuzhi das Schluchzen seiner Frau und nahm sie in den Arm.

Auf dem Rückweg, in den regnerischen dunklen Straßen, sagten sie nichts. Doch Yanleis Gespür war zu fein, als dass sie nicht fragte, was denn los sei.

«Ich gehe dort auch nicht mehr spielen, wenn ihr böse seid! Und ich sage meinen Freundinnen, dass ich sie nie wiedersehen will, weil sie mich zurückgelassen haben!»

Wie sollte Zhuzhi der Tochter den Grund für sein zerbrochenes Herz erklären? Dass sie vermutlich durch den Cocktail der Umweltgifte krank geworden war. Tödlich krank.

Wie könnte sie mit ihren sieben Jahren begreifen, dass sie an dieser Rache der Natur sterben würde. Nicht jetzt, nicht in wenigen Jahren – wie Dr. Bangshou versicherte –, aber spätestens als junge Erwachsene.

Also sagten sie es ihr nicht. Zhuzhi sprach auch mit seiner Frau kaum darüber. Doch sie rückten zusammen und verbrachten mehr Zeit zu dritt – etwas, das Yanlei auf ihre Eskapade zurückführte und heimlich genoss.

Zhuzhi konnte sich dafür frei machen. Er arbeitete beim Hydro-Kraftwerk am Rande der Hangzhou-Bucht. Der Betreiber war frei von der Z-Problematik, die damals ganze Industriezweige in die Knie zwang. Ihm und seinen Kollegen ging es gut, auch wenn manche in den Pausen davon sprachen, wie gerne sie bei geförderten Projekten Z verdienen würden. Oder noch besser gleich in der Lotterie gewännen.

Ein Arbeitskollege war es, der ihm von einer Z-Sondergewährung erzählte, die es für Schwerbehinderte und Kranke gab.

So begann Zhuzhi, sich mit der Krankenversicherungs- und Z-Bürokratie zu befassen. Ein Bürger erhielt zum Lebensbeginn sein Z-Konto, ausreichend gefüllt für einen umweltbewussten, emissionsfreien Lebensstil mit wenigen maskenfreien Minuten am Tag. Geld hatte an Bedeutung verloren, da neben jedem Produkt und jeder Dienstleistung auch die abzuführenden Z standen.

Und tatsächlich konnte man unter besonderen Bedingungen das Z-Konto auffüllen lassen. Zhuzhi wendete mehr und mehr Zeit für dieses Bestreben auf. Er schrieb monatelang mit der Krankenversicherung hin und her, verfasste Petitionen an die Behörden und wandte sich direkt an die Z-Bemessungsstelle.

Seit Jahrzehnten setzte diese die Anzahl der Zertifikate fest, die jedem bei Geburt gewährt wurde. Und sie wachte darüber wie ein Drache über seine Kinder. Nicht nur bemaß sie sie ständig niedriger, weil mit fortschreitender Technik alles emissionsärmer wurde. Nein, sie erstellte zudem die Kriterien für eine spätere Z-Gewährung. Und da war sie mindestens genauso sparsam.

Die menschlichen Emissionen sanken seit Jahren drastisch. Und industrielle Fertigungsprozesse wurden überhaupt nur noch bei minimaler Umweltbelastung erlaubt. Ganze Produktsparten und Dienstleistungssektoren hatten in wenigen Jahren alle Bedeutung verloren, weil sie die gesamte Umweltverschmutzung in Form von Z-Kosten an den Verbraucher weitergeben mussten.

Zu den schrecklichsten Ausprägungen, von denen er las, gehörte der Schwarzmarkthandel. Es gab Menschen, die die Z ihrer frischgeborenen Kinder verkauften, ja sogar Kinder gezielt dafür in die Welt setzten. Ohne Z kauften die Kleinen niemals ein umweltbelastendes Produkt, nahmen noch nicht einmal für wenige Minuten am Tag die Filtermaske ab.

Letztlich bedrückte ihn die Beschäftigung mit dem Thema so sehr, dass er immer abwesender wurde und sich sein Gesicht verdüsterte, wenn er Yanlei ansah.

Ihr fiel es gar nicht auf. Sie war mit Aufwachsen, Freundinnen, Schule und Klubs beschäftigt.

Doch seine Frau stellte ihn zur Rede – und er erzählte es ihr. Sie sah ihn nur kurz an und sagte ihm, dass es so eine Bürokratie und so ein Verbrechen immer geben würde. Er solle sich einfach nicht damit befassen.

Ein Satz von Dr. Bangshou kam ihm in den Sinn. Der Arzt hatte im Lauf der Erläuterung der Krankheit versonnen gesagt: «Letztlich haben Sie Ihr Leben nur dann richtig gelebt, wenn Ihr Konto am Ende auf Null steht.» Er hatte sie trösten und ihnen andere Perspektiven öffnen wollen, wie es ein guter Arzt nun einmal tat.

Doch einen letzten Versuch unternahm Zhuzhi noch und schrieb die Z-Bemessungsstelle dringlicher und deutlicher als je zuvor an.

Die Antwort trieb einen bescheidenen, friedlichen Mann wie ihn in einen Wutanfall.

Ganz freundlich erklärte man ihm da auf einer Seite, dass man nur weitere Zertifikate für Lungenkrankheiten gewährte, wenn diese nicht zu einer verkürzten

Lebenserwartung führten. Das sei aber hier der Fall. Es sei nicht hinnehmbar, wenn Menschen mit reduzierter Lebenserwartung mehr Z erhielten, obwohl sie doch eigentlich weniger brauchten.

Seine Frau war kaum überrascht.

«Dann ist das alles Zeitverschwendung», meinte sie wütend und warf das Blatt weg. «Die Zeit mit deiner Tochter ist wertvoller. Sie sollte für *dich* wertvoller sein.»

Er nahm sich das zu Herzen. Doch der Vorsatz, mehr Zeit mit ihr zu verbringen, verblasste auch wieder. Trotz solcher Pläne suchte der Alltag immer ein gewisses Gleichgewicht, eine natürliche Ausgewogenheit.

Diese Normalität erlitt erst Risse, als Yanlei in der weiterführenden Schule ihre neue Herzensangelegenheit entdeckte: Umweltprojekte.

Sie sammelte Müll auf den schwarzen Straßen, war dabei dem ständigen Regen ausgesetzt, der sich im Mikroklima zwischen den Wolkenkratzern bildete. Sie half beim hermetischen Abdichten von Appartements, da sich nicht jeder Profis dafür leisten konnte. Sie richtete Nachmittagscafés in abgefilterten Räumlichkeiten ein, wo Obdachlose vorübergehend ihre Masken abnehmen konnten.

Von den anderen Schülern fiel ihr dabei besonders Pengyou auf. Der Junge riss einfach alle mit, wenn er die vielen Projekte plante und organisierte.

Yanlei erzählte zu Hause häufig von ihm und gestand ihrer Mutter, wie süß sie ihn fände. Die bremste sie zwar in ihrem Elan, freute sich aber insgeheim.

Einzig Zhuzhi war darüber gar nicht glücklich.

«Sie ist kaum noch zu Hause», beschwerte er sich wiederholt bei seiner Frau. «Das gehört sich nicht für eine 15-Jährige!»

«Dann such dir etwas, wo du Zeit mit ihr verbringen kannst», gab sie ihm schließlich zurück.

Zhuzhi hatte gelernt, auf die kurzangebundenen Weisheiten seiner Frau zu hören – auch wenn er das nicht gerne zugab. Er fasste also einen Plan, Teil von Yanleis Leben zu bleiben. Er sprach bei seinem Vorgesetzten vor, der wiederum mit seinem Vorgesetzten sprach. Das war immerhin der Betriebsleiter des gesamten Hydro-Kraftwerks.

Und der mochte den Vorschlag.

Eine Woche später holte Zhuzhi die Projektgruppe morgens ab und fuhr sie im E-Bus zum Strand der Hangzhou-Bucht. Das war für sich genommen schon ein Erlebnis. Sie blickten voller Elan auf das graue Wasser und den Schlick, der vor Plastikresten, halbverwesten Abfällen und toten Fischen starrte. Sie hatten den ganzen Tag eingeplant, um hier aufzuräumen.

Das Werk stellte einen großen Container, Gummistiefel und Handschuhe. Der Betriebsleiter selbst kam vorbei, versprach Verpflegung aus der Kantine für alle, dankte den Schülern und besonders Zhuzhi für die Idee. Der ließ den Jubel beschämt über sich ergehen.

Er blieb den gesamten Tag bei den Kindern und half. Schnell stellte er dabei fest, was für eine Führungspersönlichkeit dieser Pengyou war. Der Junge teilte ein, trieb an und war selbst immer an vorderster Front beteiligt.

Das Projekt war ambitioniert und die Arbeiten brauchten viel Kraft. Zhuzhi genoss es, seiner Tochter beim Lachen zuzuhören – und beim Fluchen, wenn sie eine alte Boje schleppen mussten oder Fisch-Kadaver wegräumten.

Er bemerkte aber auch, wie schnell sie erschöpfte, obwohl er beständig in ihrer Nähe blieb und ihr wie zufällig die schweren Dinge abnahm. Kurz nach dem Mittag setzte sie sich hin und er erkannte, dass sie nicht mehr aufstehen konnte.

Als er sie ansprach, schien sie fast weggetreten. Zu allem Übel konnte er ihr in dieser stinkenden Umgebung nicht einmal die Filtermaske abnehmen.

Unter den Blicken der anderen Kinder trug er sie die Böschung hoch und setzte sie in den Bus. Halb benommen blickte sie auf ihre Hände.

«Was ist mit dir?», fragte er sorgenvoll.

Sie nahm sie schnell herunter, als habe er sie bei etwas erwischt.

«Meine Hände», sagte sie zögerlich, «sie kribbeln so stark.»

«Erstmals?»

«Länger schon, aber nie so schlimm.»

Er rief jemanden vom Werk, der bei den Kindern bleiben würde. Dann fuhr er mit Yanlei ins Krankenhaus.

So saß er wieder mit seiner Frau auf dem kahlen Flur und wartete auf Dr. Bangshou.

«Ihre Krankheit hat einen großen Schub bekommen», sagte er ihnen später. «Das Kribbeln in den Händen zeigt, dass die Nerven im Nacken befallen sind. Das ist ein schlechtes Zeichen.» Er massierte sich mit den Fingern den Nasenrücken, als entspanne ihn das.

«Es tut mir leid», sagte Zhuzhi plötzlich und ganz von Emotionen überwältigt. «Dass wir zu Ihnen gekommen sind, meine ich. Es muss schönere Fälle für einen Arzt geben. Jene, wo er etwas machen kann.»

Bangshou sah ihn fast wütend an, schien aber dann zu bemerken, dass es nicht böse gemeint war. «Sie kommen zu mir, wenn etwas ist, haben Sie das verstanden? Ich werde für Sie tun, was immer menschenmöglich ist!»

Zhuzhi beeilte sich, dankbar zu nicken.

«Wie lange?», stellte seine Frau die entscheidende Frage.

«Die Schübe sind unregelmäßig, der Krankheitsverlauf schwer vorhersehbar. Wir haben sehr gute Medikamente, um die Symptome zu bekämpfen. Doch irgendwann ist das Hirn so stark befallen, dass das Nervensystem dichtmacht oder das Herz stehenbleibt. Richten Sie sich am besten noch auf bis zu einem Jahr mit ihrer Tochter ein.»

Dann hielt er kurz inne, bevor er fortfuhr. «Erlauben Sie mir einen persönlichen Rat: Verbringen Sie die Zeit nicht so, als habe Yanlei den Rest ihres Lebens verloren. Sondern so, als habe sie diese Zeit gewonnen.»

«Unsere Kleine», hauchte seine Frau.

Doch Zhuzhi hatte die Tochter mit Freundinnen und Freunden gesehen und wusste, dass sie nicht mehr «ihre Kleine» war. Und so besprachen sie die schwerste Entscheidung ihres Lebens.

Sie gingen zusammen hinein und redeten mit Yanlei über die Krankheit.

Ihre Wut war fürchterlich.

«Wie lange wolltet ihr es verschweigen?», schrie sie. «Bis ich sterbe? Oh übrigens, das ist gerade deine Krankheit, die dich tötet!»

Sie ertrugen ihre Wut, klein und zusammengesunken. Keiner von ihnen ging fort, keiner wich aus.

«Es war Teil unserer Liebe, es dir nicht zu sagen», versuchte seine Frau zu erklären.

«Aber ich hätte mehr gemacht, wenn ich das gewusst hätte!»

«Hättest du?», fragte Zhuzhi und sah auf. «Du hast immer alles gemacht, was du wolltest. Die Projekte, deine Freunde. Du hast dich nicht zurückgenommen und das war gut so.» Er dachte an Dr. Bangshous Satz über das leere Konto am Ende des Lebens. Dass es zeige, dass man voll und ganz gelebt habe.

«Ich wollte reisen», sagte sie plötzlich leise, «die Welt sehen.»

«Du wolltest die Welt *retten*», korrigierte er sie sanft. «Dafür musstest du gar nicht reisen. Das hast du bereits hier getan.»

Irgendwann abends ließen sie sie allein. Zu Hause im Bett, flüsterte seine Frau ihm noch ins Ohr, wie stolz sie auf seine Worte war.

Am nächsten Morgen besuchte Pengyou sie. Als Zhuzhi und seine Frau eintrafen, verließ der Junge gerade mit versteinertem Gesicht das Krankenzimmer.

Drinnen war Yanlei in Tränen aufgelöst. Ihr Freund war dagewesen, um ein ernstes Wort mit ihr zu reden. Er sei traurig über ihren Geltungsdrang. Das Projekt sei groß und wichtig, daneben dürfe man sich nicht so aufspielen. Er habe sich geschämt, als sie ihre Erschöpfung dermaßen inszenierte. «Seht her, ich reibe mich so sehr auf, dass ich zusammenbreche!»

«Aber du hast ihm von deiner Krankheit erzählt?», fragte die Mutter sie, nachdem sie alles gehört hatten.

«Nein», schluchzte Yanlei, «er hat nicht einmal danach gefragt!»

Die Mutter nickte, als verstünde sie nur zu gut.

Zhuzhi stand da, geschlagen mit männlichem Unverständnis, und fühlte bloß eine schreckliche Wut in sich. So begann er zu schimpfen.

«Wie kann er das wagen? Das ist eine schlimme Krankheit und was ist an dem Projekt wichtiger als du? Was für ein eitler Gockel das ist!» Er wütete weiter und fuchtelte drohend mit den Armen.

Anfangs sahen Tochter und Frau ihn irritiert an. Dann begannen sie zu lächeln angesichts des hageren alten Mannes, der sich über einen jungen Burschen aufregte, der grün hinter den Ohren war.

Erst da beruhigte er sich, strich sich übertrieben das Haar glatt und ging zu Yanlei ans Bett.

«Es wird sich etwas ändern», versprach er.

Was er damit meinte, behielt er noch für sich.

Yanlei wurde nach einem Tag entlassen, da die Medikamente gut anschlugen. Doch sie schien unglücklich und zog sich aus den Umweltprojekten zurück. Pengyou erwähnte sie nie wieder.

Zhuzhi aber machte sich eifrig schlau, wie damals bei dem Schriftverkehr mit der Krankenkasse. Und diesmal mit mehr Erfolg – wie er sich immer wieder sagte.

Seine freien Stunden wurden bald von staatlichen Umweltprojekten beherrscht. Sie beinhalteten häufig Reisen und man verdiente eine kleine Menge Z damit. Viele erzählten, wie gerne sie so etwas machen würden, doch kaum einer tat es wirklich. Das hing mit den harschen Bedingungen zusammen, die man dafür einging. Sie kosteten eigenes Geld, man war lange unterwegs – in der Regel Monate, in denen man ausschließlich am Projektziel arbeitete. Die Arbeit war meistens hart und erfolgte überwiegend an üblen Orten.

Man musste schon genau schauen, welches Projekt sich für einen eignete, wie die Bedingungen lauteten. Und Zhuzhi schaute sehr genau.

Er sprach auch den Betriebsleiter darauf an, mit dem ihn seit dem Projektvorschlag großer gegenseitiger Respekt verband. Kaum eine Woche später rief der ihn zu sich und redete aufgeregt auf ihn ein.

«Die Caihong liegt hier im Hafen in Shanghai. Sie bricht bald zu einer Oceanplastic-Tour auf und es soll noch Plätze geben!»

Zhuzhi wurde so nervös, dass er zweimal die Telefonnummer des Bootsmanns der Caihong falsch eingab, ehe der Ruf endlich durchging. Doch er erreichte niemanden, weder jetzt noch im Fünf-Minuten-Takt seiner Anrufe.

Die Caihong war unter Kennern eine Legende. Ein altehrwürdiger Frachter, auf hochseetaugliche Segel umgerüstet und für das Projekt umgebaut. Zusätzlich zur Crew gab es viele Plätze für Freiwillige, auf die neben harter körperlicher Arbeit auch Verwaltungs- und Hilfsarbeiten warteten.

Zum Feierabend erzählte er seiner Frau davon, während Yanlei heute lange Unterricht in der Schule hatte.

Dann rief ihn die Nummer zurück. Wie in Trance ging er ran und spulte den Spruch ab, den er sich zurechtgelegt hatte.

«Meine Tochter ist begeistert von Umweltprojekten. Sie haben doch noch einen Platz.» Er stellte das Gespräch laut.

«Ja», kam die raue Stimme zurück. «Aber Sie kennen die Bedingungen unseres Projekts?»

«Natürlich!»

«Und es ist nicht alles eitel Sonnenschein!»

«Natürlich!»

«Ihre Tochter weiß, dass sie arbeiten muss?»

«Natürlich! Sie ist eine zarte Person, aber sie kann Hilfs- und Verwaltungsarbeiten übernehmen.»

«Wäre auch gut. Wie alt ist Ihre Tochter denn?»

«15.»

Ein Zögern am anderen Ende, bei dem Zhuzhi das Blut in den Adern gefror.

«Minderjährige müssen von Erwachsenen begleitet werden.»

«Aber – Sie haben doch meine Zustimmung. Sie ist eine gute Tochter!»

Der andere lachte. «Lieber Mann! Wir sind monatelang auf einem Schiff unterwegs. Keine Chance, dass ich ein Kind ohne Erziehungsberechtigten mitnehme. Also, wie schaut es aus? Wir haben nur noch zwei Plätze frei.»

«Nur zwei?», fragte er entsetzt.

«Ja, definitiv nur zwei. Rufen Sie mich kurzfristig zurück, wenn Sie Interesse haben. Wir legen morgen Abend ab.»

Damit beendeten sie das Gespräch.

Er war den Tränen nahe. Das war eine einmalige Gelegenheit gewesen.

Seine Frau stand auf und verließ mit versteinertem Gesicht das Zimmer.

«Wo willst du hin?», rief er, aber sie antwortete nicht.

«Bist du böse?», fragte er, erhob sich und lief ihr hinterher. «Sei doch nicht böse. Sie ist verantwortungsbewusst und groß genug, um so eine Reise mitzumachen. Hab Vertrauen! Es wird andere Projekte geben, ich werde schon etwas finden.»

«Wieso sollte ich böse sein?», meinte sie, während sie durch den winzigen Flur stapfte.

«Natürlich bist du böse. Bleib doch mal stehen, wo gehst du denn hin?»

«Wir haben wenig Zeit», sagte sie, «ich gehe eure Koffer packen.»

Er stockte.

«Wir können dich nicht allein lassen», sagte er dann. «Nicht für Wochen oder gar Monate!»

Sie drehte sich überraschend zu ihm um. «Wenn das ihre einzige Chance auf dieses Abenteuer ist, brauchen wir nicht weiter darüber zu sprechen.»

Am frühen Abend, als Yanlei heimkehrte, unterbreiteten sie ihr den Vorschlag. Zhuzhi war nervös und verhaspelte sich mehrmals, als er alles erläuterte. Mit vielen Reaktionen hatte er gerechnet, von pubertärem Desinteresse bis hin zum Vorwurf, sie loswerden zu wollen.

Nicht aber damit, dass sie jubelnd durch die Küche sprang wie ein kleines Kind. Schweratmend hielt sie schließlich inne. Dann verschloss sich ihr Gesicht, als sie hörte, dass nur Zhuzhi sie begleiten sollte.

«Das geht nicht anders», sagte seine Frau. «Und wenn er so eine Idee für eine anstrengende, lange Reise hat, soll er das auch ausbaden. Ich lasse es mir hier gutgehen!»

Ihr Gesichtsausdruck strafte den trotzigen Ton Lügen. Yanlei umarmte sie und hielt sie fest. Danach erlaubten sie Zhuzhi, den Bootsmann zurückzurufen und die beiden Plätze zu nehmen. Am Morgen meldete er Yanlei aus der Schule ab und ließ sich auf unbestimmte Zeit beurlauben.

Am nächsten Abend standen sie bereits vor der Gangway der Caihong, einem dunklen Hochsee-Frachtschiff auf grauem Wasser, dessen gewaltige Masten wie ein Wald über ihnen aufragten. Der anstrengende Tag ging zu Ende und Zhuzhi wünschte sich nichts mehr, als ihn hinter sich zu bringen. Er war noch nie lange ohne seine Frau gewesen, hatte sogar einmal eine Beförderung abgelehnt, für die er viel hätte reisen müssen.

Er sah zu ihr und zur Tochter hinüber, die sich gegenseitig festhielten. Beide hatten die Augen fest geschlossen, als teilten sie eine andere Welt und hätten keine Blicke mehr für diese übrig.

Die Erkenntnis traf ihn wie ein Schlag.

Sie ahnten es. Vielleicht eine Voraussicht, ein Instinkt. Dies war ihr Abschied. Ihr Abschied für immer.

Und sie sagten nichts weiter, bliesen die Reise nicht ab. Er wollte sie schon anschreien, von diesem Wahnsinn abzulassen. Wie sollte er damit leben, die beiden getrennt zu haben?

Doch von all den Geheimnissen, die Mütter und Töchter teilen, war dies dasjenige, das er vermutlich niemals durchdringen konnte. Wie man einander liebte und sich doch gehen ließ.

Der Wind frischte auf und in den Masten schlugen die Seilzüge gegen das Aluminium. Seeleute riefen sich etwas über das Deck hinweg zu.

Als das Schiffshorn zum Auslaufen blies, kamen die beiden zu ihm herüber und umarmten sich.

Yanlei löste sich von ihnen und ging die Gangway hinauf.

«Pass auf dich auf, meine Weltenretterin», rief seine Frau ihr hinterher.

«Ihr seid größer als ich», flüsterte er ihr zu.

«Wenn das Wachsen nur nicht so schwer wäre», flüsterte sie zurück und sah ihm tief in die Augen.

Er ging die Gangway empor.

Fasziniert erlebten sie all das Neue. Von gemeinsamen Frühstücken mit den Projektbeteiligten bis hin zu Arbeiten an immer besser werdender Luft und langen geselligen Abenden.

Überhaupt ging es unter den vielen Beteiligten sehr gemeinschaftlich zu. Keiner von ihnen führe mit, wenn sie nicht engagiert, lebenslustig und aufgeschlossen wären. Sie kamen aus allen Altersgruppen, wobei Yanlei mit Abstand die Jüngste war.

Es war kein Problem, dass sie sich überwiegend für die körperlich leichten Arbeiten eintrug, da kaum einer Verwaltungs- und Hilfsarbeiten mochte.

Doch wenn Yanlei an Deck half, sah Zhuzhi, wie schlecht es ihr ging. Ihre Hände und Arme verloren an Kraft, wurden immer tauber. Die Symptome verschwanden zunächst, als sie die Dosis drastisch erhöhten. Zhuzhi hatte Dr. Bangshou vor der Abreise noch auf einen Vorrat des Medikaments angesprochen. Der Mediziner war ihm eine große Hilfe gewesen.

Yanlei ging schon nach kurzem offener mit ihrer Krankheit um. Doch obwohl sie davon erzählte, verschwieg sie dessen tödliche Natur.

Als sie das ostchinesische Meer verließen und die Philippinensee erreichten, sahen sie die Sonne. Sie war in Shanghai nur ein trüber Mottenball, erstickt von Smog und schlechtem Wetter. Nun hatten sie Tränen in den Augen, wenn sie ihre Auf- und Untergänge beobachteten. Und schon bald befuhren sie den nördlichen Stillen Ozean.

Die Caihong war Z-gefördert. Sie gehörte zum Oceanplastic-Projekt und fuhr die weitverteilten Schleppnetzstationen an. Dabei brachte sie neue Netze aus und nahm die gefüllten mit. Während der Fahrt zog sie deren Inhalt in ihren Rumpf, trennte Bio- und anderen Müll zunächst automatisch und in einem zweiten Schritt von Hand. Was lebte oder mal gelebt hatte, wanderte zurück ins Meer. Beim Rest handelte es sich fast ausnahmslos um Plastik, das in sauberen Schleppnetzen bis zum nächsten Hafen gezogen wurde.

Die Segel und die starken Wasserstoff-Motoren mussten dabei viel leisten. Das Schleppgut konnte auf einen Plastikteppich von Quadratkilometern anwachsen, der nur scheinbar schwerelos war. Abends hatten sie bei ihren Zusammenkünften an Deck einen malerischen Ausblick auf dieses fremdartige Land, das im ersterbenden Licht wie aus Eis gemeißelt hinter dem Schiff folgte.

Sobald sie in Küstennähe oder in einem Hafen waren, nutzten sie die Verbindung für ausführliche Videogespräche mit Yanleis Mutter. Mit den Wochen und bald Monaten wurden die Gespräche immer länger.

Als die Krankheit weiter fortschritt, telefonierte Yanlei auch auf dem offenen Ozean mit ihr. Sie lieh sich dafür das teure Satellitentelefon von der Brücke. Zhuzhi bezahlte es, doch die Z wandte Yanlei selbst auf. Beide achteten nicht mehr auf ihre Konten.

Lange erzählte sie ihrer Mutter vom Landgang auf Hawaii. Als Sonderaktion hatten sie dort die Strände gereinigt und die Nachmittage für Ausflüge in E-Jeeps genutzt. Für manche war es der erste grüne Wald, den sie in ihrem Leben sahen.

Viel später wiederholten sie so etwas auf den Fidschi-Inseln. Yanleis Bewegungen waren inzwischen stark eingeschränkt – trotz der Medikamente. Die Arme gehorchten ihr nicht mehr ganz. Sie atmete mühsam und ihr Herz schlug unregelmäßig. Die Stärke der Symptome bereitete Zhuzhi schlaflose Nächte. Er hatte seine Tochter vor einiger Zeit schon mit viel Zureden davon überzeugt, sich eine Kabine zu teilen. Natürlich konnte es peinlich werden. Natürlich war es beengt. Aber wenn sie an Bord bleiben wollten, musste er sie unterstützen.

Die Gemeinschaft trug all das mit. Ob Yanlei noch mitarbeitete, hing ganz von ihrer Tagesform ab. Abends war sie stets gern an Deck gesehen. Alle halfen nach Kräften.

Doch bei dem Ausflug auf den Fidschis setzten die beiden sich ausnahmsweise ab. Zhuzhi charterte ein kleines Boot und ruderte es zu einem der malerischen Strände. Sie kümmerten sie nicht mehr um Z-Kosten, genossen das klare Wasser an ihren Zehen und den weißen Sand auf der Haut. Sie trugen nicht länger Masken. Fidschi blieb dank besonderer Strömungen vom meisten Unrat verschont. Sie hatten sogar das Glück, in den Wellen Delfine spielen zu sehen.

Der Sonnenuntergang beleuchtete die verschmutzten Atmosphärenschichten in Gold und Zinnober. Ein Bild voller Schönheit und Schwermut zugleich.

«Warum hast du die Medikamente abgesetzt?», fragte er schließlich. «Dachtest du, ich merke es nicht?»

«Weil es hier am schönsten ist», sagte sie. Mehr nicht. Nur diese Worte.

Sie blieben länger, als sie sollten. Liefen Gefahr, das Schiff zu verpassen. Er hielt sie fest und sie lauschten dem Geräusch der Wellen.

«Wir müssen zurück», sagte er schließlich.

Sie antwortete nicht mehr.

Leise weinend ruderte er sie zurück.

Er rief seine Frau an und sagte: «Ich komme heim.»

Sie blieben für lange Momente in der Leitung, sprachen sonst kein Wort. Einander nahe über die Distanz, vereint ohne zu reden.

Es dauerte noch, bis er zu Hause eintraf. Die Reisen waren vorüber. Schon als die Caihong in Shanghai anlegte, sah er seine Frau am Kai stehen.

Mit zwei Koffern in den Händen trat er die Gangway herunter und stand ihr einen ewigen Moment gegenüber.

Sie musterte ihn, als suche sie nach Veränderungen, dann umarmten sie sich.

«Du bist groß geworden», flüsterte sie in Anspielung auf seine Worte bei ihrem Abschied.

«Hat sie die Welt gerettet?», fragte sie.

Er nickte nur.

«Komm mit nach Hause und erzähl mir von ihr. Weißt du, ich habe einen Brief von der Z-Bemessungsstelle erhalten. Mit ihrem Tod wurden alle verbliebenen Z eingezogen, aber es waren fast keine mehr da.»

«Ja, ich weiß», sagte er und lächelte.

Die Kreativen

Sylvia Barron

hat technische Redaktion studiert und arbeitet als Projektmanagerin bei der Südwestpresse. Mit ihrem einjährigen Sohn und ihrem Ehemann wohnt sie in einem Fachwerkhaus aus dem 17. Jahrhundert, was sie immer wieder zum Schreiben inspiriert.

Instagram: @sylvia.b.barron

Mathias Barth

lebt und zeichnet auf der Elbinsel Wilhelmsburg.

Web: mathias-barth.de

Christian Baumelt

hat in Berlin Wirtschaftspädagogik studiert, war anschließend Berufsschullehrer in Potsdam und ist heute Referent für Qualifizierung und Weiterbildung sowie Supervisor und Coach. Das Schreiben begann in seiner Jugend mit dem Verfassen von Gedichten, weitete sich nach dem Studium dann auf den Bereich der Kurzgeschichten und später auch auf den Bereich des Kreativen Schreibens aus.

Web: wortverdr3her.wordpress.com

Benjamin Bertram

lebt, lehrt und arbeitet digital und analog in Münster, Hamburg und der Cloud. Er mag Science, Fiction und Natur.

Web: benjaminbertram.de

Lucia Bräu

hat, seit sie sich erinnern kann, in ihrem Kopf schon eigene Welten erschaffen, die sie nun auch zu Papier bringt. Ihr erstes Buch klebte sie als kleines Kind gemeinsam mit ihrer Großmutter zusammen. Neben der Literatur fasziniert sie so ziemlich alles, was eine Geschichte erzählen will, wie Filme, Videospiele oder Comics.

Twitter: @luciabraeu

Maike Braun

wurde 1962 in Reutlingen geboren. Als promovierte Biologin arbeitete sie erst in der Hirnforschung, dann in der internationalen Unternehmensberatung. Seit 2002 ist sie selbständige Beraterin, Mediatorin und Autorin in Hamburg. Für ihre Veröffentlichungen in Literaturzeitschriften und Anthologien wurde sie bereits mehrfach ausgezeichnet.

Web: mbautorin.com

Hannah Brückner

arbeitet als freie Illustratorin und Autorin in Hamburg. Sie realisiert Zeichnungen für Magazine, Schulbuchverlage, NGOs und hat 2018 ihr erstes und prämiertes Kinderbuch «Mein fantastisches Baumhaus» veröffentlicht.

Web: hannahbrueckner.de

Georg Buchrucker

fängt in seinem Kopf verrückte Ideen ein und versucht sie wieder in die Welt zu entlassen.

Youtube: Liathan

Leonhard Calm

ist Jahrgang 1995, Lübecker Schriftsteller und Texter. Sein Studium der digitalen Medien in Hamburg und Lüneburg sowie Tätigkeit in diesem Bereich sind Hintergrund seiner Geschichten, die von den Auswirkungen technischer Entwicklung auf die Gesellschaft handeln.

E-Mail: mleonhardcalm@gmail.com

Dennis Deter

ist gebürtiger Berliner und lebt und arbeitet dort als Choreograph, Performer, Dramaturg und Bassist der Psychedelic Noise-Pop Band Kala Brisella. Er studierte Philosophie an der Freien Universität und arbeitet zurzeit an einer Kurzgeschichtensammlung.

Georg Dietrich

ist 1985 geboren. Wenn er in seiner Freizeit nicht gerade in den Bergen unterwegs ist, schreibt er zum Ausgleich gerne die einen oder anderen Zeilen. Meistens nur für sich und im stillen Kämmerlein. Der Wettbewerb traf aber ein Thema, das ihn sehr interessiert – die zunehmend digitale Welt und wie sie uns verändert.

Michael Edelbrock

wurde 1980 geboren und beschäftigt sich am liebsten mit dicken Schmökern oder langen Sagen, sowohl in der klassischen Phantastik als auch in der Science-Fiction. Heute lebt er am Rande des Ruhrgebiets im Kreis Recklinghausen und schreibt dort seine Kurzgeschichten, Heftromane sowie eine phantastische Saga in Romanform.

Clara J. Escalera

ist freischaffende Illustratorin und Malerin. Neben ihrer Forschung zu lesbischer Kunst malt sie als autodidaktische Künstlerin analog und digital Strommasten, Papierboote, Menschen und Wesen in morbide Landschaften.

Web: clarajulia.com

Juliette S. Francis

hat 1986 das Licht der Welt erblickt – wenn auch unter anderem Namen. Egal ob mit Stift oder Pinsel, sobald es um die Umsetzung von Romanideen, Liedtexten, Bildern oder sonstige Kreativprojekte geht, ist Juliette S. Francis mit Feuereifer dabei. Auf ein Genre festlegen möchte sie sich nicht, da jedes seinen ganz eigenen Reiz besitzt; die Fantastik zählt mit ihren vielfältigen Möglichkeiten jedoch definitiv zu ihren Lieblingen.

Instagram: @juliette_s_francis

Benjamin Gottwald

arbeitet als Illustrator, Animator, Comic- und Bilderbuchzeicher und baut manchmal Dinge aus Holz.

Web: benjamingottwald.com

Gioia Großmann

wurde 2002 in Dresden geboren und hat ihre Leidenschaft für das Schreiben schon früh entdeckt. Mit fünfzehn Jahren veröffentlichte sie ihren ersten Roman «Wenn die Seele träumt». Im Jahr 2018 folgte der zweite Roman «Die Zeit kann warten.» Nach dem Abitur begann sie ein Jura-Studium an der Universität Leipzig. Neben dem Schreiben fotografiert, zeichnet und musiziert sie.

Instagram: @g.grossmann_buecher

Fabian Henry

wurde 1993 in Wadgassen, Saarland, als erstes von zwei Kindern geboren. Noch in der Schulzeit begann er zu schreiben und veröffentlichte seinen ersten Roman. Nach dem Abitur startete er ins Berufsleben und arbeitet noch immer nebenbei eifrig an großen und kleinen literarischen Projekten, welche in Zukunft hoffentlich noch mehr von ihm hören lassen.

Web: fabianhenry.de

Julia Hoße

ist Illustratorin und Comiczeichnerin aus Hamburg und zeichnet eigentlich viel in Farbe und Buntstift.

Web: juliahosse.com

Gregg Irol

wurde 1981 in Greifswald geboren, liebt Geschichten, hat Allgemeine und Vergleichende Literaturwissenschaften studiert und bloggt gelegentlich. Hauptberuflich beschäftigt er sich mit der Zukunft der Arbeitswelt, Kryptowährungen und den Chancen und Risiken der Digitalisierung. Aktuell arbeitet er an seinem Debütroman «Alles auf Null», in dem vor allem die Abwesenheit von Geld eine zentrale Rolle spielt.

Web: schoenezukunft.de

Christian H. Jonka

ist Jahrgang 1973, schreibt seit seinem zwölften Lebensjahr Software und inzwischen auch Romane. Neben seiner Arbeit als Software-Entwickler und Autor interessiert er sich leidenschaftlich für theoretische Physik, zukünftige Technologien und die Welt von morgen. Die Idee zur Kurzgeschichte mit unendlich viel Geld entstammt seiner Miko-Trilogie, von der bisher zwei Bände erschienen sind. Seit 1981 lebt er im schönen Hamburg.

Web: jonka.de

Tom Kanitz

hat in seinem beruflichen Alltag mit Geld zu tun. Daher schien es ihm nur logisch, sich am Schreiben darüber zu versuchen. Als Leser begeistert er sich für die Zukunft, die Vergangenheit, alles dazwischen sowie gänzliche Fantasie. Als Autor glaubt er, dass es in jeder Sache und jedem Gedanken stets einen interessanten Aspekt zu finden gibt.

Dennis Klose

ist 1998 geboren, schreibt Kurzgeschichten über Schönheitskliniken, atomare Endlagerung und KI-Datenkraken, gelegentlich humoristische Essays oder Zeitungsschnipsel-Gedichte. Studiert molekulare Medizin in Frankfurt.

Web: dennisklose.wordpress.com

Laura Lorentz

verbrachte nach der Schule ein Freiwilliges Soziales Jahr in Armenien und studiert seitdem Sonderpädagogik in Köln. Ihre ersten Schreibversuche machte sie früh und probierte sich dabei in unterschiedlichen Formen, wie Theaterstücken und Beiträgen in der Lokalzeitung aus.

Liv Matthiesen

ist freiberuflich diplomierte Designerin mit den Schwerpunkten Illustration und Grafik im Bereich der Printprodukte.

Web: livmatthiesen.com

Lilias Munro

ist 1984 geboren, schreibt unter verschiedenen Pseudonymen Science-Fiction, Fantasy und auch den einen oder anderen Krimi. Neben dem Schreiben arbeitet sie als Fremdsprachenlehrerin an einem Gymnasium und engagiert sich im Umweltschutz und in der Flüchtlingshilfe.

Twitter: @LiliasMunro

Henryk Pavel

arbeitet als Diplom-Grafik-Designer und Webdeveloper in Leipzig. Noch viel lieber liest er aber Romane und Science-Fiction und berauscht sich an seinen ambivalenten Gefühlen gegenüber dem Menschsein.

Web: henrykpavel.de

Tobias Panthel

ist Jahrgang 1992, lebt in Berlin. Nach dem Abitur in Siegen zog es ihn ins Rheinland, wo er in Bonn und Köln Germanistik und Philosophie studierte. Er schreibt Geschichten, seit er einen Stift halten kann und arbeitet derzeit an verschiedenen Projekten. Neben Philosophie interessiert er sich für größtenteils verstorbene Schöngeister, die geschrieben oder komponiert haben.

Web: tobiaspanthel.com

Heidi Pohlmann

ist studierte Germanistin, arbeitet als Sprachlehrerin und schreibt unter anderem im Schulbuch- und Edutainment-Bereich. In ihren Kurzgeschichten sucht sie gern den Reiz des Unbekannten und schickt ihre Protagonisten an besondere Orte im Innen, Außen oder in der Zeit.

Web: heidi-pohlmann.de

Alexa Pukall

wurde 1988 geboren und hat an der kalifornischen Chapman University Creative Writing studiert. Nach langjährigem Auslandsaufenthalt lebt und schreibt sie nun in Berlin, mit besonderem Fokus auf Fantasy, Science-Fiction und die Zukunft unserer menschlichen Gesellschaft.

Web: alexapukall.com

Markus Rockstroh

ist freischaffender Illustrator, Familienmensch und Kreativ-Lockenkopf. Er lebt und gestaltet in der Kölner Südstadt.

Web: markusrockstroh.de

Jojo Rodgen

wohnt in einer Stadt, die Georg Büchner nur für mittelmäßig hielt. Tagsüber ist sie Chemikerin, nachts schreibt sie kurze und lange Geschichten aus SciFi, Fantasy und Horror.

Twitter: @JojoRodgen

Franziska Roth

ist im Westerwald geboren und aufgewachsen. Mittlerweile lebt sie in Hamburg und ist in der internationalen Entwicklungszusammenarbeit tätig. Sie schätzt am Schreiben, dass es zu Ehrlichkeit mit sich selbst anregt und an die erstaunlichsten Orte führt.

E-Mail: roth.fr@gmx.net

Carsten Schmitt

schreibt morgens Science-Fiction und anderes, arbeitet tagsüber in einem IT-Unternehmen und ist nachts viel zu müde, um auch noch das Verbrechen zu bekämpfen. Seine Kurzgeschichte «Wagners Stimme», über einen demenzkranken Mann und seine KI wurde 2021 für den «Kurd Laßwitz Preis» und den «Deutschen Science-Fiction-Preis« nominiert.

Web: carstenschmitt.com

Soenke Scharnhorst

ist 1979 geboren. Nach dem Studium der Wirtschaftsinformatik verschlug es ihn für ein paar Jahre nach Singapur. Er schreibt seit frühester Kindheit phantastische Kurzgeschichten, die er auch seit 2007 sporadisch veröffentlicht.

Web: soenke-scharnhorst.de

Marc Schumacher

wurde Anfang der 1970er-Jahre im hintersten Hintertaunus geboren und hat unter anderem lange Jahre für die Gesellschaft für Internationale Zusammenarbeit (GIZ) gearbeitet. Er schreibt normalerweise unter Pseudonym. Sein erster Roman «Prof. Jordan und das Geräusch von nassem Herbstlaub im Sommer» erscheint im Herbst 2021 im Casaubon Verlag.

Web: casaubonverlag.de

Pia Seidel

ist sehr gerne in der Welt unterwegs, privat und beruflich. Aus ihren unterschiedlichsten Eindrücken und Erlebnissen – festgehalten in zahlreichen Reisetagebüchern – sind dabei einige Reiseberichte und nun auch die Idee für ihre Kurzgeschichte «Die Abstimmung» entstanden.

Web: piasbuchstaben.over-blog.de

Franziska Seipenbusch

ist Jahrgang 1984, studierte Englisch und Philosophie auf Lehramt. Sie unterrichtet an einem Gymnasium und lebt mit ihrer Familie in Minden.

E-Mail: franziska@seipenbusch.net

Maki Shimizu

wurde 1981 in Tokyo geboren. Mit einem Zitat von Picasso «Kunst ist eine Lüge, die uns die Wahrheit erkennen lässt.» fing ihre Reise in der Bildende Kunst an. Seit 2006 arbeitet sie als Zeichnerin in Berlin.

Web: makishimizu.com

Erik Sosnowski

Mama, Papa, guckt! Ich bin Buchautor!

Instagram: @erik.sosnowski

Christoph Sperle

lebt mit seiner Familie in Basel und arbeitet als Teamcoach. In seiner Freizeit liest er viel, vor allem gerne Science-Fiction (Lieblingsbuch: «Die Hyperion Gesänge» von Dam Simmons). Seine Freude am Schreiben hat er erst durch den MAGIC FUTURE MONEY-Wettbewerb entdeckt.

Twitter: @csperle

Danke!

Als ich anfing, mich ernsthaft mit der Umsetzung eines Schreib- und Ideenwettbewerbs zur Zukunft des Geldes auseinanderzusetzen und Aufwand, Zeitplan und die Kosten realistisch zu kalkulieren, war klar, dass es unmöglich würde, das Projekt ganz allein auf die Beine zu stellen.

Vermutlich hätte ich damals einfach die Reißleine gezogen. Magic Future Money wäre nicht mehr als eine schöne Idee geblieben, wenn ich mich nicht auf die Unterstützung vieler Menschen hätte verlassen können, die mir von Anfang an mit Rat und Tat zur Seite standen, sich und ihre Zeit eingebracht, mir ihr Netzwerk zur Verfügung gestellt und das Projekt schließlich auch finanziell ermöglicht haben. Ihnen allen möchte ich dafür danken.

Ein besonderer Dank geht dabei an Stefan und Manuel, die mir und den Hörerinnen und Hörern des *Honigdachs*-Podcasts seit Jahren helfen, Antworten auf alle meine Fragen zu Bitcoin und der Zukunft des Geldes zu finden, und die den Namen Magic Future Money mit aus der Taufe gehoben haben.

Ebenso großer Dank geht an Jeff Gallas, Jörg Platzer und Felix von *WhatTheFee.io*, die die Ersten waren, die sich von der Magic Future Money-Idee haben begeistern lassen und bereit waren, sie zu unterstützen, als es noch nicht mehr als eine grobe Skizze gab.

Für die finanzielle und materielle Unterstützung geht auch ein Dank an die Sponsoren, *Fulmo*, *Bisq*, *Nuri* und *Shift-Crypto*, die es mir ermöglicht haben, gute Leute mit ins Boot zu holen, die können, was ich nicht kann. Wie zum Beispiel Henryk Pavel, der die wunderbare Magic Future Money-Website designt und gebaut hat. Danke auch dafür.

Ganz besonders danken möchte ich auch dem *Bundesverband Bitcoin e. V.* für die großzügige und unbürokratische Bereitstellung des beachtlichen Preisgeldes, das die Attraktivität des Wettbewerbs um ein Vielfaches erhöht hat.

Um dieses Preisgeld wiederum gerecht verteilen zu können, bedurfte es einer fachkundigen Jury, die die besten Geschichten ausgewählt hat. Ein besonderer Dank geht dafür an Christiane Attig, Jochen Dreier, Bernd Flessner, Max von Malotki, Frank Rieger, Karin Quasthoff, Karlheinz Steinmüller, Juliane Streich und Wolfgang Tress.

Darüber hinaus möchte ich mich bei allen bedanken, die sich von der Magic Future Money-Idee haben begeistern lassen, allen, die beim Wettbewerb mitgemacht haben, andere dazu ermutigt oder einfach nur gespannt und vorfreudig auf das Buch gewartet haben.

Zu guter Letzt und vor allem gilt mein Dank aber meiner Familie, die mich bei all meinen Ideen und Projekten unterstützt, so wild sie anfangs auch erscheinen. Ohne sie wäre MAGIC FUTURE MONEY niemals entstanden.

Friedemann Brenneis